Contemporánea

Carmen Boullosa, novelista, poeta y dramaturga, recibió el Premio Xavier Villaurrutia, el LiBeraturpreis de la Ciudad de Frankfurt por la versión alemana de *La milagrosa*, el Anna Seghers otorgado ese año en la Academia de las Artes de Berlín por el conjunto de su obra, el Premio de Novela Café Gijón y distinciones del Senado del Estado de Nueva York y de los consejales de la Ciudad de Nueva York.

Su novela *Texas*, traducida al inglés por Samantha Schnee, fue finalista en varios premios, entre éstos uno del PEN, y obtuvo el Typographical Era. Ha sido becaria de la Fundación Guggenheim, del Cullman Center de la biblioteca pública de Nueva York, profesora distinguida en las universidades Georgetown, Columbia y San Diego State, Cátedra Andrés Bello en NYU, Cátedra Reyes en la Sorbonne, profesora visitante en la Universidad Blaise Pascal de Clermont Ferrand, y ocho años en la Universidad Pública de la ciudad de Nueva York, CUNY, en City College.

Sus más recientes publicaciones son *Hamartia o Hacha*, *La Patria insomne* (poemas), *Narco History* (ensayo, coautoría con Mike Wallace), y su decimoctava novela, *El libro de Ana*. Por el programa de televisión *Nueva York* de CUNY-TV, que recupera las contribuciones de los hispanohablantes a la vida cultural de Nueva York, ha recibido cinco Emmys.

# Carmen Boullosa

## Infancia e invención
### Novelas I

**Biblioteca Carmen Boullosa**

**DEBOLS!LLO**

Infancia e invención
*Novelas I*

Primera edición: abril, 2018

D. R. © 2018, Carmen Boullosa. Obra reunida, Tomo I
D. R. © 1999, *Antes*
D. R. © 1987, *Mejor desaparece*
D. R. © 1993, *Así pensó el niño*
D. R. © 1999, *Treinta años*
D. R. © 2006, *La novela perfecta*
D. R. © 1994, *La milagrosa*
D. R. © 2012, *Tejas*

D. R. © 2018, derechos de edición mundiales en lengua castellana:
Penguin Random House Grupo Editorial, S. A. de C. V.
Blvd. Miguel de Cervantes Saavedra núm. 301, 1er piso,
colonia Granada, delegación Miguel Hidalgo, C. P. 11520,
Ciudad de México

www.megustaleer.mx

ISBN: 978-607-316-340-8

Impreso en México – *Printed in Mexico*

El papel utilizado para la impresión de este libro ha sido fabricado a partir de madera procedente
de bosques y plantaciones gestionadas con los más altos estándares ambientales, garantizando
una explotación de los recursos sostenible con el medio ambiente y beneficiosa para las personas.

Penguin
Random House
Grupo Editorial

# ANTES

*A José María Espinasa,*
*a Jonás Aguirre Liguori,*
*cuando todavía no nacías,*

*a María José Boullosa,*
*que deseo descanse en paz.*

Los que auscultasteis el corazón de la noche,
los que por el insomnio tenaz habéis oído
el cerrar de una puerta, el resonar de un coche
lejano, un eco vago, un ligero ruido…

En los instantes del silencio misterioso,
cuando surgen de su prisión los olvidados,
en la hora de los muertos, en la hora del reposo,
sabréis leer estos versos de amargor impregnados…

Como en un vaso vierto en ellos mis dolores
de lejanos recuerdos y desgracias funestas,
y las tristes nostalgias de mi alma, ebria de flores,
y el duelo de mi corazón, triste de fiestas.

Y el pesar de no ser lo que yo hubiera sido,
la pérdida del reino que estaba para mí,
el pensar que un instante pude no haber nacido,
y el sueño que es mi vida desde que yo nací…

Todo esto viene en medio del silencio profundo
en que la noche envuelve la terrena ilusión,
y siento como un eco del corazón del mundo
que penetra y conmueve mi propio corazón.

RUBÉN DARÍO

# I

¿En qué estábamos antes de llegar? ¿No te lo dijeron? Quién pudo decírtelo, si no tuviste a nadie para preguntarlo. Y tú, ¿lo recuerdas? ¿Cómo podrías recordarlo? Sobre todo porque no estás aquí… ¿Y si insisto? Vamos, si insisto puede ser que aparezcas.

¿Cómo querría yo que fueras? ¡Querría que fueras lo que fueras! Bastaría un poco de sustancia cálida, un poco de masa ni siquiera ardiente para tocar, para rozar… con rozar de vez en cuando en esta soledad me bastaría, rozar un poco, acariciar sin lastimar ni arañar, ni quedarme nada nada nada en las manos… nada… ni una huella…

Pero no hay nadie aquí conmigo. Nadie, aparte del miedo, del temor, del terror… ¿Miedo a quién? ¡No puedo tenerme miedo! Me he demostrado de mil maneras que soy inofensiva, como un pato a la orilla del lago esperando que los niños me avienten un trozo de comida o que dejen algo en el papel que abandonarán descuidadamente… Pero sienten asco de mí, asco, asco, les ensucié su "día de campo", su desayuno a la orilla del lago les ensucié, les volví un lodazal el muelle de su desayuno… niños, yo soy como ustedes, déjenme algo, alguno espéreme y quédese conmigo, un segundo siquiera, ¡niños!…

Se van. Su papá va a llevarlos ahora directamente a la escuela. No se les notaba en la cara la desmañanada para venir a desayunar aquí…

Sería conveniente empezar por el principio. Cierto, yo era como esos niños, yo era esos niños y aquí estoy, divorciada de su mundo para siempre. ¡Niños! ¡Yo era lo que ustedes son!

Me debo proponer vencer el miedo para empezar a contar mi historia.

Nací en la Ciudad de México en 1954. Recuerdo con precisión el día de mi nacimiento. Claro, el miedo. La comprendo y no se lo reprocho, tal vez si yo llegara a estar en su situación (ni lo imagino, sería demasiada fortuna) yo también sentiría miedo.

El miedo era por la abuela, no por mí. A mí, ¿qué? Todavía ni me veía… yo era tan indefensa… Más indefensa que cualquier niño de mi edad, que cualquier otro recién nacido.

Vuelvo al miedo, a *la* miedo: la jovencita, bañada en sudor, despeinada, con el cuerpo sometido a la violencia del parto, despojada de todos los signos de coquetería, era inocultablemente hermosa. Ese día estaba más pálida que de costumbre y cuando la vi por primera vez tenía en todos sus rasgos reflejado el miedo que no imaginé brincaría a mí para nunca dejarme.

Se llamaba con un nombre totalmente distinto al mío. Un nombre más sonoro, un nombre que yo le pondría a un hijo si lo tuviera. Se llamaba Esther.

Aunque la vi desde siempre con tanta precisión, la quise mucho, como si fuera mi madre.

¿Cuánto tiempo tardé en darme cuenta de que ella no era mi mamá? Siempre lo supe, pero hasta el día en el que ellos llegaron por mí, todo funcionó como si ella lo fuera.

En cambio no lo recuerdo a él esa noche. ¿Dónde andaría? Diré que trabajando para no ofenderlo, pero en cuanto vi la palidez de ella y la extraña miseria que la rodeaba entre las sábanas y las manos impías (quiero decir sin cariño ni piedad) que la rodeaban, lo supe todo. ¿De qué le servía su arrogante belleza si no era para ser amada por el hombre que ella quería? Tal vez era demasiado hermosa como para ser querida por nadie. No lo sé.

En el momento en que nací, mi abuela dejó de hablar allá afuera. Paró de quejarse. Tomó un respiro y no sé qué la arrulló. ¿Yo? Se quedó dormida de inmediato. La que debiera ser mi mamá, en cambio, no se durmió; me miró con una mirada que me recorrió el cuerpo poniéndome en todas las partes que lo componían su nombre respectivo, volteándome huesos y piel con un sentimiento similar a la ternura, como no me volvió a ver nunca nadie.

Mi abuela me miró con desilusión porque yo no era varón como ella hubiera querido. Mi papá… él no me miró ni ese día ni los siguientes, hasta que perdí la cuenta. Entonces, cuando dejé de notar que no me miraba, lo hizo y jugó conmigo. Era estupendo compañero de juegos.

Ellas no sabían jugar. De niña, al dormirme, me inventaba recuerdos. Recordaba (jugaba a recordar) que alguna de las dos Estheres había jugado conmigo: al té, a la casita, a las muñecas, a cualquier cosa. Eso me decía para arrullarme mientras ellas ponían en mí sus manos exageradamente blandas y me cantaban canciones desentonadas. Las quería mucho, tanto que no sólo me arrullaba con ellas sino que en las mañanas, al despertar, mi primer pensamiento era para ellas dos, y al salir de la escuela también era para ellas dos. Casi toda mi infancia.

Afuera a veces escucho a las que vienen persiguiendo y aún no les dan caza. ¿O serán las mismas? Aúllan, tienen horror de los que las persiguen. Corren, vuelan, son capaces de cualquier cosa para salvarse. Han de ser otras cada noche, seguramente, seguramente porque ninguna podría escapar, es imposible escapar, que nadie intente engañarse. Alguna noche se lo grité a la desesperada en turno, pero no oyó. Prefiero no gritar más, no tiene sentido y me hace mal. Estoy mal. Tengo tanto miedo. Tengo tanto miedo y no hallo cómo gritar *mamá*. Es un grito que no puedo emitir, porque esa palabra no la tengo.

Otras palabras sí, sí que las tengo. Tengo *árboles*. Tengo *casa*, tengo claramente la palabra *miedo* y tengo sobre todo la palabra *patosenelparque* porque de ella les quiero hablar hoy.

¿A quiénes, a quiénes les puedo hablar? Me inventaré por esta noche que sí puedo conseguir interlocutores desde mi oscuridad. *Patosenelparque*, con papá... él nos llevaba. El desayuno se preparaba en casa. Luego, tomaba el camino a la escuela, como siempre, hablando de lo de siempre, de un juego que él creía inofensivo pero que para mí era un juego de asalto y de dolor. "Yo no soy su papá... yo soy un señor que se las va a robar, un robachicos... un ladrón... me las voy a llevar para pedir dinero a cambio de ustedes... Si no me pagan las haré chicharrón...". Ahí les ganaba la risa, a él y a mis hermanas. Se reían a chorros, a carcajadas y con gusto, mientras yo pensaba: ¿chicharrón? ¿Dinero? ¿De qué demonios —pensaba—, de qué demonios estaremos hechas?

Íbamos al lago de Chapultepec. Nos desayunábamos sin apetito, picoteando aquí y allá, como patos, lo que nos hubieran puesto en la canasta, y nos llenábamos los zapatos de lodo, los choclos bicolores (blancos y azul marino) que llevábamos a la escuela.

Oía en las noches los pasos que entonces me asustaban pero creía inofensivos y si de noche no me permitían dormir, de día creía percibir en ellos un dulce arrullo, y tenía sueño en clase de español y sueño en matemáticas, en inglés, en gimnasia, en todas las materias... Era un sueño dulce, un sueño que nunca me hizo mal, un sueño a tientas, temeroso de mí. Ahora me ha ganado por completo y sé que nunca podría despertar.

Papá nos llevaba a la escuela por distintos caminos. Nunca comprendía (de todos modos) cómo demonios se llegaba a la escuela. Las calles siempre me dieron vértigo, nunca me aceptaron como a una de las suyas. A ellas nunca pude engañarlas. Ni a la ciudad. Pero menos que nadie a mí misma.

Tomaba una ruta distinta y nos contaba cuentos y nos hacía bromas y era enormemente feliz con las que él entonces miraba en toda la extensión como sus legítimas hijas. Y todas lo éramos.

En la escuela… Nunca podré recordar cómo era precisamente la llegada a la escuela. De pronto estaba ahí. Conjeturo que me bajaba del automóvil torpemente, un poco mareada, sintiendo un enorme alivio porque había podido llegar a mi lugar a pesar de las amenazas del señor ese que decía que no era mi papá… Llegaba, procuraba no tropezarme con mi propia mochila y ¡el ruido!, ¡el ruido, el parloteo! Tampoco lo recuerdo, lo imagino, debía estar ahí… Lo que recuerdo era la fila, el estar formadas en el pasillo con la luz del día a la izquierda entrando a chorros por un enorme ventanal mientras alguien, a quien no veíamos, rezaba en voz alta, decía cosas que nunca entendí, y luego el saludo a la bandera, mexicanos al grito y algo así como *como remellos cuyos aliños un viento helado marchita en flor…* Palabras indescifrables, tanto o más religiosas que aquellas con que había empezado el día.

Una mañana a medio recreo, María Enela (así era su nombre, era —o así lo recuerdo, pero lo defenderé— Enela) me invitó a entrar con ella en el gallinero. En él no había gallinas ni restos de gallinas, sospecho que era un proyecto de las monjas que no arraigó… un edificio abandonado, limpio no sé por qué, oscuro y silencioso. Entré con ella. Entonces los pasos se hicieron más presentes y ella me preguntó:

—¿Qué son esos pasos?

—¿Qué van a ser? —le contesté—, nada…

—Sí sabes de qué hablo —me dijo—, sabes muy bien… Me han venido siguiendo… Me dijeron que te preguntara a ti.

Tuve tanto miedo que eché a correr hacia fuera del gallinero. Enela salió corriendo atrás de mí, llamándome por mi nombre con insistencia.

Salí del gallinero, corriendo, pero en cuanto pude alzar la vista me detuve: el enorme patio se encontraba vacío. ¿Se habría acabado la hora del recreo? Sentía atrás de mí los pasos de Enela ya no persiguiéndome sino buscando también (como yo) el camino a nuestro salón. ¿Por qué estaba vacío el patio? Subimos (primero yo y casi pisándome los talones Enela) los escalones que nos dividían de la entrada a los salones y de lo que llamábamos el "patio de gala": un hermoso jardín meticulosamente cuidado, rodeado de hortensias, con su recortado pasto siempre verde y tupido, al que las niñas no teníamos acceso más que en días de fiesta. Subimos, decía, la escalinata bordeada por el lado izquierdo de un muro (o piso) inclinado, de piedra volcánica, y sentí cómo Enela volteó para ver el patio en toda su extensión —al fondo las canchas de básquetbol, más abajo el terraplén donde se practicaba atletismo: el tiro de jabalina o bala, salto de longitud, de altura (en una alberca de aserrín)— y dijo "no hay nadie". ¿Cómo no habíamos oído el timbre, el fuertísimo, agudísimo timbre que indicaba el regreso a clase? Tuve miedo, Enela tuvo miedo también. Sentí que no tenía sentido seguir subiendo la escalera, para qué, y volteé esquivando la mirada de Enela, cuando las vi salir de la izquierda, de donde la terraza me tapaba las canchas de volibol, vi surgir como un enjambre a las niñas, un enjambre gris, un ejército de hormigas con sus suéteres grises y sus grises faldas de tablones grises saliendo con barullo del área de la cafetería... Al término de la escalera, en lugar de caminar un poco hacia la izquierda y entrar por la puerta del pasillo, di vuelta a la derecha y bajé corriendo los otros escalones: ahí estaban todas, aglutinadas en la terraza de la cooperativa y atestando la cafetería, recibiendo los premios anuales de la cooperativa escolar, los bonos que esa tienda manejada por las alumnas de sexto había rifado, como todos los años, y que daban carta abierta a dos alumnas durante lo que restaba del año escolar para comer cuanta golosina quisieran. Alguien me jaló de la manga y me dijo: "¡hubo uno para ti!". A empujones me abrieron paso a la barra de la cooperativa y grité mi nombre. "¿Dónde está?", me preguntó una de las grandes desde su altura inconmensurable. "Soy yo", le contesté y gritaron mi nombre, me aplaudieron, otra de las mayores me cargó y me subió a la barra y corearon hurras, vivas, cantaron una porra, me entregaron el bono (una credencial azul, con mi nombre escrito) y entonces fue cuando sonó el timbre para regresar a clase.

…la niña en la terraza lleva rato corriendo tras una lagartija y por fin puede asirla, la detiene y la lagartija *corre*, ¿cómo corre si aún la está deteniendo? Suelta lo que tiene en las manos: la cola baila feliz y victoriosa en el piso, distrayéndola. ¿Cuánto tardó en dejar de moverse? Mucho más tiempo que el que le llevó a su lagartija huir fuera del alcance… Exactamente igual me ocurrió con el bono de la cooperativa. Lo que tardé en darme cuenta fue lo que tardé en encontrar el salón y toparme con la mirada de Enela y decidir que, a costa de lo que fuera, yo debía esquivarla, esquivarla… No podría soportar mi propio miedo reflejado en ella…

En el recreo del día siguiente me cuidé muy bien de no acercarme a María Enela. No fue fácil, hábilmente supo incorporarse al grupo con el que yo siempre compartía los juegos.

Cuando bajaron a los patios, no me uní a ellas. Esperé al último momento para salir del pasillo. Trato de recordar el nombre de la niña que, buscando algo que nunca encontraría en el fondo de la mochila, hacía tiempo en el salón para evitar ante las otras la vergüenza de salir sola (¡otra vez!) a deambular por los rincones más desiertos de la escuela. Era de cara gordita, la peinaban con una sola trenza restirada en la coronilla y abundante jalea. Tenía el cutis pálido y un poco rosado en las mejillas, mostraba una fragilidad de espíritu que nunca encontraría cómo ocultar, ni siquiera cuando se convirtió prematuramente en una adolescente hermosa. No recuerdo su nombre. La invité a salir conmigo, ésa y otras mañanas en que Enela pudo sostener su pasajera amistad de conveniencia (que nadie conocía, más que yo) con mis amigas; no fueron muchas, para mí las mañanas más largas de la vida escolar. Largas, claras, demasiado lentas y que alguien podría etiquetar como "aburridas".

No me aburría. Sentadas en los subibajas con forma de rebanada de sandía diseñados para las niñas más pequeñas, nos platicábamos, meciéndonos casi imperceptiblemente, muchas cosas. Estábamos refugiadas en el patio de las más chicas, el que daba a los salones de kínder y que aunque no estaba prohibido nadie usaba para jugar, aislado de los demás patios pertenecía a un territorio aparte, y ahí jugábamos un juego que conocí (porque entonces lo practicaba sin conciencia) cuando era más grande: la plática. ¿Qué tanto nos contábamos? Muchas cosas, intimando verbalmente como hasta entonces nunca lo había hecho con nadie. Que si su papá, que si el mío, que si Esther, que si la maestra de español, que si… nos platicábamos como adolescentes, como mujeres adultas, como viejas, largamente…

Así corrió tiempo entre la entrevista del gallinero y el orden que recuperé trastabillando en la oscuridad del miedo. Pocas eran las noches en que los pasos no me perseguían empecinados ocultándose tras los sonidos que escuchaba intentando dormirme.

Esa mañana parecía que estaba a punto de llover. De hecho unas pocas gotas rompieron una larga fila organizada para jugar quemados y corrimos alborotadas para meternos en el pasillo que unía entre sí los salones, para protegernos de la lluvia. Buena para correr, entré primero que ninguna de mis amigas al pasillo. Me topé con el espectáculo siguiente: a la mayor de mis hermanas le habían sacado la mochila del salón y le brincaban encima; mientras ella trataba de recuperarla, colocaban a su mamá unos adjetivos que no comprendí… pensé en los lentes que ella usaba para leer el pizarrón y que estarían haciéndose papilla en la bolsa exterior de la mochila de cuero, nueva todavía antes de pasar por la tormenta de pisotones que a coro iba creciendo con la lluvia. Me abalancé por la mochila, mordiendo la pantorrilla que en turno le saltaba y mordí y mordí… trataban de separarme de ella, pero la rabia que sentía era tan grande que no permitía abrir las quijadas mientras la dueña de la pierna aullaba y las demás gritaban y yo recordaba con los ojos cerrados la mochila en el cuarto de mis hermanas la tarde anterior y pensaba que no era justo cómo la habían dejado y apretaba las quijadas fuertemente, y la maestra me tomó de los cabellos, despeinados de tanto jaloneo, y me condujo de inmediato, en medio de un silencio sepulcral, a la oficina de Mother Michael, la directora.

Debería haber sentido miedo. Nunca antes me habían llevado con la directora, era el último recurso de la disciplina escolar. Primero venían los papelitos que se mandaban a la casa: verde (primera llamada de atención), azul (segunda) y el rosa (tercera y última, casi un latigazo), los cuales había que regresar al día siguiente firmados por ambos padres. Si los papelitos no eran suficientes, la oficina, la temible entrevista con Mother Michael, de la que nadie hablaba porque pertenecía a lo *pavoroso*. Yo no le tenía ningún miedo a Mother Michael, claro que sería incapaz de no obedecerla o de faltarle al respeto, pero menos le iba a tener ninguna consideración a nadie en el estado en que me encontraba, prendida de ira todavía… No sé cómo le hizo la maestra para separarme de la pantorrilla sin que yo me llevara el pedazo adentro de la boca.

Mother Michael abrió la puerta y yo empecé a hablar. Le expliqué lo de los lentes, lo de la mochila nueva que Esther le había comprado la tarde anterior, lo de las palabras incomprensibles que le gritaban a mi hermana para definir a su mamá, repitiéndoselas una por una como las recordaba. Mother Michael me miró directo a los ojos. "Voy a tener que castigarte —me dijo—, porque si no todas las niñas van a empezar a morder a sus compañeras, pero hiciste muy bien. Quédate conmigo. Teacher, papelito rosa for those who jumped in la mochila". Me quedé con Mother Michael. Apenas cerró la maestra la puerta, me miró de nuevo y me habló en inglés, su lengua materna, mucho rato, muchísimo rato, paseándose con largos pasos. Nunca la había visto yo tan habladora y no encontraba qué la había puesto así. Salió de su oficina y me dejó ahí a que esperara el timbre de salida.

¿Me dormí en la oficina de Mother Michael? Los cajones del enorme escritorio de madera crujieron *en voz alta*, al rato de estar yo aburrida esperando. Crujieron y crujieron, uno por uno, y acto seguido escuché adentro del escritorio los mismos pasos de siempre, los pasos que Enela al mencionar volvió semillero de terror. No podía salir de la oficina, tenía que obedecer a Mother Michael, estaba atrapada, los pasos estaban ahí, junto a mis piernas que colgaban inermes en la silla, ya habían llegado, y rompí a llorar diciéndoles: "ya, por favor, ya no suenen, les tengo miedo, llévense mejor a Enela".

No sé cómo me atreví a decir eso. Sólo el miedo que sentía puede explicarlo.

Pararon de sonar de inmediato.

A la mañana siguiente, al entrar junto con todas mis compañeras al salón, bajo la tapa del pupitre encontré un recado acomodado encima de mis libros. ¿Quién lo pudo poner ahí? La letra era de un adulto. Antes de acabar de leerlo, cerré el pupitre y haciéndolo bolita en la mano lo guardé en mi mochila. ¿Sería mi maestra? ¡De nuevo sonaron los pasos! Enela pidió permiso para ir al baño y la maestra se lo negó: "¿al baño llegando?". *Vendes a Enela*… eso decía el recado, la primera línea del recado… *vendes a Enela*… y los pasos sonaban en el salón, nadie parecía percibirlos más que yo y evidentemente Enela, Enela aterrorizada pidiendo permiso para ir al baño.

"¡Mire, maestra!", gritó Rosi atrás de mí. Señalaba un charco en el piso del salón, abajo del pupitre de Enela. "Mire…". Enela desvanecida tenía la cabeza apoyada en el pupitre, la falda empapada y los ojos abiertos, como los de un muerto. "¡Enela!". No respondió al llamado de la maestra. "Rosi, corre a la enfermería".

¿Cómo se la llevaron del salón? No me di cuenta. No volvió en sí. Todo me daba vueltas.

No escuché la broma de papá en el camino. Al llegar a la escuela, bajé del coche y esperé a Enela con impaciencia. El día anterior, respondiendo a la llamada de la escuela, habían ido por ella sus papás y se la habían llevado a su casa. Yo esperaba que fuera algo pasajero. Me prometía atreverme a platicar con Enela de los pasos. Conversé con ella en silencio. No sé, tal vez juntas podríamos oponernos, vencer un destino que no comprendía yo en toda su extensión pero que empezaba a atisbar con desesperanza.

La esperé también las mañanas siguientes. Enela nunca volvió a la escuela. No me atreví a preguntar a la maestra por ella.

Trataba de olvidarla y lamentaba no haber leído todo el recado que alguien había puesto sobre los libros que guardaba en mi pupitre.

Nunca supe cómo perdí el papel. Llegando a casa me encerré en mi cuarto para desdoblarlo y leerlo, pero no lo encontré, ya no estaba en la mochila. Tuve miedo de que se me hubiera caído y lo leyera alguien antes que yo y me culpara en público de lo que yo me sabía culpable, porque sí, yo había *vendido* a Enela, pero, ¿por qué había *necesitado* yo venderla?

"*Mirando al león al que había sido entregado como corderillo, le replicó:*

"—¿Qué haces aquí, bestia feroz? Nada hay en mí que te pertenezca; voy al seno de Abraham donde seré recibido en breves momentos.

"De pronto resplandeció su cara como la de un ángel. Él se acercó a sus pies y descansó como una paloma a sus plantas. Pero había llegado la hora de recibir el galardón de sus trabajos. Comenzó a sentir una gran flaqueza y falta de fuerzas y ante los ojos atónitos de los infieles el Santo pasó a mejor vida".

Leía Mother Michael con su acento inocultable en clase de religión, única que se encargaba de dictar personalmente. La directora cerró el libro de vidas de santos y empezó a comentar exaltada en su media lengua, intercalando palabras en español y en inglés, instándonos a la reflexión, ¡cuánta era la entrega del santo!

Vamos, pensaba, seré cobarde. Entregué a Enela, renegué de Enela… No necesitaba compararme con la carne de los mártires, como lo hacían mis compañeras, para saber cuán poca cosa era… No había necesitado probarme para no pasar la prueba y saber de mis vergonzosas flaquezas. Y sentí más miedo que nunca y los pasos se alimentaban de mi miedo, cebándose con él, de él creciendo, de él engrandeciéndose, volviéndose un monumento de la remordida carne de cañón en que no sabía que me había convertido.

## II

No supe cómo aprobé el año escolar. Si intentara apegar lo que cuento a cierta lógica, tendría que decir que, debido a mi historia con Enela, presenté problemas en los estudios. Atormentada, remordida, culpable, castigada con el solo hecho de ser quien era… me debía resultar imposible concentrarme. Pero fue esta ausencia de capacidad de concentración la que me regaló la medalla al mérito, el premio otorgado al primer lugar en aprovechamiento.

Distraída aprendía. ¿Aprendía qué? ¡Quién sabe! No me acuerdo de una sola palabra. No sé ni qué temas. Estaba absolutamente fuera de mí, quién sabe dónde, ganaba los dieces en las materias a fuerza de no estar en ningún sitio, esquivando, guareciéndome en islotes que —como no los obtuve de mi imaginación sino de planes de estudio maquinados por burócratas— se esfumaron, no dejando ni un rasgo al cual pudiera asirme como entonces lo hice. Los temarios me volvían robinsona en islas ignotas por las que paseaba sin compartir con nadie y sin saber cómo volver a tierras conocidas, islas que escapaban al huracán destructor que había asolado mi mundo.

Las "conquistas" (si es que Robinson conquistó) me trajeron la gloria: medalla de plata con el escudo de la escuela grabado por un lado y por el otro escrito en la parte inferior *1963, tercero de primaria*, en el centro mi nombre y arriba grandote *Medalla al Mérito*.

No me la esperaba. No tenía idea del valor de los dieces que obtenía, fruto de la distracción. Cuando llegué a la casa, mis hermanas armaron un gran alboroto, le hablaron a papá a la oficina, le contaron excitadas a Esther cómo había sido la entrega una y otra vez con un zumbar de abejas que no paraba y Jose y Esther se encerraron en el cuarto de los papás mientras Male, la mayor —cuya mochila yo había rescatado de los pisotones— me quitaba el uniforme, me decía palabras cariñosas, me vestía con el traje elegante rosa crema de lana inglesa (propio para inviernos en otros continentes pero sudadera en la tarde clara del Valle de México), zapatos de charol... ¡me puso hasta los calcetines!... cuánto se lo agradecí, todas las mañanas buscaba quien me ayudara a hacerlo porque lo detestaba... Me mimó como una mamá pequeña, me peinó, me acicaló, me puso un moño en el pelo, me cepilló los aretes para que brillaran... No recordaba a su mamá —de la que nunca supe el destino— pero había aprendido a suplirla con ella misma.

Esther y Jose me habían conseguido en el clóset de mamá dos sorpresas magníficas: una gruesa cadena de plata para colgarme la medalla y un par de guantes blancos, de tela delgada y fina, los guantes de la primera comunión de Esther.

Papá no tardó en llegar con un pastel de fresas y betún blanco y un litro de helado de chocolate. Era día de fiesta.

¡Pocos días tan lejanos como aquél! ¡Qué diera por volver a vivirlo! En él —un placer verdadero— culminaba el mullido pisar sobre plumas que había inventado con lo que ellos llamaban "estudios" y que no era más que aturdirme, olvidarme de mí y olvidar lo que había visto en la escuela y en la casa, como contaré ahora. Bajo la capa de plumas no hacía falta ser princesa para descubrir los guisantes, pero era cómoda, aún hoy sería amable adormecerme recitando nombres de capitales, fechas de hechos importantes para la patria, procesos biológicos o no-sé-qués estudiados con tan aparente ahínco, poco placer y nulo interés.

Después de la racha de clases particulares a que nos sometió un viaje a Brasil de Esther y papá (pintura, baile, natación, francés) para llenar nuestras tardes en su ausencia, y de la lógica rebeldía a cualquier clase vespertina que mostramos a su regreso, volvimos las tardes una interminable pista de patines. Ni la bajada empinada de la calle de la casa, ni el rodar de sus ruedas metálicas, ni las caídas constantes conseguidas con nuestra imprudencia me hacían sentir insegura, bailaba sobre ellos sin moverme sabiendo al fin que el precipicio siempre esperado en la punta de los pies quedaba bajo mi control y que el constante vaivén que tenía conmigo no lo traía yo adentro: justificado brillaba en las ruedas de mis patines.

Al lado de la casa, no precisamente en el terreno limítrofe sino un par de casas más allá, había un terreno baldío, compañero de las tardes con mis hermanas. Nos internábamos en él, cortábamos flores que nos regalaban las lluvias: margaritas, violetas silvestres... a los girasoles nunca nos atrevimos a cortarlos, eran imponentes como mamíferos.

Digo *mamíferos* porque no les hubiera bastado para defenderse con ser *animales*, los insectos son animales y contra ellos atentábamos impunes, dándoles caza y usándolos vivos (para jugar) o muertos (joyas coleccionables). Ambos (vivos o muertos) terminaban estampados en el fondo de cajas de galletas, sujetos con un alfiler y cera de Campeche.

No los matábamos a golpes: los noqueábamos con éter. Los que no morían por este fino método terminaban ahogados en sopas lodosas que guisábamos-cavábamos en hoyos que a ninguna barbacoa le hubieran parecido deleznables.

Cuando pasaron las lluvias, le prendieron fuego al terreno. Nosotras presenciamos toda la operación. Mis hermanas aseguraron haber visto salir corriendo ratas, lagartijas y (eso decían, pero dudo fuera verdad) serpientes, víboras como las que llegaban a vender a la puerta de la casa los chamacos, sujetándolas con una vara, colas de caballos muertos en legendarios combates, porque ellos ¿vencer víboras?, ¡uf!, ¡qué fácil! Ellos eran capaces de vencer cualquier animal o hasta monstruos si fuera menester…

Male y Jose gritaban alborozadas volviendo el incendio un motivo de gozo. Yo, convertida en estatua sobre los patines, una estatua de ojos que *veía* (oigan bien: veía, no imaginaba) sobre las llamas caras llegadas ahí para observarme, caras sin cuerpo, caras con todas sus partes completas. Una de ellas abrió sus labios carnosos para llamarme. Al oír mi nombre todas sonrieron. Apareció entonces en su lugar una multitud comiendo en franco desorden festivo, comiendo *caras*, lo vi, ahí estaba, no era mi imaginación, y mis hermanas, cansadas de pedirme que me alejara del incendio que avanzaba tan rápidamente como rápido avanzaban los pasos *otra vez*, vinieron a jalarme para que las llamas no comieran mi falda o mi cabello.

Cuando llegué a la casa, regañándome pusieron frente a mí el espejo: tenía quemadas las cejas, dobladas y rubias las pestañas de un ojo y la piel enrojecida.

Pensé que me quedaría así, con la cara pelona.

"Parece que le dio un flamazo el horno", dijo mi adorada abuela cuando me vio (¡por fortuna!) esa misma tarde. Chilloteando conseguí que me invitara a dormir y accedieron porque —ellos dijeron así— "estaba muy nerviosa".

# III

Cuando me quedaba a dormir con la abuela, vencía con su calor la oscuridad. Nos acostábamos en la misma cama, muy juntas, y la olía y la oía respirar y creía que el ritmo de su respiración era el mío y, no me atrevería a asegurarlo pero creo que era así, soñaba yo su sueño, descansando del mío, de aquel desorden que habitó salvajemente cuando le fue posible el mundo de mis sueños.

Con ella *dormía*. Despertaba después que ella, con la luz bañándome alegre los ojos: nada me había llamado en la noche, nada me había alertado, nada me había dicho *ven*. Se me dejaba estar ahí llanamente, como ahora lo estoy pero tan lejos de mí. Los sonidos no habían llegado a tocarme el hombro.

No pude inventarme de noche un código que agrupara los sonidos a los que les tenía pavor, pero los fui acumulando, armando un diccionario sin definiciones, un léxico auditivo. Seguramente hay un término apropiado para nombrar lo que formé con los ruidos que me seguían por las noches. Pero a ninguno le puse explicación: de ninguno dije "éstas son las puertas del armario crujiendo", entre otras cosas porque también a la puerta derecha del armario le tenía miedo *porque sí*, porque estaba ahí, porque me quedaba cerca de la pierna derecha y la sentía a punto de estallar, abriéndose cargada de lo ignoto… No puse definiciones a los ruidos que enumeré porque las definiciones no me hubieran ayudado en nada, no me

hubieran calmado o tranquilizado sino que hubieran enriquecido con más elementos la sazón del miedo. ¡Cuánto más me
hubiera alarmado el saber de dónde y cómo procedían!

Había los que me perseguían más constantemente, aunque
no eran a los que yo les tenía más miedo. Éstos los escuchaba cuando todavía deambulaban los despiertos afuera de mi
recámara; no los quería pero eran hermosos, no me dejaban
dormir, tenían el constante carácter de una certeza… Eran los
ruidos producidos por el piso de madera, eran los insectos estrellándose en las ventanas, tañidos como de oro o cobre resbalando por las paredes, pequeños pasos dados con zapatos
tejidos, pasos acaramelados… Todos estos eran domésticos,
nobles…

Después me dormía y los que me despertaban… ¡los que
me despertaban!, a ésos sí les tenía un miedo sagrado, un miedo
sin nombre, sin sabor, un miedo que estaba fuera de mí, que
me rebasaba… Eran sonidos tal vez más tenues pero mucho
más violentos.

Llevo rato recordándolos, tratando de distinguir a qué objeto pertenecían pero no puedo. Los conozco, estoy muy cercana a ellos y no los he vuelto a oír. Tendría que repasar mi casa
para encontrar de qué punto salieron, dónde, dónde, dónde, de
qué punto de la casa brincaban para alertarme, para hacerme
comprender que eran *para mí*, que sonaban para mí, avanzando
en la oscuridad y en la oscuridad retrocediendo, tentaleando
aquí y allá, tropezándose entre sí sin encontrarme.

Yo sabía que su cacería sin ojos terminaría por no ser infructuosa. Mientras llegaran, aunque me rozaran el cuello o
pasaran a un escaso pie de distancia de mis pies, aunque los
oyera y llenara cuanto me rodeaba de ellos, no daban en el
blanco, el blanco que era mi corazón antes de que lo devoraran
del todo las tinieblas…

¿Por qué era blanco mi corazón? ¡Se cuenta en tres frases o en
dos cómo me perseguían cuando yo no era más que la indefensa

que los esperaba sin poder alejarlos!, se dice con pocas palabras que toda la noche sin descanso me despertaban para acorralarme, es fácil definir: "niña con mucho miedo, padece pánico nocturno porque escucha que se acercan a ella en la noche"... "¿Qué se acerca a ella? Nunca se lo preguntó, tampoco nunca se explicó en pocas palabras lo que era ella"...

No sabía qué podía hacer contra la persecución. Más pequeña, me quedaba en la cama o corría a la de mis papás para que me dejaran protegerme con ellos, pero papá nunca permitió que durmiera en su cuarto pensando que mis terrores nocturnos eran "payasadas", esa palabra usaba él para definirlos. Algunas noches lograba engañarlos y me quedaba dormida en un tapetito al pie de su cama, pensando que su cercanía era una protección, pero ya más grande, digamos desde los nueve años, dejé de recurrir al tapetito; si no me quedaba en la cama a esperar que me golpearan los sonidos, caminaba por la casa tratando de esquivarlos.

Con el tiempo aprendí a verlos, pero nunca les puse nombre.

¡No vayan a creer que lo que vi fue lo que producía el ruido! La geografía del ruido (alas de grillos frotándose, el caminar nocturno de la perra sobre el pasto, alguna paloma moviéndose, los coches pasando como ventisca en las calles, las hojas de la yuca, las cortinas tocadas por mosquitos, los objetos buscando acomodo tal vez, o tal vez alguno de ellos) no fue lo que *vi*: esa historia me hubiera gustado vivir, la de la descubridora que explorando pudiera matar mis pavores nocturnos.

El léxico era sólo una pequeña parte del mundo desverbal que inventé o habité de niña. Lo que pasaba por el tamiz de las palabras era el mundo que compartía con los otros: "pásame el azúcar, aviéntame la pelota, tengo frío, quiero comer, quiero más dulce, tengo sueño, no me cae bien la maestra, Gloria es mi mejor amiga, Ana Laura es la más grande del salón, qué bonito camina, no me gusta ir a casa de Rosi, Tinina es muy buena jugando básquetbol, me gusta que papá juegue con nosotras almohadazos, Esther: no me gusta que te encierres en tu estudio, mis hermanas tienen otra mamá que no es Esther, nadie habla de ella en la casa, su abuela no me quiere, a veces la van a ver, oí decir que papá mantiene a la abuela de mis hermanas, pobrecitas, Esther nos llevó a cortarnos el pelo y nos dejó en el salón de belleza, las señoras platicaban de cosas que nunca oigo decir en la casa, me gustaría tener hermanos más chicos que yo, en la escuela todas tienen hermanos pequeños, es muy chica mi colección de oritos, la de mis hermanas es muy grande, el uniforme de gimnasia me parece ridículo, mi bicicleta es roja, los albañiles que trabajan en la esquina cantan todo el día, Inés nos hizo gelatina de naranja, ya no quiero llevar *lunch*, quiero que me inscriban en la cafetería…".

El universo desverbal era mucho más profuso, tenía muchos más habitantes, situaciones, mucho más mundo… A cada palabra correspondía un mundo sin verbo. *Tijeras*, por ejemplo, ¿qué son las tijeras? Dos navajas que viven juntas, oponiéndose y en aparente armonía.

Voy a contarles de las tijeras. Estaban prohibidas para las niñas, eran un objeto que no debíamos tocar. Teníamos unos remedos de tijeras a los que sí teníamos acceso: navajas chatas, sin filo, sin pico, mal llamadas tijeras.

O sea que había tijeras y tijeras. Las primeras eran armas de los mayores. Servían para coser, para cortar tela, para el pelo… En la cocina había unas gris opaco, grandes, gordas, pesadas, tan características que por ellas se podía decir que había tijeras, tijeras y tijeras.

Las primeras eran las que usaba la abuela, las que usaba mamá. Bastaba crecer para tener acceso a ellas. Eran pálidas, brillantes como las segundas ("tijeras de las niñas"), y tenían —como si fueran arrugas— marca de edad, como las terceras.

Las terceras vivían en la cocina. No tenían dueño, tenían uso: cortar cuellos de pollo, patas de pollo, tijeretear carnes para algunos guisos. No sólo nos estaba terminantemente prohibido tocarlas, sino que yo no hubiera querido tocarlas: me daban asco. Aunque las lavaran, siempre estaban sucias.

Esa noche me despertaron unos pasos distintos, pisadas más agudas, ligeras pero peligrosas. Las oía venir desde muy lejos, algo me advertía que tenía que detenerlas. Dejé mi cama y me fui acercando a ellas. En el comedor de piso de madera algo se arrastraba hacia mí. No le tuve miedo y me le acerqué: ¿qué hacía adentro de la casa la tortuga? La habían traído de Tabasco para que la abuela hiciera sopa el día del cumpleaños de Esther, albergándola en la azotehuela de la cocina para que no la mordiera la perra y no se fuera a enterrar, porque oculta en la tierra no podríamos encontrarla para guisarla.

¿Qué hacía ahí? Corría en el comedor (los niños sabemos de sobra que las tortugas sí corren), corría hacia mí, aligerada por el terror su pesada carga. Me habían dicho que no me le acercara, que podría morderme, recomendación inútil porque no había cómo agarrarle la cabeza; pelona y arrugada la escondía apenas sentía acercarse a cualquiera.

Corría hacia mí y con su cara me tocó al llegar a mis pantorrillas. Me agaché a ella: sus ojos brillaban de pánico y no me llamó por mi nombre ni me pidió auxilio a gritos porque las tortugas no pueden hablar, sólo por eso. La levanté del piso y la sujeté a mí, pesada como era, y seguí escuchando los pasos, los peligrosos pasos que había que detener a toda costa.

Caminé en la oscuridad con la tortuga entregada a mi pecho como una amante indefensa, aterrorizada como yo, y le hablé en voz baja, le dije: "voy a cuidarte, pierde cuidado", le acaricié la concha y la cabeza apoyada en mi hombro, le acaricié las patas ásperas, demasiado cortas, y dejamos de oír el ruido que estábamos persiguiendo. Ni un paso más. Con aplomo, sintiéndome poderosa, llevé a la tortuga a la azotehuela de la cocina. Abrí la puerta, la dejé en el piso, calmada y creo que exhausta después de su larga carrera. Le serví un poco de agua en un cacharrito, cerré la puerta y regresé a la cama, rodeada de un amable silencio.

En cuanto puse la cabeza en la almohada, percibí algo extraño y oí bajo ella un oscuro respirar: la alcé. Bajo la almohada de mi cama estaban las torvas tijeras de la cocina.

¿Qué hacían ahí? Les tuve miedo como los niños suelen tener miedo, una sensación que casi no conocía y en la que no supe desenvolverme. Las tomé con asco, percibiendo su grosero olor, deliberé y terminé por llevarlas a la cocina.

No sé cómo llegué a la decisión, no sé si me ganó el miedo de un regaño (imaginé la escena al día siguiente: ¿qué hacían las tijeras en mi cuarto?, pregunta que formularían de no muy buen modo) o el miedo a las tijeras. Las llevé y las dejé en su lugar, colgando de un clavo en la pared de la cocina. Regresaba a mi cuarto a acostarme cuando volví a escuchar los pasos agudos.

Lo comprendí demasiado tarde. Corrí hasta la cocina pero ya no hubo remedio: la puerta de la azotehuela abierta, la tortuga sangrando con las tijeras culpables, divididas en dos, tiradas en sendos charcos de sangre en el piso. La tortuga ya no tenía cabeza y le faltaba un pie.

Regresé horrorizada a mi cama y no lloré porque tenía demasiado miedo: ¿quién había abierto y cerrado sucesivas veces la puerta?, ¿quién había dejado las tijeras bajo mi almohada y para qué? Como otras noches, me arrulló el tic-tac acelerado de mi corazón.

A la mañana siguiente corrí a la cocina a ver qué habían hecho con la tortuga. Le pregunté a Inés, la cocinera, por la tortuga y, como era costumbre, no me contestó. Siguió exprimiendo jugo de naranja para el desayuno como si nadie le hubiera hablado: para ella no existíamos las niñas. Éramos como cosas a las que había que someter a una rutina. No más.

Traté de abrir la puerta de la azotehuela, pero, hecho natural, estaba cerrada con llave. Entonces Inés dijo: "Deje la tortuga en paz, ya le dijeron que muerde."

Esperé a Esther a la salida del baño. ¿Cómo tardaba tanto en bañarse? Repasaba las partes de su cuerpo pensando qué se estaría enjabonando, tardaba tanto, pero acabé de enumerarlas mentalmente antes de que ella abriera la puerta. Cuando por fin, envuelta en una toalla, salió, le pregunté por la tortuga:

—Ahí ha de estar.

—¿Pero está? —le pregunté de nuevo.

—¿Por qué no ha de estar? —me contestó—, no tiene cómo escaparse.

Regresé a la cocina. Las tijeras colgaban serias y oscuras en su lugar, mientras la cocinera me daba la espalda. Me prometí no preguntar más por la tortuga.

El día del cumpleaños de Esther sí comimos sopa de tortuga. Mientras removía con la cuchara, pensaba ¿de qué tortuga estará hecha? No resistí y, rompiendo la promesa que me había hecho a mí misma, pregunté en voz alta:

—¿De qué tortuga es la sopa?

—De río —me dijo la abuela.

—Ya sé que es de río, pero cuál tortuga es.

Se hizo un silencio. Cruzaron miradas de complicidad entre ellos.

—De una que nunca conociste —me dijo Esther.

—¿Y la de la casa? —pregunté.

—Quién sabe cómo, pero se escapó —contestó Esther.

—¿Por qué no me dijiste?

—No preguntaste.

—Sí, te pregunté un día.

—Pero ésa no escapó, se fue después. Un día no amaneció. Se fue quién sabe cómo, volando.

Se rio. Y se rieron todos los de la mesa, menos yo. Estallé en llanto. Sin control metí el pelo en el plato de sopa, en el despreciado plato de carne con plátanos machos, en el platillo verde que hasta antes de ese día me había hecho tanta ilusión.

Mientras Esther me decía "de qué lloras, cálmate, a ver", mi abuela creyó ser más astuta y dijo "cree que nos estamos comiendo su tortuga, la que desapareció".

# IV

Las vacaciones se borran ante el inicio magistral del año escolar. Corría 1965, llevábamos muy pocos días de clase, todavía emprendíamos la búsqueda del útil que faltaba, del libro que la escuela debía solicitar porque no se conseguía en librerías y de la regla de madera que nos había llevado por las calles de la ciudad a corroborar su abrumadora derrota ante la regla de plástico, derrota innoble que Esther lamentaba calificando a la ganadora de "porquería", "cosas de los gringos".

Decía que las vacaciones se borran (aunque no las olvido) porque al iniciar el curso escolar nevó mientras dormíamos, un acontecimiento en nuestra templada ciudad. Esther nos despertó. Pegué la frente a la ventana y la empañé mientras miraba las formas de las plantas del jardín que incansables hacían caravanas al viento y al blanco mortal que las rodeaba.

¡Qué maravilloso silencio! Esther, Jose y Male, con sus abrigos oscuros sobre las pijamas, salieron a tocar la nieve del jardín. Respetuosas pisaban en la orilla, bordeando, avergonzadas de manchar lo blanco... ¿Qué sentían afuera en la oscuridad? Yo adentro sentía una paz indescriptible, el silencio por fin, el silencio que yo había esperado todos esos años y que creí imposible...

En cuanto entraron, el cable de la luz, vencido por el inesperado peso de la nieve, cayó dando latigazos con chisporroteos pirotécnicos y terminó abrazado, como un niño vencido, al eucalipto que cuidaba los juegos de mis hermanas.

Sólo los de mis hermanas. A los míos los perseguía, a los míos les ponía zancadillas, los engañaba. Pude darme cuenta de muchas maneras. Por ejemplo: mis hermanas hacían collares con la parte superior de las semillas del eucalipto, o alcanfor como lo llamaba Inés, la parte que, suelta del resto de la semilla, tenía forma de un diminuto gorro cónico. Juntaban muchos, los ensartaban y luego los pintaban de alegres colores. Cuando yo intentaba hilvanarlos, se me deshacían: nunca pude armar un collar o una pulsera o siquiera un anillo, porque los gorritos se vencían en mis dedos, se hacían, por su voluntad, añicos.

Yo no era torpe con las manos. Con los pegamentos, tal vez (recuerdo muy bien unas vacas de papel que me dejaron de tarea pegar, para practicar la suma, en una hoja que me entregaron blanca y devolví a la escuela con manchones y huellas de manos sucias que pelearon con necedad, hasta vencer, contra vacas que parecían negarse a ser de papel y a quedar adheridas, prisioneras en representación de sumas), pero digo *tal vez* porque la mayoría de los trabajos que yo me inventaba en la casa *siempre y cuando no los hiciera a la vista del árbol*, me quedaban perfectos, o mejor dicho, a mi gusto.

Disfrutaba pegar, recortar, ensartar, pero no sé si más correr, perseguir. Este tipo de juegos eran los que más saboteaba el eucalipto, pocas fueron las veces que hice (intenté hacer) mi tarea en el jardín para terminar llevándomela maltrecha a mi cuarto o a la cocina.

El eucalipto me hostilizaba de muchas maneras: si en el juego el árbol era el punto neutral, lo que llamábamos la base, al que tocándolo se escapaba de las persecuciones o se conseguía la dicha de ganar, ¡seguro que yo perdía! Porque al llegar al tronco y anunciarlo, todas se daban cuenta de que *yo no había tocado la base*: el árbol se había retirado de mí.

Vamos, sé tan bien como ustedes que un árbol no puede moverse, que un árbol tiene raíces y ahí está, pero ustedes no saben lo que es un árbol decidido a estar en contra de una niña. ¡Imaginen sus hojas clamando a coro odios y venganzas, imaginen sus raíces decididas a llevar la contra, a sus ramas, a su corteza, a sus retoños poseídos de ira! No hay imposibles para un árbol así.

Siempre me negaba su sombra el árbol. De eso hasta mis hermanas se daban cuenta, nos sentábamos a descansar de un juego (o a juntar semillas del árbol, o a buscar tréboles o a cortar hongos en la temporada de lluvias) y escapaba de mí su sombra, siempre y cuando yo la estuviera requiriendo: porque el árbol conocía mi voluntad, leía mis deseos y hacía cuanto podía para perjudicarme.

Sí, yo me sentaba a su sombra y él, como una hermana envidiosa, la retiraba, aunque la sombra perteneciera a la forma natural del tronco y tuviera que quebrarla, aunque tuviera que troncharse en el piso, aunque le fuera doloroso y contrario a él mismo hacerlo.

Tanto llegué a saber de su actitud que una noche, enferma de tos, Inés intentó darme té de hojas de alcanfor para aliviarla. Me negué a tomarlo pensando que el árbol encontraría su mejor ocasión para dañarme.

Por lo que he contado, ver el cable lacerando a mi enemigo fue signo paralelo en bondad al silencio, señas que tomé como jubiloso anuncio de un buen año escolar.

Fue un noble año escolar mi cuarto año de primaria. Pero el silencio terminó al final de la nevada y el cable fue retirado del árbol el mismo día. Fue bueno, sí, me engañó en un principio, me hizo sentir que no había problema conmigo, que yo era como las otras (incluso un blanco menos notorio que las otras) pero toda esta ilusión fue a dar al traste aquel martes que entré al baño a media lección de aritmética.

Mi error, mi primer error, fue ése. Solía andar con cautela en la escuela, sabía que yo me encontraba ahí totalmente indefensa, que no era mi terreno sino un territorio que compartía con seiscientas niñas. Al andar con cautela lo interpretaba como desplazarme en grupo procurando los juegos más agitados, buscando alocadamente divertirme. Eso, en el recreo; en el salón atendía a la maestra. Más me valía.

Pero el martes que les cuento, saliendo de clase de gimnasia, había permanecido mucho en el bebedero, tanto que se formó una larga fila detrás de mí. Habíamos jugado volibol, era la temporada de volibol en la escuela, y apasionada me había acalorado más que siempre. Quería estar en el equipo que fuera al campeonato. Mi saque era estupendo y no veía por qué no calificar, por si acaso me esmeraba en los entrenamientos como si en ellos se me fuera a ir la vida, concentrada en la pelota y en los gestos del equipo contrincante como si tuviera dos ojos… quiero decir: como si mis dos ojos fueran autónomos y supieran mirar para lugares distintos.

Así que me pegué al bebedero. A beber mucha agua sigue directamente pedir permiso para salir al baño a media lección.

Y fui, imprudentemente.

V

Todos los días llevábamos la misma ropa interior a la escuela, yo y mis hermanas, la misma ropa de la misma tienda. Calcetines, calzones y camiseta multiplicados por tres justificaban que Esther le encargara a la abuela la ropa en un viaje especial al centro; ir conmigo en el carro, que no recuerdo quién conducía (mi abuela nunca aprendió a manejar), al estacionamiento de Liverpool —el que tiene bancas de madera en la orilla del pasillo de salida, augurando la interminable espera del automóvil— y de ahí caminando a la tienda de siempre a comprar los calzones y las camisetas en la calle de Uruguay: algodón blanco, moño rosa, azul o amarillo para identificar en la casa de una ojeada a cuál de nosotras tres pertenecía.

La caminata a la tienda era poca cosa, la abuela y yo éramos buenísimas para andar a pie, ella con sus piernas firmes y una nieta atónita que arrastrar por las calles de la ciudad, y yo corriendo irregularmente: si había que rehuir, por ejemplo, al gigante (al hombre de los zancos, Guama creo que se llamaba, traía el pelo largo y lentes, en aquel entonces deambulaba por el condominio Insurgentes, donde atendía el doctor de mi abuela), apretaba el paso, si quería seguir mirando algo o insistía en que me comprara donas chicas, o más si ya me había comprado, de las que hacían en un pasaje del centro de la ciudad y cuyo olor aceitoso y avainillado bien recuerdo se impregnaba en las narices cuadras enteras, lo disminuía.

Nada del jaloneo que caracterizaba nuestras caminatas podía darse entre el estacionamiento y la tienda de Cherem, porque sólo había tiendas de ropa, a mis ojos idénticas, "malas", según decía mi abuela, por lo que llegábamos con un marcial paso parejo a la laguna del tiempo interminable empleado para que la abuela escogiera lo de siempre, lo mismo del año anterior en otras tallas, los mismos modelos, año con año exclamando "esto me llevo", "buen algodón" o hasta "qué bonito" (lo que me parecía el colmo), ropa que Cherem empacaba en cajas de cartón todos los años mientras discutía su descuento con la abuela, que regateaba apasionada el inalterable quince por ciento.

Un día, no sé cómo, pude convencer a la abuela y llegué a la casa con tres fondos de nailon blanco. Quién sabe de qué argucia eché mano para que olvidara su rigidez tradicional y accediera a mis bajas pasiones resbalando por tamaña ligereza, un bastión de coquetería infantil que las tres niñas festejamos con desfile de modas regalado al espejo del cuarto de mis hermanas, en él tres modelos niñas mostraban moños en la cabeza, peinados que nos parecían fantásticos y el mismo fondo blanco en tres distintas tallas.

El martes del que platico llevaba yo el fondo de nailon en lugar de la tradicional camiseta de algodón de moñito. Lo digo antes de contar lo que me ocurrió en el baño para que se entienda.

Los baños de la escuela eran espaciosos, siempre estaban limpios. Tenían al fondo un enorme espejo, a la izquierda los lavamanos y a la derecha las puertas a los excusados. El pasillo de entrada proveniente del corredor de los salones daba a la pared del primer excusado, la puerta que venía del patio del kínder estaba siempre cerrada. Para entrar desde el corredor había que sortear la pared del primer excusado hacia la izquierda, así se llegaba propiamente al cuerpo de los baños. Para mi sorpresa no se encontraban vacíos. Dos de las mayores (serían de *high school* y no de primaria porque yo no conocía sus caras) jugaban guerras con bolas de papel mojado. Cuando entré no dejaron de hacerlo. Ni me saludaron ni me molestaron, casi ni me vieron. Cerré tranquila la puerta del baño, me bajé los calzones y me senté a hacer pipí. No fue una excepción que me bajara demasiado los calzones dejándolos a la altura de mis zapatos, por culpa de ese gesto a veces los mojaba en casa con el piso húmedo cuando alguna de mis hermanas acababa de salir de la regadera.

Ahora no ocurrió eso, el piso estaba seco. Una mano entró por abajo de la puerta que cerraba mi excusado y, tomándome desprevenida, jaló los calzones en medio de risas. Acabé tan rápido como pude, salí y pedí a las grandes que me devolvieran mis calzones. "¿Cuáles?", me dijeron. "Mis calzones", les dije. "¿Ésos?", señalaron al techo. Bolas de papel empapadas acompañaban mis calzones empapados y también aplastados al yeso, como si éste fuera un piso en el que se les hubiera puesto a secar.

No dije nada. Decidí irme al salón. "Ni quieras acusarnos, porque te irá peor", me dijo la morena. La otra era más delgada y pálida, con escaso pelo que se adivinaba suave llegándole castaño claro a los hombros. "Ni se te ocurra acusarnos", me advirtió.

Claro que no quería acusarlas, quería escapar de ahí. En el pasillo de salida había otra de ellas, otra de ojos brillantes que bajo su suéter de colegiala ocultaba un cuerpo bien formado de mujer. "¿Dónde vas?", me dijo. "A mi salón". "¡Si puedes!", corearon las tres. Y empezaron a perseguirme. Claro, no les era difícil atraparme y… ¿qué me hacían? Me hacían cosquillas. Si siempre las había detestado, esta vez me hacían incluso detestarme porque arrancaban de mi cuerpo enmiedecido risas que parecían alegres y espontáneas, porque si me hacían sufrir también me daba una dolorosa sensación de que era *agradable*. Como podía, me zafaba y me volvían a atrapar entre las tres grandes, excitadas y maliciosamente silenciosas.

Las bolas de papel adheridas al techo empezaron a caer. Había que esquivarlas para no resbalar en el piso del baño.

Una de estas bolas cayó en mi nuca y escurrió por la espalda. Dejé de prestar atención a las tres grandes. Sentí cómo me ardía la espalda. La pegué a la pared para protegerme, instintivamente, y el ardor se calmó.

Las tres salieron sin que las viera. El baño sin ellas parecía más oscuro. Me quité el suéter y me alcé la blusa escolar: torciendo la cabeza, vi en el espejo mi fondo de nailon, quemado, abierto, con un hoyo grande que dejaba descubierta gran parte de mi espalda. Al levantarme la blusa, cayó la bola de papel empapada pesadamente al piso por su propio peso de agua estancada. Me acomodé la ropa. Busqué mis calzones y no los vi, ni en el techo, ni en el piso. Regresé a la lección de aritmética y traté de poner atención a los quebrados.

# VI

En el fondo portaba la llaga, el estigma. Las tres grandes que habían llenado de luz el baño eran ángeles, la pálida ángel rebelde, la morena ángel del bien, la que se paró en el pasillo era ángel guardián del purgatorio. Mis calzones eran mi alma, con los que sostenían entre ellos la lucha legendaria. El agua que me había quemado la espalda era agua bautismal, incendiando mi fe, ardiendo en mi cuerpo como una llama de sabiduría divina...

Buena para mí, la explicación no sería válida en la casa para explicar el hoyo en el fondo. La pérdida de los calzones podría pasar inadvertida, lo del fondo era más complicado. A la hora del baño lo eché al canasto donde acomodábamos la ropa sucia y confié en que nadie se diera cuenta de lo que tenía, idéntico a una llaga, con sus ribetes oscuros.

Tuve suerte. Unos calzones menos en una casa como la nuestra no eran nada, la explicación que le encontraron al agujero del fondo, era un jalón de la lavadora. Comentó Esther: por eso no hay que comprar porquerías de nailon. Yo pedí que me devolvieran la porquería. La quería para jugar. Usando el fondo al revés, con la espalda por delante, el estigma quedaba en el lugar donde el romano clavó su lanza. Pinté la orilla del hoyo con crayón oscuro, me inventé con una rama una corona de espinas sin espinas, intenté una aureola con un gancho de metal pero no me sirvió de nada porque mis hermanas no quisieron participar en el juego de santa y mártir.

A mí me gustaban las vidas de santos que nos compraban en la casa en lugar de los cómics (como llamábamos a las tiras cómicas o revistas de historietas) que solían leer otras niñas. En cambio mis hermanas opinaban que eran aburridas, en cuanto podían se compraban a escondidas archies, supermanes, pequeñas lulús, títulos prohibidos en la casa, y no leían ni la portada de las *Vidas ejemplares*.

Yo las devoraba. No que disfrutara leerlas, no, para nada, pero las seguía apasionada, tanto o más que los otros libros que me llevaba papá.

Como no tenían éxito en la casa, después de leerlas se las prestaba a la abuela. Cuando la visitaba me las volvía a leer o me contaba sus historias mientras con el gancho uno Rita confía a sus papás el deseo de hacerse religiosa, con el gancho dos no le dan permiso porque ya son viejos, con el gancho tres no sabe si cumplir su deseo o apegarse a la voluntad de sus papás, con el gancho cuatro obedece a sus papás, con el gancho uno la casan con un hombre duro que la maltrata y la golpea, con el gancho dos Rita no se lamenta, soporta todo siguiendo el consejo de Jesús, con el gancho tres afuera de la casa es también un hombre colérico, con el gancho cuatro pelea con los hombres del pueblo y lo matan, vuelta al uno, tejía hermosos manteles blancos para cuando nos casáramos, yo, mis hermanas y mis primos. Ahora, aunque mi abuela compartiera conmigo la admiración a los santos, ni se me ocurrió proponerle que jugara al estigma que los romanos habían impreso en mi cuerpo, así que después de jugar una sola y aburrida vez con mi fondo, lo guardé en mi cajón, junto a los lápices de colores.

Un día le amarré un lacito e hice con él una bolsa de vagabunda para coleccionar piedritas del patio de la casa de al lado.

(Siento que me rodean por todos lados cabos de recuerdos que he invocado al contarles mi historia a ustedes. Todos ellos se apresuran, *piden mano*, como si fueran niños, gritan "voy yo primero" y no sé cuál de ellos tomar, temo que alguno en represalia salga huyendo y decida no volver. Los sermoneo: "recuerdos, tengan paciencia, permítanme tomarlos uno por uno para considerarlos más gentilmente… comprendan que si llegan en el momento oportuno lucirán mejor a mis ojos, reventarán dejando libres todos los tesoros que esconden en su lomo de yeguas cimarronas".

Entonces, jalando un cabo para tejer con la siguiente historia, el recuerdo elegido sonríe. ¡Me hace feliz su sonrisa! Creería que me quiere, que conforme pasa por mí y me recorre, siente cariño por la que un día [cuando participaba en la anécdota] lo conformó.

No imaginé, al decidirme a contarles esto y a inventarlos a ustedes para que fuera posible hablar, para que teniendo interlocutor tuviera yo palabras, la dicha que mis recuerdos me iban a regalar. Si exagero un ápice el esplendor de mi júbilo, podría decir que vivo de nuevo.

Los otros, los recuerdos que no elegí para que tomaran su turno, fieros, sin cara, se acercan a mí por la espalda a burlarse de la soledad en que habito, de la opacidad, de la tristeza. No me importan sus burlas, porque pronto, si ustedes me tienen paciencia, se convertirán en sonrisas bondadosas.

Así, el encierro que padezco me resulta *cómodo*. ¡Nunca lo hubiera creído! Cómodo, cálido, propicio. Sólo aquí puedo hilvanar con tanto placer mi historia sin que los recuerdos sean interrumpidos al convocarlos porque no *pasa* aquí nada más que su presencia.

¡Lamento no poder retener a un tiempo cuanto aquí recito, no poder volver a sentir hiladamente cuanto he querido marcar en sus oídos!

¿Ustedes lo recuerdan? ¡Difícilmente! Para ustedes, ¡una historia más!, tienen tantas con las cuales entretenerse… Los envidio. Yo no tengo más que recuerdos y lo que imagino pude haber vivido entre esos recuerdos.

Si pudiera escribir lo que recito y luego pudiera dedicar la eternidad a leerlo…).

Las piedras que "coleccionaba" en casa de los vecinos eran pequeñas, blancas y las ponían para decorar la jardinera que vestía la fachada de la casa.

Era una aventura coleccionarlas porque no quedaban a nuestro alcance y porque eran piedras de "crianza", piedras de "raza" y no piedras callejeras, por lo que nadie debía vernos cuando las tomábamos.

Esto no era difícil en la colonia.

Ya en la casa, lavábamos las piedritas tallándolas con un cepillo de dientes viejo y las usábamos para jugar: fichas de serpientes y escaleras, adornos en las maquetas escolares... Me obligaron a repetir un trabajo porque llevé los cuerpos geométricos en plastilina (un cilindro azul, un quecosaedro o algo así amarillo y un cono verde) decorados con piedritas.

El adorno debió parecerle demasiado ecléctico a la maestra: una mujer de abundante cabello rojizo con un tupido fleco, que solía traer un enorme moño del color de su vestido arriba de una cola de caballo restirada en la coronilla.

Era baja de estatura (algunas de sexto eran más altas que ella), vigorosa y enérgica. Todavía recuerdo la cara que puso al ver las figuras:

"¿Qué le pasó a tu trabajo?", me dijo entre reclamando y preguntando.

Yo no veía qué le había pasado. "¿Le dio sarampión o le cayó basura en el camino?". Si me había aceptado un tablero (e incluso felicitado) aunque traía Brasil escrito con zeta (claro, las enciclopedias de la casa, escritas en inglés, así lo traían, y la zeta fue lo único que saqué de ellas porque leerlas me dio flojera)...

Las piedritas en las figuras de plastilina, en cambio, fueron duramente rechazadas: hube de tirarlas en el basurero del salón, a petición de la maestra.

¡Qué humillación! Aquellas piedritas pescadas en jardinera ajena, acarreadas en el corazón de un fondo santo, fuente de muchas alegrías (los juegos que ya mencioné y otra mucho mayor que se verá), no tenían ningún futuro en la escuela.

Mis hermanas y yo inventamos trazar territorios con las piedritas blancas: hacíamos en el piso o en el jardín mapas de tierras inexistentes, en el centro de los cuales nos coronábamos, en fastuosas ceremonias, reinas del país que delimitaban. Las coronas eran pelucas de plástico doradas o plateadas, adentro de las cuales nuestras cabezas sudaban gozosas su exasperada belleza. Subidas en los tacones de Esther, recitábamos loas hegemónicas como pudorosas imaginaciones del poder que representábamos en nuestros respectivos reinos. Nunca lució tanto ceremonia alguna de coronación como aquella en que me coronaron reina de mi propio reino, subida en una silla bamboleante sobre la cama y cubierta con la sábana. Con las almohadas amarradas por un lazo a la cintura, mis hermanas habían hecho alrededor de mi delgado cuerpo un vestido expandido sin necesidad de miriñaque. El fondo de nailon (andrajo para estas alturas) colgaba haciendo las veces de cola del traje imaginario. ¡Qué gloria la mía! Desde mis alturas contemplaba los límites blancos de mi territorio, hasta donde la peluca holgada y sin ajustarme las sienes malamante lo permitía: bordeando la cama las piedritas trazaban una *o* deforme. Male había pedido a Esther dos pastores del nacimiento: hincados desde allá abajo, los dos implorantes extendían hacia mí sus brazos. Cerca de ellos dos patos demasiado blancos miraban respetuosos, sin alejarse del espejo sustraído a la bolsa de Esther, lago del cual los patos abrevarían su linaje de barro…

"¡Aguas!" "¡Te caes!". Así acabó el juego. No llegué a caerme, bajé apresurada y me despojé de mis reales vestimentas, porque Inés ya nos llamaba al baño y luego, en el vértigo doméstico, a cenar enfrijoladas rociadas con queso, rellenas de pollo deshebrado.

Del tinglado de mi reino sólo retiraron la silla e hicieron la cama; antes de dormirme reacomodé algunas piedritas que se habían movido de su cerco. Cuando cerré los ojos en el centro del territorio bordeado por las piedras, noté el silencio que me rodeaba, un silencio bruñido por un silencio distinto a la tranquila ausencia que denotara el de la nevada: no escuchaba a los mayores que todavía deambulaban por la casa y no escuchaba tampoco los ruidos que precediendo los pasos resonaban en la enorme campana de la noche… En el centro del territorio inventado por casualidad en un juego, lograba escapar (¡por fin!) a la oscuridad dolorosa que terminaría por rodearme.

Las piedras de *pedigree* me cuidaron silenciando la casa toda la noche para que yo durmiera. La pura costumbre (de los sonidos) me despertó en la madrugada. La casa estaba en silencio. Me levanté de la cama y salí de mi cerco de piedritas: el ruido seguía como siempre, los pasos y el resonar del caracol de miedo continuaban su incansable actividad. Brinqué al islote de silencio y, en la cama, feliz, cerré los ojos. Mi pesadilla tenía remedio.

Las noches siguientes, como lo han de imaginar, coloqué las piedritas blancas alrededor de mi cama. Olvidaba todo: lavarme los dientes, llevar la tarea a la escuela, poner agujetas en mis zapatos, contestar la pregunta número cuatro (o cualquiera) en un examen, pero no olvidaba mi redentor cerco nocturno. Entonces me distraje con dicha en el paraíso del silencio, me dejé ir como cualquier niña en el puro gusto de la infancia, cambié los dieces por ochos y sietes en mi libreta de calificaciones, me atrevía a ir a jugar a casa de amigas si me invitaban y noté que a nadie en la casa le extrañaba mi cerco de piedritas. Por las mañanas, la muchacha encargada de la limpieza las barría y las echaba a la basura. A nadie le importaba más que a mí.

Unos días tomados al azar en el calendario, fuimos las tres niñas a Cuernavaca, a un hotel que Esther calificaba como *delicioso* llamado Los Amates porque en el jardín había un par de esos enormes árboles. Manejaba el hotel un hombre llamado don Alfredo, nunca oí cuál era su apellido o no lo recuerdo. El mesero que nos atendía en el comedor se llamaba Primitivo, los cuartos eran pequeños e incómodos, a pesar de la caldera la alberca nunca llegaba a entibiarse, pero Esther era feliz en sus interminables pláticas con el regente del hotel.

Don Alfredo escribía poemas. Tenía uno a los sauces huejotes que se veían desde la terraza, otros al pueblo en que vivió de niño. Casado con una mujer judía, se había separado (nadie hubiera dicho *divorciado* en mi casa) quién sabe cuándo. Con ella tuvo una hija que sería (así lo calculaba papá) más o menos de la edad de Esther.

Mis hermanas y yo corríamos en el pasto, jugábamos barajas, serpientes y escaleras, turista, entrábamos y salíamos de la alberca… hacíamos cuanto estaba a nuestro alcance para romper la nata endurecida de la tranquilidad del lugar. El hotel parecía estar siempre sin huéspedes. En las noches, aunque yo sacudiera, como campana en la oscuridad, mi entrenado oído, no parecía escucharse nada más que el viento, cuando lo había.

En Los Amates nunca ocurría nada. Daba esa garantía y es probable que por eso (sin restarle importancia a su amistad con don Alfredo) lo escogiera Esther. No pasaba nada, no pasaba nada. Hasta el sol que a medio día en el resto de Cuernavaca parece un golpe, un brinco de luz, un sobresalto, ahí caía blando, tierno, de reojo, como por casualidad. Pero esos tres días se apareció un personaje insólito para nuestro mundo, una niña que aunque era de la edad de Male ya era mujer y no digo mujer madura sino una niña podrida: triste y perfumada como fruta pasada, con los ojos pintados como si hubieran estado más tiempo del necesario al espejo, fumaba y en su tierno cuerpo de trece años traía colgando como garras (no me refiero a las de las extremidades de los animales sino a las garras de *ropa desgarrada*) sus atributos de mujer: sus pechos, sus piernas, largas, y la cintura, que a sus trece años todavía no cobraba forma, respondía a la de una mujer ligeramente subida de peso, no a la sabia uniformidad del tronco de las niñas. Quería hacer creer al mundo que era una mujer *insatisfecha*, siendo que más bien era una *niña* insatisfecha, una niña a la que mamá (oí decir en el estacionamiento del hotel "ahí va la borracha") no había besado, no había acariciado. Acabada sin haber crecido, parecía buscar: en realidad no quería encontrar porque no creía que nada pudiera encontrarse, ni la muerte.

Un mediodía me le acerqué cuando se pintaba las uñas con una displicencia de mujer entendida, como si de sobra lo supiera hacer. Acerqué la cara a sus manos hablando no sé de qué y vi sus manos manchadas de barniz y las uñas mal pintadas: daba de brochazos aquí y allá, sin tino.

—¿Qué haces? —le dije— te estás pintando mal.

Me miró fijamente, con su par de ojos claros que parecían no poder clavarse en ningún sitio.

—¿Sabes cómo me llamo?

—Sí.

—¿Y sabes a qué palabra se parece mi nombre, verdad?

No me atrevía a decirle que no. Ahora, como no lo recuerdo, tampoco me dice nada. Me contó entonces un chiste sobre Cristo en la cruz y la Magdalena haciéndole no sé qué cosas que no entendí, ni supe qué debía hacer gracia, y luego de reírse y obligarme a reír con ella por la mirada que me clavó (de bicho, de cucaracha, de mosca embarrada en mierda), dijo: "Tú qué entiendes, ni debieras preguntarme por qué me pinto así las manos, ¿o no lo sabes?".

Si no me atreví a confesarle que su chiste no había podido traspasar el cristal de lo que llamarían mis papás mi *inocencia*, sí le confesé que no sabía para qué se pintaba tan mal las uñas. "¿No te sale, o qué?". Me contestó que era —no recuerdo qué palabra usó— para engañar, para que no le reconocieran las manos, o eso entendí, y pregunté: "¿Para qué quieres que no te reconozcan?".

Me tomó entonces de las dos muñecas y, jalándome hacia ella, levantó su mano derecha y la pegó en mi tetilla de niña, separando el traje de baño para tocar mi piel. Pellizcándome suavemente el pezón, me dijo en la boca, boca sobre boca como un beso de palabras: "Hago lo que puedo para salvarme". Se separó de mí.

El tirante del traje se me había caído, bajé la cara y vi en mi pecho la roja marca del barniz de uñas, en el sitio de mi corazón, nueva —brutal, dolorosa— marca del estigma. Ésta no quería conservarla. Corrí por el jardín hacia la alberca donde nadaban y jugaban mis hermanas. Me eché en el agua y nadé hasta que no quedó marca en mi pecho de la roja costra de dolor de su áspera caricia.

Entonces la carretera de la Ciudad de México a Cuernavaca me parecía muy larga. Ahora me doy cuenta, al recordarla, que era corta y fácilmente definible. Aquella vez que hice el trayecto de regreso, con Esther al volante y nosotras tres felices de volver a casa, las cuatro cantábamos mientras yo pensaba: ¿qué me quiso decir?, ¿de qué se tiene que salvar? Saqué de la bolsa de Esther su espejo y me vi la cara: mis ojos eran oscuros, mi piel era limpia, mi cara no se parecía a la de ella. ¿Debía pintarme las uñas?

Le pregunté a Esther:

—Oye, Esther, ¿me pintas las uñas en la casa?

—Las niñas no se pintan las uñas.

—No sé si se las pintan, Esther, pero yo quiero pintármelas.

—No está bien.

—Es que…

—No.

Cuando Esther decía "no", lograba convencernos, más eficaz que mamá autoritaria, sin hacernos ceder. "Se lastima la cutícula. Se ve feo. El barniz no deja respirar las uñas. Es incómodo. Se ve mal. No.".

Y con ella dije: "no, no debo pintarme las uñas".

Llegando a la casa, convencí a Male para que me acompañara por más piedritas a la jardinera de los vecinos. Digo convencí porque estaban aburridas de las piedritas, habían tomado afición a un microscopio para el que pasaban horas destripando y cercenando todo lo destripable y cercenable, y las piedras, como no se veían en el microscopio, habían dejado de tener todo interés.

De Cuernavaca traían un botín maravilloso para teñir y observar durante varios días, y nada más que eso parecía interesarles.

Male, de todos modos, generosa como siempre conmigo, me acompañó, para mi desgracia inútilmente. Los vecinos habían retirado las piedritas de la jardinera, habían quitado la tierra y las plantas que la adornaban.

Un par de albañiles preparaban un andamio para remodelar drásticamente la de por sí horrorosa fachada.

Les pregunté por las piedritas. "¿Cuáles?", me contestaron. Male se las describió y ellos dijeron alzando los hombros que no tenían ni idea. Regresé a la casa atribulada y temerosa, mientras Male trataba de convencerme de que no importaba tanto y me recitaba las mieles de lo que veríamos al microscopio.

Las noches, con sus uñas afiladas, regresarían burlonas a perseguirme.

Bastaba cerrar los ojos (no digo ya dormirme) para que los ruidos y los pasos atormentándome subieran su volumen. No había con qué suplir el efecto protector de las piedritas. Probé varios efectos y sólo gané regaños por tirar en el piso brillantina, bolas diminutas de poliuretano, borra… también acomodé una hilera de popotes, galletas y los patines míos junto a los de mis hermanas.

Todo fue inútil.

# VII

El teléfono de mi abuela era 16-19-50. El de la casa, mucho más sencillo, era 20-25-30. La irregularidad numérica del de la abuela debía ser lo que provocaba que, al intentar recordarlo, no atináramos en todos sus números, ni las muchachas que trabajaban en la casa, ni mis hermanas, ni yo, que siempre me creí de buena memoria. Mis hermanas alegaban además con vehemencia que el número de la abuela había que buscarlo en la sección amarilla del directorio telefónico, siendo que estaba reservada a los comercios, industrias, profesionales, servicios y productos y la sección blanca era la reservada para los particulares. La vehemencia con que mis hermanas defendían la consulta en la sección amarilla se debía a un anuncio que pasaba en la televisión, hecho con dibujos animados, como para niños.

Los anuncios eran inextricables. Mientras un coro de mujeres cantaba "consulte (aquí hacían una pausa) la sección amarilla", un solo trazo dramático unía a los chinos con la avena o cualquier otro par de elementos fortuitos, y sus figuras animadas nos instaban a apropiarnos de la sección amarilla, debíamos usarla siempre que tuviéramos alguna duda telefónica aunque sus hojas delgadísimas se doblaran al contacto con nuestras manos, se hicieran abanicos, se rompieran. Los comerciales eran para niños y si su mensaje tocaba más allá de nuestros hombros no era de extrañar: tampoco entendí nunca las caricaturas del gato Félix, ni —muchísimo menos— los parlamentos de un personaje llamado Chabelo, interpretado por un actor adulto, grande y gordo, disfrazado de niño con pantalones cortos y camisa de marinerito, como de moda española, con dicción de niño chiqueado o consentido, que hacía gala de algo que a mis ojos de niña se debía ocultar a toda costa aun a riesgo de parecer fatuo: la tontería. No era sólo su pésima dicción, era también su manera de hablar, la ropa que traía… por nada quería yo verme torpe y ridícula, como el pobre Chabelo: cambiaba de dirección nuestros anhelos, antihéroe en la televisión, hacía gala de las debilidades más execrables de los infantes (¡hasta hacía berrinches en público!). Si lo veíamos era porque representaba al niño indefenso que podía defenderse (por sus dimensiones), al niño bobo que era amado por serlo… No tenía que ver con el mundo prometido y buscado, no me era simpático ni comprensible, pero lo veía, como muchos otros niños, con su aglutinada indefensión, su masa descomunal que poro a poro decía soy niño y soy menso y quiero que me quieran y si no me quieren les doy *un catorrazo*…

Todo esto viene a cuento por un recuerdo que quiero narrarles. Corresponde a algún año anterior al de la historia del fondo, al de la medalla e incluso al de la historia de Enela, probablemente a 1962.

Un domingo por la tarde, Juanita, recién llegada a trabajar en la casa, se quedó con nosotras mientras Esther y papá fueron a ver torear a Manuel Capetillo con un amigo "intelectual" que tenían. Así decían ellos, decían "don Pedro Vázquez Cisneros es un intelectual", sin que yo entendiera qué querían decir con ello: el hombre no era joven, con su larga barba entrecana y el pelo desordenado se sentaba a fumar pipa en un sillón que no tenía ninguna presencia en la casa, que no se notaba más que cuando don Pedro venía a presumir sobre él su boina gris que quién sabe por qué no se quitaba, a lo mejor porque era calvo o a lo mejor porque intuía cuán codiciosamente se la envidiábamos, pero lo dudo, no creo que tuviera ninguna intuición acerca de nosotras, no teníamos para él la menor importancia. Por este "intelectual" sentían Esther y papá un afecto fervoroso, pronunciaban su nombre con devoción profunda y el apelativo que le habían endilgado, y lo escuchaban hablar boquiabiertos, respetuosos, como oyendo un sermón en la iglesia. Poco después de sus visitas aparecieron en los vidrios de los coches unas calcomanías azules con un pez dibujado y el lema *cristianismo sí, comunismo no* que no sé quién se encargaba de pegar en los cristales de los comercios y de los automóviles.

En la voz de Esther y papá (no sé si en sus caras, estacionaban el coche y nosotras íbamos sentadas en el asiento trasero), percibí, si no la misma clase de admiración que sentían por Vázquez Cisneros, sí el mismo volumen de admiración, cuando, a la salida de la panadería Elizondo, identificaron a Elda Peralta cargando su bolsa de pan, y no era por ella el tono de admiración (llevaba zapatos bajos, una falda de lana gris y un suéter rosa clarísimo, iba discreta, o así la vi yo, como cualquier señora, como mi mamá, ni más delgada ni más alta, con aquellas faldas que no permitían abrir mucho las piernas pero que tampoco las obligaban a pequeños pasos coquetos), sino por el hombre con el que estaba ligada, un escritor (¿se llamaba Spota?), uno de esos seres míticos en los que papá creía ver la férrea voluntad que él no tuvo para dedicarse a las *humanidades*, como creía haber querido, porque él se dejó convencer por la familia de que debía estudiar algo con futuro económico, algo que le garantizara parte del banquete, del atracón que la época iba a darse con la magia de la química: los chocolates hechos de casi nada, las gelatinas que el aire solidificaba, las salchichas incapaces de pudrirse, los polvos colorantes y saborizantes que encerraban en frascos de cristal la posibilidad de cualquier golosina e incluso de cualquier alimento, bocados de riqueza, pero no solamente de eso, también de confianza en las capacidades de los hombres, ebrios de un nuevo renacimiento que envenenaría el aire, los ríos, los mares, los pulmones, como si ésos no bastaran: los de las poblaciones aledañas, los de las grandes ciudades. Pero antes de ver su efecto devastador, copiaban patentes e inventaban otras que llenaran de una nueva nación nuestro hasta entonces aire claro… No sabíamos entonces que los peces salían en busca de agua de los ríos, con las escamas escurriendo aceite, ni que las selvas eran cadáveres de selvas, ni que el mar arrojaba a la costa espumarajos de detergentes y oscuras manchas de petróleo…

Pero los abrumo con discursos que he tratado de comprender y emular seducida por la visita que hice a casa de Raquel, hace mucho, ya en la condición que tengo… Fui comisionada (por decirlo de algún modo) a su departamento. ¡Me sentí tan bien rodeada de libros y de cuadros, de notas y libretas, de perros y de la luz que entraba empantanada, por la ventana!… Raquel se ponía y se quitaba los lentes al oírme pasar cerca de ella hasta que dejó de alzar la vista a mis pasos… "¡Raquel Tibol!", le dije por su nombre y apellido. No prestó a mi voz la menor importancia. Entonces fui llamada a dejar su departamento. Y no que Raquel pensara en nada de lo que aquí cuento. Seguramente su padre no fue un industrial ni la inquietaba el cambio de la arena en chocolate o de los huesos de vacas muertas en salchichas… Pero Raquel no supo de mí *porque nunca dejó de pensar*. No le hice mella como no quiero hacérmela al contar lo que aquella tarde ocurrió en mi casa.

Jugábamos en el jardín, como si nunca se fuera a acabar la tarde, hasta que mis hermanas —movidas quién sabe por qué, yo no sentí viento alguno que pudiera alterar el desquehacer en que estábamos, abstraídas ante una libélula suspendida en el aire inmóvil que nos acompañaba tornasolada, a veces azulosa, impecable aleteando sin desplazarse, mascando (como una goma de mascar) su lugar en el aire del jardín, rumiando sus alas, tan hermana de nosotras como nosotras de ella— me llevaron a la televisión. Encendimos: apareció la corrida de toros, no desde donde la veían Esther y papá sentados, como todos minúsculos, vencidos por la desmesura de un ojo padre, de un ojo omnipotente, lejano o cercano según le conviniera. La pantalla parecía a punto de reventar con tanta gente, con tanto ole y tanta sobrexcitación que se adivinaba en la multitud.

Por más que le daba vueltas (a mi cabeza, claro, me cansé de ver el techo y de contar los puntitos de tirol) no encontraba mejor juego que el aburrido estar buscando entre las manchas quiénes de ellas podían ser Esther y papá. ¿Pero cómo saber quiénes eran? La televisión reproducía a blanco y negro, no sólo Esther y papá llevaban sombrero, todas las cabezas lucían idénticas. Leía los anuncios en las barreras una y otra vez y hubiera querido hacer cualquier cosa antes que estar sentada mirando la pantalla.

Pero seguíamos frente al televisor, mis dos hermanas, tan aburridas como yo, y Juanita, supongo que muy joven, blanca como una cuija, egresada de la escuela de capacitación de trabajadoras domésticas que tenía el Opus Dei. Era (no encuentro, de veras, mejor palabra para definirla, ni término más mesurado) un asno, la pobre Juanita. No sabía guisar (en la escuela de capacitación la habían convencido de que lo que ella hacía en su casa no era "guisar"), no sabía barrer, o eso decía, porque quería usar la aspiradora también para el jardín y la terraza, y mostraba en una rara afición su inclinación de carácter: era aficionada a la licuadora, a la que prendía para jugar, vacía, bien acomodada, puesta la tapa de hule sobre el vaso, y le jalaba hacia arriba la palanca de controles para oírla "cantar", según me dijo la misma Juanita.

Ella sí se concentraba en la corrida de toros, Male, Jose y yo —no sé quién de las tres empezó— subíamos la escalera de palabras escapando como ligeras equilibristas de la aburrición:
—*tequila*
—*lápiz*
—*pistola*
—*lamer*
—*mercado*
—*dormir*

—*mirador*

—*dorado*

—*dominó*

la última sílaba de una palabra debía ser la primera de otra no pronunciada antes en el juego. Era mi turno de recitar una que empezara en *dro* (tendría que ser *dromedario*) cuando vi cómo Juanita, sin darse cuenta, apoyaba su mano en la aguja del bordado que por error no le habían extirpado —quiero decir ni la habilidad ni la afición— en las clases de su escuela "de capacitación". Vi claramente la aguja cruzándole la piel y a Juanita con la mirada pegada a la pantalla mientras con el brazo continuaba empujando su mano para que la aguja entrara más adentro…

—¡Te va!

—¡Te va!

—¡Pierdes si no contestas!

Pude decir, señalando a Juanita "¡alza la mano!", mientras a mis ojos y a los de mis hermanas la aguja lenta, inexorable, seguía entrando hasta asomarse del otro lado de la palma limpia, sin gota de sangre. Male le alzó la mano a Juanita: palma de madera, revestimiento de estuco: una santa traspasada, una aguja picando carne incorpórea, engendro de abstinencias, ayunos y silicios.

Corrimos al teléfono a hablarle a la abuela, marcamos equivocadas 16-17-50. Contestó un hombre que me recriminó mi error alertándome a tener cuidado, un hombre de voz opaca que adiviné gordo, pesado, sin duda triste. "Disculpe". Empezó la discusión con mis hermanas sobre si buscábamos el número en la sección blanca o en la amarilla, hojeando primero con cuidado las hojas imposibles, llenas de letras: un lenguaje en clave acerca del cual las tres polemizábamos sin tener el menor atisbo de su funcionamiento, hasta acaloradas terminar por arrugar y romper las hojas impasibles.

Juanita nos había seguido. Frente a nosotras agarró con los dientes el ojo de la aguja y tiró para sacarla completamente limpia, como si en lugar de entrar en carne hubiera traspasado tela.

Las tres nos miramos, juraría que con el mismo golpe de ojos, sin parpadear, cómplices de algo incomprensible.

Cuando llegaron papá, Esther y don Pedro, nos encontraron bañándonos en la tina (Male y Jose me bañaban y me peinaban a la vez, intentando sujetar en mi cabello empapado unos tubos rosas y anchos de Esther que mi papá le había traído de Estados Unidos con la innovación de ahorrar el uso de pasadores para sujetarlos, ya que tenían una especie de molde, de plástico también y de su mismo color, que detenían el cabello a su redonda forma), mientras Juanita, absorta en la cocina, escuchaba sin pensar su concierto preferido: suite para licuadora y mesa de madera. Era tanta la inundación que provocamos que casi se le mojaban los zapatos a Juanita sin que se diera cuenta.

A la mañana siguiente, Esther empacó a Juanita en el camión de vuelta a Michoacán a la misma escuela de capacitación, seguramente a que tomara más cursos que le enseñaran a no hacer nada, a despreciar todo cuanto era su mundo con mayor perfección.

## VIII

El lema de mi escuela era serviam (el himno decía: *serviam, forever serviam, though life may lead us far away*). Hasta el cansancio nos repitieron que *serviam* quería decir servir, emplearse en la gloria y veneración de Dios y estar al servicio del prójimo.

La palabra venía escrita en la parte inferior del escudo de la escuela que convivía con nosotras diariamente en las blusas blancas y los suéteres grises del uniforme; verde y dorado, bordado grueso como un bulto, sobrepuesto como un segundo corazón de bondad inflexible. Fue a sugerencia de Esther que se hizo en la escuela un concurso de dibujo de las interpretaciones posibles al lema de la escuela.

Ésta no era la primera intervención de Esther, ahora había metido mano por indignación, como otras veces: las monjas, las mothers, las sisters o las madres (dependiendo de cuál se tratara) habían permitido a la maestra de quinto (mi maestra) convocar a un concurso de muñecas: ganaría la niña que llevara la más bonita. A Esther le enojó muchísimo la idea: ¿para qué premiar algo que no quedaba en la voluntad de las niñas sino que era algo adquirible en una tienda? Todas las niñas (exceptuándonos, porque en señal de la protesta de Esther llegamos con las manos vacías) llegaron con muñecas flamantes a competir por la más cara, la que nadie había visto, la de vestido de Portugal, la traída del país más remoto, la que tenía vestido de firma.

Las muñecas desfilaron ante los ojos de las maestras que se habían elegido jueces del concurso, viéndolas posar en las manos de las dueñas que nunca las habían jugado, que no les habían cambiado la ropa ni las habían arrullado ni las habían peinado para que tuvieran oportunidad de ganar.

En protesta activa, Esther propuso un concurso en que valieran las habilidades de las niñas y no "el dinero o los viajes de sus papás". Habló con la madre Gabriela (como era cubana no era mother, como era vigorosa e inteligente no era monja) y la convenció: "sensibilidad", "inteligencia", "trabajo, el valor del trabajo", ¿qué más argumentos usó? Esas palabras oí mientras hablaban en la terraza soleada y Esther le entregaba un dibujo que le llevaba de regalo porque la quería mucho: quién sabe cuántas horas habían hablado sin que yo las viera, pero sí se querían mucho.

La representación gráfica de *serviam* nos abrió —a mis hermanas y a mí— por una sola tarde el estudio de Esther.

El cuarto era muy amplio. Lo primero que llamaba la atención al entrar era la luz: un ventanal enorme al fondo, dos tragaluces en el techo, ventanas en las tres paredes, un espejo largo, vertical, en el que podrían reflejarse dos personas si una se paraba en la cabeza de la otra, tan largo como lo era la pared y casi topando el techo, volvían al cuarto una fuente de luz que yo describiría (ahora que la recuerdo) como *científica*, una luz que parecería poder mirarlo todo. Olía a las ramas del eucalipto, que adornaban con su fragancia transparente el campo abierto del cuarto, el cielo interminable que azul se confundía en el estudio con el aire de nuestra ciudad, dejando ver volcanes y montañas.

Nunca habíamos entrado al estudio. Lo observé con el mismo sentimiento con que observé el corazón de la rana en el cuerpo abierto en vida del animal drogado, tiempo después, en el laboratorio de la escuela: yo sabía que el corazón existía, pero verlo, verlo era otra cosa: yo sabía que el estudio existía, pero verlo era otra cosa. Ninguna fantasía era igual a la realidad, ninguna representación era igual, yo había visto hasta el cansancio imitaciones del corazón (gráficas, plásticas) y había visto también fotografías del estudio de Esther, de fragmentos del estudio de Esther, que no me habían dado ni idea de cómo sería.

Como queriendo arrancar nuestras miradas, rapiña en su claro estudio, Esther apresurada sacó enormes hojas y estuches interminables de colores para que dibujáramos lo que quisiéramos creer que denotara *serviam*.

Mientras mis hermanas hacían, en colores que nunca soñaron tener, las casas que bordeaban la escuela, las casuchas de la *baranca* como le decían las *mothers* a los asentamientos de "recién llegados" (algunos de los cuales tenían tres veces mi edad llegando, tratando de llegar al paraíso que habían imaginado en la ciudad) y dibujaban niñas uniformadas, con su escudote de *serviam* luciéndoles en el pecho, repartiendo paletas de dulce o inyectando niños o cualquier otro acto que les pareciera remediaba o aliviaba su miseria (como regalar gansitos, pastelitos industriales que se vendían envueltos en bolsas de celofán: así era uno de los dibujos que se presentó al concurso), yo no pude engañar a la luz del estudio: dibujé con detenimiento y en colores ocres un niño pequeño, acostado como un bebé pero de mayor edad, cuyo cuerpo cubrí de clavitos, de clavos que serían pequeños afuera de las proporciones del dibujo, o sea enormes alcayatas con cabeza de clavos enterradas en su cuerpo inmóvil y en su rostro que, si no dejaba de sonreír, casi podría decirse que lo hacía. Ni una lágrima, ni una herida, ni una señal de dolor. Luego, pinté atrás de él una cama, un oso de peluche y un sonriente sol que en la parte superior del dibujo resplandecía, casi quemando las alas de unas gaviotas (o algo que quería parecer gaviotas) que pasaban volando.

Abajo le escribí CLAVITOS. Esther se lo quedó mirando. No dijo nada.

—No es para lo del *serviam* —le dije.

—Ya me di cuenta.

—Te lo regalo.

Lo clavó, con un clavo idéntico a los del dibujo, en la pared del estudio y lo siguió viendo mientras yo, apresuradamente, en una hoja que me dio, dibujé a una niña lavando los platos, con el lema *serviam* encerrado en un globo cuya orilla aproximada a los labios daba a entender que era *serviam* una palabra que la niña decía mientras ejecutaba la "cristiana" acción, dibujo igual de absurdo que todos los que llegaron al concurso, si pensamos que cuál lavar platos en mi casa habiendo una mujer cuyo trabajo era hacerlo y que no me hubiera permitido interrumpirla, cuál "ayudar" a los niños de la *baranca* para los que nuestra sola presencia era una ofensa, cuál *serviam*, cuál "servir" si entre nosotros nos encargábamos de que el país entero nos sirviera.

## IX

Yo no era una niña miedosa. Hay niños que tienen miedo de todo, de cualquier cosa, de, por ejemplo, dejar los pies colgando en las sillas porque temen que alguien o algo se los vaya a jalar, o los que tienen miedo de las formas que proyectan a la luz de los faroles de la calle las plantas de por sí inquietantes, cambiantes de forma en la oscuridad, vivas como están vivos los insectos, o incluso más, brillantes como joyas opacas en las noches citadinas, moviéndose siempre, asustonas, y hay niños que tienen miedo a la oscuridad de por sí, o los que temen quedarse solos, ir a solas al baño, caminar por su propia casa a solas (¡ni pensar en salir sin compañía a la calle!), los que tienen miedo en el cine, los que temen ir a la feria, los que sienten terror de ver un payaso, los que creen en los robachicos… y hay también aquellos a quienes hacen miedosos a fuerza de atemorizarlos: con el coco, con el diablo, con el padre, con "verás lo que te pasa si…".

Yo no estaba en ninguno de esos casos. No me daban miedo de por sí las cosas, ni me atemorizaban sin razón. No me inculcaban el miedo sino la burla al coco, a las brujas, a los fantasmas, al más allá. Claro, existía el infierno pero no se hablaba de él, no era *probable*, era algo ajeno, demasiado remoto e incluso imposible. El dios de mi casa no era el dios del temor sino el dios de otro territorio, no podría decir su nombre o describirlo porque toda su conformación y geografía se desvaneció en mis sombras (acabo de recordar uno de los poemas que aprendí de niña, mi papá nos daba dinero si los memorizábamos, a peso por verso, uno que decía "No me mueve mi Dios para quererte [un peso] el cielo que me tienes prometido [dos pesos] ni me mueve el infierno tan temido [tres pesos] para dejar por eso de ofenderte...").

Incluso podría afirmar que no sólo no fui miedosa sino que fui valiente. Recuerdo una tarde, por contarles algo, en que estaba yo sola en el jardín mientras mis hermanas armaban con papá un juego (creo que se llamaba The Running Heart) que reproducía el aparato circulatorio haciendo un simulacro de corazón y venas, y mientras armaban tubos y pegaban las partes del corazón transparente, yo —que nunca sentí el menor apego por los juegos de armar, ni siquiera por los rompecabezas— salí sola a ver si encontraba una catarina o algo con qué entretenerme. Paré un momento y vi sobre el muro del jardín, justo al lado de la puerta que daba a la calle, una sombra vertical, como de una pared por la que subía y bajaba otra sombra, pequeña y amorfa, "será un gato —pensé— que sube y baja... ¿por dónde?". No supe qué producía la sombra, qué era lo que impedía el paso del sol y pintaba el muro. Nada podía, materialmente, proyectar la sombra vertical, ni nada al supuesto gato que, sin piernas ni orejas ni cola (viéndolo bien), la recorría. Subí y bajé la mano, acercándome y alejándome del muro, buscando unir mi sombra a la que me inquietaba para intentar adivinar de qué provenía. No hubo modo. Esa sombra no era producida por nada. No tuve miedo porque vi que era totalmente inofensiva. Estaba en calma. No palpitaba, no se movía hacia mí, no quería lastimarme. Era ilógico que existiera, no debía estar ahí, pero la dejé en paz pensando que, tal vez, también ella era víctima de alguna persecución que la obligaba a proyectarse en un muro con el que no tenía ninguna cercanía.

Me senté tranquila a verla. Su forma no me inquietaba, no era obscena, como lo eran los dibujos que imaginaba formados por las manchas de la loseta en el baño de casa de la abuela, o las que tallaba yo en la oscuridad cuando no podía dormirme, obscenas formas con volumen y hasta con aliento…

¿Por qué las llamaba yo formas obscenas? ¿Qué era para mí la obscenidad? Nada que pudiera emparentarse con el amor ni asemejar dos cuerpos gozándose. La obscenidad era para mí las formas que suplían a los cuerpos deformándolos, que los dejaban sin dedos para tocar, sin labios para besar, sin pechos para acariciarse, sin piernas ni troncos y que colocan, en donde debiera ir todo eso, nada más que formas que atemorizan o intentan atemorizar… Ésas eran las formas obscenas que se apropiaban de todo cuanto tocaban mis ojos cuando aquello se apoderaba por completo de mí. Nunca las veo. Ahora me parecerían… me ganaría la risa ante ellas. Porque ya no soy la que fui de niña. Soy la que era, eso sí, soy o creo ser la misma desde el día en que nací hasta hoy, pero no tengo los mismos ojos. A mí misma me he impuesto la obscena tarea de deformarme, de quitarme la facultad de abrazar, de arrancarme las formas que ocultan un cuerpo.

Hablaba del miedo: tampoco lo tuve poco después de descubrir los atributos del ropero de la abuela, ni cuando la vi a ella trastornada y amenazándome. ¡Ah!, el ropero hubiera sido capaz de cambiar la vida animada de cualquier casa y así hubiera sido en la de la abuela, si ella no lo hubiera tenido encadenado, como si encadenara a un perro fiero, con la más fuerte atadura para un mueble de su condición: usado solamente de adorno, el ropero era un mueble vacío, lleno de nada, limpio, exasperantemente limpio, como todo lo que habitaba la casa en la colonia Santa María.

Conocí las "habilidades" del ropero una tarde en que aburrida me paseaba por la casa de la abuela mientras ella sostenía por teléfono una conversación interminable. De fastidio rayé con pluma la bolsa de la chamarra que traía puesta, sin darme cuenta de mi tropelía, sin intención, nada más por inconsciente.

Pero antes de que colgara la abuela el teléfono, me di cuenta de lo que había hecho. Me quité la chamarra y con las uñas raspé los rayones en la gamuza para tratar de arrancarle las manchas, pequeños círculos rellenos de tinta, gordos de tinta de pluma atómica, rodeados de rayas, como soles, pero oscuros. Miré las bolitas con patas y pensé: "parecen arañas". Doblé la chamarra y la metí en el ropero inútil. En casa podrían no regañarme, tal vez Esther ni se daría cuenta, pero la abuela le otorgaría gran importancia al destrozo del saco importado.

La abuela colgó el teléfono. "Vámonos corriendo". No sé dónde, no recuerdo dónde iba a llevarme. Antes de prepararse para salir, me lavó las manos y la cara, me peinó y me ordenó ponerme la chamarra. Fui a sacarla, doblada, del ropero, asegurándole que no tenía nada de frío, que tenía muchísimo calor. "Póntela para que vayas elegante". Enfrente de ella me la puse mientras la halagaba porque era hecha en España, "nada como la ropa española". Yo esperaba que en cualquier momento viera las manchas y brotara estentóreo y vergonzoso el regaño, cuando le cambió la cara: se quitó, apresurada, sin despegar de mi cuerpo la mirada atónita, la bata blanca de manga corta y cierre al frente que usaba para trabajar en su laboratorio y no ensuciar la ropa (aunque nunca vi manchada su impecable bata blanca), la tomó como un trapo en la mano y con una punta de la bata empezó a pegarme, a darme duro, a asestarme golpes sin que yo entendiera qué pasaba… Me asustó, pero no le tuve miedo. Las lágrimas y los gritos se me salían ante la imagen de la abuela que no alcanzaba a articular palabra, roja pero no de ira, golpeando a la nieta con un remedo de trapo y sin cejar… Ni me pasó por la cabeza que me estuviera pegando para reprenderme por lo de las manchas, porque conmigo nadie usó los golpes como medida coercitiva. ¿Por qué entonces blandía contra mi cuerpo el trapo-bata y por qué con tanta fuerza y tanta furia? Estaba fuera de sí y parecía fuera de sí la sala bañada por la cortina de llanto que cubría los ojos, y fuera de sí estaba mi corazón atónito…

Dejó de golpearme y me mostró, sin hablar, sacudiéndolas con el trapo, lo que había intentado (con fortuna) apagar o sofocar: la vida de cuatro arañas gordas, negras como si estuvieran cargadas de tinta. Sacudiendo sus cadáveres y pasándoles un trapito húmedo, mi chamarra quedó limpia, sin marcas de nada, ni de arañas ni de tinta.

No le cobré miedo al ropero, ni pensé nunca volver a ver a la abuela en ese estado. Con serenidad me di tiempo de pensar: ¿de qué era capaz ese mueble? y ¡qué fácil era sacar a la abuela de sus casillas!

Ahora, ¿soy miedosa? Lo soy de mil maneras. ¿Una? Yo no sería capaz, no tengo valor, de volver a vivir lo que viví de niña. Mis recuerdos me dan miedo, traicionan la serenidad de la memoria…

No mentí cuando les aseguré que era placentero recurrir a los recuerdos. Así es aunque me atemorice. No me atrevería a volver a vivir lo que fui de niña porque, recuperados por la memoria, los hechos se tornan peligrosas agujas que coserían mi alma, que escocerían mi alma, que harían pedazos de carne muerta mi alma. Cuando vivimos apenas nos damos cuenta de lo que estamos viviendo… Volver a vivir lo que hemos visto con la limpia y directa mirada del recuerdo sería intolerable, o por lo que toca a mí, no tendría valor para hacerlo.

Ahora bien, ¿fantasear me da miedo?, porque en lugar de recordar podría fantasear, imaginar recuerdos, falsear imágenes y sucesos. No lo he hecho así, cuanto les he dicho me ocurrió, fue real: no he inventado una sola palabra, he descrito tratando de apegarme lo más posible a los hechos. Claro, pude haber usado palabras más acertadas que las que en el discurso he ido hilando (algunas he tratado de corregir, otras he perdonado porque no encuentro mejores para narrar), pero no he faltado a la verdad, todo lo aquí contado ocurrió en mi escuela, en mi casa, en la ciudad que habité y que no sé si aún existe o si ha cambiado de apariencia, si ha dejado su rostro de ciudad limpia, joven, de virgen bíblica…

Mas no tendría para mí objeto imaginar. O venzo el miedo que siento (y disfruto el placer) al recordar y modular las palabras que describen mis recuerdos, o me callo. Para qué las fantasías, para qué las imaginaciones, para qué las mentiras… No le veo sentido, no me daría placer alguno y, ¿qué tal que también me da miedo lo que produjera mi imaginación si la tuviera? Si la tuviera, porque no queda en mí nada de ella. No soy más que un poquito de carne a quien los recuerdos le impiden pudrirse, llenarse de gusanos y de moscas hasta acabarse.

# X

Hace rato, al describirles el mundo de mis sueños, dije el *desorden que habitó salvajemente el mundo de mis sueños.* ¿Por qué usé la palabra salvaje? Pude haber dicho atropellado, violento o triste, pero hubiera sido imprecisa la definición del desordenado mundo de mis sueños, ya que la palabra salvaje, con las dos acepciones que le conocí de niña, resultaba irle como anillo al dedo: salvajes eran los habitantes de tierras remotas que se comportaban de un modo tan distinto al nuestro (como mis sueños, poblados de cacerías, de entierros, de personas sin ropa corriendo por lugares selváticos o desérticos, de casas que nada tenían que ver con las nuestras, de ritos inhumanos) y lo salvaje era también lo violento, lo destructor, lo que podía acabar con todo.

Por supuesto que no todos mis sueños eran iguales. Su desorden salvaje podía consistir en acciones variadas, en situaciones diversas. Por ejemplo:

Frente a una bandeja de dulces que un señor con sombrero inclinó hacia mí, yo sacaba una moneda de cobre de la bolsa de mi vestido y compraba un muégano. Al pegar mi boca al dulce y calar la primera bolita de masa frita, hueca y cubierta de caramelo, la noche se hizo llegar apresurada al parque: aunque lo iluminaron lámparas altas como soles pequeños que una mano invisible encendió, una enorme oscuridad lo amenazaba.

El muégano estaba muy duro, no podía arrancarle ningún fragmento, morderlo sólo me lastimaba los dientes, pero se los clavaba con insistencia. Continué caminando y encontré una fuente con surtidor vertical en el centro, redonda y de piedra volcánica, en medio de la cual un chorro se alzaba alto y blanco, como agua rebelde. Empezó a llover muy fuerte. El surtidor continuó en su camino habitual, mientras el agua de la lluvia se encharcaba opaca y gris oscureciendo el parque. La lluvia deshacía el dulce que intentaba detener en una mano, lo disolvía volviéndolo primero una masa gomosa y luego quitándomelo, entregándoselo a la tierra. El hombre de la bandeja pasó corriendo: ya no llevaba en ella golosinas, llevaba a *el* (o *la*) *clavitos*: aquella niña que yo había pintado herida, y que había regalado a Esther.

Donde el disparejo piso de tierra formaba pozas en las que, de poner los pies en alguna de ellas, no sólo se mojarían mis zapatos sino también los calcetines, empezaron a brotar surtidores idénticos al de la enorme fuente, pero de tamaño proporcional al agua que cada poza contenía. A fuerza de tanto llover, el agua de la fuente central se derramó al piso de tierra y más y más pozas se formaban y en cada una de ellas se reproducía la forma y la mecánica del surtidor, diminutas fuentes sin pretil de piedra. En cada uno de estos surtidores brillaban todas las lámparas del parque y eran tantas que el piso parecía iluminado, parecía lleno de enormes estrellas. Sentí que no tenía dónde pisar, que el piso era el cielo y que en el gris cielo de la tormenta nunca volvería a brillar la luz de un sol que me indicara dónde colocar mis pies para no caerme en el fondo de la noche.

Una de las pequeñas fuentes saltó mojándome la falda y los calzones: sentí que con voluntad. Puse la planta del pie sobre ella para acallarla.

Entonces la lluvia se calmó. Las fuentes del piso dejaron de serlo, regresando a ser charcos inertes, y la fuente enorme del parque lentamente también se fue apagando. Me acerqué a la fuente: salamandras de colores la recorrían pronunciando palabras que no pude entender, hasta que, brincando del agua, extendieron sus alas y se perdieron en el cielo oscuro que, al devorarlas, dejó al parque en el más puro silencio: ya no había ni un paseante, ni vendedores, ni siquiera el ruido del agua o el de las hojas o el de las ratas que pasaban por aquí y por allá sin que las viera. Yo también —lo sentí con claridad— desaparecí poco a poco, me dejé vencer por la sombra. Lo último que permaneció de mí fueron los ojos: vi cómo el parque se apagó y —no sé, tal vez así fue— se retiró conmigo del sueño.

¿Para qué les cuento un sueño? Hago mal en dispersar el orden de mi narración. Tomé la palabra *sueño* al vuelo porque quiero contarles cómo fue que de un día a otro dejé de soñar: me quedé para siempre sin un sueño más.

Hacía poco tiempo que me había quedado sin las curativas piedras blancas de la jardinera de los vecinos y de que cuatro arañas gordas bajaran por el saco en que yo las había pintado por el solo hecho de permanecer un momento adentro de un ropero vacío, cuando, una noche, buscando racional salida para el miedo, decidí solicitar piedritas blancas al ropero. Me dormí tranquila ensayando en la mente cómo iba a pintarlas para que se parecieran a las que yo solicitaba, recordando cómo eran y tratando de recordar en qué punto de su pequeña geografía reflejaban la luz, como había recomendado hacer mi maestro de pintura (un pelón que a veces usaba lentes, según yo sólo para preguntarme si yo era hija de Esther, mirándome incrédulo y maravillado con unos ojos grandes como sapos, a lo que yo contestaba que sí, que sí, y que sí). Al día siguiente (no había clases, o era fin de semana o día festivo o periodo de vacaciones, no me acuerdo —mientras más trato de forzar la memoria, de provocarla, menos recuerdo—) pedí que me llevaran a casa de la abuelita. Ya ahí, sin despegarme de ella, me puse a dibujar, por lo que la abuela no paraba de decir "igualita que tu mamá", sin prestar ninguna atención a mis dibujos y la verdad que ni a mí, porque estaba atareada con el trabajo de su laboratorio (se llamaba Laboratorios Velásquez Canseco y en él elaboraba materias primas naturales para perfumería). Primero pinté una piedrita sola, rellenándola con mi lápiz de color blanco, por lo que la hoja me quedó prácticamente vacía. Luego dibujé un montón, una pequeña pila de piedras blancas. Llevé la hoja al ropero y esperé, sentada a su lado en el mosaico helado y exageradamente limpio. Ahí sentada me acordé de cuando me cuidaba una nana en casa de la abuela, cuando habían operado a Esther de los ojos porque, oí decir, veía "mal"… Pasó silbando mi tío Gustavo, mi adorado tío Gustavo, hermano menor de Esther, y se acuclilló junto a mí para acariciarme la cabeza: "parece tapa de coco", me dijo del pelo, repitiendo su broma habitual. Pero no pude reírme con él, como siempre, casi me dolía el estómago, sentía como si me doliera el estómago. Gustavo tenía jalea todavía húmeda en el recién peinado cabello, se levantó —estaba tan distraído como yo en sus cosas— y se fue sin despedirse dejando el camino impregnado de su perfume. Lo oí atravesar la casa con pasos rápidos y cerrar la puerta de madera que daba a la calle. De inmediato la volvió a abrir con su llave y desde afuera gritó: "ya me fui, mamá", y dio de nuevo un portazo. Metí entonces la mano en el ropero y saqué las piedritas blancas y las hojas limpias, sin un solo trazo. Guardé todo junto hecho bulto en la bolsa de mi vestido.

Llegando a la casa, las inspeccioné detenidamente: en las hojas, en efecto, no quedaba ni rastro de que habían sido pintadas; las piedras eran como las de antes, como si el ropero hubiera sabido leer la intención que yo puse en mis dibujos y hubiera ignorado las torpezas de mis trazos. Agradecí su nobleza. Sólo la piedra más grande, la que pinté aislada en una hoja, era más opaca, en nada traslúcida y sin duda demasiado blanca. Me expliqué a mí misma que el ropero también había hecho en ella un borrador, y la guardé en el cajón en que guardaba gomas, sacapuntas, hojas secas, empaques de gelatina, tesoros que yo ponderaba mucho pero que no me hubiera atrevido a presumir a nadie, exceptuando, claro, a mis dos hermanas.

Antes de dormirme, cuando apagaron la luz del cuarto y me dieron por ausente, coloqué las demás piedritas alrededor de la cama. Me dormí muy tranquila, es la verdad, sin prestar ninguna atención a los sonidos habituales de esa hora. No mucho después me despertaron los pasos, los mismos ruidos de siempre, y los recibí con mayor sobresalto que nunca, primero porque con toda mi fe creía que las piedritas blancas me iban a proteger y me iban a aislar de ellos, sin pretender en ningún momento que fueran a dejar de ser producidos, y segundo porque sentía que *no había dormido*: no había soñado nada, nada. Desde que cerré los ojos a que los volví a abrir no pasó nada frente a ellos: la película de mis sueños se había velado.

No volví a soñar nunca. Los pasos siguieron resonando, no sé si con mayor claridad, pero sin duda cayendo en un blanco más frágil y más visible: ni dormida tenía para dónde escabullirme. ¿Quién había cerrado las puertas? Comprendí entonces que las cosas no siempre son lo que parecen, que sería fácil recuperar lo que se ve e imposible recuperarlo en toda su sustancia.

No volví a acomodar nunca más las piedritas alrededor de mi cama. Supersticiosamente me encargué de juntarlas en la mañana y me fui deshaciendo de cada una de ellas por separado y donde pensara que no podrían volver a mí. "Las cosas no siempre son lo que parecen". No siempre. Ustedes comprenderán que tampoco volví a usar el ropero: si en el orden de su propia factura las cosas se rebelaban y los enemigos encontraban en ellas (si los había) puntos de apoyo en los que envalentonarse o en los que provocar estaciones para lo que empecé por llamar la persecución, ¿qué sería de las cosas cuyo nacimiento yo provocara? ¡Imaginen! Me habían ya dejado sin los sueños, entregada a las noches pelona, sin más cobija que mi propio miedo. Otros objetos ¿de qué serían capaces? Quiero decir, otras cosas provocadas, sacadas por mi voluntad de la nada que las envolvía.

Así que si yo fui la única que, por azar, descubrió las facultades del hermoso ropero de madera tallada, guardé sólo para mí el secreto.

No me costó trabajo.

## XI

"¡Male! ¡Jose!". Entré corriendo a la casa, gritándoles, "¡Male! ¡Jose!". "Qué extraño, pensé, qué raro que no escuchan mi llamado". ¡Eran tan atentas y cariñosas conmigo! "¡Male! ¡Jose!". Pregunté a Inés por ellas, para variar no hizo más que encoger los hombros. Pregunté a Salustia por ellas: paró la plancha y volviéndola a calar con el dedo húmedo me dijo acallando el sonido de la plancha al contacto con la lengua: "están en su cuarto".

Corrí al cuarto. Ya ni recordaba qué quería enseñarles o contarles pero no dejaba de llamarlas. "¡Male! ¡Jose!". ¿No me oían? Llegué al cuarto: la puerta estaba cerrada. Traté de girar el picaporte: estaba cancelado con el botón que podía apretarse desde adentro del cuarto (hecho implícitamente prohibido, nadie cerraba las puertas con seguro). De nuevo golpeé fuerte con el puño cerrado en la puerta. "Vamos", contestaron las dos a coro, sentí que con otras voces. ¿Cómo que *vamos*? Nunca me habían hablado en ese tono.

*Vamos*, dijeron, pero no me abrían la puerta. Me puse a saltar de cojito en círculos, llegué hasta a olvidar qué hacía ahí, pero me lo recordó la puerta cerrada, volví a tocarles, no contestaron nada. Me senté en el baúl de madera que había estado siempre al lado de la puerta de su cuarto. Las oía hablar, muy lejos, en voz baja. Las oía decir palabras que no alcanzaba a oír, que, por primera vez, me arrebataban de los oídos. No paraban de hablar y hablar. Se reían. Caminaron de un lado al otro del cuarto y, encima de todas sus acciones, subrayaban la omisión de una: no me abrían.

Fastidiada, levanté la tapa del baúl. Estaba lleno de libretas manuscritas y pintadas, tapizadas con la cálida letra de Esther y con los dibujos y los colores que desde siempre le conocíamos. En el centro de una hoja blanca, un pequeño clavito (como aquel que yo pinté) descansaba sin ningún comentario. Volví a guardarlas después de leer un par de líneas que no entendí. Las ordené y cerré el baúl. Entonces (¡hasta entonces!) abrieron la puerta mis hermanas, en silencio y mirándome desde un lugar que no era el cuarto que yo conocía, dueñas de una renovada complicidad que me había borrado, que me omitía como elemento. Sobre la cama estaba colocado un objeto que (más infranqueable que cerrojos, más fuerte que cadenas, más alto que el más alto muro) había llegado a separarme de mis hermanas: un objeto blanco, doblado en cuatro, al que acomodado en la colcha sólo le faltaban cirios para subrayar la veneración súbita que sentían por él mis dos hermanas. Les dije (ya para qué, por pura torpeza) "¿qué pasa?, ¿por qué no me abrían?" y rieron entre dientes, las dos mirándose entre sí sin darme la menor importancia. Volví a ver el blanco intruso en la cama, reparé en sus broches metálicos y en sus tirantes. "¿Qué es eso?", les dije. Me ignoraron igual que antes o, mejor dicho (para qué miento, fue la verdad), remedaron mi voz y se burlaron de mi tosca pregunta. Acerqué mi mano al blanco enemigo. "No lo toques", "no es para niñas, es para señoritas". Lo vi más de cerca: sí, ya lo sabía, era un brasier como los de Esther, bien que los había visto en el cuarto de la lavandería. Pero, ¿cómo se usaba?

Ahí acabaron nuestras tardes juntas, sin que yo comprendiera por qué. Una noche, pocos días después, entré por costumbre a su cuarto: Male se ponía, sin reparar en mi presencia, una media de nailon mientras se acariciaba la pierna, tocándola como estatua de santo, jugando a que ya hasta sus piernas eran de señorita. De pronto me vio viéndola: "¿qué haces aquí? Sal y toca la puerta antes de entrar". Me di media vuelta y corrí a depositar unas lágrimas en mi almohada, aunque cálidas (el llanto brota de esa temperatura), heladas en proporción a su duelo. Lloraba la falta de atención del par de hadas madrinas que habían velado el umbral de lo que yo era, impidiendo la entrada a monstruos del exterior, sin saber que lo que yo debía estar lamentando era la *desaparición* de las niñas que fueron mis hermanas.

A los pocos días fuimos a un campamento con las guías, equivalente femenino a los *scouts* (muchachos exploradores) fundados por un señor de nombre Baden Powell, un héroe similar a Chabelo en mis ojos de niña que vestía como niño (venía representado en las ilustraciones de los manuales de la organización con bermudas, pañuelo al cuello, un sombrero absurdo, similar atuendo al de los niños *scouts*), y que era el fundador de la valentía que nos inflamaba en las noches de campamento, noches en que salíamos a dormir al campo y en las que derrotábamos lo que nos querían volver rutina y talento en la infancia: desde lavarse los dientes y bañarse, hasta obedecer a los papás, sentarse (y bien) en las incómodas sillas, en los incómodos sillones, comer en las incómodas mesas, acostarse en las incómodas sábanas… Soltábamos nuestros cuerpos al aire, a nuestros ojos en desorden total y, a criterio de los organizadores, en medio de una disciplina formativa, afortunadamente imposible de ser sentida por nosotras.

Esta vez acampamos sin poner tiendas de campaña, en una granja. Nos hospedamos en unas galerías, luminosas y vacías. Mis hermanas rehuyeron mi compañía, yo me quedé atrás y las vi entrar a la siguiente galería, unida a ésta por una puerta estrecha. Extendí las ramas secas de pino recopilado afuera para acojinar mi sueño y sobre él puse mi *sleeping bag*, junto a nadie, en medio del piso de cemento. Puse en su cabecera la mochila azul marino y cuando alcé los ojos atribulados por el abandono filial, que ahora sí creía definitivo, noté que me rodeaban una infinidad de *sleeping bags*, ya no quedaban espacios de cemento en la galería que no estuvieran tapizados por niñas y sus respectivas mochilas, formando ordenadas filas y desordenado tiradero de ramas secas de pino que barrieron brigadas de las niñas mayores.

En la noche, alumbrándonos con lámparas de pilas, la mayoría de las niñas se rieron del *baby-doll* (un camisón muy corto que hacía juego con un calzón de la misma tela) de Susana Campuzano, quien se había colocado justo a mi lado derecho para dormir y que en ese momento hacía su entrada triunfal a la galería, brincando indiscreta entre las hileras de los *sleeping bags*, porque, tímida, viviendo la misma edad de tránsito que mis hermanas, se había ido a cambiar de ropa a la oscuridad del campo para que nadie le viera nada, mientras todas las demás mortales hacíamos gala de cómo quitarnos las prendas de vestir al mismo tiempo que nos poníamos otras en juegos de escapistas, porque nuestros cuerpos eran templos del Espíritu Santo que no debían ser vistos por nadie… y luego entró con su ridícula y minúscula ropa de dormir casi transparente, descarada, brincando y dando gritos cortos y agudos que fingían ser casi imperceptibles y denotar timidez, cuando en realidad eran continuas llamadas de atención que provocaban burlas de niña en niña por su anuncio de cuerpo de mujer.

Al pasar junto a mí, ya no gritó. Frenó su trote y me clavó sus dos ojos tristemente azules. Se metió apresurada en la bolsa de dormir. Le vi el cabello disparejo, cortado con la violencia que muchas mujeres arrojan en su cabello, de manera irregular que le impedía caer o cobrar su propia forma, casi como hombre, pero lo suficientemente largo como para que doliera su cortedad. Sentí compasión de ella. Entonces pensé que sí, que había querido ocultar su cuerpo de las miradas de las otras, porque sí, pensé, le avergüenza no tener ya el cuerpo de niña, y pensé en mis hermanas con compasión, y en Esther con compasión, y también pensé en papá, con compasión porque recordé que sólo los hombres van a la guerra y pensé "¿cómo le vamos a hacer para esconderlo cuando pasen por él para llevarlo al frente?" y luego dejé de pensar en eso porque me dije "si no hay guerra", pero "¿y si estalla una?", pensé.

Volví a ver a la niña de mi lado derecho. Volteó hacia mí al sentir la mirada espiándola:

—Oye —le dije, creyendo ser amable y sinceramente conmovida por su situación—, te comprendo, les pasa también a mis hermanas.

—¿Qué? —me replicó de muy mal modo.

Guardé prudente silencio porque yo no hubiera sabido cómo contestarle.

Entonces fui yo la que me di la media vuelta y pensé: "no me pasará nunca lo que a a ellas, yo no me voy a dejar", y pensando esto me quedé dormida, sin saber que mi fantástico deseo sería ingrediente para mi condenación.

# XII

Estábamos desayunando. Oí claramente que algo caía al jardín de la casa. Dije en voz alta que había visto caer algo, como si lo hubieran aventado de la calle y nadie me creyó. En parte tenían razón: no lo había visto caer, lo había oído caer tan claramente que hasta me imaginaba la forma que tenía. Terminé rápidamente de desayunar y salí sola al jardín, corriendo llegué al extremo que da a un lado del antecomedor.

Algo había caído adentro de la casa, como si lo hubiera aventado el repartidor del periódico, sobrevolando el muro. En lo que me había equivocado era en la forma del objeto caído: mientras que yo me imaginaba algo voluminoso y pesado, lo que brillaba ahí en el pasto era un pequeño, plano y ligero objeto.

Brillaba y era hermoso: un marco dorado de plástico rodeaba el brillante paisaje a la orilla de un mar color azul metálico, azul claro metálico, con volutas y rosetas, queriendo asemejar un marco de madera con recubrimiento de chapa de oro. Al fondo, las montañas y entre las montañas y el mar un pueblecito, pero no un pueblo americano sino un asentamiento europeo, todo sobre papel brillante, como el que envuelve los chocolates y llamábamos orito. Algunas mujeres paseaban a la orilla del mar, o sentadas en el muelle parecían disfrutar. Nadie trabajar. Las ventanas de las casitas blancas estaban abiertas y en todos los rincones no faltaba un brillo.

Nadie nadaba en el agua, pero dos lanchas esperaban pasajeros. En otra, un hombre de pelo blanco pescaba, solo y sin sombrero.

En la esquina inferior derecha decía: *Razier*. Claro, colgué el cuadro en mi cuarto, junto al tocador, a la diestra del espejo. ¿Quién lo vería? Mis hermanas, ya dije, no compartían más mis juegos, Esther andaba en babia y papá trabajaba como nunca, ya no tenía tiempo para jugar conmigo. Ninguno de ellos me pidió una explicación sobre el cuadro.

—¿De dónde sacaste eso? —me dijo Inés cuando lo vio.

—Me lo encontré tirado en el jardín.

—¿Cómo te voy a creer?

—De veras —alegué con ella—, deveritas estaba tirado en el pasto.

—¿Quién iba a botar un cuadro tan bonito?

Se le quedó viendo, aquilatándolo como yo, creyendo como yo que ése era un lugar que valdría la pena conocer. Y le dije:

—¿No te gustaría ir?

No contestó a mi pregunta. Su cara se endureció y me miró sin mirarme a los ojos, diciéndome:

—Yo nunca iría a un lugar que no hubiera hecho Dios.

La clase de inglés era, con mucho, la más divertida de la escuela. Sin tener que apegarse a obligaciones académicas, el inglés de la escuela sobrepasaba el nivel exigido por las autoridades escolares, las maestras daban vuelo a la imaginación, dejándonos hacer trabajos en la biblioteca de la escuela o saliendo a museos, viendo películas, haciendo un poco de todo lo que a ellas les gustaría hacer. Como ya se acercaban las vacaciones, a Janet se le ocurrió que podríamos buscar en los atlas y las enciclopedias de la escuela a qué lugar querríamos ir. Estaba permitido fantasear lo que fuera. Vamos, hasta la luna, si a alguien le parecía buen sitio para pasear. Luego, había que redactar en inglés los porqués de nuestra elección, sumando todos los datos que consiguiéramos en nuestra investigación.

¿A dónde creen que yo quería ir? Por supuesto que al lugar que retrataba el cuadro. Lo busqué en el atlas, en el globo terráqueo, en un hermoso volumen del *National Geographic*, en un enorme mapa de Europa que colgaba de una de las paredes de la biblioteca. Nada. "A lo mejor no existe", pensé. Pero no podía creer que fuera un lugar irreal. Busqué en la *Enciclopedia Británica*: ahí estaba su nombre y su historia. Me daba flojera leerla, pero, si no, ¿qué ponía en mi trabajo de inglés? Que estuviera en inglés era lo que me parecía más engorroso: estaba prohibido copiar idénticas las frases, era muy castigado no intentar una redacción original, y la dificultad era de ida y regreso: primero, entenderla en inglés, pasarla en mi cabeza al español para poder hacerlo, luego voltear en el inglés toda mi redacción partiendo de mi lengua materna, de la que, la verdad, no me gustaba despegarme mucho.

Le pedí ayuda a la monja bibliotecaria. Tenía un nombre que no puedo recordar, como (así me parecía) de elefante. No hablaba ni pizca de español. Le dije: "could you help me find this name in la *Espasa Calpe*?". Era una enciclopedia tan grande que no bastaba con conocer el alfabeto para dar en el clavo con una palabra. La monja me hizo el favor de encontrarlo. La redacción era muy larga. Antes de desaparecer a mediados del siglo x… O sea que era una ciudad que ya no existía. Había desaparecido en llamas, después de pugnas religiosas y de haber sido castigada reiteradas veces como cuna de herejes.

Al día siguiente llevé el cuadrito a la escuela y se lo mostré a Janet. Le expliqué en mi torpe inglés que lo habían aventado (no le dije que a mí, dije que a la casa) y le conté que era un lugar que ya no existía. "Extraño", me comentó con su pésimo acento en español. Eso fue todo. Me recomendó guardar el cuadro en la mochila para no distraer a las compañeras. *Extraño*. Eso me pasaba por comentar algo mío con los demás. Yo quería, pretendía que ella, de apariencia tan cordial y tan interesada en todo lo de sus alumnas, me echara la mano para averiguar quién pudo aventar el cuadro a mi casa y para qué. Era una señal. Yo lo sabía: representar un pueblo acorralado, maltratado y posteriormente incendiado de noche para que la mayor parte de sus habitantes pereciera en una hoguera común, representarlo, digo, como un lugar de esparcimiento y de tranquilidad, utilizando papel brillante y jubiloso para hacerlo, era, sin duda, producto de alguna malévola voluntad.

Dejé desde entonces la última actividad que todavía tenía en común con mis hermanas, los viajes al supermercado en las tardes, caminando y platicando en el camino, porque tenía miedo de los pocos que andaban a pie por la colonia: los albañiles, los plomeros, las trabajadoras domésticas que no dormían con sus patrones. Alguno de ellos había aventado el cuadro, me lo habían aventado *a mí*, como una advertencia que yo no alcanzaba a comprender.

Sé, ahora lo sé, que todo era sólo una equivocación. No tenía nada que ver conmigo ni el poblado y ni el nombre que le habían puesto al lugar, pero sí lo que le ocurrió por vivir donde vivía colgado, al lado del espejo de mi tocador.

¿Será que hay heladas miradas que tocan hilos inertes cambiándolos en nervios desnudos, como hay personas que despiertan pasiones no correspondidas? Porque pudo haber sido la helada mirada de Janet, la maestra de inglés, la que despertó el inerte plástico, el inerte papel metálico de la manera que ahora contaré.

Inés me peinaba esa mañana, porque Ofelia, la jovencita encargada de nuestra ropa y nuestro aseo personal, había ido a su pueblo a la boda de su hermana. Me peinaba jalándome los cabellos, como si yo no sintiera, como si mi cuero cabelludo fuera de hule, despiadada o insensible. Me peinaba y mis dos hermanas revoloteaban a su alrededor, explicando por qué Male quería que le cambiara los moños del cabello por un par más pequeño y más discreto, explicación que tiraba como taza de café al mar, porque Inés no le prestaba la menor atención. Puse la mirada un poco a la izquierda del espejo, en el lugar del cuadro que he descrito, el retrato en oritos de Razier. Algo excepcional llamó mi atención, algo opaco, no como el resto del cuadro, algo opaco y oscuro, algo que antes no estaba ahí y que parecería salpicadura ¿pero de qué?, ¿salpicadura de qué?

Inés terminó de peinarme y se retiró sin decirme *agua va*, mis hermanas seguían por ahí, pero en ningún punto preciso porque no me veían, ya no estaba yo ahí para ellas.

Me acerqué al cuadro, sí, estaba manchado y sólo manchado en las faldas de las mujeres del cuadro, con manchas disparejas, uniformes en nada, insensatamente colocadas pero siempre en la misma prenda de las mujeres. Noté en una de ellas que la mancha, más clara y casi brillante, se iba extendiendo en su prenda como si brotara de atrás del cuadro… No pude revisarlo ni saber qué le pasaba porque me gritaron que tenía que subirme ya al coche para irme a la escuela.

Cuando regresé de clases el cuadro ya no estaba en su lugar. No lo encontré en ningún sitio.

## XIII

Arreció la persecución. Usó nuevas tretas. Yo veía que ya no podría huir, lo sabía en las noches mientras intentaba esquivarlos, y lo recordaba de día.

Afortunadamente terminó el ciclo escolar y no sé por qué (doble afortunadamente) Esther y papá decidieron mandarnos a las tres durante vacaciones fuera de México, cada una por separado, en un programa de intercambio promovido por alguna asociación católica.

A mí me tocó ir a Quebec: en esa ciudad había una familia con una hija de mi edad que estaría dispuesta a pasar las vacaciones con nosotros en la Ciudad de México el próximo año.

El tío Gustavo me llevó al aeropuerto, y me acompañó hasta el asiento del avión, visiblemente emocionado de ver a su niña viajando sola. Me hizo una cantidad imposible de retener de recomendaciones y me encargó que le trajera (esto lo repitió más veces) una botella de Chivas Regal.

Adentro del abrigo que me ahogaba de calor y me incomodaba de grande, vuelta un oso mayor que yo, iba mirando feliz bajo de mí a las nubes y pensando que los que me perseguían los talones tendrían que esperarme un par de meses o —en el mejor de los casos— abandonar su búsqueda.

Del viaje no tengo nada que contarles, prácticamente. He procurado omitir en mi narración todas las anécdotas que no me condujeron aquí directamente. Ni con mucho les he hecho un recuento de lo que fue antes mi historia. Esta plática ha sido solamente una presentación, un ligero rastreo para que sepan —tanto como yo lo sé— quién soy, para que al escucharla me acompañen y me ayuden a comprender que, si en esta oscuridad no hay límites externos, tal vez sí los haya dentro de las tinieblas que la conforman. Por ejemplo, yo, yo sí tengo forma dentro de la no-forma, o eso trato de comprobar con la narración de esto. Si omití muchos años y muchos hechos, también borré de mis palabras a muchas personas con las que hice mundo, mencionando sólo las que ayudaron (todas, sí, sin quererlo) a traerme aquí, con la excepción de mi querido tío Gustavo. Si no les hablé más de él fue porque hubieran comprendido que mi historia era otra, o incluso yo misma otra persona, pero si no lo omito por completo, si mencioné al vuelo su nombre, fue porque no podría borrarlo nunca de algún recuento en mi memoria.

De Quebec sólo les contaré una anécdota para mí por dos motivos memorable, que entremezclaré. Con uno de ellos brotó, surgió el otro: fui a comer a casa de unos amigos de Esther (o conocidos o colegas, nunca entendí claramente el nexo que había entre ellos) y, ya a la mesa, tuve la clara percepción de oír los pasos y los ruidos que yo conocía bien, los que me perseguían en casa, en pleno día, mientras nos sentábamos a comer.

Fue tanto el miedo que sentí, creyendo que me habían localizado ya, que llegaban por mí definitivamente, y que sabían cómo no dejarme escapar, que tuve que dejar de comer porque no podía tragar bocado, mejor dicho, no podía hacer pasar por mi garganta el único bocado que di a una carne preparada al horno, especialmente para mi visita.

El ancho mundo parecía desplomarse como la descomunal caída de agua por la que pasamos para llegar a su casa, las cataratas de Montmorency, que recuerdo en el mudo, único testigo que conservé por error del mundo que habité de niña.

Miren:

La arranqué del álbum de mi viaje, para ganar más espacios para fotos de mis anfitriones y la dejé suelta, quedándose sin lugar, por lo que a veces aparecía adentro de una libreta, otras encima del escritorio, otras adentro de un fólder. No sé por qué la llevaba yo sujeta en la mano la noche que pasaron por mí y no la solté. Aquí está. Es lo único que sé que tuve: nada, un chorro de agua en la oscuridad que a fuerza de tanto recordar he borrado por completo. No sé de qué colores era, es blanco y negro, como la fotografía que ven. No sé a qué olía ese lugar, qué temperatura había, si había ruido o silencio. Nada. Agua, cielo, árboles, cables de luz o de teléfono —tal vez llevando voces que al sospechar he querido recomponer—, unas construcciones borrosas, todo envuelto en el mismo sinsentido: el agua ¿qué era?, ¿era la violenta caída, descomunal, muerte pura, o era el agua del lago, quieta, apacible, serena, amorosa, como madre tierna pero más suave, más acogedora, sin duda más fiel, envolvente?

Y los árboles, ¿cómo eran? ¿Suavemente rodeados de hojas, ásperamente desembocados en ríspidas ramas puntiagudas y desnudas, o muertos en pie?

Tuve que decir que me sentía mal en casa de los Winograd. No podía tragar bocado y el mundo me daba vueltas. Me recostaron en un sofá, mientras cerca de mí platicaban en un quebecoise que ya me había habituado a escuchar y que entendía a medias tintas. Ahí me di cuenta de que los pasos no me perseguían, que no era a mí a quien buscaban y alcancé a darme cuenta, afinando el oído en mi inmovilidad, de que seguían a la única hija de la casa. Se llamaba Miriam, era mucho mayor que yo y tranquila canturreaba una canción de moda mirándome de lado. El alivio fue doble; porque yo no era la carnada buscada y por la actitud de Miriam: no parecía alterarla la compañía del ruido, relajada me preguntó, dándome a oler un algodón con alcohol, si ya me sentía bien y si no quería un *chocolat, un caramel, quelque chose...*

En cuanto regresé a México, me di cuenta del territorio perdido en mi viaje, tal vez mayor que el que me hubiera sido arrebatado sin ausentarme, sintiendo el milímetro de pérdida noche a noche como una tragedia. Si antes de irme creía que casi ya no me quedaba territorio que defender, al regreso no hice ya más que cruzar los brazos y esperar un desenlace cercano. Con pánico, claro. Yo no era como Miriam.

Nunca fue mi casa más grande que entonces. La recorría algunas noches, cuando todos dormían, dando diminutos pasos cortos, pasando abajo de las mesas, buscando el equivalente a una fuente de la eterna juventud, al dorado, a la piedra filosofal, y no en amplios territorios deshabitados y en ancas de un caballo, sino sobre la alfombra, bajo los muebles, al lado de los cuadros pintados por Esther o por los pintores cuyos nombres nunca podré olvidar y que vivían en los muros de la casa: Fernando García Ponce, Lilia Carrillo, Manuel Felguérez, Juan Soriano, personas que entonces eran los pintores de mi ciudad, y que habían cambiado a Esther un cuadro por un cuadro para formar cada uno de ellos su propia colección.

Bordeaba los muebles, me subía a los sillones, me pegaba a las paredes, me separaba de las paredes, hacía gestos inútiles que intentaban distraernos a ellos y a mí.

Pocas partes de la casa no recorría de noche: el cuarto de servicio, el patio, la azotehuela, el jardín y, claro, el estudio de Esther, al que tampoco entraba de día. Nunca lo había vuelto a ver desde el concurso *serviam*, desde que yo había pintado aquella figura que bauticé *clavitos*. ¿Por qué lo hice esa noche? Porque al pegar el oído a la puerta me di cuenta de que adentro no se oía nada, lo que significaba que adentro estaría yo segura. Pensé: "aquí no se atreverán a entrar".

Abrí la puerta del estudio: a oscuras y cuajado de estrellas era más hermoso. La luna llena, completa como en los dibujos, me sonreía con su inocente cara redonda; di otro paso hacia adentro y una sombra brincó (¡brincó!) de la oscuridad.

Era Esther. "¡Ay!", alcanzó a decir. Me le quedé viendo. Con camisón blanco de algodón delgado, la cara sin pintar y el cabello largo suelto parecía más joven que de día.

"¿Qué haces aquí?", me preguntó. Hubiera querido explicarle, hubiera querido decirle de una vez por todas la loca carrera en que me había visto envuelta, pero no me dio tiempo.

"¿Qué son esos ruidos?", dijo. Entraron al estudio en tropel. Se pegaron a las paredes y los vi, como había venido viéndolos en fragmentos, los vi unidos los unos a los otros, armando el rompecabezas que hasta ese día comprendí, aglutinados los fragmentos en torno al *clavitos* que Esther conservaba, colgado y enmarcado en la pared del estudio.

"¡Pero qué es esto!" o algo así gritó corriendo a protegerme. Todos los del muro voltearon furiosos a verla, sintiéndose interrumpidos, vejados en su intimidad, y empezaron a despegarse los unos de los otros y las partes de los unos de la partes de los unos y las partes de los otros de las partes de los otros, hasta formar de nuevo la masa de fragmentos que yo conocía tan bien. Los persecutores se abalanzaron sobre ella. La tomé de la mano y le dije: "corre, Esther, ven"…

"¡Dime mamá, siquiera!", me gritó con una voz cambiada por el pánico. "¡Pero qué es esto!", iba repitiendo mientras yo trataba de salvarla, yo, que le había aventado la jauría a su estudio, yo, hasta que oí el grito de papá: "¡pero qué es esto!" y vi que de mi mano ya no dependía ninguna Esther, que de nuevo estaba sola esquivándolos en la sala y corrí a mi cama y lloré y lloré sin dejar de oírlos y escuchando a papá llamar por teléfono al doctor y luego la estruendosa, aparatosa, gritona y deslumbrante llamada de la ambulancia. Me asomé a la puerta y vi dos camilleros llevando a Esther. Esther (¿puedo decir mamá en este punto de la historia?) volteó la cara a verme. Corrí a ella. Los camilleros se detuvieron. Con la cabeza torcida y los labios entreabiertos, me dijo "pobrecita" y rompió a llorar también; ah Esther, te quise tanto, tanto, mamá, mamá, mamá, mamá…

El horario de visitas era rígido en el hospital. Nosotros no pudimos verla hospitalizada porque papá decidió que asistiéramos normalmente a la escuela.

Los doctores no comprendieron sus síntomas: veía las imágenes al revés (no todo el tiempo, pero de pronto se le volteaban), oía un zumbido continuo, tenía vómitos incontrolables y duró tres días antes de morirse de lo que diagnosticaron *post-mortem* como un tumor cerebral.

Papá insistió en que la velaran en casa. Yo no podía soportarlo. Ahora también tenía miedo de Esther. Enfrente de todos los pasos distinguía los suyos con las pantuflas que usaba para andar en casa, arrastrándolas del modo que le era característico. Una noche incluso creí verla con su bata rosa de franela, avanzando hacia mí, hasta que, cuando iba a tocarme ya el hombro, desde el sueño grité: "¡No, no!"… Papá corrió al cuarto.

—¿Qué tienes?

—Soñaba.

¿Por qué no me fui con ella? No me hubiera salvado la vida, claro, no necesito decir que también con ella la hubiera perdido, pero qué más da pensar en eso ahora. Es demasiado tarde, demasiado tarde incluso para lamentarme de algo, de cualquier cosa.

# XIV

Aunque no me gustaba casi nunca ir a jugar a casa de las amigas, acepté la invitación de Edna porque al ahogo que sentía en la casa por los pasos arreciados, cebados con el cuerpo de Esther, engreídos, ensoberbecidos, se había aunado la tristeza. Llegamos (yo no era la única invitada) y decidieron que íbamos a nadar en la alberca de la casa. Edna me prestó un traje de baño. Maite, Rosi, Tinina y Edna se quitaban la ropa platicando. No sabía qué hacer, detenía el traje en las palmas como monaguillo y miraba distraída el jardín a través de la ventana.

"¿No te gusta? —me dijo Edna—, ¿te doy otro traje de baño?". "Sí, sí me gusta, voy al baño", o algo así le contesté. Me encerré para cambiarme y las oí salir platicando. En un santiamén amontoné el uniforme en el piso y me enfundé el traje. Salí con la ropa hecha bola en los brazos: avergonzada encontré una linda muchachita en el espejo. Traté de adivinar la mirada conocida hundida entre las pestañas: topé con un par de ojos de gato. Eché la cara hacia atrás: rostro de gato. Di un paso a la pared para verme en el espejo lo más posible: alcancé a revisarme de la espinilla a la cabeza, una linda niña que se echó a andar hacia la alberca.

Se habían tirado sobre toallas para tomar el sol. Eran niñas, niñas jugando a que eran señoritas tomando el sol, niñas lindas como yo, bien alimentadas, sanas y serenas. Me quedé de pie mirando la alberca.

Alguien me empujó con dos tímidas manos en la cintura y caí librando apenas el borde de la alberca. Abrí los ojos dentro del agua: ésta se movía brillante y limpia, se meneaba y sonaba como un enorme corazón en pausado movimiento: tum, tum, tum... Traté de impulsarme para salir y sentí el cuerpo ardiendo, sentí el cuerpo a punto de quemarse y sentí que el agua no iba a permitir que yo jalara de ella para salir a flote. Estiré la mano y alcancé un barrote de la escalera. De él me sostuve, cerré los ojos en el agua ardiendo, parpadeando, y al abrirlos miré los zapatos de los muchachos. Alguno de ellos me habría aventado.

Edna me acercó una toalla. "Ni siquiera te mojaste el pelo", dijo asombrada. "¿Cómo te caíste?", "¿te tiraste a propósito?", "¿no te lastimaste?", "¿no te lastimaste?". Los muchachos guardaban silencio. Nadie tenía cara de haberme empujado. Me toqué el pelo: estaba seco, totalmente seco, acomodado como acababa de verlo en el espejo, con raya al centro y las puntas ligeramente dobladas hacia mi cuerpo.

—Es Jaime, mi hermano, José Luis Valenzuela, el Ciclón, Manuel Barragán.

—Mucho gusto.

—Vamos a cambiarnos.

Quería irme a la casa. Hablé por teléfono. Sólo estaba Inés. Tendría que esperar.

Había algo en el jardín que no podía comprender, algo que no escuchaba aunque me persiguiera. Tardé en cambiarme, pero me esperaron. Algo buscaba traicionarme. Nos sentamos en la cama a platicar, mientras me ponía los calcetines. Alcé la vista, buscando mis zapatos y aproveché para dar una ojeada al jardín. Oí risas. "Es la sangrona de mi hermana", dijo Edna. Las risas entraron al cuarto de al lado, lo cruzaron, pasaron al pasillo y se detuvieron frente a la puerta. La abrieron sin tocar.

El ángel del purgatorio y el ángel del bien estaban ahí, vestidas con el mismo uniforme que traían aquella mañana en el baño. El ángel del bien dijo: "no estén ahí encerradas, niñas". Dieron la media vuelta y siguieron su caminata.

—¿Quién es?

—Cristina. Es una pesada. Vamos afuera, apúrate, va de acusona con mamá. Cuando tengo amigas en la casa, no le gusta que esté con ellas en el cuarto.

Salimos y topamos con su mamá en el pasillo. Traía un broche que le detenía el cabello en la nuca, ligeramente despeinado y se detenía con ambas manos de ambas paredes del pasillo… Calzaba zapatos tejidos y los arrastraba ligeramente al caminar. No nos saludó.

El sonido de esos pasos era como el sonido de las pantuflas de Esther. Debía irme de casa de Edna cuanto antes. Pasamos junto a la mamá mientras Edna daba explicaciones que ella no escuchaba: "vamos para afuera… nos estábamos cambiando".

Los muchachos nos esperaban en el jardín. Las dos ángeles no daban muestras de vida.

Estaba atardeciendo, y yo, distraída, hubiera querido ser el sol a punto de irse. Se había decidido que jugáramos escondidillas por parejas. Manuel Barragán me dijo *ven* y nos echamos a correr. Nos acomodamos atrás de unas piedras volcánicas mientras esperábamos un tiempo prudente antes de intentar tocar la base, y ahí me preguntó, colocándose la *v* de la victoria bajo las narices: "¿Sabes qué es esto?" y le contesté, porque entonces, entre nosotros, quién no conocía esa seña obscena: "me estás pintando violines". (¿Qué quería decir "pintar violines"?).

Que yo reconociera la seña lo envalentonó. Me tomó de la mano para que corriéramos juntos con una extremidad llena de dedos fríos, húmeda, lerda, en no sé qué aterradora. Lo jalé para detenerlo. "Déjame ver tu mano" fue lo único que se me ocurrió decirle. Me la enseñó. Era una mano. Pero en mi mano su mano era un garrote deforme, era una aspereza revestida de piel, un gancho helado y rasposo con intenciones de desollarme. Volvió a jalarme para correr. ¿Qué me traicionaba en el jardín? Cuando me di cuenta, tenía su cara pegada a la mía y una lengua gruesa y palurda, fría también, intentando sumergirse entre los labios.

Eché a correr hacia la casa. No es que me diera miedo el beso, diré que había querido que cualquiera me besara (por pura curiosidad, para ver cómo era), pero me daba terror el frío de piedra de su mano y la heladez de su cara. ¿Cómo podía ser fría la temperatura del cuerpo y como un géiser la de la alberca helada? Eché a correr para librarme del jardín.

Al entrar a la casa, me encontré a la ángel del bien sentada en un sillón con un hombre que me pareció hermoso como los príncipes de los cuentos. Alguno de los dos me preguntó: "¿te pasa algo?".

Les dije que no quería estar en el jardín. "A mí tampoco me gusta estar en el jardín. Lo arreglaron para que nadie se sienta a gusto en él —la ángel del bien agregó mirando al novio—, ya ves cómo es mamá. Siéntate con nosotros".

Me senté en un taburete.

—¿A qué horas vienen por ti?

Creía estarlos estorbando. Eran hermosos y parecían enamorados.

—Woyteh, ¿sabes de quién es hija? De Esther de la Fuente.

El príncipe Woyteh abrió los ojos.

—¿De veras?

—Sí —dije.

—Nosotros —dijo Cristina— la admirábamos mucho.

—Gracias.

—Ustedes son tres, ¿verdad?

—Sí.

—¿Era buena con ustedes?

—Muy buena.

—¿No resentías que ella trabajara? ¿No se sentían abandonadas porque ella trabajara?

¡Cómo si pudiera fijarme en eso!

—¡Claro que no!

—¿Ves Woyteh?, sí se puede. Se puede tener hijos y tener un hogar y tener profesión.

—Claro que se puede —dije, por no llevarle la contra. No entendía de qué me estaba hablando.

Afortunadamente llegó el mozo que abría la puerta a avisarle al ángel del bien que habían llegado por mí. "Con permiso. Gracias". La mano de Woyteh no era fría, era una *mano*, idéntica en mi palma a la mía. Cristina me acompañó a la puerta. Estaba radiante. Al abrir la puerta, como condición para dejarme salir, me volvió a preguntar: "¿De veras se puede?". En lugar del sí apresurado que le dije por huir de esa casa, de haber tenido valor le hubiera preguntado: "Ángel del bien, ¿recuerdas que ustedes me vacilaron en el baño de la escuela?".

Me subí al coche y saludé a papá con dos sílabas que él redujo en su contestación a una. Papá no agregó nada más ni yo tampoco. Bueno, siquiera las sílabas eran más que él y yo solos, solos, solos en su enorme coche. ¡Ni siquiera el carro decía nada! Circulaba silencioso, como si no rozara el pavimento.

Papá debía estar muy triste. Yo sí estaba triste y estaba agitada, sobresaltada por el jardín de Edna, la lengua helada de Manuel Barragán y la conversación con el ángel del bien. Por eso rompí el silencio.

—Papá, cambiémonos de casa.

—¿Para qué?

—Para estar menos tristes.

—Estaríamos más tristes.

Volvimos a guardar silencio. Al pasar bajo una lámpara del alumbrado público alcancé a ver en mis rodillas pequeñas ampollas. Lo confirmé en la siguiente laguna de luz. Me toqué el pecho: me ardía. El cuello me ardía también. El agua de la alberca, el agua fría de la alberca me había quemado la piel. En cambio el muchacho —que sin duda tendría 36.5 grados centígrados en la piel si no es que más por la excitación de su aventura— me había parecido frío. Me lo decía una y otra vez, arrullando el pensamiento con el vaivén del coche. Así, con la piel precocida, las guías de la persecución acabarían conmigo esa misma noche. Me faltaba aire. Quería gritar o llorar y hablé:

—Tengo miedo en las noches…

—¿De qué?

—De… (¿por dónde podía empezar?) de Esther (¡qué torpe, cómo le fui a decir esto!).

Veníamos por avenida Reforma. Pegó el coche al lado derecho de la calle. Lo frenó y rompió a llorar. Le acaricié la cabeza y la sacudió para alejar mi mano de ella.

—¿Cómo puedes tener miedo de Esther? ¡Es tu mamá! —no dejaba de llorar y yo no sabía qué hacer—. ¿No te acuerdas de ella? ¿Sería capaz de hacerte algún daño?

—Perdóname, papá, dije una tontería.

—Además, ¿para qué quieres dejar la casa? Era la casa de Esther. Es lo único que me queda de ella.

Apoyó la frente en el volante y siguió llorando hasta que sentí que su llanto era tan abundante que podría —como lágrimas de Cristo— salvar al mundo.

Cuando acabó, se sonó con su pañuelo y me llevó a tomar un helado al Dairy Queen.

## XV

Dos o tres días después de la visita a casa de Edna, Yolanda y Vira, dos amigas de Esther, de aquellas que discutían con ella horas enteras frente a libros abiertos, pasaron por nosotras tres para llevarnos a Bellas Artes. Male y Jose pensaban en la salida con disgusto. Yo, en cambio, las veces que había sido llevada, la había pasado muy bien. Disfrutaba la música. Recordaba la última vez que fui con Esther y papá, hacía años.

…Concierto a Bellas Artes… noche de música… ¿cómo narrárselos?… ¡las frases sueltas no son un capricho!… el traje azul de pana, la cola de conejo retozando en mi barbilla… los zapatos brillantes… la noche entera para nosotras, no (como siempre) una simple funda para embolsarnos y ponernos a dormir, como se ponen los pollos al fuego… ¡y luego la música!… pasos de ángeles… seres puros que sobre la tierra se movían sin arrastrarse y que si volaban no era hacia arriba, no era para irse sino para observar… ¡puro amor ahí entregado!… cariños sin cuerpo… nervios sin carne… nervios desnudos y sin dolor, sintiendo… el lujo del gozo ni rompe ni arranca ni arrebata ni transporta: lo sienta a uno en la butaca… ¡y las ganas de bailar que yo tuve!… me creía bailando entre ellos… los aplausos, luego, era excitante escuchar tantos aplausos sintiendo que todos habían sentido lo que yo había sentido, que por fin había yo *comulgado*… salir… cruzar… caminar entre tantas luces como un escenario, las escaleras limpias parecían pistas para resbalar, el techo alto como una iglesia pero rebosante de alegría... ¡pecho a la música!... ¡al vilo todos!... imagínense en sus butacas: serán llevados en ancas por las notas a la orilla del precipicio, al vuelo que parece intentar estrellarse y luego alzarse para sólo estrellarse... con qué candor me entregó mi alma de niña al juego de la música esa noche inolvidable... Si hubieran sabido cuánto la diminuta espectadora se dejó llevar por ellos, cómo y cuánto les fui fiel... y amante y entera suya, sin más cuerpo que el que los músicos con sus cuerdas me concedían... ¡ay!, si pudiera recordar, revivir cómo suena la música, cómo se arman los sonidos y dónde caen para corromper con su gusto el alma...

Llegué dormida a la casa, dormida me vistieron con la pijama. Más noche, cuando desperté, cerca de la madrugada, y escuché los mismos ruidos de siempre, medí la pobreza de lo que se me acercaba: sus sonidos no eran dulces, no eran tampoco ásperos, no tenían signo musical. Eran sonidos sin alma, insensibles, que en sí no abrían puertas ni querían decir algo. Tuve ira de que lo que me perseguía no se asemejara a aquel paraíso al cual yo quería pertenecer, sentí vergüenza de la estrechez que estaba ávida de mí. De haber pensado entonces que ese mundo era lo que me esperaba, de haber sabido que ese mundo *iba* por mí, hubiera llorado y hubiera llorado y tal vez nunca, hasta mi último día, hubiera parado de llorar...

Así que cuando llegaron por nosotras Yolanda y Vira, y preguntaron que si queríamos ir a Bellas Artes, por más que grité sí sí sí, mis hermanas ganaron la batalla. Vámonos mejor a otra parte. Nos llevaron al cine a ver una película sobre unos señores que vivían en el futuro, en un mundo moderno, y quemaban los libros que se encontraban porque los consideraban dañinos. Hubo una héroe, una heroína, una viejita que se dejó quemar entre las llamas con tal de morir con sus libros. De ahí, nos llevaron a cenar, pero no quería yo cenar, me sentía mal, no sabía de qué pero me sentía extraña.

Pedí un plato con tres bolas de helado, crema y mermelada y me lo permitieron. Mis hermanas comieron quién sabe qué y todas discutían y opinaban de la película.

## XVI

Aquí querría terminar mi relato. El recuerdo de un concierto en el palacio de Bellas Artes, las aspiraciones que acuné a una vida con emociones, la fantasía de tener dentro de mi cuerpo un corazón que no sólo sirviera para empujar mi sangre sino que llegara a cambiar su ritmo para uniformarlo con el paso del sentimiento de otros, un corazón que bailara, que sabiendo escuchar se uniera a ritmos ajenos como en esa ocasión lo hizo con la música… Me enfurece pensar que no puedo terminar de hablarles aquí, porque no tendrían sentido todas las palabras que les he ido diciendo, no puedo terminar porque parecería que no quise contarles cómo fue que llegué yo aquí y para comunicárselo ha sido toda la plática, para decirles cómo fue que llegué yo, qué me llamó y desde cuándo; y si no puedo adivinar qué me llamó (de hecho no sé qué), sí, cómo o en qué momentos o por lo menos qué efecto tenía en mi blanda carne el llamado, cómo sentía que mi saliva astillaba, que mi sudor dejaba de serlo, que mi sangre se hacía piedra en mis venas. Si terminara de hablarles en el concierto, yo no sería más que una emocionada niña sin nombre, no sería más que mi trajecito de paño azul marino y mis zapatos número dieciocho de charol brillante y limpio. Si lo fuera, no me avergonzaría, ¿cómo o de qué? No tendría la necesidad de contárselo a nadie, ni a mí misma: no me haría falta la oscura voz que he usado, de la que he echado mano, para acercarme a ustedes.

Así que tendré que llevar la memoria a término, colocarla hasta donde llega, hasta el momento en que dejó de salir lo que podría alimentarla, hasta que el antes se tronchó para quedar sin retoño.

No había nadie en casa. Nunca me había ocurrido: no había nadie. Mis hermanas se habían ido a visitar a su abuela, lo hacían ahora con frecuencia. De hecho la habían resucitado a la muerte de Esther, sacándola de la nada con un afecto rozagante y vigoroso que yo comprendía como su mayor mentira. De no visitarla nunca, habían pasado a verla casi a diario, porque si habían perdido a su mamá en circunstancias que nunca nadie me explicó, no estaban dispuestas a quedarse de nuevo sin mamá, y brincaron a sus gélidos brazos para protegerse de la muerte.

Yo no podría brincar hacia ningún sitio. La abuela Esther no soportaba la muerte de su niña: yo me había borrado con ella en su mirada, me había disuelto, perdiendo la forma que su afecto me había otorgado y que tanto aprecié. Viéndola a los ojos, entre ella y yo se interponía el recuerdo de Esther, la cara de Esther cuando tenía mi edad, cuando era menor que yo, cuando me iba a dar a luz, cuando fue a Nueva York a recibir su premio… Entre mi abuela y yo el reflejo de Esther, una cortina de lágrimas que me impedía acercarme a ella sin ahogarme de dolor…

Cualquiera se daba cuenta de esto. Se sabía que yo era su predilecta, que yo era la nieta preferida. Ahora se sabía que yo era un trozo de carne inerme al que tenían que proporcionar cuidados y sobre el que se hablaba con preocupación: *¡pobre niña!, ¿quién va a cuidar de ella?*

Mis hermanas no estaban. ¿Papá? No estaba. Las muchachas, de por sí aisladas en su cuarto, inaccesibles, no estaban tampoco, habían pedido permiso para salir. ¿Dónde había ido papá?

¿Por qué me habían dejado sola? Tenía miedo, esta vez miedo de todo y de todos. No solamente lo que me perseguía era una amenaza: lo era también lo que me rodeaba: las blancas cortinas del cuarto, las cortinas vivas como bichos, como animales enjaulados en un zoológico que no querría visitar, bestias adormiladas a quienes mi presencia despertaba y enfurecía. ¡Y las cortinas no eran nada ante el mar embravecido, el mar del piso de la casa! ¿Quién podría pisar, sin arriesgar el cuero, la cruel madera, la comelona alfombra, los plateados resplandores de una luz que no me indicaba qué era lo que me rodeaba, sino que me señalaba artera como la enemiga a atacar?

Empecé a sentir que el problema no estaba dentro de la casa y conmigo: las amenazas de todo aquello que no era lo que me perseguía no eran sino el anuncio de algo que fatal se tramaba fuera de la casa. Encendí el radio y me senté a escuchar, recostada sobre el sillón, qué fatalidad se había cernido sobre la ciudad. Escuchaba la cálida voz de un locutor anunciando canciones, escuchaba las canciones y sentía todo mi cuerpo sobre el sofá esperando que cruzara en el radio la fatal noticia: los que habían salido de la casa (estaba convencida de ello) no podrían volver, no podrían cruzar las llamas o las densas capas del humo o la inundación o el estallido o lo que hubiera ocurrido allá afuera… Así me quedé dormida, sola, tirada en el sillón, en la casa que todos habían terminado por abandonar porque la sabían poblada de la que los había dejado para siempre y por mi culpa.

Cuando desperté ya era noche, no sé si muy noche o si poco noche. ¿Las nueve, las diez, las doce, las tres de la mañana? Quién sabe qué hora sería. ¿Habría regresado alguien a la casa? Crucé al cuarto de papá: dormido, hasta roncaba. Mis hermanas no estaban. Las muchachas quién sabe si habrían vuelto. Esther no había vuelto. Caminé a mi cuarto. Me senté en el borde de la cama a desabrocharme los zapatos para volverme a dormir con la ropa del día anterior, la ropa que por primera vez en mi vida no me habían quitado para cambiármela por la de dormir, y ahí, sobre mis pies calzados los vi a todos mirándome, a los perseguidores mirándome desde mis propios pies como desde la ventana de un alto edificio que habitaran. ¡Qué pánico sentí! ¿En mis pies? ¿Y mis zapatos dónde quedaron? Noté, en el zapatero vertical que colgaba de un extremo del ropero, acomodados en su lugar los zapatos que hacía un instante calzara.

Salí descalza, corriendo del cuarto, sin saber dónde ver, sin querer detener en mí la mirada, no quería verme, no quería ver quién era yo ni qué buscaba ni dónde iba: el miedo me ganaba: no tenía estrategia para intentar escapar de mis perseguidores. Corrí, corrí, corrí. No caminé. No miré hacia dónde iba. Lo había perdido todo.

Cuando abrí los ojos, estaba frente a la puerta de la casa que da a la calle. ¿Qué buscaba? ¿Salir de la casa? ¿Irme a dónde?

¿Había ocurrido la desgracia en el exterior? Creí percibir un olor a humo, un aire denso, lleno de pequeñas partículas carbonizadas, inflamadas acaso, porque se clavaban en mi cuerpo con crueldad. Me ardía respirar. Intenté abrir la puerta que daba a la calle pero no pude, era más fuerte que yo. Ahí estaban los perseguidores, los oía respirar junto a mí. Sentí que no iban a acosarme más y, en lugar del alivio, mi cuerpo dejó de pesar sobre la tierra: mi cuerpo no estaba: mi cuerpo tendía hacia arriba, obediente de otra gravitación. Clavé la vista en la tierra del jardín, buscando en ella consuelo. Un hoyo, un hoyo como cavado por un animal dejaba ver un corazón palpitando bajo la tierra, un corazón parecido al de la rana pero de sobra mayor. Me agaché y tomé con la mano derecha el corazón, sujetándolo, cerrando en torno a él mi puño. Los perseguidores se fueron, mi cuerpo se vio de nuevo lleno de su propio peso, relleno de peso al contacto con el tibio corazón que me había donado la tierra para detenerme: un corazón tibio, seco como un objeto de piel o de madera, suave pero firme. Palpitaba. Lo sujetaba con fuerza.

Mis calzones se mojaron, su blanco algodón se impregnó de un líquido tibio como el corazón. Se empaparon y, con qué claridad lo sentí, dejaron escurrir por mis muslos un cálido líquido que empezó a molestarme. ¿Qué era? ¿Qué escurría desde adentro de mí, traicionándome? Pronto, al tiempo que veía las luces de la casa encendiéndose y oía a papá llamarme, pude ver mis calcetas blancas pintadas con la misma sangre que supe me había manchado los calzones y las piernas. ¿Qué se había roto adentro de mí? Pensé: "Es porque me quedé sin sueños", porque otra noche había pensado que el hilo que los sujetaba, como aquel cable de luz en el alcanfor, en cualquier momento daría adentro de mí de latigazos. "¿Es eso?".

¿Por qué lo pensé? Porque me había dejado vencer y distraída miraba a destiempo mi derrota. Pensé entonces: "¡no seas estúpida, es el corazón que detienes!". Y lo solté. Mi cuerpo entonces, sin mayor defensa, ya sin peso, no podía permanecer ni un momento más y subió, subió, subió, acompañada por los que siempre me habían perseguido.

Vi a papá salir a gritar mi nombre al jardín. Oí que corría al teléfono, vi (¿cómo lo vi?) que me encontraba en la cama, con la pijama puesta y la ropa del día tirada desordenadamente en el piso... Yo dormía, o mejor dicho, ella, su hija, dormía para siempre, con su pantalón de franela empapado en sangre, las sábanas manchadas y los ojos cerrados, y en la cara una expresión de calma que no merecía.

El doctor no podría explicarle los motivos de mi muerte.

# MEJOR DESAPARECE

*A Pablo Boullosa y a Magali Lara,
hermanos adorados de mi alma.*

*Y a Alicia Urreta, in memoriam.*

# EXPLICACIÓN

Entró corriendo a la casa, ruidoso, alborotado, a punto de estallar, y lo oímos y sentimos antes de que empezara a dar los gritos horrendos que todos conocimos tanto y que él jamás repetiría. Entró como un niño, salvaje, alterado, sin respetar lo que llamaríamos el sabio ritmo encerrado entre los muros, sin detenerse, como si la casa fuera un trecho más de su loca carrera, sin poder contener la excitación que le causaba traer consigo eso y en cuanto empezó a gritar, a berrear, todos, todos corrimos a su presencia. ¿Qué gritaba? ¿Gritaba "vengan"?, ¿gritaba "se me cae si no se apuran"?, o ¿"corran a ver lo que les traje"? No puedo recordar qué palabras dijo porque en aquella ocasión no pude escucharlas; opacadas por el vértigo que lo envolvía eran, más que palabras, cabras salvajes o garras feroces o pezuñas horrorizadas en una gran carrera. ¡Y el tono!, ¡el tono en que las decía! Todavía ahora, después de tantos años, creo sentir el mismo tono en momentos terribles, cuando siento que, por un berrinche, el universo parece dispuesto a venirse abajo. Aventaba las palabras con la insistencia de un vómito, como tiran sus ladridos los perros heridos, sus maullidos silenciosos los gatos que niños crueles ahogan en cubetas de agua hirviendo: "¡vengan!"… "¡tienen que verlo!". Algo así debió gritar, y revoloteamos alrededor de eso todos sus hijos, convertidos de súbito en mosquitas indecisas alrededor de él sin atrevernos a permanecer junto a eso para inspeccionarlo lo suficiente, sin saber que había llegado para quedarse a convivir con nosotros por un tiempo infinito. No nos atrevíamos a preguntar ¿qué es?, o ¿de qué está hecho?, y mientras papá resoplaba como un caballo agitado que jamás imaginamos en él, tampoco preguntábamos ¿qué te pasa?, por Dios, papá, ¿qué te pasa?

# I

## *Eso*

Cualquiera en su sano juicio puede recoger eso en la acera y tirarlo unos metros más adelante o antes de subirse al trolebús sin que el hecho tenga nada de desorbitado, o bien, en un caso más agudo, conservarlo, meterlo en una caja, guardarlo en un ropero y pensar "¡qué manía!", pero el caso de papá excede con mucho a estos descritos. Levantó eso, lo trajo a la casa, nos lo mostró a todos, y luego se desencadenó lo demás. Éramos demasiados y fuimos demasiado inocentes como para darnos cuentos de que en realidad la vergüenza estaba elaborada usándonos a todos como ingredientes y no apoyada únicamente en eso, por ello desempeñamos con suma corrección nuestro papel.

Recuerdo bastantes datos, anécdotas y ambientes previos a su aparición; la precisión de las imágenes que puedo revivir no sirve para nada, ya no nos pertenecen. Tal fue el primer síntoma. No se sabe quién soltó al perro en el patio de atrás, pero quien lo hizo supo que acabaría con las palomas. Una quedó con vida, pero tan maltrecha que papá la mandó matar. Ni esa vez ni las otras nos dio la cara; fingía no tener conexión alguna con el cambio abrupto o con la aparición de eso. El día en que, fastidiada, intenté tirarlo, en que venciendo mi asco lo tomé entre dos pedazos de cartón rígido para sacarlo de la casa, papá se me acercó, me jaloneó de un brazo provocando que eso fuera a dar al piso y me arengó sobre otras cosas, sobre el desorden de mi cuarto, creo. Nada de que "es mío" o alguna frase que sugiriera la posesión que era estúpido querer ocultar.

A raíz de la aparición nos aislamos; evitamos a los parientes y a los amigos; nos presentábamos en la escuela únicamente los días en que había de pagarse la colegiatura, hasta que un día llegó a la casa un sobre dirigido a papá conteniendo una nota que le comunicaba nuestra expulsión. Bien, ya no tendríamos ante quién enrojecer, era mejor así porque la situación era difícil y lo sabíamos; nos molestaba; no tenía remedio; nos dejarían en paz.

La manía se hizo más persistente. Papá cambiaba eso de lugar continuamente para sorprendernos, de modo que ya no podíamos estar tranquilos en ningún rincón de la casa, seguros de su ausencia. Luego le dio por ponerle nombre y lo repetía lloriqueando por las noches como parte de un estribillo que terminó por arrullarnos:

> Susana, cosa pequeña,
> Por qué no serás mujer,
> Pesas, hiedes, me ahuyentas,
> Por qué no serás mujer

Le repetía en voz alta incontables veces. Dicen que mientras lo hacía, se llevaba eso a su cuarto para acunarlo, pero, al margen de que me dé asco pensarlo, no lo creo así, ya que nunca vi que lo tocara —seguramente se valía de cartones, como lo hice yo, o de un recogedor para los continuos cambios de sitio— y, además, una noche en que lo oía lloriquear tuve la impresión de que tropecé con eso en mi baño. No me detuve a confirmarlo: prefería quedarme toda la noche sin lavarme los dientes antes que regresar o intentar llegar hasta el de mis hermanas.

*Turista*

Una tarde, como muchas otras, jugábamos con papá una partida de turista. El juego se había puesto interesante, yo estaba mirando absorta mi posición en el tablero, todos deseábamos el barco, Margarita contaba su dinero cuando papá dijo:

—Orquídea, corre a abrir la puerta.

—No sonó el timbre, papá.

Contestó con una mirada helada a la observación de Margarita. Orquídea corrió a abrir, procurando no pisar raya alguna al avanzar.

En el lugar de Orquídea se sentó una mujer. Estaba bien que alguien la supliera, pasaría tiempo en lo que cruzaba el jardín de ida y de regreso.

—Dalia, corre a la cocina por una jarra de agua en lo que explico las reglas del juego.

¡Maldición! ¿Por qué yo? Fui a la cocina por la jarra de agua y cuando regresé mi sitio estaba ocupado por una niña y el de Margarita por otra que no era ella. Dejé la jarra de agua en la mesa. Papá explicaba con paciencia simulada cuál era el mecanismo del juego. Tengo la impresión de que llamaba con mi nombre a la que se había sentado en mi lugar, mientras que para dirigirse a las otras sólo usaba un "usted" o un "niña".

Margarita estaba sentada en un banquito en la esquina más oscura del cuarto sosteniendo con el pulgar y el índice de la mano derecha un cortaúñas y me apresuré a acomodarme a su lado. Apenas cabíamos, pero estábamos calientitas. Margarita me dijo en voz muy baja:

—Mira qué me mando traer.

Y señaló el cortaúñas con un movimiento de cabeza. La partida se había reiniciado.

—Papá —dije acercándome a la mesa— ¿y Orquídea? Enfureció.

—¿No ves que en este preciso instante es mi turno? Eres de una impertinencia atroz.

Eso lo hemos sabido siempre, lo heredé de mi madre; no entiendo por qué lo sacó a relucir en el momento. La señora que estaba sentada a su lado le dijo en voz baja:

—Castígala.

Me encerraron en un cuarto atestado de trebejos y del cual escapé. A Margarita la veo todos los días, pero de la otra nunca más volvimos a tener noticia alguna.

## Duda o reproche

Se preguntará el lector por qué no escapamos. Quizá en su pregunta se perciba un tono de reproche que podríamos traducir de la siguiente manera: "Por no hacerlo se merecen la vida que llevan". En la actualidad salir de aquí es imposible, he aclarado que vivimos una única vida y no podemos pensar en una escisión, pero en otros tiempos tuvimos una posibilidad de escapar que no alcanzó el desenlace esperado.

Decidimos irnos de casa; a papá le bastaría su manía para no sentirse solo y, por otra parte, hacía ya meses que nos sentíamos estorbosos, sentimiento que no nacía en ninguna medida de nuestra ya para entonces tan alterada imaginación. Él sería más feliz si pudiera disponer de sí mismo y de su casa, nosotros viviríamos mejor, sin duda, sin tener que lidiar con lo que podríamos llamar, para resumir, gustos incompatibles.

La mayor de todos se le acercó para decírselo. Pensamos que nuestra petición lo sorprendería, pero sosegado sacó un papel de su cartera, se lo entregó a Margarita y se dio la media vuelta. El papel decía:

*Cualquier aclaración que se precise acerca de mi posición debe consultarse con mi abogado. La respuesta a su petición es NO.*

En el NO, escrito con enormes letras de imprenta, creí ver un poco de eso embarrado, pero tal vez lo haya imaginado.

Fuimos al abogado. En cuanto nos recibió en su oficina dijo "un momento" y llamó por el interfono a su secretaria. La enorme señorita entró y se sentó atrás de nosotros, frente al abogado. Este dijo:

—Una, dos, tres.

Y él y ella se echaron a reír. Así estuvieron como diez minutos. Creíamos enloquecer entre esos dos muros de burla, cuando por fin callaron. El abogado dijo:

— ¿Entendieron? Se ha terminado la sesión. Es la primera y la última. Hagan el favor de salir.

Así lo hicimos. Uno por uno cruzamos la puerta. Atrás los oíamos —al abogado y a su secretaria— conversar de otros asuntos.

Ha pasado mucho tiempo. Ahora romper es imposible. Incluso debo confesar que me he sorprendido deseando que eso se reproduzca, con el fin de poder adoptar un eso para mi uso exclusivo.

## Pan

Nunca nos faltó qué llevarnos a la boca. A él le preocupaba en exceso que lo tuviéramos; nos decía, conmovido, con lágrimas en los ojos:

—Si son huérfanos de madre y sufren por ello, no podrán decir que su padre no les dio de comer bien.

Restregaba personalmente los platos para asegurarse de que comíamos en condiciones higiénicas; cubría la mesa con un forro antiséptico para que no nos intoxicaran los insectos, quemaba los manteles tras tres días de uso —lavado intermedio, entre puesta y puesta—; enjabonaba las manzanas antes de que nos las lleváramos a la boca; ordenaba que se hirvieran los cubiertos, que en un recipiente especial se esterilizaran los vasos y al pan lo remojaba en alcohol antes de ponerlo a la mesa. Ni qué decir que no era precisamente exquisito, y con su sabor característico teníamos la obligación de comerlo en exceso.

Nos arengaba para que comiéramos:

—Huérfanos de madre, pero no es por mi culpa... y les cuido el pan que se llevan la boca. No me preocupo por ustedes, porque cada día encuentro un método mejor para cuidar su salud y su crecimiento.

En realidad nos arengaba para que comiéramos con prisa; teníamos quince minutos para terminar con el inmenso platón que nos ponía enfrente, ya que necesitaba mucho tiempo para hacer las cosas que siempre hacía y que a nuestros ojos nunca tuvieron la menor importancia.

*Es necia*

—¡A la escuela!

La sirvienta no quiere darse cuenta de las nuevas costumbres y sigue haciendo los llamados a que está habituada.

—¡Orquídea! ¡Apúrate a peinarte!

¿Cuál Orquídea? Se fue hace tanto, tanto…

—¡Azucena! Pongo en tu mochila un cambio de calzones por si te llegas a hacer pipí.

¿Cuál pipí, si en dos o tres años más tendría edad para entrar a preparatoria?

Fingimos obedecer para no enfurecerla. Nos tomamos el desayuno que prepara a diario y en cuanto ordena salir rumbo a la escuela nos dispersamos como esporas en los lugares más recónditos de la casa. Pero estas esporas hace mucho que se pudrieron. Cada una de ellas trata de abrirse lugar en los húmedos rincones, en los deformes espacios que hay entre el librero y el libro, entre la pared y la cómoda, entre la silla y el escritorio.

## Burlas

Ahora le ha dado por las burlas. Le parecemos deformes, absurdas, en contraste con eso que ha ido cobrando forma ante sus ojos. A los nuestros no, incluso ha perdido su apariencia original, ya casi desaparece de tanto ajetrearlo. ¡Pobre papá! Corrimos a las sirvientas para que no hubiera testigos; de cualquier modo el escándalo ha traspasado las paredes de la casa. Han sido inútiles las precauciones que hemos extremado, papá no puede reprimir externar sus burlas o sus halagos y en su oficina los chismes y los chistes giran alrededor de eso y de nuestra supuesta deformidad.

La más pequeña de la casa —antes era pequeñísima, pequeñísima— languidece de tristeza. Así como papá se ha ido achicando por ese motivo, la pequeña se ha hecho algo grande y, tanta es su prisa, se ha apropiado de dos naturalezas: la nuestra, que le es propia, y la de eso, la ajena.

Quiere ser amada por papá, peco de obvia al decirlo, y por otra parte ningún conocimiento dulcifica su asqueroso cambio de forma y de olor que nos provoca tanta vergüenza.

## En la calle

Hay otras razones por las que no nos gusta salir a la calle. Nos dicen, por ejemplo:

— ¿Acaso son ustedes las hijas del que ya olvidamos su nombre?

Pedimos explicaciones y no las dan.

—Aquel de quien ya olvidamos su nombre es el que un día hurtó la cena de una fiesta para llevársela a su casa. Comió hasta el hartazgo mientras nosotros lo esperábamos atrás de las ventanas, ávidos de pan y de sueño. Pero cobramos venganza. Lo despojamos. Nos dejó sin fiesta en un principio, nos privó de la risa de una noche pero nosotros destruimos su casa y nos propusimos olvidar su nombre. Él se alejó para siempre de nuestra compañía y no nos importó, era el ermitaño porque lo habíamos invitado a serlo; pero no se conformó con ello y aparece en las veredas vestido de un tronco enmudecido, inhumano, y contra él se avientan los caballos reventando los carros y sus vísceras.

Nos confunden. No somos hijas del que olvidaron el nombre. Pero como nos conocemos culpables estamos atadas a que nos hagan cualquier acusación y podemos ser aquello que a ellos les venga en gana.

*Aclaración*

Ya lo dije pero lo recalco: mamá murió. No puedo entender cómo ni cuándo, porque somos muchos a pesar de los desaparecidos, los muertos y los deformados. Por todos lados podrá usted encontrar a alguno con mi apellido y todos los que lo llevan, hasta la fecha, son hijos de mamá.

¿De qué murió? Nadie nos lo ha dicho. Sé que no en un parto. ¿De furia, al enterarse por coincidencia de lo que iba a ocurrirle a su camada? Dicen que tampoco. Lo que sé es que la naturaleza de su muerte es contagiosa porque nos ha arrebatado vida a todos y lo seguirá haciendo a través de los siglos.

Para colmo eso; con su aparición, papá nos privó de la capacidad de disfrutar de lo poco que nos quedaba con cierto gusto.

Y el anónimo, el anónimo que llegó anoche:

*No tienen, no han tenido nunca. Nacieron*
*de una hoja; su cuerpo es un vestigio;*
*son ruinas de un pasado que nunca fue*
*presente ni futuro. Nada lo desmentirá*
*nunca.*

## Algo de zoología

Todas las noches ponemos en puntos estratégicos veneno y trampas para las ratas y todas las mañanas sumergimos las trampas llenas de ratas en cubetas de agua y reemplazamos los alimentos impregnados de veneno para que otras los coman en el transcurso del día, métodos gracias a los cuales mueren muchas a diario, ya sea por asfixia o por deshidratación.

Esto ni quiere decir que estemos por acabar con ellas, incluso cada día nos damos cuenta de que hay más, porque, a pesar del tesón por eliminarlas, algo en esta casa las atrae. Destruyen los libros, los muebles... Margarita se lo ha dicho a papá cientos de veces, pero él contesta que es inevitable porque en toda la ciudad hay plaga de ratas.

Las cosas van mal; cada día tienen mayor atrevimiento, brincan encima de las camas, dan a luz en nuestros roperos; la blusa que llevo puesta tiene un agujero en la espalda; suéter no traigo porque la lana les encanta y no me han dejado ni siquiera el puño de alguno o un trocito de estambre para recordar de qué color era. Tengo frío, podría taparme con el abrigo que me habían comprado para las fiestas, pero a papá le dio por acomodar eso sobre algo, no directamente en el piso, y eso reposa estos últimos días sobre la piel de mi abrigo. Puede que papá tenga razón en sentirse tan angustiado por la situación del mundo si hasta en las mejores casas no se encuentra un sitio a salvo de las ratas.

*El neceser*

Las amigas de mamá nos encuentran en la calle. Al reconocernos suspiran, al reconocer el neceser de mamá en mi mano suspiran más hondo y nos dicen:

—Su mamá era una mujer extraordinaria. Lamentablemente no quedan de ella ni sus cenizas.

Las miramos con sorna; sabemos que se equivocan. No pedimos explicación y seguimos nuestro camino discutiendo entre nosotras qué es lo que nos queda de ella.

Dice una:

—Queda, pero desmembrada. Por eso no podemos rehacer nuestra vida.

Dice Magnolia:

—No es cierto. Lo único que queda de ella es su muerte, y con ella basta para sellarnos a todos. De este modo ella no desaparecerá hasta que todos hayamos muerto.

Yo las apresuro para que lleguemos a comprar las mandarinas. Algunas veces las dejo discutiendo y regreso con el neceser lleno de fruta.

## Pintas

¿Quién pegaría esos letreros en las paredes de la casa? ¿Alguno de nosotros? No puedo creerlo. ¿Papá? Me parece absurdo; no creo que tuviera tiempo para hacerlo. "Adoremos la cruz, hacia arriba y a los lados". ¿A quién podría interesarle decir eso? Era el colmo, así nos humillaban hasta un punto que nosotros no hubiéramos imaginado. Alguien, un malicioso, se burlaba de nosotros con pleno conocimiento de causa.

Los letreros decían frases sin importancia y tan disímiles que parecían soltadas al azar. Recuerdo algunos; para nosotros era lo mismo que dijeran *"culo domado"*, o *"decencia y perseverancia"* porque cuando uno se ha acostumbrado a mirar las paredes de su casa en blanco o a lo sumo decoradas con un cuadro puesto en un lugar escogido y ve de pronto letreros y pintarrajeos en los muros como si su casa fuera un terreno baldío o la calle principal después del recorrido de una marcha de huelguistas, el contenido no altera en nada al afectado, así que ni siquiera nos preocupaba saber a qué aludían sus frases tan disímiles. Al principio, cuando lo único que había en las paredes era letreros, los arrancamos uno por uno, pero a la larga los que los hacían desecharon el papel y pintaron sus consignas en las paredes.

La casa pareció recibir en las consignas una orden. La Necia renunció como si el potro se hubiera vuelto arisco, un cimarrón zafado de las riendas. Lloramos, le pedimos que no se fuera, era el único elemento de orden, tenía años viviendo con nosotros, nos era indispensable. Pero papá, de nuevo, hizo de las suyas; la Necia se fue.

La casa se desplomó, se convirtió en un basurero, en una acumulación de mierda; era ya tan diferente a lo que había sido que más de una vez llegué a perderme.

A pesar de que éramos reacios a la entrada de extraños a la casa, se vieron, con mayor o menor asiduidad, rostros desconocidos. Llegaban un martes, por ejemplo; entraban sin que nos diéramos cuenta; a veces se iban al rato, otras veces ya no volvían a salir. Papá les daba carta blanca, les compraba regalos cuando por casualidad entraba a alguna tienda y en Navidad les dio a cada uno de ellos una caja distinta, mientras que olvidó comprar cualquier cosa para alguno de nosotros. ¿Cuántos eran? Quién sabe.

¿Quiénes eran? Quién sabe. ¿Serían los de las pintas? ¿Traerían ellos la basura como una ráfaga? Papá me ordenó mudarme de cuarto para cederles el mío. A todas las mujeres nos apilaron en el más lejano y más oscuro y aunque procuramos hacer guardia para que no entrara en él ninguna persona que no conociéramos, las paredes también estaban llenas de consignas. Además de que éramos muchas y de que las paredes pintarrajeadas nos restaban espacio, alguien decidió que en nuestro cuarto se guardarían los útiles de aseo, la aspiradora, las escobas, los plumeros… Los encerraron en nuestro armario y les pusieron candado. No podríamos hacer uso de ellos.

¿A quién reclamarle? No era justo. La casa era inmensa y de cualquier modo hay un clóset especial para guardar esos implementos. Aunque necesiten ellos más espacio, ése no puede servirles de gran cosa.

Pero papá contestó así a nuestras quejas:

—Se quejan. El armario está vacío. Ustedes no tienen qué guardar en él, ¿o a poco les dejaron algo las ratas? Con el tiempo ustedes se vuelven más tramposas, más ladinas. Sé que se quejan con el único objeto de que yo gaste mi dinero en comprarles ropa.

Dio la media vuelta y se alejó por el pasillo diciendo:

—No les daré nada. No les daré nada. No les daré nada.

*Falsos guardas*

Papá no es suficiente para la casa. Engañé a un hombre en la calle y lo traje para que nos ayudara: puso como única condición que tras él no entrara otro. Tampoco se dio abasto, le pedí que se fuera y, no muy a su gusto, lo hizo. Traje otro; al poco tiempo le pedí que se fuera. Traje otro, luego otro… Con todos pasó lo mismo. A veces me pregunto si esto no se habrá convertido en un vicio. Me dicen que no debiera traerlos sino irme con ellos. Pero entonces, ¿quién ayudaría a guardar el secreto? ¿Sobre quién pesaría la vergüenza?

Tanto ir y venir tiene mayor relación con lo último que menciono que con la eficacia. Quizá el primer hombre que traje bastaba, o el segundo, o cualquiera de los que elegí. El problema es que se convierten en falsos guardas, no conocen el respeto y pretenden transformar la situación. Papá nunca permitiría que usurparan su papel; no seré yo quien siembre la cizaña en mi familia.

## La cita

En este caso el abogado era el citador: nos vería en su oficina el día dos a las cinco y media de la tarde. Llegamos puntuales, limpios hasta donde era posible, acicalados como animales valiéndonos de lo que podíamos para evitar la mugre que nos rodeaba en la casa.

El abogado nos hizo esperar veinte minutos, después de los cuales salió al recibidor y sin preámbulo alguno nos leyó una larga carta. Al terminar la lectura nos pidió a todos la firma. Deliberamos; resolvimos firmar; nada era un ataque pertinente. Quedábamos maniatados, sólo podíamos atenernos a las consecuencias de decisiones tomadas por otro.

Mientras mis hermanos prolongaban inútilmente la discusión al respecto, yo logré memorizar algunos pasajes de la carta aludida. No tenía firma y estaba escrita a máquina, pero el autor indudable era papá, sumido cada día más en la agitación y el desconcierto. Decía así:

*La carta de papá*

"Así son las cosas. Declaro por lo tanto que mis hijos legítimos ya no lo serán tanto, y más aún, que ya no lo serán en absoluto. Se atendrán a la vergüenza de llevar mi apellido sin que yo los considere como hijos; me avergonzaré de ellos: procuraré destruirlos pero no tanto como para que se me pueda acusar de querer hacerlo. No tanto.

"Si oyen silbar por las noches cerca de su cuarto, soy yo, tengan cuidado. No les haré daño; pero noche a noche los derrumbaré, uno por uno. ¿Han visto a la pequeña? ¿No han notado la mentira y el odio acumulado que le he pedido? ¿Y a la desaparecida, no la han visto caminando idiota por las calles? No tanto, no tanto. Tengo hacia ustedes las mejores intenciones, no hay contra mí queja posible. Casi. Si no les gusta la pequeña, a mí sí, incluso me gusta más que antes.

"Aquel que se atreva a mencionar su anterior condición de legitimidad en presencia mía o de modo que yo me entere, perderá toda posibilidad de acercamiento y estará en peligro de perder el apellido, lo único que les queda. No tanto pero casi. Lo mismo para aquel que diga que es hijo ilegítimo.

"Por último, obligo a los que escuchan esta carta a que la olviden sin dejar de tomarla en cuenta. Porque yo no he hecho nada que me traicione (no tanto pero casi) y tengo el corazón limpio y la conciencia clara y el culo de una clavado en el corazón".

## Retrato de familia

Hay una liga que, por un pudor malsano que no beneficia a nadie, no me he atrevido a relatar. Si hubiera tenido el atrevimiento de denunciarlo a tiempo…

De hecho ahora, aunque hayan pasado tantos años, aunque haya podido despojarme y forzar la cerradura, decirlo no me parece lícito, enteramente limpio, porque, entre otras cosas, ¿quién puede asegurarme que no sea sólo producto de mi imaginación? Se pueden interpretar en más de un modo los indicios e incluso hay algunos que pueden no considerarse como tales. Tengo además otro prurito, otro pudor manifiesto.

Sin embargo, la liga no es malsana en sí y media tal distancia entre los dos elementos que la conforman que no implica una contaminación sino una reafirmación de la unicidad de ambos. Única es la muerte, es inconfundible la ignominia. Éramos huérfanos, estado que un equilibro inhóspito no toleró y suplió con el que por estas páginas se ha descrito. El retrato de la familia sólo puede tomarse entre estos dos pilares porque fuera del marco que le proporcionan

desaparece

## La chamaquita

Papá llegó a la casa con una chamaquita morena de ojos vivos y nos reunió a todos para presentárnosla. De ahí en adelante ella se encargaría de cuidar la casa y estaba prohibido que cualquiera se inmiscuyera en su labor.

Cuando alguno de nosotros abre el refrigerador, ella dice:

—Si quieres algo, pídelo.

Cuando queremos ver a papá, decirle alguna cosa, preguntarle algo y alguno de nuestros movimientos lo delata —siempre ocurre, nadie nos entrenó para ser sigilosos—, la chamaquita se adelanta a alejarnos y dice:

—No molestes.

Cuando lava la ropa la muchacha encargada de hacerlo, se para a su lado para revisar que no lave prendas nuestras:

—No tienes tiempo. Ándale, lava lo que urge.

Cuando oye que lavamos en nuestro baño la ropa —tenemos prohibido hacerlo en el fregadero— corre a regañarnos:

—Cierra esa llave. Tienes la manía de tirar el agua.

En cambio trata como príncipes a los extraños que han invadido la casa. En este capítulo de su trabajo no le va tan bien, tiene una idea bastante peculiar de cómo se trata a los príncipes. Por ejemplo, da instrucciones de cómo poner la mesa cuando hay invitados a comer: pide que encimen un mantel sobre otro u otros, todos de distintas telas y colores, tamaños y formas; cuida que los platos no sean todos de la misma vajilla... Nosotros vemos sus preparativos con lástima, no tanto por ella como por papá que parece no darse cuenta de lo ridículo de su asalariada y protegida. (¿O los ridículos somos nosotros con nuestros sueños de manteles limpios, de cubiertos pulidos, de copas brillando como el mar sobre la arena...?).

Hay una tercera actividad de la chamaquita que, estoy segura, corre por cuenta propia: mentir. Nos vigila y si reímos mientras comemos las sobras —ya no comemos pan con alcohol, papá se olvidó por fortuna de ese fastidio, ahora alguien nos junta esos puñitos de comida— ella corre a decirle a papá que lo hicimos para ofenderla a ella, como si nos importara hacerlo, si no es nada para nosotros y aunque nos odia no tenemos nada que ver con ella.

## Error de táctica

Lo menospreciamos. Nunca imaginamos que llegaría a hacer del terreno motivo de contienda y que llegaría a tener para sí todos los más lícitos derechos.

Ahora era dueño, gracias a artimañas y trucos, de aquello que había sido nuestro mundo. Ya no podríamos tramar nuestros juegos en el jardín o escondernos entre la yerba del terreno baldío o recoger los tomates que habíamos sembrado.

En el jardín, los piracantos, el hule y los heliotropos habían desaparecido. Una pequeña voluntad había bastado para hacerlo. Una voluntad imperceptible que se había clavado como cuña en la tierra marcándola, dejándola estéril e iracunda. Si salíamos a jugar, la sombra del hule nos perseguía las espaldas: no nos sentíamos solos; algo nos vigilaba estrechamente. Tímidos, hacíamos desaparecer en nuestra indecisión al doctor, al detective, a la mamá, al mago, al hombre murciélago. En el terreno lindante ocurría lo mismo. Los yerbajos nos miraban con odio, las ratas murmuraban a nuestro paso, los grillos se escondían, las margaritas eran pequeños puños podridos en medio de la ríspida humedad y podría asegurar que las piedras hasta entonces suaves rehuían el contacto de nuestros pasos.

## Dar la vuelta

Una tarde, Margarita y yo salimos a andar en nuestros patines de ruedas. No era la mejor hora para hacerlo, el sol no tardaría en ocultarse, pero habíamos adquirido la sensación de que a esa hora pasábamos casi inadvertidas, éramos menos perseguidas por la calle.

Margarita avanzaba delante de mí. El rodar metálico de los patines era lo único que se escuchaba. La banqueta era estrecha y, aunque muy rara vez pasaban automóviles, no solíamos bajarnos de ella. De pronto, en el tramo más inclinado, en el que solíamos bajar con mayor velocidad, Margarita se detuvo. Al llegar ahí, hice lo mismo: sobre la banqueta había pequeños montículos de cemento ya casi seco y grava. Nos quitamos los patines. En nuestro terreno baldío había material de construcción amontonado en lo que antes fue tierra, yerba, animales y flores y ahora era una mancha negra, tensa, el desecho del fuego que habían prendido, cómplices del viento, para terminar con todo.

## II

### *El Caballero*

Ésa fue la primera vida que nos correspondió. Me acuerdo tan bien de ella que aún imagino escuchar el sonido que acompañó el movimiento con el que papá nos encerró, decidido a cultivarnos a todos a la vez y en un solo sitio, tan cerca los unos de los otros que nos fuera imposible mirarnos entre nosotros a los ojos. Dio vuelta a la llave y nos encerró en aquel estercolero, lo único que él podía construir para sobrevivir a la muerte de mamá. Pensaba: "Murió su mamá, pero nunca se quedarán sin padre".

No hace falta decir cuánto lo estorbábamos para armar la escenografía que quería habitar, la construcción que quería hacer con eso, los extraños y la muchachita, pero nos sujetaba por escrúpulos morales. No era su intención alimentar a las ratas con nuestra ropa y nuestros libros, ni tampoco ocupar parte del tiempo a la muchachita en vigilarnos, estábamos ahí. Estábamos ahí, pasaban esas cosas, como accidentes.

Todo pudo continuar así, sin interrupción, de no ser por la aparición de El Caballero. La máquina estaba armada, la destrucción no tenía fin, éramos tenaces e indestructibles, el armatoste podía continuar sus movimientos sin que lo estorbáramos; porque oponíamos la resistencia necesaria, siempre había masa para empujar:

## La cara

Lo hizo el aire del atardecer. Dos, tres toques, como cincel en roca pero suavemente, imagino que como si hubiera dado un beso. Después miré al espejo y vi que ahí había brotado un rostro. Los sedimentos del odio habían sido removidos por un instante. No me lo perdonarían.

El primero que lo advirtió al revisarme de reojo fue El Escrupuloso Caballero. Ordenó que me llamaran al cuarto de las mujeres para hablar conmigo. La intención era doble porque también deseaba sustraerme de los otros, ya que no quería que percibieran el cambio, porque a quien ve de más le es imposible retirarse a la inocencia. Me mandaba al cuarto por el mismo motivo por el que había financiado el desplegado en varios matutinos que se oponía a la publicación de lo que ellos llamaban imágenes groseras, expresamente de desnudos y de actos violentos.

Fui al cuarto. Antes de entrar El Caballero, una mujer, especie de heraldo, como las ayudantes que preparan a las pacientes para la revisión ginecológica, me pidió que me desprendiera de mi ropa y me pusiera una bata blanca, lisa, suave, y me indicó cómo acomodarme para la entrada de El Caballero. Tomé la posición y pude verlo cuando entró al cuarto.

—Dalia —dijo— ésta no es manera de hacernos tus absurdas insinuaciones. Te doy dos minutos para que te quites la basura de la cara y pidas una disculpa.

¡La basura de la cara!... ¿Cómo me la iba a quitar?

—Caballero, discúlpeme, yo no me la puse, no sé cómo apareció ahí, así que no me la puedo quitar. No sabría hacer lo que usted pide.

No pude ver su reacción por la absurda posición que me habían ordenado conservar.

—Has dicho no, Dalia, y no tengo tiempo para hacer que te avergüences de tu capricho.

Con la última palabra sentí la mascarilla que alguien me colocaba desde mi espalda. Luego, la nada.

Con la ayuda de un médico me condenaron de nuevo a la situación absurda.

## A la prensa

Había que poner todo en orden. La familia había vuelto a la luz y no debía quedar nada oscuro que diera lugar a mentiras o difamaciones. Por tal motivo, para aclarar uno de los puntos más inquietantes, se extendió el siguiente:

### Boletín de prensa

La familia C. anuncia con dolor la muerte
de uno de sus miembros, Orquídea, ocurrida
en un trágico accidente el pasado mes
de abril. Lo pasado pasó y ella no se encuentra
ya entre nosotros.
Por tal motivo la familia comunica el
siguiente mensaje a la nación:

*Cuide usted su nuca"*

La noticia dio lugar a lo que se quería evitar: la difamación. En un periódico de la tarde, apareció la siguiente noticia:

Se rumora que Orquídea C., a quien su
familia daba por muerta, vive en las condiciones

más desastrosas y cubierta a la vez
por cuatro faldas. Esto no es desconocido
por la familia, pero sí una vergüenza que
se quiere ocultar.

Al día siguiente, apareció una inserción en los avisos clasificados:

A pesar suyo, no me matarán nunca. O.C.

La inserción causó la furia de El Caballero. Nos citó a todas en el garaje de la casa, nos hizo subir una por una a la camioneta y llamó a un aparte al chofer. Armando nos condujo en silencio hasta una casa del centro de la ciudad. Allí habló en voz baja con la mujer que le abrió la puerta y nos hizo entrar tras él. Cruzamos varios cuartos polvosos y oscuros hasta llegar a uno mucho más pequeño y abandonado que los demás. En él había un nicho.

*Orquídea es una figura de cera, el buche de una..., las vísceras de un toro; no te matarán nunca, no...*

### Declaración de guerra

Sin pasado; ¿en qué momento…? Que nosotras empezamos la lucha y que él sólo contestó a nuestra declaración de guerra. Miente; fue más oscuro su llamado, pero más irreversible. Dijo "es más hermosa que ustedes la chamaquita" y ante esa sublime mentira no había más que una sola respuesta. Lo dijo, todos sus actos querían atacarnos. Atacar, atacar; tardamos en apostar las resistencias en los puntos clave porque primero optamos por ser razonables y hablar con él, argumentar. A tal acto él lo llamó declaración de guerra.

"No se dan a amar". Basta. ¿Que ella es más hermosa que nosotros? Cualquiera puede confirmar lo contrario, papá. En la calle se detienen a vernos: "¡qué lindas niñas!". En nuestros cuerpos de mar claro, en nuestros cabellos hechos de sol y de fuego, puede ser que transites incómodo, atraído como estás por este rostro opaco, indescifrable y sin brillo del nácar pardo. Las señoras murmuran enojadas, los hombres te retiran la mirada y tú atacas. Quemas actas de nacimiento, suprimes nombres de los gastos que te ahorrarían impuestos y te repites mientras te rasuras, frente al espejo: "¡No saben darse a amar!".

Así fue como nos quedamos sin pasado.

## Cuello de viudo

Oí ruidos en la pared de fondo del cuarto. Era tarde, tan noche que ya casi sería la madrugada. Yo tenía meses sin poder dormir bien, dando de vueltas entre las sábanas rotas, soñando despierta con atrocidades que en contraste con la basura cotidiana eran dulces porque me distraían de la realidad. Los días se reducían a la nada entre noche y noche pasadas en el esfuerzo inútil de tratar de conciliar el sueño, prendida a aquellas imágenes catastróficas en las que nunca podía prever el final.

Oí ruidos. Me sobresalté, luego me di cuenta de que tenían algo de armónico, algo que los eslabonaba uno con uno. Dejé el astroso colchón y pegué la oreja a la pared para tratar de identificar su procedencia. Ahí, en la oscuridad, casi desnuda, pegada la cara a la pared y el cuerpo al piso, me sumergí en un estado que hasta el momento no podría calificar. El tamborileo provocó la imagen más absurda:

Un hombre caminaba a mi lado. Su lentitud me obligaba a disminuir la marcha. No sé por qué motivo dirigí hacia él la mirada: una mano de mujer estaba detenida en su cuello. En la mano había un anillo, una alianza, y las uñas estaban cuidadosamente limadas y pintadas con un barniz pálido. Sin soltarlo, la mano habló:

"Un hombre caminaba a mi lado —dijo—, su lentitud me obligaba a disminuir la velocidad de la marcha. No sé por qué motivo, dirigí hacia él la mirada. Después, los preceptos y la vida me ataron a él. Morí. Decidí que también ese hecho —tan poco afortunado como los anteriores— me ataría al hombre que por un movimiento de cabeza había elegido. Él no era nada; por ese motivo yo tenía derecho a la venganza.

Mi muerte sería una soga en su cuello que él nunca percibiría. Incluso pretendería hacer elecciones, poseer manías y caprichos. De hecho, su poca consistencia elegía lo único que podría acompañarlo".

En este punto, las risas de mis hermanas interrumpieron mi ensoñación.

—Con que loca, ¿eh?—gritaba Azucena—, con que ahora ésta resultó loca.

Las demás se reían señalándome absurda sin saber que por fin había yo comprendido todo.

# III

## *Nosotras*

Se veía limpísima, entera… yo me atrevería a decir que hermosa sentada frente a su instrumento. Enmudecimos. No hacía tanto tiempo que la habíamos visto revuelta entre nosotros, confundida en la recámara, en el desorden y el ruido. Enmudecimos de admiración.

En cuanto se produjo ese silencio estupefacto en la sala, aquélla puso las manos sobre las cuerdas y pasó lo más imprevisible: el orden, la coherencia, la belleza sin lugar a dudas. Lo que nunca había estado ante nosotros, y menos aún entre nosotros, ahora arañaba nuestras caras sorprendidas: entre nosotros, ante nosotros y para nosotros. ¡Azucena! ¿Pero en qué momento ocurrió? Vamos a ver, ¿qué opinaba El Caballero? En la sala se veía orgullosísimo, con un orgullo que no lo era exactamente porque no miraba el resultado de su creación sino la creación de otro que por coincidencia era de su agrado. Su orgullo nos enfurecía. ¡No era para él esa música! ¿O sí, Azucena, también era para él? ¿Lo olvidaste todo?

¿Oiría El Caballero? No sé si sólo lo hacía feliz el hecho de que a todos parecía agradarles el acto, porque, porque, porque tanto luchar para dejarnos sin rostro y luego no enojarse ante, ante, ante. Bien. Pero no nos sentíamos confusos y mientras oíamos no pensábamos en falsas cosas ni en El Caballero.

El odio pesaba menos sobre todos y, para qué negarlo, éramos mucho menos nosotros mismos y más ese ir y venir que Azucena nos ordenaba.

Papá estaba ahí, transformado en un hombre irreprochable, dignamente sentado en su butaca, al lado de la somnolienta muchachita, la única sorda de todo el auditorio, porque a ella nunca nada la afectaba, ni el bien, ni el mal, ni lo regular le prestaban la menor atención. Podía ocurrir lo que fuera porque al lado de ella toda era *lo mismo*.

Se veía magnífica. Nos llevaba a un terreno divino en el que había tesoros pero no motivos de contienda. Lo mismo me ocurre a mí a solas cuando arreglo la cocina. Me gusta pasar el agua por los platos, los cubiertos, las ollas: embadurnar todo de jabón; pasar la esponja por la mesa… Pero cuando El Caballero me sorprende en mi casa haciendo esto, me dice solemne —en lugar de entrar al paraíso en que me encuentro—: "Deberían pagar una sirvienta". No sé por qué le permito la entrada a la casa: ha pasado tiempo pero todo parece próximo siempre, excepto cuando limpio mi cocina, todos los días a las tres de la tarde. No oigo ni siquiera a mis hijos ni a mi marido que me pide que me apresure. Nadie se acerca a contemplar mi actividad para embelesarse, pero yo sí consigo por ella estar cerca de Fucsia, la actriz, y no tan lejana de Azucena.

Papá y El Caballero enfurecen con su oficio. ¡Actriz! Ya no la mencionan desde que apareció desnuda en un teatro. Yo sí, fui a verla y debo decirles que, aunque se haya quitado el apellido de papá y no se lo perdone, era hermosísima. Mi marido me dio un codazo y me dijo al oído que deberíamos salirnos, pero yo me resistí, le pedí que nos quedáramos y accedió, extrañado de que yo hubiera opinado algo. Era hermosa y lo notaba todo el público. Habían ido exclusivamente a verla y a mí me parecía muy bien, porque de seguro todos olvidaban ahí el odio, la mugre, las rencillas. Era para muchos lo que Azucena era para unos pocos. A mi parecer, Azucena, yo y Fucsia somos lo mismo, las tres a nuestra manera y con nuestros alcances, porque las tres estamos desnudas a ratos a pesar de la pudicia abrumadora con la que trató de arruinarnos El Caballero.

## Yo

Una de nosotros es una figurilla de cera, otra es ejecutante, otra actriz, otra ama de casa. Voy a hablarles de mí. Dicen, más lo dicen algunos, menos otros, que fui incapaz de hacerme un rostro. A Dalia le arrancó el suyo un médico dirigido por El Caballero y desde entonces está sentada tras una mesa recibiendo a las personas que entran por cierta galería. No molesta a nadie. El Caballero le regaló un coche, viste con pulcritud y parece no estar avergonzada con nada. Estudió y hace una larguísima tesis que le ha impedido recibirse. No es motivo de orgullo pero tampoco es algo de lo que se puedan arrepentir.

De mí, lo digo mucho porque no me agrada, sí se avergüenzan. Me preguntan: "¿pero qué, a ti no te da pena?". No me da ninguna. "¿Pero lo soportas?". Me gusta. Y se ríen, después se escandalizan y luego se van. Comentan que es increíble que me haya yo desperdiciado de esa manera, que no sea nadie si tuve muchas oportunidades para serlo. Y luego dicen: "se quedó en su triste mundo de niña".

Voy a explicar por qué motivo no trabajo, no estudio ni parece importarme nada. Estoy ocupada en una actividad que me retrae y me quita todas las energías. He llegado a perfeccionarla a un punto que muchos no creerían posible. ¿Qué hago mañana, tarde y —sobre todo—noche? Me huelo. Huelo a qué huelo. Por eso la cama, la mugre, las carreras que doy por el parque o los reposos prolongados. ¿Ustedes creen que no es nada? He detectado una gama insospechadamente extensa de matices en el olor de mi piel. Sé olerme.

Y me gusta. Soy entre todas la de más clara identidad, porque Azucena pulcramente ejecuta la música de otros, Fucsia recita con mesura parlamentos que no tienen nada que ver con su vida, el ama de casa cuida las vidas de los que la rodean. Les he confesado mi secreto, ¿ahora les gusto, como a mí misma?

*Entrevista*

Salió retratado con dos niñas en la portada de la revista. Pie de foto: *El señor Ciarrosa con sus hermosas hijas.*

En el cuerpo de la entrevista se podían leer declaraciones como éstas: "Amo la vida de familia", "Nada hay tan reconfortante como saber que mis hijas me esperan en un cálido hogar", etcétera. Ninguna mención a nosotras, ni siquiera una alusión a nuestra existencia. "Trece para ti, trece para ti, trece para ti". ¿Había terminado todo? No podemos, no podemos vivir sin el pasado. No tenemos explicación si no es por él, sólo a él, a él nos parecemos.

Te has ido para siempre... (La huella tiene proporciones extrañas; en la parte anterior es diminuta y en la posterior enorme. No parece pertenecer a un pie capaz de sostener algún cuerpo. Parecería de una especie extinta —y hasta hoy desconocida—, de no ser por advertirse que fue dejada aquí hace poco tiempo...). Pero la huella está viva, respira, palpita, se pregunta por qué no regresan sobre ella nunca; habla: "no te vayas de aquí para siempre".

—¿Siente usted que haya algo que quisiera no haber vivido en su vida?

—Nada. Todo nos sirve para alcanzar nuestro objeto y nuestro lugar en la sociedad, incluso aquello de lo que un día nos avergonzamos, porque sí, hay un episodio de mi vida que oculté por mucho tiempo y que me produjo una enorme vergüenza. Siendo yo niño, llegué a sentir una atracción enorme por una pequeña figura de porcelana que había en casa de mi abuela. Una tarde, no pude resistir la tentación y la tomé con la firme decisión de llevármela a casa. Así lo hice. Guardo aún la figurilla como muestra de la debilidad que todos debemos vencer para hacer algo digno de nuestras vidas y como vívida llaga de lo que la debilidad puede hacernos sufrir si cedemos a su fuerza, ya que veo la figurilla y recuerdo con precisión los remordimientos que me quitaron por meses la paz y el sueño hasta que tuve el valor moral de decírselo a mi abuela.

Otro pasaje de la entrevista:

—Se dice que usted contrajo un primer matrimonio y que enviudó…

—Sí, eso se dice y es cierto. No me gusta recordarlo. Yo era muy joven, por lo que todo aparece en mi memoria como un efímero e intenso amor de juventud. Ahora estoy casado y me siento muy satisfecho de la vida que llevo.

¿Y nosotros, papá, y nosotros? Nos hemos quedado arrumbados en las páginas viejas de un olvidado álbum de familia.

*De una libreta*

Extraje esto de una libreta que encontré en una de las cajas después de la mudanza. Conjeturo que era una libreta de Magnolia:

Somos nosotros los muertos
—los abandonados,
los dejados solos—,
no ustedes,
no ustedes que sin reproche nos miran,
    ya adultos, ya lo que seamos;
    nos miran siempre como fuimos.
    Porque ustedes son los que siempre han sido
    y nosotros nos hemos ido quedando atrás...
    Somos nosotros y no ustedes
    los que a cada día tenemos menor el esqueleto
    y más vacía la boca
    y un gusto amargo
    porque se nos han ido agotando los gustos.

## Un deseo

Que se muera. Que se muera.

¿Para qué? Ella no tiene mano para sujetar el cuello, ni tendrá fuerzas. Llegó a la casa, del brazo de papá. Claro que sí tiene esposa, ahora que lo vi, lo creo: una muchacha insignificante, ni muy fea ni nada bonita, de edad indefinida. Papá entró antes que ella a la casa, como si no quisiera mostrarla o como si llevaran casados largos años. Puede ser que sí. ¿Hacía cuánto que no lo veía? Es un hombre joven, inteligente, pulcramente vestido, educado y culto. ¿Papá? ¿Eres tú? ¿Entonces nosotros a quién nos parecemos? ¿De dónde sacamos las facciones?

—Te ves muy bien.

—Es muy linda tu casa.

Quiso halagarme. Papá, ¿no te das cuenta de que soy un monstruo?

—Muy sobrios los reportajes que publicas.

¿Que se muera? Sé que no es por ella por quien padecemos la enfermedad del odio, que no es por ella que nos hemos quedado sin casa para siempre, no puedo desearle nada porque no existe, no es nadie, no tendría mano para sujetar a papá. No es nada. ¿Quién ha terminado con nosotros?

## Insiste

Acacia insiste:

—Quiero que se muera.

El cielo está totalmente blanco, totalmente, incluso brilla, y en aire no hay aire y no hay momento de silencio. Si pudiera estirar las piernas…

—Ojalá se muera.

—¿Para qué?

—Para que se le quite a papá.

—De todos modos no se va a acordar de nosotras.

—Puede ser…

—Además, ¿tú crees que de veras está casado con alguien?

—Pues sí, ¿si no, de dónde sacó esas hijas?

—A lo mejor tampoco vivió mamá.

—No seas payasa, yo me acuerdo muy bien de ella. Tú estabas muy chiquita cuando murió, pero yo sí me acuerdo.

—¿A qué hora llegaremos? Llevamos quince minutos en la misma cuadra. Seguro se descompuso un semáforo. Si siquiera apagaran los motores…

—Anoche me encontré a Bati a la salida del concierto. Estaba platicando con una pareja de señores y su niña. Me presentó, dijo que yo era la hija de mamá y papá. Y los señores me miraron como si se hubieran encontrado a un espectro y no dijeron una sola palabra. "Es cierto. La ven muy grandota, pero es cierto". De pronto empecé a despedir un olor fortísimo, un olor inocultable y Bati me miró fijamente pero no se atrevió a decir nada y los otros me miraban también fijamente y evidentemente asustados. La niña bajó los ojos y yo dije: tengo que irme, tengo que irme; y me fui, también asustada.

—No te digo, si ella se muriera...

## Llamada

Marqué el número de teléfono.

—¿Papá?

—Sí, dime.

—Habla Acacia. Te llamaba…

—¿Con quién quiere usted hablar?

La voz iba cambiando el tono hasta darse a sí misma un acento extranjero:

—¿La oficina del señor Ciarrosa?

—No hay señor Ciarrosa aquí, aquí no vive ningún Ciarrosa.

Colgué el teléfono. ¡Papá! No me basta con trece para mí.

## De a trece

"Trece para ti; trece para ti; trece para ti". Absoluta justicia.

—Papá… Yo quisiera el naranjo.

Absoluta justicia. El naranjo no se hereda; está ahí; nadie lo puede arrancar del jardín.

—Entonces las naranjas.

Esas se pudren. Caen al piso y nadie las recoge. Así es.

¿Quién las va a querer si se caen por sí solas y nadie las levanta?

—Basta con trece para ti. Estoy actuando con justicia.

Entonces nos separamos de él. Cada quien se fue a su casa y durante la semana estuvimos pensando: "trece para ti".

El sábado llegó por correo un sobre y supuse que habría uno para cada uno de nosotros y que todos contendrían lo mismo:

"trece para ti y a cambio te eliminamos de la lista".

*Señor*

—Pero hay una noticia que suavizará su pena.

El señor guardó silencio.

—Debo dársela. Voy a leer el parte médico: "Además de presentar las contusiones producidas por la caída, y el descerebramiento que causó su muerte, observamos en el cuerpo...

Interrumpió aquí la lectura y reconstruyó con sus propias palabras la noche del suicidio:

"—Su dinero o su vida.

—No traigo cartera.

—Tu dinero, no te hagas pendeja.

—No traigo, revíseme. Sólo cargo una foto, mire, muestra sentadas a una señora que no es mi mamá y a una niña que no soy yo. Es todo lo que tengo."

—No, señor Ciarrosa, desgraciadamente lo que ocurrió no fue solamente un robo.

¡Pero era una niña!

Fue contra su voluntad.

— ¡Ah! —dijo ya tranquilo el señor Ciarrosa—, ¿podemos entonces, en lugar de tramitar el certificado de suicidio, eliminar del libro el acta de nacimiento?

—Es lo que pensábamos sugerirle.

## La fiesta

Balanceaba los pies. No me importaba tanto estar ahí porque llevaba puesto el vestido de fiesta, almidonado y blanco, y cuidé de acomodármelo para que no se arrugara su caída. Llegó el primero a buscar hielo al refrigerador riéndose todavía. Allá todos reían. La sala debía estar preciosa llena de ellos; había ayudado a acomodar las flores y encerar los muebles antes de cambiarme de ropa para la fiesta.

"Pongan a la niña en el refrigerador". Así que cuando el primer torpe llegó a la cocina, yo le dije: "hay hielo en la hielera; no necesita sacarlo de aquí", pero no me escuchó y subí los pies para que no me lastimara al abrir la puerta. Cuando ya se iba —no se reía más— me dijo "linda niña" y se fue.

Los oía contentos. ¿Pero qué no estaba yo con ellos? Había ayudado a sacudir, también, y merecía estar entre ellos.

Se asomó el segundo. No venía riéndose, pero empezó a hacerlo en cuanto me vio: "linda, linda niña". ¿Pero qué hago yo aquí? Regresó a la sala y lo oí comentar: "es muy linda la niña" y después reírse. Todos se rieron con él. Algo me había manchado el calcetín, como una gota de engrudo, como no sé qué porque olía a yerba.

# IV

## *La fiesta*

No, no, no, no. Dirán lo que quieran (que ya crecieron, que ya no viven bajo el mismo techo, que la historia ya no tiene para ellos sentido alguno) pero no podrán engañarme; están como en la primera escena, parados ante eso sin poder explicárselo, asustados, aterrados, destruyéndose en segundos. Están igual; se dediquen a lo que se dediquen, vivan donde vivan, coman lo que coman, duerman donde duerman, sus huesos se están pudriendo, se están volviendo de arena, se derriten como si estuvieran afuera del medio que les es propicio, huesos que equivalen a cera en velas siempre encendidas, acabándose eternamente, tan lentamente que jamás podremos verlos deshechos por completo. ¿O sí?

Uno de ellos me dijo el otro día: "Berta (me llamo Berta), tengo la sensación de que no pongo los pies en el piso, de que más que caminar voy flotando suavemente, de que cualquier día se romperá el cable que invisiblemente me une a ustedes (a ustedes en general, no quiero decir que a ti o a mis hermanos, sino a las plantas, a las casas, a las personas, a todo lo que conocemos) y me iré flotando, me elevaré expulsada vertiginosamente por nuestra atmósfera…".

¿Quién me lo dijo? Me lo pudo haber dicho cualquiera de ellos; los veo desfilando ante mí como si yo fuera un espejo, y cada uno de ellos repite los mismos actos que el anterior y los mismos que hará el próximo, así que en cualquiera de sus bocas cuadra la misma confesión.

¿Qué hacen cuando se paran ante un espejo? En lugar de arreglarse el cabello, de revisar si traen acomodada la ropa, se ven con asombro, ninguno de ellos se acostumbra a ser lo que es, porque son hermosos, simple y llanamente hermosos; no coinciden el terror y los sobresaltos en que viven con sus rostros limpios, altivos, insólitos. ¿Cómo se imaginan que son? Creen que traen inscrita en la cara la mugre que llevan adentro, imaginan que quien los mire encontrará en ellos eso, una y otra vez eso… ¿Qué sienten al descubrirse limpios de imagen? Dolor porque no coincide con ellos; viven su belleza (no con orgullo o como un bálsamo) como una burla más, viajan incómodos adentro de ellos mismos, como si su cuerpo fuera un transporte enorme que los obligara a dar de tumbos, prisioneros diminutos equivocados en su móvil y desproporcionada cárcel…

Los cité en mi casa. ¿Para qué deseaba decirles la verdad? Con objeto de que fueran todos, no los invité directamente por teléfono (¿ustedes creen que irían a algún lugar *de visita*? Jamás lo hacen. Son unos salvajes), sino que mandé a cada uno de ellos un papelito sin firma, doblado y manoseado, con un recado que decía:

> *Tengo que verlos, en casa de*
> *Berta, el martes. Es la fiesta.*
> *Mamá*

No di hora, no dije para qué era la fiesta porque ni yo misma sabía el único motivo de ésta. Además, ¿qué verdad podría tratar de echar por sus orejas?

Claro que llegaron, todos puntuales (quiero decir: todos a la misma hora, a la que ellos creyeron la buena para ir a la fiesta), sin atreverse a decirme qué los traía aquí. ¡Cómo podrían ser tan ciegos! En ninguna mirada pasaba la sombra de la sospecha. Se sentaron en la sala, conversaron torpemente sobre dos o tres temas, guardaron mucho rato silencio y parecía que no estaban dispuestos a irse.

¿Qué hice? ¿Qué hubieran hecho ustedes si la jauría de los Ciarrosa, la devorada estirpe, la raza de vampiros inapetentes, de ratas destructoras, sin raíces se sentara en su sala dispuesta a esperar a su mamá, a aquello que tal vez nunca existió y si lo hizo desapareció hace mucho?... De ser por ellos, no se moverían nunca de ahí; absortos con la promesa de verla se quedarían hasta quemarse las alas como las palomillas que vuelan alrededor de la luz esperando la muerte...

Ahí los tenía: unos hombresotes y unas mujersotas vestidos todos como por error, sin ningún gusto en la ropa que llevaban puesta y de miradas inmensamente tristes.

¿Para qué los había yo llamado? De pronto, al verme entre ellos, me asaltó la duda: ¿yo los había llamado o habían decidido citarse en el centro de mi casa? ¿Cómo puedo dudar, si con mi propio puño había escrito los recados? Porque con ellos no hay límite, créanme, con ellos no hay cómo detenerse, su enfermedad no tiene fin. ¿Qué hacer con ellos?

No hablaban de nada. No comían los bocadillos que yo había dispuesto. Opté por pedir disculpas:

—Fui yo quien mandé el papel, perdónenme...

¿Para qué? No les dije para qué. Se me quedaron viendo. En más de uno brillaban sus lágrimas lentas, gordas como las risas que ellos nunca tendrán. Después de un rato, todos empezaron a hablar:

—Vámonos.

—Nos está mintiendo.

¡Vaya! ¿Cómo que mintiendo?

— ¿Y si es verdad el recado?

—Puede que sí venga...

¡Que sí venga! No puede contenerme:

— ¡Pero si ella no existe! ¡No sean pendejos!

No sé qué más les dije. Salieron uno tras otro, sin voltear, sin arrastrar los pies, como sombras de sí mismos, sombras que nunca podrán añorar a ser seres con cuerpo, ya ni digo con alma como los que no somos de ellos.

# V

## *Sí, mejor desaparece*

¡Vaya! Ésos sí que son mugrosos… Nadie puede probarme lo contrario… Mugrosos, ruidosos, estúpidamente locos. ¿Yo?

A mí me gusta tomar el café a solas y durante mucho tiempo, encerrarme en el cuarto, mirar hacia la terraza y no ver nada en mi horizonte, nada más que el cielo (poco cielo, de preferencia un diminuto fragmento de cielo, y gris) y dejar de escuchar ese maldito alboroto que cruza para hacerse siempre presente, presente, presente, del mismo modo en que libran las moscas los obstáculos para llegar siempre a la luz.

Me gusta también caminar por el cuarto como si fuera imposible contar los pasos necesarios para atravesarlo, como si el cuarto tuviera al ancho mismo del mundo y éste me cupiera en la palma de la mano. Los detesto.

Nunca los he visto. Nunca, no sé cómo son pero sé cómo son cada uno de sus rasgos. He aprendido a contarlos, sé identificar sus pasos, sé qué estado de ánimo de momento los cobija y conozco, como si lo hubiera tenido en carne propia, conozco a la perfección todo el asqueroso odio que sienten por mí. Asqueroso como ellos.

No, no se bañan. Ah, pero si se bañaran no cambiarían. Frente a la dureza de sus pieles al agua no podría disolver les jabones, resbalaría como jamás puede resbalar la arena sobre el agua. ¡Qué necios! Tal vez tengan, cuando se les ve de lejos, lo que la gente llama comúnmente "buen ver", pero la proximidad que nos une me hace sentir que el buen ver y ellos no pueden ir juntos: los cabellos se les apelmazan en sus torpes cabezas, los calcetines se les pegan, como cáscaras de papa, a los pies...

\* \* \*

Ellos estaban desde que llegué aquí. Puedo decir que tardé en identificarlos, que al principio no supe lo que eran, que si yo permanecía encerrada en mi cuarto no era para no verlos, sino porque así me gusta a mí, y que si llegué aquí definitivamente no fue para estar cerca de ellos, pero no puedo negar cuánto nos une y decir que nos une desde el primer momento. La puerta que me abrió la ceremonia en la iglesia dio inmediatamente con sus narices.

Debí estar muy enamorada de ese señor cuando me casé con él. Tengo poco tiempo para pensar si es así o si fue así, pero en último caso me importa un bledo.

\* \* \*

Él viene todos los días. Llega en las noches. Se alimenta de mí, no como en las historias de vampiros inverosímiles, estúpidas y con olor a celuloide, literalmente se alimenta de mí sin conseguir saciar su voracidad. A medio día acude a los restaurantes y se llena la boca con palabras ridículas de negociante disfrazado de hombre educado y con los malos guisos de cocineras a sueldo.

Es muy poco lo que pienso en él. Si al recuerdo de nosotros dos en aquel pasado que la gente veía como feliz no le guardo espacio, mucho menos al aburrido presente (o que a todas luces así parece ser) en el que estamos los dos envueltos.

Ahora hablo de él porque creo que es imprescindible mencionarlo para hacer un retrato más o menos aceptable, como pretendo.

\* \* \*

(Dije que se alimenta de mí porque cuando me levanto después de haber dormido junto a él me duele el cuerpo como si alguien le hubiera extraído algo. El dolor es así. Duele lo que te quitan. En lo que te dejan no duele nada. Con ellos, en cambio, no siento ningún dolor. ¿Será por ello que no pienso en salir a pisotearlos aunque me desesperen? ¿O no los he pisoteado porque nunca los he visto? ¿O ya los pisoteé?).

\* \* \*

Chop, chop, chop, hacen. Los oigo hacer chop, chop, chop. Quieren decir así cosas terribles. Maldicen todas las hojitas de todos los inocentes árboles del mundo. Bueno ¿qué les enoja tanto? ¡Válgame Dios! Me asombra siempre su capacidad inagotable de detestarlo todo.

\* \* \*

Algunos de ellos creen que ya se fueron, se imaginan que ya no están aquí. ¡Ilusiones! Vamos, yo soy la única que estoy donde no debiera estar y sé que no puedo irme, ¿de qué manera podrían ellos huir? ¡No tienen adónde! ¡Y con lo horrendos que son!

Ni uno se ha ido, estoy segura, porque el ruido, el ruido que emiten con sólo respirar es un ruido feroz. Cuando desayuno mirando la pared desnuda los siento como las hormigas sienten el azúcar, y no están junto a mí, una pared nos divide, nos separa. Tengo siquiera el gusto de estar aislada de ellos.

\* \* \*

¿Qué habrán hecho con las magníficas cortinas que vi al entrar? Unos cortinones rojos, pesados, tan serios que seguro se alimentan de polvo. Algunos de ellos, o alguna de ellos, ya los ha de haber arrancado para adornarse y pasear por el pasillo. Y creen que yo soy culpable. ¡Sus patas les huelen a queso!

\* \* \*

Los podría envenenar, pero ¿dónde se compran los venenos?… No sé guisar… No tengo astucia… Y en último caso ellos son los que me detestan a mí, no yo a ellos… Ja, me detestan… ¿Qué, no tienen nada más en qué pensar? En mi caso se comprende que hable de ellos. Me preocupan. Pero ellos que son niños, simple y llanamente niños, bien podrían mirar para otro lado.

\* \* \*

Sueñan con sueños de bebé que la noche de su infancia terminó, que la nube de su diminuto tamaño de niños se evaporó con un sol enorme y que, ya que así ocurrió, se les permitirá abrir las puertas de su casa y salir a la calle.

¡Ay! ¡Cuánto quisieran ser los dueños! ¡Cuánto fantasean con que ya lo son, con que los lugares que habitan han sido convertidos en otros!

\* \* \*

Nuestros sueños son diametralmente opuestos. Yo no quiero nada más que lo que tengo, y si a ello se le pudiera añadir un poco de paz dejando de oírlos, querría que ellos vivieran lejos o no vivieran nada. Como no es así, debiera permitirles que entren aquí para arreglarme las uñas, para acomodarme el cabello, para cambiar la jarra vacía del café por una jarra llena…

Los chamacos… Quisieran estar lejos de aquí, corriendo en el campo, respirando aire puro y siendo "personas grandes", aburridísimos adultos… Pero si ellos corrieran por el campo lo que harían sería destrozar alfalfa tierna con sus zapatos, y si respiraran aire puro lo expirarían vuelto humo pegajoso, similar al que expiden los plásticos cuando se queman y, si fueran personas grandes, el tamaño de sus cuerpotes no alteraría que necesitaran dar a alguien la mano para cruzar la calle… ¡ellos nunca cruzarán la calle solos! Nunca sabrán hacerlo.

* * *

Hay en la recámara, desde que llegué, un baúl lleno de notas y de revistas viejas. Todas las mañanas pienso que debo tirarlo. Pesa mucho y sé que para deshacerme de él tendría que vaciarlo, pero los papeles han de estar sucios, llenos de polvo, se arruinarían mis manos si los tocara; así me siguen viendo, me siguen viendo sin decir nada: a fin de cuentas son mudos. Sé que lo son como es mudo todo en esta casa; los ruidos no son palabras, los golpes no saben decir nada.

* * *

No son los chamacos los que llegan a servirme, a hacer el aseo del cuarto, a traer el café espléndido y caliente, las piezas de pan dulce, la fruta en unidades gloriosas, y llevarse los platos sucios, y traerme bebida y a preguntar "señora, ¿qué más se le ofrece?". Nunca me han hablado de ellos. Una incluso se atrevió a recomendarme que salga del cuarto y dé paseos por el jardín, argumentado que sería "conveniente para su salud" (la mía, se entiende). Yo le respondí con una mentira para no defraudarla, le dije que el sol era dañino para la piel, y que además yo valuaba mi palidez como el mayor de los tesoros y que por ello la trataba con todos mis cuidados.

* * *

A veces me olvido de ellos y drásticamente toman medidas en mi contra. "Qué, ¿ya no quieres oírnos?", parecen decirme. "Pues, ¡ten! ¡ten!". Avientan sus cuerpecitos vigorosos contra las paredes de mi cuarto.

Soy un adulto. Me siento muy mal de que lo hagan. No que me duela *como si me lo hicieran a mí,* pero me parece demasiado insensato.

¡Se lastimarán las ojeras! ¡Se arruinarán sus naricitas!

Pero yo no les hablo, tengo suficiente con oírlos de la mañana a la noche. ¿Será porque no converso con ellos, a gritos y a través de las paredes, que me odian tanto?

* * *

Ahora los oigo arrastrando algo por el piso de madera. Sé que al llevarlo levantan un fino polvillo de la duelas, que rayan las paredes trazando con esa absurda caligrafía más frases inconexas. Han vuelto esta casa la libreta para anotar su historia irrespirable.

A mi cuarto no entran. No puedo detener sus ruidos, llegan como el espejo donde se reflejan sus ojos y sus actos y puede que sea yo quien los invite a entrar.

A mi cuarto no entran, pero alrededor de él han creado una valla espesa con su loca e indomable locura.

¡Cálmense, muchachos! ¡Serénense! No se gana nada sin tranquilidad. Van perdiendo toda posibilidad de acercarse a las puertas o ventanas, de procurarse paseos por ríos que desemboquen, de decirse entre ustedes palabras con un principio y un fin. Lo único que ganan es más y más y más desenfreno. ¡Cálmense!

* * *

¿Hasta cuándo podrán detener las paredes el torrente? ¿A quién consultarlo?

Los ingenieros saben calcular la resistencia física, pero aquellos que terminarán por derrumbar los muros no tienen la facultad de poder ser subidos a una báscula o ser detenidos para tomar la medida de su altura. Van, vienen, saltan... Cuando están tirados en el piso imaginando, su cuerpo se contrae o explota. Desaparecen cuando alguien quiere tocarlos. Cambian de la noche a la mañana como los capullos cambian y las flores se mueren.

\* \* \*

¿Cuántos son? ¿Cuántos? ¿Se llaman por sus nombres? Creo que, sembrando confusión, inventan términos falsos para gritarse. Ellos saben que deben confundir, que como ramas cargadas de hojas deben interponerse entre la luz y la noche natural de la superficie de la tierra, la noche continua, la noche adusta...

Dicen también que para que la luz sea luz debe tocar la atmósfera que, si no, sigue su carrera loca sin atreverse jamás a brillar. Ellos no quieren este contacto, quieren que la natural oscuridad de la luz permanezca, que nada se toque porque al tocarse revienta o escapa el gozo de la luz y cambia el signo opaco que ellos defienden por un siglo amable, ardoroso, vivo.

\* \* \*

Son los defensores de las sombras pero si las sombras intentaran aliarse con ellos, también se volverían enemigos de ellas. ¿Por qué? No pueden soportar pacto alguno.

Entre ellos ¿se tocan? He pasado horas escuchándolos, tratando de descifrar si se tocan o no se tocan. Mi pregunta comienza por ¿se ven entre sí? ¿Sabe cada uno de ellos que como él hay muchos otros, que aquello con lo que tropiezan es alguien idéntico en el fondo...?

Imagino que al topar, al tropezar, al chocar con otro piensan "topé", "tropecé" o "choqué", pero que nunca piensan "topé *con otro*", "tropecé *con otro*", "choqué *con otro*"…

\* \* \*

Temo que los estoy cansando con el ir y venir en el piso de mi cuarto. No tengo historia alguna para contarles. Vamos a ver: soy mujer, vivo encerrada en este cuarto (sin televisor) por mi propio gusto, porque me da la gana. Soy casada. No me dedico a nada en especial. Me gusta tomar el café. Alrededor del cuarto viven una multitud de chamacos que quién sabe de dónde salieron. ¿Alguno será hijo mío? Sería lo lógico: mujer y casada, ¿por qué no iba a tener hijos?

Para completar el cuadro diré que no la paso mal. Ellos sí, sufren. ¡Ah! ¡cómo sufren!

\* \* \*

¡Ahí están de nuevo atacando inconscientes! Ninguno de ellos para de emitir sonidos con la boca.

Me asomo por la ventana del cuarto. Trato de contar en voz alta para dejar de oírlos, pero *también* quiero oírlos. No comprendo qué hacen en esta ocasión. Los he oído llevando cosas, comiendo, peleando, odiando, siendo crueles, ensuciándose más, pero no entiendo qué hacen hoy.

¿A dónde van? ¿Por qué suenan tan vigorosos? ¡Ay! Son insaciables.

\* \* \*

Tengo pesadillas. Pienso: los conozco tanto que pude haber sido una de ellos. Argumento que no recuerdo a mi madre ni a mi padre. De nuevo argumento para dejar de soñar tan desagradablemente que no puede ser así porque yo (lo digo con todas sus letras para que actúe como un ensalmo y me cure), yo, yo soy una mujer casada, y si alguien me observara no encontrará en mí un solo rasgo inquietante.

Vaya, no es tan difícil dejar de soñar lo que uno no puede soñar (repito *mujer casada, mujer casada*).

\* \* \*

Es cierto. Cuando él llega, en la noche, en el silencio que envuelve a la casa, todo es *normal.* Ya no se oyen ellos y todo *dormido* parece estar en orden.

Sé sonreír entonces porque me gusta la farsa. Me hace gracia. Tengo un sentido del humor bastante peculiar.

\* \* \*

Anoté, hace algunos días, *crueles.* Sobreentiendo la frase "son crueles". Lo adivino en la risa que ahora repiten, porque sé que se ríen y se persiguen a un tiempo. ¿No será que yo quiero estar donde están ellos? ¿Que quiero estar en sus juegos, y por no estar con ellos los considero *crueles*?

No. No tajante.

Ahora, ¿qué avientan? ¿Qué rompen? ¿Qué eliminan? Y, sobre todo, ¿de qué se ríen tanto, tanto, tanto?

\* \* \*

Cuando el señor llega, el silencio tiene un aire de pausa que él no adivina porque no voltea a ver a su alrededor. Llega a dormir como el náufrago llega a salvarse a una isla y sabe que en ella no hay salvación sino aislamiento, y aunque al cerrar los ojos, en la cama se cuelga a mi cuerpo como un niño, me toca apenas, como se toca la imagen fugaz de una inexplicable fantasía.

\* \* \*

¡No se aburran! ¡No se duerman! ¡No quiero llenarlos de sopetón con todo lo que siento! ¡No dejen de oírme! Créanme, les voy a contar algo terrible para que no abandonen el lento pasear de esta historia: por ejemplo, tengo pánico cuando las ramas del árbol pegan en la ventana. ¿Por qué? Porque suenan a que están haciendo algo terrible, a que con sus pasos por la casa me anuncian que cargan para arriba y para abajo algún cadáver. ¿Mueren? No hablo de las ramas, se entiende, hablo de los que hacen ruido mañana y tarde; y de noche, para engañar al hombre, al señor, sólo para hacerlo, guardan silencio.

Son como un sepulcro habitado y abierto, como un cuerpo pudriéndose y sonando a que se está pudriendo. ¿Mueren? No sé.

¿Pasean muertos por la casa? No sé. ¿Qué cargan? No se cansan de odiar, de odiar, de odiar. Y no piensan en qué hacer con su aburridísimo odio.

Les tengo miedo, pero tenérselo no me impide que al tomar el café por las mañanas *tenga* yo placer.

\* \* \*

¿A qué otras horas río? Río cuando logro cortar el sueño interminable y saco las manos y la cabeza de las sábanas, entonces me río: "¡se acabó!", pienso del sueño, y lo veo de nuevo acercarse a mí, inevitablemente como el mar, y por más que pienso que llevo demasiadas horas dormida, no puedo vencerlo, y sube, y sube, y sube… Inunda la cama y me jala de las patas y otra y otra vez, me hunde, me vuelvo a quedar dormida. Cuando saco las manos y la cabeza de las sábanas nuevamente me río: "¡se acabó!". Todas las mañanas río muchas veces, cada que creo que ya voy a despertar.

\* \* \*

Hablé de sus cabellos apelmazados a sus cabezotas de niños, de sus orejas mugrosas y de sus asquerosos calcetines, adheridos a sus pies como cáscara a las papas. Lo vuelvo a decir para que crean en mí: no fue un discurso retórico, es verdad.

Ellos dicen que yo debiera evitarlo. Me sueñan hablándoles dulcemente, hincada frente a ellos, lavándolos, cambiándoles la ropa, cepillando pacientemente sus cabellos. Nunca lo haré.

\* \* \*

—A la una… a las dos… ¡a las tres!

Cuentan.

¿Qué harán ahora? ¿Para qué contaron?

Cuando abrí la azucarera en la mañana pensé que saldrían, que brotarían del azúcar como podría brotar un mundo de hormigas si ahí estuvieran.

\* \* \*

Los niños no son inofensivos, estoy segura.

Les tengo miedo. Me da miedo decirlo. Ahora bien, ¿cómo demonios sé que son niños? ¡Nunca los he visto! Siempre lo olvido.

\* \* \*

¿Cómo me imaginan? ¿En pantuflas, con bata larga y de franela? ¡Buen traje para una guerrera! Como sea, ténganme miedo, ténganme mucho miedo, porque si ellos, detestando, odiando, son como oscuros pájaros susceptibles de ser muertos, yo soy como son los remolinos que arrebatan tierra y semillas a los campos, que quiebran las ventanas y desgajan las puertas… ¿Adónde? Salí como salen los remolinos, y cualquier día podré estar sentada junto a ustedes.

\* \* \*

Hay días, como hoy, en que pienso que soy una flama devastando, comiendo, devorando lo que la rodea. Entonces creo que terminaré con él y que terminaré también con los muchachos, que me acabaré la casa y todo lo que ella contiene, que daré fin al odio pegajoso y a todos los fantasmas que él arrastra, incluyéndome.

Pero no sé si pensar que también yo desapareceré en el aire, que podré voltear a verme en el espejo y que ya no estaré más.

Lo pienso a menudo; cuando necesito tranquilizarme asomo mi cara indefensa a la devastadora noria de fuego. Entonces me calmo, me siento serena, pero adentro de mí sigo oyendo la voz que me dice: "mejor desaparece, mejor desaparece".

# VI

## *No desaparece*

Si me hubiera dado cuenta en el camino, no dos pasos antes de la puerta, regresaría a la oficina. Ésta es para el cajón del centro, ésta es la del archivo, la chica y redonda es la de la caja... Sí, me equivoqué... Tenía que pasarme algún día, ¿para qué tengo dos llaveros?, para no llenar de agujeros las bolsas de los pantalones, y además nunca los había confundido. Como dicen, para todo hay una primera vez. También alguna vez tenía que tocar para entrar, tantos años que tengo viviendo aquí y nunca, ni una sola vez, he tocado el timbre, ni siquiera para apresurar a alguno, porque siempre pasa, siempre hay uno que se queda distraído haciéndonos esperar a los demás. Es buena idea, la siguiente vez toco insistentemente el timbre. ¿O debiera ser más enérgico con los niños? Pero cómo ser enérgico y no lastimarlos... No sé ser enérgico.

No había visto que la hiedra se asoma, que ya trepó toda la cara interior del muro y que ahora va a bajar por la de afuera, lo malo es que dicen que destruye los ladrillos, será mejor podarla. Además está a punto de tapar el timbre, y el número de la casa se ve a duras penas. Está como duro, como sin aceitar, habrá que aceitarlo, si se aceitan los timbres, o arreglarlo, si tiene arreglo. Ahora todo lo cambian cuando presenta el menor desperfecto. Por eso opté por tener dos autos —cada vez que me acuerdo me parece mejor idea—. El mío sólo me lleva y me trae una vez al día de la oficina a la casa y viceversa, se conserva prácticamente nuevo y del otro yo no asumo los gastos. Usar un solo auto me parecería una grosería, o un abuso, de ningún modo trajinaría el de la oficina todos los días hasta acá. Otros sí lo hacen, pero usan para su propio provecho lo que no es de ellos. Ya sé que parece absurdo tener coche únicamente para ir y venir de la oficina, pero ellos, ¿cómo van a saber que sólo lo uso para eso?, con suerte piensan que soy de los que les gusta pasear, o de los que tienen a quién visitar. Yo no tengo a quién visitar, si mi madre viviera tampoco la visitaría, y cuando salgo con los niños prefiero el metro. No salimos mucho, a Sara no le gusta pasear. A mí tampoco. No en esta ciudad.

Qué barbaridad. Qué grosería… Cuánto se tardan en abrir. No tengo ninguna prisa, pero cómo van a saber que soy yo, ¿qué tal que fuera el hombre de la tintorería o el lechero? (el lechero no ha de venir a estas horas), ¿o un vendedor ambulante? (espantoso el trabajo de vendedor ambulante, para qué opino, no me lo puedo ni imaginar), cualquiera que sea puede llevar prisa o tener más trabajo que hacer, y aunque no sea así, es una peladez hacer esperar tanto. Qué barbaridad. Debo decirles que se quiten esa mala costumbre, ¿será costumbre o será que no sirve el timbre?, entonces debo decirles que lo manden arreglar cuanto antes. La reja no es muy alta, puedo saltármela, pero si yo fuera uno de nuestros vecinos y viera a alguien saltándose la reja pensaría que es un ladrón, llamaría a la policía, ¿cómo voy a saltar la reja de mi casa? No quiero trato con la policía, me aterra la policía. Si veo una patrulla cuando voy manejando, disminuyo la velocidad, hasta que se vaya. Y sería ridículo, yo no soy nada ágil, ¡ya me veo brincando la reja!…, puede que hayan dejado el candado abierto… Sí, dejaron el candado abierto, les he dicho que lo cierren, ¿o no les he dicho?, para algo lo pusimos, terminarán por robarnos todo, hasta el candado.

Esta puerta casi no suena, no produce sonido. La madera con que las hacen no tiene por qué sonar, antes sí, se tocaba a la puerta para que abrieran… ya se va a acabar el siglo, ¿desde hace cuánto hay timbres? ¿Será que no hay nadie? ¿O están todos en el cuarto de los chicos? Puede ser que sí, que estén pegados al televisor, aunque lo tengan terminantemente prohibido, y puede que tengan el volumen muy alto, porque por más que pego no abren… el televisor destroza el oído de los niños, también la vista, de eso ni opinar; no quería comprar televisor, pero pensé: de todas maneras la ciudad destroza la mente de los niños, puede que hasta la vista se lastime en la ciudad, no he leído nada de eso, pero no me parecería extraño que las estadísticas demuestren que el niño del campo ve mejor que el de la ciudad…

¡Ahí están ¡Tienen todas las lámparas encendidas! ¡Cómo se nota que no son ellos quienes pagan el recibo de la luz! Es culpa de su mamá. Ella, ¿dónde está? No la veo. Cosa de sólo tamborilear la ventana y cualquiera sale a abrirme. No les toco fuerte, pueden asustarse, como ya es de noche… Hoy no es mi día. ¡Cómo no oyen! ¡No puede ser que no oigan! Si golpeo más fuerte, rompo el vidrio (¿están caros los vidrios? Han de ser un buen negocio, siempre se rompen, y el margen de ganancia ha de ser bastante bueno). ¿Qué hacen los niños? ¿Juegan? No entiendo lo que están haciendo…

— ¡Lucía!, ¡Isabel!, ¡niñas! ¡Ábranme!

¡Cómo le hacen para no oírme! No me explico qué pasa…

Puede que sí me oigan desde la otra ventana y desde ésta no, por algún extraño fenómeno de la acústica (no entiendo nada de acústica, a duras penas puedo recordar la palabra, y además no tengo la menor inquietud al respecto).

— ¡Rosario! Soy tu papá…

Llora, sentada sola en su cama, como una mártir… ¿Qué pasa en esta casa?, ¿qué su mamá no oye que está llorando? Aunque tengo tantos hijos, no me acostumbro a verlos llorar, su mamá sí, pero yo, no, entre que me irrita y me desespera.

Además, Rosario no llora por cualquier cosa; si mal no recuerdo, hoy es la primera vez que la veo llorar. ¡Pobrecita!

—¡Rosario!, ¡ábreme! ¿Qué te pasa?

Bueno. Empiezo a perder la paciencia. Voy a dar unas patadas en la puerta, y si no me oyen, aviento una piedra y rompo de una vez por todas la ventana… Mejor me calmo. Hoy no ha sido mi día. El estúpido no entendía nada. Tuve que decírselo mil veces… Mejor no me acuerdo ahora de la oficina. Nomás faltaba. Se me han de ver olvidado las llaves por el coraje que hice. No, perder las riendas no conduce a nada bueno, mejor me sereno y pienso qué hacer. No hay por dónde entrar sin que me abran. Siquiera estaba abierta la reja, si no me sentiría tan incómodo, porque los vecinos estarían mirándome y no sé qué pensarían.

Así que esta ventana es más alta. Desde adentro de la casa se ve del mismo alto que las demás, ¿por la perspectiva? (¿Qué será eso de la perspectiva precisamente?).

—¡Alfonso!, ¡ábreme inmediatamente la puerta!

Casi no lo veo. Me queda realmente alta esta ventana. ¡La de la cocina! Ahí está Inés, guisando. ¡Qué bueno!

—¡Inés!

Vamos a ver… Seguro que es culpa del arquitecto de la casa, algún baboso, debe haber puesto material que no permita entrar los ruidos. Está bien, pero me amoló. ¿Realmente es tan silenciosa la casa? No me he fijado… ¿Regreso a la oficina? Es ridículo. Unas patadotas en la puerta y con suerte hasta la abro. Una patada, dos, tres, cuatro… ¡Cómo me he de ver! ¡Parezco un loco!… Me duelen ya los tobillos.

—¿Qué pasa en esta casa? ¡Sara!, ¡ábreme inmediatamente! ¿Dónde estás, Sara?, no te veo. ¡Qué desorden! Todo está revuelto. No puedo gritar más fuerte, no puedo patear más…

¿No fue por aquí donde empecé a asomarme? No alcanzo la ventana… ¿Cómo? Si me aviento contra la puerta… En el patio encontraré una piedra, aquí no veo ni una… Nada más que como no puedo asomarme (¿por qué no puedo asomarme?, ¿qué pasa?), ¿qué tal que le cae a un niño en la cabeza?

—¡Ábranme!, ¡ábranme!

—¿Qué están haciendo? Todos… No lo entiendo. Mejor no me despego de esta ventana, aquí los veo… ¿Qué pasa? ¿Qué pasa?

¡Cómo puede ser! El dintel de la ventana se me escurre de las manos, trato de detenerlo, pero no puedo… ¿Me asomo por la ventana?, ¿por cuál ventana? El rosal está enorme, no me importa, hoy no me importa… Podría intentar meter otra llave en la cerradura y forzarla, pero, por más que me estiro, no llego, ni con la punta de la llave alcanzo… Si estiro el brazo, con los dedos puedo tamborilear la ventana, tal vez me oigan, pero *ya para qué… Ya para qué… primero vi disminuir mi tamaño, como si mi piel, mi carne, mis huesos, mi ropa, mi pelo, fueran jalados por un torrente rebelde de agua despeñada, luego la imagen que tenía de todos, en segundos cambió… El que nació moreno dejó de estarlo, el que tenía facciones finas las tuvo gruesas… dejé de recordar cómo habían sido antes de que los destrozaran ante mis ojos sin tocarlos… ¿ellos (mis hijos, Sara) lo supieron? ¡Nunca supieron cuánto y hasta qué punto no volví a saber de ellos! ¿Y yo, quién era? ¿Qué hacía?, ¿dónde estaba parado? Mi casa, ¿la había visto alguna vez? No sabía dónde se tocaba para entrar, no sabía en qué cuarto dormía quién, no sabía que el candado invariablemente estaba abierto porque no podría cerrar… En segundos, todos ellos, los que en vida me habían devorado mordida a mordida el corazón, vomitaron en el piso la carne que me habían arrancado para darle forma en sus cuerpos… Mis hijos dejaron de ser mis hijos… Mi casa no era más que muros… No recordé el lugar de mi mujer, no pude recordar su nombre ni dónde estuvo en mi corazón, pero tampoco sus rasgos… Me dije sin pensar:*

Ya no alcanzo la ventana con los dedos. Ya no puedo tocarla. Desde acá abajo la veo, si me apoyo en la pared ya no la veo… Siento como que me resbalo, algo me hace caerme pero no me caigo, veo llegar a mis ojos los pétalos de la petunia, yo debí embarrarla contra el lodo en la loca carrera que emprendí para escapar de esto, la lengua se me encoge, quiero hablar, sólo salen palabras mochas, pienso: me estoy haciendo pequeño, me hago diminuto…

¡Ay! ¡Sería mejor desaparecer que quedarme corriendo atrapado entre las hojas del pasto!…

# Así pensó el niño

*A Katyna Henríquez.*

—Eres un niño y no puedes comprender la proporción de tu necedad. No se hable más de esto. Entras al área de Ciencias porque vas a estudiar algo útil, no voy a permitir que te aboques a un desperdicio.

—Papá…

—No me repliques. Estás loco, y con locos no se habla. ¿Cómo que escritor? No, y punto. Al área de Ciencias en tu bachillerato y, terminándolo, a estudiar una carrera que te haga un hombre de bien. No se hable más de esto. Si vas a llorar, ve a hacerlo a tu cuarto, ¡mariquita!…

El niño no alcanzó a oír el *mariquita. A tu cuarto* bastó para que saliera apresurado a su habitación, conteniendo el impulso de correr para no ganar más regaños. De hecho, lo que impidió oír el *mariquita* fueron las riendas con que sostenía el brío para correr. ¡Quería correr el niño!

Más, más: ¡quería volar! Y como el pájaro que nacido cautivo no sabe vivir en libertad, que muere si escapa de la jaula, el niño, deseando volar, se encerró en su cuarto, y con la misma rienda que le impidió correr y volar cerró la puerta sin azotarla, casi sin hacer ruido al deslizarla sobre el marco de pulida madera.

Dejó de llorar. Una ira más honda cerró sus ojos y cambió sus lágrimas por… Pero antes de conseguir el cambio, el niño pensó: "Es un imbécil, ¿que no es nada a lo que quiero pertenecer? Voy a vengarme. Voy a borrar un solo libro, sólo un libro voy a borrar del mundo, y el imbécil verá lo que por la desaparición de algo que él llama inútil sucede". Entonces se escuchó un estruendo que recorrió los continentes y las islas, los mares y las lagunas, los años y los siglos, las distancias y el tiempo, y cuanto hay en la tierra perdió acomodo y se balanceó en un inhóspito ángulo incómodo. Lo primero que oyó el padre, porque era, sí, un imbécil, fue el grotesco ruidero en el librero, a sus espaldas, y al girar vio con asombro, primero, que el grueso lomo de *El Quijote* no estaba en su sitio, y que los libros a su lado perdían apoyo y unos contra otros se golpeaban, y luego, frente a sus propios ojos desaparecer del alto y ancho librero de fina caoba con puertas de vidrio corredizas, hechas por el mejor ebanista de la ciudad, desaparecer (decía) muchos, muchísimos libros, y los que restaron caer, unos contra otros, y después, frente a sus ojos, también, tal vez por la violencia, romperse en algunas partes el librero y desplomarse, lento, amenazante, peligroso, con un vocerío de vidrios que se quiebran, y el padre, apresurado, retrocedió varios pasos aterrado, sin entender que aquello ocurría porque el niño había deseado que se borrara *El Quijote* de la faz de la tierra, y que si él había oído la desaparición de su ejemplar y visto la fuga de todos los volúmenes que en su biblioteca no podrían existir si no hubiera sido real *El Quijote,* y, sin comprenderlo, el cortar de las veloces hojas filosas que se desprendían de los lomos de los libros cuyo resto sí podía existir aunque *El Quijote* nunca hubiera existido, hojas voraces por llegar a la nada, rebanando vertiginosas cuanto hubiera en su camino, en cambio el padre no podía medir la proporción insólita del violento deseo del niño:

con los ojos cerrados, el niño vio el caos golpeando por lo ancho a los años primero cimbrados por el vacío irrumpido en las horas antes llenas del placer de leer *El Quijote,* provocador de la caída de horas llenas de otras cosas, como en el librero del padre los libros desaparecidos habían afectado a los que no se habían ido con ellos vio desaparecer las fuentes y los monumentos dedicados a *El Quijote* apenas fueran siendo construidos, fuera el año que fuera, y desaparecer las calles y las avenidas que llevaron su nombre, el de otros personajes de *El Quijote* o el de Cervantes, que al no ser autor del *El Quijote* había desaparecido, apenas fueran nombradas de tal manera, y encontrar reacomodo a las calles y los lugares adyacentes a lo desaparecido. Vio deshacerse a muchos que habían hecho eje de su vida o su trabajo a Cervantes: a Ramón León Martínez, que le tuvo admiración, vuelto polvo instantáneamente; a Clemencín, con su manual de español correcto, sin saber contra qué texto abocarse a corregir, hasta, del desconcierto, estallar hacia atrás de su escritorio, manchando con sus vísceras la pared blanca, como si colocara con sangre y tripas acentos, qués y cuáles y acuyás; a Díaz de Bejumea, Cortejón y Rodríguez Marín reconociéndose sin sentido, tirados a la vera de un camino bebiendo, no como serios académicos sino como vagos bebiendo, sin comprender que el vino en sus manos no embriaga ni embriagará porque la etílica sustancia se ha vuelto vapor, la etílica sustancia ha desaparecido de la faz de la Tierra por sentirse quijote y creerse a sí misma quijotada, ¡la etílica sustancia se ha ido al cielo con los ángeles!, ¡los arcángeles tienen hoy las alas perfumadas con la etílica sustancia!

y vio vuelto tripas también a Hartzenbusch con todo y sus 1633 notas a *El Quijote,* y tripas a Merimée con todo y *Carmen* y Bizet, y a Byron por considerar el mayor de los placeres de la lectura de *El Quijote* en español, y a Unamuno y a Tieck por traducirlo, y a los inocentes cajistas cuando armaban *El Quijote,* y a los impresores y a los encuadernadores todos vueltos tripas estalladas, embarradas en las casas, en piedras, en matas de hierba, en cultos jardines, tripas embarradas, antes de morir de las muertes que el Tiempo con Quijote les había adjudicado en otra Era

y vio cuanto hombre pugnara con las opiniones y los usos corrientes, por excesivo amor a lo ideal y (por tener fe en las acepciones que de **quijote** da el diccionario) a todo hombre ridículamente grave y serio, y al nimiamente puntilloso y a los que a todo trance quieren ser jueces o defensores de cosas que no los atañen, y a los sandios, tontos y majaderos, a todos éstos, que según el diccionario son quijotes, estallar, desaparecer o hacerse polvo en los años en que vivieran, en los siglos de esos años, y a quienes los rodearan recomponer sus vidas sin ellos o romperse o desaparecer también de serles imprescindibles

y luego vio el niño iracundo, lector, cómo se hacían llamas los óleos, los aguafuertes, los dibujos, todas las obras que para, por, de *El Quijote* se habían hecho en lienzo, papel en pared: los Goyas, los Fragonard, los Natoire, los Scherm incendiándose (¡y a Azorín entonces, como si fuera de papel, entonces en llamas!), y al museo de South Kensington ardiendo en llamas encendidas primero en el Sancho y la duquesa de Frith

(¡y la furia del niño no disminuía, lector, no bajaba, y atizaba aún la venganza contra el imbécil del padre!)

y en llamas vio al British Museum, al Louvre, ¡a casi todos los museos, a las colecciones privadas!

en llamas los periódicos y las revistas de Filadelfia, París, Nueva York, Londres (*Ladies Companeon, L'Artiste, Gist, Illustrated London*), cada uno de los ejemplares vuelto una llamarada en la mano de su lectora o lector, sin importar el año, el mes, el día, y luego, años después (vio el niño), en llamas innumerables más periódicos y más revistas, cuantas tuvieran una ilustración que aludiera a *El Quijote,* a su autor, a sus personajes

¡cuántas, cuántas llamas, lector! ¡Cuántas corriendo por los pasillos de los museos, arrebatando edificios, devorando las faldas de las damas, los pantalones y los calzoncillos de los caballeros!, ¡cuántas llamas vio el niño!

y entre quienes sobrevivieron hasta este momento, en el corte hecho por la ira del niño en los años y los siglos, vio a las hordas de imbéciles sin comprender y vio algunos pocos iluminados que lo entendieron todo gritando a un tiempo: "¡No lo dejemos desaparecer; no dejemos huir a *El Quijote*!", y al decir la palabra que ya no existía, los vio el niño estallar manchando sus alrededores con sus vísceras inmundas, aunque hubieron pertenecido a hombres de buena voluntad, hechas olorosos jirones

y vio cuántos quedaban sin gota de memoria, sin recordar a sus padres o a su idioma, como pelones gatos parados, porque ese Sancho o Quijano, Dulcinea o Rocinante, la princesa Micomicona o Teresa Panza, Dorotea o Teresa Panza, Fernando o Aldonza, Lucinda o Zoraida. Pero Pérez o Ambrosio o Anselmo era piedra angular en sus recuerdos.

y el desorden era tanto en la violencia que el niño vio, que tú y yo, lector, también desaparecíamos, fugados en caos hacia la nada, asesinados no por la fantasía del niño (a mi parecer nacida de una ira justificable), sino por la imbecilidad del imbécil del padre que creía era locura y capricho inútil el mundo al que *El Quijote* también perteneciera

y cuando ya nadie existía y cuanta cosa restaba en las ciudades, los poblados, los caseríos y las habitaciones aisladas de los vigilantes, los ermitaños y los aventureros y exploradores, y cuanta cosa iba a bordo de los barcos y los aviones y los camiones y todos los vehículos tomados en este instante terrible a medio camino entre un lugar y otro, cuando cuanta cosa o ser vivo que restaba sobre la tierra era testigo y parte del caos y la violencia que la desaparición de *El Quijote* había provocado, entonces un río (el niño lo vio mientras seguía con la imaginación el territorio de los continentes y las islas, buscando con quién compartir la mirada), un río siguió alocado, más rápido que nunca, su carrera, hasta que se vació apresurado para siempre dejando su cauce sin agua, dejando seco su cauce, y entonces dejó de verlo el niño porque también desapareció —como lo habíamos hecho tú y yo, lector—, desapareció, desapareció, y las parvadas de flamingos que vivían en el río, a su vera, asustadas por la huida del agua, emprendieron el vuelo, sin saber dónde posarse, acostumbradas a descansar sobre el río, en su parte más baja, y mientras volaban sin aliento, no hubo quién comprendiera que su forma, la forma de cada uno de los flamingos, algo tenía de Quijote, algo por su figura alta y delgada, y que con ella recuperaban la belleza de la Tierra del poder terrible y destructor despertado por el imbécil del padre.

# TREINTA AÑOS

*A Gustavo Velásquez, Yolanda del Valle, Luis Ro y Ale. Y a María Dolores mi hermana, bajo el mismo chal.*

Fancy is dead and drunken at its goal.

JOHN KEATS


Guárdese de imposibles, porque es máxima que sólo ha de imitar lo verosímil.

LOPE DE VEGA

## 1997
## EL INVIERNO Y LA GRIPE

Me di cuenta de que todo tenía que cambiar cuando comencé a imaginar perseverantemente que una epidemia singular de gripe se extendía a diestra y siniestra. Mi imaginación tenía razón de ser en un sentido. El invierno se había prolongado más de lo usual y temprano en las mañanas seguían los veinte grados bajo cero, aunque estuviéramos ya a principios de marzo. El que no se había enfermado de bronquitis y tos, estaba a punto de hacerlo. Pero no era sólo esta dolencia la que no perdonaba a nadie. La gente estaba de tan mal humor que el cielo plomizo se veía todavía más gris porque los rostros eran espejos opacos de la misma grisura. No se encontraba una sonrisa ni por error en algún transeúnte. A la salida de las escuelas, los niños se mezclaban siniestramente dóciles con los silenciosos pasajeros del U-Bahn, confundidos por su seriedad con torvos, adultos pequeños.

¡Ah, Alemania, así quién puede quererte! En años similares (aunque ningún invierno fue tan largo y severo), yo había flotado en la tristeza, sobreviviendo sólo con el recuerdo del sol de mi país. Su memoria me llenaba de enojo y fuerza. Yo era en las calles quien caminaba más de prisa, la que hablaba más recio al pedir el pan. Pero ahora mis últimas reservas de energía se desgastaban elaborando una fantasía malsana: el orbe se infestaba de gripe. No era la imaginada una tremenda y fulminante influenza. Era una gripe nada más; dolor de cabeza y cuerpo, agotamiento, estornudos, flujo incontenible en las narices, escalofríos, flemas y a ratos tos, una tos socarrona que igualaba con su medio tono a los mortales, sin importar constitución ni sexo. Esta gripe era, como todas, contagiosa, y francamente incurable. Los antigripales y antihistamínicos tampoco le hacían mella. El único remedio relativo era la aspirina. Pero pronto dejó de haberla, como dejaron de estar abiertas las farmacias y dejaron de encontrarse cosas mucho más imprescindibles. La gripe sólo era inofensiva en apariencia. No había quien, padeciéndola, pudiera a las dos o tres semanas continuar con su trabajo, ni concentrarse o pensar, ni cargar o hacer el más mínimo esfuerzo físico, ni siquiera un movimiento preciso, o seguir con una rutina, por más relajada que fuera. Todos iban cayendo inexorablemente en una representación, que podríamos llamar viva, de la pereza. Así era cómo, poco a poco —en la fantasía que elaboré para sostenerme contra el abominable invierno alemán— la Humanidad llegaba a su término sin grandes anuncios ni mayores aspavientos, caída en algo que parodiaba una incontrolable melancolía. Se iba acabando poco a poco, como luz que se apaga, como calor que va perdiendo el combustible, hasta que no quedaba nadie, y la palabra FIN se podía leer desde el espacio exterior sobre la superficie de la Tierra.

Mientras afinaba los detalles de la etapa final (¿habría suicidios masivos o la gente simplemente se acurrucaría a solas para morir, tosiendo ahogada en flemas, sin energía alguna?) caí en la cuenta de que todo, para mí, iba a cambiar. Este invierno no me había consolado con píldoras de sol porque —simple, mi querido Watson— pronto tendría que vérmelas en carne y hueso con sus rayos. Mi larga estancia europea había llegado a su fin. Treinta años, Delmira, treinta años.

1961
## PRESENTACIÓN DE MI FAMILIA

Tenía ocho años cuando vi la escena por primera vez. Ella estaba entre la calle y mi persona. Yo estaba en el patio central de la casa, sentada en el pretil de la fuente, mirando pasar a las hormigas sin cavilar siquiera, con la cabeza vuelta miga pura, matando el tiempo.

Al patio se entraba por mi derecha. El pasillo que daba a la puerta se cerraba únicamente al caer la noche. La nuestra era una casa habitada sólo por mujeres —si exceptuamos al hijo de alguna de las nietas o bisnietas de la vieja Luz, que ahora vivía con nosotros, si era vivir estar pecho arriba en una cuna, orinado, zumbando como una boba mosca, sin que nadie le pusiera atención, sobreviviendo casi de milagro—, y cuando oscurecía la sellábamos a lodo y piedra, pero el resto del tiempo vivía con la puerta abierta por completo y el que quería entraba o salía sin dar aviso, como era la costumbre en Agustini. Al llegar la noche, la abuela en persona, con su chal negro a los hombros, verificaba que estuviera bien puesta la tranca.

Lo del chal era un exceso, una afectación inútil. En nuestra tierra hacía a lo largo del año un calor extremoso; las estaciones eran dos, la época de lluvias y la de secas, y si es verdad que al anochecer "llegaba el fresco" (como decíamos), es también cierto que ni en diciembre se ameritaba el chal oscuro, tejido por monjas en remotas latitudes para climas de otra índole, porque también en "el fresco" echábamos mano del abanico.

El chal era como la prueba visible de su dignidad y recogimiento de viuda. Con el chal echado a los hombros, nadie podría dudar de la pureza y seriedad de la abuela. Era una vieja fingida, pero por el chal debíamos creer que lo de la castidad era algo real. Su fingimiento me resulta obvio al hacer cuentas: nací cuando mamá cumplió dieciséis, ella cuando la abuela tenía los mismos, más los ocho míos hacen cuarenta. Decía quejándose que ya no podía con sus pies, pero creo que esta continua cantinela era parecida al chal nocturno, una mera cuestión de amaneramiento, porque caminaba todo el día, iba y venía con una tozudez de joven huesuda sin dar a ver jamás ninguna incomodidad con pie ninguno, que parecería sólo verbal. Jamás la vi tendida en la cama por ningún motivo. Cuando yo despertaba, la abuela estaba ya despierta, vestida, corriendo de un lado al otro, y cuando me iba a dormir seguía igual, con la diferencia de que se había soltado los cabellos largos casi blancos después de haber doblado cuidadosamente su chal, poniéndolo como un gato sobre sus piernas, y de que estaba sentada para que se los peinaran. El color del cabello era el único rasgo de su persona que uno podía realmente atribuir a la edad, pero, aunque llena de canas, su larga y tupida cabellera brillaba de juventud cuando se soltaba la trenza. Entonces, obedeciendo a la rutina como el reloj, yo me acurrucaba en mi hamaca para dormir y mamá ocupaba su mecedora frente a la abuela. Mi nana Dulce, de pie detrás de la abuela, le pasaba por el cabello peines de distintos tamaños, empezando por el más grande y de dientes más separados, usándolos con gran cuidado, mientras la abuela contaba sin parar historias, o, si estábamos en Cuaresma, rezaba interminables rosarios que me ayudaban a dormir menos que las aventuras de mi bisabuelo en la selva, las de su hermano el cazador de tigres, las del tío que era a prueba de balazos, aquella de cuando entraron y salieron los alzados como una nube de polvo que no reparó en el pueblo, la de la Virgen que guardaba en sus doce faldas el nido de serpientes, la de la imagen del Niño Jesús que habló cuando mandó retirarla el gobernador rojillo, casi nunca repitiendo anécdotas, o por lo menos jamás contándolas de la misma manera. En los rezos, las frases saltaban en mis oídos dándome miedo por esto o por aquello, ineficaces para arrullarme, mientras que las aventuras y sucederes (me quedaba muy claro) eran todos asuntos de familia. De cualquier modo, terminaba por quedarme dormida. Pasaron muchos años antes de que pudiera seguir con la vigilia un desenlace, y más todavía para que viera lo que ocurría cuando la nana Dulce dejaba de peinarla, y la abuela paraba de hablar.

En la casa sólo usaban en mí el cepillo, como si se sintieran obligadas a mimarme en algún detalle. Por lo demás, yo era como una niña llegada a esa casa por error, igual que los bebés de la familia de la vieja Luz, que dejaban con nosotros por semanas o meses, sólo que a mí me habían abandonado por más tiempo. Apenas paraban mientes en mi persona. Ni siquiera esos cuentos a la luz de la vela, encendida para alejar a los moscos aunque atrajeran palomillas, eran para mí. Por esto se me permitía hacer lo que me diera la gana, siempre y cuando nadie me estuviera viendo.

El pueblo entero conocía la existencia de los ignorados bebés de la familia de la vieja Luz en la casa. De uno de ellos, que no sé por qué azares del destino terminó de corre-ve-y-dile en donde los Juárez, se decía que jamás había perdido el olor de los orines, y todos estábamos seguros de que esto era estrictamente verdad. Con sólo verlo olía a orines, lo que era por otra parte normal, si el día de mercado no había hombre que no se decidiera a orinar en cualquier pared, a simple vista y sin importarle que lo vieran los demás. Tanto se orinaba en cualquier sitio, que nadie les prestaba ninguna importancia a los impúdicos meones; el olor aparecía espontáneo, sin o con la presencia del corre-ve-y-dile de los Juárez.

A la cuna del cuarto de la vieja Luz sé de cierto que jamás se le quitó el olor a meados. Su cuarto olía siempre igual, hubiera o no bebé chirriando. Yo tenía estrictamente prohibido entrar a su habitación. Dormían juntas mi nana Dulce y ella, y era un territorio al que mamá me había prohibido expresamente entrar. Creo que fue la única orden que ella me dio, y la respeté en la medida de mis posibilidades. Nunca he tenido una fuerza de voluntad ejemplar, así que sin decirlo a nadie ni hacer mayores aspavientos entré de vez en vez a revisar el estado de su meado cuarto, donde reinaba un desorden y un desaliño generalizados que no se podía encontrar en ningún otro lugar de la casa, ni siquiera en el único cajón del fregadero donde guardaban las tapas de los frascos rotos, el tenedor que ya no hacía juego, la manija que nadie pudo colocar en el reloj de piso, etcétera. Pero incluso eso parecía estar siempre limpio, a su modo ordenado, mientras que en el cuarto de la vieja Luz se veían las cosas descuidadamente revueltas; la liga, el frasco de crema, el cerillo, la etiqueta suelta, la veladora, el lápiz, sin orden ni concierto, como en la pared el espejo sin marco y la estampa del corazón sangrante de Cristo, enseñado por el mismísimo Jesús, quien con sus propias manos se abría la ropa para que le viéramos expuestas las vísceras, como un animal herido, desollado y milagrosamente vivo, resistente a todos los dolores que fuéramos capaces de infligirle.

Dulce, la nana que se encargaba de mi persona, debe de haber tenido entonces a lo sumo trece años. Ahora que lo pienso, por primera vez advierto lo niña que era, pero entonces yo la veía mayor, y la sabía dura como una áspera piedra. Era una inflexible gendarme entrenada por mi rígida abuela. Trabajaba en la casa desde sus siete años. Sólo durante uno había ido a la escuela; en pocos meses aprendió a trazar en el papel los números, a sumar, a restar, a escribir su nombre y todas las letras, a leer a ritmo deletreante, y con eso se consideraba que sabía más que suficiente. En la casa había aprendido a batir la masa de los tamales, a secar y moler el cacao para el chocolate, que después hacía tablillas mi abuela, estampando las huellas de sus dedos; a preparar la pasta de almendra para la horchata, pelando la semilla con agua caliente y triturándola en el molcajete, y en los últimos años la habían iniciado incluso en el misterio del fuego, porque ya la dejaban a cargo de menear la pasta del jamoncillo en la cazuela de cobre y de cuidar las conservas para que no se fueran a pegar o a pasar del punto de hebra. Todo esto hacía ella mientras yo estaba en la escuela, y si no había clases, mientras me entretenía con la pereza o me enfrascaba en algún libro de los del estudio de Gustavo, porque a mí no me entrenaban para maldita la cosa. Parecía yo la niña ajena a la casa, y ella la nieta preferida. Si me asomaba a la cocina mientras mi nana Dulce deshuesaba la gallina para una cena celebratoria, apenas caía en la cuenta de que yo estaba ahí, me mandaba salir, "vas a tirar un pote", aunque no hubiera nada parecido a un frasco, sólo el molino de manija atornillado en una esquina de la mesa y si acaso algo más el rodillo o las tijeras, "ándale, salte ya, vas a quemarte con la estufa", aunque la estufa estuviera muy del otro lado de la enorme cocina, "que te vas a pringar la ropa", mi vestido más sucio que sus mandiles inmaculadamente limpios.

La nana Dulce conocía todos los secretos culinarios de la abuela, de los que ni mamá ni yo sabíamos nada. Ella no era la maestra cocinera, sino la vieja Luz, quien tenía siéndolo cuantos años contaba la edad del tío Gustavo. Siempre fue tan vieja que siempre pareció incapaz de moverse. Cuando llegó a la casa, la recomendación fue "ahí le dejo a esta viejecita; viéndola, usted no daría un peso por ella, pero sabe guisar y le deja las camisas más blancas que nadie". La vieja Luz no podía batir el turrón de las copas nevadas, ni poner sobre la natilla la pala caliente para hacer la leche quemada, ni siquiera sostenerla sobre el fuego para que ardiera al rojo vivo, pero sólo ella hacía siempre ciertas cosas que no dejan, todavía hoy, de sorprenderme, si era una vieja pasa inmóvil a la que a primera vista costaba trabajo encontrarle alguna seña de vida. Era la viejísima Luz, sin duda más que centenaria, quien mataba la tortuga cortándole primero la cabeza, despojándole lo segundo de la concha, para el negro guiso que también sólo ella sabía cocinar; era ella quien destazaba los patos y los pollos y los dejaba sin plumas. Ella quien pelaba a las iguanas vivas. Sólo la vieja Luz hacía las gorditas de frijol, la mejor sopa de lentejas del mundo, con rodajas de plátano macho y tiras de chorizo y longaniza, los frijoles refritos que ameritaban condecoraciones (cuya gloria conseguía a punta de agregar aceite en cantidades fabulosas), las pellizcadas de chicharrón, el albondigón pintado con una pizca insignificante de caramelo, el pollo almendrado, el flan esponjoso, las impecables chuletas al vino tinto, el queso relleno con dos salsas de dos colores y sabores, ahuecado con la punta de una cuchara que ella no dejaba nunca salir de la cocina, cuyo filo, capaz de rebanar la lengua, habían limado hasta la peligrosidad los años. La vieja Luz casi no podía caminar, aunque —al contrario de mi abuela— siempre decía que estaba muy bien, que nunca se había sentido mejor. La vieja Luz era incapaz de quejarse de nada. Sentada en su silla de palo, pasaba horas trabajando con sus deformes manos, equidistante entre el fregadero y la estufa, con una cazuela cerca del pie derecho y una cubeta de metal con agua limpia del lado izquierdo. Y cuando había terminado todas sus labores, como una niña chiquita, se ponía a palmear con los dedos bien separados, mientras entonaba canciones (con las que debiera haberse ido, en cambio, a arrullar al bebé en turno que chirriaría invariablemente en su cuarto), canciones con las que festejaba mi aparición en su rincón de la cocina, en un sonsonete muy suyo:

*Tengo aquí a mi nena Delmira, venga a mí que es dulce mi niña,*

   *pellizquetes tengo y arrullos,*

   *¡aquí están tus caramelos de miel!,*

canción que terminaba con la repartición obligada del caramelo forrado en papel brillante negro con una vaquita blanca y que era anunciado fuera del ritmajo de los otros versos de la cocinera Luz, cada día más encogida y diminuta. Si mi nana Dulce presenciaba la escena, requisaba el caramelo "para después de la comida", un "para después" que se cumplía por cierto muy pocas veces. Sospecho que mis caramelos terminaban en la boca de Dulce.

De seguro estaba la vieja Luz en su silla de palo la tarde que cuento, pero quién sabe qué estaría haciendo mi nana Dulce, si preparando algo en la cocina o apresurándose para emprender alguna diligencia comandada por la abuela, mientras yo observaba, sentada en la fuente del patio, el afán de las hormigas. De pronto, no sé por qué, alcé la vista del pretil de piedra donde estaba sentada y la vi. La puerta de su habitación estaba entreabierta, había suficiente espacio como para que mi ojo pudiera inspeccionar. Uno de los balcones que daban a la calle estaba abierto de par en par. Al fondo, la caída del sol pintaba el cielo de rosa luminoso. Los bustos de los transeúntes que pasaban frente al balcón y la silueta de mamá se recortaban con claridad y transparencia. A ella pude verle, no sólo sus largos cabellos sueltos, también con todo detalle la ligera prenda que vestía, como si la estuviera tocando, un largo camisón de fino lino que agitaba la corriente de aire, marcándole el cuerpo como una segunda piel meneada con ligeros ataques de risa. Mamá acomodó a su lado el aguamanil de metálica y única pata. Cayeron varios goterones al piso.

Su habitación estaba medio metro más arriba que el nivel de la calle, tal vez por esto el chiflón le alzaba de abajo hacia arriba el ligero camisón, dejándole al desnudo sus lindas pantorrillas. Mamá era toda redondeces, como lo soy ahora yo. Nosotras dos no tenemos ángulos en el cuerpo, pero tampoco somos gorditas. El que nos trazó (un dios chaparro, sin duda, porque nos hizo a las dos demasiado bajas) desconocía la línea recta. Como yo estaba sentada en el pretil de la fuente, ella y yo estábamos a la misma altura. La gente seguía pasando a sus pies, sin detenerse a observarla. Mamá alzó con su mano izquierda el camisón. El cielo se tiñó de rojo encendido, iluminando de una manera más cálida el caer del día, y yo sentí, inspirada por la tonalidad del atardecer, cómo mamá vació con la mano derecha la jícara de agua sobre el negro triángulo de su sexo. Dejó el recipiente y recogió el agua que resbalaba por los muslos subiéndola otra vez hacia su sexo. Lo repitió una y otra vez. El agua parecía caer lentísima. Mamá se encorvaba y echaba la cabeza atrás, alternativamente, con la gracia de una bailarina. Estaba pegada al balcón, y no parecía preocuparle que la vieran desde la calle en una actividad tan vergonzosamente íntima. Vaya que era bella, pero esto no le daba derecho a mostrarse desnuda y haciendo algo de todo punto inconfesable. Alguno que otro de los que pasaban parecía echarle una ojeada con el rabillo del ojo, y seguía sin alterarse su camino. La única escandalizada era yo.

La hamaca que había entre nosotras dos, adentro del cuarto de mamá y un poco a un lado, se meneó. Ella no se había movido de lugar. La puerta que me dejara verla se cerró azotándose en mis narices. Una alarma sonó en el centro de mi cabeza: "hay alguien con ella".

Corrí a buscar a la abuela porque no supe qué otra cosa hacer y algo no me dejaba contenerme. El rojo del cielo se había traspasado a todas las cosas, y el mundo entero parecía arder. Las hormigas que había estado observando parecían subir por mi garganta. No oía ningún insecto aunque era la hora en que el mosquito reina, porque adentro de mí todo zumbaba. Encontré a la abuela sacudiendo el colchón de la cama de su habitación, golpeándolo con un vigor de muchacha. Le dije: "mamá no está sola, abuela, venga, córrale porque le van a hacer algo horrible", y la abuela corrió atrás de mí, todavía sin su chal echado a los hombros aunque la noche se acercara a pasos rápidos. Corrió y me rebasó. Entró al cuarto de mamá como una tromba. El balcón que daba a la calle seguía abierto de par en par, y mamá estaba tendida en la hamaca, con el cabello suelto, el camisón medianamente recogido, y las piernas brillantemente mojadas. Tenía los párpados entrecerrados. No había con ella nadie más. La abuela tomó el cáñamo que usábamos para bajar la fruta de los árboles del jardín, y que mamá guardaba en su cuarto como un tesoro, y con él empezó a golpearla, llamándola "¡desvergonzada indigna!", mientras mamá le decía "¡qué te pasa, mamá, qué tienes, me vas a romper la vara, es la de los mangos, no seas así!", pero la abuela no dejó de golpearla hasta que la vara se quebró, y le dijo con un grito estentóreo:

—¡Conque no estabas sola!

—Sí estaba mamá, con quién iba yo a estar, aquí he estado sola toda la tarde, encerrada…

—Dice la niña que no estabas sola.

Mi mamá echó sobre mí dos ojos entreabiertos.

—¿Viste a alguien, o por qué dijiste eso que es mentira?

—No vi a nadie, pero clarito vi que se meneó la hamaca, y que la puerta se azotó… —Mis palabras me despegaron sus terribles ojos que fueron a agacharse serviles ante la abuela.

—Fue el viento, mamá, se lo prometo. ¿Con quién iba yo a estar?

La abuela me miró entonces con ira. Tal vez era la primera vez en toda mi vida que me clavaba la mirada.

—¡Pilguaneja! —me gritó, con todo lo que daban sus pulmones—. ¡Te rompería la crisma! ¡Pero en ti no gastaré jamás ni una sola de mis pocas fuerzas! ¿Oíste? ¡Pedazo de persona! ¡Parida en mala hora! ¡Túuuu! —gritó, esta última sílaba señalándome, alargando la "u" como para aventármela, pero tras el "tú" no dijo nada más. Le bastó con el pronombre para infamarme de manera radical.

Se abalanzó sobre mi mamá, a cubrirla de besos, pidiéndole perdón. Me quedé parada, completamente idiota sin decir ni sí ni no, sin siquiera moverme, mirándolas abrazadas, mamá llorando, la abuela quejándose, hablando como tarabilla, arropando a su hija con las palabras. Siempre había sido demasiado claro que yo quedaba afuera del círculo de sus afectos, pero era la primera vez que veía con toda certeza que ellas sí tenían uno en común, que habitaban un mundo juntas del que yo estaba por completo excluida.

## LA TIENDA DE ECHARPES

Pocos días después, fui de compras con mi nana Dulce. Ella traía tres encargos precisos de la abuela, quien ya había ido muy temprano por la despensa semanal. Iba a traer sólo canela, un puñito de clavos de olor y una madeja blanca para el crochet, así que no había contratado a un muchacho para que le cargara la compra, y viéndose a solas en medio del barullo (si me exceptuamos), había dejado correr libre el largo hilo de la distracción. Primero me llevaba de la mano, muy atenta, pero al rato, no sólo me había soltado, sino que había olvidado que cuidaba de mí. Creí que Dulce ni siquiera recordaba ya a qué iba, que no caería en la cuenta de mi ausencia, y no sólo dejé de hacer el esfuerzo de seguirla en la multitud, sino que me le escapé presurosa. Era sábado, día de mercado, y había tanta agitación que debía coincidir con la fecha de alguna fiesta india. Los puestos al piso se extendían al costado de la iglesia y del amplio atrio, lleno de vendedores que habían bajado de toda la región y que inundaban las calles vecinas con sus mercaderías.

Cargaba conmigo todos mis ahorros, el dinero que a espaldas de la abuela me regalara a veces el tío Gustavo. Él ya no vivía con nosotros; se había ido a la ciudad, venía nada más a las fiestas y cumpleaños. "En esta casa llena de lindas mujeres, tú, Delmira, eres mi predilecta". Yo guardaba cada moneda y billete, sin hacer uso jamás de ellos, porque eran mi único tesoro. Ahora lo llevaba conmigo, decidida a hacerle a mamá un regalo espléndido que la reconciliase conmigo. Le compraría otro cáñamo largo para recoger la fruta (esa larga vara de carrizo que en un extremo tenía una pequeña canasta amanoplada para arrancarla de las más altas ramas sin que cayera al piso), le iba a reponer el que la abuela le había roto encima, pero además quería llevarle otra cosa, algo muy especial, algo que no se le acabara nunca, que fuera sólo de ella. Era una suerte que la nana Dulce se hubiera distraído y que me hubiera olvidado del todo, porque no habría sido una empresa fácil comprar algo realmente especial al lado de su dureza. La nana Dulce emulaba todas las costumbres de la abuela, y no me habría permitido ningún tipo de despilfarro.

Revisé las jarcierías. Compré el cáñamo más largo que encontré, mucho más largo que el roto. Pasé el ojo detenidamente sobre los sombreros, pero no encontré ni uno que me pareciera realmente especial. Después recorrí los establecimientos de ropa que había adentro del mercado, pero tampoco me decidí por nada. Salí a la parte de atrás, donde se vendían las cazuelas y los animales, más por descuido que por voluntad, si nunca había husmeado esa parte. Por un momento, pensé en llevarle un pato o un totol; después pensé en un pequeño plato pintado a mano con flores para que pusiera sus pasadores y broches del cabello. Creí haberme decidido por unas tijeras que me parecieron muy afiladas y elegantes, pero todavía teniéndolas en la mano, los vi. Entre un puesto de ollas y cazuelas de barro gigantes, tan grandes que parecían para hacer sopa de elefantes o guisos de caníbales, y otro de cazos y cucharones de cobre de todos tamaños, en el piso, sobre una larga manta blanca, al lado de una seria hilera de largos velos blancos, grises y negros que no me interesó en lo más mínimo, se exhibían rebozos, chales, pañuelos, echarpes y mascadas de distintas formas y tamaños y en una infinita cantidad de colores, e inmediato me desplacé hacia el puesto. Frente a él me planté con mi largo cáñamo vertical clavado al piso. La primera de las mascadas que llamó mi atención era una roja, pequeña y de tejido fino.

—¿Para qué quieres esto, niña? —me dijo el vendedor con un acento que yo no había escuchado antes—. Esto no le sirve ni a un crío. Llévate este otro, mejor.

Extendió frente a mi cara una mascada hermosa y grande, amarilla dorado, casi color miel, que se suspendió unos instantes a la altura de mi cintura, para de inmediato acomodarse, por su propio vuelo, vertical frente a mí. El vendedor me mostró otra alargada color ladrillo que se trepó ligera, inclinándose de la punta de mi caña a la orilla de la anterior, todavía vertical, bien extendida. Uno tras otro, extendió los echarpes, las mascadas y los chales y los dejó flotando sobre el aire hasta que él y yo quedamos cercados bajo una improvisada tienda flotante de colores vivos, cuya punta estaba marcada por el cáñamo, y en la que entraba la luz del sol, entre una y otra prenda, enrejándonos en luz y sombra de diversas tonalidades. En medio del agitado mercado del sábado, el vendedor de chales había hecho para nosotros dos una fresca tienda, montándola sobre el viento y el cáñamo de alcanzar las frutas. Cuando nos vio encerrados y a solas, el vendedor me dijo:

—¿Cuál quieres, Delmira? Escógete un echarpe. No me lo vas a pagar, será un regalo. Te lo voy a dar con una condición: que entre todas estas cosas no escojas un chal negro como el de tu abuela. Te lo cambiaré por una sola cosa: tu silencio. No digas a nadie que me viste ni lo que te he enseñado. Ni la huesuda ni su hija me perdonarían el que yo te haya hecho esta tienda. Ellas no quieren que veas nada, ni que conozcas nada. Ya te habrás dado cuenta. Eres su joya inmóvil. Te quieren para encerrarte en sus cajones, si es que se puede decir que te quieren. Son dos viejas avaras, dueñas cada una de un corazón de piedra. La hija acabará pronto tan huesuda como tu abuela. Llévate un echarpe, ándale —yo no decía ni sí ni no, no me atrevía a abrir la boca—. ¿Cuál quieres? Escoge cuál. ¿Es para tu mamá? —asentí, y lo vi a los ojos. Me dio confianza. Era cierto lo que me había dicho.

Escogió por mí la hermosa mascada color ladrillo, no sé si impacientado ante mi indecisión o por sacarme de aprietos. Al hacerlo y doblarla quedó nuestra tienda abierta, se había roto el hechizo de la luz tenue y encerrada, pero no mi emoción. En cuanto puso en mi mano la mascada, no pude contenerme y lo besé en la cara, diciéndole "gracias", y él me abrazó tierna y largamente, como creo que nadie lo había hecho hasta entonces. Bajó los chales y las mascadas uno a uno, doblándolos con cuidado y regresándolos al lugar donde los tenía exhibidos, y después me pidió la mía para envolverla en un delgado papel color arena.

—Ni una palabra en casa, ¿eh?

—Ninguna. Lo prometo.

—¿Te acuerdas de tu papá? —me preguntó.

—¿Usted lo conoce?

—Haz de cuenta que él fue quien te dio el chal. Lo conozco mucho.

—¿Por qué no me viene a ver nunca?

—Te cambio la respuesta por un secreto, escúchalo bien: "el que fornicara con la abuela, engendraría en la hija, pero si el hombre fornicara con la hija para en su vientre engendrarla, abandonaría la casa para siempre jamás".

—¿Qué es "que forni-cara"?

—Apréndete de memoria mi secreto. Cuando lo entiendas, lo entenderás.

Me senté en la orilla de su puesto, al lado de la silla de la vendedora de cazuelas, a memorizar la frase concienzudamente, repitiéndola una y otra vez, porque no iba a dejar que se me escapara por ningún motivo. Cerré los ojos para concentrarme más. "Que forni-cara…", separando las sílabas como yo creía que hacían sentido. Atrás de mi voz oía el barullo del mercado, el ruido de los animales, un burro, alguien más allá cantando "¡Lleve seis por cinco!". Alcé la cara al cielo, abrí los ojos y vi cruzar una nube de naranjas. Eran tantas que alcancé a olerlas.

—Pronto lloverán azahares, y se casarán todas las muchachas —me dijo la india del puesto de cazuelas al ver que yo seguía con los ojos la nube aquella—. Pero tú no te cases.

Me reí. Tenía ocho años, ¿cómo me iba a casar?

—Si soy niña, marchantita, ¿cómo me van a casar?

—La gente no se tienta el corazón con eso. A mí me casaron a tu edad.

—¿Con su marido? —le pregunté, porque no se me ocurrió nada más cuando imaginé a la niña del brazo del hombre-marido, él ya mayor, con barbas y barriga, y ella, ay pobrecita, de mi pelo.

—Pues sí que con mi marido, ¿con quién más, si no? No es toda mala mi suerte, ya se murió.

—¿Era muy viejo?

—Nada viejo. Me lo mataron con un machete en una riña, porque era de los que no querían votar por el gobierno.

—¡Lo siento mucho!

—Pues por mí que ni lo sienta. Se lo merecía, era un… —ni dijo qué era y calló.

Me levanté, me sacudí la falda y me la alisé. Revisé si traía ensartadas las trabillas de los zapatos, recogí el cáñamo y puse bajo el brazo el paquete del chal. Localicé con la mirada al hombre de los chales, velos y rebozos. Escribía algo, rápidamente, apoyando un pedazo de papel sobre un cartón. Terminó como si sintiera mi mirada y me dijo:

—¿Con que ya te me vas?, ¿para qué tanta prisa? No puede ser que la tengas para volver al regazo de la dura huesuda —me sonrió.

Dije que no con la cabeza. Era verdad, no tenía ninguna prisa de volver a casa, pero tampoco quería seguir ahí. Tenía sed y me parecía que empezaba a tener hambre.

—Igual ya me voy, tengo sed, adiós.

—Ten —dijo buscando una moneda en la bolsa del pantalón, y al tiempo que la sacaba agregó—: cómprate un pepito.

Me dio un peso. Los pepitos eran unas bolsas de plástico transparentes rellenas de agua congelada de colores, y las vendían a la vuelta de la casa. Eran de forma alargada, uno les rompía una punta y empezaba a chupar. Las coloradas dejaban la boca colorada, las verdes verde, las azules azul y todas sabían a lo mismo: a agua con mucha azúcar, muy sabroso. Me quedé mirando la moneda sin creer posible tanta dicha. Me alcanzaba a lo menos para cinco pepitos, si no compraba de los de media bolsa.

—Este papel que te estoy dando lo guardas muy bien —se me acercó y me dijo muy bajo al oído—: cuando pienses en dejar a las dos brujas, llama a este teléfono, Delmira, nosotros te sacamos de Agustini y te ponemos lejos de ellas, del otro lado del mar, donde no puedan fastidiarte.

Tomé el papel, con la mano sudada de nervios, y me eché a correr. Crucé el mercado completo sin detenerme. Ni siquiera paré a comprar el pepito. Entré a la casa como una bala, directa a la maceta de superficie de espejos rotos que echaba en mi balcón unas floresotas obscenamente rojas, cuyo nombre se ha borrado de mi memoria. En la tierra de esa maceta guardaba la llave del cofrecito que vivía al pie de mi ropero. Escarbé presurosa y la saqué, con la misma prisa tomé el cofre, acomodé en él lo que restaba de mi dinero, la moneda recién recibida y el pedazo de papel que me había dado el vendedor, sin leerlo o siquiera desdoblarlo. Después, lo cerré con llave y a ésta la regresé a su celosa guarida, donde nadie podía encontrarla. Arañé la superficie de la negra tierra de la maceta para que no quedara más huella de mi paso por ella que mis uñas negras. No había soltado ni un minuto la mascada, aplastándola entre mi brazo y mi torso. Al cáñamo lo había dejado acostado a lo largo de mi habitación. Salí cargando mis dos regalos, a buscar presurosa a mamá, como si alguien pudiera antes quitármelos. Creí que iba a estar en la veranda que daba al jardín o en la orilla del río, pero no la encontré ni ahí ni allá. Al cruzar de regreso el jardín, me dio curiosidad la naturaleza de mi compra y desenvolví el paquete. Quería saber si yo sería capaz de volar la mascada, la abrí, la extendí, la zarandeé, viéndola hincharse con el aire, la solté y se me cayó al piso, perdiendo toda elegancia. La sacudí lo mejor que pude y la volví a envolver. Regresé sobre mis pasos y seguí buscando a mamá. Cuando la vi, acababa de salir de su habitación y estaba a punto de sentarse en la mecedora, lánguida según costumbre.

—Ten —le dije.

No me contestó nada.

Antes de tomar lo que yo le ofrecía, abrió su abanico y lo remeció al tiempo que echó a columpiar la mecedora. Tomó el cáñamo de las frutas y lo revisó con atención.

—Déjalo en mi cuarto, a ver si puedes acomodarlo; está muy largo.

Esa elección no pareció convencerla. Corrí a hacer lo que me había pedido y volví. Tenía los ojos cerrados y parecía dormir. Me paré a su lado. Dijo, sin abrir los párpados:

—¿Qué quieres?

—Es que te traje dos cosas, mamá. Te quiero dar tu otro regalo.

—¡Regalo! El cáñamo era una deuda, ¿no te parece? —me contestó abriendo los ojos.

Le di el paquete y lo abrió de inmediato. Percibí en ella un sobresalto en el momento en que vio lo que contenía.

—¿De dónde sacaste esto?

—Fui al mercado con Dulce, luego ella se perdió y yo me quedé buscándote un regalo. Me encontré primero la vara en la jarciería y luego vi la tienda de chales. Te lo compré con lo que me ha ido dando el tío Gus cuando viene, lo tenía todo ahorrado. ¿No te gusta? Si no te gusta, ¡tan fácil!, te la voy a cambiar.

Mi explicación la tranquilizó y la mascada no podía no gustarle, era muy bella. Pasó su mano por mi cabeza haciendo un gesto que imitaba con descuido una caricia.

—Está muy bonita.

La huesuda, como él la había llamado, pasó corriendo a nuestro lado, llevando con la derecha la escoba, el brazo extendido, marcial como si la escoba fuera un arma.

—¿Y eso? —dijo, deteniéndose en seco al ver la mascada en los brazos de mamá.

—¿No está bonita? —dijo mamá sonriendo.

—Bonita está, ¿de dónde salió?

Nada más oyó la primera parte de la historia, y siguió con lo suyo, no se quedó a oír la explicación completa en la versión de mamá, mucho más explayada y falsa que la mía. Continuó escoba al frente, presurosa y erguida, en la ruta de su ardua batalla. Hubiera querido interrumpirla. Me habría gustado en ese momento enarbolar mi cáñamo largo y retarla a duelo. Su palo contra mi pizcadora de frutas, su falsa vejez contra mi infancia no vista, su marcialidad contra mi alegría. Porque vaya que me había puesto alegre el tránsito por la tienda de echarpes, mascadas, chales, la que el vendedor había construido para mí aunque fuera por unos minutos. Vaya que me había puesto feliz.

Pero el deseo de retarla y la explosión de felicidad que reventaban mis pulmones se desinflaron y perdieron vuelo, como la mascada en el jardín, segundos después, cuando entró Dulce, agitada y con cara de preocupación, un bólido proyectado hacia mí por el enojo, a regañarme por haberme perdido en el mercado, como si hubiera sido mi culpa, y tras ella la abuela para regañarla por haberme dejado sola, y tras la abuela mamá para decirle que no importaba, con tal insistencia que más parecía, al jalarla de la manga, emberrinchada, que no resistía compartir su atención con nosotras dos, y la abuela tras mamá, alegándole que los gitanos o los chinos me pudieron haber robado, y Dulce duro y dale contra mí, y la abuela contra Dulce, porque, además de no haber respondido responsablemente por mí, dejándome sin resguardo frente a mil peligros imaginarios, había olvidado uno de los tres encargos, había comprado equivocado el segundo y había pagado el doble de lo que parecía adecuado por el primero.

## MI DOLOR EN LA HAMACA

Al día siguiente, la rutina de la casa transcurrió como la de todos los domingos. El séptimo día nos arreglábamos con nuestras mejores galas e íbamos a misa de nueve, la última de la mañana, donde nos reuníamos toda la gente de bien. Saliendo, desayunábamos en la casa del cura, en la hermosa terraza siempre fresca por estar rodeada de plantas, de cuyo techo de vigas y tejas colgaban jaulas de pájaros y macetas siempre llenas de flores y de botones a punto de abrir más flores. El piso era de mosaico, las sillas de palo; sobre la mesa larga se ponía un mantel blanco bordado en vivos colores por las infatigables hermanitas. También ellas se encargaban del exquisito desayuno del domingo. Tamales, atole, enchiladas, empanadas, pastas dulces y panes hechos todos en la cocina del convento. Eran tres las hermanitas que se desayunaban con nosotros, y que se encargaban del cuidado del señor cura. Las tres vestían de gris claro, con un velo blanco almidonado en la cabeza, tan rígido casi como un gorro. El cura, un morenote alto y guapo, fornido, con anteojos ligeros que le daban, no sé por qué, un aire simpático, era el objeto de la adoración de las hermanitas, profanas devotas de él como de un dios. También nos querían a nosotras, y ese día de la semana éramos parte de su feliz familia. Las tres monjitas iban de un lado al otro, atendiéndonos a todos, y ya que se sentaban se encargaban también de llevar el hilo de la conversación. No paraban de hablar, arrebatándose la palabra, contándonos historias, habladurías, leyendas o chismes, hasta que les daba la hora de discutir sobre el mantel. Siempre llegaba ese momento. Entonces nos olvidaban del todo, movían platos, tazas, tazones, canastillas, servilletas y cubiertos de un lado al otro de la mesa, discurriendo en qué lugar le hacía falta otra flor, otra rama, una uva, o cuál pétalo en cuál cáliz, cuál hoja en cuál rama, discrepando en sus opiniones y alegando cada una para defender la propia con labia y ejemplificaciones que iban desde rayar con la uña en la mesa la forma que debiera tener la hoja o el pétalo faltante, hasta alisar lo recientemente marcado, pasándole el borde de la cuchara para plancharlo por considerar que ese trazo ahí arruinaría la armonía del bordado, etcétera.

Los demás nos levantábamos de la mesa, pero ellas seguían sus disquisiciones mantélicas acalorándose a cada minuto más hasta que terminaban literalmente trepadas en la mesa, perdida toda compostura, a gatas alegando y discutiendo sobre un detalle u otro del mantel, quién sabe cómo evitando llenarse los rígidos velos con salsas y fondos de café. Entonces, el cura se enfilaba con mamá y conmigo al jeep, la abuela desaparecía, y nosotros salíamos del pueblo hacia alguna de las cercanas rancherías, acompañándolo a dar misa. Las dos éramos de uno u otro modo sus ayudantes. Durante la santa ceremonia, yo pasaba la canasta de las limosnas y mamá limpiaba las sacristías. Antes y después, ella le ayudaba a vestirse y quitarse las sagradas vestiduras, y las guardaba con cuidado en el maletín del cura antes de que nos enfiláramos a nuestro siguiente destino que podía tener o no capilla o iglesia, porque este cura tenía tantas ganas de oficiar que era capaz de hacerlo en medio de un pantano, bajo el sol impío o la más caudalosa lluvia.

A la hora de la misa, la elocuencia del cura no tenía par, pero en el trayecto mamá era la que no dejaba de hablarle. No sé qué le decía. Los caminos polvosos estaban en pésimo estado, el jeep brincaba sin parar, chirriando con estruendo, y como me sentaban en el asiento trasero me era imposible oírla.

Para alegrarme el alma me bastaba verla vivaz, como no lo era el resto de la semana, despertada de un largo letargo, florecida, gesticulando y moviendo manos y cuerpo con gracia y convencimiento. Él volteaba a verla y asentía o negaba con la cabeza, para de inmediato regresar su atención al sinuoso camino, lleno de hoyancos y montículos, cuando no piedras peligrosas en que podíamos dejar embarrado el tanque de gasolina, como ya nos había pasado en una ocasión. La vez que nos quedamos sin gasolina, porque toda chorreó por el agujero que nos hizo una piedra, tuvimos suerte, porque aunque era muy raro cruzarnos con otro vehículo de motor en el camino —con el nuestro bastaba para llenar la selva con ruidos y sobresaltos—, nos rescató un carromato cargado con cañas de azúcar. Mamá y el cura se fueron atrás, trepados hasta arriba de la carga, y a mí me llevaron en la cabina de pasajeros. No hubiera podido olvidar la ocasión, porque aunque yo me dormí todo el viaje, al llegar a casa mamá estaba llena de arañones de las cañas, y tardó más de una semana en dejar de quejarse de sus mil dolimientos. Cada que emitía una queja, la abuela reclamaba "Pero cómo no se fue arriba la niña, a ella no le habría pasado nada, si los niños son de hule", y a mí cada vez que lo decía me daba vergüenza mi conchudez, por culpa de la cual se había lastimado tan feamente mamá.

Después de la tercera misa, me quedaba invariablemente dormida en el camino, arrullada de tanto brinco y cansada de tanto sol y polvo o del interminable resbalón del lodo, si era época de lluvias. Mi siesta coincidía con el descanso de los adultos. Entre sueños, percibía que el coche se detenía, y oyéndolos bajar, me arrellanaba para acomodarme mejor en el asiento trasero que ocupaba junto con la maleta del cura para seguir muy quitada de preocupaciones mi larga siesta. Pero el domingo del que hablo, al salirse de la brecha, el vientre del jeep golpeó contra algo y mi cabeza rebotó feamente, despertándome por completo. Abrí los ojos y los vi bajarse, al padre Lima primero; con una cortesía que le desconocía, dio la vuelta para abrirle a mamá la portezuela, tomó su mano y, sin soltársela, emprendieron juntos el camino hacia el río. En lugar de arrellanarme, me fui empinando para ver qué seguía, a dónde iban tan juntos. Sobre el tablero del jeep estaban los lentes del cura, quien con la cara desnuda reía a voz en cuello por no sé qué motivo. El padre Lima llevó a mamá de la mano hasta el tronco del siguiente árbol, se arremangó la sotana, subió por sus ramas, rápido como un gato. Desde arriba, le lanzó algo a mamá, bajó tan ágil como había subido, se quitó la negra sotana, dejando ver el torso desnudo y unos pantalones negros entallados que no había imaginado yo nunca bajo la guanga sotana que siempre, a pesar del tremendo calor, vestía el cura. Despojado del luctuoso trapo, sin lentes ni camisa, el James Dean tropical corrió tras mamá, vestida con un ampón blanco, de algodón ligero, casi gaseoso, e intentó arrebatarle el bulto que le acababa de aventar. Ella no se dejó, riendo trató de esquivarlo. Jugaban como dos niños, hasta que él venció, se lo quitó y ella lo persiguió para arrebatárselo. Ella lo agarró por la cintura, él la tomó a su vez con uno de sus brazos y le puso en la mano uno de los dos extremos del bulto con que jugaban, una hamaca tejida. Se separaron extendiéndola. Él la ató a la rama por la que acababa de subir, y se acercó a mamá a ayudarla a hacer lo mismo en el árbol contiguo, un hermoso laurel que bebía a orillas del caudaloso río. Allá abajo, se sentó en un tronco caído, se desamarró las agujetas de sus zapatos, se los zafó, aventándolos con descuido, se quitó los calcetines y los pantalones y le pasó su ropa a mamá. El cura no usaba calzoncillos, fue lo que más me sorprendió. Mamá se quitó el vestido y lo acomodó con las ropas de él en el codo de una de las ramas del primer árbol. Tampoco usaba calzones. Se quitó el brasier dando un grito y descalza se le unió en la hamaca. Juntos y desnudos comenzaron a acariciarse y a besarse. Me arrellané en mi asiento. No quería ver más. ¿Qué hacían esos dos sin ropa? ¿Pues qué se creían? Seguro era pecado lo que estaban haciendo. Los escuchaba como si me hablaran al oído. Sus exhalaciones, sus exclamaciones, sus quejidos, mamá diciéndole "ya", "no seas tacaño, dame", y luego "más, más, dame más", y el cura "toma, toma" horas, o un tiempo que me pareció hecho de horas. Me sentía desesperada. Lo que hacían rompía algo en mí, destrozaba, me despojaba. Podía no ser pecado, pero para mí era malo, lo más malo, eran la encarnación del propio mal. Los detesté.

Súbitamente tuve una convicción: sería mejor verlos que sólo estar oyendo esos quejidos insoportables. Me incorporé en el asiento. Era verdad que sus gemidos sonaban menos cuando los veía, porque el horror que me provocó la visión me dejó completamente sorda. Incluso me zumbaron los oídos, como si me fuera a estallar la cabeza. Mamá estaba boca abajo, colgando de la hamaca que en lugar de estar placenteramente tendida estaba recogida como una cuerda. Él, detrás de ella, se agarraba de sus nalgas, golpeando su cuerpo contra el de ella, con una cara de dolor desesperado que giraba hacia mí, ojos cerrados, boca abierta, reconcentrado sublimemente en sí. El resto de sus cuerpos quedaba de perfil. Ella giró su cara hacia él, volviendo su postura más grotesca, con un gesto de dolor que a su vez me dolió en el estómago. Ella abrió la boca, y entonces él la escupió, arrojándole una cantidad visible de saliva. ¿Qué estaban haciendo? Me volví a sumir en el asiento del coche. Pensé en bajar, y echarme a correr, pero no pude vencer el horror, un horror a todo. Imaginé como si bajara. Saltaba por la ventana del jeep para no molestarlos con el ruido de la portezuela. Caminaba hacia el río, los dos pies en el lodo, a cada paso más lodo, hundida hasta que ya no podía dar el siguiente por no poder desenterrar mis pies. A cada instante me hundía más, aceleradamente. Los oía otra vez, "así no, así no me des", "ten, toma, te gusta", "no, no", "entonces no, nada", "no seas así, dame, dame más", "toma", y no me atrevía a decir "auxilio", "¡ayúdenme, me está tragando el pantano!", hasta que el lodo me tapaba la boca, las narices, rellenándolas con su pasta; mis ojos. Toda. El pantano me deglutía al mismo tiempo que el sueño me llevaba consigo.

Me despertaron cuando llegamos a la siguiente misa. Creí que lo había soñado todo, cuando lo vi a él tan sonriente y cordial, tan compuesto y hermoso; a ella tan dueña de sí, tan correcta y tan llena de aplomo. Tanto "toma" y "más" no podía haber salido de sus dos bocas. En pocos minutos me convencí de que todo lo había imaginado y me avergoncé intensamente.

En esta ranchería había un ligero alboroto. Alguien se había robado las hostias y el vino de consagrar. El cura les dijo que no tenía gran importancia, que todo era material no santo, que no les caería ninguna maldición, que no se preocuparan por eso, que en sí el robo no era cosa buena, pero que ojalá las hostias le hubieran sabido bien al ratero y el vino de consagrar no le hubiera dado un jaquecón. Pero no podía haber misa, porque no traían ahora dotación de hostias ni vino en la maleta. Impartió a unos la confesión, visitó a una viejita, nos dieron a cada uno una deliciosa empanada frita de pejelagarto, y regresamos, como todos los domingos, extenuados, silenciosos y muertos de hambre, porque los antojitos sólo nos habían abierto el apetito. El cura nos dejó en la casa y siguió su camino. Mamá y yo comimos, como siempre, sin hablar, mientras la abuela se quejaba de lo tarde que era, "cómo llegan tan tarde, se van a desmejorar, de acuerdo que le ayuden al cura, pero piensa en la niña, es casi hora de la merienda y apenas está comiendo", y se quejaba del dolor de sus pies, de lo que fuera. Terminando de comer, nos acicalamos y fuimos a dar la vuelta a la Alameda. Alrededor del kiosco central, los hombres giraban en una dirección, las mujeres en otra. La banda del pueblo tocaba las mismas canciones de siempre, desentonando otra vez, como de costumbre. Acompañamos a mamá la nana Dulce y yo un par de vueltas, y nos regresamos porque ya era mi hora de dormir. Apenas llegamos, la abuela se soltó los cabellos, la nana Dulce comenzó a peinarla, y yo me acosté en mi hamaca. No pensé ni un instante en lo que creía haber imaginado en la tarde, aunque tampoco puse atención alguna al cuento de la abuela. Me acordé en cambio del papel que me dio el vendedor de chales, velos, mascadas y rebozos. Ardí en ganas de leerlo, ¿qué había ahí? Hice a un lado el pensamiento de aquello que suponía había imaginado en mamá y el cura porque me era insoportable, pero tenía que patearlo para que no se me agarrara al cuello. Me era intolerable. Hoy es la primera vez que lo recuerdo con minucia. Acepto que no lo soñé, que yo no fui la culpable de haberlo engendrado. Ellos dos hicieron la escena, yo la presencié por error. Seguramente no fue mi imaginación quien los colgó grotescamente a la hamaca, quien hizo caer el peso del hombre contra las nalgas desnudas de la mujer, quien los hizo gemir desesperados. Ellos repetían la escena todos los domingos, tal vez me llevaban en el coche para que nadie sospechara nada, ni la abuela ni los feligreses, confiados a mi sueño usualmente pesado y profundo. Dejo de culparme por ello, y no los culpo. También habría amado yo al cura, y de haber sido él no habría resistido los encantos de mamá.

Hasta el día de hoy puedo respirar profundo: yo no soy el monstruo que soñó una escena abominable para herir el corazón y el cuerpo de una niña. Delmira, no fuiste. Tranquila, Delmira, tranquila.

## LAS DAMAS PELEAN

El lunes, de regreso de la escuela, después de comer, aproveché un descuido de Dulce para escabullirme a mi ropero. Abrí rápidamente mi cofrecito; tenía que leer el papel. Lo saqué, pero apenas lo tuve conmigo, oí que todas venían hacia mi cuarto, discutiendo, así que apresurada le eché llave al cofre, quedándome con el papel en la mano. Como una tromba entraron Dulce, mamá, la abuela, Ofelia (la chica que venía a hacer la limpieza de la casa) y Petra (la que venía a lavar y a planchar). En lugar de doblar el papel para que no lo vieran, empecé a enrollarlo. Nadie me volteaba a ver, pero yo sentía que en cualquier momento alguna pondría una ácida, corrosiva mirada en mi trozo de papel, y me esmeraba en enrollarlo con celeridad, cuidando ocupara el mínimo de espacio, mientras ellas discutían a voz en cuello sobre mi crinolina. Dulce decía que estaba mal lavada, que tenía una mancha. Petra decía que ella la había dejado impecable, que si estaba sucia era culpa de Ofelia, porque Ofelia la había venido a acomodar a mi ropero. Sin dejar de alegar que si estaba limpia, que si estaba sucia, sacaron la crinolina para examinarla, abriendo el balcón de par en par para verla a plena luz. Yo seguía haciendo mi rollo con el papel, me daba la sensación de que era gigantesco, porque no lo terminaba de hacer.

La mancha sí estaba en la crinolina. Parecía la huella de un dedo sucio, de un dedo con tierra. "Pobre Ofelia", pensé cuando la vi, "ya se le armó". Petra alegaba que ella no la volvería a lavar por ningún motivo, que almidonarla y plancharla era mucho trabajo, que era culpa de Ofelia, y ésta, pobre, decía con voz trémula "no importa, señora, yo no la ensucié pero yo lo hago", cosa que exasperaba más a Petra, "por qué no lo admites, di la verdad, le pasaste tus dedos asquerosos después de haberte estado hurgando las narices", y Dulce peleaba en voz alta diciendo que no, que la bruta de Ofelia seguro que la iba a quemar, que lo tenía que hacer Petra. Discutían acaloradamente. Dulce, que siempre era amarilla (su cara, como las de rasgos otomíes, parecía oriental) se había puesto colorada y estaba fuera de sus casillas. Nadie las tenía mucho consigo.

—Yo diría que no hay que pelear por tan poca cosa —se me ocurrió decir, envalentonada porque mi papel estaba ya completamente enroscado, como un tubo invisible entre mis dedos—. Les propongo un remedio. Total, la mancha casi ni se ve, y la crinolina va bajo un vestido, así que me la pongo y ni quién se dé cuenta.

—En esta casa no hay cochinas. Si quieres serlo tendrás que practicar tus cerdadas en otro lugar —bramó la abuela—. Esto es el colmo.

—Es culpa tuya, Dulce —se le lanzó encima mamá—. La niña está maleducada porque tú le permites sus…

Vi que la tormenta iba a arreciar, y como ya no me prestaban ninguna atención me enfilé hacia el jardín sin decir ni pío, para ver qué me había escrito el vendedor de chales, velos, mascadas y rebozos. Pero apenas puse los dos pies afuera de mi cuarto, la tormenta se desató otra vez sobre mí.

—Todo por tu culpa y no te importa, no tienes corazón —me gritaba mamá.

—Te estoy hablando y te vas dándome la espalda —gritaba la abuela.

—Escuincla de mierda, ahora me van a regañar a mí, ¿a dónde vas? —aullaba Dulce.

—Seguro que fue ella, ella mera la ensució metiéndole su puerca mano —alegó Petra.

Ofelia también me miró con ira, como si yo fuera la culpable de todas las desgracias de su vida.

Primero no dije "esta boca es mía", acostumbrada a estos arranques de mal humor que no tenían razón alguna de ser y en los que no permitía que me arrollaran. Pero como sostuvieron su silencio mientras me miraban, me vi obligada a balbucear alguna explicación:

—Pero si nadie me hablaba a mí… pero si yo no tengo que ver con esta cosa… pero perdóneme abuela, no supe que usted todavía quería decirme algo… pero salía para dejarles más aire, porque empezaba a acalorar en el cuarto…

—Acalorar… a ti nada te acalora, sangre de víbora —dijo la abuela—. Nada te importa, y si por ti fuera, andarías vestida como las indias del mercado.

Años después le haría buena su maldición. En ese momento seguí a pie juntillas su indicación de la sangre de víbora. Frente a sus ojos enfurecidos, abrí mi divino rollo de papel y me puse a leerlo. Sólo traía escrito un número de teléfono, que memoricé. Volví a enrollarlo entre el pulgar y el índice, ahora en un tubo más apretado, e hice el gesto de fumar con él. La abuela alzó los hombros, tomándome por caso perdido, me dio la espalda y retomó la discusión de la dichosa crinolina que se prolongó hasta que llegó la oscuridad y con ella la tranca, los peines, los cuentos de la abuela.

## EL CUENTO DE LA ABUELA

"Pues verán ustedes —comenzó la abuela—. Después de la tercera vez que entraron los alzados a la finca, barriendo con todas nuestras provisiones, montando a nuestras mujeres, matando a uno que otro de nuestros muchachos, aunque nadie les opusiera resistencia (que era parte del trato a que se había llegado desde un principio para que nos dejaran en paz a mí, a mamá y a mis tres hermanas mayores), el abuelo decidió que ya había visto lo suficiente de fiesta y que lo mejor era cambiarnos a vivir a nuestra casa del pueblo, a ésta en la que hoy estamos, aunque fuera muy inferior a la de la finca. Porque nuestra cocina de allá no podía ni compararse con ésta; aquélla tenía desde horno de ladrillos para pan, hasta doce hornillas en la estufa de carbón; ni la sala tampoco, la de la finca con su salón de baile; ni nuestras habitaciones, que allá estaba cada una dispuesta con un vestidor casi del tamaño de lo que es ahora el cuarto de Delmira, que fue, por cierto, cuando aquí nos cambiamos a vivir, el diminuto vestidor que compartíamos las cuatro hermanas, peleando cada centímetro, acomodando de la mejor manera los cuellos, las cintas, todas esas partes que no voy a enumerarles ahora, pero que hacían nuestro vestido, porque entonces no era como es hoy, que sólo se enfunda uno una prenda y ya está hecho el atuendo. Así que ni esta cocina era como aquélla, ni las habitaciones, ni qué decir de los jardines y los patios, y las fuentes que mi papá había hecho construir trayendo unos altos negros cargados con raras piedras de quién sabe qué lugares de nombres impronunciables, y que las habían tallado dejándolas brillantes como espejos. Además estaban las huertas, y el paseo que habíamos hecho atravesando la cacaotera, las veredas rodeadas de flores chinas…

"Por nuestros rumbos casi no había federales. La gente se alzaba aquí y allá, unos con otros, sin tener más oficio que andar de bribones saqueando esto y lo del de allá. Aquí los alzados del tiempo de la Revolución eran sólo eso, bribones, alborotadores, buenos para nada que, sintiendo que había revuelta, se subían al mismo barco del mar alborotado sin deberla ni temerla ni saber que aquéllos estaban bien organizados, subiendo y bajando trenes mientras armaban y orquestaban un ataque, una toma, una victoria, y que tenían jefes con más grandes ambiciones y mucho coraje para conseguirlas. Los de estos rumbos se mataban entre sí por quítame aquí estas pajas, ni falta les hacían los federales para tener enemigos, podían solos contra ellos mismos.

"En una de ésas que entraron a la finca, mientras el jefe —que no lo parecía, era un pelirrojo alto, delgado, de tez muy blanca, con una expresión tan pícara en la cara que daba siempre la idea de que se estaba burlando o conteniendo la risa, vestido con cada visión que era de no imaginarse, ese día con el camisón de encajes y tiras bordadas a mano que en una ocasión le había yo visto puesto a una tía que teníamos, no sé bien si por parte de mi mamá o de mi papá, la tía enferma del día y de la noche, pero, eso sí, al camisón lo había hecho jirones y para adornarlo lo había recubierto aquí y allá con cintas de colores, con dos tiras del traje de consagrar de algún obispo fingiendo de falsas charreteras—, el jefe, decía, negociaba frente a la puerta de la entrada de la casa, arriba de la escalera, nuestro precio con nuestro padre (era el resto del acuerdo que habían hecho entre ellos para no tocarnos: lo primero era no pelearlos, lo segundo era pagar un rescate que crecía cada vez), e intercambiaban cifras, billetes y miradas, mientras el jefe, decía, negociaba con papá, a Florinda mi hermana la manoseó alguno de la turba, con lo que mamá dio de gritos, papá fue informado de inmediato, y tomando uno de los manojos de billetes que tenía en la mano lo zarandeó frente a los ojos del jefe pelirrojo y con uno de los cerillos que siempre traía en el saco, le prendió fuego.

"—Primero quemo el dinero, antes que darlo a gente sin palabra —dijo mi papá, en un arranque de cólera.

"El jefe pelirrojo le contestó con una carcajada. De verdad que a ése todo le daba risa.

"—¿Pero a usted quién le ha dicho que no tengo palabra? Tan la tengo que aunque usted rompa el trato conmigo, yo no lo he de romper con sus mujeres.

"—¿Que quién me ha dicho? —papá seguía encolerizado, y no veía que nos ponía a todas en peligro—, ¿que quién me ha dicho? Usted mismo, caballero, ha escuchado que uno de sus hombres ha tenido el atrevimiento de alzar su mano faltándole el respeto a mis hijas, y todavía me lo pregunta.

"—No juzgue sin saber bien qué —le contestó el jefe, siempre sonriente—. A ver, tráiganme al tarugo tocachicas.

"De inmediato le trajeron a un rufián moreno y mugroso que no se había peinado en varias décadas.

"—Fuiste tú, el famoso Refugio. ¿Pues qué te pasó? ¿No estábamos con que a estas jóvenes y a su mamá no les poníamos la mano encima? —el rufián asentía con la cabeza, casi sin comprender, un ser completamente embrutecido, incapaz de hilar que dos más dos dan más de uno—. Quiero que te disculpes ante el señor. Quiero que le digas a este hombre que si tú rozaste a la muchacha, fue para quitarle una araña gorda que le bajaba por los cabellos. ¿O dónde mero la tocaste, tú?

"El bruto, que realmente parecía no saber hablar, señaló sus propias nalgas.

"—Ah, ¡ahí! Qué pesar, la alimaña le caminaba a la chica por esas partes. Este otro alimañana, que recibirá por cierto ahora mismo doce azotes sobre el cuero desnudo, le quitó a la chica un bicharrajo. Por eso fue, no por faltarle al respeto, que se atrevió a rozar, casi como por un error, a la muchacha. ¡El látigo! ¡Tráiganme el látigo! ¡Fuera la camisa!

"El bruto lo obedeció con una docilidad verdaderamente animal. Otro de sus hombres le acercó un enorme látigo de cuero adornado con pizcas de metal que quién sabe de qué finca habrían sacado; en la nuestra no se golpeaba con objetos así a los indios. Lo amarraron al tronco de la ceiba que había a la entrada de la casa, a un lado de la escalera central, los dos brazos arriba de su cabeza, y frente a nosotros lo azotó, no doce, sino por lo menos treinta veces.

"El jefe saltó el látigo, subió la escalera, con el camisón más desfajado, un hombro de fuera, los cabellos rizados totalmente alborotados y la cara encendida por el esfuerzo, le dijo sonriendo y muy campante a papá:

"—Me parece que es suficiente. Creo que ya ha visto que soy hombre de palabra. Como yo también creo que usted lo es, voy a hacer su convenio verdad. Venga acá —le ordenó a mi hermana, Florinda—. Hágame el favor de pararse sobre esta piedra.

"A los dos lados de la escalera había un barandal de cantera que terminaba en la veranda en sendas columnas bajas. Sobre una de ellas fue que le pidió a Florinda que se pusiera.

"—Usted —le dijo a papá— no va dar órdenes a sus hombres. Yo le juro que no le faltaré a su hija el respeto, ni la dañaré. Sólo le regresaré a usted la dignidad de su palabra. ¿Me permite uno de sus cerillos?

"Papá le acercó uno de sus cerillos y la tira para encenderlos, e hizo a Florinda una seña de que obedeciera al muchacho. Florinda vestía un hermoso vestido blanco con una especie de delantal de tul al frente. El muchacho tomó la orilla del delantal, le prendió fuego y la dejó caer sobre el vestido que de inmediato ardió al contacto con la llama. Mi mamá gritó. Mi abuela María del Mar gritó todavía más fuerte. Mis otras hermanas chillaron como animales en el rastro. A mí me pasó algo muy vergonzoso: me dio risa. El jefe pelirrojo y yo reíamos a carcajadas. Entonces él se quitó una de las tiras del obispo del pecho y con ella le apagó las llamas del vestido, sofocándolas con el bordado de oro.

"—Me temo, señor, que usted pagó al fuego para que le tomara a su hija. Si no digo mal, prendió en flamas la cuarta parte del rescate que ofrecía, según usted, el precio de esta chica, porque desde un principio dijimos que sólo me pagaría por sus hijas, y que el respeto a la madre y a la abuela eran pilón generoso de mis muchachos y de mi parte —mi papá estaba pálido, aterrorizado—. Contrariando su opinión, juzgo que esta preciosa Florinda vale mucho más de lo que usted me ofrece por ella. Por mí que usted sólo me daba lo que vale una esquina de su vestido. Eso le quemé, ni un ápice más. ¿Está usted de acuerdo con mi cálculo? —papá asintió—. Así que la siguiente vez que yo pase por aquí, más le vale pagarme el precio completo, porque, sino, sólo le respetaré lo pagado, lo nuestro es trato de caballeros. ¿De acuerdo?

"La turba había observado la quema del vestido de Florinda sin hacer ruido alguno. Pero apenas dejó de hablar su jefe, se soltaron a gritar, a proferir exclamaciones a todo pulmón, corriendo a meterse en la casa, mientras los músicos que traían tocaban sus tambores y guitarritas a todo lo que daban desde el jardín. Nosotros nos quedamos en la terraza. Adentro se llevaba a cabo una fiesta provocadora. Llegó la noche y ellos seguían adentro. Salieron iluminados con velas, dando de tumbos.

"—¿No se quedan a dormir? —les dijo la boba de mi abuela María del Mar.

"—Nosotros no podríamos dormir en ese cochinero, señora, muchas gracias —le contestó socarrón el jefe (ahora disfrazado con trozos de vestidos de la abuela y de mamá sobre los mejores pantalones de mi papá), antes de trepar a su caballo y desaparecer seguido por sus ebrios muchachos.

"Al día siguiente nos venimos para acá. Ya no volvimos a la finca porque mamá volvió a enfermar, se murió al poco tiempo (tal como había vivido, sin cortarse ni una sola vez el cabello, su trenza sin recoger le daba hasta los tobillos), papá decidió acompañarla al poco tiempo a la tumba, lo mismo que hizo la abuela María del Mar a las pocas semanas, y las cuatro nos quedamos solas a buscar cuanto antes —protegidas por el hermano de papá, que se hizo cargo con absoluta honestidad de nuestro patrimonio, sólo porque no le dimos tiempo para robárnoslo—, lo más rápido que se pudiera, un marido para cada una. Mis tres hermanas tuvieron mejor suerte, me imagino que porque no quedaba ya nadie de bien cerca de aquí; tres buenos maridos tuvieron las tres, y a mí me tocó lo que me tocó, un bueno para nada que lo único memorable que hizo en toda su vida fue morirse joven. Eso le pasa a la que nace al último, lo último le resta".

## LOS PÁJAROS

El siguiente domingo no acompañamos al cura porque esa mañana, como a las ocho, todos los pájaros, sin importar el modo
natural en que volaran (así hicieran grandes giros, o acostum-
braran trazar enormes curvas antes de planear lentamente, o se
mecieran y ladearan una y otra vez a medio vuelo, o flotaran
bajo sobre campos y pantanos, las alas sostenidas ligeramente
arriba del plano horizontal, o ejecutaran varios aleteos cortos
y rápidos y un planeo suave, o volaran alternando aleteo y planeo, o tuvieran el hábito de quedarse suspendidos en el aire
batiendo las alas y metiendo primero las patas para ir a pescar,
o se remontaran en grandes círculos), se dirigieron en picada
hasta tocar tierra, tras lo cual ninguno fue capaz de remontar
el vuelo. Uno tras otro abrían sus alas, y se iban dejando caer
hasta tocar el piso, hasta posar las patas, como seres inermes
necesitados de zapatos. Sólo para el correcaminos todo siguió
igual, como para los patos que escondidos entre las cañas y
los pantanos vivían pegados al lodo o arañando el lomo de los
peces, pero incluso los cuclillos garrapateros cayeron al piso
incapaces de regresar siquiera al cuello de las vacas, y el trepa-
dorcito americano, que sube en forma giratoria los troncos de
los árboles y luego se deja caer hasta la base del siguiente árbol,
tampoco pudo echar mano de su corto vuelo para auxiliarse
a ir hacia arriba. Uno tras otro, los pájaros hicieron en el aire
amplios giros, y se fueron dejando caer al piso, batiendo o no

las alas, como si por sus huesos circulara de súbito un aire denso que no les permitiera volar, un aire acuoso, o un aire pesado y terrenal, arenoso.

Los perros y los gatos comenzaron ante nuestros ojos una sangrienta carnicería, engolosinados con el opíparo banquete, hastiados pero cebados con la sangre pajaril. No pasó mucho tiempo para que al ver a las mismas águilas correteadas inclementemente por los cuadrúpedos, y a los colibríes agitando a mil por hora sus alas sin alzarse del piso, cacheteando a sus atacantes antes de morir babeados y sanguinolentos, nos pusiéramos los más a defender a los pájaros, mientras que otros guardaban los especímenes más extraños en jaulas bien hechas o jaulones improvisados, haciéndose de un tesoro repugnante ante mis ojos.

El camión que acostumbraba llegar al pueblo cada hora no aparecía, y cuando por fin llegó (sonaba la bocina reclamándoles a los parados pájaros espacio para su camino) traía en la parrilla del techo un sinnúmero de aves fabulosas jamás antes vistas. Las carreteras estaban infestadas de seres que debieran andar volando, y una cosa era matar con las ruedas a los zanates y los guitíos, y otra muy distinta asesinar al tucán piquiverde, al búho corniblanco, a la inmensa guacamaya escarlata, a las cotorras, al tirano tijereta, a los cabalgadores de lirios, a la lechuza de campanario con su cara blanca en forma de corazón, al hermoso quetzal de larga cola, al águila o al martín pescador. Bajaron la carga, pero no fue fácil encontrar lugar para sus pájaros en el ya infestado pavimento, lleno de tortolitas y palomas, de trogones y cuclillos, de cenzontles y tangaras y cardenales rojos. También estaban infestados de aves varias los patios de las casas, las terrazas y los techos, y si éstos eran inclinados de teja, todos sus habitantes iban terminando por estrellarse en el piso sin ninguna elegancia, porque las aves habían perdido al unísono el poder de volar. Los pájaros caminaban por las aceras y los corredores de los parques muy ceremoniosos, y así como se agruparan antes en el cielo en parvadas voladoras, lo hacían ahora a ras de tierra para caminar en ordenados ejércitos de plumas que volvieron extraño el ir y venir por el pueblo, porque apretaban sus filas infranqueables y había que tomar otras rutas donde otros pájaros, menos caminadores, dejaran huecos en el piso.

Encadenamos a los perros, encerramos como pudimos a nuestros gatos, las mamás golpearon a los hijos que atormentaban a los indefensos caídos y ahuyentaron a los pájaros agresivos de los niños pacíficos, los coches no circularon, así fueran de motor o de caballos, y además intentamos no preocuparnos, como si se hubiera hecho normal vivir en un pueblo donde había más plumas que polvo o lodo. El maestro de la escuela secundaria organizó a sus alumnos para rescatar a los pájaros que se ahogaban al haber caído al río, pidiendo a los pescadores sus redes prestadas.

La misa era interrumpida por las voces de los pájaros que habían llenado el atrio y el piso de la iglesia, algunas parecidas a las de las ranas, otras ásperas y lastimeras, cla-ac repetidos, o constantes cacareos o castañeteos que enfriaban el alma, o flic-a, flic-a, flic-a, o uuick- uuick, o cuchrrrrrrr grave seguido de pi agudo, o un tosco chífiti-chífiti, chítifi-chif, o los que hacían casi como puercos lentamente oi-ink, o dos o más tristes y desolados suspiros que iban disminuyendo en intensidad y ritmo sucesivamente, o suistsit, o ¿psiít? o ¿siíst? con inflexión ascendente, o el ¡hui-sí¡, ¡pit-sío! agudo y explosivo, o ti-didé, o chur-ui, o tru-li musical, y como no había un solo ejemplar de mosquitero gris ahí cercano que auxiliara al cura con su canto de josei-r-ía o jo-sei ma-rí-a, el cura mismo no podía concentrarse en la ceremonia.

El desayuno también estuvo infestado por el mismo barullo. Las hermanitas silenciosas miraban a sus pajaritos enjaulados, hasta que una de ellas dijo "por mí, que vuelen", y otra les abrió las jaulas, pero sólo un gorrión hizo el intento de escapar y se estrelló en el piso de la terraza, como si él fuera una pequeña bolsa de maíz seco, lastimándose severamente el pico.

Desde el jardín del cura, nos miraba con enormes ojos un raro búho en colores blanco y negro, de espalda y rostro negros, que sin despegarnos los ojos, no dejaba de hacer jui-u-u-u, sonoro canto que no iba nada bien con la luz de la mañana. De cuando en cuando nos interrumpía el krrk o grrik monótono y raspado, como un grillo gigantesco, del tucán. Ese día no hubo discusión sobre el mantel, la vegetación bordada que contenía no fue alertada sobre su crecimiento. Las hermanitas recogieron rápidas la mesa, y el cura, abiertamente abatido, se subió a su caballo, emprendió como pudo el trote, brincando escollos emplumados, y no lo volvimos a ver en tres días.

Los picoleznas, que con frecuencia cuelgan boca abajo de las ramas, estaban inmisericordemente estrellados en el piso, porque habían caído sobre sus blandas cabezas sin ninguna protección al querer cambiar de sitio. Alguna zacua y alguna tangara se habían salvado de estrellarse, compartiendo los enormes nidos en forma de calcetines que cuelgan de los árboles de la ceiba, pero al caer la tarde los oímos pelear con tanta violencia que cuando los niños metieron la mano para rescatarlos, sacaron a los pájaros sin ojos, picoteados, hechos destrozos. Habían peleado su minúsculo territorio de salvación hasta la muerte.

Muchos niños pasaron el mejor de sus días. Gritaban más que los pájaros, saltaban y correteaban de arriba a abajo el pueblo, como si la caída les hubiera traído la fiesta más divertida, una feria de picos y de sangre que los excitaba hasta la exasperación. Los jóvenes, y el también joven maestro de la secundaria, se pavoneaban por las calles con aire de héroes, mostrando los ejemplares recién rescatados de las aguas, y dando auxilio a los pájaros heridos en las calles del pueblo.

A la mañana siguiente, como habían bajado, todos los pájaros subieron, tal y como si no hubiera pasado nada, ignorando que miles de cadáveres cubrían los caminos y las calles. Nosotros hubimos de limpiar el pueblo en pleno, antes de que empezara a apestar. La abuela sugirió que guisáramos a los que todavía estaban tibios; propuso un mole colectivo para quitarnos el mal sabor que nos había dejado el domingo, alegando además que era un horrendo desperdicio tirarlos así nada más, que ella creía que eso era realmente pecado, y que entre los cadáveres había un montón de patitos de patas azules, de carne más buena que la exquisita de la tortuga. El cura no pudo opinar, porque seguía sobre el caballo, perdido quién sabe en qué vereda. El doctor dijo que ese comportamiento bien podía ser el síntoma de una enfermedad transmisible, y que él sugería deshacernos de los cadáveres de la forma más higiénica, por lo que se quemaron en un chamuscadero a las orillas de Agustini, que organizaron los antes héroes redentores, por dictamen médico transmutados en inquisidores quemacuerpos de la más baja estofa. Presenciamos la hoguera todos los niños, de principio a fin, aunque la peste fuera insoportable. Al apagarse, quedaron los picos alargados y los huesos, pero de las hermosas y vistosas plumas ni una seña. Sólo la ceniza oscura era huella de la belleza desaparecida con el fuego.

Durante la semana, un leve rumor invadió al pueblo. Se hacían habladurías de que en el rancho recientemente comprado por el gobernador se estaba desbrozando la selva. Con grúas y excavadoras iban tirando los árboles para abrir espacio a los pastizales. Decían que el camino estaba lleno de camiones cargados de maderas y que el campo iba quedando limpio, como si ahí no hubiera habido nunca antes árboles. "Por esto fue que cayeron los pájaros", se decía aquí y allá.

El sábado, en el mercado, aparecieron puestos de venta de plumas, y platones de barro y yeso adornados con ellas. Los indios, en lugar de usar colores, habían decidido pintar con plumas, pegándolas quién sabe con qué. Yo quise comprar unas coloradas, y otras enormes de colores casi metálicos, pero la abuela me reprendió severamente, "¿no oíste lo que dijo el doctor?", "¿a poco ya tienes prisa de morirte?", "¡si serás mensa!".

# EL VOLCÁN

El siguiente domingo el volcán, que llevaba siglos dormido, arrojó una espesa y prolongada fumarola. No se podía ni salir de las casas, porque el aire se había llenado de sustancias picantes que lastimaban ojos y gargantas. Si alguien se veía en la necesidad de salir, tenía que taparse la boca con un pañuelo, dejándolo en minutos tiznado, como si uno lo hubiera acercado al humo que expide la combustión del chapopote.

Todos quedamos amarrados a nuestras casas, con balcones y ventanas cerradas, ahogándonos con el calor que removían los abanicos del techo, porque el aire exterior era un picante puro que nadie resistía. Se canceló la misa, de casa en casa se corrió la voz. Los indios tampoco habían bajado a escucharla. El mercado estaba muerto y las calles afantasmadas. Agustini parecía otro pueblo, uno vacío.

Tampoco fuimos al desayuno. Las hermanitas deben de haberse atiborrado todo el día con los tamales, mientras que yo, tirada en mi hamaca, inmune al aburrimiento del pueblo entero, devoraba *Robin Hood*. Terminé de leerlo en un solo día.

Para todos los demás, el domingo fue sofocarse y soportar incomodidades. Nuestras casas estaban hechas para estar abiertas. Como los cuartos estaban unidos entre sí sólo por los patios y los corredores al aire libre, algunas familias pasaron el día en la cocina, para no desplazarse, pero los más agarraban sus negros pañuelos, poniéndoselos sobre las narices para ir de un cuarto al otro.

El maestro de la secundaria imprimió en el esténcil de la escuela una serie de instrucciones a seguir en caso de que la actividad del volcán se incrementara. Recomendaba que abandonáramos Agustini al primer anuncio de alarma que se hiciera sonar por medio de las campanas de la iglesia (tres-dos, tres-dos, repetido cinco veces), explicaba cómo coser los tapabocas con los cuales podríamos dejar las casas si había necesidad de desalojo, y enumeraba aquello que debía uno tener a mano: garrafones de agua, cajas de galletas, pilas, de ser posible un radio que funcionara con ellas, y lámparas de mano o velas.

Sus indicaciones llenaban tres hojas escritas a máquina con dos ilustraciones: el dibujo del tapabocas casero y las rutas de evacuación. Daba una lista de las cosas que debíamos cargar si habíamos de abandonar el pueblo (además de lo arriba enumerado, mantas y hamacas para dormir), y recomendaba llevar lo menos en nuestros vehículos para dejar cabida a la mayor cantidad posible de personas, sin importar (decía subrayado) raza, edad o sexo.

La abuela dijo que eran puras pendejadas, mamá que le daba pereza y en cambio Dulce sí estaba interesada, así que leí yo las páginas en voz alta para que las oyera. En casa, sólo nosotras dos nos enteramos de lo que el maestro recomendaba, y las dos juzgamos a la par que si el volcán estaba decidido a echarnos lava o a cubrirnos con ceniza, lo mejor y lo único posible para salvarnos era mudarnos cuanto antes a otro pueblo, porque todo lo demás parecía ser inútil.

En la tarde sopló un viento que creo que a todos nos infundió miedo. Varias ramas cayeron y el camino quedó inutilizable porque dos árboles completos se desgajaron. La fumarola del volcán se dispersó. Se fue como había venido.

# EL CAFÉ

Al siguiente domingo, el grano de café y los cacaos recién brotados se vinieron abajo. A cada casa llegó la noticia en boca del capataz correspondiente, que los había visto caer durante la madrugada. Con los primeros rayos del sol, sin que mediara granizada o tormenta, el café aún completamente verde —no digamos que todavía no colorado, sino ni siquiera terminado de crecer—, y el pequeño brote en que se anunciaba el principio de la mazorca de cacao, sin explicación ni razón alguna, se vinieron abajo. Las puntas de las ramas de los cacaoteros y los cafetos se veían como tronchadas, como si hubiera sido una pizca manual la culpable, y los verdes frutos inmaduros e inutilizables habían quedado tirados en el piso. Jamás había pasado algo así. En la casa los lloraron, como no habían hecho con los pájaros muertos. Era un golpe económico, los agustininos vivíamos del café, el cacao y las naranjas de nuestros plantíos, y muy pocos del ganado.

En la tarde, pasaron por el pueblo unas esporas blancas y eran tantas flotando en el aire que parecíamos hundidos en una corpórea neblina. Los abanicos de los techos hacían bailar las esporas en las habitaciones y parecían atraerlas, creando remolinos de algodón que no dejaban de moverse ni porque uno los tocara. Al caer la tarde, las esquinas de los cuartos y de la calle estaban cubiertas por un residuo blanco y lanudo, verdaderas almohadas para princesas que con los rayos rosados del atardecer se convirtieron en borra color fuego, y que tuvimos que apresurarnos a barrer porque comenzó a despedir un penetrante olor a azufre mientras se convertía en humo, de modo que terminamos en el pueblo entero barriendo nada más la pestilencia, meneándole las escobas a la hediondez insoportable, que por fortuna se desvaneció antes de que nos dieran vómitos o jaquecas.

# EL TEMBLOR

El siguiente domingo tembló. No que no pasara nunca, pero la verdad es que nunca en domingo. Lo regular es que temblara cuando los niños estábamos en la escuela, que la monja gritara con pánico "¡Ha llegado el fin del mundo!", que las alumnas nos burláramos de ella y todo acabara en eso. Pero ahora tembló cuando terminábamos de acicalarnos para ir a la iglesia a la misa de nueve, cuando los indios ya habían salido de oírla y mercaban sus semillas. Como si no fuera suficiente desconcierto el que temblara en domingo, se cayó el techo del mercado, y el resto del día se nos fue a todos los del pueblo, niños, mujeres y adultos, en sacar a la gente que había quedado atrapada adentro.

La abuela no quería dejarme ir a ayudar: "Ahí sólo hay indios", dijo. Cometió el error de decirlo frente al cura, que la reprendió, le dijo que lo que acababa de decir era completamente inadmisible. "Pero si son gente sin razón", todavía se atrevió a replicarle ella, a lo que él le contestó que ni se atreviera a repetir eso en su presencia ni ante los ojos de Dios, que los indios eran tan humanos, si no más, que ella, y que, o me dejaba irme en ese momento de voluntaria, o ella tendría que vérselas con él en el confesionario, así que me fui con los otros a obedecer las órdenes y seguir los ordenamientos del maestro de secundaria que había organizado cuadrillas para levantar pedazos de cartón y trozos de varillas que tenían atrapados a los indios.

Éstos se quejaban bajo el techo con lastimeras exclamaciones en su lengua. Había una cuadrilla dedicada a auxiliarlos a la salida, darles agua o de comer, curar raspones, tranquilizarlos y hacerlos a un lado para que no interrumpieran las labores de rescate. El cura aprovechaba para, al darles la bendición, preguntar a cada recién salvado si había recibido ya el bautismo, y a los que contestaban que aún no, los fue sentando en una banca que había hecho traer de la iglesia. Cuando la banca estuvo llena, hizo traer otra. Cuando la otra se llenó, fue por una tercera él mismo, y nos encomendó que no dejáramos ir a indio ninguno en lo que volvía con ella de la iglesia. Como en la iglesia no se usaban las bancas para las misas de indios, sino que las pegaban a la pared, dejando espacio para que se arremolinaran las multitudes, aquí, al aire libre, recién salidos de la ruinas del mercado, los indios se sentaban con exquisita propiedad e inmovilidad verdaderamente estatuaria, así que cuando el cura fue por la tercera y luego por la cuarta y quinta bancas, ningún indio no-bautizo intentó darse a la fuga, sino que algunos de los que habían dicho que sí habían recibido ya el sacramento se incorporaron abriéndose paso a empujones en las ya repletas bancas, no sé si buscando la comodidad del asiento de palo, o conmovidos, como ya lo estábamos nosotros, por el cuadro que formaban sus compañeros, el solemne friso de los que esperaban la ceremonia. Los más eran viejos, y mujeres. Había de dos o tres distintas etnias. Unas traían el pecho desnudo, mientras que otras se cubrían hasta las cabezas con oscuros rebozos. Unas traían faldas y blusas bordadas en colores brillantes, otras vestían completamente de blanco.

El domingo entero transcurrió rescatando a los compradores y vendedores de semillas. Cuando ya había caído la noche, presenciamos el bautizo colectivo. El cura les pidió en lengua que permanecieran sentados, y fue de uno en uno hablándoles en su idioma, mientras cantaba en lenguas indias que no imaginé que él conociera, bañándolos a todos con una jícara pintada, ligero como un bailarín y extremadamente contento, mientras todos los demás, exhaustos, lo mirábamos ir y venir sin comprender un ápice su júbilo.

Las hermanitas prepararon cazuelotas de pozole para la cena. Yo me fui a la casa, a escuchar, mientras caía dormida, el cuento de la abuela.

# EL CUENTO DE LA ABUELA

"Cuando vivíamos en la finca, todos los días primeros del mes, incluso el de enero, aunque fuera día sagrado, hacíamos el viaje para ir a visitar a la tía que estaba enferma del día y de la noche, y que por así estarlo tenía manchada en franjas la piel del cuerpo, y en zonas rayadas la de la cara. Los más maledicentes del pueblo le decían 'la cebra del Caribe'. Ella vivía no muy lejos de la casa de la finca, porque era dueña de la que le hacía límite hacia el sur, y había levantado la cabeza de la suya justo a la orilla para quedarnos lo más cerca. Le servía de poca cosa, porque sólo la veíamos una vez al mes; ir era toda una expedición, nos tomaba más de tres horas a paso muy rápido acercárnosle. El camino que salía de la casa de la finca sólo nos alejaba de ella, así que primero tomábamos vereditas maltrechas, pero más cerca de su casa ya no había ni siquiera eso. Siempre el mismo hombre era el que nos guiaba, cortando a machetazos lianas y ramas del camino con zarpazos rápidos y el aplomo de la bestia que troncha una margarita. Ni el ojo más experto podía haber adivinado la fuerza que tenía que imprimir a sus movimientos, ni la resistencia que le oponía la selva. Con elegancia, con un aire de mariposa flotando, columpiaba el machete y meneaba la cabeza haciendo bailar al sombrero de jipijapa, aunque se bañara en sudor por el esfuerzo. Tenía los brazos tostados, los músculos duros como troncos, las venas como talladas por la gurbia sobre sus rigideces. Salía de la finca con la camisa de manga larga, pero a medio trayecto se la arremangaba, sin temer los insectos ni las ásperas espinas ni las hojas que provocaban urticaria, sin protegerse del mosco del dengue y del temible piquete de la viuda negra, sin importarle si un alacrán le caía del cielo, envenenándolo como un rayo de queratina. Al llegar a casa de la tía se bajaba las mangas, se ponía las mancuernillas, y aunque lo cubriera el sudor seguía pareciendo un caballero imperturbable y elegante.

"Durante el trayecto no volteaba a vernos jamás, ni decía una sola palabra. Mi abuela lo llamaba 'el alemán', y nos contaba que de muchacho había andado pelando pirámides para fotografiarlas, pero que después había hecho un disgusto (cuya naturaleza jamás quedó muy clara) y no quería saber nada más 'de esos montones absurdos de piedras'. A la selva en cambio le prodigaba un amor que casi rayaba en fanatismo, como imagino ha de haber profesado antes por lo que terminó llamando, como ya dije, absurdos montones de piedras. Con la misma soltura con que lanzaba machetazos a diestra y siniestra —como si Dios lo hubiera creado para ese fin, así topara con las matas más correosas—, trazaba los dibujos en que representaba cada una de las plantas de la selva en grandes hojas de papel que se hacía traer de Europa expresamente. Después, las coloreaba con precisión y paciencia, les escribía su nombre, en otra hoja adjunta sus cualidades (olor, dimensiones, frecuencia y descripción de floración y fruto, etcétera), y pasaba a la siguiente, porque era una labor sin fin, con tanta yerba, tanta mata, tanto árbol y tanta flor que hay en la selva.

"Vivía, siempre vestido de punta en blanco, como para salir de fiesta, en un cuarto adjunto a la casa de la tía enferma del día y de la noche, y decía mi abuela que era su único consuelo. ¿Cómo la consolaba el alemán? Jamás los vi siquiera cruzar palabra. Un primero de septiembre que nos tuvimos que quedar a dormir en la finca porque se desató una espectacular tormenta, al caer la tarde el alemán entró a la cocina y sin decir palabra preparó una masa con una cantidad inverosímil de huevos, la batió profusa y enérgicamente y se afanó en freírnos unos buñuelos inflados, como bolitas huecas, que comimos con miel de hoja de higuera. Estaban exquisitos, y se lo dije:

—Me han encantado sus buñuelos, alemán. Muchas gracias —a lo que me contestó:

—No soy alemán, niña, soy austríaco.

—¿Pues dónde nació usted?

—Nací en el Vaticano.

—Ni alemán ni austríaco es usted. Por eso no se ha casado, si nació en tierra de curas y monaguillos.

—Mi papá era el apoderado del duque de Baden-Baden y estaba en esa ciudad arreglándole unos asuntos. Ahí pasó con su familia tres años, ahí nací yo, y ahí enterramos muy joven a mamá. Yo no había cumplido dos años cuando estábamos ya de vuelta establecidos en Baden-Baden. No tengo un solo recuerdo del Vaticano. Fui alemán. Cambié mi nacionalidad cuando vine a México de voluntario con las tropas del emperador Maximiliano, y aquí me quedé, a cuidar piedras y a recibir insultos hasta que cambié mi ojo hacia las plantas, y ya ve, a eso me dedico.

—El alemán no es tampoco austríaco —intervino mi abuela—, tiene tantos años aquí que es más mexicano que el tamal y el mole.

—Qué voy a ser yo el mole ni qué, si aquí jamás comemos de esa pasta.

—¿Vino con Maximiliano? Si es usted viejísimo... —le dije con legítimo asombro de niña.

Mi abuela me sorrajó una bofetada por impertinente.

—Déjela usté, tiene razón y no me ofende.

—A mí sí que me ofende. Usted es más joven que yo y si estoy para estos trotes no voy a soportar que me digan viejísima, imagínese, con lo que recorrimos hoy de la selva, con estos calores y tanto subir y bajar, cualesquiera huesos viejos se romperían, cómo iban a aguantar...

"Mi tía la enferma del día y de la noche tenía un síntoma central: no podía distinguir entre el uno y la otra. Una extraña dolencia la hacía insensible a la luz. Veía todo entre tinieblas aunque en sus ojos no había nubes ni cataratas, era un mal que tenía ella por dentro. Al no distinguir día de noche, tenía problemas para dormir, porque indistintamente estaba despierta o con sueño sin importar la hora. Pasaba a veces los días en camisones (bordados hasta la exageración), y aquella noche que nos quedamos varados en su casa la vi caminar entre sueños, vestida como para salir, muy elegante, cuando en el reloj de pie de la habitación daban las cuatro de la mañana.

"Era incapaz de fingir siquiera que compartía con los demás humanos el horario. Se concentraba en una sola meta que le impedía guardar las más elementales formas de educación: dormir. Para este objeto, se entregaba con un tesón admirable, desgraciadamente no muy bien retribuido, porque si estaba con suerte conciliaba cuando más una hora de sueño. Quince minutos era para ella el periodo más habitual, y después vagaba horas buscando descanso o cómo provocarse otro poco de sueño, caminando entre las brumas de su mal mirar, o tendida en la cama, divagando.

"Me daba compasión. Sufría demasiado con esa enfermedad tan horrenda que, dicen, contrajo por la picadura de un insecto de la selva. Debe de haberla obtenido al pasear con el alemán, yo me imagino...".

# EL EJÉRCITO

El siguiente domingo el ejército entró al pueblo. Minutos antes de que dieran las ocho de la mañana, cuando sonaban las campanas llamando a la segunda misa, llegaron a la Alameda cuatro camiones pintados de arriba a abajo de verde. Una cantidad incontable de uniformados bajaron armados hasta los dientes, retiraron los vehículos y se apoderaron del centro del pueblo sin dar ninguna explicación a nadie. Primero, hicieron una formación que impidió la entrada al atrio. El cura salió a ver por qué no tenía más feligreses que las dos viejas beatas que oían misa tras misa, como hongos adheridos a las bancas, y por qué los santos de la iglesia, las imágenes de la Virgen, las veladoras y los floreros se habían súbitamente desplomado sobre la superficie de altares, nichos y repisas. Completamente vestido para dar misa, las santas investiduras en dorado y blanco, se encontró con el ejército de verdes, atrás del cual, pensó, estaría su gente. Sin cambiarse de ropas, intentó avanzar entre ellos, pero cada uno de los soldados sostenía bajo su casco el rifle horizontal, formando una reja intraspasable. Pidió hablar con el general o coronel o el de mayor rango, pero nadie le hacía ningún caso, como si no supieran qué demonios quería decir general o coronel o rango. Lo miraban de frente por pura retórica, porque en realidad ni lo estaban viendo, concentrados en su estar firmes y con el arma bien acomodada.

—¡Ya se jodió la cosa! —nos dijo más tarde el cura que pensó en ese momento—. Otro domingo sin misas. ¿Qué le va a pasar a mi grey?

Yo me imagino, sin querer faltarle al respeto, que el cura más bien se dijo:

—¡Móndriga suerte! Ya se jodió la cosa, este domingo tampoco voy a poder cogerme a mi Pastora en nuestra hamaca.

Para colmo, al pobre cura le tocó sufrir una agravante. Al frente, la formación de hombres —bajo el sol tropical se estarían chamuscando sus cabellos adentro de los cascos que relumbraban— le impedía salir, pero tampoco podía pasar por la puerta lateral de la sacristía, porque habían estacionado uno de los camiones tan pegado a la pared que resultaba imposible abrir la puerta, así que se quedó atrapado con las beatas y con los monaguillos y con las infatigables hermanitas, sin poder largarse a desayunar, mientras le aullaban las tripas. A las once con catorce minutos, hora del reloj del centro (el que todos consultábamos, empotrado en un columnón de madera tallada, a la entrada de la mueblería de la calle Hidalgo que hacía esquina con la Alameda), los soldados comenzaron a desplomarse. ¿A quién se le ocurría ponerse metal sobre la cabeza con este clima?, era una insensatez absoluta. Nunca supimos a qué demonios habían ido al pueblo, aunque sospechamos que habrían escuchado la desgracia del mercado y que el gobierno central debió enviarlos con su tradicional eficacia a "auxiliar a los damnificados", pero esto fue sólo una conjetura, porque nadie aclaró nunca qué objeto tuvo esta brigada especial. De lo que a nadie le cupo duda es de que fue el sol quien los venció. El calor acabó con ellos, tumbándolos uno por uno.

Apenas cayeron, el cura, hecho un basilisco, salió del atrio, ahora él sin mirarlos, cruzó la Alameda y se enfiló al tradicional desayuno dominguero, sin manifestar ninguna piedad por los caídos. Nosotros y las tres hermanitas fuimos tras él pisándole los talones, y el resto del pueblo siguió su ejemplo: nadie se dispuso a ayudar a los insolados.

Pasó un buen rato antes de que despertaran de la siesta el resto de los soldados, dos en cada vehículo (chofer y copiloto) y bajaran a la plaza y encontraran a sus compañeros desvanecidos. Pidieron agua a todas las casas vecinas, exigiéndola sin amabilidad, y mojaron a sus soldados con cubetadas.

Cuando regresamos de desayunar, la Alameda chorreaba. En medio del vapor que el calor levantara presuroso, los soldados, mareados, daban pasos vacilantes, auxiliándose en los hombros de los únicos ocho enteros para subir en carácter de bultos a los camiones, envueltos en la bruma que ellos mismos habían provocado. Tardaron tanto que cuando el último subió ya no quedaba en la Alameda ni rastros de agua, ni nube de vapor, ni tampoco un soldado capaz de practicar la posición de "firmes". Salieron los camiones, cacareando. Quedaron algunas armas regadas en el piso que el cura ordenó llevar a la sacristía. Después, me pidió que hiciera correr la voz de que habría misa a las seis. A la hora de la hora, lo de misa fue pura retórica. Nos juntamos en la iglesia y el cura nos arengó con todo tipo de argumentos en contra del ejército, las armas, las guerras, predicando la paz con un largo y conmovedor discurso que ocupó tantos minutos como para comerse el tiempo de un par de largas misas. Cuando vio que su grey comenzaba a dormirse, echó un ojo al reloj y prometió la ceremonia para el próximo domingo. Ni qué decir que ese día no hubo paseo por la Alameda, los hombres girando hacia un lado, las mujeres hacia el otro, la orquesta no tocó y varios niños nos quedamos sin merienda porque los ojos se nos cerraban al llegar a nuestras casas. Quién sabe cuántas horas habló tan belicosamente el cura contra toda belicosidad (que no verbal), falseando incluso pasajes de la Biblia.

## LA TORMENTA ELÉCTRICA Y LOS SAPOS

Al amanecer del siguiente domingo cayó una tormenta eléctrica verdaderamente memorable que dejó tristes secuelas. El
kiosco central de la Alameda se incendió, como la máquina
para hacer helados, recién llegada al pueblo, por culpa del rayo
que cayó sobre la ceiba gigantesca que daba sombra al kiosco.
También la tienda que había al pie del kiosco del otro lado de
la nevería se quemó por completo. No quedó ni el aparador, ni
una sola de las mercancías. Hasta las latas se habían quemado.
El rayo había dejado intactas las bancas de la heladería, como si
ellas fueran para ser maltratadas solamente por el sol y el agua.

El pueblo entero estaba abrumado con este asunto. Para
colmo, nosotros perdimos una vaca. Llegó a la casa achicha-
rrada, a lomo de cuatro indios que la echaron sobre un largo
palo para transportarla. Sí que era cosa de ver, todavía con los
ojos bien abiertos, negra como la noche brillante o como el
carbón. Los cargadores insistían en meterla a la casa, la abuela
en que no, pero como en mi casa nunca hubo duda de quién
tenía la vara de mando, la depositaron sobre la acera. Apenas
le apoyaron sus cuatro patas sobre el piso, la vaca quedó prácticamente reducida a cenizas. Cuando los indios recuperaron
su largo palo, quedó en el piso una pila de negruras y un trozo
reconocible de cabeza desde el que el ojo de la vaca parecía
seguir mirándonos. Fueron muchos los testigos de su desmo-
ronamiento.

La abuela tuvo un ataque de ira por "tanta mugre que me vinieron a traer estos buenos para nada", pero los indios ni se inmutaron con su reprensión. Habían venido cargando la tostada vaca desde la finca para que no los acusara la abuela de ladrones y los hiciera azotar con varas, según costumbre. Al capataz no habían conseguido despertarle, porque el día anterior había festejado su cumpleaños, llenándose tanto el cuerpo de ron, que ni la tormenta eléctrica ni los llamados de los indios lo sacaron de su etílico sueño.

El camión foráneo de nueva cuenta llegó horas tarde. Los niños corrimos a ver qué había pasado. El chofer venía demudado y pálido. Los pasajeros parecían aterrorizados. Se sentaron en las bancas de espera y se tomaron su vaso de refresco antes de poder contestar a nuestras preguntas, "¿pues qué les pasó, oigan? ¿Qué vieron?, ¿por qué llegan tan tarde y con esas caras?".

La pasajera más vieja fue la que habló primero:

—Yo la verdad ya había visto una, sólo que ahora con el ruidero del camión…

—¿Cuándo la vio? —le pregunté, sin saber siquiera de qué hablaba.

—Creo que he de haber tenido tu edad, niña. Era una tarde de lluvia. Venía a caballo con papá. Regresábamos (me acuerdo muy bien), ¿cómo iba yo a olvidarlo?, del entierro de mi mamá, pobre —se persignó—, Dios me la guarde en su gloria. La habíamos llevado a su pueblo, y veníamos de vuelta al nuestro, cuando de pronto la vimos cruzar el camino frente a nosotros y pasar, pasar, pasar, y pasar y pasar antes de que le saliera la cola de la otra orilla del camino. Así como si nada se perdió en la espesura. El caballo ni le relinchó, obedeció a la orden de papá, el Dorado fue un caballo muy noble. Nos quedamos los tres inmóviles mirando a la gigantesca nauyaca, tan callados que ni supo que ahí estábamos mirándola pasar y pasar, y pasar y pasar, interminable de larga. Por eso no nos ahorcó. Pero al camión, ¿cómo se le calla? Ahí estaba, bufando con todo su ruidero, eso fue lo que pasó.

—La de hoy era demasiado grande, se había oído decir de unas inmensas, pero esta medía a lo menos once metros.

—¡Qué va! Lo menos medía quince.

—¡Por mí que más!

—No quería pasar. Se quedó ahí nomás, frente a nosotros, alzando su horrenda cabeza de víbora.

—Pues claro que de víbora, ¿de qué más?

—Y se enrollaba la muy fresca, se enrollaba en el camino.

—Le debimos echar encima el camión.

—¡Cómo no! Se hubiera enroscado al camión, lo habría tirado y a todos se nos habrían roto las cabezas.

Se habían soltado a hablar al unísono, cada uno con sus versiones y sus opiniones, y por más grande que fuera su nauyaca yo dejé de ponerles atención y regresé a la casa.

Seguían limpiando la vaca quemada. Las cenizas eran grasosas, y como era domingo no estaba la hábil Ofelia; sólo había conseguido la abuela a dos muchachitas del pueblo que fregaban y tallaban.

—Si quieren mi opinión —dije para mí, pero en voz bien alta— esa mancha nunca se va a quitar.

—Tú no sabes nada —alzó la cara una de las dos niñas, tal vez menor que yo—. Nosotras hemos quitado cosas peores.

—¿Te acuerdas cuando limpiamos el cuarto de los Álvarez? —le preguntó la hermana (debía serlo, eran idénticas), haciéndose su cómplice. Y añadió mirándome—: los habían matado a todos a machetazos, y todo estaba lleno de sangre y de trozos de cerebro; el piso, las paredes, las ventanas, el colchón. Lo limpiamos todo, mi hermana y yo. Lo dejamos como tacita de plata.

—Como pátina de altar.

—Nos tardamos unos días, pero de tanto tallar y tallar todo quedó como nuevo.

—Tiramos el colchón.

—Pues sí, lo tiramos.

—Le tallábamos y tallábamos y nomás le salía más sangre. Por mí que había alguien adentro, que quién sabe cómo le habían metido por dentro un muerto. Así que mejor lo tiramos.

—Lo malo es que un chamaco lo enterró atrás de la casa.

—Lo bueno es que ahí donde lo enterró se llenó de hortensias. Ya sabes que las hortensias beben sangre, ¿verdad?

—Lo malo es que los últimos días que estuvimos ahí limpiando, el muerto del colchón se nos aparecía.

—Nos jalaba los pies.

—Pero ni así dejamos de limpiar, hasta que todo quedó bien limpio.

—Le echábamos jabón Fab aquí, Fab allá y talle y talle...

A todo asentí sin rebatirles, aunque no les creía ni pío, y me metí a la casa. Era hora de arreglarse para el paseo dominical. Amenazaba tormenta. Mamá estaba ya lista para salir a pasear a la Alameda, y la abuela la reprendía, alegando que era una necedad pensar darle de vueltas al kiosco chamuscado, que eso sí que estaba mal, que hoy de seguro ninguna mujer decente se atrevería a ir a la Alameda, cuando se soltó a llover y de qué manera.

Entramos a la sala de la casa, entraron también las dos chamaquitas limpiasangre. Dulce corrió a su cuarto y la vieja Luz se quedó en la cocina. La abuela dejó de discutir con mamá y empezó a contarle no sé qué historia. Las limpiasangre me hablaban en voz baja, otra vez del que jalaba pies en el cuarto de los Álvarez, cuando de pronto todos los sapos que Dios puso en esta parte del mundo comenzaron a saltar y a estrellarse contra las ventanas de la casa que miraban al río, y contra las paredes, y contra cuanto había, y cayó la noche sin que dejara de llover agua y sapos a la par. Ya no hubo truenos ni rayos, pero fue peor, porque nada iluminó ni por un momento la atrocidad que se prolongaba volviéndose más siniestra al hacerse más nocturna.

El lunes me fui a la escuela a la hora normal, desvelada pero puntual. Todas las alumnas hablaban de los sapos estrellándose, nadie se acordaba ya de la vaca carbonizada ni de la nauyaca, y lo del kiosco amenazaba hacerse tan pronto costumbre. Todo era hablar de sapos para aquí y para allá. Una de las grandes dijo en el patio que todo era culpa del cura, que era porque hacía cochinadas con las monjitas. Aunque yo era mucho más chica, me atreví a discutirle, le dije que eso que ella había dicho era mentira de los pies a la cabeza, que el padre Lima no hacía ninguna cochinada con las hermanitas, que yo las conocía muy bien, y que la boca se le iba a hacer chicharrón por mentirosa. Ella me contestó que yo era muy niña, y me espetó:

—A ver, ¿qué son cochinadas?

—Cochinadas es colgarse de la hamaca un hombre y una mujer desnudos mientras que se ponen a gemir como puercos en el matadero y a chuparse, a lamerse, pellizcarse y…

Todas se echaron a reír, interrumpiéndome. No volvieron a hablar mal de las hermanitas, y decidieron echarle la culpa de la tormenta eléctrica y de sus réplicas (la nauyaca y la vaca) a la moda de mascar chicle-bomba durante las mañanas, que la semana anterior se había instalado en la escuela.

A la salida de la escuela, todas nos habíamos convencido de eso, y no había una sola alumna con chicle-bomba en la boca. Me sentía extrañamente alegre y victoriosa. Las hermanitas habían salido impolutas y el cura seguía siendo respetable gracias a mi intervención fabulosa (¿cómo se habían dejado engañar tan fácil? —me decía adentro mío—. Estaba segura de que ninguna sabía qué era lo de hacer cochinadas, como tampoco yo, pero mi versión, por rara, les había parecido verosímil). Una de cal, me decía para mí, por las que van de arena, y por unos momentos me sentí como una niña luminosa y llena de bien, como un ángel. Cuando entré a la casa, me di cuenta de que las limpiasangre se habían multiplicado. Un verdadero ejército tallaba vidrios y paredes. No un ejército ridículo con las cabezas galvanizadas, sino uno de indias limpionas. Bajé al lado del río y vi que en cada casa se repetía la misma escena que en la mía. ¿De dónde había salido tanto indio a limpiar?

Los habían traído de las fincas, separándolos un día de los campos de cultivo, de los potreros y cafetales. Al caer la tarde, entraron al patio central a cenar de una enorme cazuela de pozole que les había preparado expresamente la vieja Luz. Fue una de esas muy escasas noches en que la abuela no contó historias. Las dos entraron a mi cuarto, cerrando la puerta con el pasador, y ahí la peinó mi nana Dulce en silencio, mientras los descalzos entonaban a la intemperie cantos indios a la Virgen, antes de acurrucarse a dormir sobre el piso.

Canciones, lamentos, maullidos solemnes prolongaban las notas y las sílabas, transmitiendo un dolor ancestral y recordando un pesar muy antiguo, mucho más añejo que la Virgen, penetrándola de su necesidad de amparo, de una desnuda bondad melancólica, tan desnuda y tan buena que provocaba miedo.

Cuando desperté a la mañana siguiente, no había huella de indios. Se los habían llevado en camiones de redilas a sus lugares de trabajo, y los que no habían cabido ya habían emprendido su regreso a pie. En cambio, había reaparecido el campamento gitano. Cuando regresaba a casa, no recuerdo de qué diligencia, una de las gitanas me detuvo:

—Oye, tú, niña.

Tenía estrictamente prohibido platicar con las gitanas, porque, según la abuela, robaban niños, los escondían con ganchos bajo sus anchas faldas y los llevaban a mendigar a países lejanos, sacándoles a algunos los ojos, si los tenían feos, y a otros durmiéndolos con pócimas de noche y de día. Además, decía, las mujeres no conocían la decencia y los hombres eran unos ladrones.

—¿Sabes por qué se quemó la vaca de tu rancho? —me preguntó la gitana, descarada, mirándome directo a los ojos, quién sabe qué le daba el derecho de hablarme de tú a tú.

—Porque le cayó un rayo —le contesté de la misma manera.

—¡Qué va! ¡Si serás pende…! —aspiró la última sílaba.

—Nada de tonta, ni me diga. La vi con mis propios ojos, no me trate usted de engatusar.

—Se puso así por comer mangos.

—Ay, gitana, deveras que tú no tienes nada en la cabeza. ¿Qué tienen que ver los mangos con la quemazón?

—Sí tiene que ver, es muy sencillo. ¿A poco crees tú que en todo el mundo se comen los mangos? Esta vaca quién sabe de dónde la vinieron a traer…

—Era fino ganado cebú, aguanta todos los climas, vienen de la India…

—Seguro que de donde vino no había mangos. Probó uno, le gustó (¿pues a quién no?), y seguido el otro, y otro y otro más, hasta que se le fueron cociendo todas las tripas, y por último la carne y la piel, hasta quedar quemada de arriba a abajo, por adentro y por afuera. Les pasa lo mismo a las güeras como tú que comen de más lo de estas tierras… ¡Ten cuidado, niña, cuidado! ¿Quieres que te lea tu suerte? Dame una moneda y te leo tu futuro, ándale, dame la mano, ahí la sé ver.

Le entregué la mano a la gitana. La miró atentamente. Cerrándomela, me dijo viéndome a los ojos:

—No te la leo. No me gustan las monedas de los que tienen tu suerte. Y no comas mangos más, que a mí me parece que ya tienes la mitad del corazón amarillo y la otra llena de cuero tostado, me parece…

## LA VIEJA LUZ

Al siguiente domingo, la vieja Luz amaneció con las llagas de Cristo. Sin darles mayor importancia, se sentó en su silla de palo a trozar con su molino de mano el café recién tostado, pero como no le podía dar vueltas a la manivela porque se le atoraba donde los clavos, se echó a llorar. Llorando la encontró la abuela, y mandó llamar de inmediato al doctor Camargo que apenas la vio hizo traer al cura. Ya para este entonces, la vieja Luz levitaba con todo y silla de palo e insistía en palmear las manos para que cantáramos ella y yo juntas, según costumbre, mientras mi abuela la reprendía porque salpicaba sangre en la cocina. A pesar de los regaños y las llagas, la vieja Luz no dejaba de sonreír de lo más placenteramente. "¿No te duelen las llagas?", le pregunté. Y ni me contestó. Era obvio que no, y que para ella eso no eran llagas sino señas de Cristo. Su blusa estaba empapada de sangre.

El cura se mesaba los cabellos porque ya veía venir que se le iría otro domingo sin misas y sin hamaca. "Tenía que ser domingo —decía para sí, pero alcanzábamos a oírlo—. Este hermoso milagro tenía que caer en domingo". La vieja Luz sintió ganas de orinar y aterrizó su silla suavemente en el piso, y con sus frágiles e inseguros pasos, ayudada por mi nana Dulce, se dirigió al baño. Tardó más de lo habitual. Cuando Dulce forzó la puerta del diminuto cubo sin ventanas para ver qué le pasaba a la viejita que ni contestaba ni salía, se encontró con que Luz no estaba. Al pie del excusado descansaba la ropa de la viejita, los zapatos, la larga falda gris, la blusa, el fondo, los calzoncillos, las marcas de sangre que habían dejado sus ensopados zapatos; eso era todo. La negra Luz se había disuelto en orina. La nana Dulce, sin resignarse a perderla, llamó a la concurrencia que poblaba la cocina pidiendo auxilio para dar con ella, al cura, al doctor, a la abuela y a mi mamá, a las vecinas y las tres hermanitas, que se asomaron al cubo del baño sin comprender, hasta que vieron la ropa y en la taza del baño los orines. La abuela y el doctor inspeccionaron cautelosamente, mientras las tres hermanitas cantaban un loado sea Dios en latinajos, el cura rezaba en voz baja y las vecinas corrían a dar la nueva por el pueblo. La vieja Luz no se había podido ir por ningún resquicio simplemente porque en este baño no lo había. Se convencieron de que su fuga era completamente imposible, jalaron la cadena, juntaron sus ropas, y el cura mandó pedir que tocaran las campanas a muerto. Mientras las escuchaba, se enfiló a la iglesia, presuroso a dar misa. Habían dado ya las nueve de la mañana y la iglesia estaba atiborrada de feligreses blancos e indios, inusualmente mezclados, que tenían hasta dos horas esperándolo en medio de rumores de todo tipo que incluían y no a la vieja Luz. El cura explicó desde el púlpito cómo había sido su fin, y cómo había muerto con olor a santidad, sin aclarar que éste era más bien a orines.

A pesar del buen signo augurado por la santa y vieja Luz, algo ocurrió durante la semana que escapó a los ojos de una niña, pero que forzó al cura a tomar una decisión que vino a hacer pública en la casa la noche del jueves: de ahora en adelante el séptimo día de la semana él se quedaría en Agustini. Ni el cura, ni mamá, ni yo, regresamos jamás a la rutina. Él optó por dividir sus misas en tres días: el domingo se quedaba en su parroquia, sábados y viernes iría y vendría, ampliando todavía más el área de su predicación. El viernes lo acompañaría mamá. El sábado, que era día de limpieza, la abuela no lo hubiera permitido, pero el cura ni se lo pidió, sólo nos avisó que ese día él viajaría solo, hacia quién sabe cuántas rancherías.

# DIOS DESCANSÓ

Al siguiente, décimo domingo de esta resma, infiel a las tradiciones hasta en el número que debe corresponder al día de reposo, el dios de mi pueblo descansó, permitiendo a la rutina retomar su propio y matinal curso, como si sólo esperara la decisión del cura de no viajar más conmigo los domingos para detener la maquinaria de enojos y prodigios. Lo mismo hicimos nosotras tres, emulando la actitud divina.

Las misas fueron dedicadas fúnebres a la vieja Luz, convertida espontáneamente en doña Luz. Las de los indios llenaron la nave de la iglesia de flores, cantos, danzas y el perfume del copal, que no se esfumó ni cuando los monaguillos acomodaron las bancas para la misa de nueve, a la que llegamos todos vestidos de riguroso luto. En el atrio, los indios habían dejado una hermosa alfombra de flores y granos de distintos colores. Adentro, la nave estaba llena de velas y de ramos de cempasúchil color naranja al pie de los muros y las columnas. El perfume irremovible también ayudaba a dar a la ceremonia un ambiente conmovedor. Pasé la misa lagrimeando por mi viejita, recordando los caramelos, las palmadas, el flan, el asesinato de las gallinas y las tortugas, sus cantos y los bebés berreando sin energía. Dulce lloraba inconsolable, y cuando salimos se quedó atornillada a su duelo y a la banca. Ahí la dejamos para que llorara a gusto, y nos fuimos a la casa del cura. Después del desayuno (en el que las hermanitas, vestidas también de luto, volvieron a discutir sobre el bordado del mantel, con tanta concentración y vehemencia como si fuera consejo papal), nos sentamos en las bancas y las hamacas del jardín del cura, del otro lado de los laureles y las matas de flores del paraíso que celaban las hermanas, donde rozaba el río, a ver correr el agua y mecerse ociosas las lanchas de los pescadores, conversando sin rumbo fijo. La abuela también se sentó con nosotros, contrario a su costumbre de salir huyendo. Escuchó hablar a las hermanitas, al cura, a mamá y a mí, sin intervenir en la plática. No dijo ni pío, hasta que de pronto comenzó:

"Pues verán ustedes…".

## EL CUENTO DE LA ABUELA

"Han de saber que una vez gobernó estas tierras un hombre que no había nacido en el país sino en Cuba, en los tiempos en que ir y venir a La Habana era más sencillo que ir a Villahermosa, porque no había pangas para cruzar los ríos, había que dejar el caballo en una orilla del Tancochapan y conseguir montura en la otra ribera, y así de nuevo en el río Mezcalapa, y ni qué decir del Grijalva y del Usumacinta, si había que atravesar los dos mares para llegar a la ciudad, que entonces ni Villahermosa se llamaba, era San Juan Bautista. Y ni digo nada de ir a la Ciudad de México, que como estaban entonces los caminos, no había manera de llegar allá nunca.

"Este hombre, Francisco Sentmanat, casó con una de las hermanas de mi abuela, la hermana mayor; pobre, qué vida fue a tener. Se casó por amor, no por conveniencia, aunque cuando llegó al matrimonio más de uno pensó que era la ambición lo que la llevaba al altar, porque entonces Sentmanat era el dueño de Tabasco; nadie le decía no, él dictaba en todo la última palabra. Creo que por su parte también se debió enamorar de mi tía Dorita, porque si no, pues cómo se explica, ¿verdad?, tan lleno de muchachas por qué se iba a atar a una que era menos rica que él y que además dicen ni era tan hermosa. No que fuera fea, de las hermanas de mi mamá ninguna era fea, pero Dorita, no es por nada, fue la menos dotada, no era notoria ni por sus ojos, como Sara, ni por la piel de muñeca que tuvo mi abuela, ni por la cintura de mariposa de la Nena, en fin…

"Resulta que este Sentmanat hizo lo que le dio la gana hasta que sus abusos le colmaron a todo el mundo la paciencia y lo echaron fuera de Tabasco. Era un tirano, es la verdad; lo tengo que decir aunque estuviéramos emparentados con él. Por una parte, declaró la independencia de Tabasco, diciendo qué es lo que nos convenía, y bueno. Pero por la otra, estuvo pinche y pinche, jeringando a diestra y a siniestra, creyéndose yo no sé con qué derecho, porque era caprichudo y ambicioso y tenía un carácter que por una cosa cualquiera asesinaba o tomaba a la gente prisionera, fuera quien fuera. Además, por mucho que quisiera a la tía Dorita, hacía suya a cualquier mujer que se le antojase, como si en Tabasco todas fuésemos indias que uno puede tumbar entre las cañas y los cafetos sin haber consecuencias. Aumentó bárbaramente los impuestos, puso tierras de éstos y de aquéllos a su nombre, hubiera finca o no, volvió insoportable su régimen, por lo que hasta la familia que era de él, la nuestra, la de los Ulloa, se volvió en su contra. Ya hacía tiempo que desde la capital del país se le había declarado ilegítimo, pero eso qué demonios iba a importar entonces acá, si les quedábamos muy lejos, como ya les expliqué. Más consecuencias si La Habana o Mérida nos hubieran declarado la guerra, pero eso no pasó, Sentmanat era íntimo amigo del gobernador de Yucatán, y hacía una cantidad innumerable de negocios con los cubanos y los españoles de la isla. Pero el caso es que los Ulloa y otros tabasqueños terminaron por echarlo fuera, habiéndose Sentmanat ganado a pulso la expulsión con tanta barbajanada y tropelía que ni tiene sentido contar.

"Se fue a vivir, con todo y mi pobre tía Dorita, a Nueva Orleans. Dicen que tenía una casa muy bonita, tres se construyeron en San Juan Bautista imitándola, una es la de mi tía Nena, hermana de Dorita, cuyo marido había tomado como un asunto muy personal derrocar al gobernador Sentmanat, y no es que el marido de la Nena fuera especialmente buscapleitos o envidioso, sino que Sentmanat se lo buscó. Porque no contento con ser el mandamás de todo cuanto había en el estado, y con dar él la última palabra siempre, y con ser él la ley y el orden, declaró como propias tierras que eran de toda la familia, y peor aún, las de gente que ningún parentesco tenía con él, bastaba con que hubiera en ellas árbol del caucho. Sentmanat era amigo de unos alemanes que habían venido a ordeñarlo, olfateando el negocio que era, porque Europa había descubierto su utilidad en mil modalidades (peines, zapatos, bolas de billar, botones, cubetas, objetos aisladores de la electricidad, cajitas, mangos de cuchillos, etcétera), y sumando números, vio que con esto haría una fortuna, y se declaró dueño de las tierras con árboles del caucho.

"Así que se fue para Nueva Orleans, se hizo una casa fabulosa, y todos pensamos que ahí acabaría la historia de Sentmanat con nuestras tierras, pero no le habíamos tomado bien la medida, que él no se hacía chiquito ni porque Tabasco entero le hubiera manifestado su repudio, así que les he de contar (y ya me voy a dejar de andarme repitiendo) que organizó una expedición filibustera, armó dos barcos en el río Mississippi, cruzó el Golfo de México, entró por Paraíso, donde tenía como aliados a sus amigos alemanes, llegó a San Juan Bautista y lo tomó; fue un asalto por sorpresa, no es que fuera tan hábil estratega, era un ser más bien de impulsos y caprichos, y meditar dos veces las cosas era algo que no se le daba. A él le hervía la sangre y le rechinaban las arrugas del cerebro, pero pensar, tramar con inteligencia un acto, no iba con su manera de ser. Pero eso no podía durar muchas horas, cómo iba a ser que la capital de la región cayera en manos de piratas, por más que nos encontrara de bajas, porque mientras él se había ido a Nuevo Orleans a poner casa, a armar los barcos filibusteros, aquí había caído una epidemia de fiebre amarilla, que fue cosa terrible, de la que murieron muchos, y que era espantoso contraer. Al principio, sólo daba fiebre, era como un ligera gripa con malestares estomacales y una congestión notable, pero después, si no cedía en esta primera fase, el enfermo presentaba ojos brillantes y le daba fotofobia, y si no paraba aquí la enfermedad ya podía esperarse el peor de los desenlaces, porque venía un ataque de ansiedad, vómitos, erupciones y urticaria, hasta que aparecía el vómito negro, como poso de café, y los delirios. Por más que se diera morfina para los dolores del estómago, y que se cohibieran las hemorragias con preparados de adrenalina, no había nada eficaz contra la enfermedad, ni contra las convulsiones, ni que detuviera los sangrados, y la muerte llegaba inevitable. Dicen que los cadáveres (me lo dijo mi tío Juan, que entonces estudiaba en la escuela de medicina) tenían lesiones en el duodeno y ulceraciones en el corazón. Si mal se veían por fuera, mucho peor quedaban por dentro.

"Pero aunque hubiera habido aquí la epidemia de fiebre amarilla, aunque hubiera diezmado a los jóvenes y los maduros, porque no daba ni a viejos ni a niños, los niños mismos se armaron contra Sentmanat. Fue un ejército de chamacos el que lo venció y el que sin esperar juicio ninguno lo llevó en caliente a fusilar a Talpa, adonde llegó con el cuerpo en jirones, las piernas deshechas porque lo habían llevado arrastrando, jalándolo como a un bulto con una cuerda, dando tumbos, más muerto que vivo, si hubieron de fusilarlo acostado porque ya no había cómo ponerlo en pie, y dicen que aunque pensaron atarlo a una cruz, de inmediato hicieron a un lado la idea por creerla inconveniente, que Sentmanat era un pillo de pe a pa, mientras que la cruz evoca la memoria de Cristo. Cuando llegó a San Juan Bautista el correo del señor Mac-Intosh —el que ideó cilindrar el caucho entre dos telas, el millonario inventor de las impermeables, que también tenía fábricas de esponjas de caucho y que era socio de Sentmanat en varios negocios y amigo personal de presidentes, uno de los hombres más ricos de la tierra—, cuando llegó su correo pidiendo clemencia, el fin de Sentmanat estaba hecho. Dicen que pasado el alboroto que trajo su muerte, las hermanas de mi abuela y de mi tía Dorita se embarcaron en las mismas goletas en que había él venido de filibustero, se dirigieron a Nueva Orleans, llegaron directo a casa de mi tía y la saquearon, llevándose cada una lo que era de su gusto, que si vestidos, que si muebles, que si joyas, que si objetos o cuadros, mientras que Dorita lloraba y les pedía piedad, recordándoles que ella era su hermana, '¿hermana de quién?', le contestó Sara, 'si cuando tu marido dejó a mis hijos sin un centímetro de tierra, no tuviste corazón para defenderlos; hermana no sé de quién serás, pero mía no; sólo vengo a agarrar lo que es mío, lo que tu marido y tú ganaron con mis tierras, haciendo negocios con los alemanes. Esto es lo que te compraste con los panes de caucho que tu marido y sus secuaces iban a vender a Europa en los barcos de los ingleses'.

"Volvieron con las goletas cargadas de tesoros. De ahí tenemos nosotros el jarrón de la dinastía Ming que está en la sala y otras cosillas, aunque mi abuela no fue, porque todavía era niña, pero las hermanas le reservaron su parte, porque todas las Ulloa tenían mucho sentido de justicia. Yo creo que a su manera, hasta Dorita.

"De esa pobre no se supo nada más. Dicen que se decía que se dio a la vida ligera, pero la verdad es que yo no lo creo, para mí que son puras habladurías, si era una Ulloa a pesar de todo, cómo creen que se iba a dedicar a eso, ni que fuera una nacida en la calle, sin nombre, sin orgullo, sin madre ni padre. Ya suficiente pena tenía la pobre con soportar perder al marido, doble pesar porque fue de esa manera y no tener más el afecto, el cariño, el respeto de su familia, como para todavía irle dando vuelo a la hilacha.

"Pero dicen que se decía que en el pequeño barco en que ella y Sentmanat dejaron Tabasco, cuando ya no soportamos los abusos del marido, ella recorría el Mississippi, ofreciendo piernas y brazos y todo lo demás a diestra y siniestra, reclutando muchachas de las que también sabían hacer negocio, y que se hizo tan rica que aquella casa que fue de admirar no podía ni compararse con la que después se construyó en Baton Rouge, cuando le dio por hacerse pasar por francesa, ya gorda y vieja, inflada en billetes mejores que los bilimbiques que mis tíos acumularon para después sólo alimentar el horno del pan, porque llegaron a tener baúles llenos de dinero que perdió valor sin previo aviso. Un desastre, este país es un desastre…".

## LA PLAYA

El jueves de la siguiente semana, día feriado, mamá tuvo la ocurrencia de llevarnos a las tres a la playa. Le pidió al cura su coche prestado, que él ya le había enseñado a conducir, y la vimos
manejar por primera vez, con un aplomo y un estilo varonil
que no le habíamos imaginado. Se puso un hermoso vestido
blanco de algodón bordado, con una cinta azul cielo a la cintura, tal vez un poco pasado de moda pero que la hacía verse muy juvenil. Estrenó unos lentes oscuros "para ver mejor
en la carretera", que le quitaban todo aire demodé. Y se pintó
la boca de un rosa pálido y ligeramente nacarado, del mismo
tono que sus uñas, siempre impecablemente manicuradas por
las muchachas del salón de belleza, que la adoraban, "Tu mamá
es una dama, ¡es tan fina…!". Al cuello se echó una ligerísima
mascada blanca casi transparente. La abuela se puso un vestido
de fondo blanco, pero plagado de marcas oscuras, con botones al frente y manga corta. Las dos llevaban sombrero de ala
ancha, mamá blanco y la abuela gris. Tomamos el camino de
siempre, pero nos desviamos hacia el que llevaba a Villahermosa. El asfalto me pareció en condiciones impecables, y aunque
sólo tenía dos carriles, era a mis ojos una carretera espaciosa
y moderna, sobre la que íbamos, me pareció, casi volando. La
abuela, que opinaba en esto como yo, se quejaba de la velocidad, mientras que yo, con cada uno de mis poros y con la
boca abierta, la agradecía. A la derecha de nosotras empezaron

a aparecer largas hileras de dunas brillantes, casi doradas, que se alternaban con plantíos de papayas, matas de plátanos y palmas cocoteras, todo alineado por el hombre y por madre natura como para ajustar una vez más nuestra visión de la realidad antes de que el desorden del mar nos instigara a desquiciarnos por completo. El chicozapote empezaba a crecer en medio de las grandes ramas de sus inmensos árboles, una dura piedra brotando desde las yemas de las hojas, como una aberración anómala en el centro de las tupidas varas. Los mangos colgaban de sus espesos árboles, amarilleando el follaje aquí y allá. Las ceibas gigantes acogían un sinnúmero de orquidáceas y de trepadoras, pequeños universos de variedades verdes. Los changos pasaban en grupos columpiándose a la vera de la carretera, y hubo un momento en el que la parvada de flamingos siguió nuestro camino, graznando en nuestras cabezas.

Pasamos un pueblo de nombre Tamarindo, miserable, crecido al amparo de la carretera, lleno de puestos de venta, probablemente inventado de improviso con el único objeto de vender comida y refrescos a los paseantes. Ni un árbol de tamarindo, por cierto, se podía ver en su única calle, pero en cambio sí comer manos de cangrejo, rebanadas largas de plátano macho fritas, o beber jugo de piña recién prensado. Cruzamos Paseo de Varas y Chalchihuacan, fundaciones más serias, con su iglesia colonial y la alameda al centro para que sus jóvenes pasearan buscando amor y con quién hacer familia.

Por fin, llegamos al mar. Nos recibieron primero los restoranes de mariscos con sus músicos ruidosos, asentados en palapas de piso de cemento y mesas de metal sin manteles que les prestaba alguna fábrica de cerveza, a cambio de que los anunciaran, de las que dijo mi abuela "yo no como en esas puerquezas".

—No, mamá, ni te preocupes, no te voy a sentar a comer ahí, tengo otra cosa planeada.

La arena era clara y fina, el mar azul oscuro. Como era día de asueto, había un gentío jugueteando a la orilla del mar, niños, mamás, las abuelas: abundaban las manatíes en fondo de nylon transparentado por el golpe de las olas dejando ver sus pechos gordos y gigantes, como voluminosos cuerpos adheridos por venganza a ellas, algunas barrigas descomunales, muslos desorbitadamente inmensos, según mi criterio de niña. Las manatíes eran felices, los niños aullaban revolcándose de alegría, las mamás sonreían, los papás boca abajo dejaban que la arena se les colara en los calzones sin inmutarse. Vivían al mar con una exaltación animosa, como la mayor de las fiestas. La abuela los observó a todos con desprecio, desde la palapa en que nos habíamos hecho acomodar por dos muchachos diligentes. Sorbíamos agua de coco fresca.

—Cómo se atreven a nadar en esas fachas, no me lo explico —dijo la abuela—. Para eso hizo Dios los trajes de baño, gente ignorante que ni siquiera sabe que existen.

—Ay, mamá, deveras, cómo dices eso. Los trajes de baño son carísimos.

—Pues entonces que no naden.

Un niño en calzoncillos recogió de la arena un popote usado, y con él se improvisó una cerbatana con la que le arrojó a la abuela un proyectil de papel bien merecido. No la había oído, su instinto le decía con justeza que debía atacarla. La abuela no sintió lo que le había caído en el pelo, y yo miré al niño con ojos fulminantes, temiendo lo peor si ella se daba cuenta. El niño salió corriendo, muerto de risa.

—Tú no sé qué tienes, siempre defendiendo a los mugrosos, ni falta les hace, bien que se saben defender solos. Son el mal del país y tú todavía…

En lugar de oírlas enfrascarse en alguna discusión, me levanté de la silla, me quité el vestido y en mi traje de baño corrí al mar. Dejé a los pelados en la orilla, revolviéndose con sus papás enarenados y sus manatíes, y como una sirena me fui nadando, mientras la abuela y mamá me daban voces para que volviera. Yo, ni en cuenta. Seguí nadando hasta que llegué a la segunda playa, la que se formaba mucho más allá, a unos cien metros de la costa. Las vi entonces haciéndome señas con los brazos, y supe que tenía que volver, porque me llamaban con exagerada insistencia. Bajo mis pies, la segunda playa estaba cubierta de conchas y estrellas redondas de mar (¿por qué demonios llamamos a esas redondeces estrellas?), y pensé que debía regresar al rato a buscarlas. Quién sabe qué les picaba a esas dos que me gritaban tanto. Me eché un clavado y nadé hacia la orilla. Cuando toqué piso di pasos largos para salir y reunírmeles, porque las dos me gritaban que me apresurara, las caras desencajadas, desgañitándose.

Escurriendo agua del mar me di cuenta de que no eran sólo las dos histéricas de mi familia quienes veían con preocupación que yo saliera, y giré la cara al horizonte. Sobre el mar se extendía otro manto de mar, una enorme sábana de color más claro, que frente a mis ojos se comió la playa falsa en la que acababa de estar.

—Niña —me decía la abuela—, pero qué imprudencias las tuyas, te podías haber ahogado, a quién se le ocurre meterse hasta allá, es una sandez.

Si no era para meterse, ¿para qué más era el mar? Me despegué de las dos regañonas y oí explicar aquí y allá que esto pasaba a menudo, que esa ilusión de playa desaparecía tan pronto como aparecía y que no debía uno fiarse porque el manto de mar que caía sobre la superficie ahogaba a cualquiera en el banco de arena. El agua se había tragado a tantos ya; no había quién llevara la cuenta. Les conté a los que se dejaron que había visto aquella playita cubierta de hermosas conchas de colores, de estrellas y de erizos. Una morenilla de mi edad se rio al oírlo:

—¿Y de qué te asombras tú, güerita? —me dijo—. ¿Qué crees que tiene el mar abajo? Pura concha que no sirve para nada. ¿O te vas a sentar a hacer collares como los indios, y a venderlos para que se los cuelguen los gringos?

Comimos en un restorán de manteles blancos que había un poco más adelante. Nos esperaba uno de los primos de mamá, un necio que insistía siempre en matrimoniarse con ella, y que mamá conservaba como una especie de novio informal, tal vez (lo pienso ahora) para alejar todas las sospechas de su amor con el cura. ¿Qué ocultaría él a su vez? Nunca lo supe, algo tenía su aspecto que enfriaba la columna. De su hermano bien que conocía yo (y todo el pueblo) su historia. Era piloto, tenía una mujer muy hermosa a la que golpeaba de vez en vez, con la que había procreado seis hijos, mis primos, rubios gitanos por ir siempre de la seca a la meca, de casa de la abuela a casa del padre, porque a cada rato caía la tormenta y la mamá dejaba al marido, pero siempre volvía con él. La tenía atada con la magia escalofriante de su familia.

Al regresar, las llantas del coche del cura iban pisando cangrejos que corrían atravesando la carretera.

—Es la mata de cangrejos, hija, ahora es cuando baja al mar.

Íbamos triturándolos con nuestro paso. En las playas cercanas a Agustini todo era devorar y matar.

# EL TÍO Y LA PANADERÍA

La panadería del pueblo hacía piezas de pan pintadas en los colores más vistosos, rosquillas rosa mexicano, panqués azul rey, galletas amarillo alimonado. Incluso a las piezas pequeñas de pan salado las adornaba con un ridículo copetín de azúcar colorado. Por esto, decía mi abuela, nosotros jamás comprábamos las piezas individuales, por esto se hacía hacer hogazas que no tuvieran ni color ni dulce, "esas puerqueces de indios", en sus propias palabras. Nuestro pan estaba listo de lunes a sábado, antes de la hora de la comida, así que comíamos invariablemente pan fresco y recién hecho. Los domingos la abuela hacía pan tostado con las sobras de la semana, y el resto que quedaba (si quedaba) era para preparar budín con pasas y una copa de ron, que le salía realmente exquisito, con sus almendras y trozos de nuez.

Como en la nuestra, en las otras casas "decentes" se comía pan verdaderamente blanco, con ligeras diferencias. El pan de la casa de los Juárez era un poco más voluminoso, y no era una pieza sino dos al día por ser una familia numerosa. Las hogazas de las hermanitas eran del mismo tamaño que las de la casa, sólo que llevaban una cruz en el lomo, hecha con la misma masa del pan, y se las entregaban en medias docenas, un día sí y otro no. A los Ruiz no les gustaban las hogazas. A ellos les hacían un pan redondo que ellos llamaban "pan campesino". Según mi abuela, no había duda de que lo comían crudo en el centro, y decía que por eso a Iván, el hijo menor, le daban convulsiones. El doctor ya le había rebatido su teoría en repetidas ocasiones, pero ella persistía con su creencia y su predicación. No cejaría hasta que convenciera al pueblo entero, incluso a los Ruiz, del peligro del pan redondo.

En la familia del doctor preferían unas hogazas pequeñas, casi del tamaño de los panecillos con copete azucarado. A los Vértiz, como a los Ruiz, no les gustaban las hogazas. Para ellos horneaban pan con la misma forma de las pequeñas piezas copeteadas de azúcar, pan con dos puntas, pero del mismo tamaño que nuestra hogaza.

Las piezas especiales del pan se ponían en las charolas de la panadería, sin especificación del destinatario, pero jamás hubo confusión, ni nadie se llevó nunca el pan de otro. Cada quien pasaba cada día por el que le correspondía, y si uno iba a necesitar más, lo solicitaba la tarde anterior.

El domingo por la mañana sonó muy temprano el teléfono. Era mi tío Gustavo. Avisó a la abuela que llegaría ese día a comer (la abuela repetía cada frase que él le decía, para que Dulce y yo supiéramos de qué hablaba), traía a presentarnos a su novia y a su cuñado; también venía el amigo que nos había presentado el año anterior, Jack el chino. Le pidió que me pasara el teléfono.

—Delmira, mi sobrina predilecta, ¿cómo estás?

—Soy tu única sobrina, ni te hagas, tío.

—Igual eres mi predilecta, mi pollita predilecta. Traigo para ti un regalo y te lo voy a llevar hoy. Tengo prisa para dártelo. ¿Quieres verlo?

—¡Sí!

—¿Qué es?

—Yo cómo voy a saber.

—¿Qué será, será?

—¡Una Barbie!

—No te digo, no te digo. Es una sorpresa.

—¡Dime!

—Es sorpresa.

—Oye, Gus, ¿qué haces despierto tan temprano?

Se rio del otro lado del teléfono. Me acordaba bien que cuando vivía con nosotros, antes de que yo entrara a la escuela, él despertaba mucho después que yo.

—Me levanté temprano porque tengo prisa para llevarte tu regalo. Ponte bonita. Te voy a presentar a una chica con la que, nunca se sabe, hasta me podría casar. ¿Cómo la ves?

—La veo mal. Tú me prometiste que no te ibas a casar antes de que me casara yo.

—¿Y quién dice que no te vas a casar antes?

—¡Lo digo yo!

Se volvió a reír.

—Te digo un secreto, pero no se lo digas a nadie, Delmira: tu tío Gus es un solterón sin remedio que no tiene ninguna gana de casarse. Llevo hoy a casa una pobre chica ilusionada con atrapar a tu guapo tío, pero como no se le va a cumplir, y no quiero quedar como el más malo de su historia, la llevo a que sea feliz con la comida de mamá. Comerá como una reina, y cuando se dé cuenta de que sólo le he tomado el pelo, de que sólo la quería por bonita para sacarla a bailar y a pasear por los caminos del mundo, no podrá odiarme, porque en el fondo de su corazón y hasta su muerte quedará agradecida por el banquete de mamá. ¿Qué te parece?

—Me parece muy bien.

—Nos vemos al rato.

—¿Dónde estás?

—En Villahorrorosa.

—¡Bien lejos!

—¡Qué va! Así estábamos ayer. Llegamos en la noche de la Ciudad de México, después de manejar todo el largo día. Ya sólo nos faltan seis horas. ¡Ciao bambina!

Me colgó el teléfono. En la casa había comenzado ya el remolino de los preparativos. No iba a haber paseo para Dulce aunque fuera domingo. La abuela estaba enviándola a traer más ayuda.

—Te traes a las dos más limpias que encuentres. A ver si anda por ahí la sobrina de doña Luz, Chole, dile que venga a ayudarme. Pero qué ocurrencias de Gustavo, venir en domingo. Y sin avisar. ¡El pan! —casi gritó, y otra vez—: ¡El pan, con un demonio! Tú, niña, Delmira, corre y pide pan, a ver cómo los convences. Pide cuatro hogazas aunque sobre, jálate para allá ahora mismo, y no vuelvas sin haberlo conseguido, ¡ándale!

Todavía no llamaban para misa de siete. Mamá dormía como un lirón, debían ser como las seis y media. La abuela ya se había cambiado las chanclas por unos zapatos de salir, y traía en la mano las bolsas del mercado.

—Vístete ya y córrele, niña. Si hay que pagar más por ellas, pagamos, no lo discutas.

Salió volando, y yo entré a mi ritmo a mi habitación. Sin cerrar la puerta, me saqué por la cabeza el camisón y me enfundé rápidamente el vestido. Mi nana Dulce acababa de hacerme bien mis trenzas, así que despeinada no iría. Me lavé la cara y oí entonces a mamá arrastrar por el piso el aguamanil. Me asomé. Estaba cerrada su puerta, pero me la imaginé con tanta claridad, echándose agua ahí donde te platiqué y tratando de recuperarla en los muslos para volver a vaciársela ahí, como si la estuviera viendo. Creí que tendría el balcón abierto y me dio vergüenza salir, pero recordé la prisa de la abuela y olvidando toda pena salí apresurada. El balcón de mamá estaba cerrado. Respiré hondo. Bien cerrado.

Sin distraerme en el camino, llegué a la panadería. No había abierto aún. Le di la vuelta, y toqué en la puerta lateral. Nadie contestó. "Bueno —pensé—, no hay problema, entro". Al tocarla había sentido que la puerta no tenía puesto el pasador, que estaba sólo entrecerrada. Era una puerta pequeña, como para enanos. La traspasé sumergiéndome de inmediato en la penumbra. Por suerte me detuve un momento, porque al siguiente paso comenzaba una empinada y estrecha escalinata.

—Por un pelo me rompo la crisma —dije en voz alta. Bien fuerte agregué—: ¡Hola! ¡Hooooola! ¡Oigan! —cantando mis gritos.

Nadie me oía. Escuchaba ruido abajo, algo parecido al murmullo de una conversación, pero no alcanzaba a ver con claridad sino los primeros escalones. Los bajé, dando de voces, a ver si alguien me oía antes de llegar hasta abajo. Pero no recibí respuesta. El sótano estaba muy tenuemente iluminado por las altas ventanillas enrejadas que daban a la banqueta. Frente a la escalera, había una rampa inclinada que terminaba en otra abertura, considerablemente más ancha que la de la puertecilla de arriba. Ésta conducía a un patio y al horno de ladrillos donde se cocía el pan. Por ahí entraba un chorro de luz y de calor. A la derecha todo estaba sumergido en una nube de polvo. Volví a gritar:

—¡Me mandó mi abuela a pedirles cuatro hogazas de pan para hoy!

—¿Quién dice?

—Delmira, de las Ulloa.

—¿De cuánto las hogazas?

Me fui guiando con el oído hacia la voz, el ojo no parecía capaz de penetrar la nube de harina, pero apenas estuve realmente adentro de ella todo se aclaró. La harina reflejaba como espejitos la poca luz del sótano, multiplicándola. Allá adentro todo era claro aunque pareciera ligeramente lento y por completo impalpable.

Agité la mano frente a mi cara, y al remover el polvo de mi vista todo quedó momentáneamente a oscuras, pero la nube me socorrió de inmediato y pude ver otra vez. El gordo que me lo había preguntado no era ni blanco ni indio. No tenía más raza que la harina. Era el primer ser humano que veía yo así. Traía el torso desnudo, calzones de algodón blanco y un pañuelo enorme del mismo color a la cabeza, anudado atrás, como los piratas de las ilustraciones de mis libros.

—Oye —opté por el tú, porque no supe cómo dirigirme a él—, yo no sé de cuánto es la hogaza. A la semana pagamos dos pesos.

—No digo del precio, sino del peso. ¿De cuánto?

—Es como así —le dije haciendo con la mano un gesto que indicaba con precisión el tamaño de la hogaza.

—Dime de cuánto y te las hago. Si no, no puedo.

Al lado de él, un gordo similar recostado en el piso golpeaba con las plantas de los dos pies una enorme bola de masa que se meneaba, bamboleaba y resistía como si estuviera viva.

Un poco más allá, un hombre delgado vestido igual y del mismo color, hacía formas de masa sobre una gran charola. Todo era blanco aquí. Quién sabe cómo sería que después los panes agarraban color.

—Es que no sé cuánto pesa.

—No sabes, no hay hogazas, así es.

Tuve una inspiración:

—Como las de las monjitas, las que llevan la cruz. Como ésas hágame cuatro.

—¿Con cruz también?

—No, póngales una "G" de Gustavo.

—¿Y eso cómo es? Yo no conozco las letras.

El piso estaba inmaculadamente cubierto de harina. Me agaché y le tracé una G con letra de molde.

—¿Cuatro hogazas? —me preguntó.

—Bien cuatro.

—Ahí las tendrás, güerita, para la hora de la comida. Ahorita te las preparo con todo y la víbora enroscada. O parada, tú dices.

—Pst. Pst. ¿Y tú no prestas? —me gritó otro que amasaba con todas sus fuerzas de hombre un espeso revoltijo de color más amarillo. Lo hacía con los brazos, con el torso y la cadera que tenía por completo sumergida en la masa. No sé por qué me acordé al verlo del cura encajado en las nalgas de mamá, era algo parecido a eso lo que el señor le hacía a la masa.

Me avergoncé tanto de mi pensamiento que no le contesté, ni le pregunté qué quería que le prestara. Dije un tímido "gracias" a mi anterior interlocutor, y salí corriendo. Trepé las escaleras como si me persiguieran.

Al llegar a la calle me di cuenta de lo infame que era el calor allá abajo. Arriba, en comparación, el clima se sentía fresco. La luz era tan de otra naturaleza que costaba trabajo pensar que aquello de abajo pertenecía al mismo mundo que lo de arriba. Me tallé los ojos y respiré hondo antes de emprender el regreso.

Pasé por el mercado y topé con la abuela. La seguían dos niños cargados con las bolsas de la compra llenas. Uno de ellos llevaba una enorme gallina, muerta y limpia. Nunca las comprábamos así; doña Luz las solía matar y pelar, pero ya no había doña Luz y hoy había prisa, además. El muchacho se la había amarrado con un cordel a la cintura para dejarse las manos libres. Era más bajo que yo. La cabeza de la gallina le golpeaba las espinillas desnudas a cada paso. Me sonrió muy quitado de la pena. Tenía los dientes completamente cafés, como caramelos rotos. Venía descalzo. El otro ayudante era más alto que nosotros, tenía el cabello al rape y también se había amarrado algo a la cintura, un atado de betabeles.

—¿Qué es eso, abuela?

—Remolachas.

—Nunca compras.

—Hoy sí; ¡camina!, no me estorbes.

—Ya encargué el pan, abuela. Les pedí que si le ponían una "G" donde le ponen una cruz al de las hermanitas.

—Nada puedes hacer bien, lo que se dice bien, ¿verdad? —me dijo, enfadada y sin mirarme.

No le expliqué por qué los había pedido así, y si le parecía mal era su problema. Seguro que le encantarían al tío Gus, no me cabía duda. Por mí, que se enojara. En lugar de contestarle nada, me puse a vacilar con los chicos.

—Tú tienes los dientes de oro, ¿verdad? —le dije al chimuelo de los dientes podridos.

Los dos se rieron. A la siguiente broma que les hice (le pregunté si no le hacían cosquillas en la barriga las patas de la gallina), la abuela me jaló de la oreja y me dijo al oído: "No se habla con indios, usted no entiende, ¿verdad?", asestándome además un pellizco.

En silencio seguimos el camino a la casa. Salimos las tres juntas a misa, pero la abuela no vino con nosotras al desayuno; tenía que seguir con los preparativos. Invitamos al cura a la comida, y aceptó.

Pasamos a casa del doctor y también lo convidamos. Su familia se había ido a México, porque se casaba quién sabe quién, y dijo que sí gustoso.

De ahí nos fuimos con paso apresurado a comprar flores. Compramos gladiolos colorados de tallos largos, llegando a casa los acomodamos muy bonitos.

Mamá sacó las carpetas deshiladas para ponerlas bajo los floreros. Éstas flotaban en casa siempre, un dedo arriba del mueble donde estuvieran, pero no tintineaban jamás con el viento, como sí lo hacían las campanas que tampoco se apoyaban y que además de responder al viento vibraban al paso de la gente. Si la sala estaba abierta por ser sábado, día de limpieza general, yo brincaba frente a alguna de las campanas, y ésta hacía sonar su badajo en respuesta. Pero si se daba el raro caso de que recibiéramos forasteros, los floreros, las campanas, las figuras de Lladró de la sala se posaban en los muebles, incluso la virgen del altar de la entrada paraba sus dos sacros pies sobre el nicho.

En algunas otras casas del pueblo, las figuras insistían en acostarse, hamacándose, como fastidiadas del eterno calor. En casa del cura, la alcancía con forma de cochinito que tenía en la ventana del fregadero de la cocina estaba siempre empinada, apoyadas las patas delanteras en el pretil, alzando perpetuamente las de atrás. Nuestra iglesia por eso daba la sensación de ser un plexo solar que respiraba, todas las imágenes y veladoras se remecían.

Si algún invasor hubiera querido tomarnos por sorpresa, jamás lo habría conseguido. Adentro de nuestras casas lo hubiéramos sentido en el instante que hubiera posado un pie alevoso contra nosotros, porque también habrían pisado firme nuestros adornos y figuras religiosas.

Terminado lo de los floreros, pusimos la mesa, el mantel tejido en gancho por mi abuela, la vajilla de su boda, los cubiertos de plata, las copas de cristal cortado, y apenas habíamos terminado de poner las servilletas cuando oímos llegar el coche del tío Gus. Ahora traía un fabuloso Mustang rojo encendido, un modelo jamás antes visto en Agustini que quién sabe cómo había conseguido sobrevivir a los hoyancos del camino. Traía una cámara también, y nos hizo salir a todos para la fotografía.

—Esto es antes de presentar a nadie con nadie. Una foto de puros desconocidos —dijo indicándonos a todos dónde acomodarnos.

Cuando estaba a punto de tomarla, preguntó:

—¿Y doña Luz? Yo no tomo la foto sin ella, tráiganmela.

—Pues ahora sí que no se va a poder. Toma la foto —le ordenó la abuela.

Nos pidió que dijéramos "chis", para salir sonriendo, y la tomó. Yo la conservo, la traje conmigo. Atrás de nosotros se arremolinan los niños, la barriga de fuera, y también los jóvenes del pueblo para ver el coche, ignorándonos.

—¿Y doña Luz, mamá?

—Ya nos dejó hijo, hace dos semanas que pasó a mejor vida.

—¿Cómo no me avisaste? Hubiera venido al entierro.

—No hubo entierro —interrumpí.

Su cara de tristeza cambió por una de absoluta sorpresa.

—¿Oí bien? ¿No hubo entierro? —dijo hablando bien lento—. ¿Que no hubo entierro? —repitió todavía más despacio—. Era como de la familia, mamá, si fue por dinero me hubieras dicho.

—¡Cómo crees! No fue por eso. En este pueblo ni el más miserable pasa a la otra vida sin flores, cajón o tamales.

—Se volvió toda de pipí —volví a intervenir.

Gus me miró con cara de risa. La abuela se había puesto furiosa.

—¡Esta niña! ¡Ya no la aguanto!

—Cambiemos de tema, me parece. Primero lo primero y luego me explican qué pasó.

Muy formal procedió a presentarnos a todos.

—Ésta es Helena de Troya —dijo de la chica. Traía un vestido azul marino con pequeñas motas blancas, sin mangas, la cintura en la cadera, plisado atrás, cortado en tela delgada, de largo abajo de la rodilla, un elegante chemise, caro, fino y al último grito de la moda. Sus zapatos de tacón eran blancos, como la bolsa que colgaba de una larga cadena dorada. Sus uñas largas venían pintadas de un rosa claro y nacarado. Su cabello había sido peinado en el salón de belleza, con tubos, crepé y spray.

—Éste es su hermano, el famoso Belcebú Rincón Gallardo, alias Roberto el Diablo —un joven de cabello rebelde, con más de un remolino que la jalea no conseguía domar del todo, extendió la mano a mi abuela. Usaba corbata de moño tornasolada rojinegra. Su camisa de mangas cortas era blanca y sus pantalones de cuadritos. Supe al verlo lo que la abuela pensó de él: "Este pobre chico no conoce el peine, y nadie le ha dado a conocer a la tía decente de cualquier familia respetable, Madame Elegancia".

Los dos hermanos de largo apellido parecían dos ricos huérfanos abandonados. Traían tanto dinero puesto en la ropa como había sido posible gastar, pero parecían dos perros desnudos, dos desollados barbilampiños zorros a media estepa. Él con la corbata de moño, fuera de lugar y absurda, ella con esa mirada famélica y esa premura por ser encantadora con todo el mundo, mientras se le salía un tirante, se le colgaba la manga del vestido.

—Jack no necesita presentación, ya es de la familia —al terminar con eso, me dio mi regalo: una hermosa Barbie con un vestido espectacular y un muñecote enorme, casi de mi altura, vestido de novio.

—Traje mi novia, y a cambio te traje a ti tu novio, para que no digas que yo te dejé antes que tú a mí. ¿Cómo la ves?

La Barbie me parecía muy bien, pero lo del novio lo veía muy mal. Y lo de su novia peor, aunque no dije nada. Me quedé como una boba sonriendo, mientras él le daba la mano a la chica, y se la dejaba puesta, enredada en los dedos de la muchacha. Ahora, más que de abandonada, tenía cara de zorrita, la chica ladrona de mi adorado tío.

En pocos minutos tuve que aceptar que mi novio era una beldad, aunque seguí pensando que mi Barbie todavía más, pero la zorrita simpática me empezó a parecer una zorra verdadera. Corrí a dejar los regalos en mi cuarto, y de inmediato nos llamaron a los aperitivos.

La chica preguntó por el baño, y mi abuela le echó una mirada fulminante. Para ella no había peor muestra de mala educación que ir a un baño ajeno. No tomaba en cuenta que venían de pasar seis horas en la carretera. ¿Cómo le hacía la zorra para verse tan fresca, tan como si nada, tan recién salida de la regadera, después de batallar con un carro bajo por caminos en extremo polvosos y llenos de piedras? Mientras estaba en el baño, llegó el doctor, y en pocos minutos llegó también el cura, sin sotana, vestido con una guayabera clara, como cualquier mortal.

Tomaron los aperitivos en la terraza mirando correr el río. La chica se deshacía en elogios de todo, con la boca ahora roja, porque había ido a pintársela al baño. A mis ojos era obvio que mentía, que sólo decía lo que fuera con tal de tratar de halagar a mamá y a la abuela. Era medio tontina, y no se daba cuenta de que también tenía que quedar bien conmigo. Me ignoraba, como si yo no fuera pieza. A cada rato sacaba su espejito para revisarse la carita, como si por un descuido se le pudiera deshacer. Me pareció odiosa.

Me le pegué a Gustavo, me paré primero a su lado, luego me le senté en una orilla de su asiento, y terminé por subírmele a las piernas, pero no me hacía mucho caso, por primera vez en nuestra larga vida. En una de ésas, le dije al oído:

—Acompáñame a la orilla del río, y te cuento de la vieja Luz.

Pidió permiso y bajamos a la orilla del río. Le conté lo que vi, que había amanecido con las llagas de Cristo, que había levitado con todo y silla, que había desaparecido vuelta pipí en su propio baño oscuro.

—¡Pero qué cosas dices tú! Lo que necesitas es salirte de este pueblo cuanto antes. No puede ser que creas esas patrañas tan absurdas que…

—Pero es que lo vi, Gus, te lo juro, con mis propios dos ojos lo vi. No son mentiras ni fantasías, te lo prometo.

Me tomó de la mano (¡ahora a mí!) y me llevó donde estaban todos. El chino Jack hacía reír a toda la concurrencia con un chiste sobre el presidente López Mateos. Mi tío permaneció silencioso unos momentos, conmigo en las piernas, pero al rato me pidió que me levantara, se levantó por otro martini y se olvidó de mí por completo. Había seis personas más a las cuales debía atender y una de ellas parecía valer doble, tal vez por la boca rojérrima. Bajé a la orilla del río a ver brincar a los ajolotes antes de que nos llamaran a comer, tratando de no pensar más en la odiosa zorra y su envidiable chemise.

Apenas me senté a la mesa, un raro malestar se me anidó en la boca. No podía comer. La comida no pasaba por mi garganta. Hice un enorme esfuerzo con el primer bocado, y conseguí pasar el coctel de camaroncitos de Campeche, venciendo la resistencia y el asco que sentía. Pero no pude nada más. De verdad que traté, pero de verdad que no pude. Gustavo me festejó mucho lo de la "G" en los panes (mamá se encargó de decirle que era mi contribución), y pedí permiso para retirarme de la mesa.

—¿Qué le pasa a esta niña? —preguntó Gustavo.

—Nada, qué le ha de pasar —dijo la abuela.

—Se siente mal, mamá, mírala, está pálida —dijo mamá.

—Está transparente —aceptó la abuela.

No debió decirlo, porque fue como si se me hubiera dado la indicación de que ya podía de verdad enfermarme. Corrí al baño a volver el estómago, y me tumbé en la hamaca, sudando a mares. Me había enfermado en un segundo, y estaba de verdad enferma. Cuando terminaron de comer, yo ardía en fiebre, y me dio un coraje enorme cuando salió Gustavo con Jack el chino y la zorrita a enseñarle sus sueños fallidos en el pueblo (su predilecto era la enorme rueda de la fortuna que se comía voraz la maleza, y que había fracasado porque a nadie en Agustini le parecía buena idea, "se sube uno en ella tan alto que casi que se siente rascándole la panza al cielo, ni que estuviera uno loco, para qué irse tan arriba"), pero luego dejé de pensar en eso y en lo mal que me sentía, y visité, durante un tiempo interminable, con la imaginación una y otra vez el sótano con la harina y los hombres de torso desnudo.

—¿Preeestas? —me decía una voz. Veía sus caderas removiéndose adentro de una masa enorme que obedecía a sus meneos como si tuviera vida propia.

Revisé atentamente sus rostros e inspeccioné todas sus extrañezas. Esos hombres no eran de este mundo. Las enormes masas con que jugaban tampoco parecían ser de la tierra. Lerdas, casi acuáticas, primas del pantano, se resbalaban y rebotaban como animadas. Las masas me daban más miedo que los panaderos, pero en realidad ambos me inspiraban un pavor indescriptible.

# FIEBRE

Al levantarme de mi lecho de enferma (porque a la cama pidió
el doctor que me metieran, arrebatándome de la hamaca por
primera vez en mi vida), cuatro o cinco días después, todo se
había hecho borroso en la memoria. Con las exageraciones de
la fiebre había aprendido a desconfiar de lo que atesoraba mi
cabeza. Dudé si los domingos de hechos extraordinarios eran
o no verdad. No tenía a quién preguntárselo. En la cocina, en
el lugar de la vieja Luz, sólo estaba su silla de palo. Me sentía
desolada, no sabía en qué creer de lo que recordaba. Pregunté
por el tío Gustavo a mamá.

—¿Dónde va a estar? Se fue a México.

—¿Se va a casar pronto?

—¿Con quién se habría de casar ese bribón?

—Con la que trajo.

—Tú no entiendes nada, niña, nada —me contestó sin
siquiera verme con desprecio. Hubiera preferido su mirada
helada a no tenerla encima ni ese momento.

En la terraza del río, mi nana Dulce y la abuela removían el
cacao puesto a secar, porque la noche anterior había llovido,
el piso no estaba rigurosamente parejo y debían evitar que se
ensopara en los charcos que formaban los desniveles. Mamá
se había encerrado en su cuarto. Ofelia limpiaba el mío des-
piadadamente, echando cubos de agua y tallando con un cepillo, queriendo lavar hasta la última bacteria de mi enfermedad,

como si yo hubiera pasado una temporada con peste o alguna otra malignidad espantosamente trasmisible. Había llevado a lavar las sábanas, y el colchón de mi cama estaba al sol.

Me refugié en la cocina. Como todavía estaba debilucha, me acurruqué a los pies de la desaparecida vieja Luz. No había mejor rincón para tenderme; la sala estaba como de costumbre bajo llave y en el patio central el sol caía inclemente sobre las mecedoras. Además, sentí que aquí la sombra reconfortante de la vieja Luz me amparaba. No tenía fuerzas, pero tampoco sueño, y aunque no había cargado mi libro conmigo, no me encontraba de ánimo como para ir hasta mi cuarto y regresar a este rincón donde me protegía la sombra de unas palmadas juguetonas que acostumbraban festejarme hasta hacía poco. Aburrida, tendí la mano hacia la silla de doña Luz y la acaricié. La toqué y la destoqué un par de veces antes de darme cuenta de que la silla se alzaba del piso, se despegaba cuando ponía la mano en ella. Levanté mi cabeza y me incorporé al lado de la silla. Puse la palma de la mano en el asiento y ésta se levantó unos quince centímetros del piso. La solté y la silla regresó suavemente a la piedra. Jugué un rato a algo parecido al yo-yo poniendo y quitando la mano del asiento. Pensé en subírmele, y estuve a punto de hacerlo, pero sentí miedo. La vieja Luz había flotado en ella antes de que le dieran ganas de orinar y se muriera.

Dejé la cocina también. Quería salir, checar el kiosco de la Alameda, el techo del mercado, saber qué había sido cierto y qué no. Caminé por aquí y por acá en la casa, sintiéndome a cada momento más mal. En la noche volví a tener fiebre. El doctor volvió a despojarme de mi hamaca. Tardé un par de semanas en reponerme de la tifoidea. Cuando volví a salir, sintiéndome la más blanca y flaca del mundo, el kiosco tenía una apariencia normal, aunque me parecía que, como las bancas a su pie, había cambiado de tono su tradicional blanco, pero no podía jurarlo. Estaba la heladería a sus pies, y la tienda de abarrotes, y el techo del mercado se veía como si nada hubiera ocurrido.

Pero en los puestos del mercado de los sábados había una nueva modalidad: se vendían abundantes pájaros disecados y se mercaban plumas de colores brillantes. Con eso, medio me convencí de que los domingos previos a mi tifoidea habían sido ciertos.

Para entonces, la silla de la vieja Luz había desaparecido. La reclamó alguna de sus nietas, como a la cuna y a un montón de tiliches sin importancia que la abuela entregó sin decir ni pío. Me imagino que iban a venderlo todo como reliquias santas. Aunque nunca le tendieron un lazo a la vieja Luz que no fuera para pedirle dinero o enjaretarle algún tiempo un hijo indeseado, ahora querían hacer negocio con los pedazos de palo. ¿Quién les habrá comprado los calzones de doña Luz? Ella misma los había cosido a mano. Si los parientes hubieran sabido la historia completa, de seguro habrían vendido frascos con pipí santo.

Algunas semanas después, llegó nuestra nueva cocinera, casi tan vieja como la anterior aunque fuera su ahijada. Se llamaba Lucita. Mi nana Dulce y yo la bautizamos Luciferita y unas semanas más tarde todos en la casa la llamábamos Lucifer. Tenía el peor de los talantes y una mano prodigiosa en la cocina. Le daba por hacer a menudo moles y pipianes, y guisos que nunca habían entrado a esta cocina, como el manchamanteles, los nopales navegantes en caldo de camarón con chile pasilla, o los estofados y los mariscos en escabeche picante y cargado de especias. También guisaba las cosas más tradicionales pero a todo lo hacía ver como una nueva aventura. Sacando de quicio a la abuela, fumaba unos puros grandotes que le traía su marchante del mercado, junto con velas azules para el santo al que le había puesto un altar en su cuarto, y el garrafón con aguardiente.

Despreciaba las hogazas de la panadería. Lucita preparaba unos panesotes compactos y pesados, un día de la semana, en el horno de nuestra estufa, al que antes habíamos creído apenas capaz de cocer bien los flanes. Según la abuela, salía más caro el gas que el pan comprado. Según Lucita, ése no era su problema, y como si tuviera cera en los oídos, seguía haciendo su áspero y duro pan. A veces preparaba uno diferente, todavía más pesado, hecho con harina oscura y semillas sin moler, que había aprendido a hacer con su anterior patrona, una alemana "nacida aquí en Tabasco", según ella decía, que "ya mayorcita se decidió a cruzar el mar porque el calor de Cunduacán le estaba pudriendo a la pobre sus huesos, con todo se le tronchaban", explicación que a mí me sonaba como a una treta que la falsa alemana inventó para deshacerse de la temible aunque prodigiosa Lucita.

Era una inflexible sargenta con sus asistentes, y lo digo en plural porque le pidió a la abuela otra además de mi pobre nana Dulce, alegando que ésta "a ratos se me distrae por culpa de la niña, y yo ansí no puedo trabajar". Tenía una virtud que llenó de alegre miel nuestra vida: hacía unos pasteles inolvidables, verdaderos prodigios que correspondían a la tradición de otras latitudes, además de preparar gelatinas de muy distintos sabores y texturas. La de vino le quedaba genial, pero la de mamey no le pedía nada a ningún platillo (la hacía con nuez y una copa de brandy fino) sobre una cama de huevos batidos a punto de turrón que le incorporaba lentamente. Era perfecta, como la de nuez y como su primo, el mousse de limón. Hacía la mejor Sacher-Torte que he probado en mi vida, y he ido al Sacherhof a probar la original, sé de qué estoy hablando. El Apfel-Strudel era también increíble, pero había que comérselo al momento, porque la humedad en que vivíamos sumergidos lo convertía en chicloso inmasticable en unas cuantas horas. Sus pasteles se hicieron tan famosos en el pueblo que todas las tardes recibíamos visita. Con cualquier pretexto, sin avisar o haciéndonoslo saber, caían mis amigas o las de mamá, el cura o el doctor o las vecinas o las hermanitas, llevados por el olfato a recibir una ración de Lucita, que no repelaba de eso; le parecía normal que la gente viniera todas las tardes a devorar sus pasteles y otros postres. Con el tiempo exigió otra asistente más a la abuela, y después otra, y poco después otra. La cocina parecía un taller de repostería. La nana Dulce se consolaba de la pérdida de doña Luz y del desplazamiento que la llegada de Lucita le había provocado, atiborrándose con galletas y panes de mil formas que ella hacía con sus propias manos y que de tanto comerlos la convertían en un ser redondo, no a la manera de mamá, sino a la de las gordas del mercado. Pronto, mi nana Dulce pareció una matrona informe como las del pueblo. A los diecisiete tenía el aspecto de una señora. Ya se podía morir Lucita, porque ya teníamos en casa quién pudiera reemplazarla. Pero Lucita tenía las mismas ganas de morir que su madrina, la vieja Luz, y aunque no fuera de su sangre daba la impresión de que era capaz de sobrevivir por los siglos de los siglos. La imagen no era tan equivocada: hoy, treinta y tantos años después, ella sigue siendo allá, en mi casa, en Agustini, a donde no he vuelto hace treinta años, la maestra cocinera.

1965
## LA LLUVIA

Salí de la escuela expulsada por una bocanada de calor. El abanico del techo del salón de clases no podía cortar la espesura, avanzando con un ruidero inútil que sólo conseguía mover las porciones de aire caliente de un lado al otro, desplazándolas de una pared a la de enfrente, jugando a un rompecabezas que jamás alcanzaría forma ninguna. El mundo se reducía a un nombre, Calor, y las frases quedaban sepultadas antes de ser dichas. No podíamos pensar en nada que no fuera "¡nos asamos!". Si las palabras más rápidas escapaban de la tumba de fuego, era para dos centímetros allá tostarse como palomillas en la flama de la vela. La hermanita había dejado de hablar. En el pizarrón nos había escrito tres sencillos problemas matemáticos. Debíamos resolverlos sobre las hojas de nuestra libreta antes de salir. La hermanita no tenía vigor para controlarnos, pero nosotras tampoco teníamos ninguno, y aunque todas deseábamos ya salir, remontar los tres problemas matemáticos nos llenaba de una lenta y casi infranqueable pereza. El reloj mismo parecía avanzar al ritmo del espeso calor, crujiendo. Arriba de nosotras, el abanico inútil era lo más vivo en el salón. Una a una fuimos saliendo, casi vueltas vapor, hacia la calle que nos esperaba como un ávido sartén ardiente, infundidas del vigor de la expulsión al salir, pero atrapadas de inmediato por las tenazas del aire ardiente.

Sin pensarlo dos veces, me dirigí al río. No tuve ánimo para caminar hacia el lugar predilecto de baño, allá donde un árbol frondoso y una enorme piedra pulida por el paso del agua hacían la entrada y la salida cómodas, casi domésticas. Allá solíamos ir juntas, las de mi salón, en días como éstos, pero hacía ya meses que ellas vivían pegadas a las ropas, como si una maldición se las hubiera adherido. Ellas no venían más a nadar al río, y si yo quería hacerlo estaba condenada a chapotear a solas, infundiéndoles además un desprecio que no habían sentido nunca antes por esta actividad. Hoy nada me importaba gran cosa. Me sentía sucia de calor, batida de calor, enlodada de calor; me dolía en la cara interior de los muslos el calor. Tenía verdaderamente necesidad de remojarme en el fresco río. Escogí una orilla sembrada de redondas y pulidas piedras. Me despojé, súbitamente, rápida y eficaz, de mi ropa, casi en un solo movimiento, como si la mera visión del agua hubiera bastado para refrescarme la voluntad. Corrí descalza por la prolongada orilla, donde el agua, escasa, fluía mojando apenas las piedras, hasta alcanzar, casi en tres pasos, el cuerpo verdadero del río. Allí, me sumergí en la honda acogedora cuna del agua, en la poza que se formaba en este recodo. El caudal corría abundante aunque fuera época de secas, y me hundí toda, la cara, el cabello, gozando de la frescura piadosa del agua. Cerré los ojos. Sería absurdo decir que respiré hondo, pero fue en el primer momento de ese largo día en el que mis pulmones se distendieron. El aire ardiente los había estado pinchando. Hundidos en el río, dejaban el tormento del aceitado aire hirviendo.

Alzando mis dos manos, extendidos brazos y dedos, impulsé mis dos piernas hacia la superficie, para echarme a flotar boca arriba, cuando el agua avara se retiró de mi persona, subiendo en gorda y compacta trenza, y me fui de sentón sobre el lecho del río, sin haber tenido tiempo de interponer las manos para atenuar la caída. En un segundo, sentí el dolor atroz en la vulva, donde el filo de una piedra se había clavado, sentí el rebote del golpe en la cintura y en el vientre, y vi alzado frente a mis ojos, corriendo impávido, al río, un solo cuerpo sin gotear siquiera, cabalgando rápido, sólido, un solo músculo tenso sobre mis ojos, uno súbitamente azul y lleno de luz que me había abandonado despojándome de mi propia fuerza, desmusculándome (si se puede decir así), hiriéndome, desnudándome.

No había en el río maldad. Estaba jugando. Saltaba la cuerda esquivando mi persona. Sobre mí, su cuerpo tenso, despegado del lecho, parecía sonreírme con inocencia al pasar. Sobre mí se dejó caer suavemente, levantándome de donde me había dejado caer, echándome a flotar entre los peces de mil tamaños que corrían en su seno. Ahora los vi, tenía los dos ojos bien abiertos. Saqué la cabeza del agua y respiré el aire ardoroso y raspante del medio día. Me ardía la vulva. ¿Y si el río me dejaba otra vez caer? Debía salirme. Tuve miedo, nadé apresurada hacia la orilla, puse los pies sobre las piedras de torsos pulidos, me acerqué hacia mi ropa, sintiendo que además del agua que escurría sobre toda mi piel, evaporándose al contacto del sol, yo traía ahora un río propio, un personal y diminuto caudal de sangre corriéndome en la cara interior de los muslos, marcando en mi cuerpo una geografía casi terrenal de la que no había estado dotada antes. Observé a mi riachuelo, ahí estaba, deslavándose con la humedad vecina. Lo limpié con el agua del río, volvió a aparecer. Era tan intenso el calor, el sol golpeaba con tanta fuerza que en esos pocos minutos me había ido yo quedando rápidamente seca. Pero mi riachuelillo particular, aunque había disminuido, no paraba, no se suspendía, marcando ahora con mayor exactitud sus márgenes.

Comencé a ponerme mis prendas, cuidando de no manchar mi vestido. Al llegar a mis calzones, descubrí con horror que estaban cubiertos por una dura costra café oscuro. No pensé sino que podría protegerme de ir chorreando sangre por las calles, así que me los puse y me enfilé muy presurosa a casa, sin importarme el sol bestial que retenía la marcha de todos.

No estaban en casa ni mi nana Dulce, ni mamá, ni la abuela. Luciferita se afanaba con su ejército en la cocina, Ofelia fregaba la terraza del río y la pobre Petra planchaba el mantel almidonado en la infernalmente ardiente lavandería. Escondí en mi ropa unos calzones limpios y me encerré en el baño. La costra oscura de los que traía puestos se había remojado en el centro con el nuevo caudal. ¿De dónde había salido esa gran mancha? ¿En qué me había yo sentado? No recordaba sino el asiento de mi pupitre escolar. Dejé de pensar. Yo seguía sangrando. Puse un poco de algodón blanco sobre el calzón limpio para no ensuciarlo y bajé con los calzones sucios escondidos en la ropa a la orilla del río, donde los hice bolita, escondiendo en ellos una piedra, y los aventé lo más lejos que pude. A media tarde, seguía fluyendo mi rojo riachuelo personal. No paró en tres días. La primera noche, cuando mancharía mi hamaca blanca y dejaría una gota en el piso, me sentía yo tan cansada que no advertí que la abuela me narraba un cuento de naturaleza diferente. Ni siquiera oí llegar el final, y no estoy segura de si fue como lo recuerdo, porque ni tiene su tono ni habla de esas cosas que a ella le gustaba repetir hasta el cansancio. Pero aunque esa noche el cuento fue para mí una sucesión de borrones difíciles de seguir, que apenas podía yo sujetar en la mente para no tropezar, lo sigo recordando, incompleto, como lo escuché, pero creo que con los detalles, como si fuera ayer el día en que la abuela me lo decía, mientras yo reventaba de adentro hacia afuera, sin poderme explicar qué me ocurría. Aquel cuento decía así:

# EL CUENTO DE LA ABUELA

"Sabrán ustedes que hubo una vez un día en este mismo pueblo, cuando mi mamá Pastora y mi abuela María del Mar estaban de viaje en La Habana, en el que las piedras se nos volvieron agua y las aguas se nos hicieron piedras. Como les digo, mamá y la abuela se habían ido a La Habana a pasar dos años, porque así eran entonces los viajes; ni por casualidad se viajaba por menos meses, no había aviones, los viajes en barco tomaban su tiempo, y ni qué decir de los que hacíamos por tierra, nada más llegar a Veracruz podía tomar varias semanas en época de lluvias, porque no había ni pangas ni caminos y era necesario caminar y caminar kilómetros y kilómetros con medio cuerpo bajo el agua, peleando contra lagartos y cocodrilos que no hallaban qué comer —si en río revuelto, contra lo que dice el dicho, no hay pez que nazca—, mientras los árboles de la selva sobrevivían verdaderamente nadando, entre las garzas y los patos, las ramas cuajadas de tigres, jabalíes, tlacuaches, armadillos, víboras —lo que más abundaba eran víboras, sobre todo las más pequeñas, porque las grandes tarde o temprano terminaban por venirse al piso, es decir al agua…— y las águilas andaban desesperadamente buscando una copa firme que les garantizara no morir de un zarpazo, ni fallecer por falta de aliento de tanto jadear, de tanto volar sin descanso. Pero no me distraigan, que ya estuvo bueno de andarse columpiando en palabras sin sentido. Estábamos en los años en que mamá, sus hermanas y mi abuela María del Mar compraban el ajuar de novia de mi tía Pilar que era una fiera en lo de las compras, siempre encontraba la mejor calidad al menor precio, así que no lo escuché decir de ellas sino de mi nana querida y de mi amá de leche, porque en ese entonces jamás una mujer, si era gente de bien, amamantaba con su propio cuerpo a los hijos; ni pensar que lo hubiera hecho tu abuela Pastorcita, sino que hacían traer a las amás, unas mujeres que vivían de hacer eso.

"Pero otra vez ya me están distrayendo, y no era esto lo que quería contarles, sino decirles cómo, cuando mamá Pastora, sus hermanas y la abuela María del Mar estaban en La Habana, pasó eso de las piedras y el agua, pero como ellas no estaban, nunca se los oí contar a ellas, no me dijeron que hubo una vez en que la piedra y el agua se confundieron, cambiando de aspecto para tirios y troyanos, sin demostrar lealtad alguna a ningún ser vivo. Lo que un momento era agua, al siguiente era piedra. Las fuentes de los patios crujían por las noches, formadas de pronto por apretadas y pulidas piedrecillas de río que buscaban acomodo en su cama de piedra, o causando un verdadero diluvio de piedras cuando la cama de la fuente se volvía de agua y se hacía incapaz de contener su relleno.

"De pronto, en cualquier paseo a caballo de esos que hacían todos los del pueblo para revisar sus fincas o ir a traer carbón —porque entonces había que salir por él, no lo traían los indios al pueblo, si tenían prohibido entrar por lo que había pasado con la Toña y el señor Gutiérrez (pero ésa es otra historia, no se las cuento ahora porque estamos en la de cuando la piedra se volvía agua y el agua piedra)—, de pronto, les decía, uno ponía los ojos en el Tostado, ese cerro pelón tan notorio en estas tierras donde todo lo demás se cubre de verde, porque está hecho de pura piedra de arriba a abajo, piedras enormes como raspadas, del centro más duro de la tierra, y al siguiente instante el Tostado, ese acumulado de piedras, era una cascada precipitándose sin fin, subiendo impulsada por su misma caída y volviendo a venirse abajo. Y era algo tan maravilloso que comenzó a hacerse costumbre el viaje diario a observar el Tostado, el fijo de piedras o el que era una alta, descomunal caída de agua.

"Los pescadores de la región no hallaban qué hacer, pues se metían con sus cayucos y sus redes al agua, cuando súbitamente, sin decir ni agua va ni piedra viene, estaban en un pedregal infame varados, sin poder ir adelante ni atrás, sin ánimo para ponerse a saltar tras sus presas en el calorón y mientras los niños se divertían atrapando a los peces que saltaban entre las piedras en que se habían vuelto el río y los tres lagos. Pero en cambio los cazadores de cocodrilos y lagartos estaban haciendo su agosto. Y dejó de pasar lo que aquí cuento, tan prontamente que cuando mamá Pastora y mi abuela María del Mar volvieron de Cuba ya todo era recuerdo, uno más, pero de lo que quiero hablarles es de lo que pasó en esos días, porque, sabrán ustedes...".

## PRIMERA NOCHE

A la mañana siguiente, Dulce limpió la gota del piso y lavó la hamaca y el camisón para que no hubiera huella de mi flujo. No dijo una palabra, pero acomodó en mi ropero una bolsa de algodón y puso al lado del mueble un basurero de tule, recién comprado, y al lado de él, en la repisa del espejo, unas bolsas pequeñas de papel de estraza.

La segunda noche, cuando creí morir para siempre de la extraña caída en el río, presa de dolores eléctricos en el vientre, la abuela nos contó un raro cuento, que oí sin pestañear, completamente atenta, agarrándome a él para no fallecer victimizada por los cólicos, hasta que de pronto caí al pozo del sueño, sin saber dónde iba la abuela, de qué iba a tratar en realidad, o por qué nos presentaba esa noche un sitio del que nunca antes había mencionado una palabra, y que no se parecía a los lugares por donde deambulábamos con ella en las noches, casi idénticos a Agustini, pero más pesadillescos, más exagerados, más indomables:

## EL CUENTO DE LA ABUELA

"Sabrán ustedes que no lejos de la Costa de Progreso, hacia Playa del Carmen, antes de la Gran Ola que antecedió a la epidemia de cólera de 1846, y que lo barrió en cosa de segundos, existió el Archipiélago del Berro.

"Mi papá había oído hablar de él a su nana, que era un poco negra, un poco chole, un poco zapoteca y otro poco blanca. Tenía la piel oscura en todo el cuerpo, y las puntas de los dedos claras, los pezones de una rubia, el caminar bailadito de la costa, las caderas apretadas de las oaxacas, los pechos inmensos del norte y el cabello grifo de las negras. Ella se lo había descrito una y otra vez, a espaldas de mis abuelas, como le había hablado del Coco, de los muertos que en Nueva Orleans vuelven a la vida, de los perros que comen niños desobedientes, siendo en todas sus descripciones igualmente convincente y detallada, y al mismo tiempo fantasiosa y desconfiable de pe a pa, a los ojos de la razón y a los de los adultos. La historia del Archipiélago del Berro sabía a lo mismo que las demás, pero tenía una diferencia sustanciosa. El Coco, el perro tragón de niños, los muertos resucitados, eran parte de un mundo que no existe, pero el Archipiélago era pura verdad, era un lugar palpable.

"El Archipiélago del Berro (le decía la nana) no quedaba lejos de la costa, si quería cualquier tarde se conseguían a un chico que los llevara a verlo, sólo era cosa de que sus papás los pusieran en el puerto, de que se distrajeran, y tuvieran para sí unas tres horas.

"No contenta con mencionarle el sitio y con describírselo, la nana tramaba una y otra ocasión para ir a conocerlo:

—Ya viene la Primera Comunión de la hija de tu tía Dorita. De seguro nos van a llevar a Paraíso, después del desayuno los mayores empezarán con la comida, y nosotros nos podremos enfilar para que lo veas, para que sepas que es cierto lo que te digo".

## SEGUNDA NOCHE

Por más esfuerzos que hago, no puedo recordar el tono en que la abuela nos describió el Archipiélago del Berro. No que no me acuerde cómo era, o de qué trataba lo que ella nos empezó a contar antes de que yo quedara dormida, pero no puedo recordar cómo lo hiló, cómo pudo ella componer sus palabras para describir algo que realmente no le pertenecía. Lo haré a mi manera: visto, el Archipiélago del Berro era completamente igual a las islas sin gracia que salpican la costa del Golfo hacia el sur, un trecho de mar con manchones de tierra plana, poco extensos, rodeados de aguas poco profundas. Las islas son cenagosas; se necesita mucha buena voluntad para dividir de tajo las aguas de las secas. En el mapa sería imposible dibujar este territorio, porque las islas son móviles; en las lluvias quedan inundadas, y en la temporada de secas no terminan de quedar sin agua del todo.

El Archipiélago del Berro no tiene vegetación ninguna. Ni una sola de esas matas, que saben crecer con rapidez apenas se les acerca directo el sol y que soportan semanas o hasta meses sumergidas sin morir, asoma por ahí. La tierra arenosa es brillante aunque oscura, como hecha por miles de cristales estrellados. Pero su verdadera originalidad no radica ni en lo pelón ni en lo brillante. Hay que plantar los pies en el Archipiélago para saber de qué está dotado ese lugar, cuál es su poder y cuál su gracia. Cuando uno camina por su superficie, ya sea con los pies secos o con los pies mojados, aquí y allá la tierra se abre, chupa el pie, lo atrapa, lo deja ir después de haberlo besado, el pie, el tobillo, la espinilla, la rodilla, no más allá, pero al mismo tiempo un aire abrasador, atrapante, fresco, carnal, sube por el resto del cuerpo, y aunque la mitad de la pierna queda libre del peso de la tierra, el abrazo chupador del aire no suelta ya al paseante. Caminar es como nadar, como entrar a un cuerpo, como sumergirse en una masa fresca.

Según la nana del abuelo, el que sentía al Archipiélago quedaba para siempre tocado por la dicha; a menos que engolosinado quisiera permanecer ahí, se negara a subirse de vuelta a la lancha, como de hecho había pasado con algunos conocidos ("¡No dejaré jamás este sitio que goza y da a gozar!") y lo siguiente era morirse de sed y de hambre, indefectiblemente, sin sentir por un instante ni sed ni hambre, sin que escociera la boca seca ni rechinaran vacías las tripas, vuelto completamente piel que recibe el abrazo, que siente la caricia, todo abrazado sin abrasarse ni sufrir, goce pleno.

Por eso le decía la nana al abuelo que frente a Paraíso estaba el Paraíso, que aquel archipiélago era el espejo del nombre del inmundo puerto.

Así que apenas estuvo el abuelo en edad de ser hombre, aunque su aspecto fuera todavía el de un niño, sin esperar a que apareciera el pretexto siempre anunciado por la nana pero jamás llegado a los hechos, cuando la voz se le comenzaba a quebrar aquí y allá en gallos ridículos inesperados, y todavía no se le veía en la cara más que mugre en vez de barba…

Entonces, decía, cuando el abuelo no tenía todavía la edad que él creía aparentar… Y ahí me quedé dormida, sin saber si el abuelo plantó el pie en la tierra que lo besaba, si vio el Archipiélago del Berro, si supo en carne propia por qué se llama así, si qué pasó que lo hacía merecer pasar a un cuento de la abuela aunque estuviera tan hecho de otra sustancia.

## TERCERA NOCHE

La tercera noche del sangrado, que creí me había provocado el río, escuché el cuento de la abuela hasta el final, después de lo cual me dormí por encimita, sin desprenderme de una molestia en el vientre que terminó por quitarme todo rastro de sueño, levantarme de la hamaca y hacerme ir al baño, como no me había pasado nunca. De niña jamás me desperté a orinar, dormía la noche entera, de cabo a rabo, sin sentir jamás la necesidad de salir de mi hamaca por ningún motivo. Con cólicos, sin saber que así se llamaban, avancé en la oscuridad hacia el baño. En el patio central de la casa, mi abuela dormía tendida sobre su chal, un metro arriba del piso, suspendida. A sus pies, tirada sobre su rebozo, sin temer ni alacranes, ni hormigas, ni gusanos, mi nana Dulce se había echado al piso a dormir, igual que un perrito. Su rebozo no tenía la capacidad de flotar como el chal de la abuela.

Fui al baño y después me asomé por curiosidad al cuarto de mamá. Dormía sobre su hamaca, extendida plácidamente, los brazos abiertos. En la oscuridad que apenas arañaba la luz de la luna, creí contarle tres desnudas piernas.

Regresé a mi hamaca y me tendí, inquieta, sin poder conciliar el sueño. Se me ocurrió repasar el cuento que esa noche había dicho la abuela, y recontándomelo, en algún punto me quedé dormida:

# CRECIENDO

En un santiamén se llenó de extrañezas mi cuerpo. Al lado del dedo más pequeño de mi pie derecho, brotó una redonda formación. Parecía de materia córnea. Primero fue redondo y liso, pero con los días fue adquiriendo punta, un cuerno.

El fin de semana llegó el tío Gustavo a visitarnos. No traía compañía, ni siquiera traía a su sombra, Jack el chino. Tampoco venía con alguno de los locos proyectos que emprendió en Agustini cuando más joven, y que lo llevaron a fracasar con la rueda de la fortuna, con la maquiladora de bolsas de cocodrilo, con la fábrica de chocolate y la de rompope, con los gallineros y la procesadora de un producto que curaba milagrosamente la calvicie. Por suerte, en cada aventura conseguía recuperar el dinero aunque fracasara, o por lo menos eso decía, excepto con la rueda de la fortuna, "mi hijo más querido, el más lucidor, el más egoísta, porque éste sí que no me retribuyó ni un centavo, el infeliz, todo fue perderle".

Gustavo pasó casi todo el tiempo en la finca viendo no sé qué al lado de la abuela, pero lo tuve para mí algunos minutos. Le pregunté si él sabía de seres con cuernos en los pies.

—No hay dios alguno con cuerno en el pie. Los hay con alas en los pies, con las que literalmente van volando, pero que yo recuerde no los hay con cuernos. Sería ocioso que inventáramos uno con cuernos, ¿para qué? Sería un monstruo inútil, sin encanto, absurdo. ¿O a ti qué te parece?

No me atreví a decirle que tenía un cuerno lateral en mi pie derecho. A fin de cuentas, no era tan grande. De largo medía medio centímetro, pero había pasado tantas horas observándolo que en mi imaginación yo era un ser abundantemente cornado en el pie derecho, aunque a los ojos sólo se mostrara una pequeña formación que se extendía por unos seis o siete milímetros.

Mi liso y claro cabello se había oscurecido y rizado. Ahora tenía una cabellera ajena que no sabía mi nana Dulce domar con propiedad y que yo tampoco era capaz de acomodar con elegancia. Era como si me hubieran cambiado de cabello. Tanto revisé el cuerno del pie y mi cabello rizado maldiciéndolos, que otras apariciones y cambios más significativos me pasaron inadvertidos. Por ejemplo, tardé en saber que yo tenía pechos de mujer, cobré conciencia de ellos hasta que un día no pude cerrarme una blusa del uniforme escolar.

Era una blusa vieja. Las otras tres eran más holgadas, y yo las prefería, pero Petra se había enfermado y todavía no regresaban limpias a mi ropero, tuve que echar mano de la estrecha que hacía ya tiempo no usaba. No me cerró, y al tirar y tirar la tela vi en mí esas dos protuberancias. Me sentí tan mal de tenerlas que no quise ir a la escuela, y en defensa propia me solté del estómago. No volví a pensarlas en todo el día porque lo pasé yendo y viniendo al baño, con un chorrillo distractor que me llenó todos los momentos y que no provenía sino de mi asombro y mi furia. Me dio diarrea de enojo.

Porque yo estaba furiosa. No quería saber de más invasiones en el territorio de mi piel. A pesar de mi voluntad, caí en la cuenta del vello púbico, del vello en las axilas, de la forma acinturada de mi torso. Me sentía la encarnación del despojo que precede al asalto.

No había sido muy amiguera. Algunas tragonas de mi salón de clase se aparecían por la casa en las tardes para comer de alguno de los pasteles de Lucifer, pero era estrictamente para eso. Se decían mis amigas para hacerse más dulce el bocado.

Jugueteaban con mis Barbies mientras que yo les hacía caso unos momentos, pero al poco dejaba de atenderlas, y tirada en mi cama, o reclinada en el banco que había a su pie, me absorbía en la lectura, ignorándolas. Apenas se acababan el postre y se fastidiaban con las rígidas muñecas, salían de casa. Venían por los postres y los juguetes, pero no por mí. A raíz de lo que me había ido apareciendo en el territorio del cuerpo, me encerré más en mí misma y me quedé sin esas espasmódicas compañeras. A ellas también se les hacía más difícil venir, no sé si tanto por mi hostilidad, o porque las muñecas y los juguetes no eran ya pretexto. A pesar de que los pasteles de Lucifer seguían siendo excelentes, todas dejaron de visitarme. Pasaba las tardes alternativamente leyendo, contemplando mis desgracias y, por primera vez en mi vida, suspirando por alguien. Había entrado a mi cabeza la necia idea de que había algún rincón del mundo en el que docenas de amigos en potencia me esperaban para conversar de las centenas de ideas que habían llegado también (extraño que no lo pensé así entonces) a invadirme. Suspiraba por esos álguienes mientras interponía una valla entre mis compañeras y mi persona. Había decidido que no tenía absolutamente nada que hablar con ellas. Pasaban las tardes maquillándose, acomodándose pelucas, probándose ropas y hablando de los tres chicos del pueblo de quienes podían hacerse novias.

Yo no era la única que soñaba con dejar el pueblo, pero sí la única que por ese motivo quería abandonarlo. Las otras querían ir tras novio y marido; ésos eran sus dos horizontes. Sólo teníamos doce años, pero el único panorama enfrente de nosotras era el matrimonio. Quedaban tres años muertos. En el pueblo, la escuela terminaba en la primaria. Para hacer la secundaria había que irse a Puebla, a Villahermosa o a Mérida, y nadie pensaba siquiera en la posibilidad de cursar la secundaria en la escuela oficial de Agustini, donde la única alternativa, se decía, era verse rodeada de indios zarrapastrosos, compartiendo en un solo salón al único maestro para los tres grados de la secundaria.

Mamá y la abuela habían pensado enviarme a Puebla, al mismo internado de religiosas al que irían seis más de mis compañeras. A mí el plan no me interesaba en lo más mínimo. Mamá y yo lo habíamos ido a ver; después de hacer el largo trayecto subiendo y bajando pangas, nos habíamos entrevistado con las monjas poblanas y me habían hecho el examen de admisión que consistía en saber responder a las preguntas de la doctrina, y contestarlas verbalmente. No importaba siquiera la ortografía. En esa escuela aprendería cocina, bordado y tejido, administración del hogar y francés. Todas las disciplinas hubieran podido ser enseñadas en casa, excepto la última, aunque mamá, que también había estudiado con esas monjas, hablaba el francés con soltura, pero no por haber estado con ellas, sino por el tiempo que pasó en Europa, donde fui concebida yo y del que jamás se hablaba en casa, intentando borrarlo y convertirme en hija de la nada.

Los viernes, las monjas organizaban tardeadas a las que concurrían los muchachos del bachillerato de los maristas y lo más selecto de la sociedad poblana. Así se entrenaba a las alumnas en cocina, protocolo, maquillaje y peinado, y se mataban dos pájaros de un solo tiro bajo el techo del internado, porque para la reunión se elegía con todo cuidado a los asistentes varones. No cabía duda de que al terminar la secundaria todas las alumnas tendrían tratos, bajo los severos ojos de las monjas, con algún buen partido.

## LA LLUVIA DE LA FERIA

La temporada de secas se había prolongado más allá de lo normal, y todos los del pueblo comenzábamos a ponernos nerviosos. El calor se había hecho insoportable, el polvo nos tenía literalmente cercados, el río se había adelgazado hasta casi desaparecer y extrañábamos el sonido de la lluvia. En nuestra región llovía todos los años, abundante, ruidosa, exageradamente, y el clima era siempre para nosotros benignidad y opulencia. Éramos pueblos de lluvia, acostumbrados a las inundaciones y los excesos de agua. Nuestros ancestros habían perdido las escamas sin abandonar el alma de peces. Esperábamos impacientes la temporada de lluvias para sentir a todas horas el agua en la piel y (si puede usarse aquí esta palabra) refrescarnos en el chapaleo de un aire que se volvía todo humedad, si no literalmente agua.

Ahora que ya debiera, no llovía. Sentíamos en la piel el escozor de la resequedad. Nuestras gargantas también ardían, como si nuestras branquias llevaran semanas respirando arena. Se acercaba el día de San Juan y no había caído aún una gota. La feria itinerante se había instalado sin sufrir, por primera vez, las molestias de la lluvia. Venían los camiones de siempre, cargados con el juego del látigo tronchado en cuatro partes, los carros chocadores, el látigo desensamblado, el camión-corral de los falsos animales fenómenos, la cabra de cinco patas, la vaca de dos cabezas, el borrego verde, los tableros y los premios de los juegos de dardos y de canicas, el camión del mago, el de la mujer tortuga y uno más con una larga torre en el centro que ahora puedo comparar con la del guardacostas pero que entonces me pareció una infernal maquinaria que agitaría el corazón de todos los jóvenes del pueblo, tal vez meneándolos más y más abruptamente que el látigo, y subiéndolos más alto que la detestada rueda de la fortuna.

Para la noche de San Juan, la feria estuvo armada y abierta la venta de boletos. Me dirigí, primero que nada, a la torre, para saber qué era y cómo funcionaba; qué deleites perversos nos esperaban en ella.

Avisaron con un magnavox, puesto que éramos tantos esperando subirnos a la torre, prácticamente el pueblo entero (excepto las monjitas, el cura y el servicio doméstico), que la torre funcionaría a la compra de diez en diez boletos, que era cosa de tener paciencia porque ese juego, aunque nos beneficiaría a todos, llevaría su tiempo. Enfrente de mí había bastantes más de diez, así que tomé boleto para la diversión que había al lado, "Venga a ver a la mujer tortuga", cabeza humana, cuerpo de galápago, que desde el fondo de una pecera, con el cabello sospechosamente seco, nos narraba que se había convertido en ese monstruo por desobedecer a sus papás, sacando burbujas del agua que la rodeaba, mientras se deshacía en expresiones de arrepentimiento, cuando de pronto el cielo verdaderamente estalló en lluvia. La cabeza de la mujer tortuga se mojó (milagro que no había conseguido la pecera llena de agua en la cual nos proyectaban su imagen) y todos estallamos en risas, aunque la mujer tortuga no perdió ni por un instante su aire trágico y solemne, de india papanteca sin lugar a dudas, hierática y desdeñosa. Ella continuaba arrepentida, aunque el juego de espejos hubiera perdido su poder de engaño.

La lluvia intensa duró solamente un minuto.

La torre era la que había hecho caer la fuerte lluvia. Era una máquina para hacer llover. Por más peces que fuéramos los de Agustini, convenimos en que a la mañana siguiente compraríamos los boletos de diez en diez y que dejaríamos seca la noche para disfrutar la feria. La mujer tortuga, sumergida en su enorme pecera, no se volvió a mojar. Sólo aquellos que entramos los primeros presenciamos la revelación de su verdadero secreto, el juego de espejos que la dejaba estar a secas aunque la viéramos sumergida en agua, "por desobedecer a sus papás".

A la mañana siguiente llovió muy intensamente en periodos cortos interrumpidos. Era una lluvia peculiar porque no comprendía ningún rayo o trueno, ni nada de viento. Consistía en un caer de gotas gordas como pelotas de golf que mojaban solamente al pueblo y sus más cercanas inmediaciones. El resto de la parafernalia que acompañaba a la lluvia no se presentaba; ya no volveré a nombrar ni a los ventarrones ni a los truenos, porque ni siquiera corrían nubes oscuras a ocultar los rayos de sol mientras caían los goterones quién sabe de dónde, y era tan tupida que no nos dejábamos embelesar por los inmensos arco iris que radiantes brillaban en cuadrillas.

A nuestra finca no alcanzaba a mojar, así que la abuela los abordó para preguntarles si había manera de extender su poder, o si era necesario que la torre se mudara para allá, pero este último era un ofrecimiento puramente fantasioso; los caminos estaban en tan pésimo estado que era a todas luces una posibilidad impracticable.

—Cómpreme cincuenta veces diez —le dijo el administrador de la feria—, y verá usted una lluvia como no la ha visto nunca.

La abuela no se tentó el corazón. Pagó cincuenta veces diez el importe de un boleto, pidió venia para llegar a casa sin mojarse, y apenas lo había hecho cuando estalló una lluvia de proporciones jamás antes vistas, lo que son palabras mayores porque en Agustini caían tormentas descomunales.

Estábamos en los últimos días de clases, ningún pretexto valía para faltar a la escuela o interrumpir exámenes o lecciones (habían llegado las pruebas que exigía la Secretaría de Educación Pública a cambio de nuestro certificado de primaria, y las hermanitas querían que las contestáramos lo mejor posible para evitar cualquier inspección que las obligaría a vestirse de civiles y fingir demencia en relación a su estado religioso), pero apenas terminó de caer la tremenda lluvia, que habíamos contemplado todas mudas sin tratar de hacernos oír bajo su fragor estruendoso, cuando la hermanita nos mandó a todas a casa, aterrorizada, diciendo —según costumbre ante las violencias de la Madre Naturaleza— "éste es el fin del mundo, éste es el fin del mundo. ¡Recen, niñas, recen!".

Su reacción era una insensatez. Si acaso había pasado algo con la caída de esa tormenta tupida, o si iba a suceder algún peligro, estábamos más seguras a su lado y no dispersas en el pueblo, pero sólo escuchó el consejo del pánico, y nos echó a la calle para correr a guarecerse con sus protectoras hermanitas, atrás de los muros del convento, pasando antes por la iglesia, donde tenían convenido juntarse en caso de necesidad extrema, peligro o amenaza en contra de la fe de Cristo o de sus humildes personas.

El río se había desbordado. Caminé a casa esquivando su rugiente proximidad. Al pasar por el costado de la panadería, alguien corpulento y grande me tomó de la cintura, alzándome del suelo, sin que me diera tiempo de aullar pidiendo auxilio o de escaparme y echarme a correr.

Una mano gorda sobre mi boca me impedía gritar. No entendí qué ocurría. Sólo recuerdo el sótano de la panadería, un jaloneo absurdo, las manos del hombre esculcando mis ropas, mis gritos, ahora que ocupaba en otra cosa sus manos, los pies resbalando en piso mojado, el golpe de su cuerpo al caer sobre la mesa de harina, y que de pronto entró el profesor de la secundaria, gritándole al ver la escena:

—¡Alto ahí!

El hombre me soltó.

—¿Pero qué no ves que es sólo una niña? ¿Qué te pasa a ti? Pongamos que tienes sólo harina en la cabeza, ¿pero y tu corazón? Pídele una disculpa a Delmira, ¡ya!

—Creí que era su mamá —contestó tartamudeante, ya a una cierta distancia de mi persona.

—¿Además estás ciego? ¿Y ustedes? —entonces vi que nos rodeaban los otros panaderos, vestidos de blanco, los torsos desnudos, que ahí estaban en el centro de esa nube de luz, con los ojos desorbitados. También me di cuenta de que la blusa de mi uniforme estaba abierta, y la cerré, y bajé la camiseta que el hombre me había forzado hacia arriba. Sentí que me había meado de miedo, tenía los calzoncillos empapados—. Muy mal, muchachos, muy mal. Ven acá, niña.

Me tomó de la mano y sin soltarme subimos juntos la escalera que yo no sentí bajar. Afuera, el pueblo estaba trastornado por la turbulenta caída de agua. La gente sacaba cubetadas de los patios, ponían sacos de sal a la entrada de las casas, y me maldecían al verme pasar, sin que yo supiera aún que había caído esa lluvia bestial por causa de la abuela, sintiendo que me insultaban por lo que me acababa de ocurrir, que por eso me increpaban. Me temblaban las piernas y no conseguía serenar mi respiración. El profesor no me soltaba de la mano. Él, que cuidaba indios, ahora me tomaba a su cargo, rescatada de algo terrible, de algo que yo no podía ni imaginar. Por un momento sentí un intenso pudor ante él: me había visto con las ropas revueltas cuando una mano asquerosa me tentoneaba, humillándome. Él, insensible a mi arranque, casi llevándome en vilo, sin permitirme una inmovilidad que parecía exigirme mi condición, me llevaba a paso apresurado, como una grácil sedita, por las calles de Agustini, directo al kiosco de la Alameda, donde me invitó un helado. Se sentó frente a mí a comerse el suyo. Para mí había ordenado uno doble de limón.

—Si quieres llorar —me dijo, sentado frente a mí— puedes hacerlo, Delmira. Te doy permiso. Y si alguien pregunta que qué te pasó, yo doy la cara, invento cualquier cosa, que te tropezaste, que te caíste, que por un pelo te lleva el río, ¿qué te gusta más?

No hablé. El helado estaba obrando maravillas, como la mirada del profesor. Helado y mirada me reconstituían. Incontables helados manducados a lo largo de mi vida no habían hecho este efecto, y lo que nunca antes había visto era la mirada del maestro, que cálida infundía tranquilidad y confianza.

—No hables si no quieres, pero si quieres, chilla.

—No tengo de qué llorar —le dije con voz aplomada.

—¿Pues de qué estás hecha tú, niña? ¿No sientes nada?

—Claro que siento y siento, y dejo de sentir cuando siento feo, si tonta no soy. Además, me gusta ser dura. Sólo las duras podemos con las huesudas.

El profesor se rio.

—Tienes harina en la espalda, ¿te la sacudo?

"También tengo los calcetines empapados", pensé y dije a un tiempo, agregando:

—Debiera irme a cambiar a casa, pero...

—¿Quieres ir?

Le dije que no con la cabeza. Se levantó, y con unas palmadas suaves me quitó la harina del cabello y de la ropa. Me vio los pies.

—Los calcetines se secan al rato. Ya sé; pedimos otro helado, nos sentamos en una banca del parque, te quitas los zapatos y calcetines, y me cuentas tu vida. ¿Cómo ves?

No esperó mi respuesta. Pidió los helados, los pagó y me hizo una seña para que lo siguiera. Nos sentamos bajo una buena sombra, mirando la iglesia.

—¿Entonces?

—Entonces, ¿qué?

—Ya vas a acabar la primaria, ¿qué planes tienes?

—Mi abuela quiere enviarme a Puebla a aprender todo lo que pudo haberme enseñado ella. Me da asco pensar que voy tomar clases de cocina, de bordado, de tejido... ¿Para qué?

—¿Tienes amigas en la escuela?

—¿De dónde las saco? Las de mi salón tienen la cabeza llena de paja, no hay ni una sola humana, ni unita. ¿Crees que nomás hablan de casarse, de novios, de cómo va a ser su casa, de cuántos hijos van a tener, de que si prefieren les nazca primero el hombre o si primero la mujer, del lugar donde van a ir de viaje de bodas?

—¿Por qué no entras conmigo a la secundaria? ¿Te gustan las matemáticas?

—Hago más rápidas las cuentas que las hermanitas.

—No es mucho decir. ¿Te gusta leer?

—Es lo que más me gusta. Yo leo mientras la hermanita explica mal cómo se hacen las cuentas.

—¿Qué libros lees?

—Los del estudio de mi casa. Los que eran de mi tío Gustavo: *El tesoro de la juventud*, *Las aventuras de Guillermo*, *Los tres mosqueteros*, el Rocambole, Julio Verne, *Los miserables*…

—¿Qué te gusta más, *La vuelta al mundo en ochenta días*, o *Doctor Jekyll y Mister Hyde*?

—Doctor Jekyll.

—¿Sherlock Holmes o Robin Hood?

—No sé cuál me gusta más. Sí, Robin Hood.

—¿Alguna otra de tu salón lee?

—No que yo sepa.

—Vas a entrar a estudiar conmigo.

—¿Cómo crees? Estás mal. Ni de chiste me deja mi abuela.

—El padre Lima me debe algunos favores. Él se encargará de que entres a estudiar conmigo. La abuela no le va a decir que no. A Gustavo, además, no le va a parecer nada mal. Después, te vas a hacer la preparatoria a la ciudad, entras a la Universidad, terminas tu carrera y salvas al mundo. ¿Te gusta el plan?

—No lo sé… Sí… Mucho —cada instante su voz me sabía mejor, y el maestro me caía más bien. Era un hombre seductor, feo y delgadito pero muy encantador, música de flauta para las víboras, canto de Hamelín. Era más gracioso que Jack el chino y mucho más inteligente—. Yo había soñado con que mi tío Gus me llevaría con él a la ciudad apenas terminara la primaria, y que haría allá el bachillerato entero…

—¿Qué quieres estudiar?

—Quiero ser arqueóloga.

—¡Válgame el cielo! ¿Ya le contaste a tu abuela?

—No hablo con ella, no he hablado nunca con ella. No oye. Todo el día está limpia y limpia, o haciendo cuentas de la finca. ¿Qué tanto le cuenta?

— Ni te imaginas qué tanto le cuenta… ¡Una fortuna!

—Yo quisiera irme con Gus. Él es otra cosa.

—Pero ahora no te llevaría Gustavo consigo. En cambio, en tres años, no me cabe duda de que le encantará la idea. ¿Ya quieres ir a tu casa?

—¡Ni loca!

—¿Te gusta la música?

—¿Cuál? ¿Una del radio?

Se rio. No dijo nada a mi pregunta. Sólo me avisó, "ahora vamos tú y yo a mi casa", me volví a poner zapatos y calcetines, que estaban ya prácticamente secos, dejamos la banca del parque y nos enfilamos juntos, conversando sin parar, hacia allá. El sol brillaba como si nunca hubiera llovido en Agustini.

# LA CASA DEL MAESTRO

La casa del maestro era muy distinta a la mía y a las otras del pueblo. Tampoco se parecía a las que había yo visto en los viajes con el cura (las de los indios, oscuras y frescas, de forma redonda, techo de palma, paredes sin esquinas de adobe, o las enormes, de muy altos techos, rodeadas de verandas, con patios interiores y una sucesión interminable de habitaciones, de los capataces o los dueños de fincas), ni tenía nada en común con las de mis primos de Puebla o Villahermosa, esas casas urbanas, de dos o más pisos, sin balcones, con sillones mullidos, tapetes o alfombras en los pisos, ruidoso aire acondicionado, escaleras y barandales, pasillos interiores, patios techados, muebles de otros tiempos o grotescamente a la moda, y una cantidad de baños que no tenía sentido, si no era pescar vampiros, detectándolos con tal cantidad de espejos.

La puerta de la entrada de casa del maestro daba directamente a la sala de piso de mosaico y dos ventanas (que no balcones) a la calle, un cuarto umbrío y fresco amueblado con sillones de patitas picudas. Reinaba en ella un silencio inusual en las nuestras, porque no pululaba un sin fin de gente, como en las otras que yo había estado, incluyendo la mía, donde no era extraño ver husmeando por la puerta de mi habitación al vendedor de miel, al muchacho de la lotería, a la señora que nos traía bordados los blancos y gigantescos trapos de la cocina con la letra U del apellido de la familia. La gente iba y venía, entraba sin avisar y a veces se dilataba más de la cuenta en salir. Los únicos que invariablemente querían dejar la casa huyendo eran los indios que venían de la finca o el gordo capataz, pero incluso ellos se tomaban el refresco que les diera la vieja Luz o la maldita Lucifer (la primera sonriéndoles, la segunda maldiciéndolos), los indios acuclillados en el piso de la cocina, el gordo capataz sentado frente a la mesa del molino sin quitarse el sombrero. Cuando yo era muy pequeña, el capataz llegaba a caballo, montado en un alazán precioso, "La niña de mis ojos". Después, alguna de las camionetas para transportar el café nos lo traía a la puerta con el mugir de maderas de las redilas que no alcanzaba a apagar el motor siempre rugiendo. Las camionetas también tenían nombre, por cierto, escrito atrás en el borde de la caja de carga, con gruesas y compactas letras negras, "Mi último viaje", "Mariposa de carretera".

De todas las casas que yo conociera antes de la del maestro, la más silenciosa era la de Elbia. Su abuelo —dueño de la mueblería del centro que abastecía a toda la región de colchones, roperos, mesas de brillante formaica, cabeceras, burós, y etcéteras, cuyo hijo mayor había montado en Villahermosa, Tampico y después en la Ciudad de México varias sucursales de la misma inmunda tienda, había perdido el movimiento y la capacidad de pensamiento en una confusa historia ocurrida en algún exótico rincón del África. El hijo, tío de Elbia —el rico mueblero— y el abuelo —el mueblero provinciano— se habían ido de cacería con propósitos casi profesionales y meramente decorativos. Iban para traer con qué enriquecer la apariencia de sus tiendas: con cabezas de león disecadas, patas de elefantes vueltas taburetes, colmillos, pieles de cebras y de tigres. Con todo esto sí, regresaron, pero el abuelo había sufrido un accidente innombrable, que algo tenía que ver con un secuestro, si me quedó claro, y ahora lo tenían como a otro y horrible mueble más en casa. Pero incluso ahí, donde reinaba la pena de la enfermedad y la amenaza de la por otra parte deseada muerte, entraban y salían personas, aunque sin revuelo ni libertad de ruido. Porque a mi casa el pajarero entraba silbando, después de haber dejado apoyadas contra la fachada sus jaulas, el vendedor de quesos entraba cantando, la de los deshilados y bordados entraba rezando sus jaculatorias, confundiendo siempre la nuestra con el convento (no estaba tan mal, las construcciones se parecían). El silencio era en mi pueblo una especie extinta. Todas las casas eran como panales zumbadores, los seres entraban y salían revoloteando a conversar, a hacer cuentas, a ofrecer cangrejo vivo, peje fresco, pigua recién sacada del río, orejas de mico o icacos en almíbar negro, a comprar rompope, a gorronear un pastelillo o un bocado, a tomarse un refresco, o a batir junto con alguien la crema para hacer la mantequilla.

No la casa del maestro, ocupada estrictamente por su tía y por él. La suya era una casa de puerta cerrada y directa a la habitación como la de los indios, pero metálica. No era tan oscura como las sin ventanas de los mayas que vivían en los otros pueblos de la región, pero recibía mucho menos luz que las nuestras. Entrar a ella era como cambiar de pueblo, introducirse en un asentamiento mestizo desconocido para nuestro Agustini. En ella todos los objetos se apoyaban, el cenicero tocaba la repisa, la taza hacía un sonido cuando al terminar el café uno la ponía sobre la mesa, ¡puc!, sonó la mía, y me asustó. Las cosas en esa casa tenían otro cuerpo. Los objetos, además, eran de muy otra naturaleza. No había floreros, ni con las imitaciones de plástico como en la mayoría de las casas, ni con naturales como en la nuestra y en la del cura. No había figuras adornando los muebles, no estaba el payaso que apareció por primera vez en la sala de doña Gertrudis de las Vegas, la amiga de la abuela a la que íbamos de vez en vez a visitar ("es por compasión —me explicaba la abuela—, la pobre lo ha perdido todo, es una desgracia, mira nada más cómo vive"), ni las campanas de la mía, ni las figuras de Lladró de casa del doctor, ni las vírgenes que las hermanitas habían ido juntándole al cura.

Lo que había era un número incontable de libros, regados sin aparente orden ni concierto por toda la casa, en libreros, sobre las mesas, o acostados aquí y allá, y bajo ellos no se formaba la pelusilla que en la nuestra crecía como una perversa floración de las letras al pie de los volúmenes flotantes con los que sólo yo tenía tratos. Había además algo que nunca entraba en casa: periódicos y revistas. Gustavo, cuando vivía en el pueblo, iba al café de los portales a leerlos, los compraba en el puesto de impresos, y al retirarse, invariablemente, los dejaba sobre la mesa para que los meseros los leyeran o los tiraran al bote de la basura.

Como los objetos sí se apoyaban en esta casa, el maestro tenía en su poder algo que a los demás nos estaba prohibido. Me acuerdo todavía con toda claridad cuando Gustavo hizo el fallido intento de hacerlo funcionar en casa. Llegó con el tocadiscos recién adquirido en Campeche, donde había comercio de importaciones, junto con una buena cantidad de gordos discos de pasta, uno de los cuales llegó roto por el traqueteo del camino. Era un precioso Panasonic portátil moderno, una maleta verde claro que en una de sus tapas tenía las dos bocinas y en la otra el tornamesa. Gustavo lo acomodó con todo cuidado, puso en un lugar y en otro las dos bocinas que venían con su respectivo cable café conectadas al tocadiscos, pero por más que le hizo y le deshizo, no lo pudo hacer sonar. Después de que le revisó esto y aquello, y de que pensó en ir a devolverlo al fayuquero que se lo había mercado, Gus cayó en la cuenta de que la aguja flotaba sin rozar la superficie del disco, produciendo por esto cero sonido. Intentó que bajara poniéndole una moneda de un centavo sobre el lomo plano del brazo de la aguja, pero las monedas nacionales, fuera cual fuera su denominación, flotaban a su vez. Probó entonces con un quarter americano, pero lo único que consiguió fue, después de haber podido oír un pedazo de canción, arruinar el disco. Ése era el mismo tocadiscos con el que ahora oíamos cantar a una voz en inglés que recuerdo con toda claridad. Era Bob Dylan.

La aguja leía sin dificultad las canciones sobre discos ahora más ligeros, algo más delgados y más grandes.

La otra habitante de la casa, la tía, me pareció una vieja, mucho mayor que mi abuela. Era una solterona que había cuidado del sobrino desde pequeño, que trabajaba de maestra en la escuela oficial, conocida en todo el pueblo como la señorita Ramírez Cuenca. No parecía haber en esta casa más familia, la suya terminaba y comenzaba con ellos dos, cosa también por completo inusual en nuestra región, donde las relaciones sanguíneas se ramificaban hasta la exasperación. Recuerdo que una tarde mi abuela decidió recitarme el árbol genealógico de los Ulloa, y fue desde la fundación del pueblo hasta nuestros días, extendiéndonos a lo ancho cada vez más, hasta que parecía que no había casa de bien en nuestro pueblo con la que no tuviéramos algún parentesco. Agustini estaba habitado por una legión de primas y de primos, de tíos y sobrinos.

No sé cuánto tiempo pasamos en su casa, brincando de un disco al otro, de una canción a otra, pasando por Debussy, que bien poco me interesó aunque a él le apasionara, si lo comparo con el efecto que hicieron sobre mí Joan Baez, Simon and Garfunkel, el *San Francisco* de Scott McKenzie, Óscar Chávez, pero bastó para que el día volviera a comenzar para mí y todo lo anterior (la casa, la escuela, Agustini) se convirtiera en cosa del pasado. En casa no teníamos siquiera radio. El que se oía en el mercado tocaba invariablemente música mexicana de otros tiempos o grupos pseudo-tropicales, y cuando estaban en ánimo de ser modernos cambiaban a una estación donde se escuchaban baladistas cursis, la misma de la asesora sentimental que era casi el oráculo de las casaderas de mi pueblo, en el programa "Cura de sentimientos". Mi abuela decía que desde el tiempo del doctor San Pablito no había habido un tomador de pelo más grande que ella, que era una merolica, que no entendía cómo las chicas la tomaban con tanta seriedad. Por mi parte, jamás pude oírla. Algo había en el tono de su voz que me invitaba a la distracción. Pero a mamá y a Dulce les encantaba, encontraban la manera de salir de casa justo a la hora de su transmisión para ponerle el oído encima. Se detenían frente al radio de la mueblería o al del mercado, para escucharla de pie, reverentemente. Apenas dejaba de hablar y comenzaba la transmisión de canciones, las dos se echaban a andar, de carreras, para volver a casa antes de que la abuela sospechara a qué habían salido en realidad. Cuando Luciferita entró a trabajar a la casa, llegó con su radio. Lo tenía en su cuarto, y a la hora del programa de la asesora sentimental no había manera de encontrar a Dulce. Estaba con la oreja pegada al aparato. Pobrecilla, alguna fantasía debía de hacerse con algún hombre, me imagino, o soñaría con casarse con alguien, no lo sé. Jamás me hizo notar que alguno fuera particularmente de su agrado.

Mientras seguíamos escuchando discos, comimos un par de sándwiches de jamón, hechos con pan industrial blanco de orilla blanda, como tampoco en mi vida entera había probado. Alguna amiga llevaba a la escuela sándwiches para el recreo, pero era algo realmente ajeno a nuestras costumbres. Lo normal era comer a media mañana una tostada preparada por las hermanitas; las vendían en la puerta de la escuela para sus alumnas y los que pasaran a esas horas por ahí, un número considerable, porque la gente desviaba su camino con tal de topar con ellas y poder llevarse esas delicias a la boca.

Llegó el momento de volver a mi casa. La tía había salido, había vuelto a entrar con la nueva de que las Ulloa se habían enterado del incidente de la panadería y había vuelto a salir para aplacar los chismes que corrían como reguero de pólvora. Me tuvo muy sin cuidado lo que a ella parecía preocuparle tanto, y no le dediqué un segundo de pensamiento. Camino a casa, no escuchaba lo que el maestro me venía diciendo, porque sonaba adentro de mí *The answer my friend* a un volumen tal que no podía entrarme nada por los oídos del cuerpo. Tampoco me di cuenta de que dejaba atrás al maestro y de que entraba a la casa.

Topé con las huesudas en el patio. Conversaban acaloradamente la abuela y mamá; enfrascadas en su intensa charla, no me vieron entrar. "Hola, las dos", les dije, con tono alegre. Al oírme, mamá se levantó de la hamaca y con paso rápido, completamente ajeno a su caminar de gato, se dirigió casi corriendo a su cuarto, ahogando el llanto que no alcanzaba a tapar el tipititap de sus tacones. La abuela, en cambio, se quedó clavada de pie al piso, congelada. ¿Qué les pasaba? Mi nana Dulce, al oír mi voz, salió de la cocina, con la boca todavía llena de quién sabe qué golosina, y entró corriendo al patio. Al ver la escena, soltó una carcajada histérica, pero se tapó de inmediato la cara con el rebozo (ahora ella, imitando a la abuela, también se ponía algo parecido a un chal sobre sus hombros al caer la tarde), ahogando la risa que la avergonzaba. La abuela, de pie, comenzó a llorar.

No me atrevía a preguntar nada. La abuela seguía llorando, incontenible. Me dije a mí misma, "¿por qué llora?" y me contesté, cayendo en la cuenta, "llora por mí, por lo de la panadería". Esto había llevado a la casa un velorio. En Agustini no se podía ocultar nada.

—Lleva a bañar a Delmira —dijo la abuela a la nana Dulce.

Alcancé a oír que también mamá seguía llorando en su cuarto. *The answer my friend* no se borraba de mi cabeza. Tuve que hacer un esfuerzo para ponerme a tono, barrer a un lado la melodía y recordar que, sí, aquellos hombres me habían metido a la panadería, pero de inmediato ajusté los tiempos. Eso había ocurrido hacía mucho, había sido horrible pero ahora no tenía la menor importancia.

Hasta este instante, el maestro me alcanzó. Alguien lo había entretenido justo antes de entrar a la casa, me explicó.

—Buenas tardes —dijo, interrumpiendo el llanto de la abuela—. Señora, tanto gusto —le extendió la mano que la abuela recibió—, buenas tardes. Disculpe que irrumpa en su casa, pero necesito hablar con ustedes dos, si me lo permiten. Me ha dicho mi tía que están muy preocupadas.

La abuela lo tomó del brazo con las dos manos. Súbitamente sí parecía vieja, mucho más vieja que ella misma, ahora sí considerablemente mayor que la tía del maestro. Se aferró a él como una enferma y exhausta aguililla que se posa para no desvanecerse a medio vuelo. Pero gritó con voz aplomada: "¡Ven acá, hija!", y dirigió a su sostenedor a la puerta de la sala, rígida y sin dudar. Ahí lo soltó para sacar su llavero de cadena de la bolsa de su blanco vestido de algodón, giró la cerradura y abrió la puerta. Mamá, con su habitual paso narcótico, estaba ya a su lado. Entraron los tres dejando tras de sí la puerta abierta.

Apenas la traspusieron, mi abuela dijo, sin dejar de llorar:

—¡Mejor nos la hubieran regresado muerta!

Dulce y yo nos quedamos sin obedecer la orden del baño, escuchando la conversación que aunque no fuera en elevada voz era completamente distinguible. Las dos lloraban, y él les hablaba en cambio con voz serena y musical, explicándoles que todo había sido sólo un susto, que por la intensidad de la lluvia los panaderos habían salido temiendo ahogarse, y que arriba, donde jamás solían estar, se habían puesto locos; que yo había tenido la mala suerte de pasar en ese momento, pero que él había entrado casi rozándome los talones, que no se preocuparan, que, como ya les había dicho, sólo había sido un susto, que no había pasado nada, todo se había reducido a un muy desagradable jaloneo que él me había curado con un helado de limón, otro de guanábana y una canción, la que sonara en sus discos. Que dejaran de llorar, que él estaba seguro de lo que les decía, que no había pasado nada en verdad, que sí, que no se preocuparan, que él se encargaría de difundirlo por todo el pueblo, que en este mismo instante su tía ya lo estaba haciendo.

"Cómo agradecérselo", empezó la una, "cómo agradecérselo", siguió la otra, y él "no tienen nada que agradecerme, fue un placer conversar con su Delmira, qué chica más lista, más inteligente, es más leída que nadie en este pueblo".

—Ése es un problema —lo cortó en seco la abuela. Ni en esas circunstancias iba a permitir que hablaran bien de mí. Salió de la sala, pidiendo a Dulce que ordenara pastel y leche de guanábana en la cocina para ofrecerle al maestro, sin antes consultarle, y a mí con un gesto de la cabeza (muy distinta su cara después de haber llorado, rejuvenecida, vuelta a su edad indistinguible) me indicó que debía entrar a sentarme con ellos.

—Lávate las manos antes —fue todo lo que me dijo.

El maestro intentaba declinar de mil maneras distintas el pastel, pero, por más que lo intentó, tuvo que someterse a una gorda rebanada del Sacher-Torte, un vasote de licuado de guanábana, y salir cargando una buena dotación de tablillas de chocolate de la abuela, "regalo para su tía", así como un frasco bastante grande de curtido de durazno y una lata llena de galletas y dulces de almendra.

Apenas salió él, la abuela volvió a echar llave a la sala, no sé si por temer que alguien robara los candelabros de plata, el icono ruso, las campanas de distintas partes del mundo, de plata, cobre o piedra, los enormes jarrones de cerámica china, que se bamboleaban perezosos, o el enorme san Sebastián, pintado a finales del XVII en la ciudad de Puebla.

Era ya hora de dormir. Las estrellas brillaban, los grillos chirriaban, el atardecer había pasado sin que percibiéramos sus colores chillantes. La abuela con su chal a los hombros echó la tranca. Cuando se acomodó en su mecedora, yo me tendí en la hamaca, Dulce sacó el peine de dientes separados y mamá se arrellanó frente a ellas, diciendo:

—Con tanto alboroto por lo de la niña no pensamos que no llegaron noticias de la finca. ¿Habrá pasado algo con la lluvia?

—Si hoy las vacas no volaron, perdimos más de una. Cualquier camioneta se habría quedado enfangada con noticias. No veo la hora en que pongamos allá un teléfono y nos dejemos de angustias.

Acto seguido, como si súbitamente no importara nada ninguna vaca muerta, ni hubiera habido susto alguno que comentar, la abuela procedió de un hilo a contar la historia del día:

# EL CUENTO DE LA ABUELA

"Hoy les voy a contar cómo los protestantes intentaron convencer a los hombres de Paraíso de que se alejaran de la fe de la Iglesia.

"Pues resulta que unos ingleses habían llegado a vivir a Paraíso, para hacer desde ahí sus comercios marinos, al principio de frutas, después maderas (caucho no, esto fue antes de que llegara la fiebre del hule, cuando todavía los europeos creían que el caucho sólo servía para borrar el lápiz), pieles de cocodrilo y de víboras, qué sé yo qué más, si éstos eran capaces de vender hasta a su madre, y les iba tan bien que compraban un carguero tras otro y una cantidad incontable de cayucos para acercar las mercancías al puerto.

"Los ingleses no eran gente como uno. Vivían diferente, creían en otro dios, eran protestantes. Antes de que la niña me salga con sus preguntas, aunque bien sabe que no se puede interrumpir a la abuela, le explico que los protestantes son unos señores que abandonaron a su Santidad porque su rey quería que le hiciera inválido un matrimonio, sin tener motivo mayor que su lascivia, esto es —no me salgas con preguntas— un mal comportamiento, y como nuestra religión tiene prohibido el divorcio, el Papa le dijo que no, que de por sí ya había abandonado a siete mujeres, matando a algunas, a otras haciéndolas prisioneras para desaparecerlas, y que se había hecho hasta ese momento de la vista gorda, pero que de ninguna manera le iba a disolver el matrimonio que lo ataba con la que era hermana del católico rey de España, hombre impecable, un verdadero santo, con el temor de Dios bien acomodado en su pecho.

"Pero estábamos con los ingleses de Paraíso, los mercaderes de todo, los buenos para vender y avaros para comprar que vinieron a enriquecerse, y de qué manera. Estos ingleses llegados a Paraíso eran seguidores de la religión inventada por el rey malandrín, y por lo tanto gente extraña de raras costumbres. Por supuesto que era recibida con amabilidad por los de Paraíso, porque, eso sí, lo que se dice amables, amables, siempre somos los tabasqueños, pero sin ninguna simpatía por sus necedades en lo que toca a su religión, si se le puede llamar así al atajo de creencias de los protestantes, y aquí me persigno, en el nombre del Padre, del Hijo y del Espíritu Santo, amén.

"Pues resulta que, no contentos con mercar mucho de esto, y más de aquello, con una habilidad verdaderamente impía, tanto que hicieron irse a la ruina a más de uno de los establecidos antes de su llegada, hechos al más viejo, más respetuoso y católico estilo (fue cuando mi abuelo perdió siete barcos, se acordarán, ya les conté esa historia), estaban decididos a volver protestantes a los habitantes de Paraíso. Yo me digo, ¿por qué no los dejaban en paz? Ya tenían lo que querían: dinero, barcos, poder (una de sus hijas estaba de novia con el gobernador de Veracruz). ¿Qué más deseaban? Pero no; duro y dale con hacerlos cambiar de fe, intentando convencerlos de que debían abandonar la protección del Papa y —todavía peor— la de la Virgen, porque ellos decían que la Virgen no lo era, y que no había que adorarla por este motivo. También estaban en contra de rezar a los santos; en nada creían, tenían el corazón de piedra.

Así que los protestantes decidieron que ya se habían impacientado de convivir con gente que no era de sus mismas creencias, y tramaron cómo hacerlos cambiar de opinión. ¿Y qué creen que hicieron? Pues una noche de sábado, cuando había luna llena, para que todo se viera bien, porque en Paraíso no había suficientes lámparas —si es un pueblo de mierda, peor todavía que el nuestro, mucho peor, creo que sólo hay seis casas con balcones—, cuando los músicos del pueblo tocaban sones, rasgaban guitarras y arpas, y aporreaban panderos y tambores, hicieron bajar a todas las imágenes de la iglesia. Las llamaron, las hicieron desplazarse con el poder del mal. Las imágenes llegaron andando como si fueran personas, vírgenes y santos se congregaron en el centro de la plaza, abandonando momentáneamente su materia de estuco y madera y, dejando sobre sus maquilladas caritas las pestañas largas de artificio, habían cobrado carne y hueso, no sólo para andar como cualquiera, sino para menearse al ritmo de la música de Paraíso, bailando con descaro e incitando a los del pueblo a bailar con ellos, a lo que no pudieron resistirse, provocando las mujeres pestañudas y maquilladas a los hombres, aunque vistieran las ropas santísimas que el cura de su pueblo había bendecido tantas veces, si hasta dicen que el rosario que tiene colgando al pecho su Virgen de Montserrat lo bendijo el Papa en persona, que por eso la imagen es milagrosa.

"Pero en lugar de conseguir lo que buscaban (porque los protestantes habían imaginado que de esta manera todos los de Paraíso sentirían repulsión y abandonarían cura e iglesia para sumarse a sus ceremonias sin santos en el cuchitril que habían levantado como templo, un largo galerón sin gracia alguna), en lugar de eso, a la mañana siguiente vieron sus casas apedreadas, su bodega incendiada y hubieron de abandonar Tabasco para siempre, porque habían manifestado su liga con el demonio, y Paraíso no podía aceptarlos más.

"Ésa fue la historia de los protestantes en Paraíso. También aprendieron los ingleses la lección, supieron que la gente de estas tierras, aparentemente desapegada a la religión, bien que sabe distinguir el bien del mal y es buena en esencia, y como lo que más les importaba a los ingleses era seguir con sus negocios y no tener obstáculos para enriquecerse, llegando al Puerto de Veracruz se hicieron todos bautizar en una ceremonia colectiva, y dejaron de ser protestantes para no provocar más enojos. Y sí, la hija de uno de ellos se casó con el hijo del que entonces era gobernador, que había sido por cierto un pretendiente de mamá, historia que no pasó a mayores porque resulta que mi abuelo, que tenía su carácter, lo encontró un día en el plantío de los Sarlat haciendo a una india una humillación tan tremenda que lo fue a acusar con su padre, pero para su asombro él le contestó 'si las perras fueron hechas para esto, qué me dice usté, Ulloa, no veo qué le sorprende', así que mi abuelo le prohibió volver a recibir una vez más al muchacho, porque no quería emparentar con gente tan vil que…".

La abuela siguió con su cuento, mientras que yo quedé profundamente instalada en los brazos de Morfeo.

## LA PEJELAGARTOS

Entró con paso ligero y se plantó en la acera frente a la tienda de abarrotes, quitándose la canasta de la cabeza y depositándola en el piso. "Traaaigo peeeeje ahumaaaaadooooo", cantó gritando la enorme hermosa vendedora, sus dos trenzas cayéndole sobre el pecho desnudo. "Peje goordo y buenoooo", aspirando las jotas, imponiendo la melodía de su pregón a la musical pronunciación de los descalzos de la costa.

Los pejelagartos rebasaban la canasta, cada peje asomando de ella la trompa, y de la trompa el palo que cruzara su cuerpo a todo lo largo y que en su otro extremo hacía pie firme al fondo de la canasta, porque las varas con que los habían sujetado, para abucanarlos haciéndolos girar sobre humeantes brasas de madera fresca, sobresalían también del extremo de la cola.

"Hoy no traje tamaaaaleeeees. Hoy llegóo el peje más bueno que hayan sus mercedes vistoooooo", seguía pregonando, el cuerpo inmóvil, la boca enorme abierta, repitiendo una y otra vez letra y melodía.

Doña Florinda Becerra, la de la tienda de abarrotes, había salido a la calle llevando en la mano su balanza de hilo, y dijo con voz recia:

—¿Cuáles tamales? Esta india no había venido a vendernos nunca.

El pregón continuó como si la tendera no hubiera hablado, y doña Socorro dio la vuelta hacia su trono escondido atrás del alto mostrador, alta otra vez tras los aparadores de vidrio, como si no hubiera pregón, pero los demás nos quedamos comentando. Concluimos: que recordáramos, esta india nunca antes nos había traído tamales a vender, ni algún otro artículo, aunque en el barullo del mercado pudiera ser que se nos hubiera escapado de la vista, y hoy, en cambio, como era día de entre semana, un martes cualquiera, la revisábamos de pe a pa. El sábado no nos daba tiempo de pasar el ojo por cada indio vendedor que entrara al pueblo, y ésta podía ser de las que se revolvían entre la multitud, invisible entre tanto barullo. Pero esta explicación era muy rebatible. Nada más hubiera bastado preguntar a cualquiera de los hombres del pueblo que acostumbraba montar indias sin respetar su condición o voluntad, convencidos de que ellas no conocían ni el pudor (el pecho descubierto era la prueba irrebatible) ni la gana de decir que no, porque esta enorme y bella vendedora, dotada con dos tetas enormes, firmes y redondas, de torso bien torneado, vientre plano y firme, no se les podía haber escapado al ojo. Ahí estaban hoy, mirándola lascivamente, el viejo dueño de la tlapalería, don Epitacio de las Heras y los jóvenes con quienes mis amigas soñaban casarse entre otros más, saboreándosela mientras pensaban qué truco podrían tramar para, forzándola o engañándola, encamarla hoy mismo; el doctor Andrade soñando con que ella lo buscara para curarse, don Epitacio con que necesitara algo de su tienda, los muchachos con esperarla a las afueras del pueblo y jalarla a la orilla del río para tomarla en despoblado, validos de su número y su fuerza.

Empezamos a rondar de cerca su mercadería. Los pejes olían bien, los habían ahumado con troncos de frutales de oloroso perfume. Eran de un tamaño muy notable, y se les veía carnudos, frescos, recién hechos. Era el mejor pejelagarto ahumado del mundo. Los niños fueron enviados, primero uno, luego el otro, nunca dos a la vez, a preguntarle el precio de sus pejes. La india (perfumada con un baño de albahaca) era tan fresca de modo como al olfato, porque había tasado sus pejes en un precio insólito, el valor de diez quedaba según ella en uno, así que no había quien se le acercara a comprarle. Pero a cada momento que transcurría, sus pejes se veían más buenos y más atractivos. "Que nadie le compre —parecíamos haber decidido—, hasta que les baje el precio". Pregonaba la vendedora con tal convencimiento que los mismos pejelagartos (recubiertos de duras escamas similares a la piel del cocodrilo, con delgadas trompas de coyotes, animales marinos con huellas de su anterior vida terrestre, señas de no ser mucho ni del agua ni de la tierra, tan parecidos a un pez como a una víbora o a un caimán), los mismos pejes ahumados parecían pelar los ojos para oírla. Pero aunque pareciera que pelaran los ojos, cada instante que pasaba se antojaban más, se veían más carnudos, se veían más ahumados, se veían más frescos, se nos antojaban más y más... La vendedora no se arrodilló ni un segundo frente a su mercancía.

De tanto en tanto, los niños —de vacaciones, porque corría el mes de diciembre— eran enviados a preguntar el precio del producto, y la necia no cejaba ni un centavo aunque pasó un largo rato y siguió pasando otro igualmente largo, y la india ni se arrodillaba ni dejaba de pregonar, y su mercadería no dejaba de parecernos el mejor peje del mundo, sino que cada vez se veía incluso más apetitoso, y si alguien empezó, alguien otro siguió porque una primera fue por su peje empalado en su vara de frutal, y la siguió una segunda y a ésta la tercera y así, hasta que cada mujer de razón del pueblo parecía llevar uno o varios pejes a su casa. Así que, aunque pasó largo rato antes de que nadie le comprara uno, llegó el momento, antes de que cayera la tarde, en que ninguna del pueblo dejó de caer en la seducción de sus pescados. Quedaba sólo un peje en su canasta, y ya el doctor Andrade enviaba a un niño a ofrecerle que si ella tenía alguna dolencia él estaría dispuesto a atenderla sin cobro en su consultorio ahora mismo, que él podría curarla de enfermedades de mujer, que él sabía cómo una podía no tener nunca hijos, y don Epitacio a su vez a alguno de sus muchachos a ofrecerle que, si le hacía falta llevar herramienta o un candado o una cadena para su pueblo, él le daría un precio especial, y los muchachos ya iban a llevarse el coche de uno de sus tíos para irla a atajar en el camino, cuando la india se calzó un extraño sombrero de ala ancha sobre la cabeza, que sacó quién sabe de dónde, si tiempo de sobra habíamos tenido para espiarla y revisarla (aunque pudo haberlo traído enrollado en la cintura de su falda, si era de jipijapa, trenzado con tal finura que parecía de hilo de seda, se le podría hacer pasar por el centro de un anillo), y lanzó un largo, poderoso, prolongado silbido que se oyó por todo el pueblo y bajó hasta la orilla del río, encrespándole la superficie a sus aguas.

Su largo sonido despertó, desahumó y desensartó a sus pejes que salieron grotescamente volando, reptando, brincando hacia el río, y ahí, en el agua, con agilidad, se echaron a nadar como si jamás hubieran conocido la muerte y la hoguera, y como si, aunque marinos, fueran también peces de río. Clavada junto a su canasta, la vendedora agitó su sombrero, agachándose, casi rozando con el fino jipijapa el ras del suelo. En la arena sobre la que estaban apoyados sus desnudos pies, despertaron los rescoldos de una hoguera que nadie había encendido. Con su mano derecha, siguió agitando, con la izquierda soltó el amarre de su falda que al caer sobre los rescoldos atizó más el fuego, como si fuera de papel, y las llamas se alzaron y el olor de su cuerpo quemado ya empezaba a llegarnos a las narices, cuando la mujer se nos hizo humo, desapareció con el fuego y su canasta entre los aires. Sólo el sombrero quedó tirado sin que nadie se atreviera a acercársele.

—¡Era una bruja! —gritaron los niños, rompiendo el silencio. La palabra bruja levantó al sombrero en vuelo, que dirigiéndose hacia el río tomó el camino de los pejes. Apenas llegó al agua, comenzó a crecer hasta volverse una ligera barca bien armada, similar a cualquiera de los pesqueros del pueblo. Sobre él, la bruja apareció, riéndose, llena de dientes, ni siquiera despeinada, en ropa limpia reluciente, ahora ataviada con una brillante blusa de tafeta morada, y se echó a remar río abajo sin que hubiera quien quisiera darle alcance para reclamarle que nos devolviera nuestro dinero. La bruja bribona se nos fue, navegando sobre su sombrero, rodeada de una mancha plateada formada por los pejes recién vueltos a vivir, cuyas gordas escamas brillaban socarronamente, como si hicieran bajo su lancha una cama de rodantes monedas.

Por teléfono avisamos a nuestros conocidos río abajo de la bruja vendepejes, la que pregonaba los mejores pero falsos, avisándoles que había tomado una barca hacia sus rumbos. A la finca no pudimos enviar ninguna advertencia. Pero no fue hacia allá, sólo practicaba su fraude contra la gente de razón. Era una india respetuosa de los suyos.

Presencié toda la historia que aquí cuento, pero, apenas pasó, asumí que no creía en ella. Mientras ocurría, no dejé que me fascinara, que me impresionara, que me engatusara; no dejé que su poder —que consistía en romper una tras otra las leyes de la lógica (un peje asado y ensartado no puede liberarse del humo, la estaca o la muerte; el fuego no brota de la arena caliente; los jipijapas no se convierten en pesqueros al tocar el agua)— me afectara. No le tuve miedo, ni dejé salir un "oh" ni un "ah" cuando bajó deslizándose armónica río abajo, ni dejé que mi corazón saltara al verla desaparecer en su hoguera instantánea, sin combustible. A pesar de que mis ojos vieron lo que fue cierto y que aquí cuento, no le tuve fe, y me hice a la idea de que no había ocurrido. Esa misma tarde, me declaré solidaria de la teoría del maestro: "Son puras tonterías, Delmira. Los blancos del Sureste tienen tanto miedo de que algún día se vengue contra ellos el indio, que inventan estos churros apenas alguno sabe cómo tomarles el pelo con cierta gracia, dotándolo con poderes mágicos, para que, por una parte, ningún otro indio lo imite, y por la otra represente o encarne el terror que les tiene, y que, mira, si algún día despierta el indio, se verá que no era pura loquera. No dejes que estas falsedades ocupen un centímetro de algún rincón de tu cerebro".

Bastó con que yo tomara la actitud de incrédula y que me dejara lavar el espacio de mis ideas con las del maestro, para que la máquina de maravilla que animaba uno de los corazones de mi pueblo se echara a andar con todos sus caballos de fuerza. En las mañanas, al salir de mi habitación, no había día en que no viera o a un caballo volando sobre el patio, o sobre el piso una turba de indias amamantando sabandijas a quienes la abuela tenía que espantar a palmadas, reclamando: "¡Viejas apestosas con sus bichos! Éstas me perseguían cuando yo era niña, las vi tal como son, haciendo sus cochinadas inmundas miles de veces, no sé qué les ha pasado que ahora que estoy vieja regresan a molestarnos, si ni existen, son pura visión", o al indio repartidor de oro columpiando frente a nuestros ojos, zarandeándola de la jareta, su bolsa color vino, "sólo dame el billete que tengas a la mano y yo te saco de aquí un arete, un diente, un collar, lo que te toque en suerte; un crucifijo de oro sólido, una medalla calada", o a los perros del coloquio hablando lengua cervantina, o al cocodrilo albino que nos trajeron del pantano de la finca y que apenas soltaron junto a la fuente del patio de la casa, como si fuera descomunal lagartija, dejó tras de sí su enorme cola y corrió por las calles del pueblo, provocando pánico con su rastro de sangre y sus fauces alternativamente abiertas o cerradas por infatigable mecanismo. En esos días, a mi paso, de cada flor salió un animalejo o el huevo de un pato, y cada insecto se convirtió en flor, mientras que las mujeres que bajaban a lavar al río temían cantar, porque una que otra vez las melodías se convertían en gusanos de aspecto y olor repulsivos que envenenaban la pesca durante días.

"Así son las cosas en este maldito pueblo", decía la abuela, mientras podaba en las macetas del patio los tallos reventados por la última aparición de bichos, con un tono que era entre ejemplo de resignación y confesión de divertimiento, y no le cambió el ánimo ni porque una mañana despertó con la mitad del cuerpo convertido en el de una gallina, espantándose la conversión con pura fuerza de voluntad que evocó con gritos gordos y abundantes. Por esos mismos gritos todos los habitantes de la casa corrimos a verla y descubrimos la enojosa situación por la que atravesaba sobre su chal flotante y alborotado, y vimos de inmediato cómo se desaparecía su falsa mitad, sin dejar huella, reemplazada la cierta por la verdadera. Al abandonarla su mitad gallina, la abuela quedó hasta con los zapatos puestos, como si la situación la hubiera encontrado, no durmiendo y flotando, sino con los dos pies bien plantados sobre el piso.

—Abuelita —le pregunté, sinceramente conmovida y alarmada—, ¿te lastimaste?, ¿te dolió?, ¿te ayudo en algo?

—Qué abuelita ni qué ocho cuartos. Abuelita no sé quién es. A mí no me dirijas la palabra en diminutivo, na'más faltaba, como si yo fuera ya carne para hospicio.

¿Y de qué hospicio hablaba? De algún libro debió sacarlo, porque en Agustini no había hospicio posible, ni nada parecido. Los viejos vivían en sus casas, contando cada uno cuentos a sus familias, haciéndoles chocolate, dulces de almendra, siendo viejos desde antes de serlo y permaneciendo jóvenes y activos hasta el momento de entrar casi por propio pie a la tumba.

Se me escapó el "abuelita", pero eso sí, me cuidé muy bien de no contar al maestro que la vi con la mitad del cuerpo de gallina. No volví a comentar con él tampoco nada de lo que pasaba todos los días en el pueblo. Él no mencionó ni una palabra. Aunque lo visitaba muy a menudo, no me dijo nada. Aprovechando las vacaciones, leía ávidamente, encerrado en su casa y pudiera ser que no se enterara, pero lo dudo. Su tía iba y venía del mercado a diario y debía estar al tanto de todo lo que pasaba y se decía en Agustini. A menos que ella, como yo, considerara que era mejor no tenerlo al corriente de tanto prodigio.

## LA MÁQUINA DE MARAVILLAS

El pueblo se había vaciado ya de las niñas de mi edad, pero había recibido en cambio a las que dos o tres años antes lo habían dejado para irse a "estudiar" (vaya que estaba mal utilizada aquí esa palabra). Llegaban llenas de nuevos vestidos, nuevas costumbres de nuevo tipo de fiestas, y arrastraban a sus novios, fueran de donde fueran (pero todos de lugares cercanos, dueños de tierras vecinas con que al casarse sellaban alianzas de poder, económicas y mercantiles), a asistir a las celebraciones con que se avisaban una y otra vez sus matrimonios. Después venían las bodas, y tras ellas el pueblo regresaba a la normalidad de las fiestas decembrinas y el festejo del año nuevo, como pasaba cada dos o tres.

En las fiestas se maldecían por todo motivo nuestras tierras y se soñaba en voz alta volverlas como las ajenas, o como imaginábamos eran las distantes y menos inclementes. Para combatir el calor, tramaban dotar a las construcciones de aire acondicionado, para ahuyentar a tanto bicho, limpiar la tierra de la vegetación selvática "que no sirve para nada", o por lo menos hacer una franca limpia alrededor del pueblo, "que le dé bonito aspecto, le sembramos unos pastos", y para evitar la humedad insoportable, Pedro Camargo, sobrino del doctor, ingeniero de caminos, soñaba con quitarle al pueblo "la desgracia de este río apestoso, que no sirve para nada", y proponía entubar el brazo del Grijalva, que con el nombre de Río Seco cruzaba nuestro pueblo, o verdaderamente secarlo dinamitando su paso por La Garganta del Coletero, barranco profundo que nos quedaba como a treinta kilómetros al sur, donde el agua caía decenas de metros rugiendo y los ojos podían ver uno de los paisajes más hermosos de la tierra. Pero no era él quien tenía mayor imaginación. El Pelón de la Fuente hablaba del petróleo. Explicaba cómo nos traería a todos, en unos cinco años cuando mucho, la mayor de las riquezas. Y todos los demás ignoraban su charla, considerándola una estupidez completa, una manía más de ese raro que no enviaba a sus hijos a escuelas particulares y que, como si fuera un forastero, no detestaba ni siquiera un poco la puerca selva. Además, andaba metido con los petroleros en la sospechosa historia del sindicato y diciendo cosas poco convenientes o francamente escandalosas, mientras que, siempre unos pasos alejado de él, como una malévola sombra, el director de policía del pueblo murmuraba en su contra, argumentando que era comunista y revoltoso, que algún día alguien tendría que darle su merecido porque no traía a Agustini más que problemas. Una de esas noches, Amalia, tía del Pelón, dueña de la finca cacaotera más grande de la región, conocida por la cantidad de negros que tenía trabajando con ella y que habían sido de su familia desde tiempos inmemoriales ("los indios de estas tierras no sirven para nada, yo no sé cómo ustedes los usan, nomás pierden dinero y tiempo, háganse de unos negros como yo, ése es el secreto de los De la Fuente", decía siempre, y la abuela le contestaba sin excepción: "pues serás muy rica tú, y serán mucho más todos los de tu familia, pero si trabajan con negros seguro que se las pasan con tapones en las narices, cómo aguantan trabajar con tantos apestosos, que además suenan sus tambores por las noches mientras menean el trasero despertando a alushes y a demonios"), le contestó:

—Bueno, y tú, ¿qué tanto con el Pelón? A ti qué te importa, Lucho Aguilar, qué más te da si nos trae problemas si ni eres de aquí, eres de Ciudad del Carmen; vete a saber por qué hasta acá te acomodaron tus familiares. A ti no te dará nunca problemas, ni a ninguno de tus tarugos policías, porque mi sobrino es incapaz de robarse ni un grano de cacao u oliscar coños ajenos. Es el hombre más decente que ha parido este pinche pueblo. No anda de cama en cama como otros que conozco, ni rateando las naranjas del patio ajeno, ni usando el papel para ensuciarlo con algo más que la propia cola.

El pobre Lucho Aguilar no le contestó nada, tal vez porque no entendió que Amalia se refería a él. Lucho no tenía mujer, y era inimaginable en Agustini que un varón permanecería soltero sin ponerse a cortejar a las jovencitas o sin agarrar a las ajenas, pero como no se le conocía cortejo, la gente se hacía lenguas de con quién era con la que él se estaría apareando. Como no era del pueblo, no tenía casa propia, ni pariente con el cual vivir, y Amalia, que no desaprovechaba la oportunidad de hacer negocio, le rentaba una habitación al fondo del patio de su casa, por el que siempre pasaba pizcando aquí y allá una naranja, mientras se comía los mocos sin importarle que lo vieran. Además, garrapateaba versos en papeles que no le enseñaba a nadie, aunque de nada le hubiera servido hacerlo, porque decían eran ilegibles. Tenía la carita redonda, como sus otros hermanos, el tupido cabello rizado y negro, una naricilla de payaso en el centro de la cara, y una sonrisa entre pícara y tristona, que cuando se le aparecía, lo volvía todavía más desconcertante: era Lucho o un inmenso imbécil, o un calificado astuto calculador, cabeza fría, tramando quién sabe qué acciones que nadie podría imaginar y que más valía no temer.

Aunque era raro que en nuestras fiestas hombres y mujeres se enfrascaran en una larga charla, estos intercambios rápidos, las más de las veces picantes y agresivos, eran en cambio parte del estilo nuestro. Cuando los hombres se veían sin mujeres, discutían sobre dinero, y de cómo hacer negocios. Las mujeres se concretaban a hablar de ropa, peinados, los muebles que se compraban para sus casas, los defectos sin fin de los perezosos indios, culpables de todos los males de la patria, y de cuánto les gustaría dejar la región para asentarse en una ciudad como Dios manda, en la que no se metieran víboras a las cazuelas ni ocuparan la plaza brujas o apariciones al menor pretexto.

A cada fiesta la acordalaba un buen número de sirvientes, sin contar los que guisaban, levantaban los platos, vasos y ceniceros sucios, llenaban las copas, recogían a la entrada los sombreros, los echarpes, las bolsas, las gabardinas y estacionaban los automóviles para que los invitados pudieran bajarse exactamente frente a la puerta, sin llenarse de lodo los zapatos de charol o raso. La valla de sirvientes únicamente vigilaba que ninguna anomalía se colara hacia la celebración; no había amenaza desde adentro de las casas, porque en las fiestas y las bodas el agua jamás se volvía vino, el orden de las cosas se implantaba con la entrada de los forasteros, los que venían a casarse con nuestros muchachos o muchachas y sus amigos y familias, los que vivían río arriba, río abajo, o tenían sus fincas en la sierra. Si se hubiera aparecido el ejército de indias amamantando sabandijas que de niña atribulara a mi abuela y que ahora había decidido visitarnos cada tercer día, el cordel lo habría echado afuera. Si una bruja hermosa y encuerada hubiera pretendido pasar sobre el patio de los festejados, el cordel la espantaría. Si una nube de naranjas hubiera decidido columpiarse flotando bajo, precisamente por ese lugar, la detendría con redes para cazar insectos. Si una víbora de aire hubiera llegado a pasar por ahí, descomunal, volando, también la habría echado afuera, agitando frente a ella una tea encendida. En las fiestas no estaba permitida la entrada de la maravilla, no era considerada chic, no era *comme il faut*, había que conservar el aire de elegancia exótico con que venían envueltos nuestros jóvenes recién llegados de otros lugares, bebiendo refrescos industriales que se vendían previamente embotellados en frascos de vidrio, usando ropas de los Estados Unidos, fumando cigarrillos envueltos en hoja de papel por una máquina muy diferente a los muslos y las palmas que hacían puros en la tabaquería cercana del gachupín don Emilio, mientras una voz les leía una y otra vez *Anna*

*Karenina* o *La guerra y la paz*, cambiado el menú de sus lecturas desde que el viejo don Emilio había decidido hacía cuatro décadas que "ni una sola vez más se leerá en mi fábrica el Quijote, ni tampoco el Buscón, les llenaría de tonterías las cabezas de esos negros revoltosos, ya ven lo que ha pasado en España de tanto leerlos".

Como me había quedado en el pueblo de salero, mientras todas mis pares se habían ido a Puebla, a Mérida, a Villahermosa, a México o a Suiza (las nietas del rico mueblero inmóvil habían ido a dar a un internado en la frontera francesa, de donde volverían en un año), y ya era yo una linda joven, me invitaban a sus convites. Me resistía, pero la abuela literalmente me arrojaba a ellos.

No era yo el único elemento forzado por las fiestas: como las criaturas y los hechos desorbitados eran echados por la fuerza, yo era obligada a ir por la necedad de mi familia, que a pesar de verme, según mi abuela, "hundida en este pueblo de mierda", atascada ahí por su debilidad al haber hecho caso al cura y al maestro, no quería dejarme caer de la buena sociedad. Yo no sé qué hacía allá adentro que no fuera esquivar la mano puerca del papá de Marilín que siempre andaba buscando mis nalgas para pellizcármelas cuando nadie se diera cuenta, alentado por la moda que yo usaba pionera en el pueblo (como aquí contaré), y por las habladurías que se habían desatado en torno a mi persona desde que ocurrió el incidente de la panadería, y que se habían extendido más en el momento en que la abuela y mamá habían cedido a las presiones del cura para que yo cursara una secundaria normal, de ciudadano, y no la apropiada para una joven casadera. En cambio, entiendo que permitir la entrada de la maravilla no era necesario para que la fiesta armonizara con los excesos naturales de la región. Para esto bastaba en una boda con las estolas de pieles que llevaban al hombro las señoras, con los diamantes y los rubíes de sus collares, con los trajes de noche que costaban cientos y cientos de dólares y que los indios espiaban desde la oscuridad sin conseguir comprender de qué metales extraños tejían las telas de los vestidos de lamé o los de gasa, las gargantillas adornadas con apliques metálicos, sin imaginar ni un momento que ellos habían trabajado y ahorrado de sus propios sueldos para que los limpios de la región se dieran esos lujazos.

Las novias recorrían la distancia de la iglesia a la casa de la fiesta en un ostentoso Cadillac que no sé quién hizo venir para eso al pueblo, y todo era competir en derroches, en guisos, en orquestas, en bailes y en vestidos. Los centros de mesa eran adornados con flores de papel o de plástico, con frutas verdaderas y floraciones provocadas en invernaderos, y las orquídeas provenientes de lo más hondo de la selva, dotadas de un perfume oscuro y arisco, salían a pasear para adornar el pecho de las princesas, con un verso, una perla, una pluma y hojas extrañas que traían de rincones umbríos, suspirando por no haber tenido un destino más afín a su origen recóndito y a su hedor, pariente del aspecto de las pitayas y del perfume de la madera podrida.

De todo esto, yo obtuve una relación que terminó por serme sumamente provechosa: la de la señora que traía ropa de Estados Unidos, la charlatana fayuquera norteña, quien con ritmo vertiginoso viajaba por toda la República llevando las mercancías de distintos signos que le exigía la diversidad de su clientela. Las otras muchachas procuraban vestidos rosas y sacos cursis de señoras provincianas y reaccionarias que no se atrevían a más que a botones dorados, pero yo le encargué (respaldada por la cartera de Gustavo, abierta sin límites para la sobrina) que me surtiera de la última moda, y por primera vez entró al pueblo la minifalda y el cinturón de gorda hebilla a la cadera, las medias de rayas que armonizaban con la entallada blusa que les hacía juego, el vestido de papel con dibujo psicodélico, empacado en una bolsita con su mismo diseño, los pantalones de colores chillantes y agrios que terminaban como un tubo en las espinillas. Para una de las bodas, mientras mis compañeras que salieron del internado de Puebla para asistir a la fiesta usaron largos vestidos vaporosos, con las pecheras llenas de falsas piedras preciosas o broches adornando el nacimiento de una larga y suntuosa cola (pajarracas exóticas aunque sin pieles), yo me hice traer un vestido de tela plisada, agarrado a una gargantilla delgada y plateada, sin hombros —lo que de por sí hubiera armado suficiente escándalo—, cinco centímetros arriba de la rodilla —doble escándalo—, y unos zapatos plateados de hebilla descomunal y tacón ancho que causaron tanto impacto como el resto del atuendo. Me peiné con una cola de caballo lo más alta posible, y omití el crepé y los tubos, aunque bien que me armé de spray que nos dejó mi cabello —a Dulce y a mí, porque ella me peinaba mientras yo le iba dando indicaciones— completamente rígido, como el de las muñecas.

La abuela se quejaba de mi apariencia. "¡Qué visiones!", decía una que otra vez, "¡qué visionuda salió esta niña, de quién lo habrá sacado!".

—Déjate tú esos colorinches que lastiman el ojo, como pan de indios, mamá. Lo que no debieras permitirle —le decía mamá— es que ande con todas las piernas de fuera. ¡Qué dirán de ella los hombres del pueblo! ¡Ni quién quiera casarse con una que muestra todos los muslos, como si fuera no sé qué tipo de mujer, una que no se ha visto jamás por aquí, porque en Agustini hasta las mujerucas visten con mayor recato!

Pero la abuela no la escuchaba. Horrorizada del aspecto de mis vestidos, quedaba por completo insensible a lo que le habría sido insoportable: el largo de las faldas. Digamos que se había quedado ciega de mi cadera para abajo, y sorda a los reclamos de mamá, a los que en general era tan extremadamente sensible.

No pasó mucho tiempo antes de que mamá encontrara cómo detener mi arrojo en la moda. Cuando terminó la temporada de bodas, a la hora en que la abuela iba a empezar su historia del día, mamá le presentó la última cuenta de la fayuquera, para convencer a mi abuela de que no podía dejar que Gustavo gastara tamaño dineral en esas visiones vergonzosas.

La abuela escuchó su argumentación, donde mamá tuvo el tino de no incluir mis muslos desnudos, y asintió. Me cerraron la llave del gasto con esta conversación. Esgrimí el argumento de que ése era dinero de Gustavo, de que él me había dicho que podía gastar en ropas lo que fuera, pero la abuela me contestó rotunda: "¡En esta casa mando yo!". Tenía toda la razón: ella decía qué sí y qué no en la casa.

Como la siguiente semana comenzarían las clases, la vendedora ya tenía para mi siguiente compra un sinnúmero de fatuidades que me había traído para ir a la secundaria vestida a la última moda americana. "Nada de eso", dijo la abuela. Tenía permiso para un solo juego "discreto", "no en colorinches", "sin indecencias" (ésta fue mamá), uno solo únicamente. "Cómprate algo que puedas combinar con lo que ya tienes, algo que no llame demasiado la atención. Mira, por ejemplo —se explayó la abuela, en lugar de proceder al cuento diario— tú te pones una falda beige, y puedes usarla o con una blusa café o con tu blusa color arena de seda, la que te trajo Gustavo. También podrías comprarte…". Dulce se dio cuenta de que esta oda a la discreción en el vestir reemplazaría el cuento nocturno, y comenzó a peinarla. Yo procuré pensar en otras cosas mientras hablaba, hasta quedarme dormida. A la mañana siguiente, me compré el par de jeans que me ofreció la arrojada fayuquera y una camisa blanca de manga larga, "como de caballero", dijo con franco disgusto la abuela, pero a sus demás mercancías le tuve que decir que no. Ya encontraría en la Ciudad de México a quién vendérselas, "no te preocupes, están de moda, de inmediato les encuentro clienta", me dijo, cuando vio mi cara de preocupación, al decirle que no podía comprarle todo aquello que yo le había encargado. Tenía pensado pedirle a Gustavo una corbata prestada, de las que colgaban en el ropero, apenas hablara por teléfono o pasara a verlo, y con esto mi atuendo iba a quedar divertida y escandalosamente moderno. Sabía que mi adorado tío era, y con gusto, cómplice de todas mis locuras, porque él conocía mi espíritu, porque tenía completamente entendido que yo no sería capaz de ninguna maldad. Entonces yo era un ángel —lo digo sin fatuidad—, y lo único que deseaba era encontrar el camino más corto para hacer bajar el bien y los bienes a la tierra.

## ESCUELA, PETRÓLEO Y SUEÑOS

Al siguiente sábado me enfilé al mercado con una idea. Ahora yo me iba a vestir con ropas indias. Blusas bordadas, faldas de enredo, morral al hombro para cargar mis útiles escolares y huaraches de suela de llanta, con un rebozo por adorno en lugar de un echarpe europeo. En la mañana de mi primer día de clases, a la abuela no le dio un paro cardiaco del horror porque no me vio salir. Llevaba mis jeans, y una camisa de las indias del Istmo que encontré en el mercado, bordada sobre tafeta con mil colores, que el vendedor me acercó burlándose de mí, diciéndome que si a poco yo iba a comprársela, que él la traía porque se la había encargado una marchantita india, que yo para qué la quería, y no pudo, ni quiso, ocultar la risa de burla cuando pagué por ella. También me puse mis huaraches nuevos y me hice un par de trenzas. El maestro me sonrió desde el escritorio. Trabajamos toda la mañana en la escuela como jamás lo habíamos hecho con las monjitas. Aunque yo fuera con ellas la alumna más brillante, aunque aquí los tres grupos tuvieran un solo profesor, a mí me costaba trabajo seguirles el ritmo, acostumbrada a papalotear las mañanas enteras. Aquí sí se hacían cuentas, sí se estudiaba historia, sí se leía en el salón, en voz alta, y había de hacerse un resumen, sin faltas de ortografía, y contestar a un examen de comprensión. De historia de México y del mundo, la verdad es que yo sabía mucho menos que el resto del salón. ¿Cuándo había caído Constantinopla, cuándo Jerusalén en poder de los bárbaros, cuándo había sido aceptado el cristianismo en el Imperio romano? Éstas eran unas de las muy pocas preguntas que yo podía contestar. Las hermanitas tenían marcados los puntos claves de la historia de la Iglesia y a ella reducían la del mundo. Según ellas no había ni otras religiones, ni otras culturas, ni otras latitudes (incluyendo la nuestra). Aunque yo vivía a escasos tres kilómetros de las únicas pirámides de ladrillo que se erigieron en Mesoamérica, aunque nuestro territorio había sido cabeza de los grandes artistas olmecas y paso de tránsito cercano a los mayas, por las hermanitas jamás oí nombrar ni a olmecas ni a mayas. Supe que Maximiliano había existido, porque lo veían con cierta simpatía. Supe también de Porfirio Díaz y de Iturbide por lo mismo. Pero el nombre de Benito Juárez (del que tanto se hablaba en la nueva escuela) no había aparecido ni por un momento bajo su tutela; no se habló de él siquiera de refilón, ni tampoco existía el para ellas dudoso cura Hidalgo, factor de nuestra independencia, ni Morelos ni Guerrero, ni Villa, ni hubo jamás una Revolución francesa. El mundo se reducía a la historia de la Iglesia católica, una para colmo pasada por muchos baños de azúcar y cedazos de inquisidores que lo eran sin saberlo, afinados con el cencerro de su ignorancia y con la piedra dura de su tontería. En la secundaria oí por primera vez el nombre de Hitler y el de Lutero en algún sensato contexto, porque las monjas los citaban unidos como a enemigos capitulares de todo lo bueno, junto con Zapata. Ni siquiera aprendí en la primaria quién de los tres había vivido antes.

Los alumnos eran en su mayoría mestizos, había incluso un par de indios venidos a diario desde las fincas. Lo que no había era lo que mi abuela llamaría "gente de bien". Ni una sola hija de los decentes del pueblo estaba ahí, y de los varones sólo el hijo del Pelón de la Fuente, pero éste era ya un caso perdido, un descastado, y no era considerado enteramente de los nuestros, aunque seguía yendo a las fiestas y ocupaba en la iglesia la banca que su familia había comprado. Compartía yo ahora el pupitre con los que en los domingos en la noche se quedaban sentados sin girar alrededor del kiosco de la Alameda, con los que oían misa de pie hasta atrás de la nave de la iglesia, o iban a la de ocho, con los que nunca antes había tenido trato. A la hora del recreo averigüé un montón de cosas de los que se me acercaron. Algunos tenían sueños como yo. Otros habían sido picados por el nuevo mal que yo no había alcanzado a percibir en todo su esplendor. Había llegado a la región la fiebre del oro negro. Para esto, me explicaron, era verdad que se estaban limpiando largas porciones de selva. Sólo los más aferrados al pasado eran los que lo hacían para poner las cabezas de ganado, los que estaban haciendo traer vacas jorobadas que resistían el calor y que eran casi inmunes a las fiebres del trópico. Los más avezados ya habían olido dónde estaba la verdadera y exuberante riqueza. Era verdad que el petróleo pertenecía al Estado, y que no podía ser propiedad de ninguno. Pero era cierto que su riqueza era tan profusa que no sólo sacaría al país de sus miserias, sino que también llenaría los bolsillos de los constructores de pozos, de los técnicos y los mercaderes. Era la salvación para México. No lo había oído decir antes. Aunque fuera verdad lo de la riqueza, un motivo poderoso alejaba el tema de los de mi clase. Los que yo acababa de conocer hablaban de México, y a los míos México les tenía muy sin cuidado. El hijo del Pelón de la Fuente, al que llamábamos "el Peloncito", hablaba del Sindicato de Petróleos y del Socialismo. Ahí mismo me enteré de que su papá había ido varias veces a Cuba, y supe entonces qué demontres pasaba en Cuba, porque nunca había ni siquiera oído hablar de la Revolución. No solamente eso: caí en la cuenta de que en el planisferio que había en la escuela de las hermanitas Cuba había sido borrada. Si antes las familias adineradas de nuestra región habían comprado vestidos y pescado maridos en La Habana, ahora se había optado por quitar a la isla del globo, dada la incomodidad de su proyecto social. En casa del Peloncito, en una pared de su cuarto, tenía enmarcada la foto de su papá con Fidel Castro.

El Peloncito tocaba a diario la guitarra. Al salir de clases se instalaba con ella en el patio, bajo la canasta de basquetbol y se ponía a entonar cantos latinoamericanos que yo no conocía y que todos coreaban, "a parir, madres latinas, a parir un guerrillero", "dale tu mano al indio, dale que te hará bien". Por puro instinto, al usar mi blusa y mis jeans, había llegado ataviada de la manera más atinada para ser parte del clan. De pronto, me veía en el centro de una agradable familia, tenía con quiénes hablar de preocupaciones y temas comunes, y había lo que en mi casa nunca había tenido: un papá en la persona del maestro, un papá generoso y joven, lleno de vigor y de labia, que estaba dispuesto a convertirnos a todos en héroes salvadores del mundo, y que, para colmo de dicha, tenía tocadiscos, periódicos, revistas, y sabía todo lo que pasaba en el mundo. No pude haber entrado con mejor guía a los sueños de los sesentas.

# MAPAMUNDI

Apenas tuve en mi cabeza un mapamundi armado más o menos a la ligera, representando al globo con los lugares en el sitio que les corresponde —y que no hacía el par perfecto de la versión vaticanoagustinina que las hermanitas habían interpretado (o comprendido) como la única realidad posible—, empecé a tender hilos de un punto del planeta al otro, emulando a la araña.

Algunos se reventaron apenas los tendí. Me esforcé en un Copenhague-Villahermosa, no sé bien por qué, me imagino que para hacer un puente entre aquello que fantaseé al leer en mi infancia y la realidad que vivía a diario, tan distante de la patria de la sirenita y Andersen. Pero antes de que yo pudiera estar completamente segura de su existencia, se me tronchó, tal vez por no invocar a Karen Blixen, quien sospecho habría aprobado gustosa la liga que hacía una adolescente en babia entre la región selvática, patria de flamingos y cocodrilos, y su frío país apacible. Si yo hubiera echado mano del amparo de ángel de Isak Dinesen, la liga habría permanecido, como los cables del teléfono que llegaban a Agustini, cargados de nidos de pájaros, bromelias y lianas, vueltos vegetales desde los postes, infestados de verde vida. Pero no lo hice. El primer hilo que eché se destempló y se vino abajo con los primeros cambios de clima. Entonces como su príncipe Hamlet, puse los ojos en la recuperación de mi desaparecido padre, borrado por las mujeres de casa tal como fue Claudio por Gertrudis.

Para ese entonces, ya había sacado información de mi generoso maestro: papá vivía en Londres, enseñaba en la universidad, era muy amigo de Gustavo, habían estudiado juntos en Italia, de donde era mi papá, pero él había dejado su país, mientras que mi tío había regresado a la capital. Papá había roto con mamá casi comenzando su relación. La abuela lo detestaba, sobre todo porque no sabía ni qué pensar de él, "es muy distinto a todos los de Agustini, sólo tú te le pareces". Él tampoco se había vuelto a casar. Tendí un hilo de Londres a Agustini —vaya nombre absurdo el de mi pueblo, no sé si bautizado así para subrayar que él no había sido jamás fundación india, como sí el vecino Comalcalco, o Cunduacán, Huimanguillo, Tenosique, Macuspana, Nacajuca, Tacotalpa— y lo fui bordando firme para que no se distendiera, para que resistiera el tránsito, el fluir de mi pensamiento de un lado al otro.

Después del descubrimiento de Kafka, que le debo también a mi maestro, tendí otro hilo de mi pueblo a Praga. Cambié de opinión, abandoné Londres y a Praga y a su terrible castillo, a sus hermosos puentes y callejuelas era a donde yo quería ir. Tensé el hilo que había tirado tentativamente, y resistió. Seguí apretándolo, deseando irme allá a como diera lugar, e hice sueños (todos ellos absurdos) y los fui ensamblando con paciencia que tal vez aprendí de las bordadoras hermanitas, porque de algún lado debí tomar ejemplo. Praga tenía varios atributos para llamarme la atención. No sólo su excelso ejemplar de fauna literaria, ni la belleza que le había visto retratada en las enciclopedias de Gustavo, y que parecía ser mucha, sino que también estaba atrás de la cortina de hierro, pertenecía a un mundo con otro orden, ajeno a lo conocido, un mundo socialista y más, comunista, donde todos habrían aprendido —yo me decía— a ser iguales, donde se había fundado una nueva moral, radicalmente distinta a la de Agustini. Recuerdo el asombro que me causó encontrar en el salón de belleza, un día que fui a despuntarme el cabello, una revista *Selecciones* que hablaba sobre el muro de Berlín, en la que se reseñaban los cientos de casos de alemanes de aquel lado que arriesgaban la vida para entrar al Berlín capitalista. ¿No era vil y absurda propaganda yanqui? ¿Una mentira más del capitalismo? Leí con atención el reportaje, repasé una y otra vez los testimonios, consulté por último con el maestro si eso era verdad. "¿Pues en qué estarán pensando?", me pregunté. "¿Están locos, o qué?". Porque entonces yo habría arriesgado mi vida para irme de aquel lado, a Praga. Por el momento me bastaba y me sobraba como lugar el cordel tensado entre aquella ciudad y mi pueblo.

Pronto regresé al cordel de Londres. Apenas volví a visitarlo con la imaginación, lo etiqueté como el "lugar", ahí estaban los Rolling Stones, papá, Twiggy y, en mi fantástico y apresurado ordenamiento de las cosas, se mezclaban además Joseph Conrad —el urbano de *The Secret Agent*— con Sherlock Holmes, Dickens, Carnaby Street, los Beatles y Wilkie Collins, todo sin orden ni concierto, como si la belleza de Londres radicara en que en él todo era posible, pero todo aquello que fuera coherente y que al ocurrir enriqueciera la realidad con una dimensión profunda y con una nobleza de fórmula, no como las cosas de Agustini, hechas posibles por la naturaleza del pueblo aunque fueran en mayor o menor medida imposibles, pero insensatas y arbitrarias, sin explicar ni un ápice el misterio de la vida y de la muerte, inmóviles aunque no se posaran nunca, aunque no se fincaran, aunque no arraigaran, tensamente inamovibles, dolientemente inflexibles, rasposamente idénticas a sí mismas. Podría la gente volar, los pájaros venirse al piso, pero no se podía cambiar ni un ápice el orden social: yo seguiría siendo una Ulloa pasara lo que pasara, Dulce sería siempre nana, el meón el meón.

Bien acomodado el hilo que uniera a mi pueblo con la ciudad inglesa, sentía yo que Londres sí era tierra factible, una tierra promisoria donde estaban las cosas con sentido y los nidos para que las fantasías pudieran volverse ciertas. Londres se me hacía la tierra del mañana; ahí los jóvenes destruiríamos el orden de lo establecido y fundaríamos una tierra de igualdad y sueños. Las más eran fantasías borrosas, poco afinadas. Lo único que me iba realmente quedando claro al paso de los días era que yo debía dejar Agustini. Mis horas se habían acabado aquí. Mi reloj debía comenzar su otro sitio si yo misma no quería terminarme. Yo y mis minifaldas, mis aspiraciones de un mundo más justo y mis ensoñaciones no verbales teníamos que irnos a acunar a otro lugar nuestras fantasías.

Por otra parte, caía como lo han hecho todos aquellos que descubren al mundo más extenso de lo que un día previeron, quería hollar con mis propios pies lo recién descubierto, y de ese modo hacerlo mío. No resistía la tentación de saber tan ancho y largo al planeta sin participar de alguna manera en su gigante dimensión, sin entrarle al banquete de sus distancias y proporciones, el apetito bien abierto para devorar a diestra y siniestra, como un buen explorador-conquistador, reproduciendo un comportamiento no sé cuán ancestral.

Pero más intensa que mis deseos de viaje y que mis sueños de un mundo mejor, comenzó a comerme el pecho una fantasía de otra índole: quería ser escritora. Era —me dije a mí misma— una artista, era radicalmente distinta a todas las de mi clase, y —para este entonces también me había convencido de esto— tampoco me parecía a los muchachos de la escuela secundaria. La terminaba ya este año (los tres grados de estudios regulares podían hacerse dos cuando se compartía un aula común), acababa mis estudios con muy buenas notas, y debía irme a estudiar, según tramaban Gustavo y el maestro, a un buen bachillerato en la Ciudad de México, para después ingresar a la universidad. No estaba dispuesta a eso. Debía cruzar el océano, irme a otras latitudes. Acababa de descubrir que el mundo era redondo, que Agustini no era el centro del universo y debía aprovechar este conocimiento, debía salirme de ahí, debía viajar, ver otros confines. Viviría cantidad de aventuras en la India, Nueva Zelanda, Londres, Sri Lanka, Praga y Sudáfrica. Después me sentaría a escribir. Ya sabía incluso, y con toda claridad, lo que yo iba a escribir. Mi ópera magna era una novela extensa donde los personajes mostraban sus diferencias sólo por su manera de caminar. No había historia, no había anécdota, no interactuaban, no se gestaba algún nudo narrativo. Los personajes caminaban en la página, y por hacerlo de una cierta manera mostraban el alma. Mi libro iba a ser (ahora lo entiendo) como el herbolario del alemán. Él dibujaba cada una de las hojas y las flores de sus plantas queridas, como yo quería trazar con palabras cada gesto, cada movimiento del paso de mis personajes, que, por cierto, serían cientos, miles, casi todos los que habitaban Agustini estaban condenados a aparecer en sus páginas, más los que yo imaginaba, ya trotando o arrastrando los pies, ya balanceándose apacible, ya azotando los talones en cada paso, o con los brazos al ritmo, o llevando el propio, o meneando la cadera, o fijos y rígidos del cuello a los talones y más allá. Las primeras líneas eran: "Si reptas, caminas. Si vuelas, caminas. Si saltas, caminas. Eres hombre o mujer y caminas. Eres niño y caminas. Eres el perro de otros y caminas, el verdugo de aquéllos y caminas. Camina, que yo pintaré tu andar".

Empecé a acumular anotaciones en libretas, en trozos de papel y en mi cabeza. Sabía que nadie había hecho eso nunca, y me veía entrar gloriosamente al Parnaso con un texto sin precedente, sin medir no sólo el aburrimiento a que condenaría a algún posible lector, sino el que yo también padecería de enfrascarme durante años, como pensaba hacerlo, en un proyecto tan estéril, pretensioso y falto de toda cordura.

Como se ve, mis fantasías no tenían ni pies ni cabeza. Tanto sacaba la mecedora al frente de la casa (como hacían las viejas para conversar en lo que caía la tarde) para ver desde ella a la gente pasar y anotar este modo o aquél de caminar (todos, es verdad, caminamos distinto), como pasaba la tarde con el maestro, hablando de la Revolución y del nuevo orden que los jóvenes queríamos fundar, oyendo al Peloncito rasgando la guitarra, entonando con él canciones.

## 1967
## MATARON AL PELÓN

Una de esas tardes, un piquete de chismosas del pueblo llegó a avisarnos que habían matado al Pelón de la Fuente. En la carretera, con un coche habían empujado el que él conducía, echándolo fuera del camino, después de lo cual lo habían rematado con dos balazos, para que a nadie le cupiera duda de que la muerte no había sido un accidente. Mientras las viejas chismosas hablaban, el Peloncito seguía rasgando las cuerdas de la guitarra, requinteando la melodía de "Juegos prohibidos". De pronto cayó en la cuenta. Aunque la barrera que construían sus dedos musicales había hecho lo suyo para que nadie lo tocara, oyó, escuchó. Y cuando ellas repetían los detalles por tercera o cuarta vez, enloquecido aventó la guitarra, gritando "¡No es verdad! ¡No es verdad!", mientras el maestro le ponía con firmeza una mano en el hombro y le decía "Peloncito, es cierto, ten valor, es cierto", pero conforme le hablaba el maestro, el Peloncito gritaba más fuerte, desgañitándose, sin soltar una lágrima.

La tía del maestro salió de la cocina, donde nos preparaba los invariables sándwiches, con los ojos anegados de lágrimas. El paquete de chismosas seguía adentro de la sala, la puerta a la calle continuaba abierta, y afuera se habían arremolinado los vecinos, los que venían siguiendo a las chismosas, y los que iban o venían del mercado, asomando la cabeza y hasta parte del cuerpo a la sala, para ver estallar el dolor del Peloncito.

—¿Qué nadie tiene corazón en este pueblo? —dijo la tía con su tipluda y sonora voz de maestra—. Señoras, estas noticias no se dan así. Con permiso —agregó, tomando a una del codo y conduciéndola hacia la puerta, las demás siguiéndola de cerca—. ¿Pues qué no ven que aquí está su hijo? ¡Qué les costaba tener un poco más de tacto para decírselo! ¡Verdaderamente…! Vayan a rezar por su descanso a la iglesia, y permitan a los deudos soportar de la mejor manera su inmenso dolor. ¡Fuera de aquí, qué desconsideración…!

Tras ellas, que enmudecieron, cerró la puerta. El Peloncito no había dejado de gritar sus "¡No es posible!", de pie y temblando. El maestro seguía tomándolo de un hombro.

—¿Tú tampoco tienes sentimientos? —arengó al sobrino, retirándole la mano del hombro del muchacho, cambiando su sorpresa por el enojo—. Ven acá, Peloncito, mi niñito, ven y llora conmigo.

Lo abrazó firmemente. El delgado Peloncito se había vuelto un alfeñique, desmoronándose en sus brazos. Lo jaló al sillón y lo sentó sobre ella. Él comenzó a llorar, abrazándola al cuello, mientras que la tía le acariciaba la cabeza y la espalda, llorando a su vez, la cara del Peloncito oculta en el pecho de su maestra de primaria.

—Mi Peloncito —decía ella—, cómo le fueron a hacer esos miserables esto a mi Peloncito.

El muchacho se arqueó, casi convulsionado, emitiendo un aullido intermitente que intercalaba con "¡papá!", "¡papá!", cayó y quedó como desvanecido en el regazo de la maestra, un brazo cayendo del sillón, la mano rozando el piso de cemento. Cualquiera podría creer, al ver la escena, que el muerto era éste, el Peloncito. El cuerpo que la maestra detenía con sus brazos parecía el de un ser sin vida.

Cuando entró el cura, ellos parecían la imagen de la Piedad y nosotros las plañideras, ahogados en llanto. Excepto el maestro. De su cara no salía una lágrima. El cura se hincó frente a la Piedad, diciendo en voz alta palabras de consuelo, y comenzó a rezar el *Padrenuestro*, al que todos (menos el maestro) nos unimos. Los que se habían arremolinado afuera de la casa, uniéndose a los primeros curiosos y al piquete de chismosas que había cargado la mala nueva, nos escucharon y se sumaron al rezo. "Hágase tu voluntad", dijimos, cuando intempestivamente el maestro salió de la casa, cruzando la pequeña multitud de rezantes, dejando abierta la puerta de metal de par en par. Las chismosas y su cortejo, los niños, los vecinos, los indios, los que iban o venían del mercado se habían hincado en la calle, y lloraban con el rezo que repetimos tres veces de un hilo.

—Peloncito —le dijo el cura—, debemos ir con tu mamá. Te necesita. Tienes que ser fuerte. Ahora tú eres el hombre de la casa. Ven conmigo, vamos…

La Piedad quedó sentada, el regazo enorme vacío, el Cristo caminó entre las plañideras y la multitud que sobrecogida a su paso no alzaba la cabeza, rezando otra vez el Padrenuestro. Los amigos del Peloncito salimos tras ellos, a buscar al maestro. Estaba sentado en los portales tramando algo frente a su vaso de agua.

# LA MOSCA

Frente al vacilante vaso de agua que le habían servido para serenarlo, y que habían dejado en la mesa, flotante, incapaz de plantarle el fondo de vidrio sobre la madera, el maestro caviló: "¿Mataron al Pelón de la Fuente? Es ocioso pensar quién lo asesinó, porque todos sabemos quiénes querían deshacerse de él, los mismos que intentaron sobornarlo, los que le ofrecieron en una ocasión una casa en Acapulco, los que le trajeron a la puerta un Mercedes-Benz, los que todas las navidades le enviaban las canastas que conocía de sobra el pueblo, porque nunca querían recibirlas del mensajero que venía en coche desde Tampico:

—Lej manda ejto el ingeniero.

—Pues dígale que muchas gracias, pero que en esta casa no se aceptan regalos porque al señor no le gusta recibirlos.

—Ej que a mí me dijeron que je loj deje a como dé lugar, y yo no me voy a regresar con ejto, quédejelo, no jea ujte ají.

—No podemos recibirlo. ¿Quiere un vaso de refresco de guanábana?

El mensajero aceptaba el refresco, y terminaba por dejar la canasta en la Alameda central, de donde alguien sacaba una lata de quién sabe qué hediondeces importadas, otro se llevaba una botella de champagne, otro una de vino español, aquél las peladillas, esotro los turrones y las frutas secas, el cognac, las nueces de Castilla, tomando el botín los comerciantes y profesionistas, la gente de bien, porque no había indio que se atreviera a tocarlo, ni gente no demasiado conocida y respetada, no fuera a ser que los acusaran de hurto, pero quién iba a decir algo al intachable doctor Camargo, a don Epitacio de las Heras, honor sólido como de cadenas y candados, a la establecida reputación de Florinda Becerra, vendedora de jamón, jabón y jarrón, dura como una moneda de veinte pesos, y a los prósperos dueños de las enormes fincas, los más establecidos en la Ciudad de México, que venían en estas fechas a visitar a las mamás y a los leales hermanos menores que cuidaban con celo o con uñas las propiedades… Menos la última Navidad. Porque informado el ingeniero de que sus canastas eran saqueadas de modo para él inútil por los de por sí sus incondicionales, que tenían el descaro de informarle y hasta darle las gracias ('estupendo champagne', 'a ver qué día pasa por Agustini y le convido una copa del cognac que tuvo a bien regalarnos'), había enviado a uno de sus pistoleros que a punta de cañón había obligado a la mamá del Peloncito a aceptar la canasta, esta vez más grande y surtida que las anteriores, con una pierna entera de jamón serrano, tres latas grandes de foie gras, varias botellas de vino, tres de champagne, dos de cognac, latas de almejas, turrones, chocolates…".

Frente a su vaso de agua, el maestro estalló adentro de sí. Lo había mordido (la) Ira. Caído por ella, el maestro se revolcaba, como una víbora herida, se arqueaba; por su columna viajaba una punzante aguja de cuerpo picante y picoteante, y las piernas y los brazos se le meneaban a su paso. Ira le regaba cucharadas de aceite hirviendo en la piel, se las vaciaba en la boca y le hacía tragarlas, y le daban arcadas, y vivía un suplicio mientras miraba su vacilante vaso de agua, las dos manos juntas bajo la barbilla, la cabeza apoyada en ellas, los codos sobre la mesa, él sí firmemente, imponiendo la ley de su humanidad sobre las ebrias cosas de Agustini. Tratando de escapar del tormento que Ira le infligía, el maestro tragaba el agua fresca del vaso, y lo volvía a dejar bailando sobre la mesa.

Ya nada sería igual. El Pelón había muerto, y a él lo había chupado la bruja al tocar el piso, nadie podía ni quería recogerlo. Estaba maldito. El aire puro que antes había habitado lleno de alas, con el que había abanicado, refrescándolos, a sus alumnos, era ahora arena y cenizas. La explosión de Ira infestaba como el vómito del volcán la tierra. La lengua del profesor parecía llenarse de asperezas, hiriéndose a sí mismo el paladar, envenenando su saliva.

Una mosca gorda, negra y enorme, un moscorrón de dos centímetros de oscuridad zumbante, como las de las caballerizas, cayó en el vaso del profesor. Ira mordió una vez más al maestro, diciéndose "¿Me tiran moscas a mí? ¡No saben con quién están tratando!". La mosca, empecinada, clavó la cabeza en el agua y se fue hasta el fondo. A través del vidrio y del agua, se veía incluso más inmensa, duplicado su volumen.

Mientras al maestro le comía Ira desde los pantalones hasta el último botón de la camisa, pasando por los testículos, las tripas y el corazón, el cura había llevado al Peloncito con su mamá, los había dejado a solas, había corrido a la iglesia y ahora hacía soltar las campanas a duelo. Pero por más que las campanas sonaran, el maestro e Ira seguían unidos en su enojo recíproco, e Ira mordía más y el aire era a cada instante menos aire. Hasta que el maestro saltó, soltó sus dos manos, tiró la silla hacia atrás y exclamó:

—¡A trabajar!

Esto decía cuando lo encontramos sus alumnos. Se dio cuenta de que estábamos junto a él, y con una expresión extraña y una chispa colorada en su mirar, nos dijo:

—Tenemos que ponernos ahora mismo a trabajar. Vengan, vamos a la escuela. Este sábado haremos una manifestación; tenemos que avisarle a todo el mundo. Nunca ha visto Agustini algo igual, sí que la vamos a armar, esto va a ser una pachanga como no se ha visto aquí, ya verán…

No paraba de hablar, quién sabe qué más que sólo él se entendía. Convertía nuestro asombro y pesar en otra materia que algo tenía de jubilosa, como un mercader de falsedades que nos cambiara gato por liebre para nuestro alivio.

—Si esta desgracia ya ocurrió —seguía—, no vamos a dejar que sea de balde. En este mismo instante vamos a sostener… esto va a saberse hasta en el último rincón del mundo, se va a saber por qué murió el Pelón, cuál era su lucha. Si hubieran matado a otro, él habría hecho lo mismo. Vamos a comenzar llamando a los suyos, después convocamos a los nuestros… Espérenme en la escuela. Voy a decirle al cura —nos paramos en seco al oír su orden. No podíamos sostenernos sin él. Éramos los polluelos de su Ira, pero aún no entendíamos qué se esperaba de nosotros—. Está bien, no me miren así, vengan conmigo.

La casa del cura estaba cerrada. Fuimos a buscarlo a la iglesia. La nave estaba vacía, en la sacristía uno de sus más fieles monaguillos, un niño de escasos seis años, negro como la noche y pobre como buen agustinino, a quien el cura daba a diario de comer a cambio de que viniera a barrer sobre lo barrido, a ordenar las velas que llegaban en cajas de cartón acomodándolas en otras cajas de cartón, a doblar el limpio trapo de sacudir de las hermanitas y a contar las de a quinto que caían en las cajas de limosnas, y que separaban de las demás monedas, esperando se acumularan, para que valieran la pena.

—¿Dónde está el padre Lima? —le preguntó el maestro.

—Anda onde laj campanaj.

Entramos a la torre del campanario. Despojado de su negra sotana, sudado de arriba a abajo, abrazaba con las piernas en ajustados pantalones de tubo el cordel con el que hacía tocar las campanas, columpiándose mientras lloraba. Como aquel día terrible en que lo descubrí y me eché la culpa de que retozara con mamá, no traía puestos sus lentes y tenía el rostro verdaderamente descompuesto, pero en ese momento no pensé en la similitud. Las campanas retumbaban ensordeciéndonos, y el cura medio desnudo no abría los ojos para vernos. Los dejé llamándolo y subí corriendo por las escaleras de caracol, acercándome más al ruido de las campanas, hasta que llegué al campanario. Me acerqué al barandal. Sobre él descansaban los lentes del cura. Allá abajo, Agustini se veía de cuerpo entero, y a todo su alrededor la selva que parecía desear comérselo. Sin quererme decir que el cura me había recordado la nefasta escena de la hamaca, sin ponerlo en la luz verbal y visual de la memoria, me concentraba en repasar mi pueblo. Ahí estaba la Alameda, cubierta con las copas de los árboles, el mercado, la escuela oficial, la de las monjas al lado del convento, el jardín de las hermanitas, la casa del cura, la nuestra (nunca había medido lo cercanas que estaban), más allá la construcción en ruinas de lo que había sido el hospital de leprosos, la carretera, y si se ponía mucha atención se alcanzaba a ver la rueda de la fortuna devorada casi por el follaje, en las afueras, hacia el sur, uno de los sueños muertos del tío Gustavo. Me puse los lentes del cura. Tras ellos todo se veía más cercano, más pequeño, casi me cabía en el puño.

Chacho me tocó la espalda, llamándome, y me hizo señas para que bajara. Lo seguí, caminando con cierta inseguridad por la visión que me daban los lentes del cura. Al pie de la escalera, Carlos, otro de la secundaria, tocaba las campanas. Seguí a Chacho hasta la sacristía. El cura y el maestro discutían. El padre Lima había vuelto a su negra sotana. Me quité los lentes y se los di. Rápidamente me pusieron al tanto.

—Las campanas no van a dejar de repicar, estamos organizando quién toca de qué hora a cuál; apúntate en la lista, y estamos haciendo comisiones para todo lo demás.

# EL CUERPO DEL PELÓN

Cuando el cuerpo del Pelón llegó a Agustini, las campanas seguían doblando. Llegó a la velación rodeado de un numeroso cortejo. El pueblo entero, llamado por las campanas, estaba rodeando con un cuerpo de solidaridad a la familia. Todos cargaban ramos de flores.

El cura lo recibió en la casa, le dio la bendición y se quedó en la habitación mientras lo amortajaban. Del bolsillo de la camisa sacó la pequeña libreta de teléfonos que el Pelón traía siempre consigo, algunas páginas manchadas de sangre, las más limpias, protegidas por el plástico de sus dos tapas. Al salir, se cruzó con el ataúd que venía entrando y tuvo que brincar una valla de flores que la gente había ido colocando a la entrada de la casa de los De la Fuente. Sugirió que dejaran abierto el paso, lo que fue una muy buena idea, porque a partir de ese momento apilaron una flor sobre otra hasta dejar la fachada de la casa completamente invisible, escondida tras la muralla levantada, protegiendo con flores el dolor de la familia.

El pueblo entero desfiló para dejar a la entrada su ladrillo de flores, despedirse del Pelón y dar el pésame a los deudos, la mamá del Pelón, que había venido desde Villahermosa, sus dos hermanos recién llegados de Ciudad del Carmen, el Peloncito y su mamá. Desde ese momento, el maestro y el cura demostraron una eficacia organizativa de primer orden. Mientras las campanas no dejaban de sonar, el cura se pegó al teléfono a hacer llamadas para informar de la muerte del Pelón y para invitar al entierro, a la ceremonia fúnebre, la religiosa y la civil que le seguiría, y llamó a Villahermosa, a la capital, a Tampico, avisó a la agenda completa del Pelón, marcando un número de teléfono tras el otro e identificándose en todas las llamadas. No guardó el debido respeto a la viuda, porque le informó de lo que estaba haciendo y les pidió a ella y al hijo los números que le hacían falta. Ella tuvo el aplomo de recordar más nombres a los que debía convocar, y le recomendó al cura llamar por teléfono también a la prensa. En esos días, para hablar de larga distancia no se podía marcar el número directamente. La chica de la caseta se estaba volviendo loca, porque trabajaba en un local muy pequeño y no podía encender el abanico si estaba conectando llamadas, el ruido se le metía a la línea. Ya en la nochecita, el cura se presentó en la caseta, cerca de la hora de cerrar.

—Vengo a pedirle que trabaje para el Pelón unas horas extras.

La chica tenía un aspecto fatal. Llevaba horas encerrada, bajo el ventilador de enormes aspas apagado para conectar llamadas, asándose en la pequeña habitación. Hoy no había podido hacer ni una línea de crochet, mientras que lo habitual era tejer bajo la frescura del abanico más que usar los dedos para conectar llamadas.

—Claro que sí, padrecito, lo que usted me diga.

—Pero antes va a venir conmigo a comerse algo, mire qué cara tiene.

La llevó a los portales, se sentó con ella, le ordenó algo de beber y de comer, y pidió que le regalaran dos de los abanicos de cartón con que se hacían publicidad en los años nuevos. Eran ovalados, de cartón algo duro, de un lado escrito el nombre, *Refresquería y heladería La Celestina, el mejor lugar de Agustini, encuéntrelo en los portales oriente, a un costado de la iglesia, también puede usted hacer llamadas telefónicas desde aquí* (lo que ya no era cierto) *y comprar el número ganador de*

369

*la lotería*; y del otro tenía impresa la imagen de un esquimal acariciando a un oso blanco, en una aurora boreal, rodeados de hielo, con un tono rojizo que no tenía razón alguna de ser. Servía para abanicarse porque tenía pegado, del lado del nombre del negocio, un aplanado palito de madera, un poco más grande que el de las paletas.

Regresaron a la caseta del teléfono y ahí se quedaron todavía un par de horas haciendo llamadas, hasta que anocheció, abanicándose con *La Celestina* para refrescarse un poco. Al terminar, el cura le dio una extraña bendición a la que fuera su leal colaboradora:

—Vivirás mil años, tendrás muchos hijos, y serás muy feliz por tu generosidad. Con esto te premiará el Altísimo.

No le prometió un buen sitio en el cielo ni un alma pura, sólo triunfos terrenales que él creía se había ganado al soportar el calor y al insistir tesonudamente en conseguir las llamadas, peleando con sus colegas de otras casetas, o con las defectuosas líneas. La telefonista le agradeció su bendición, le sonó a miel sobre hojuelas. Era una muchacha delgadita vestida con un traje cortado por su mamá. No tenía papá, y muy difícilmente podría conseguir marido. Era feíta, se peinaba ridículamente, usaba zapatos de charol como de niña. Sonrió con la idea generosa del cura, y se llevó bien puesta la sonrisa a su casa.

Por su parte, el maestro mandó pedir prestados nueve caballos, nos dividió a sus alumnos en tres grupos para ir a informar donde no había teléfono, y para pedir que corrieran la voz. Desde el incidente de la hamaca no había vuelto a recorrer las rancherías cercanas, y nunca antes lo había hecho a caballo. El trayecto fue hermosísimo; las garzas se levantaban a nuestro paso, pasamos por el borde del lago donde anidan los flamingos, el ancho río de bajo caudal infestado de lagartos, cabalgando a paso lento en el resbaloso lodo, rodeados por la exuberante vegetación, llenándonos de piquetes de mil bichos, y dimos el recado en tres sitios. De ahí ellos se encargarían de dispersarlo: el maestro y el cura los invitaban a venir el domingo, porque habían asesinado a su amigo, un buen hombre que buscaba el bienestar para todos, la justicia, salarios y trabajos mejores, y al que por eso habían matado sus enemigos. Así dábamos el recado, quién sabe cómo lo transmitieron para que el domingo tuviéramos en Agustini una multitud de indios que jamás había visto el pueblo.

# HOSPITALIDAD

El único hotel de Agustini se llenó desde la noche del sábado, y muchas casas abrieron sus puertas para rentar o prestar un cuarto, dos camas o alguna hamaca a la gente que había viajado demasiadas horas, que había llegado el día anterior, y a los que no podían volver el mismo día del entierro.

Amalia había acomodado a veinte visitantes, y a veinte les cobraba por tenderse en malos colchones o hamacas podridas, sin darles ni un vasito de agua gratis, sacándoles monedas por el café, el desayuno, el baño y hasta el uso de la toalla.

Pero el patio de la casa no se abrió a ningún visitante. Ni siquiera quiso la abuela recibir a unos conocidos, amigos del eterno pretendiente de mamá a los que encontré buscando alojo frente a los portales, y que llevé a la abuela. Con una expresión más dura que la de costumbre, y sin que mamá diera la cara, la abuela les dijo:

—Lo siento mucho señores, pero este honesto hogar no puede recibirlos.

Nada, ni una palabra más, ni les ofreció un refresco, faltando a la más elemental cortesía agustinina.

La abuela habló sola todo el día. Alegaba por el asunto del Pelón:

—Yo se lo dije, no sé cómo no atendió, y se lo dijo Amalia, se lo advertimos de un modo y de otro. Con esas personas no se juega. La pena de Irlanda —se refería a la mamá del Pelón—, quién se la va a quitar. Y deja solo al hijo… ¿De qué van a vivir, además? No tienen ni dónde caerse muertos. Hubiera aceptado una sola de las casas que le ofrecían, con eso habría bastado para que no lo mataran y para que no muriera pobre como chinche. No entiendo cómo hay gente que siempre tiene que estar peleando de todo; lo dejan luego a uno con la pena… Cómo lo fueron a matar, si hace apenas dos minutos lo veía yo pasar jugando, le daba por seguir un aro con un palo, iba para arriba y para abajo de Agustini con el aro corriendo adelante de él, me acuerdo perfecto, es como si fuera ayer, como si hoy mismo por la mañana pasara por aquí ese muchacho. Si olía que yo estaba moliendo cacao, dejaba su aro apoyado en la fuente del patio, y se venía a sentar junto a mí para que le diera alguna probada del chocolate fresco y blando. Me acuerdo de el niño, como si fuera ayer. Cómo nos fue a hacer esto, qué le habría costado aceptar siquiera una casita, por todos sus seres queridos, por los que lo vimos crecer y lo estimábamos…

## VUELVE EL VENDEDOR DE ECHARPES

El gran día me levanté al amanecer, a la misma hora que Dulce y que la abuela.

—¿Qué te picó? —me dijo Dulce, mirándome con sorpresa.

—Es que ya me tengo que ir. Ya me voy, corriendito, péiname de volada.

—¿No desayunas?

—Nada, tengo prisa.

—Pues te aguantas la prisa —desde afuera de mi cuarto dijo la abuela—, en este honesto hogar se desayuna.

Así que desayuné, y tras el chocolate y la tortilla de hueva de lisa, salí corriendo. El pueblo estaba lleno de gente. Era domingo, los indios venían a misa, pero ahora no desaparecían en los corredores del mercado, estaban presentes en las calles del pueblo, caminaban por las banquetas, con la cara mirando al frente, y con ellos había un montón de gente venida de toda la región y de toda la costa del Golfo. Desde Tampico hasta Progreso estaban representados. Nuestro aislado pueblo se había vuelto Babel. Las calles estaban atestadas de coches y de gente.

Todo el mundo llegó a la manifestación. Vinieron del sindicato, vinieron los indios que seguían al cura y al maestro, vinieron los estudiantes de la Universidad Benito Juárez de Villahermosa, vinieron muchachos de la UNAM y de Chapingo vinieron muchos más de los que cabían en Agustini. Incluso él, que no había vuelto al pueblo desde aquel día en que me regaló el número de teléfono que, según dijo, podría algún día sacarme del pueblo, incluso él estaba aquí hoy con nosotros. Parecía que nadie había resistido el imán de este día.

Antes de que yo lo viera, entre el puesto de cazuelas de cobre y el de cucharas, me gritó "¡Delmira!, linda Delmira", y corrí hacia él. Sonriendo y hablando sin parar volvió a levantar sobre el aire su tienda de colores, y la cerró por completo antes de comenzar la explicación que yo no le pedí:

"Tu papá, Delmira, nació al sur de Italia, en el mar Mediterráneo, en una isla habitada por pastores pacíficos, gente buena, tranquila, más dada al ocio que a la guerra, fundada por antepasados de muy otra naturaleza, un grupo de piratas que en tiempos de la gloria de los griegos atacaba los barcos de Ulises, de Agamenón o de Héctor. En esa isla, el célebre pirata Boca de Fuego encabezó la fundación, después del saqueo de la Medina de Hammamet y del Palacio del Recién Salón, en la rica, aunque ya en decadencia, Cartago. Antes habían desvalijado dos villas de Persia. Con los frutos hicieron su pequeña armada a la que bautizaron (siglos antes de la otra que se llamó así) 'La invencible', porque lo era.

"Doce en número de apóstoles fueron los hombres que fundaron su defensa en esta isla acantilada, cuyas pocas construcciones dan la impresión de la armonía más honda que pueda percibir el hombre. Porque los de Boca de Fuego tomaron la mítica e infranqueable ciudad de Orán, donde nace el río Nilo, para robarle a sus más hábiles constructores. Orán estaba habitada solamente por sabios pacíficos, pero había sido trazada con astucia y laboriosidad como una ciudad inasaltable. Nuestros piratas se valieron de los trucos más infames para tomarla, entrando disfrazados de una cuadrilla de cómicos venidos del norte, entonando canciones de la Toscana y danzando incongruos, fascinando con su belleza extrema a las mujeres y sacando risas de los niños. Ya adentro, blandieron sus armas, los hicieron confesar quiénes eran los más hábiles en el arte de la construcción, pidieron también las señas de los artesanos, y cargaron con tres sabios y veinticinco albañiles. Ellos tallaron en la isla de tu padre sobre los acantilados blancos una célebre muralla que nadie se atrevería a intentar franquear. Su aspecto era monstruoso, y le daba un aire de cosa viva con el que se aterrorizaban sus enemigos. Bastaba sólo con verla para decidir que lo prudente era dar media vuelta y girar la ruta hacia atrás; con esos muros no era necesario responder a los ataques. Los tres sabios de Omán hicieron construir también un abasto de agua, para que los piratas pudieran resistir el sitio y el asedio durante meses. Adentro vivían los únicos doce que conocían sus secretos, porque los esclavos constructores y las tres sabias cabezas habían sido para este entonces ya pasados a cuchillo. Dicen que uno a uno fueron decapitados sobre lo más alto de la muralla para teñir con su sangre el borde de ésta, dándole un aspecto incluso más siniestro. Por otra parte, con el hedor de la sangre humana los piratas de Boca de Fuego alejaron a los antiguos habitantes de la isla, patos y pájaros solamente, que paraban aquí en su viaje anual hacia el sur. Ellos eran ahora los únicos dueños de este rincón de la tierra. Los sabios deben de haber comprendido que su sangre podía ser el fin de los piratas, porque al espantar a las aves perdían su fuente de abasto natural de alimento en caso de asedio. Encerrados, quedaban inaccesibles los peces. Pudo también haber ocurrido que las tres sabias cabezas de los ingenieros de Omán hubieran sentido al morir un enorme alivio. Pudo pasar que ansiaran la muerte, sabiendo que remontar el Nilo era una fantasía imposible. Pudo pasar que de tan sabios conocieran la puerta que se abría a Omán desde los territorios de la muerte. Todo pudo pasar.

"Nada del natural sangriento queda en la rutina diaria de los habitantes pacíficos y sedentarios de la isla. Se desdice la ley de la lógica del comportamiento, que hace heredar de padre, madre, tíos o abuelos gran parte de los hábitos y la voluntad, tal vez por la constante impresión de la sabiduría constructora de los hombres de Omán. Queda un solo resabio de su origen de piratas en su vida pastoril. Los habitantes, aunque son sólo pastores, tienen para cada familia una pequeña barca que usan para practicar lo que guardan las costumbres de sus tiempos de piratas. En el verano, en las noches de luna llena, abordan con torpeza sus embarcaciones y se dirigen hacia el horizonte. Al llegar a mar abierto, entonan cantos destemplados e inarmónicos, danzando en sus ritmos alocados, como hacían sus ancestros para espantar a los enemigos antes del abordaje. Después, pacíficamente, bañados en sudor de tanto grito y tanto baile, regresan a la costa, y sienten alivio y paz al verse en tierra firme.

"Tienen la costumbre de atar sus lanchas a la tierra, a unas vigas puestas expresamente para quedar afianzadas en las rocas de sus acantilados, además de anclarlas con total firmeza. Ellos no sacan sus lanchas del agua, como la gente de tu tierra, que las empina a los costados del río para dejarlas de tiempo en tiempo secas. Éstas viven mojadas, metidas en el agua del mar. Tiene su razón de ser. Nadie sabe desde cuándo esta isla —sedienta de sangre, leal a sus primeros fundadores, agradecida de haber sido escogida por ellos y de que le hubieran traído a los mejores ingenieros de su tiempo para ennoblecerla y embellecerla— de tiempo en tiempo pierde peso, pidiendo su cuota de sangre. Porque una vez al año, al final del seco verano, la arena acaramelada y ríspida que bordea todas las orillas de la isla exige su tributo. La arena color sangre seca y podrida reclama para el peso de la áspera, rugosa isla, su cuota de sangre anual. Los pastores se apresuran a sacrificar las manadas de chivos y cabras simulando una fiesta, cuando en verdad celebran la expulsión de su miedo. Desecan la carne de sus animales (que después trafican en trozos salados acomodándolos en canastas, ofreciéndose en tierra firme como 'carne de burro', donde goza prestigio, y con razón, de exquisita), pero antes dejan correr su sangre por los canaletos delgados que bajan por la anfractuosa isla hacia sus playas y su arena, su mar. Una vez al año, la isla queda rodeada de su espeso aro de sangre que al paso de los meses se va disolviendo muy lentamente.

"Conforme esto ocurre, la isla va perdiendo peso. Si hay un retardo en el día de la matanza (cosa que ha ocurrido por motivos diversos, entre otros por el constante natural relajado de sus habitantes), la isla se levanta por completo del mar, se eleva, y se iría volando por los aires si no fuera porque las lanchas de sus habitantes la sostienen con sus cordeles, impidiéndole despegarse de la tierra. Entonces la isla vive suspensa sobre la costra marina, casi suelta. Las lanchas la sostienen, pero no firmemente y sólo el tiempo necesario para que los pastores maten la cantidad suficiente de cabras y corderos que hacen falta para calmar la sed y con ella el ansia de volar de ese trozo de tierra, leal a sus sangrientos fundadores".

El vendedor detuvo su narración. Hasta este momento había hablado sin parar un minuto, pero aquí se detuvo, tomó aire:

—Te he contado dónde nació. Tú tendrás que buscarlo para averiguar dónde conoció a tu mamá, cómo se enamoró de ella. O pregunta a Gustavo. Pregúntale si quieres. Pero me parece que ya estás en edad de encontrarlo. Ya eres una mujer, Delmira. Aquí deben de estar buscándote marido. Escapa a tiempo. Ve con tu papá, yo te lo encuentro.

—Tú me diste un número para llamarle. No lo he perdido.

—¿Y bien?

Apenas dijo "¿y bien?", comenzó a recoger la tienda, una mascada tras la otra, un chal y el siguiente, hasta dejarnos otra vez en el barullo del mercado. No me volvió a hablar, pero no dejó de sonreírme. Yo no le dije nada tampoco. Escapar… Me encantaba la idea. ¿Por qué no escapar? Yo también sentía, atizada la sangre por las evocaciones con que él le había hablado, que me había llegado la hora de dejar mis tierras, de cruzar el océano, de buscar mi otra verdad, en nada parecida a la fábula que el vendedor había procurado venderme. Yo no quería aventuras. Había vivido ya las suficientes. Entendía que el vendedor me había contado la suya no porque fuera verdad, sino por tenderme un lazo, por hacer entre los dos alguna liga, y porque en mi pueblo nadie podía evitar fabular su propia historia. Todos sentíamos allá, por el clima, tal vez, por la proximidad de la selva o por razones ignotas, la necesidad de contarnos cosas. Por mi parte, quería ahora ver cómo era el mundo donde la razón y las leyes de la física obligaban a un orden riguroso e inevitable, donde fabular no era una necesidad sino un oficio de pocos, abocados a examinar con pausa el rigor de los afectos y del mundo.

## LA MANIFESTACIÓN

No supe cuánto tiempo me había entretenido el vendedor de echarpes. Corrí a la secundaria. Ya estaban terminando de imprimir el panfleto que había redactado el maestro. Yo traía bajo el brazo unas notas que había garrapateado por la noche.

—Oiga, maestro, es que traigo esto, oye… —No me hacía caso. —¿Puedo picar yo un esténcil? Escribí esto.

—Ya no da tiempo de nada, Delmira.

—Yo sólita lo imprimo, te lo prometo.

—Hazlo —me dijo el maestro, tal vez para no discutir más conmigo.

Me dejaron a solas, cuando todavía no terminaba de picar el esténcil, haciéndome un poco bolas con el procedimiento; imprimí la cantidad que pude hasta que me dio hambre. Había hecho cientos de copias de mi panfleto, al final del cual había escrito una firma: "Delmira, la de Agustini". Mi primera publicación (y única hasta el día de hoy) fue este texto ilegible, con el que cometí el pecado imperdonable de usar sin saberlo el nombre de la gran poeta uruguaya. Tal vez por ese crimen mi posibilidad de escritora se saló. Tal vez por más motivos, porque yo era fatua, presumida y tenía inflado de soberbia hasta el más estrecho rincón del alma; porque tenía prisa, porque quería ver mundo, porque quería comerme los continentes de un bocado y deglutir de un sorbo al océano con sus peces, y porque mientras soñaba en escribir un libro sin acción, excesivamente largo y pausado, también albergaba sobadas ideas revolucionarias que oía yo de tercera mano, y que me habían inspirado para escribir estos tres párrafos con los que salé mi futuro literario, y creo que también el curso de mi vida.

Apenas puse un pie afuera de casa del maestro, comencé a repartir a diestra y siniestra mi papelito. Oí a los jaraneros cantar las coplas que habían improvisado:

Ya mataron al Pelón, nos lo quisieron quitar, con dos balas y un rozón, pero ni fue, ni podrán.

Ay, Pelón, Pelón, pobres, creen que te pueden llevar.

Diles que tu caja es cofre, que no te sabrán matar.

Ay, Pelón, Pelón, Pelón, estás mejor aquí que allá, baila el son suave en la sombra que el sol quema horrible acá.

Pídele un regalo al Pelón.

Pídele un helado al Pelón.

Pídele buen sueldo al Pelón.

Pídele justicia al Pelón.

Me quedé junto a ellos, repartiendo papeles, escuchándolos, y al rato me solté a cantar con ellos, como el resto de la gente. Cuando hicimos una pausa, se me acercó un joven, vestido de traje blanco y zapatos cafés, con un sombrero de paja, su atuendo desentonaba por completo con los demás manifestantes. Junto a él venía un fotógrafo, y los dos estaban visiblemente acalorados y cansados.

—¿Y tú, qué repartes?

—Una cosa sobre la muerte del Pelón.

—A ver, dámela —y agregó en otro tono: estás bien bonita.

Le sonreí dándole una de las hojas. Del montón cogió otra, mientras el fotógrafo tomaba la imagen de los músicos. Los perdí de inmediato de vista. Había tanta gente que era aguja en el pajar dar con alguien. Cuando por fin me reuní con mis amigos, ya no quedaba ni una copia de mi volante.

La manifestación duró toda la tarde. Dábamos la vuelta a la Alameda del pueblo, girando hombres y mujeres hacia el mismo lado, pero éramos tantos que no cabíamos, la cola y el final de los manifestantes nos pisábamos, así que el maestro, quien nos comandaba, simplemente nos detuvo. Las calles aledañas estuvieron al poco rato llenas también. Invadimos el parque. Allí donde la orquesta dominguera solía tocar, el maestro y otro muchacho del sindicato subieron a arengarnos. La gente los coreaba, gritaba consignas y cantaba. Una emoción extraordinaria y pura nos recorría. ¡Nada que ver con las horas de misa, con la pasiva recepción inmóvil de las palabras del cura! ¿Qué estaría pensando él? ¿Qué sentiría al ver esa emoción corriendo por los pechos de sus habitualmente inconmovibles feligreses, muchos de los cuales habían sido convocados en nombre de su fidelidad? ¿Ahora qué argumentaría cuando alguien le preguntara por la capacidad de fe de su gente? Lo habíamos oído decir: "Aquí nadie cree en nada. Si uno tiene hambre, alza la mano y corta un plátano, si tiene sed se agacha a beber, si le apetece otra cosa mete la mano al río y saca un pescadote, lo asa con el calor del día y se lo lleva a la boca. ¿Quién conoce aquí el temor de Dios? Esta gente no cree siquiera que haya un creador, todo les parece tan fácil, tan hecho. No conocen la preocupación ni tienen adentro un sensor que les indique si algo está bien o está mal, con cualquier pretexto asesinan a machetazos, pero con la misma facilidad olvidan el origen del enojo, como si no hubiera pasado nada. Una vida vale lo que una distracción…".

# REPRENSIÓN

Como la noche de ese domingo llegué tarde a casa, tuve que tocar el portón para que abrieran. La abuela lo hizo, ya los largos, blancos cabellos sueltos, mientras Dulce observaba con los ojos bien abiertos, esperando a ver qué me iba a decir. Antes de echar la tranca, me espetó: "revoltosos buscaproblemas, eso es lo que ustedes son". Estaba furiosa. Entré a la habitación, sin cerrar tras de mí la puerta. Dulce no siguió mis pasos, ni para peinarme ni para ofrecerme de cenar, quedándose al lado de la abuela, cómplice de su enojo, en el que sin duda la había adoctrinado. Sólo me había quitado los huaraches y estaba a punto de bajarme los jeans, cuando oí a la abuela:

—Dulce, ¿en qué estás pensando? Ve a ver si la niña quiere algo de cenar, y recógele la ropa para que no deje tiradero. Mientras, pongo la tranca y ahora me vuelves a peinar el cabello, que con tanto ir y venir se debe haber ya enmarañado, a ver si con eso me sereno. Estoy agitadísima…

Estaba sentada en la cama, desabrochados los pantalones, cuando la vi entrar a mi cuarto, embarnecida prematuramente, sin rastro alguno de juventud, comida por las dos huesudas de la casa (la lisa y la redonda), la cabeza cubierta por su rebozo, los pies descalzos, como siempre. Me vio a los ojos y de inmediato los retiró, pero el contacto estaba ya hecho. Nuestros dos cuerpos sentían la presencia de la otra en la misma habitación. Si no hubiera fijado su mirada en la mía, habría procedido a quitarme frente a ella los pantalones, a tirarlos al piso y tras ellos los calzones, a aventar la blusa hacia donde fuera el movimiento del brazo con que me la pasara sobre la cabeza, y botar sobre la cama, tal vez, los aretes y el collar, mientras ella iba recogiendo una prenda tras otra sin hablar, doblando lo limpio, ordenando lo desparramado, llevándose a lavar lo sucio, como una sombra eficaz e invisible. Habría acomodado también en la zapatera mis huaraches de suela de llanta, los aretes en el alhajero, el collar. Pero como pusimos la una en la otra la mirada, las dos nos sentíamos. Yo no iba a desnudarme frente a esta chica desvencijada antes de tiempo, una aspirante al rencor, resignada también prematuramente, y ella también se incomodó, no supo qué hacer frente a alguien a quien estaba acostumbrada a no percibir, una mujer casi de su edad pero de vida radicalmente diferente, a quien estaba acostumbrada a servir desde los siete años de edad con eficacia laboral, sin roce alguno de persona, supliendo a éste por el grito y la aspereza, como una maquinaria a quien la tradición le daba indicaciones. Me avergoncé frente a Dulce, de mí misma y del papel que me tocaba representar. Las dos hacíamos una persona completa, las dos éramos fragmentadas mitades, ella tenía de su lado la complicidad y el calor de la abuela que la obligaba a una esclavitud. Yo tenía una habitación para mí misma.

En mis oídos todavía resonaban las consignas que veníamos de gritar. Todo el día había escuchado fórmulas salvadoras de la humanidad y la promesa de que la Revolución ya venía, que navegaba con paso firme por el mar del Golfo de México, que la cercana Cuba nos la haría llegar por medio de un barquito, una pluma y una hoz. Había repartido los dos volantes impresos temprano en la mañana, el que había redactado el maestro y el que había firmado yo, una retahíla de consignas sin pies ni cabeza, sin saber que cometía al firmarlo de esa manera el pecado literario enorme que ya confesé. Después de correr y fatigarme y aventurarme por los mares procelosos de la manifestación, aquí estaba yo, frente a la nana a quien había esclavizado toda mi vida.

—Déjalo, Dulce —acerté a decir, en mi confusión que era mucha—. Ya es muy tarde, te prometo que yo recojo.

La abuela oyó mi promesa.

—¡Qué recoges ni qué ocho cuartos! Vete poniendo ya la pijama, y no has dicho si quieres tu taza de chocolate...

—Sí, quiero chocolate.

—¿De leche o de agua? —me preguntó Dulce, aliviada con la interrupción de la abuela.

—De leche.

—¿Te traigo pastas? ¿Una rebanada de pastel?

—¿Habrá un tamal? No he comido.

—¿Tamal de dulce o de mole?

—¿Cuál está mejor?

—Todavía están calientes, Lucifer hizo hoy tamales. Ahora vengo.

Dulce salió de mi cuarto y yo me desvestí, dejando respetuosamente el calzón en el piso, el pantalón en el piso, la blusa india en el piso, los dos huaraches de suela de llanta botados sin orden ni concierto. No tardó en volver con una charolita en la que traía el batidor de madera, mi taza y un plato con el tamal envuelto en hoja de plátano humeante. La puso sobre la mesita del patio central, y me senté a comer. Dulce corrió a pararse tras la abuela y a peinarle una vez más el cabello suelto, mientras la abuela comenzó a hablar:

## EL CUENTO DE LA ABUELA

"Hoy les voy a contar de cuando los indios echaron a andar los alushes. Pues resulta que cuando yo era niña, cuando tenía seis o siete años, todavía era costumbre que los indios tuvieran a la entrada de sus casas algunos alushes representados. Los alushes aparecían como unas diminutas personas, delgadas, con las facciones bien delineadas, los brazos cruzados, envueltos de la cintura para abajo en hoja de maíz. Toda la figura completa tendría el tamaño de una mazorca tierna, el hombrecito o la mujercita salían entre la hoja en el lugar del elote y estaban tan finamente representados que costaba trabajo creer que los indios los hubieran hecho con sus propias manos, ya ven que hacen figuras toscas, con apariencia de monstruos, cuando no cazuelas en las que parece que nadie tuvo la bondad de darles la última pasada. Por cierto, mi nana Lupe decía que esas figuras de barro crecían de la mata de maíz, que nadie que no fuera Dios les daba forma con las manos, pero cómo vamos a creer que Dios iba a andar metiéndose con estas creencias de indios".

La abuela estaba buscando provocarme a como diera lugar, porque ya había hecho conciencia de que yo brincaba siempre que se ponía a decir pestes contra los indios, y de que los defendía cada vez con más argumentación, obsesionada por el tema, pero ahora yo no le respondería nada, que el horno no estaba para bollos, no me iba a dejar provocar de ninguna manera. Si le daba la gana, que les quitara alma y razón a los indios, allá ella. Mi tamal —guiso indio, por cierto— estaba exquisito. Mi chocolate en su punto, cubierto de espuma, y yo estaba exhausta. Como ya la había peinado Dulce, mientras probablemente hablaban de lo que habían oído decir de la manifestación —las habladurías de los ricos del pueblo, espantados con la presencia de tanta gente sólo por la muerte del incómodo Pelón de la Fuente, "puros revoltosos comunistas que vienen a alborotar a los indios", el peine había corrido con tanta facilidad que, apenas comenzada su historia nocturna, Dulce ya la trenzaba.

"Los indios, les decía, tenían frente a sus casas uno o más alushes. Había quien los ponía sobre el quicio de la entrada, otros los clavaban a un lado y otro de la puerta y otros los sembraban a los lados, en el piso, como en una casa india a la que entré con papá un mediodía de intenso calor —íbamos a caballo con sus hombres, vigilando no sé qué de la finca—, en la que nos dieron a beber café en enormes tazones, café ardiente, hecho en olla de barro con azúcar y canela, 'para que se desacaloren', cuando yo habría dado mi reino por un vaso frío de refresco, pero pues cómo en aquellos calorones, sin hielos ni refrigeradores en medio de la selva (donde no creo que haya entrado hoy día electricidad, seguro porque los indios se han negado a recibirla del gobierno, porque no hay gente más necia, más arraigada a sus creencias, más acostumbrada a ser miserable, ni que guste más del mal vivir, porque si no cómo se explican que viva en esos lugares tan horrendamente calientes donde no se puede hacer camino decente para llegar porque)…".

Dulce había terminado ya de peinarla, y comenzaba a pasar el cepillo por mi cabello, mientras yo daba fin a mi glorioso tamal que estaba realmente exquisito. Siguiendo con la mirada a Dulce, la abuela volteó a mirarme.

"Entonces los alushes se echaron a andar, coincidiendo con la más larga época de secas que ha habido en esta región, mucho más larga que la que padecimos hace dos años, que entonces se nos marchitaron los cafetos y no nacía ni una yerba, sólo los árboles resistieron la sequía, pero tampoco daban frutos, ni un mamey, ni un plátano, ni un mango, ni una papaya, nada. Un día cualquiera, todos los alushes dejaron las entradas de las casuchas indias, se volvieron de carne y hueso y un pedazo de pescuezo, y hablaban en sus lenguas, y no había rincón por estas tierras donde no se sintiera el murmullo de los alushes, ni casa decente donde no entraran sus travesuras. Aquí y allá aparecía un alushe burlador, haciendo resbalar al caballo, tirando del columpio a la niña, rompiendo el equilibrio del subibaja, quitando el tapón a la fuente, salando la comida, volcando las cazuelas, tirando de los manteles cuando estaba ya puesta la mesa. Cada día que pasaba, los alushes se iban envalentonando, y si al principio eran los murmullos lo que aquí y allá se oía, más adelante sus carcajadas y sus gritos fueron cosa habitual hasta en el centro del pueblo. Nosotros aprendimos a guardar silencio, porque si uno le contaba un secreto al otro, cualquier alushe lo repetía a gritos para que se enterara Agustini completo. Igual si hacía uno algo en la intimidad, corría el riesgo de que lo publicaran los alushes. A mi abuelo le dio diarrea, los alushes coreaban 'El viejo Melo tiene gripa en la cola'. Se crecieron más, y de darnos mayores y menores molestias y ocasionarnos vergüenzas, pasaron a romper la ley. Se robaron el maíz, se robaron el café, se robaron las pepitas de calabaza, se robaron el cacao y el azúcar, los sacos de harina, los bultos de arroz del mercado. Tan pequeños, cargaban con tanto. Y un día, por culpa de los alushes, amanecimos en el pueblo sin qué llevarnos a la boca, porque no había alacena a la que no hubieran entrado a saquear, mientras los indios ladinos seguían poniendo esas caras de que no había pasado nada, sus caras de siempre sólo que con las barrigas llenas de nuestros chocolates y nuestros quesos, nuestros jamones y nuestras harinas. Alguien soñó que los indios salvajes, capaces sólo de tratar a la harina de maíz, se reunieron una tarde a comer juntos la blanca de trigo a puños, muriéndose de la risa, burlándose de nosotros porque acostumbrábamos comer cosa así, sin comprender que la preparamos y la horneamos para hacer de ella el pan, y soñó que cuando ya todos estaban polveados de arriba a abajo decidieron tirarla al río. No dudo de que su sueño fuera verdad, que no los veo regresándonos nada de lo que los alushes nos robaron entonces. Seguía sin llover ni una gota, por culpa de los alushes.

"Después los alushes empezaron a tomar nuestras cosas, primero cosas sin importancia, joyas de fantasía, después lo más valioso, las monedas de metales preciosos guardadas en los cofres, los collares de las abuelas, los engarzados en oro con mil piedras, y fue entonces, hasta entonces, que decidimos parar un alto a esas personillas. ¿Cómo hacerlo, si era imposible siquiera agarrar un alushe? Ahora lo veía uno aquí, ahora del otro lado del pueblo; no había manera de atrapar un alushe. Tuvimos entonces que organizar una limpia de indios. Al amanecer del día domingo, cuando comenzaba a clarear, los hombres del pueblo se reunieron con todas sus armas en el centro de la plaza. De ahí salieron silenciosos a la carretera, se pararon en las afueras de Agustini, y cada que veían a un indio venir, le disparaban. Mataron unas decenas, hasta que alguno que consiguió escapar de la ráfaga avisó y no llegaron más. Los cadáveres quedaron apilados todo el día, una cerca que sirvió para que los alushes regresaran a su forma de barro y dejaran sus triquiñuelas. Murieron cientos tal vez, yo tenía sólo seis años, mamá no me dejó ver a los muertos, pero en la noche oí cuando llegaron por ellos, multitud de indios vinieron a buscarlos, a velarlos, llorando sus cantos, y los cargaron y se los llevaron, y cuando amaneció no quedaba un cadáver, y ya hablar de alushes traviesos o ladrones era cosa del pasado.

"Así terminan las historias de Agustini, Delmira. Aquí la gente mata. No lo has visto aún, porque eres muy niña, pero aquí los dueños de las fincas, si se ven amenazados, matan. Y hacen muy bien, no hay otra manera de llevar las cosas con orden. Cuidado, niña, te lo digo sin subirte la voz, sin enojo, sólo porque quiero que lo sepas. Y si no te importas tú, piensa que en esta casa hay dos mujeres que hemos sido toda la vida inocentes y que no mereceríamos...".

Siguió el discurso unos pocos minutos más, hasta que tendió su chal, se acurrucó en él, Dulce se acostó a sus pies, el chal subió un poco más y las dos se durmieron profundas, mientras que yo me quedé pensando en los alushes, y creí oír algún ruido en el cuarto de mamá, como si jalara el aguamanil, pero ya no supe más. También estaba agotada. Había sido un domingo demasiado largo.

# SE LLEVAN A LA NIÑA

No tuve un solo sueño en toda la larga noche, y no supe de mí hasta que me despertaron los gritos y los llantos que parecían venir de la calle. Me desperecé lo más lentamente que pude. La abuela me había cerrado la puerta para que siguiera durmiendo, como hacía ahora por las mañanas, así que con toda calma me lavé y me puse la ropa interior. Mi único par de jeans estaba notoriamente sucio, así que saqué una minifalda de mi ropero, una blusa que combinara con ella, un par de calcetas, me vestí, me calcé unos zapatos y abrí la puerta para llamar a Dulce a peinarme.

Entonces, deseé con toda el alma que la abuela viniera hacia mí y me distrajera contándome alguna historia que pudiera absorber mi atención. En eso pensé, absurdamente, y me dije varias veces a mí misma "cuéntame una historia, abuela, cuéntamela".

—¿Qué está diciendo la niña? —preguntó Ofelia a Dulce. Al ver que yo había abierto la puerta, Dulce se había apresurado a reunirse conmigo, como si peinarme le pudiera traer la serenidad que urgía en la casa, y Ofelia se había pegado a sus talones, horrorizada.

—No le hagas caso, capaz que ya se nos volvió loca —le contestó, jalándome del brazo para que reaccionara, y llevándome con ella a la cocina.

Sobre el patio de mi casa habían alineado y apilado a los muertos. Un piquete de hombres los había traído, todavía calientes. Al entregar a los primeros, tocando recio el portón aunque estuviera abierto para llamar a la abuela, un moreno con acento veracruzano le había dicho cuadrándose:

—Son órdenes, abuelita, no se resista.

Tras él entraron los demás soldados, acomodando un muerto junto al otro, hasta apilar a los últimos que ya no cupieron.

No me despertó el sonido de sus botas, ni entró a mis sueños a perturbarme. Simplemente no lo oí. La abuela cerró mi puerta, llamó a mamá, se vistieron apresuradamente, salieron por el cura para explicarle lo que ocurría.

Cuando regresaron con él y con algunos de los deudos fue que desperté. Corrían de un lado al otro del patio identificándolos, o sacándolos de la pila y reacomodando a los desconocidos que habían venido desde Tampico hasta Ciudad del Carmen a enterrar al Pelón de la Fuente. Los deudos lloraban a los muertos, el cura repartía bendiciones, pero no decía más, estaba completamente desconcertado.

Muchos de los cadáveres estaban hechos papilla. Los que habían tenido suerte sólo traían alojadas unas cuantas balas, pero los más habían sido golpeados hasta morir y todos sin excepción traían el tiro de gracia en la nuca.

Dulce envió a Ofelia a traer el cepillo de pelo para peinarme, mientras trataba de hacerme tragar el chocolate y el jugo de zanahoria que me había preparado, cuando los soldados entraron de nueva cuenta al patio. Pidieron hablar con la abuela, le explicaron que venían a llevarse lo que les pertenecía.

—¿Los muertos? Llévense ésos de la pila, a los otros ya los vino a reclamar la familia.

—No, señora, los muertos se quedan aquí, son su problema, ya acabamos con ellos. Venimos por Delmira la de Agustini.

—¿La niña?

—Venimos por la señorita Delmira, la de Agustini, la agitadora…

—Pero óigame, mi comandante, todo el pueblo anduvo ayer con los revoltosos en la calle, no se lleven a nuestra niña…

Por única respuesta le pusieron en las manos un periódico de Villahermosa y le repitieron la frase que le sorrajaron al entregarle a los muertos:

—Son órdenes, abuelita, no se nos resista.

—¡Que buscan a la niña! —entró a decirnos a la cocina Ofelia, con los ojos desorbitados.

—¿Quién la busca?

—Los soldados. Se la van a llevar.

Sentí que me orinaba, pero no me estaba haciendo pipí. Quedé súbitamente inmersa en una sensación corporal que no había yo sentido nunca antes, que se parecía ligeramente a aquella que padecí en la panadería, pero que la sobrepasaba de tal suerte que anulaba la similitud. ¿Era pavor, pánico? No lloré ni dije nada. Tampoco me moví. Ellos entraron por mí a la cocina, me levantaron de la silla, me agarré a la mano del molino como única resistencia, la mano se vino conmigo. Salí de la cocina en andas, llevando la mano del molino en la mía, pasamos el patio, el corredor, el portón. En la acera me esperaban mamá y la abuela.

—Si la llevan, llévenme con ella también —dijo la abuela.

—Tú no, mamá —chilló mamá, sujetándola de la falda, como si ella fuera la niña—, tú no… —con los ojos anegados de lágrimas que no voltearon ni un instante a verme.

Los soldados me dejaron sobre el piso. Entonces me di cuenta de que traía la mano de molino en la mía, y sin abrir la boca se la entregué a la abuela, diciéndole:

—Quédate y la cuidas.

—Delmira, lo de los alushes, hice mal en contarlo, traje la mala suerte, los invoqué, traje a la casa los demonios…

—No, abuela, tú lo dijiste ayer. Así es Agustini.

Habría unos doce o quince soldados rodeándonos. Los dos que me habían sacado de la cocina me entregaron al resto del piquete. Cercándome, sujetaron con fuerza desproporcionada mis dos brazos, y uno de ellos me jaló las manos, para colocar las esposas en las dos muñecas. Ahí quedaron mis manos frente a mí, cargadas de cadenas, como la primera esclava blanca de Agustini. Los soldados abrieron el cerco que habían formado a mi alrededor, dejando mi esclavitud expuesta, y volví a verlas, mamá, la abuela, Dulce, Ofelia, Lucifer, Petra, las asistentes de la cocina. La niña Delmira era la esclava de estos pelados de cabeza rapada en humilde peluquería, morenos, gente de otros lugares, que de haber sido de Agustini no se habrían atrevido a alzarle un dedo a la hija y nieta de los Ulloa, fundadores de Agustini, cuyo apellido podía leerse una y otra vez en las calles, en las bancas de la Alameda, en las de la iglesia, en el panteón. Los Ulloa habíamos sido por centenas los dueños de Agustini.

Un par de soldados agarró a su presa de los hombros y con empujones le indicó su camino. Jamás un blanco había andado así por las calles del pueblo, jamás había desfilado con los puños sujetos por el metal, atado como un perro, dócil también como un can, porque no opuse resistencia, fui llevando mis pasos hacia donde ellos me iban guiando a jalones y empujones gratuitos. Doblamos la esquina. Volví la cabeza pero me era ya invisible la casa, no me seguía nadie de los de allá. En cambio, venía tras nuestros pasos, de cerca, una mula. Los muchachos comenzaron a amenazarme: "a ver si se te quita lo cabroncita", "güera, ni sabes lo que te espera", "esta palomita va a cantar".

Todos los balcones del pueblo me veían pasar. En todas las calles había gente mirando desde la acera mi paso, porque me llevaban como a un ser sin razón por donde caminan los burros, los caballos, los automóviles. La rubia Delmira había perdido su lugar en Agustini, a manos de estos ladinos que me continuaban jalando groseramente, sin motivo alguno. Agustini no alzaba la voz por mí. Éste no parecía ser el mismo pueblo del día anterior, donde todos, solidarios, acogían la protesta por el asesinato del Pelón de la Fuente. Éste era un pueblo aterrorizado, un pueblo que no entendía lo que ocurría, un pueblo tomado por un orden que le era completamente ajeno.

Tampoco voló sobre mí ninguna bruja, ni saltaron a nuestro paso los sapos, ni el cocodrilo albino dejó su cola para impedir el camino a los dos cerdos que me iban manoseando y cada vez más groseramente, ni danzaron las imágenes de los santos, sino que todos los objetos se posaron en el pueblo, todo cayó, se vino abajo, aunque los pájaros siguieron volando. Las hojas de las matas de cacao y café vieron sus puntas quemadas, pero sus frutos, a punto de estar para la pizca, quedaron intactos. La pitaya no se pudrió, el mango no se ennegreció, las papayas no cayeron, ni los plátanos fueron sensibles al primer esclavo blanco de Agustini. Sólo las hojas de las matas, como si una inesperada helada hubiera caído a la mañana, una helada de la que las plantas se supieron burlar.

El doctor Camargo salió de su casa al verme pasar. Él no se había enterado de nada de lo que esa mañana había ocurrido en Agustini, nadie le había ido a informar, no había hecho falta su intervención, por obra del tiro de gracia, dejándolo sin un herido que curar. Salió vestido en su pijama, y sobre ella acomodada una bata. Ataviado así, fue el único agustinino que ofició mi defensa, cuando se paró frente a los dos jóvenes policías, me miró con una cara de asombro y compasión, y les dijo:

—Caballeros, si es cierto o no que tienen que llevársela, ya lo responderán ustedes ante la ley, yo sólo soy el doctor de este pueblo (doctor Güero Camargo, para servirles), y no tengo por qué meterme en esos asuntos. Pero deben saber, porque ustedes no son de la región, que aquí tratamos a nuestras damitas con mayor respeto.

De dos cachazos lo tiraron al piso, abierta la cara, sangrando de una de sus cejas muy profusamente. Tras nosotros seguía la mula, siguiéndonos como si fuéramos la zanahoria de su distracción, y casi lo arrolla, si no es porque Sara y Dorita, su mujer y su hija, corrieron a recogerlo, espantando al necio animal que no parecía dispuesto a despegarse de nuestros talones, era una hiena esa mula. Ningún vecino se acercó a recoger al doctor. ¿Qué te pasó esa mañana, Agustini? ¿La sangre de los forasteros y la de los propios te nubló la razón? ¿Ese día tu magia consistió en amarrar a tu gente al tornillo del miedo?

La mayor parte de los manifestantes se había ido ya de Agustini. Los soldados habían masacrado a los que iban hacia el mercado temprano en la madrugada. Los indios que habían bajado a mercar semilla o sus puños de frutos también formaron parte de la carne para la matanza. La mayor parte de los restantes, enterados del crimen, había corrido a dar aviso a Villahermosa, Tampico y la capital. Otros habían tomado el camión de las ocho arrastrados solamente por el horror, buscando el olvido. Dos camiones del sindicato habían salido empaquetados de sus miembros.

En la Alameda central, rodeando el kiosco, algunos visitantes estaban agrupados, dándose unos a otros el hombro y la espalda, sin atreverse a mirarse a los ojos y casi sin poder hablar. Los soldados, no sé si para provocarlos, cruzaron la Alameda conmigo al frente, pasando a su lado. Todos voltearon a verme. Reconocí algunas caras que había conocido el día anterior. Ahí estaba uno al que le había encontrado una hamaca en donde los Juárez, allá otro que había llegado con su maletín de doctor para ver qué se ofrecía, allá el del traje claro que me había pedido una copia de mi panfleto, llamándome "linda".

—¿Podemos tomarles una foto, comandantes? —les preguntó el reportero. Para que se vea cómo cumplen bien con su deber. Soy del *Sol de Tabasco*, el diario del gobernador…

Nos detuvimos frente a ellos, todavía con la necia mula siguiéndonos.

—Pues cómo no.

El fotógrafo, el que había retratado el día de ayer a los músicos, se tomaba un helado en una de las mesas de la heladería. Lo llamó su compañero, "¡tú, mira qué foto te conseguí!", y vino corriendo hacia nosotros. Para la primera fotografía, los soldados no hicieron nada especial. Los dos que traían sus manos sobre mis nalgas y mi espalda las acomodaron como dos ganchos cerrándolas sobre mis sendos hombros.

Para la segunda, me alzaron la falda.

Para la tercera, uno me abrazó groseramente.

Para la cuarta, me hicieron hincarme, poner la cara al piso, y uno de ellos puso su enorme bota sobre mi espalda.

El reportero no se atrevió a pedirles una quinta, viendo que en cada una se crecían, envalentonados.

—Gracias, comandantes. ¿Por qué la llevan presa?

—Por revoltosa. Le acabamos de dejar a su abuela el cuerpo del delito. Ella es Delmira, la de Agustini.

El reportero se sorprendió. Él no sabía que yo era ella, pero lo que sí sabía era que él no era quien les había dicho. No trabajaba para el diario gobiernista que era propiedad de un hermano del gobernador. Era periodista del *Diario de Villahermosa*, era él quien el día anterior había llamado al periódico para dictarles palabra por palabra lo que decían los volantes que repartimos, para que los publicaran en primera plana. Por esas líneas era por lo que me llevaban ahora presa, las que él había hecho publicar, y con esto me había condenado a prisión.

—¿Ella es la que publicó lo del *Diario de Villahermosa*?

—Ella mera es. Ahora va a saber qué les pasa a las güeras cuando se andan de cabroncitas. Vamos a dejar limpio este pueblo hoy mismo.

—¿Puedo hacerle una pregunta a la chica, mis comandantes?

—Puede.

—Mi compañero el fotógrafo les invita un helado a todos.

Los soldados rieron gustosos, y se adhirieron al mostrador de la heladería.

—¿Quieres que le avise a alguien, Delmira? Lo siento mucho, yo soy culpable de esta situación, no sé en qué más pueda ayudarte.

Me explicó apresuradamente quién era. Le di el teléfono de mi tío Gustavo, "es hermano de mi mamá, ingeniero Gustavo Ulloa", se sorprendió al oír mi apellido, "sí, no me brinque usted así, somos los Ulloa de Agustini, de seguro me puede venir a rescatar de estos trogloditas, él le hablará al gobernador, son amigos", y de un hilo le receté el número de mi padre, y mi apellido paterno, Canfield, "es italiano, vive en Londres, dígale que me saque de aquí". El reportero anotó rápidamente todo, y tomándome del brazo con cuidado me depositó entre el piquete de soldados, cada uno armado con su paleta helada.

Seguimos nuestro camino. La paciente mula seguía tras de nosotros. Llegamos al apartamento de policía al mismo tiempo que el cura y que el maestro. También los traían presos a ellos dos, sin mula que los siguiera, sin esposas en las manos. Tras la mula venía el reportero, que sólo echó una ojeada y se fue corriendo hacia un teléfono.

## LA TELEFONISTA

Para hacer llamadas de larga distancia, era necesario acudir a la caseta del teléfono, no bastaba con marcar un número en casa, se marcaba el cero y se pedía la conexión al exterior. El reportero marcó el cero desde el teléfono de la tienda de abarrotes, que acababan de abrir, los pies en el charco del agua con que limpiaban el piso. No le contestó nadie. Volvió a marcar el cero.

—¿No le contestan? —le preguntó la chica que cepillaba el piso—. ¿Por qué mejor no va a la caseta? Luego Teresita se distrae, y tarda en contestar. Está aquí a la vuelta, salga —la chica lo acompañó a la calle, y le señaló con la mano la dirección que debía seguir—, se sigue hasta la esquina y ahí se da la vuelta, hacia arriba, tirito la encuentra —de nuevo indicó con el brazo hacia dónde.

Apenas giró en la esquina, vio el letrero metálico sobresaliendo de la pared, con un teléfono pintado, señalando el lugar al que iba. La puerta del local estaba abierta de par en par. Frente al tablero de teléfonos no había nadie sentado, sólo un papel doblado. El calendario estaba abierto en el día. La telefonista colgaba del ventilador, ahorcada con un cordel telefónico. La inerte Teresita era hoy el único objeto que no tocaba el piso en Agustini, que desdecía la ley de gravedad, que rompía el orden a que obliga la tierra. Bajo sus pies sin zapatos, que todavía se mecían, estaba tirada la silla que había usado tantas horas para bordar, tejer, soñar o conectar llamadas, y que hacía unos minutos la había conducido a la muerte. Sobre el teléfono, una hoja doblada tenía escrito "Favor de entregar al padre Lima". El reportero la abrió. En lápiz, con puño vacilante y letra de niña, tenía escrito lo siguiente:

"Padrecito:

Me violaron los tres soldados que entraron a la casa a buscarme, quesque porque yo les ayudé a los revoltosos a traer gente al pueblo. Me violaron enfrente de mi ciega madrecita. Cerré la boca y no le dije nada al salir, quiero que no se haya dado cuenta, pobrecita. Por favor visítela, a ella confórtela, la dejo solita, me rompe el corazón, pero no puedo seguir viviendo con esto. Por favor deme el perdón, no me deje penando entre los pecadores, deme la absolución. Dios sabe que no puedo hacer otra cosa. ¿Qué me queda? Perdóneme, se lo suplico, no deje que mi alma no encuentre paz.

Diga alguna misa por mí.
    Teresita"

El reportero asomó a la puerta y pidió auxilio. Nadie salió. Tocó al portón abierto de la casa de donde la sede del teléfono era accesoria, y explicó a la señora Lupe lo que había pasado.

—¡Dios la tenga en su gloria! Era el ser más bueno que ha vivido en este pueblo, un ángel de inocencia… ¿Cómo pudieron hacerle esto?

—Necesito hablar por teléfono. ¿Alguien puede ayudarme?

La hija de la señora Lupe le ayudó a conectar las llamadas de larga distancia. Llamó primero que nada a mi tío Gustavo en la Ciudad de México. Le explicó la situación mientras Gustavo, mudo, no le decía nada. La llamada lo había despertado, y tardó unos segundos largos en reaccionar. Le pidió que avisara al padre de Delmira, y le dio su teléfono.

—¿De dónde sacó ese número Delmira? —fue lo primero que dijo Gustavo.

—Haga algo por ella, ahora mismo, los soldados que llegaron en la madrugada han matado a muchos. Violaron a la chica del teléfono, la tengo aquí frente a mí…

—¿Teresita?

—Sí, parece que es ésta. Si usted tiene conocidos, haga algo de inmediato. No están jugando, esto es muy serio…

—Ahora mismo me muevo desde aquí. Y dígale a Teresita que esos malditos…

—Teresita se suicidó, ingeniero.

—¿Teresita?

—La violaron los soldados, la acusaron de ayudar a la organización de lo de ayer, y se suicidó.

—¿No me dijo que estaba frente a usted?

—Aquí la tengo, ingeniero. Cuelga de un cable frente a mis narices. No han llegado los chicos que la van a bajar.

Gustavo quedó consternado. Todas esas noticias no cabían en su cama. Brincó de ella apenas colgó, mientras que el reportero llamó de inmediato al *Diario de Villahermosa,* donde le dijeron que no sabían si podrían publicarle la información. Al colgar se comunicó al *Excélsior* en la Ciudad de México, y explicó todo lo que había ocurrido.

—Basta la información para que le pasemos nosotros una nota a *Últimas Noticias.* ¿Te llamamos a las doce para que nos des la tuya escrita, para el periódico de mañana? ¿A qué teléfono?

—La chica de la caseta se suicidó. La violaron los soldados —volvió a repetir el reportero—, aquí la tengo frente a mí. Ya no le columpian los zapatos. No sé si entren las llamadas, estaré en el Hotel Ulloa. Si para las doce y media no ha sonado el teléfono, vengo a la caseta y trato de llamarles yo.

## PRISIÓN Y FUGA

Hasta entonces, el departamento de policía de Agustini había sido una entidad ridícula, donde Lucho Aguilar, huésped de Amalia, tía del Pelón, el hermano menor del alcalde de Ciudad del Carmen, acomodado a las fuerzas por su familia en un puesto de gobierno, había ido a caer porque era donde no hacía falta que tuviera aptitud ninguna. La policía en Agustini recogía a los borrachos de las calles y los llevaba a dormir a la cárcel del pueblo, pero para más, hasta este día, nunca había servido. Cada quien se encargaba de hacerse de su propia justicia. Había un policía en el pueblo y un jefe. El policía paseaba al caer la noche con el silbato, anunciando el sereno, y el jefe se comía los mocos en público y las naranjas del patio de Amalia, en privado, repitiendo en ésta o en aquella fiesta alguna de las ideas de sus hermanos. Ya he dicho que cuando sonreía parecía o ser un imbécil irredento, o estar dotado de una astucia sobrecogedora. Puede ser que supiera echar mano de las dos cualidades, porque cuando vio la única habitación de la cárcel del pueblo completamente atiborrada y de gente de tan distintas edades y clases sociales, supo de inmediato qué hacer. Se acordó de los gallineros que todos teníamos olvidados, otra de las empresas juveniles de mi tío Gustavo, en la que al final tampoco ni ganó ni perdió dinero, porque tuvo dos geniales ocurrencias para deshacerse, con provecho, de las invendibles gallinas. Puso un puesto de dardos (si acertabas a diez de un hilo, te llevabas un pollito rostizado), en el que hubo cola durante semanas, todos querían tirarlos, y vendió almohadas de pluma (que se pudrieron antes de que terminara el verano, o porque el clima hizo estragos en ellas, o porque las plumas no estaban bien tratadas, imposible saberlo, si fueron las primeras y las únicas que llegaron a Agustini).

Llevó a los presos especiales a los gallineros, el maestro, el cura, la Delmira, acompañados de la punta más desagradable de militares, escogiendo con olfato animal a los más altaneros, violentos, bestiales. Pasamos encerrados donde una vez hubo gallinas, en cuartos separados, no sé cuántas horas, sumados los minutos que le llevó a mi tío Gustavo esperar que llegara el gobernador a su oficina, porque en la casa no estaba, ni con la amante conocida por todo Tabasco —tal vez estuviera con su muchacho, pero de él nadie tenía el teléfono—, más los de la explicación, que el gobernador no entendía de qué le estaban hablando, más lo que le tomó al gobernador poderse comunicar a Agustini, ahora que nadie contestaba en la caseta. Uno de sus secretarios tuvo una idea, enviar un telegrama, diciendo: "Es mía Delmira", firmado por el gobernador, que bastó para que las bestias dejaran de roerme bajo las faldas, buscando el más sabroso de mis huesos.

El telegrafista de Agustini, buen cristiano y amigo del maestro, agregó unas palabras que salvaron dos vidas: "respeten al cura y al maestro".

A pesar del telegrama, no nos dejaron libres. Nos juntaron en un solo cuarto, y fueron a confirmar si aquello era en verdad un envío del gobernador. Hablaron por teléfono al cuartel general, los del cuartel general se comunicaron con el secretario personal del gobernador y éste les dijo que sí, que el gobernador había intentado hablar personalmente con ellos a Agustini, pero que al ver que no se podía, les había enviado un telegrama.

—¿Y por qué no se comunicó al cuartel general?

El secretario no les contestó su pregunta. "Qué imbécil", pensó, "con las prisas y los nervios no se me ocurrió lo más sensato".

Nos soltaron a los tres al caer la tarde. Mi tío Gustavo, que ya estaba en el pueblo, nos esperaba en el departamento de Policía. Me subió al coche y me sacó del pueblo. No volví a ver la casa de la abuela. No la he vuelto a ver. Nunca volví a ver a mamá. Murió hace seis años. No fui a su entierro, aunque Gustavo insistió. La abuela me explicó largamente en una carta cómo era que había enfermado, primero una mancha negra le apareció en la espalda del lado de la espaldilla izquierda, una mancha como si un puño la hubiera golpeado. Pero ni le dolía, ni le picaba, y el doctor le dijo que no tenía la menor importancia. Después le comenzaron las molestias en el brazo izquierdo, a la altura de la axila. Ahí se le abrió una llaga que le comenzó a crecer y a crecer. Se le infectó, y por más que le echaban polvos de sulfas que le enviaba el médico y después miel y compuestos que le recomendó la yerbera, no cedía. Después una verruga le creció justo en el centro de la mancha de la espalda, que para estas alturas no se le había borrado. Perdió el apetito, y se decía cansada todo el día; decía que despertaba cansada, que tenía problemas para dormir. Había abandonado la hamaca. Se acostaba en una cama de azúcar que le hizo construir la abuela, un cajón de madera del tamaño de una cama que en lugar de tener colchón tenía varios kilos de azúcar, rodeada por un canalito de agua para impedir la subida de las hormigas. Dormía ahí porque decía que sólo con azúcar sentía algún alivio en las heridas abiertas.

Una mañana amaneció sin vida. "Se acabaron sus tormentos", en palabras de la abuela. "Todavía no peinaba canas, y se nos murió. El doctor dice que fue un infarto masivo, si lo de la piel no era como para irse muriendo. Para mí que se murió del corazón, pero de otra forma. Se le pudrió de afuera para adentro. De esa pudrición es de lo que se nos murió". En la explicación le di la razón a la abuela, tal vez por primera vez en mi vida. Mamá todavía era joven, no había vuelto a tener un compañero o un amor oficial desde que se separó de mi papá. El padre Lima hacía lustros que ya no vivía en Agustini, había pedido que lo trasladaran a Tehuantepec, según me contó la abuela decían las habladurías que "porque allá había una india que lo traía loco". Con ningún otro hombre del pueblo podría haberse embrollado, y allá refundida se ahogó, enferma de ausencia de amor.

Las largas cartas de la abuela reemplazan sus cuentos nocturnos, pero han perdido su fervor imaginativo; se concreta a hacerme recuentos exhaustivos de lo que ocurre en Agustini. Así sé que el bisnieto de doña Luz que apestaba a orines no se ha casado, que Dulce todavía trabaja en la casa, que Luciferina sigue siendo la cocinera, que la tía del maestro enfermó y se curó, que el maestro desapareció, que dicen que se metió a vivir a la selva con los indios, que unos dicen que lo han matado, que otros que anda armado dando problemas al gobierno. Al jefe de la policía, Lucho Aguilar, lo asesinaron un día en los portales, nadie sabe quién, acumulada tras mi ausencia una lista de porqués posibles. Lo peor de todo lo que ha ocurrido en Agustini lo sabe todo el mundo: la selva se ha acabado. Entre el petróleo, la explotación de los bosques tropicales y el ganado, han barrido con ella. Aquella maravilla terminó mayoritariamente convertida en postes de teléfono y durmientes para vías de ferrocarril. Ya no quedan árboles de caoba, ni cedros rojos ni chicozapote. Manglar, popal y tular todavía hay, son los árboles que crecen sumergidos.

Pasé por la Ciudad de México casi sin verla. No la conozco. Nunca vieron mis ojos los frescos de Rivera en Palacio Nacional, ni la Catedral, ni el estadio de la UNAM, ni la Torre Latinoamericana, ni el edificio de la Lotería, ni la estatua de la Diana, ni el Ángel de la Independencia; nunca recorrí la avenida Reforma, y no sé si recorrimos algunas cuadras de la avenida Insurgentes, la más larga del mundo, cuando nos dirigíamos directamente al aeropuerto. Nunca vieron mis ojos el Zócalo de la Ciudad de

México, nunca el Museo de Antropología e Historia, nunca la gigantesca estatua del Tláloc o la Coatlicue o la Coyolxauhqui. Ni siquiera dormí en la ciudad.

El secretario de mi tío Gustavo nos esperaba en el mostrador de British Airways, con un pasaporte sacado con el auxilio de un amigo influyente. Volé siete horas a Nueva York, que tampoco conocí en esa ocasión. A esa ciudad sí he vuelto, a México nunca. Pasé como una ráfaga por el D.F., y no tuve ni tiempo para enterarme de que había estado ahí. A mí no me pueden hablar del México lindo y querido de las canciones. Conozco el telón que cuelga del Teatro de Bellas Artes porque lo he visto retratado en algún libro. Pero ni los volcanes, ni esa visión del Valle puede conmoverme como a otros mexicanos, porque yo nunca vi con mis propios ojos ni al Popo ni al Izta. Tampoco me dice nada el nopal ni el maguey ni el burro ni el indio con sarape que he visto dibujado aquí y allá. No visité jamás Xochimilco, ni escalé la Pirámide del Sol o la de la Luna en Teotihuacán. Nunca vi allá a los mariachis, y no creo que sonaran como los que tocan a veces acá. No vi jamás a los charros. En mi pueblo no se festejaba el día de muertos. No conocí las Sierras Madres, ni los desiertos ni las otras ciudades de mi país. Probé el tequila hará un par de años. Sólo conozco algo del resto de la provincia porque he leído, pero no sé cómo será el tono magistral del cielo en Zacatecas, ni cómo se verá el Cerro de la Silla que mira a Monterrey, ni visité el Hospicio Cabañas en Guadalajara con los frescos gloriosos de Orozco. Jamás volví a México. Treinta años, Delmira, treinta años. Y antes de ellos, Agustini, mirando un territorio que le daba la espalda a tu país.

# 1997
## TREINTA AÑOS

Terminaré mi historia a la manera de Lope en las novelas a Marcia Leonarda. Aquí ya no transcurrirán los hechos, me contentaré con sólo hacer una mención apresurada de ellos. Hace ya diez años trabajo en Lope de Vega, lo edito en español para estudiantes de esta lengua en Alemania, y con esto justifico que ahora voy a optar por el rápido recuento, en lugar de hacer ocurrir ante los ojos del lector los hechos. Como Lope, que precipita el final de su *Diana* en diez líneas, así haré yo con mi historia. No puedo parar ahora con lentitud en mis treinta años de vida europea, porque estos treinta años no me detienen, me expulsan, me quieren extraer de sí. Hace tres décadas que no duermo en hamaca, que no veo a los objetos flotar, ni se aparecen al salir de mi cuarto un cocodrilo albino, un ejército de indias amamantando sabandijas, una legión de sapos estrellándose contra mi balcón, brujas magníficas vendiendo mercadería falsa, lluvias compradas con algunas monedas. Tengo seis veces cinco años sin oír por las noches el cuento de la abuela. Vine buscando un mundo fiel a las leyes de la física, está aquí rodeándome, aunque no pueda decir que lo tengo. Los primeros años fui fascinada por su sensatez, mientras miraba a los europeos de mi generación ser masivamente seducidos por nuestra aparente ausencia de lógica. Encontré a mi padre y lo perdí. Inspirada por Lope, fingí ser diversas, creí ser una y otra persona, mostré con decisión predilecciones que fui cambiando, opté por gestos y gustos de los que después deserté. Me enamoré una y otra vez. Fingí ser plebeya, pasé por ser de la corte, me creyeron hija del rey, usé gasas y tules mientras me coloreé el cabello y me lo ricé coquetamente. Me vestí de hombre por amor a una mujer. Volví a mi padre, volví a perderlo, terminé por ganarlo a su manera. Estos días han reabierto The Globe, el teatro de Shakespeare, y debiera aprovechar el pretexto para viajar a verlo, ir juntos a una función. Nos daremos cita para tomar una cerveza en su *pub* predilecto. Tal vez llegue quince minutos tarde, entretenida en una estación del *tube* mientras confirman si es falsa o cierta la amenaza de una bomba, pero él no caerá en la cuenta, mirando bajar la espuma de su vaso. Apenas me vea, comenzaremos a charlar como si nos hubiéramos visto ayer, escucharé su último requiebro amoroso, nos iremos juntos a husmear en silencio las librerías de Charing Cross Road. Sin darnos cuenta, llegaremos a la orilla del Támesis, tomados del brazo, y miraremos arriba del escenario los frescos reproducidos fielmente del original. Nos sentaremos donde lo hicieron los aristócratas, como ellos (ahora también como los demás) al respaldo de la lluvia. Después del teatro, iremos a cenar mirando el Támesis, desde alguno de los nuevos restoranes que han levantado a distancia de la City, donde en otro tiempo hubo una fábrica y trabajaron los niños, donde después hubo una bodega y que han adornado ahora de lo más elegante.

Es todo lo que puedo decir aquí, porque mi cuento termina en Agustini. Cuando comencé estas líneas, pensé "tres páginas sobre mi pueblo, y de ahí al avión en que volé para escapar de él, el trayecto al lado de una señora que tuvo compasión de mí al oír mi historia, que me dejó en Nueva York, donde se quedó el libro que venía leyendo:

—*Cien años de soledad*, es fantástico, tienes que leerlo; lo está leyendo el mundo entero.

"Mi desilusión al caminar por sus páginas, diciéndome a mí misma, si dejo Agustini no es para encontrar pueblos que se le parezcan, la llegada a Londres, el malestar infinito de *jet-lag* del que nadie me había nunca hablado, mi encuentro con el padre, la experiencia del 68 a su lado, mi viaje a Berlín, mi oficio de editora", y que después me detendría con pausa a contarles mi pecado, el que me ha hecho perder mi modo de vida en Alemania. Pero volví a un Agustini que no existe más, y ahí me quedé todas las páginas que me duró el aliento. Éstas son en realidad las primeras que he podido escribir. Hasta estas fechas, Delmira Ulloa pudo liberarse de su error imbécil, de haber firmado usurpando el nombre de una escritora prodigiosa e inimitable, que sólo existió, antes de morir asesinada por un arranque pasional, en su escritura. Pude liberarme también de la seriedad de que me había rodeado. Huí al escribir aquí. Falté a la verdad para reencontrar mi pasado, mi infancia. Esto fue mi vida, la única a la que pude serle fiel.

El tiempo ha corrido mientras que he repasado las historias de mi pueblo. Pasó la fría primavera con su frágil milagro. Cruzó un verano espurio con ráfagas de lluvia y de viento. El sol ha decidido instalarse apenas, tarde, cuando entramos ya al mes de agosto. Súbitamente, Berlín ha resplandecido en verde y luz. Todos regresan de veranear con el cutis tostado, las pieles cargadas, estallando de energía. La ciudad está llena también de alemanes de otras regiones, que ahora vienen, con o sin hijos, los horarios se escalonan en la Germania para que no coincidan los millones de seres flotantes en los sitios preferidos para el descanso.

Por mi parte, he detenido el invierno en mi departamento. Salgo poco. Trabajo en casa, escribo en casa. Parece que he desertado de mi vida para detenerla, practicando una ridícula gimnasia. Hoy crucé el reverdecido Tiergarten, el parque central que vino a suplir mi paseo por el kiosco de Agustini, aunque jamás supo ocupar su lugar. Las parejas se acariciaban desnudas sobre el pasto, los hombres se cortejaban sin ropas en su playa, las mamás se impacientaban con sus hijos y el vendedor de helados surtía desde el camión la mercancía efímera que sólo protege el calor y que derrite su único aliado, el sol.

La vida sigue. No para mí. Aquí termina la que tuve de niña, como han terminado las otras que me he inventado. Me toca ahora inventarme otra vez. Pero terminar con este recuento de hechos me ha dejado exhausta. Me iré a la playa, a Cumaná o a Costa Rica, a Djerba o a Nueva Zelanda. Procuraré no pensar en nada mientras tomo el sol, fingiéndome alemana. Después, inventaré para mí otro personaje, y si tengo suerte optaré por ser escritora, por contar sobre la página historias, pero historias que no sean como ésta, que no sean un recuento personal, que no hayan ocurrido, historias donde la fantasía tenga una razón de ser, donde responda a la mecánica de la metáfora y la comprensión, donde imaginar obligue, irradie sentido. Historias lejanas a Agustini, pertenecientes únicamente al territorio de la página y la fantasía. No me propongo más. Ya no soy aquella adolescente ilusionada con hilar un libro sobre el vacilante territorio de lo imposible y la unicidad, ni tengo para mí un proyecto fundado en la reiteración, altanero, satisfecho de sí mismo. Ahora quiero contar, llenar a mis lectores como la abuela llenó aquellas noches en las que no pasó su mano por mi cabello ni acarició mi espalda ni me dijo ninguna palabra tierna ni me besó en la mejilla. Con eso sueño, con escribir, saltando de una historia a la otra. Pero si mi aliento ha quedado apagado después de sólo revelarles la marcha de mis primeros años, si ni siquiera pude narrarles aquí cómo he perdido mi empleo en Berlín, cómo alteré pasajes de Lope por rebelión y fastidio, cómo intenté imitarlos alterados en la vida real, cómo caminé por el tenebroso territorio de la mentira, envenenando mi cotidianeidad y a mis amigos, no sé si seré capaz de llenar de nuevo el pulmón y contarles una verdadera historia, algo que no haya ocurrido, que se fragüe en el terreno de la imaginación, que surja lleno de fuerza, revelándonos el sentido de la vida. Aquí sólo me confesé, sólo dije quién fui una vez, lo único que, por otra parte, he sido realmente. ¿Podré hacerme una escritora, desertando de mí? Por el momento, no me atrevo a responderlo. No sé qué seré. No sé si me atreveré a volver a mi tierra, abandonando estas otras, si habrá un solo centímetro reconocible en el Agustini hoy arrasado por el petróleo y la modernidad, no sé cómo será el cielo donde la tierra ha borrado la selva, supliéndola por potreros o pozos. No sé qué será de mí, dónde viviré cuando vuelva de la playa, si tendré valor para regresar a Agustini y volver a mirar la casa donde fui niña, la abuela vuelta ahora sí una vieja, mi tío gobernador, las hermanitas todas vueltas pasas, el Peloncito rector de la Universidad de Villahermosa, Dulce tal vez eternizada en su edad indefinida, Luciferita rabiando, el doctor Camargo sin un ápice de pelo, las calles plagadas de coches, Agustini crecido, habitado por cien veces más habitantes, los edificios de departamentos (que construyó Gustavo) bordeándolo por toda la orilla. No sé si me atreveré a subir al campanario de la iglesia y mirar la extensión sin fin de los potreros, las carreteras, los puentes y los caminos asfaltados, la multitud saliendo y entrando al mercado que también construyó mi tío. Peor todavía: no sé si dejaré que caiga la tarde y tenga valor de ver, desde allá arriba, la luz helada de las pantallas saliendo de todas las ventanas, en lugar de los jóvenes y los viejos paseando por las calles, comiendo elotes, girando alrededor del kiosco, buscando a la señora que hacía aquellas exquisitas gorditas de masa fresca, rellenas de longaniza y requesón. No sé si mis ojos aún sean capaces de mirar a los pájaros desplomándose desde el cielo, a las naranjas volando en nubes, a las mujeres amamantando sabandijas. ¿Iré al mercado? ¿Me toparé con el vendedor de echarpes, mascadas y rebozos? ¿Se alzará al vuelo su tienda de tela, seguirá sosteniéndose en el aire cuando él quiera hablar conmigo a solas? ¿Reconoceré su acento, sabré de qué tierra viene, si es de México, si es del norte o del sur? ¿El cargador de mercancía continuará atándose a la cintura lo que la marchanta le va dando a llevar, para quedar con las manos libres? ¿Irá tras ella sonando a latas, crujiendo con las bolsas de plástico, caminando entre lucientes etiquetas, botes, empaques, o seguirá el mercado de Agustini vendiendo los ingredientes para las comidas desnudos, como los regala Naturaleza?

¿Las montañas de frijol, garbanzo y arroz, esperan todavía a su comprador relucientes sobre el piso? ¿Qué edad tendrá ahora el cargador? ¿Un niño hace el papel que aquellos días hacía un niño? ¿Seguirá descalzo? ¿La abuela seguirá durmiendo en el patio, tendida sobre su chal, flotando? ¿Cuán gorda se habrá vuelto Dulce, viviendo décadas con los pasteles de Luciferita? ¿Sacarán las viejas sus mecedoras a las fachadas de sus casas para ver caer la tarde? ¿Seguirán los mismos hombres enclaustrados en la panadería? ¿Existirá todavía la panadería, harán el mismo pan? ¿El lechero irá voceando su mercancía, sonando una lata vacía para llamar la atención de sus compradores? ¿Entrarán y saldrán del patio de mi casa el vendedor de miel, el que ofrece icacos, cangrejo, pejelagarto ahumado, billete de lotería, la nuez fresca, el pérsimo? ¿Para quién molerá Luciferita el café? ¿Seguirá toda la casa idéntica? ¿Habrán movido algo del cuarto de mamá? ¿Seguirá su aguamanil mirando al balcón? El cuarto de la vieja Luz, ahora de Dulce y de Luciferita, ¿olerá todavía a meados? ¿No habrá pasado Dulce a dormir a mi habitación? ¿Quién jugará con mis muñecas, o todavía me esperan sobre el estante donde las dejé, acomodadas, bien vestidas, suspirando por la niña que dejé de ser antes de abandonarlas? ¿La abuela sigue colgando a la entrada de la cocina la penca de plátanos para que madure bajo la sombra? ¿Siguen secando el café y el cacao en la terraza que da al río? ¿Cierran todavía con llave la sala? ¿Entra alguien alguna vez? ¿Las campanas se columpian perezosas, holgazanas, sin sonar el badajo nunca? ¿A quién le prepararán el desayuno los domingos las hermanitas? ¿Estará convidada mi abuela? ¿Me invitarían a comer sus delicias si voy? ¿Tendré valor para volver? No hay dónde volver, Delmira, has vuelto al único sitio que quedaba: al recuerdo.

¿Tendré valor para abandonarme por completo, para hacerme la pluma de las vidas de otros? Yo qué sé. Dudo volver a escribir una línea. Las que hay en estas páginas serán las únicas. Treinta años, Delmira, treinta años guardará silencio.

# La milagrosa

*A Bioy, a Vlady.*

Think and endure, and form an inner world
In your own bosom — where the outward fails

BYRON

El cadáver sujetaba en sus brazos un manojo de papeles y una cinta. Este gesto le daba un rasgo de vitalidad que me sorprendió, y que no deja de conmoverme. Desde la muerte, acostado sobre una cama hecha, parecía gritar "no vayan a arrebatarme esto, no vayan a arrebatarme lo único que tengo, la explicación de mi muerte". Aquí el contenido de los papeles y de la grabación que sujetaba con tanto rigor el muerto. Lo he armado de manera que parezca más comprensible, según convino a mi criterio.

Me pareció que lo primero que había que leer es la siguiente

## NOTA

Junto con esta grabación, se encontrarán los papeles que la Milagrosa tuvo a bien regalarme, para que escaparan de la rapiña amorosa de sus fanáticos y para demostrarme una generosidad que desgraciadamente no merezco. De manera no muy clara, explican cómo "opera" la Milagrosa, cuál es el "mecanismo" de su don. Para el seguimiento o conocimiento del caso los considero poco útiles, habría de hacerse a un lado la cursilería de la Milagrosa, sus reflexiones en círculos concéntricos, que no llevan a ningún lado.

Siguen los

## PAPELES DE LA MILAGROSA,
## ESCRITOS DE SU PUÑO Y LETRA

Emprendo un nuevo ejercicio espiritual. Sólo trotaré donde no existan los números, donde el Uno sea la perfección de la enumeración, donde no se pueda llegar más allá en la cuenta del todo. Con esto, en medio del ruido que hace años parece acostumbrado a rodearme, pretendo mantenerme una ante la tentación de las partes de la docena, sin volverme la séptima del fulgor de sombras, o la centésima en una muchedumbre en la que no reconozca ningún rostro, donde yo sea la multitud y el individuo, indistinguible parte de un todo que nada conforma.

Emprendo aquí un nuevo ejercicio con mi espíritu. En el entrenamiento, avanzo y retrocedo con el solo fin de practicar no extraviarme, temiendo si no, en el fragor provocado por la habilidad, perder aquello que me hace tenerla.

He dicho habilidad y he hablado del don como si fuera algo que poseo. Ambos términos bastarían para condenarme. Si realmente creo en ellos, el signo que irradiaría el don en su ejercicio sería el del mal. Pero, poniéndome en el límite de la honestidad a que orilla el único uno en que me sumerjo, ¿cuánto se tiene contacto con el mal al fructificar un deseo por el ejercicio de mi don?

Mi arrogancia debe desaparecer del todo al término de estas prácticas. Cada que peque de soberbia, repetiré uno-uno-uno hasta que mi sangre pierda el retumbar inarmónico de quien se sabe triunfante y poderoso. Porque aunque me he visto entreverada en la madeja de cordeles que gobierna los destinos, aunque he estado allá donde se rige la gran marioneta, nada tiene que ver mi persona y mi voluntad con el sitio que a ratos ocupo. Si estoy aquí, es por el gobierno que tienen otros sobre mi persona. ¿Quiénes? No es éste el lugar indicado para indagarlo o preguntármelo. Me propuse hablar de una única persona. Y ésa soy yo. Yo. Yo. Yo. Yo. Es en mí donde se manifiesta la capacidad del milagro. En mi persona, más que en mi cuerpo, opera la posibilidad de lo imposible. No basta con tocarme para conseguir el anhelo pedido. Lo saben todos los que acuden para que a través de mí, o siendo yo el vehículo de lo que no puede ser, llegue a ellos un milagro. A pesar de eso, los más hacen cuanto pueden para poner sus manos en mí o en mis ropas, y ha habido los tullidos que desplomándose voluntariamente de sus muletas, besan mis zapatos implorando. No temen sus gestos. Yo sí. Por las noches empujo sus actos errados para recomponerlos, acomodarlos de manera armónica. Desde ahí deben echarse a correr hacia el milagro. ¿A quién se le cumple el milagro pedido?, ¿a quién no? No es mi voluntad quien los hace saltar la cerca de lo imposible. Saltan o no saltan, sin que nada pueda provocarlo o impedirlo. Si reacomodo los actos demasiado grotescos de sus protagonistas antes de intentar el milagro, es por mero afán estético. Al presentarlos al mundo de los sueños, no quiero verlos grotescos o estúpidos, a fin de cuentas son candidatos a vivir un hecho milagroso. En esta recompostura (ya que así la he llamado) mi voluntad empieza y termina. En lo demás, yo no puedo controlar el mundo de mis sueños. Ni yo, ni lo que he comido, ni aquello en que he pensado. Es por esto también que temo los gestos de quienes acuden a mí. Cuando he tenido una noche infructuosa, cuando sueño tras sueño ningún milagro arraiga, o peor aún, cuando despierto sin haber soñado, con la mente en blanco, inerme como cualquier mortal, y trato de explicarme el por qué han sido sin fruto mis sueños, o por qué ni siquiera acudieron a mí los sueños, no sé si culpar a los gestos de alguno de los suplicantes, como si los movimientos de manos, cara, piernas, brazos y tronco tuvieran poder sobre el territorio de los sueños por venir, pases de magos que no saben que lo son, y que gobiernan, sin conocerlo, el mundo de los sueños. Me queda claro que esta explicación es pura superchería, que no es cierta. Me detendré en algunas de mis conjeturas, para revisarlas con atención.

Por ejemplo, bañarme en la noche. Es un placer que me tengo prohibido. Mi madre me bañaba por las noches, durante toda mi infancia, siempre a la misma hora; si ahora lo hago, me siento protegida. Olvido todo, y al acomodarme en las sábanas me pierdo hasta la mañana siguiente. Dejo de ser la Milagrosa que visitan miles de seres desesperados buscando consuelo y me vuelvo una niña. No sé si sueño, al despertar no recuerdo nada, y si tengo sueños no aparecen en ellos los suplicantes, ni se operan milagros, ni dejan de ocurrir. Me lo tengo prohibido. Lo cual no quiere decir que no lo haga nunca, hay veces en que lo hago voluntariamente. Pero no hablaré de eso en este momento: uno-uno-uno-uno... ¿Y no serán parte del uno aquellos que entran en mis sueños, remediando sus debilidades y consiguiendo sus anhelos? Aunque conteste afirmativamente a la pregunta, no puedo hablar de algo que se me escapa de la lengua, porque no entró en mis sueños, porque nunca formó parte del uno que hoy me concierne. Bañarme de noche tiene un nexo cierto con la desaparición de mis sueños, y por esto no la considero otra de las varias supersticiones que he ido acuñando.

Que las tenga no debe extrañar a nadie. Sé el poco o nulo poder que ejerzo sobre mi don. Sé que es un don. Sé que no es estrictamente mío, aun cuando sea parte esencial de mi persona. Las supercherías pueden quedar guardadas en el silencio. Significan que yo he intentado hacer para el don una guarida de rutinas domésticas.

Uno: todo lo tengo bastante bien organizado. Hasta donde he podido, he conseguido escapar de quienes han querido hacerse uno conmigo, participando de mi aptitud para hacer milagros.

Recuerdo por ejemplo al gordo Eusebio. A la fecha no sé si él fue o no fue amante de mamá, si nos acompañaba sólo para sacar provecho de mi situación o si nos seguía por tenerle además apego a ella. Que mamá lo amaba, no me cabe la menor duda, pero creo que el gordo era incapaz de amor alguno hacia ninguna persona. A pesar de esto, ¿podría haber sido amante carnal de mamá? Lo desconozco por completo, y procuro alejar de mi vigilia cualquier conjetura que tenga que ver con el acto sexual. Creí ver en sueños, muy al principio, que si yo accedía a esos placeres perdería toda aptitud milagrosa, desaparecería el don de hacer milagros a través de mis sueños, y no he tenido valor para probar siquiera una diminuta porción del acto carnal. Nunca he dado un beso y no puedo considerar besos los que dejan en mis faldas y zapatos los suplicantes enardecidos. Nunca he tocado el cuerpo de un hombre, no sé cómo es de áspera la piel masculina, la cara con la barba incipiente. El temor de perder el don que tengo me hace repulsiva la pura idea de aproximación corporal, si es que está en juego mi persona. Porque en mis sueños, para otros, más de una vez he conseguido el acto sexual. Lo he presenciado, lo he visto, lo he vivido. Pero puede que tema en balde, si el don, como ya lo dije, concierne más a mi persona que a mi cuerpo.

Dicho temor (el de perder el don) no parte de ningún sentimiento que se acerque a la generosidad, ni de la piedad que podría despertar en mí la hilera eterna de suplicantes… nunca he visto terminarse esa fila: al amanecer, cuando me asomo por la ventana, ya están ahí, ahí están cuando dejo de recibirlos para sentarme a comer, ahí siguen a la noche, cuando me voy a dormir, a veces más, a veces menos, bien alineados obedeciendo las señas que yo misma escribí y colgué para que reine el orden: primero las dos principales, del lado derecho suplicantes, del izquierdo vísperas, donde esperan durante la noche la resolución de sus peticiones cuando se trata de una conversión corporal —falta de miembros, malhechuras, adiposidades, gibas, problemas de la piel—, porque si su solicitud es de otra índole que no ataña a la salud aparente del cuerpo (digamos un malestar del hígado, un problema personal), pueden esperar la resolución en casa. Con el conque de que así será perdurable, lo único que solicito (los "milagritos" o afiches que pegan en columnas y paredes de la capilla son cosa de ellos) es que al verse cumplidas sus peticiones, acudan a la brevedad a escribirse en la libreta "Últimos milagros", anotando nombre, dirección, teléfono y escuetamente (si lo admite la decencia) tipo de milagro conseguido.

Si lo admite la decencia… Yo no tengo reparo en dar oídos a peticiones de cualquier calaña, pero no acepto las que nacen de venganzas o envidias, y en las noches mis sueños no temen darles acogida. Así yo (o mi don) he (ha) conseguido hacer posibles amores imposibles y aliviar ardores provocados por enamoramientos no correspondidos, llenos de escollos o francamente no factibles. Pero son labores menores, lo digo en respeto al justo valor de mis poderes.

Interrumpí la explicación de la índole de mi temor. No temo perder mi don por piedad a los suplicantes o porque me conmueva la gente necesitada de lo imposible. No. Aliviarlos, curarlos, saciarlos, quitarles lastres y defectos, aparecer piernas perdidas, despertar miembros tullidos, regresar la risa a casa, hago, mi don hace (al incorporarlos a mis sueños e imaginarlos ahí restituidos) cualquier prodigio, sea éste la aparición de la normalidad, o un prodigio verdadero, un milagro en toda forma. Porque regresar a un cojo la pierna perdida no es estrictamente milagroso, es hacer las cosas como son, es simplemente alcanzar la norma. Si he de ser franca, estos son los ejercicios que menos me agradan.

Los sueños empiezan con la hilera de los suplicantes (no estrictamente idéntica a la que hubo ese día, siempre hay algunos que no pueden entrar a mis sueños, no sé por qué, aunque casi siempre, al recibirlos frente al altar lleno de flores para la

Virgen, puedo intuir si el suplicante en turno ingresará, pero lo que no puedo saber de antemano es si se curará) y en situaciones que siempre me sorprenden, me alelan, me agitan, de súbito aparecen como debieran haber sido para no haber formado parte del ejército de los suplicantes, sanos, completos, conformados sin equivocación. Al despertar, así los encuentro en la vigilia, cambiados, felices. Los observo desde mi ventana. Cuando bajo a tomarme el café matutino, oigo llegar a quienes solicitaron milagros que no cambiaban la forma de sus cuerpos. En su caso, es distinto el orden de mis sueños. Primero reparo lo visible, quiero decir, en mis sueños se repara lo visible, los defectos físicos, después las enfermedades, etcétera, como lo he explicado. Pero cuando me piden que les conceda historias, hechos, entonces el suplicante sale de la fila y lo sueño adentro del sueño. Lo veo actuar, hacer, obtener; recuerdo lo que pidió, y, de alguna manera, el suplicante se lo otorga a sí mismo, porque he soñado cosas que juro no me pertenecen, que no pudieron haber salido de mi imaginación, porque escapaban a todo mi espectro de la realidad, porque eran cosas que… pues que pedían ellos, o ellas, cosas, hechos, situaciones que yo no pude nunca desear, en mundos con personajes que nada tienen que ver conmigo y, por qué voy a mentir, es algo que me gusta mucho, que disfruto apasionadamente.

Entonces, decía, los suplicantes de este otro tipo, los que piden milagros que tienen que ver con su vida y no con su cuerpo, empiezan a llegar a la cabaña cuando me tomo el café matutino, pero siguen llegando durante todo el día, y no suelo verlos. También llegan a agradecer los que han sido curados de alguna enfermedad no visible; a éstos les pido que se vayan a sus casas por comodidad, para no atestar de gente en las noches, y porque de todas maneras no sorprenderá a nadie más que a ellos mismos el milagro de su curación.

Algunos de los suplicantes "sentimentales", por llamarles de alguna manera, regresan otra vez. O porque lo un día solicitado se les haya convertido en un tormento, o porque desean otra provocación, insatisfechos con lo que han conseguido. Esto último es más que frecuente cuando se trata de amores. Es muy fácil pedir ser correspondido, olvidan solicitar prolongación del enamoramiento, y cuando vuelven piden la correspondencia de otro ser amado, con el mismo error de fórmula… Qué fastidio. Igual los sueño yo, religiosamente, y turno sus deseos a mis sueños.

Algunas noches, anoto lo que he escuchado durante el día. ¿Con qué propósito? Tal vez con ninguno. Me acordé por éste, qué me parece viene a cuento:

"Milagrosa, milagrosísima, yo lo que querría es ser feliz y no hacer infelices a otros. Porque buscando mi felicidad he arrollado las alegrías de cuantos me rodean. A mi primer marido lo abandoné porque me enamoré de otro. Con el segundo hice lo mismo, y con el tercero. Sabes que soy hermosa, y mi belleza, Milagrosa, es parte de mi castigo. Nadie no me ha amado, quiero decir de los hombres que yo he amado, y mi madre no me enseñó a mentir. En ella, el enfado de la verdad era permisible, porque ella fue leal a mi padre hasta que él murió. Después, su vida no le ha dado complicaciones que le permitan mentir siquiera. Yo aprendí eso de ella, fue el principio de una serie de torpezas. Yo no comprendo nada, nunca. No hay malicia en mi persona. No sé si me entiendas, Milagrosa, no hay malicia en mi manera de amar, entera y sin escrúpulos. Mira, sé que el amor no es un sentimiento bueno, sé que ni siquiera es un sentimiento. Se trata de otra cosa, la pasión amorosa no es un sentimiento. No se parece al cariño, al apego verdadero por una persona o por sus actos… Con el tiempo uno reviste de sentimientos al amor, pero ya entonces él ha perdido su primera fuerza, y almas como la mía, que no saben mentir, no permiten a sus dueños el ejercicio de los sentimientos en toda forma. De manera que soy una baldada sentimental y a quienes me rodean sólo les he hecho mal, mal una y otra vez es lo que he hecho. He hecho infelices a quienes he amado. Y no me puedo imaginar siendo de otra manera. Vengo a pedirte, Milagrosa, que me prives del amor desde hoy y hasta siempre. Que yo ya no me enamore nunca de nadie. Y si la vida me parece austera y torpe sin la pasión amorosa, terminará mi vida, ¿qué ha de importarme? ¡Lo único que vale en ella es el amor, sin él, total, me puedo ir a la porra, despeñarme!… Pero no tengo por qué seguir siendo como soy, una agente del dolor, un cuchillito que se apoya en nombre del amor…".

Mi carpeta de peticiones no es nada delgada y no es la única que terminará por estar llena. Anoto aquí otro par:

"Quiero, Milagrosa, que me devuelvas la pierna que perdí cuando trabajaba en Ferrocarriles, para volver a trabajar otra vez en Ferrocarriles, porque así como estoy perdí el empleo…".

"—Yo vengo a pedirte, Milagrosa, que por favor le quites lo malhumorado a mi padre, porque todas las noches le pega a mamá, y no sé si es porque beba, o beba porque esté de mal humor…

—Tienes que pedirle a él que venga, necesito verlo para poder soñarlo…

—Eso no puede ser, Milagrosa. No querría venir, y siempre anda tan de malas que si viene, creo que te pega…

—Entonces tráeme a tu mamá.

—Huy, no, Milagrosa, a ésa no podría convencerla de que venga".

Parecería que sólo escribo las peticiones para divertirme. Puede ser. No me parece mal que así sea, en cambio mal me parece ponerlo aquí, en el espacio reservado para el ejercicio espiritual que parece no consigo ejecutar, porque olvido el uno-uno-uno que me había yo propuesto. Decía que turno los deseos de los suplicantes a mis sueños. Algunas veces se les cumplen. Otras no. No sé si lo primero o si lo segundo con más asiduidad, no he llevado la cuenta. Quienes se han visto beneficiados me llaman Milagrosa, dicen que Dios beneficia a su obra por mí. Quienes no han corrido con suerte, me acusan de engaño o maleficio, y dicen que he montado el teatro para enriquecerme, aun cuando hay veces que regresan humildes a la hilera de los suplicantes, si caen desesperados en algo que parezca no tener remedio por las vías normales o comunes. Y están los pacientes, que regresan una y otra vez sin murmurar en mi contra, persuadidos de que algún día podrán entrar en mis sueños, cosa que por lo regular consiguen. Uno-uno-uno-uno. Yo no tengo de qué envanecerme. Tampoco tengo por qué satanizar a la soberbia. Hace mucho descubrí que la "milagrosidad" era un asunto que poco tenía que ver con el decálogo de algún dios. Lo de la carne, no es por problema moral, sino meramente práctico, quiero decir, lo de que yo no me entregue a los placeres carnales. He visto en mis sueños copular a las personas. He conocido lo que ocurre con el animal de dos espaldas. Lo he visto perderse en parajes sin ojos. He escuchado la música infernal en que se sumergen, densa hasta la oscuridad. Y nunca los he envidiado. Nunca he envidiado la disolución de mi persona. En medio del ejército mudable, atrapada en esta multitud de seres cambiantes por el don de mis sueños, me aferro a mi propia persona con ferocidad. Me aferro. Me ejercito para jamás soltarme: uno-uno-uno...

No tengo control directo sobre las cosas. Esto lo he dejado siempre muy claro. No puedo hacer, mi don no puede hacer, que amanezcan repletas de cosas deseadas las casas o las carteras de los suplicantes, ni tampoco que se repare el objeto roto o que se recupere el perdido. Pero soy la excepción (también en esto) entre los humanos. Tiranizados por las cosas, no parecen comprender que toda posesión material es mera fantasía, que en la posesión sacian un hambre tristemente ciega, que sin sentido del gusto, queriendo comer esto o aquello no para mientes en masticar mentiras.

Me he preguntado en distintas ocasiones (antes del día de hoy en que repito mi pregunta), ¿por qué no hablo con los suplicantes a quienes se ha concedido el milagro? Hoy sé que la respuesta es muy sencilla: porque ya los he visto, en sueños los conozco remediados, concedidos. Y en el sueño el tiempo es muy distinto, y he podido observarlos cuanto me ha sido necesario. Incluso he podido apreciar en sus nuevas perfecciones los rasgos más grotescos. Por otra parte, pueden guardar por siempre sus agradecimientos. A mí no me dicen nada. Cuando leo los que dejan adheridos en las paredes y las columnas de la capilla (porque a las libretas jamás me acerco), miro arriba de mi hombro. ¿A quién le hablan? Creo que a alguien que me va siguiendo. No pueden ser para mí dichas palabras. Lo que ocurra por mi don no debe atribuírseme, o por lo menos no debe agradecérseme. Yo soy el vehículo. ¿Por qué ocurren los milagros? ¿Para vanagloria del Creador? Puede que sí, puede que no. Creo que es contraria a su Naturaleza la existencia de estos hechos que irrumpen contra la verdad. Poco han de pensar en Él quienes consiguen sus anhelos. Capilla y efigies no consiguen engañar a nadie del todo. El signo del milagro es inquietante. El de la fe es en cambio la calma. La fe exige apego a la moral dictada. El milagro, como lo he dicho, no tiene escrúpulos, todo lo permite. Recurrir al milagro, cualquiera puede recurrir al milagro. En cambio, el que tiene fe debe pensar en los ojos de Dios, juzgándolo todo; el que me pide algo sabe que tengo la mirada infinitamente más blanda, que pienso que no soy yo quien lo concede, y que todo esto me causa un placer enorme, no por vanidad, no porque yo sienta que ejerzo un poder. Porque sí. Tal vez por amor a la belleza, porque los milagros tienen que ver con la belleza, por lo menos cuando se trata de remediar defectos, aunque en otros casos los milagros son la consecución de lo grotesco. Pienso en la mujer excedida de peso que vino ayer a pedir el regreso del deseo al lecho conyugal. Por la noche, la vi meneando las sábanas con su diminuto marido, los dos de ojos cerrados, como si no pudieran soportar la escena, jadeando, expulsando por la boca raros gemidos. Viéndolo a él en tal predicamento, me costó trabajo reconocerlo, un hombre muy bajo, bigotón, que me había visitado, haría cosa de dos meses, buscando una venganza contra su jefe en turno, un altanero que se complacía en humillarlo.

Cuando vino, le expliqué que los dones de Dios no podían usarse para herir o lastimar. Miró hacia la puerta, como si después del golpe de mi respuesta no pudiera resistir seguirse exponiendo a mi mirada. Abría y cerraba sus manos regordetas. Volvió hacia mí la cara:

—Entonces deme, deme…

Era de estos mediocres que jamás han soñado con nada. Lo interrumpí para sacarlo de su predicamento:

—Voy a hacerte feliz en casa con los tuyos. Quiero decir, te gustará estar con ellos, disfrutarás su compañía.

Fui cortante al sorrajarle la despedida, para sacarlo de su azoro, y para que se desclavara del piso:

—Gracias por habernos visitado. Dios ponderará tu petición. Si te es concedida, agradéceselo a él siguiendo las indicaciones de los carteles que encontrarás a la salida.

Y rompí a cantar el salmo que a veces entono para serenarme, manifestar alegría o enojo (indistintamente) entre las consultas:

> *Pues se desvanecen mis días en humo*
> *y arden mis huesos como fogón.*
> *Requemado, cual heno, mi corazón está seco,*
> *cierto, me olvido hasta de comer mi pan.*
> *A fuerza de la voz de mi gemido*
> *adhiérese mi osamenta a mi carne.*
> *Me asemejo al pelícano del yermo,*
> *Me vuelvo cual lechuza de las ruinas.*

Al visitarme ella, la dicha de ese hogar se había redondeado con el acto grotesco. Fue un milagro que el milagro se cumpliera. Tras ella entró una madre con un chico con daño cerebral. Tendría, calculo, dieciséis o diecisiete años, jamás le había funcionado su inteligencia normalmente. Interrumpí a la madre en el recuento de doctores, diagnósticos, píldoras y terapias, esos datos me fastidian y no me sirven de nada. Le pregunté cómo eran los otros hijos. No había otros hijos. Le pregunté por los abuelos del chico. Habían muerto. Le pregunté por el padre:

—Usted sabe, es muy difícil convivir con un chico así, nunca hay descanso… Nos dejó hace doce años.

—¿Él de qué trabaja?

El padre dirigía un banco. Se había vuelto a casar. No los ve nunca, pero les pasa regularmente su dinero. Ese "nos" con el que ella hablaba, me hizo preverla sola y abandonada en cuanto el chico tuviera su propia inteligencia.

—¿Qué va a hacer usted ahora que el chico se cure?

—¿Se va a curar?

—Sólo lo sabremos hasta mañana. Pero previendo que pudiera ser, ¿qué hará usted ahora que él sea independiente?

—Yo… Descansaré y dormiré. Por fin tendré mi casa en orden… No sé. Han sido tantos años, y yo no he querido soltar al chico, es incapaz de defenderse de un abuso o un maltrato, o de explicarme qué haya ocurrido para que yo lo defienda… No he tenido tiempo de pensar qué haría yo de sanar él…

—Hagamos un trato usted y yo. En caso de que el chico adquiera inteligencia, usted me viene a ver, si se siente extraña, abandonada o simplemente triste. Convengámoslo. Es su único hijo, tendrá que aprender a convivir con un muchacho normal, y en una edad difícil. ¿Lo convenimos?

Era una mujer rica, hermosa a pesar de su vida, del abandono del marido, de la entrega al hijo loco e imbécil. Se tiró a mis pies. Me besó los zapatos, con tal elegancia que hacía al acto extraño, porque no parecía haber perdido la compostura. Se levantó y salió sin volver a abrir la boca, sujetando al hijo que no paraba de reír a carcajadas, girando la cabeza e inclinándola muy extrañamente hacia atrás, como en la orilla de una convulsión.

Salí a anunciar que durante ese día no podría recibir más gente. Apenas serían las cuatro de la tarde, creo que sólo había dos personas en la hilera de vísperas. Pero ya no podía recibir a nadie porque la noche se me haría diminuta. Tendría que soñar la memoria del chico, soñarle un pasado de dieciséis años, soñarle amigos, escuela, tablas de multiplicar, ocio, alegrías, enojos, traiciones, alfabetos, un poco de juegos de pelota, para que al despertar él fuera un chico normal. Así que salí del cuarto del altar, subí a mi habitación, me recosté a leer en el sillón rosado y a las cinco de la tarde me quedé dormida. Por este celo pudo la gorda de quien hablé también entrar al cumplimiento de sus anhelos. El territorio del don se vio ensanchado en trece horas de sueño. Y no es por nada, el chico de la rica, el hijo del banquero, me quedó de lo más simpático, con decir que la madre nunca tendrá que venir a pedirme que le acomplete yo la vida…

…Que le acomplete yo la vida…

Así acababan los papeles de la Milagrosa a que se refería la nota inicial. Adentro de éstos, doblados en las manos del cadáver, estaban las hojas siguientes en desorden, algunas de cabeza, otras con las caras mirándose la una a la otra, escritas a máquina, con distintas caligrafías o las más del puño de la Milagrosa. El autor de la nota no parece aludir a ellos al referirse a los "papeles de la Milagrosa", por lo que los he llamado HOJAS DE LOS SUPLICANTES. Dudé mucho si incluirlos aquí, dejarlos para el final o simplemente no incorporarlos al cuerpo de esta historia, pero terminé por ponerlos lo más cerca de los papeles de la Milagrosa, porque son, a fin de cuentas, escritos suyos las más de las veces, aun cuando, aclaro, nada tienen que ver con la historia grabada en la cinta que transcribiré al fin de la lectura de las

### HOJAS DE LOS SUPLICANTES
### DE PUÑO Y LETRA DE LA MILAGROSA:

—La fama… ¿Qué quiere que le diga de la fama? Que es una enfermedad para infelices. Mire, si alguien tiene su vida personal satisfecha, si es feliz en sus relaciones afectivas, si goza el corazón de la alcachofa de la vida en la cama y la charla es la delicia de la carnita adherida a las hojas, y si consigue esto con las personas que lo rodean (charla, humor, inteligencia, sexo), ¿para qué va a salir a guerrear contra el mundo? ¡Ni que estuviera loco! ¿Para qué necesitaría, siendo así, conquistar un lugar público?

—No me diga usted eso. Es lo contrario. Quien hace de su vida algo que intervenga en la vida de los demás tiene que sentirse satisfecho.

—Tal vez lo satisfaga de otra manera, pero si incurre en la vida pública es que es un insatisfecho.

—Imagine, si es como usted dice (usted, que tanto sabe del poder, la fama y sus mieles), los que ganan los espacios públicos, ganan el poder y el control de los demás… Los torvos insatisfechos nos arrastran a los felices.

—Pues así es. Por eso las cosas son como son.

—Y qué quiere pedir.

—Milagrosa, quiero que me conceda el privilegio de morir. No puedo suicidarme. Es un gesto fatal, ridículo, para el que no tengo valor suficiente, y que además sería usado por todos mis amigos para arrebatarme lo único que he tenido: mi imagen pública. Pero me he dado cuenta de la banalidad de todas las ambiciones, y no puedo aspirar a una vida dichosa, porque nunca la he tenido, porque no podría tener alegría en mi privacidad…

—¿Por qué no mejor me pide eso? Lo que toca a morir…

—A nadie le haría mal si yo muero. Mi mujer sentiría un alivio. Mis hijos no sentirían nada. Mi colaboradores se avorazarían sobre mi espacio, aunque terminaran por perderlo todo a la larga, y tal vez con el tiempo lamentaran mi muerte. No por nada, porque estar cerca de mi persona sería en su memoria el máximo triunfo, son una punta de imbéciles. No le pido que lastimemos a nadie, que le hagamos mal a nadie. Es un placer el que yo quiero pedir. No salgo huyendo de la vida, salgo porque me da la gana.

—Gracias por habernos visitado. Dios ponderará tu petición. En caso de que se cumpla lo que has pedido, no podrás venir a escribirlo en la libreta de "Últimos milagros"... pero si acaso puede —esto sí que lo dije en voz muy baja— acuda a mí, instrúyame en alguno de los misterios de la muerte. Quiero decir, si no se acaba todo, si, como usted y yo creemos, no hay Dios atrás de esto para recibirnos en su regazo negro.

\* \* \*

—Me violaron a mi niña.

—Cuando despierte mañana, nadie lo recordará, no habrá huella en su cuerpo ni en su memoria. No venga a dar las gracias. Lo relevo de tal responsabilidad, porque no recordará haber venido.

\* \* \*

—Se quemó mi marido. Quién sabe cómo, se guardó los cerillos encendidos en la ropa, esta ropa que se prende de nomás verla. Usted bien que lo conoce... es el que reparte los huevos.

\* \* \*

—No es cosa de él, son los amigos. Si él es muy bueno. Pero como todo el día están oliendo el tíner, el resistol cinco mil, pues se le están arruinando los sesos.

—A ver, chico, habla.

—¿Yo?

—¡Dígale algo a la Milagrosa!

—¿A quién?

—¡A la Milagrosa! A esta señorita.

—¿Qué le digo?

—¿Cómo te llamas?

—¿Eh?

—Que cómo te llamas.

—Memo.

—¿Cuántos años tienes?
—¿Eh?
—Cuántos años tienes.
—¿Eh?
—¿Este niño va a la escuela, señora?
—Hace ya mucho…
—¿Cuántos años tiene?
—Tiene trece.
—¿Qué le gustaba hacer antes del tíner?
—Le gustaba… Le gustaba… Pues, ver la tele…
—¿Qué más?
—La verdad que nada, santita, ¿qué le vamos a hacer?
Como a mí. Si por mí fuera y pudiera dejar de fregarme, yo estaría ahí nomás tiradota, descansando de tanta chinga de tantos años, de veras, yo no sé por qué la vida es nomás fregarse…

\* \* \*

*(En letra casi ilegible:)*

milagrosa:
   como sé de sus bondades poke todos me an ablado dellas, kiero pedirle, suplikarle, que interseda ante Dios por mijo, soy una pobre biuda que nunca tubo marido, krie a mijo como me di a entender, labando ajeno, limpiando kasas, planchando por dosena. no tengo dinero pa ir a berla, ke maskeria, pero se como usté es mui buena sacara a mi Chelo dese aprieto injusto, bealo en la foto, sueñe con el. regrese a su bieja madre ke tanto lo nesesita. i otra cosa, a ber si le puede kitar de paso la fea kostumbre kel tiene dusar ropas de mujer o ke lo paresen. de ablar raro, de no tener nobia. de kaminar como si se le boltiara la mano onke no se le boltie. sakelo del reclusorio, lio se lo pido llorando kon el korason en la mano kel no merese este martirio, si es un buen chico.

436

* * *

*(De puño y letra de la Milagrosa:)*

—...me dejaste una pierna más larga que la otra. Vine a que me la repares.

—Pero, por Dios, si antes no tenías más que una pierna, y ahora tienes dos, y con las dos caminas, ¿que más te da que una esté un poquito más corta? Que te arregle un zapatero el tacón de tu zapato y te las emparejas. Yo no te sueño hoy. Ya ni la amuelas.

* * *

—...que ya me baje la regla porque no me baja y ya estoy en serio preocupada.

—¿Cuántos años tienes?

—Doce.

—¿Y para qué tienes urgencia de menstruar?

—Porque ya me bajaba, y me dejó de bajar...

—¿Y hace cuánto que no te baja?

—Pues no sé, pero sí me acuerdo que la última que me bajó era el cumpleaños de Roberto y eso fue en diciembre.

—¡Diciembre! Eso fue hace cinco meses.

—Por eso me preocupo, Milagrosa.

—¿Y de veras ya menstrúas? Te ves reniña. Si acaso ya menstruaste y luego dejaste de hacerlo, no creo que sea lío... Estás muy pequeña para menstruar, cualquier desorden en el ritmo no creo que sea de importancia...

—¡Cuál! Menstrúo y menstrúo, hace ya dos años... digo, menstruaba, porque ya no me ha bajado. Y creo que es por un niño...

—¿Cómo que un niño?

—No sea así, me avergüenza que me pregunte... pero total, a alguien tengo que decirle... es que a Roberto le gusta meterme su cosita, y yo por qué le voy a decir que no, si es mi hermano mayor... Se imagina, si sí es un niño lo que cargo, mi mamá no me va a creer que fue Roberto, ¿pues cómo?, él es su consentido, y qué voy a hacer, me van a echar a la calle y yo ni pío, sin decir quién, ¿para que me digan mentirosa?, la verdad...

\* \* \*

—Vengo porque estoy jurado.
—¿Y?
—Que no puedo cumplirle a la Virgen el juramento, Me juré con ella, y no he bebido, como se debe, y no he bebido... casi, y tengo miedo de que por ese casi la Virgen me mate, por no obedecerle al juramento.

\* \* \*

—Milagrosa, yo un día tuve una amiga... —aquí se detuvo. Desde que había entrado a verme no había parado de hablar, explicándome quién me había recomendado, lo que sabía de mí, etcétera, como si a cambio del milagro ella tuviera que regar migas de cordialidad. Creo que hasta me comentó algo de las noticias del día. Era una mujer de unos treinta años, una típica rica clásica. Con clásica quiero decir que no estaba maquillada de más y que su ropa no lastimaba del mal gusto, como suelen ser las ricas. Parecía extranjera—. La tuve, pero se me murió. Íbamos juntas a la escuela, juntas a la primaria, a la secundaria, a la prepa, en la misma escuela de monjas, y siempre fuimos amigas. Cuando salimos de ahí, quién sabe qué le dio que se metió a estudiar medicina. Ahí fue cuando empezó todo mal, porque ésa no es profesión que una mujer pueda llevar sin... Bueno, a lo mejor me equivoco.
—¿Usted qué estudió? —le pregunté, porque me extrañó el comentario, ella parecía profesional, de seguro había ido a la universidad o a varias universidades.

—Yo soy actuario. Pero ella se puso necia con la Medicina. Para colmo, entró a la Nacional, quién sabe por qué, contrario a la voluntad de la familia. Ahí conoció a quién sabe quiénes que la aconsejaron incorporarse a un programa especial de estudios, de medicina social, un programa que se terminaba en sólo cuatro años (menos que los que me tomó a mí recibirme de actuario), y luego ya no la vi... Se había ido a Nicaragua, a la guerrilla, dicen que porque se enamoró de un jesuita, yo no lo sé. Venía de vez en vez a México, me visitaba y hablábamos. Volvimos a ser amigas, creo que yo siempre sabía por dónde andaba, o por lo menos de quién era su corazón... Se acabó la guerra en Nicaragua, ganaron, y de ahí se fue a El Salvador, pero qué necia, se hubiera quedado en Nicaragua o se hubiera regresado aquí, que tanta falta hacen personas como ella... Me la mataron hace dos semanas. La torturaron, torturaron a los que estaban con ella en el hospital improvisado, a los niños de la escuela anexa, a las y los enfermeros, una carnicería. Alguien los delató y los agarraron a todos ocultos en unos túneles de topo que cavan los guerrilleros como refugio, que si no, no los encuentran, porque como ella me los había pintado eran perfectos. Yo lo que quiero pedirte, Milagrosa, es que nada de esto haya ocurrido. ¿Me entiendes? Quiero que ella no haya estudiado lo que estudió, que no haya conocido ni al jesuita ni el cebo de la guerra... Porque si sólo evitaras al delator, ella moriría tarde o temprano, o temo que así sería, viendo lo que pasó... ¿Podrías, Milagrosa, podrías? Es mi mejor amiga. Por favor...

\* \* \*

—Si las otras me salieron tan buenas, Milagrosa, ¿por qué me salió ésta así, tan díscola, tan mula, tan poco dócil, tan revuelta? No me lo va a creer, porque soy una mujer decente, pero el otro día, que llego y me encuentro a mi hija en la mera puerta de la casa a plena luz del día haciendo unas cosas...

—¿Estaba sola?

—No se me distraiga. Ya sé que vengo mucho pero no se me distraiga, Milagrosa, ¿cómo que sola?, si le estoy diciendo que estaba haciendo unas cosas, ahí enfrente de todos, bueno, que hasta la blusa traía desabotonada…

\* \* \*

—Vengo a pedirle, para el partido del domingo, que nos dé el campeonato. Usted que todo lo cumple, ¿qué le cuesta? Nomás desvíe tantito el balón para aquí y para allá, y lo jala para su portería y lo aleja de la nuestra… Que no se vaya a ver amañado el partido, eso sí. Déjelos lucirse. Pero ya que se luzcan haga como que no son tan buenos como parecen, ¿no?

\* \* \*

—Yo quiero, Milagrosa, si usted puede, que me quite las ganas de matarme. Que no se me quitan nunca. Ya ni sé cuándo fue la primera vez que las tuve. Pero al hospital fui a dar, con las muñecas tasajeadas. Yo no quiero morirme aunque me quiera suicidar, y eso que lo único bueno, acá entre nos, será que se me quite para siempre este apetito de matarme… Del último trabajo me corrieron porque no podía concentrarme, me pasaba el día imaginando cómo me iba a matar al llegar a casa… A veces trataba, a veces no, y cuanto he tenido lo he perdido, concentrado en mi obsesión de tiempo entero. Tantas veces me he tratado de matar que a veces pienso que ya me morí, pero que como los gatos yo tengo muchas vidas…

\* \* \*

—Tengo cáncer terminal. Dicen. Yo no les creo, porque nada me duele; me siento mal, eso sí, pero como si tuviera una gripe espantosa, todos los días, cada vez peor, desde hace un par de años. Por si acaso ellos tienen la razón, quítemelo, ¿no?

—Milagrosa, vengo a pedirle… No sé ni por dónde empezar… Nunca nada me ha salido bien… Tengo problemas con el azúcar y me enfermo horrible a cada rato… No encuentro trabajo, sólo dos veces he encontrado y las dos veces me han corrido, no sirvo para nada… Ni estudié, ni aprendí… Nunca me ha amado ninguna mujer, pero tampoco me he enamorado, ahora sí que me alivianaría mucho que alguien me lavara la ropa y me diera de comer… De paso también que me quite lo zonzo al hablar… Que me regrese los dientes, porque ya sólo me quedan dos… Y no me gusta mi nombre, tampoco, ni mi apellido. Hágame todo distinto, porque éste que soy sirve para maldita la cosa. Eso es. Se me hace que es la mejor manera de pedir lo que necesito. Hágame otro. Uno que no sea como soy yo.

* * *

—Soy Rubén, el jardinero. Ni me diga nada porque no oigo nada. Quiero pedirle que me regrese el oído, que me quite la giba y la nube de este ojo, que haga que me devuelvan el terreno que me robó el marido de mi hija porque me vio viejo y me echó a la calle, y eso es todo. Porque yo voy a seguir trabajando, con sólo ver bien y oír, y sin giba, yo creo que sí puedo…

* * *

La señora entró llevando en la mano una botella. Sin darme ni los buenos días extendió el brazo y la puso frente a mis ojos. Era una botella de vinagre vacía y limpia, en la etiqueta tachada había sobrepuesto con grandes letras gruesas la palabra YO.

—¿La ve?

Yo lo que hice fue mirarla a ella, pero ella ni me vio, tenía fija la mirada en la botella. Puse más atención. La vi.

—Pues esa mosca soy yo, Milagrosa.

Volví a alzar la vista, pero de nuevo, ni me vio. Tenía el cutis prematuramente marchito; aunque no estaba arrugada, el tono grisáceo y pardo de su piel la hacía verse más vieja de lo que en realidad era. Tal vez estaba enferma. Hasta entonces me cayó el veinte de lo que me había dicho.

—¿Que usted…?

—Sí, mire, Milagrosa, yo soy esa mosca dando tumbos, desesperada por salir. Para colmo, mire:

Desenroscó la tapa de la botella y la dejó abierta. La mosca no se escapó.

—No me salgo, por ningún motivo, y llevo ya semanas ahí encerrada, desesperándome. Ayúdeme, por favor.

Entonces sí, alzó los ojos y me vio. Su mirada era de una dócil animalidad que me sobrecogió.

—Ayúdeme, por favor. Si no quiere creerme, no me crea. Mate la mosca, déjela salir o quíteme la obsesión.

\* \* \*

—Vengo a pedirle que mi patrón se enamore de mí. No porque él me guste, no, sino porque, mire, mi patrona me maltrata, el patrón me mete mano, el hijo me agarra aquí y allá, me matan de hambre, me encierran los domingos, si les quemo las camisas al planchar me dejan sin salir, y no veo a mis amigas. No me prestan el teléfono. Las más de las veces me retrasan mi quincena, que porque no tienen dinero. Si trapeo, me regañan porque trapeo disparejo. Si lavo, porque la ropa blanca no queda blanca, porque la roja tiene un poco de azul y la amarilla de roja, si guiso porque se me pega el arroz, de todo me regañan. Me levanto a las seis, y si tienen visitas ahí estoy yo, chambeando hasta más de la media noche… Usted dirá. Quiero que se enamore de mí el patrón, para que vea lo que se siente.

\* \* \*

*(Escrito a máquina, en papel membretado de la dependencia:)*

Estimada señora:

Quiero agradecerle mucho el favor recibido y pedirle que, por favor me lo retire porque creo que estaba mejor antes. No me acostumbro. Muchas gracias,

Lic. Ramírez Cuenca.
 Subdelegado de Obras de la Delegación Iztacalco.

*(Abajo, en letra de la Milagrosa:)*
 ¿Quién demonios es éste y de qué me está hablando?

\* \* \*

—Quiero poder volar.
 —¿Volar? —pregunté sorprendida. Era un hombre extraño, feo, vestido con un traje azul marino, de casimir muy fino, pero que le sentaba a su cuerpo como comprado de segunda mano. Había algo en su persona que yo no podía catalogar, y en este país cualquiera puede hacerlo a un primer vistazo, porque ni los jeans ni el abaratamiento de la ropa ni la televisión y el radio han hecho homogéneo el habla y el vestido.
 ¿Quién era este señor?
 —Soy rico, muy rico. De niño soñaba con dejar de ser miserable y parecía imposible. Fui pepenador desde que tengo memoria, de una familia de pepenadores. Vivíamos, como los otros de nuestro oficio, al lado de los grandes tiraderos de basura, en Santa Martha Acatitla, kilómetros de basura al aire libre sobre los que caminábamos para recoger lo reutilizable. Por eso ni soñar con ir a la escuela, ¡a soñar con dejar de ser miserable! Yo veía los restos de la riqueza y fantaseaba cómo sería la vida de quienes los poseyeron, mientras pepenaba y cuando

regresábamos a la casa de lámina de cartón, sin luz eléctrica ni agua corriente, desde cuya puerta sólo podía verse el desierto interminable, colorido y fétido del tiradero de basura. Nuestra vista no alcanzaba otra cosa. Hasta que don Ramón, el entonces rey de la basura, recogió del basurero a mi hermana, la quiso para él, la puso a vivir en una casa hecha con ladrillos y cemento, que hasta tenía ventanas de vidrio, y agua corriente y luz, y excusado, y ahí fuimos a dar, poco a poco, porque ella es muy desprendida y generosa, uno a uno, todos sus hermanos. Cada vez pasaba más tiempo con mi hermana y menos con las otras mujeres, y le fue enseñando a ella las cosas del negocio, y ella fue aprendiendo de él lo que su temperamento le permitía. Lo que no, lo aprendía yo, como por ejemplo a manejar a los pepenadores. Pasados cinco años, lo asesinaron, y como culparon a las otras tres mujeres, nos vimos dueños de todo. Mi hermana es generosa, ya lo dije, y no le interesó el reinado. Hace ya tres años que no vive aquí. Yo soy ahora el rey de la basura, yo controlo la venta de lo que se obtiene de ella, yo tengo a mi mando al ejército de los pepenadores. Soy rico, mucho más rico de lo que pude jamás soñar serlo, no tenía ni idea de que se podía ser así, como soy, múltiples veces millonario. Las viviendas de mis hombres no tienen comparación con las miserables que tuve que padecer de niño. Los niños tienen prohibido trabajar, por lo tanto tengo más familias trabajando para mí. Beneficiando a mi ejército me he beneficiado a mí. Soy poderoso. Un rey, como lo dice mi nombre. Pero quiero volar, porque no descuidando en nada mis negocios, no quiero volver jamás a oler la basura, ni a verla de cerca, ni a sentirla bajo mis pies. Es lo que vengo a pedir.

\* \* \*

*La historia de Balbina contada por ella misma*
*En versión de la Milagrosa*

Soy Balbina. Vengo a pedirte amparo. Tengo una niña. No puedo verla. Tiene dos años. No hay nada más lindo que los niños, ¿no es cierto? Pues no me la dejan ver. Es mi dolor más grande.

He tenido otros. Algo me odia. No sé qué es ese algo. Mira —me enseñó un tatuaje en el brazo derecho—, esto me amaneció aquí un día. Yo no lo hice, no pedí que me lo hicieran, no vi que me lo hicieran, no sentí cuando lo hacían. Mira —la cicatriz de una cortada en un muslo—, igual fue con esto. Mira, mira —la huella de una cesárea —: yo no conocí hombre alguno y me nació una niña. De ella no me quejo. Pero no querría tener las demás huellas de esa sólida pisada de odio en mi cuerpo. No por haberme ahorrado las palizas que me ha dado papá cada vez por cada cosa que dicen que hice, sino porque no me gustan, no van conmigo, no se parecen a mi persona, ¿yo para qué quiero un tatuaje? ¡Y cuando el odio me cortó el pelo y me lo tiñó como los punks de las bandas que andan en el barrio, qué vergüenza! Eso que me odia, se ensañó contra mí en cuanto tuve cuerpo de mujer. Antes no di a mis papás motivo alguno de enojo. En la escuela no di problema y siempre tuve buenas calificaciones, en la casa ayudé a mamá con todo el quehacer (siempre lavé yo con mis manos la ropa de mis hermanos, nunca me quejé de que ellos pasaran las tardes jugando, de que ellos sí pudieran hacer las tareas por las tardes, mientras que yo tenía que desmañanarme para poder hacerlas, porque tenía que levantarme antes que mamá para las tareas, que si no…

—¿Qué haces ahí sentada?

—La tarea, mamá.

—Cuál tarea, ni qué ocho cuartos. Véngase a ayudarme a hacer el quehacer, a lavar, a…

Y mis hermanos mirando la tele, persiguiendo si no la pelota, o jugando con los cuates en la calle mientras yo lavaba trastes, recogía la cocina, alzaba los cuartos, planchaba…). No me quejo, ni me quejé; no, no me estoy quejando, así era porque así es. Pero de la saña que se despertó contra mí en cuanto mi cuerpo no fue de niña, sino de mujer, de ésa sí que me quejo… Cuando mi papá salía a pasear por las noches, veía en la calle demonios revestidos con mi cuerpo mientras yo dormía en casa, y regresaba enfurecido a golpearme, sacándome de la cama, sin que yo entendiera qué o por qué. Y eran demonios, aliados con lo que me detestaba, los que vestidos con mi cuerpo hacían atrocidades que me avergonzaría imaginar, que no sé ni imaginar…

¡Ay, Milagrosa! ¡Ampárame! Quiero ver a mi hija, trabajar en alguna casa donde me permitan tenerla conmigo, y quiero que nada más mis propios actos marquen mi cuerpo o lo utilicen, equivocado solamente por imantar el odio que se ha ensañado contra él.

Quítame la saña de encima. Devuélveme a mi hija. No pido más.

\* \* \*

—Quiero que me des un novio muy guapo y que sea rico y que se quiera casar conmigo, y me quiera y me respete.

—No sé si puedo soñarlo.

—Pero si ya curaste a mi mamá, ¿por qué no podrás hacer esto?

—Porque si a todas las que me lo piden les consiguiera el guapo, tendría que sembrar antes un plantío de ricos, y tendría que conseguir cosechar en él tantos como nadie puede imaginarlos. Amén.

\* \* \*

—Auxílieme para encontrar otro trabajo, que yo no tengo alma de torero para aguantar éstas.

—¿De qué es tu trabajo?

—Lo mío es el reparto foráneo de refrescos. Y lo del torero es que me suben hasta arriba del tráiler a cuidar las cajas, y ni se imagina cuántos han muerto, arrollados por puentes o, cuando sobrecargan cajas de refrescos, bajo pilas de botellas vacías, bañados en el azúcar pintada de los refrescos, en cualquier curva pronunciada de la carretera, hechos picadillo... Para no ir más lejos, le cuento que acaba de pasar, pero yo venía en la cabina porque ni sé qué argüí del miedo, porque yo veía al tráiler inclinarse tanto que pensé "esta vez sí se cae" y arriba iban todavía mis dos compás cuando se voltea en la siguiente curva... Ni íbamos tan rápido... Yo salí como loco a pedir ayuda... Pedí un doctor a gritos... El tráiler había quedado volcado de tal manera que los coches no podían pasar. Que veo entonces a un señor que sale oficioso de su auto y dice "mi hijo es médico" y que lo veo bajar al médico, un delgadito muy joven y muy pálido, y avanzan los dos conmigo hacia el tráiler, el padre orgulloso, alzando la vista, el hijo con la vista clavada en la carretera, como si hubiera con qué tropezarse, hasta que nos contagió, y ahí íbamos los tres con la vista al piso cuando encontramos que bajo la montaña de cascos rotos no se avizoraba nada más que cascos rotos, y en nuestros propios pies un resto de sangre y refresco chorreando en el pavimento y que se pone el doctorcito a vomitar... Lo del torero lo saqué de él, porque mientras el padre lo tiraba de las orejas, recriminándolo por no atreverse a tratar de ayudar, llamándolo cobarde (¡siempre has sido un maricón y un cobarde!), él gritaba ¡soy dermatólogo, no torero, déjame en paz!, dicho que en su caso resultaba absurdo, pero que a mí me sienta de perlas... Yo reparto refresco, no soy torero, pero quiero otro trabajo donde no haya toro, plaza, picadores...

\* \* \*

—Dame sangre que no quieran los piojos. Siempre me están comiendo los piojos, ponme sangre que no les apetezca.

—¿Pero cómo va a ser esto?

—Pues que es así, porque si no es Juana la que trae piojos, es Chana, y siempre hay alguna que me los pase a mí. Luego yo los paso y cuando me los quito con los jabones esos hediondos que hay contra piojos, pues luego luego me regresan, mi sangre les encanta.

\* \* \*

—Hice algo por lo que me buscan los policías. Cámbiame la cara para que no me encuentren, que yo soy gente de bien aunque tenga mis debilidades y no quiero nada que ver con ellos.

\* \* \*

*(En papel rayado, engrapada en su esquina superior derecha una fotografía blanco y negro y tamaño credencial de un hombre de más o menos cuarenta años, sin ninguna seña característica, con una que otra palabra sobrepuesta en letra de la Milagrosa:)*

Milagrosa:

El de la foto se llama José García. A los trece años llegó a vivir a los arenales, con su mamá y sus tres hermanos bien chicos. Me acuerdo el mero día cuando llegó, ya teníamos aquí más de tres años, y había de polvo, derrumbes, basura, que bueno, ahora ya estamos mejor... Como a los dieciséis jaló a vivir con Lupe Torres (ya estaba bien vieja, y ya usada por tres hijos, enjaretados con su mamá a cambio de unos pocos pesos cada mes, dizque para los niños, que se gastaba en pinturas para la cara, porque la mamá de Lupe, igual que ella era bien, perdón, pero bien puta), para enojo de doña Cándida, la mamá de José García, porque ahora quién le iba a ayudar a cargar con los chicos.

Lo de José y Lupe duró poco más de tres años, y sólo procrearon una niña. Tal vez por eso José jaló p'al otro lado y no lo volvimos a ver en nueve años, aunque de vez en vez nos enviaba alguna carta, pero ni un centavo mandó ni a su casa ni a Lupe, ni nada, y todos creían que le iba rebien, que por eso no volvía, que seguro ya se había hecho allá rico, hasta que anoche, ahí estaba, en la televisión, en las noticias. Y un escándalo, porque resulta que está condenado a muerte allá por los Estados Unidos y que dicen que ya lo van a sentar en la silla eléctrica, quesque porque cuando robaba una tienda le disparó al dueño y lo mató, pero por más que le hago no me lo puedo imaginar, digo, a José García matando a nadie, ni disparando a dueños, ni nada así, si él era bueno, de veras.

Apenas apareció en las noticias, acá en los arenales se armó un revuelo, pues sí, todos los que tenemos años aquí lo conocemos, y de inmediato nos reunimos donde hicimos la cancha de básquet para los jóvenes de aquí, que es donde siempre nos juntamos, y ahí estábamos ayer aunque fuera de noche, pero la Lupe tomó la palabra y dijo que por ella que lo maten, que para ella el José está muerto desde hace mucho, y doña Cándida, la mamá de José, dijo lo mismo, que aunque fuera él su hijo y ella su madre de balde lo había parido, que en nada la había ayudado, y que para ella José hacía mucho se había muerto, y el intrigante de Gómez de inmediato recordó lo del incidente de los cuartos robados, y como es cosa nunca entendida, todos se pusieron a alegar, pero ahora no por la vida de José García que ya nadie se acordó de él, y sé que de los arenales ya nada va a salir, ni quien alce la voz para salvarlo, ni quien pida que le respeten su vida, ni quien diga que él sería incapaz, yo estoy segura, de matar a nadie, ni creo que de robar en tiendas como ya dije, y menos robar joyas, que es lo que él robaba, según dijeron las noticias, que si se viera en la necesidad pues sí, se robaría comida, pero entonces nomás pan que ni a queso llegaría, si él es bueno y honesto, yo lo sé de seguro, que yo sí que lo conozco, me lo acuerdo desde que entró por primera vez a los arenales, y el modo suyo de caminar, y me acuerdo de cuando íbamos juntos a acarrear agua, de cuando la Lupe se lo robó, cuando su mamá lloró por su ida, todo me acuerdo, hasta del día en que lo bautizaron los otros chavos con arena blanca por recién llegado, y que no lloró con todo y que a las burlas de los muchachos se sumaba el ardor de la cal esa infame, y me acuerdo también cuando se fue para no volver. Yo corrí a despedirlo, porque lo vi cargado de cosas y pensé que se iba y le dije lo que sé, que yo lo esperaría siempre, que desde que lo vi lo había amado y él nomás se rio, pero llegando a donde fue me envió esta foto, que yo amo, después de él, más que a nada en el mundo, y no me desharía de ella por nada, y a nadie se la había siquiera enseñado, pero en cambio a mí mucho, que es con ella con la única persona con la que hablo las cosas de mis sentimientos, y la única a la que le confío mis secretos, pues lo único que yo tengo es querer a José García, porque no he querido a ningún otro, pero si hoy se la envío a usted es porque sé que usted me va a ayudar a salvarlo, que aunque sea prieto y feo no me lo van a matar los güeritos, que usted los va a hacer entrar en razón y darse cuenta que se lo quieren echar por un motivo injusto.

* * *

Milagrosa, yo vengo a pedirle que llegue semilla a la tierra de mis padres, para que en la siguiente cosecha tengan con qué sembrar y qué vender, que la que antes nos daban ya no nos la dan, que no nos pase como a los de Matehuala, que por miles piden limosna a las orillas de la carretera, implorando por lo que nunca recibirán hasta que Dios les tenga piedad, o la Virgen, y se los lleve consigo, porque si no es así, se morirán de sed y de hambre antes de que este año termine. Haga, entonces, que llegue semilla a mi tierra, por lo más preciado, que hay niños, yo se lo pido, tres hijitos míos viven allá, y mis hermanitos, yo aquí trabajo para juntarles para sus ropas, sus lápices, y alguna que otra vez, en día de Reyes, les he llevado pelota, cuerda para saltar y chocolates. Téngales piedad, Milagrosa, dénos sacos de grano para mi pueblito, que aunque yo no me compre ni una prenda, ni zapatos, ni pague el corte de cabello, ni lo enchine, ni gaste un centavo en las pinturas de la cara (sólo las uso los domingos, el día de salida) ni así podría juntar para comprar la semilla que les falta.

Y el grano puede ser haba, de preferencia, porque se vende luego mejor, pero si no puede ser ajo o papa, o alguna flor, o lo que usté quiera, pero si prefiere frijol o maíz, nos resignamos, que peor es nada.

* * *

### La batalla del pañuelito

Son mis manos quienes suben el pañuelito y tal vez también quienes lo bajan, pero en ambos casos en contra de mi voluntad. Este subir y bajar se repite toda la noche, como único sueño, sin conseguir abandonarlo en bien de los suplicantes del día, por más que lo intento. Una noche inútil, sin milagros, poblada solamente por la batalla del pañuelito.

Cuando veo el pañuelito arriba, cubriendo la cara, siento escalofríos. Se pega a los rasgos como si estuviera húmedo, pero sé que no lo está, que es la pura humedad de la muerte. Hay un momento en que el pañuelito parece secarse, un viento corre entre el propio pañuelo y la cara inmóvil que recubre su tejido. Entonces, las manos lo toman de una esquina, lo alzan y lo llevan quién sabe dónde. El rostro, lo único que veo de ese cuerpo, parece dormir serenamente. No se mueve, pero por las comisuras de los párpados, unas lágrimas se deslizan diminutas. Me acerco a ellas. Nada habla en su juguetón cuerpo de la muerte. Parece que, incluso, vienen cantando. Me alegro, viendo las lágrimas, de que hayan quitado el pañuelito. Me alejo un poco para ver entero el rostro. Todos somos fracciones: él sólo cabeza, yo, por una parte, manos, por otra, ojos, no tengo la menor conciencia de unidad de mi cuerpo. Cuando quiero besar la cara, porque un breve quejido como de cosas secas cayendo sale de sus labios (se abren, se cierran, con algo de mecánico, y otro poco de carne tierna), para aliviar el dolor que adivino en el viejo, no puedo recurrir a mis labios. ¿Dónde están? Sí, ¿dónde están mis labios? Querría besarlo…

Una inmovilidad atroz recorre la cara del viejo, paralizándola. Quedan sus ojos secos, una sonrisa congelada que no le vi ejercer en vida, como máscara falsa en su rostro de muerte. Entonces el pañuelito sube, sin que nada lo pueda detener. Siento dolor por la muerte de quien desconozco y al que he llegado a amar en el vigor de su batalla contra la muerte.

A media mañana, un sobresalto. No puedo recordar dónde quedó por último el pañuelito, si cubriendo o no su cara. ¿Murió el viejo? ¿Vive? Quiero soñar esta noche que él vive y que está sano. Quiero verlo caminar. Quiero que en vida sonría. Pero más que todo quiero volver a ver sus lágrimas tibias hablar conmigo y sonreírme, sus lágrimas involuntarias que nada tienen de tristes.

Por lo demás, no me interesa saber cómo entró él a mis sueños.

\* \* \*

(Nota curiosa: dos días después del sueño y las anotaciones, llega a casa la siguiente nota, sin firma ni foto:

*Murió ayer.*
*Quítale el pañuelito de la cara.*
*Es lo que más quiero.*
*Él es lo único que tengo.*
*Así como lo cubrieron ayer con el lienzo oscuro, descúbrelo tú,*
*que eres Milagrosa.*
*Le cerraron los párpados.*
Ábreselos tú, hoy por la noche.
*Tiene que ser hoy.*
*Mañana lo sepultan.*
Ábrele los ojitos.

*Que respire.*
*Que hable.*
*Que viva.*

No sé si deducir con esta nota que fracasé en la batalla del pañuelo, o que ésta empezó dos días antes para entrenar la victoria, para que el viejo permaneciera con vida).

\* \* \*

—Vengo a pedirle que mi hija no se vaya con ese hombre.

—¿Se la quiere robar?

—No. Se quiere casar con ella.

—¿Y entonces? ¿Él bebe?

—No.

—¿Es holgazán?

—Es trabajador, y tiene empleo fijo.

—¿Es mujeriego?

—No

—Déjala irse con él, no me pidas que le haga el mal a tu niña. ¿Cuántos años tiene?

—Tiene veintiuno. Ya está en edad. Es mi mayor. Nació cuando cumplí dieciséis…

—¿Entonces?

—Ese hombre fue el mío muchos años. Todavía antes de que me pidiera su mano me andaba cortejando, y como yo nunca he sido casada, nunca le he dicho no. Es por eso, Milagrosa, que le pido lo que pido. No que lo quiera para mí, yo tengo tres hijas y no quiero hombre en casa para que me las robe o abuse de ellas, que ya son mujercitas, y las he cuidado y celado mucho, le juro que están nuevecitas y las tres son muy limpias, y honradas. Por ellas no me casé nunca. Y aun así, éste al que nunca dejé entrar en mi casa me la quiere robar. Dígame si es justo, si está mal lo que le pido.

—Yo quién soy para juzgar… Dios ponderará tu petición (etcétera).

453

* * *

—Quiero pedirte que le regreses la alegría a mi niña, que desde que le dio la fiebre y las convulsiones no ha vuelto a sonreír, está tumbada en su sillita como una muñeca, con la cabeza gacha y los ojos fijos, con la boca entreabierta y el hilo interminable de baba que nunca acaba de salir. Cuando me la regalaron, yo la acepté pensando sólo en hacerla feliz, en darle mi cariño para que fuera una niña alegre, lo demás no me importaba, que lo mero bueno de la vida es la alegría, a mí me parece, y ahora por más que la abrazo, aunque le acaricie la cabecita y le zangolotee la muñeca de vestidito colorado que era su preferida, haciéndole como que baila, no hay manera de que haga ni una sonrisa. Eso vengo a pedirte, Milagrosa, porque los doctores no pueden curármela. Ahora que si de paso le quitas lo demás que le dejó la fiebre, la mano torcida y el pie que le arrastra cuando camina y el silencio (porque ni una palabra dice ahora mi niña, ella que era como un cascabel parlanchín), yo te lo agradecería muchísimo, porque así será todavía más feliz adentro de la alegría que yo vengo a mendigarte para mi niña.

* * *

—Vengo para que llueva porque el ganado ya lo está resintiendo. Que llueva, porque en todo el año no ha caído una gota en nuestro desierto. Aquí estamos (sacó un mapa de su cartera y me señaló un punto), es aquí. Con su permiso.

Y salió, como entró, rápido, con su sombrero, alto, guapo, altivo, el zacatecano.

* * *

*(En una hoja arrancada con extremo cuidado a una libreta, con letra de la Milagrosa:)*

*Divertimiento posible*:

Ver entrar a los suplicantes y desconectar el oído. Imaginar por su modo de andar (o no andar), por sus miradas, por su gesticulación, sus ropas, sus lágrimas o su risa, qué es lo que me piden, cuál es el milagro que necesitan y después ver entrar de nuevo al mismo suplicante y escuchar qué pide y por qué. Cotejar si se equivocaron mis conjeturas.

Pero no me atrevo a jugarlo sin la posibilidad de repetición, porque, ¿si me equivoco?, ¿si doy y quito lo prescindible, equivocado o detestable?…

\* \* \*

*Pesadilla de la Milagrosa*:

Dame por favor padre y madre que me amen, porque me tiraron a la calle cuando nací y nunca volví a saber de ellos. Quítame a mi padre y a mi madre de encima, que me hacen la vida de perros. Dame. Quítame. Dame más, quítame un poco. Otro poco. No tanto, que así la vida es insufrible. Milagrosa, regrésame a mi hijo. Dale la salud a mi hijo enfermo. Quítame a ese holgazán de mi vida. Quítale el vicio. Dale algún vicio que no sea yo. Milagrosa, milagrosa, dame, quita, dale, quítale, dame más, otra vez… Milagrosa… Compón, arregla. Haz que la olvide. Haz que me recuerde. Haz que no haga. Haz que haga. Milagrosa. Sé milagrosa una vez más y dime qué debo pedirte que no me haga mal. La peor pesadilla es que se cumplan nuestros anhelos. Milagrosa, milagrosita, ¿tú no tienes sueños para ti? Escápate Milagrosa, ven a nadar conmigo al mar. Que te saldrá una cola. Que te saldrán dos. Que te saldrán tres. Que te saldrán cuatro. Que no llora el niño, que si llora, que si son los dientes, que si tiene la cabeza llena de agua, que si nació con bocio, que si mírele, santita chula, mírele, en el centro de la frente se le está abriendo un ojo, ¿para qué se lo habrá dado Dios? ¿Para que nos espíe a través de él? No se lo quite. Haga que vea. Haga que sea Dios quien mire en él. Amén. Y los demás que no se chinguen. Haga que no se chinguen. Que se limpie el aire. Que no tengan hambre mis hijos. Que no me dé hambre que me estoy poniendo muy gorda. Que me dé hambre, que estoy enferma de no tener apetito y ya he estado en el hospital por eso. Que me guste, que no me guste, que sí y que no, que todo se acabó. Que los desechos de la fábrica de al lado dejen de poner loquitos a nuestros hijos, o que por lo menos no hagan que nazcan sin cerebro. Que no me nazcan más hijos. Que me nazca un hijo. Que sea niña. Que sea niño. Que sean gemelos. Que no vayan a ser gemelos, por Dios, Milagrosaaaaa…

*Fin de los papeles de la Milagrosa.*

Lo que sigue son las páginas en que se transcribe la grabación que contenía el *cassette* marca Sony, 120 minutos, lo único que falta por consignar aquí del material sujeto por el muerto. Se le conocerá por

## LA GRABACIÓN DEL MUERTO

Mi nombre es Aurelio Jiménez. Soy investigador privado.

Hace años presto mis servicios a los hombres que controlan el Sindicato de Trabajadores de la Industria Textil. No es por gusto, en estos tiempos son los únicos que contratan.

Grabo estas palabras como prevención. Si nos ocurre algo, y es muy probable que nos ocurra algo... Pero estoy perdiendo el tiempo. Empiezo: el Sindicato me encargó seguir a la Milagrosa, concretamente encontrar con qué arruinarla. El primer día de seguimiento, fui a la cabaña donde se le guarda gloria, o algo por el estilo. A la entrada había un letrero que decía:

La Milagrosa cura enfermedades, quita el alcoholismo, remedia defectos de nacimiento o contraídos en accidentes, sana problemas de carácter, lleva el bien a todos los hogares y a cuanto corazón herido pida auxilio. No pide nada a cambio, más que digamos que el don le fue dado por Dios para su mayor gloria, y porque la vida misma es en su esencia un misterio milagroso. Y pide a todos los beneficiados que aquí anoten la naturaleza del milagro concedido, siempre y cuando lo permita el respeto a todos los posibles visitantes, de cualquier edad, que llegan a expresar su agradecimiento y amor a Dios en esta cabaña. (Prohibido escribir malas palabras en los agradecimientos).

En la cabaña, el piso es de tierra, el techo de paja, con un falso plafón blanco que no engaña a nadie, bastante triste en su miseria de tela enyesada, no suficientemente tensa, hecha por manos inexpertas. La casa donde la Milagrosa habita y recibe es de dos pisos, y su construcción es más que austera, aunque no lo parezca en su barrio, Santa Fe.

Las paredes de la cabaña, más amplia que la planta baja de la casa, son de palos de madera, mal tallados, cubiertos con los agradecimientos de los milagros, bien sean milagritos, en cantidades fabulosas, letreros, fotografías y dibujos, a la manera de los exvotos. Hay dos hileras de personas enfiladas hacia la casa de la Milagrosa. En una (según reza un letrero en la fachada de la casa, llamada LOS SUPLICANTES), la gente espera ser recibida. En la otra, llamada VÍSPERAS, los que ya han sido recibidos por ella esperan ser curados *in situ*.

No dispongo de mucho tiempo para grabar aquí. Para no distraerme y avanzar con mayor rapidez, grabaré una selección de las anotaciones que fui tomando después del primer día de seguimiento, que se me fue en recorrer la cabaña, los alrededores de la casa de la Milagrosa, las hileras de suplicantes.

*Segundo día de seguimiento:*
Lupe, la secretaria del Sindicato, me concertó una cita con la contadora Norma Juárez, que visitó hace pocos días a la Milagrosa, según leí en la cabaña, en la libreta de milagros. La elegí por tres motivos: era mujer, tenía un empleo estupendo (por lo tanto se podía pensar que vivía como rica), y su casa quedaba por mi rumbo. La historia que ésta me contó es así:

una pareja recurre a la Milagrosa, el hombre a espaldas de la mujer, ella (Norma) a espaldas del hombre, en días sucesivos. Primero acude él, un hombre rico, que en su momento debió haber sido muy bien parecido (Norma me mostró su fotografía), de unos setenta años. Lo que pide es juventud:

—¿Y por qué quiere usted ser más joven?

—Tengo treinta y pico años más que la mujer que yo amo. Necesito juventud.

—¿Sólo para eso, o hay otros motivos? —le preguntó la Milagrosa.

—Sólo para eso.

—Está bien. Procuraremos que sea usted más joven para ella, y para usted mismo, pero en su apariencia lo será solamente para ella, nadie más notará el cambio.

La Milagrosa se despidió de él como lo hace de todos los suplicantes, esto es:

—Gracias por habernos visitado. Dios ponderará tu petición. Si te es concedida, agradéceselo a él siguiendo las indicaciones de los carteles que encontrarás a la salida.

A la mañana siguiente, él despertó sabiéndose más joven. Al caminar se sintió más joven, y al respirar, y al sentarse, quince años más joven. Pasó a la cabaña de la Milagrosa a anotar la constancia del milagro, "Hombre ya mayor agradece infinito a la Milagrosa el favor recibido" (lo vi escrito en esos términos, sin firma, teléfono, nombre, dirección), y dejó una limosna bastante sustanciosa. No le cabía duda de que era más joven, y en el espejo asombrosamente se lo pareció a sí mismo. Citó a cenar a la amada en un restaurante. Ella lo vio más joven que nunca, sin poder concretar, cuando se lo solicité, cuántos años menos aparentaba:

—Digamos que parecía de cincuenta… Lo vi más guapo que nunca. Claro, yo lo quería tanto que… perdóneme, es que no puedo contener las lágrimas cuando pienso en él. Aún lo quiero.

—¿Parecía de cincuenta?

—Yo qué sé… Escogió un restaurante en penumbras, del tipo que él detesta. Cuando llegué, Felipe ya estaba en su silla, y para irnos pidió primero nuestros coches en la puerta. Cuando nos los anunciaron, él se quedó inmóvil, en su lugar (cosa muy extraña, porque él es un hombre educadísimo) y un mesero me acompañó al coche. Nunca lo vi a la luz directa.

—Aun así, ¿un hombre de setenta años parecía de cincuenta?

—Sí, más o menos… Pero Felipe no tiene setenta aún…

—Los parece.

—Él dice que tiene menos.

Le repito la pregunta, ¿un hombre de casi setenta años, parecía tener cincuenta?

—No me fijé bien, es la verdad, quiero decir en ese detalle. Creí verlo tan joven porque lo quería aún más.

—¿Después?

—Me alcanzó en casa. Antes de entrar me pidió que apagara la luz. Así, en la oscuridad, se consumó nuestro amor. Era lo que yo más deseaba, él lo había rehuido, diciendo que le avergonzaría amar un cuerpo tan joven. ¡Y ni soy tan joven! Varias veces me había tenido desnuda en sus brazos, me había tocado, él sabía que yo era de él. Pero temía su edad, y yo creí que esa noche lo envalentonaba la oscuridad, y la certeza de que así (con un vigor y un cuerpo que me asombró al tacto por su juventud) no nos separarían los años.

—¿Después?

No sé cómo acerté a decir una sola palabra. Sus confidencias me hacían desearla, lo que quería era también yo abrazarla bien desnuda.

—Se despidió con un beso. No permitió que encendiera yo la luz para vestirse. Salió tropezándose, y silbaba de alegría. Durante la noche no pude dormir de tanto amor. Otros días él había hablado de la imposibilidad de casarnos, alegando que él me castigaría con la diferencia de edad, que atarme a un hombre cuarenta años mayor que yo era un crimen. ¿Usted cree que a mí me parecía un crimen? Yo lo único que quería era estar con él. Casarme no, Dios me libre, ¿para qué?, si todavía no consigo el divorcio de mi exmarido. Sabe, él se apellida como usted...

—¿El vejete?

—No, mi exmarido, Giménez, si cuando su secretaria me pidió la cita, por un momento pensé que era él, y creo que por eso acepté, porque me desconcertó... Giménez, con G. ¿Cómo lo escribe usted?

—Yo con jota.

—No es igual. Pero volviendo a la historia, si yo tengo mi casa, él tiene la suya, el amor es tan frágil que para qué complicar las cosas... Esa noche, Felipe habló de nuestro amor como nunca lo había hecho, como si le tuviera tanta fe como yo. Dijo que la atracción de nuestros cuerpos y espíritus nos aproximaba en edad. Dijo que me amaba tanto y con tal vehemencia que creía destrozada la distancia de los años... Lo vi tan feliz, tan hermoso, tan joven, que cometí el error de querer aproximármele aún más, y por avorazada... Así que, sin haber pegado el ojo, brinqué de la cama al amanecer, me di un duchazo, y vestida con lo primero que encontré me dirigí a la casa de la Milagrosa. Cuando me recibió le pedí edad.

"¿Y para qué quiere usted que es tan hermosa tener más años sin haberlos vivido?".

"Amo a un hombre cuarenta años mayor que yo. Tengo treinta y él tiene casi setenta".

"¿Y?".

"A él lo apesadumbra".

"¿Es sólo para eso?".

"Sí".

"Desde mañana procuraremos que él te vea veinte años mayor de lo que eres. No habrá cambio alguno en tu salud, y a los ojos de los demás seguirás aparentando treinta. Gracias por habernos visitado...".

Continuó:

—En la noche, se repitió lo ocurrido la anterior, sólo que más temprano. Nos hicimos todo tipo de promesas. Yo le dije que pronto podríamos encender la luz para amarnos, que el error de nuestras fechas de nacimiento pronto sería vencido, y él pareció emocionado. Me costó trabajo echarlo de la casa para poder cerrar los ojos antes de las doce. Al despertar supe que yo tenía veinte años más. Bueno, usted no los ve, pero yo los tengo. Fui a la cabaña, agradecí el milagro, regresé y al verme al espejo vi mis cincuenta años. ¡Cuánto me alegraron! Yo no podía verme más que como me veía él, no tengo más valor que el de ser, o dejar de ser, su amada.

(Aquí yo debí interrumpirla. La chica es un forrazo juvenil que ni siquiera parece de treinta años, con unas piernas largas que a cualquiera le cortan el aire, nalgona como se debe ser y acinturada. Pero sólo la dejé seguir hablando:)

—Cuando lo vi al terminar el día, le dije que podíamos olvidar la oscuridad, que yo ya tenía veinte años más para aproximármele, él alegó veinte menos, y al encender la luz… Nos hablamos de nuestras mutuas visitas a la Milagrosa. Sin tocarme, se vistió y se fue… No ha vuelto a llamarme. ¿Usted cree que era amor lo que él sentía por mí?

No tenía por qué contestar a sus preguntas. Debí intentar abrazarla; desolada, hermosa y llorona lo hubiera permitido. Como el falso joven, no dije nada y me fui.

Para mí que todo esto de la Milagrosa es pura alucinación colectiva. (Perdón, pero he leído esta frase tal y como la anoté ese día. Sigo.)

*Tercer día:*

Hablo con los vecinos de la Milagrosa. Éste debiera ser el callo más fácil de pisar. ¿Cuál vecino no se quejaría de ver a diario frente a su ventana hileras de contrahechos, enfermos, desequilibrados, posibles suicidas, seres a la orilla de la bancarrota sentimental, sidosos y otros enfermos incurables? No es difícil imaginar que junto a ellos llega basura, vendedores ambulantes, coches que se estacionan en lugares prohibidos, y la posibilidad de la diseminación de enfermedades temibles. Debiera ser el callo más fácil de pisar… si no se toma en cuenta el barrio. Hasta donde vi, los vecinos de la Milagrosa están felices de serlo. Ellos son los vendedores que se aprovechan de la llegada de los suplicantes. Correr la bolita de sus milagros parece ser parte del negocio. Ellos se encargan de limpiar la basura. Ellos aconsejan a los suplicantes, les dan esperanzas, les recomiendan de qué manera hablar, cómo entrar, cómo ver a la Milagrosa para poder pasar a sus sueños. Venden amuletos, refrescos, tortas, y recurren a la Milagrosa cuando lo necesitan.

En otro orden: desde la muerte de la mamá de la Milagrosa, los vecinos se encargan de su mantenimiento, le dan de comer, le lavan la ropa, la visten (la Milagrosa jamás deja el terreno de la casa y la cabaña), recogen las limosnas, las administran para las pocas necesidades de la Milagrosa y mejoras al barrio. La escuela salió de sus milagros, y también la guardería. El parque salió de los milagros. El pavimento. El alumbrado público. La cancha de basquetbol.

Debiera ser callo, pero los vecinos son el ejército incondicional de la Milagrosa. Averigüé nombre y dirección de su casera, porque la casa en que habita no es de ella. En cuanto pueda la iré a ver.

Visité a la señora que le cose la ropa a la Milagrosa. En torno a ella se teje una leyenda. Tampoco sale de su casa, por petición expresa de la Milagrosa. Es de edad indefinida.

—¿Así es que usted quiere escribir un libro de la Milagrosa? —con esta patraña he conseguido que todos aflojen amabilidades—. No le va a alcanzar un libro para escribirlo todo. ¿Sabía usted cuántas libretas llevamos nosotros?

Se refería a las libretas "Últimos milagros". Lo que no he conseguido es que alguien me diga dónde están esas libretas, sólo he podido ojear la que está hoy día en la cabaña.

—Hemos llenado cuarenta y tres de quinientas hojas. Haga la cuenta de cuánto milagro fabuloso. A mí misma me salvó la vida. Tenía cáncer terminal. Luego me la volvió a salvar; desde entonces le coso la ropa. No me importa no poder salir de este cuarto, comparado con la oscuridad de la tumba es amplísimo como un vasto mundo. Además, están los libros… ¿Nadie se lo ha dicho? La Milagrosa lee mucho, desde niña. Desde que le coso la ropa, yo debo leer lo mismo que ella está leyendo. Al principio me costaba trabajo, no entendía ni pío. Ahora le diré que hasta me gusta, aunque hay veces que no entiendo cómo una santa como es ella lee cada cosa…

—¿Como cuál?

—Yo no sé si usted entienda de esto. Ahora leemos a Nabokov.

—¿De dónde sacan los libros?

—Los trae Ray, un chico que trabaja en una librería que se llama El Parnaso. La Milagrosa se los pide, él viene en las noches a traerlos. Dos ejemplares de cada título, uno para la Milagrosa, y el otro me lo trae aquí.

—¿Y dónde están los libros?

—¿Nadie le ha hablado de la biblioteca? Vaya a verla.

—¿Y por qué lee usted lo que ella y al mismo tiempo?

—También como a diario lo que guisan para ella. Diario lo mismo que ella. Y me informan a qué hora me debo acostar, y me avisan cuando ella se ha levantado, para que entonces deje yo la cama. Porque yo le coso la ropa, señor. La ropa de los milagros. La de color blanco que usa de día y la del mismo color que usa de noche. La de la noche nunca la vuelve a usar si no sueña, o si algo sale mal. Pero de por sí no la usa demasiados días. Me la envía de regreso, yo la pinto, la achico, y va para la bolsa del vestido. Para las niñas del barrio. ¿No se ha fijado lo bien que visten? Son los vestidos de los milagros. Los que no conceden los milagros los corto y los hago trapos. Con esos lavan los carros de los suplicantes ricos, porque ni para nuestras cocinas los usamos, no vaya a ser…

Si las limosnas dan para tanto (desde parques hasta trapos) pienso que a lo mejor aquí hay callo.

*Cuarto día:*

Las libretas de los milagros son un misterio: no están tampoco en la biblioteca. En cambio las de las cuentas pueden ser consultadas por cualquiera. No sé de números, pero huelo cuando hay algo sucio, y ahí no hay nada sucio. Primero, un tal "el gordo Eusebio" llevaba las cuentas, y según consta ahí se asignaba un sueldo, pagaba al de la basura, pagaba a quienes mantenían en orden a los suplicantes, pagaba a la madre de la Milagrosa por los cuidados y creo que todos esos pagos eran para la bolsa del gordo ese. Porque todos esos pagos desaparecieron cuando él dejó de llevar las cuentas, y además hubo más dinero como por embrujo. La Milagrosa no gana un céntimo. El bolsillo de nadie gana un céntimo, ¿para qué? Así todos han ganado más sin deshacer su grueso patrimonio en bicocas.

Se anotan los gastos de entierro de la madre de la Milagrosa. Los gastos en tela, botones, hilos, comida sencilla. Libros, papelería (escrupulosamente anotado: libretas, hojas, plumas). Es lo único que se podría creer que ella ha gastado en su propio provecho. Y la renta de la casa, el arreglo de la cabaña, las flores dos veces por semana para la Virgen. Es todo. Ni un peso en chocolates o cualquier otra cosa. Me encantaría ver que algún farsante acusara a la comunidad de no pagar impuestos, si con las limosnas levantan lo que los impuestos debieran financiar, si no estuvieran siendo usados en sus campañas políticas y en mantener escritores y otros holgazanes, amigos o auxiliares de secretarios y presidentes.

*Quinto día:*

Amanezco aún ebrio. Me tomo dos copas al hilo, convencido de que me volverán a dormir. Despierto hasta la tarde. Me duele la cabeza. Mientras tomo un café recuerdo la noche. No puede ser. No lo puedo creer. Parece que nunca aprendo. Soy un viejo muchacho. Y cuánto de mucho me gustan las mujeres, hasta las putas...

*Sexto día y siguiente:*

Visita a la Milagrosa. Llego temprano, a las ocho de la mañana, y encuentro ya una larga hilera de suplicantes. Me resigno de inmediato. Traigo el periódico. Emprendo el crucigrama. Venden café. Observo a la gente: frente a mí una pareja extraña, ella gorda, bestial, de vestido rojo y sin medias. Él, no hay mejor palabra para describirlo en su enormidad, aguado. Ella en cambio tiene más carne que piel, y parece que revienta en el vestido. Su única ventaja es que entre tanta gordura no se permite ni una sola arruga, y podría parecer muy joven a cualquier incauto. Él, en cambio, menor que ella, tiene el tipo de exceso de peso que se podría llamar "flácida piel de elefante". Vienen de la mano, y por nada se la sueltan. Yo imagino: van a casarse, él es el último tren de ella, y tiene un problema de impotencia. Capaz que la Milagrosa se lo quita y hasta por el culo le dará a su cochinita. Cochinita pibil. También es rojiza de piel. Se ríe inescrupulosamente mientras él nervioso suda, a punto de correr de vergüenza. Entre ellos y yo hay un joven. No consigo fijar en él la atención. Ve su reloj. Parece que no está aquí, con nosotros. Yo lo salto con la misma displicencia. Más adelante una mujer muy mayor, que no puede caminar, sentada en la silla que el nieto empuja con dificultad. Más adelante un miope grotesco. Si no viene a pedir que ella le baje las dioptrías, es un imbécil. Aunque tal vez tenga diabetes, no lo sé. Tampoco me interesa gran cosa. Más adelante, una mujer con un hijo enfermo. Es de ésas que si tuvieran dinero irían al doctor, y curarían al hijo con tres tomas de un jarabe que no se puede dar el lujo de comprar. Si se cura, creerá en el milagro, yo creeré que la Milagrosa le regaló unos pesos para el jarabe. Luego una calva, seguro viene por pelo. Un regordete de labio leporino. Atrás de mí, un tartamudo. El de enfrente sigue con la manía del reloj. Cuando sólo falta la pareja, la mujer de la silla (ya se meó la vieja, no sé si alguien más ya se dio cuenta) y el miope grotesco, el del reloj saca un teléfono celular y hace una llamada. Eso sí que me asombra, ¿qué hace ese insignificante con celular? No puedo escuchar lo que dice porque el tartamudo intenta en ese momento explicarme que eso que sacó el insignificante es un tetetetelelelefffono cecelcelcelular. Conjeturo que llamará al legítimo dueño de ese lugar para que lo ocupe. No me equivoco. En quince minutos, cuando el miope ya está en la hilera de vísperas y la vieja de la silla adentro, a punta de empujones, y el crucigrama prácticamente terminado, sólo me falta el veintinueve horizontal (que se quedará por siempre vacío), un carro del año, un Thunderbird negro, se detiene al frente de la casa de la Milagrosa. El chofer baja a abrir la puerta del patrón sentado atrás. ¿Cuál no sería mi sorpresa cuando veo bajar al vejete que la rorra que entrevisté imaginó de cincuenta? Y cuál va a tener setenta, para mí que tiene más. Antes de que su automóvil volviera a arrancar, con el del celular sentado al lado del chofer, no resistí la tentación de explicarle que había visitado a Norma Juárez, porque quería saber cosas de la Milagrosa (también a él le dije la patraña del libro), y que había visto la foto de él… Y que me sabía la historia de sus mutuas visitas. Me miró con cierta extrañeza, pero de inmediato empezó a hablar conmigo, con vigor, como si por algún motivo no quisiera soltarme.

Algo serio tendría la vieja de la silla porque no salía nunca. O estaba tan vieja que hablaba lenta, lenta, o a lo mejor ella ni podía hablar y estaría la Milagrosa adivinándole los pensamientos bajo el olor a meados de la falda. Meados que por cierto pisábamos en este instante el vejete y yo. El caso es que nos enfrascamos en la charla, y cuando le tocó pasar me jaló con él diciéndome:

—No me reproche el haberla dejado. Ya sé que es muy linda. Pase, me ahorra palabras, vengo a hablar de esto con la Milagrosa.

Yo imaginé que venía a recomponerlo todo, a hacer un ajuste de años, a pedirle a la tipa que regrese los treinta de su niña. Su discurso no fue así, y no lo pude haber imaginado.

Antes de intentar reconstruirlo, aquí diré para ser justo que ver a la Milagrosa fue una verdadera conmoción.

¿Cómo nadie me había hablado de su belleza? Era lo último que yo esperaba encontrarme. No era una mujer criada en la colonia Santa Fe. Parecía una catalana enigmática y casi desnuda, porque el vestido blanco que la cubría dejaba traslucir sus hermosos pechitos de jovencita y entrever más allá algo así como un tibio y castaño vello púbico, que no tapaban ningunas pantaletas. Era perfecta. De piernas hermosísimas. De brazos torneados. Derechita, derechita, como una garza. Como una santa, pues. No podía separarle la mirada. Arriba de sus labios unos rubios bigotitos, pequeñísimos, suavecitos. La mirada un poco extraviada. Los ojos casi dorados, perversos. No tenía una gota de afeites en su linda cara, y ni falta le hacían, ¿para qué? Sus mejillas, sonrosadas, como duraznitos. Sus párpados, oscuros. Sus labios como cerezas. ¡Y ese olor que la rodeaba! Olía tan persistentemente a carne carnuda y caliente de mujer que ni su esmerada limpieza ni las flores a la Virgen conseguían ocultar el olor. No sé con qué cerebro escuché lo que el vejete le decía, porque el mío nomás retumbaba, conmocionado de haber mirado esa belleza sin comparación. ¿Por qué no me había prevenido nadie? Como todos la ven con propósitos utilitarios, una máquina de milagros, están ciegos para su mayor verdad.

El vejete dijo, mientras mi baba caía al piso a venerar el milagro vivo de la Milagrosa, algo así como:

—Milagrosa, sé que a usted le desagradan los agradecimientos. Yo vengo a externarle uno que espero no la enfade, al tiempo que le hago ardiente súplica. Vine a verla en la otra ocasión, si usted recuerda…

—Para que le diera juventud.

—Y la obtuve.

—Después vino su amada a pedirme edad.

—¿Sí?

—Y se la di. ¿Sigue con ella?

—No…

—Lo preví, que usted no la amaba…

—Y se equivoca. Huí porque supe desde el momento en que me acosté con ella que no la amaba. Con el cuerpo vigoroso, la cabeza despejada, comprendí que el apego por una chica con la que no tenía qué hablar era un apego senil e imbécil. Y fue un alivio. ¡Qué enredo, estar enamorado! ¿Por qué voy a querer problemas? Sólo silbo cuando me veo en la orilla de una decisión que no quiero tomar aunque la sepa ineludible, y esa noche silbé. Un día más la vi sin atreverme a decírselo. Cuando a la tercera entrevista la vi despojada de su juventud, calé más hondo. Si realmente la amara, me dije, ¿qué me importaría? Pues bien (y aquí viene la súplica, no se impaciente conmigo, Milagrosa), regresé arrepentido a los brazos de mi esposa. Soy dichoso, yo, pero ella no parece estar contenta conmigo. Claro que me ha recibido, ya le dije que soy su marido, pero no he sido, no he conseguido ser, lo que ella quería que yo fuese, lo que ella esperaba de mí. Quiero suplicarle que le regrese a ella la fe en mi persona, que me haga fidedigno para ella, que me haga ser lo que ella esperó siempre de mí. Quiero pedirle eso, solamente. Sé que no la merezco, pero la quiero.

—¿Quién es ése?

Qué tono tan desagradable usó la santa para referirse a mí. Yo me vi contagiado del tartamudeo de su próximo suplicante cuando quise contestar:

—Yo… yo… yo…

—Sí, usted.

El vejete guardó silencio. La verdad, ¿quién era ése? Él no sabía gran cosa de mí. Yo era el que hacía preguntas. Desperté de mi azoro:

—Vine a verla. Ya la vi. Nunca había yo visto algo más hermoso. Es usted un ángel en la faz de la tierra.

Salí. Sin vejete. Sin haber podido decir lo que debía. En ese instante supe que no iba a poder con el trabajo, y me detuve. Giré la cabeza.

Ella me estaba mirando, de pie en la puerta, un poco adentro, antes del quicio. Con la mano me hizo un gesto de que me acercara. Fui. Con ella, ¡hasta el fin del mundo! Me dijo:

—Tiene problemas con la bebida. Quiere dejar de beber.

No me preguntó, afirmó.

—¡Es lo único en la vida que no me interesa un pito! —su despropósito había sido tan grande que regresé a mis pies, por un momento, porque sonrió a mi respuesta y volvió a desarmarme. ¡Qué dientecitos! Filositos y pequeños, y blancos, y perversos como su mirada.

—Vaya con Dios. Ya volverá usted a verme. Será un placer recibirlo. Digo… Bueno…

Me miró a los ojos. Se sonrojó. Ahora quien se movió fue ella. El vejete salió y yo seguía clavado al piso. Y ahí estaría aún, si no fuera porque el vejete me tomó del brazo, me subió a su automóvil y me llevó a comer a Playa Bruja.

En ese momento no me expliqué por qué no quería soltarme. Lo imaginé solo, sin novia, con la esposa furiosa, sin con quien comer. Llegamos al restaurante a las cuatro de la tarde. El vejete parecía estar muy interesado en mi persona. En realidad no hablé de nada con él, yo sólo pensaba en ella. Al terminar la sobremesa, muy amable me llevó a mi casa. A pesar del tequila, el vino y el coñac de sobremesa, a las siete y media yo estaba otra vez de pie frente al hogar del ángel. Miraba, miraba. Nada veía porque no había qué ver, pero miraba, y creía que las ventanas estaban iluminadas porque ese castillo la contenía, no porque hubiera fluido eléctrico. Lo que salía de los vanos era su resplandor. Y yo lo admiraba.

Ahí seguiría, estaba clavado otra vez. Un fornido me jaló, me hizo a un lado:

—¿Tú eres el puto que rompe huelgas?

No pude contestar ni siquiera el sí que hubiera dicho en honor a la verdad. Con el puño cerrado me trituró la mandíbula. No estaba solo. Dos o tres con él me molieron el cuerpo a golpes, tantos que dejé de sentir. Oí un revuelo en la hilera de vísperas, pero ni pensar que los tullidos, cojos y enfermos pudieran prestarme una mano contra los gañanes. Ellos seguían golpeando y yo seguía sin sentir. Yo creo que no me quedaba un hueso sano. Como para distraerme, sentí empapados los calzones. Allá a lo lejos oí la voz de mi ángel.

—¡Imbéciles! Lo van a matar.

Su voz estaba calma. Nada parecería capaz de atribularla.

—Es que… —trataban de explicar los gorilas—, es que…

Los imbéciles se habían quedado mudos.

—Me hacen el favor de acomodarlo con cuidado en la capilla. Dije: con cuidado. Ven tú por dos cobijas, una para acostarlo, otra para cubrirlo. Y ay de ustedes si no lo tratan bien.

—Milagrosa… Es el que nos traicionó cuando la huelga. Pasaba información. Nos tronó a todos.

—Historia, chicos, historia de hace mucho. Ha de ser un pobre diablo. ¡Acomódenlo en la capilla, como les dije! Busquen en sus bolsillos, necesito alguna identificación, para regresarle la cara. ¡Cómo lo han dejado! Otro poco y lo matan.

Buscaron en mis bolsas. Encontraron mi cartera casi vacía, mi credencial de "asesor de proyectos especiales" del Sindicato.

—Es éste, el muy puto…

—Ya, cálmate. A ver… Ah, ¡es él! Vino por la mañana… No sé qué tiene esta cara, qué me recuerda, o qué… —suspiró—. Está bien. Regrésala a su bolsa, sin lastimarlo, tal como está.

Fue la peor noche de que tenga memoria, y sé que nunca tendré una igual. En casa del herrero, azadón de palo. Ni un analgésico me dieron en la cabaña de la Milagrosa. Si me fiaba al dolor, porque ahora sí sentía y de lo bueno, tenía rota la mandíbula, la cadera, y no muy en su lugar los demás huesos. No podía abrir los ojos, de tantos golpes. Ni mover ninguna parte del cuerpo, sin saber que se me deshacía en astillas. Casi caí inconsciente, pero percibí (lo juro, lo sentí) que mis huesos regresaban a sus sitios, de buen ánimo, y que juguetones se unían los unos a los otros, y que se cerraban las heridas, cauterizaban los vasos rotos de la nariz, desaparecían los moretes.

Amanecí como nuevo. Como si no me hubieran golpeado. Sin una hinchazón, sin un rasguño. La Milagrosa había usado su don en mí.

¿Quién lo creyera? Por lo que toca a mí, nunca. La Milagrosa sí cura. ¿Y cómo no, si es un ángel caído del cielo? Mi curación me la hacía sin embargo más inabordable. A estas alturas, ya sabía yo que ella no recibía con gusto a nadie tocado por su don, que no aceptaba agradecimientos sino otras peticiones. Yo lo único que podía pedirle, porque eran las únicas dos palabras que tenía en toda la cabeza, era a LA MILAGROSA, concédeme a LA MILAGROSA. Era la mujer más hermosa de la tierra. Un ángel, ya lo dije. Como siempre, me ahorca mi predilección por los seres monstruosos. Putas, alcohólicas, mujeres sin una idea en la cabeza, hechas sólo para el sexo, o mujeres atormentadas por su excesiva inteligencia, o anormalmente hermosas… La que fuera monstruosa tenía que ser mía. Si algo le falla o le sobra a una mujer, cae conmigo, o más precisamente al contrario: caigo yo ante ella. Por lo mismo no soy precisamente un enamoradizo. No abundan los monstruos. ¿Hacía cuánto que no me enamoraba? ¿Tres siglos? Por lo menos me había bebido una bodega de ron y tres toneles de whisky entre mi último amor y este flechazo. Primero el whisky, luego el ron, en orden estrictamente económico. En el caso de mi apego a esta mujer, no es exagerado decir que lo nuestro (bueno, lo mío) no era un asunto superficial, de la piel hacia afuera: la tenía ya en la conformación presente de mi cuerpo, hasta las médulas de los huesos, me los había tocado, había soñado conmigo, recomponiéndome escrupulosamente todas mis heridas. Yo era el hijo de su don.

No me consoló pensar que, así como me sentía tocado por ella, me había sentido de las demás, de aquellas que en otras eras amé. Tampoco me consoló pensar que esa enfermedad se pasa con los días, o con los meses, se cumpla o no el objeto del capricho.

Lo primero era lo primero. ¿Qué hacía yo husmeándole los talones, buscando que cayera en alguna cloaca inmunda, espiándola para encontrar cómo fundirla? ¿Por qué me había enviado el Sindicato a perseguirla? Lo primero era encontrar al que me había molido los huesos.

No me costó trabajo. Salí de la cabaña ("capilla" para la Milagrosa), y entré de nuevo, a anotar mi nombre, dirección, teléfono, oficio y milagro, y cuando ponía afuera un pie topé con la cara del crápula que me había golpeado.

Olvidé que deseaba verlo, porque era evidente que él no hablaría conmigo. Como un relámpago entró en mi cuerpo el demonio de la resignación. Me golpearía, ella volvería a soñarme, yo amanecería siendo más de ella. Pero no. Escupió en el piso como si verme le diera asco. Y siguió de largo, hacia la cabaña. Alcé la vista. Allí estaba la casa de ella. Al volver al mismo lugar donde había contemplado a mi ángel asomado a la puerta casi desnuda (era muy poca su ropa, delgada y blanca), sentí una emoción de nunca antes, y que combinaba la certeza de mi enamoramiento con la posibilidad de volver a mirar la aparición. Era tan intensa la emoción, que creí que mojaría los calzones, como si fuera niño. No que tuviera erección, pero en mi cuerpo había no sé qué de inerte (no sé si por el milagro, por los golpes, por qué) que haría la venida posible sin agitación sexual.

La sensación me dio miedo. Me alejé de la puerta. Corrí, casi, o algo que se le parecía, hacia la calle. Me recogió un taxista amigo de la Milagrosa, uno que parecía estarme esperando a mí en la entrada. No sólo lo parecía. Al llegar a casa, se negó a cobrarme:

—La Milagrosa me lo encargó, me pidió que lo dejara en la puerta misma de su casa. No quería que se quedara usted por Santa Fe, rondando por ahí después de lo de anoche. Y además, con su ropa como está, ¿quién hubiera querido traerlo?

Le di las gracias. Bajé, mareado, casi ebrio. Subí los dos pisos y me fui reanimando, pero al tratar de meter la llave en la cerradura, sentí de nuevo mi extrema debilidad, porque no atinaba a calzarla. La verdad que me sorprendió. Aún de lo más borracho, la hago entrar sin problema, ¿qué me pasaba? Todo me sentía extraño, como si al ponerme los huesos en su lugar, la Milagrosa los hubiera acomodado ligeramente en otro sitio.

Dudé si poner a hervir agua para hacerme un café o darme un buen duchazo. Entré al baño. Me vi de reojo en el espejo. Lo que alcancé a ver, me hizo observarme con más detenimiento. El cuello de mi camisa estaba totalmente manchado de sangre. Olvidé el café, olvidé la ducha, puse a llenar la tina con agua tibia para darme un verdadero baño. Me quité prenda por prenda, revisándola con asombro: esos chicos casi me habían matado a golpes. No sólo había sangre en el cuello de la camisa, la espalda también se había ensopado y en los calzones parecía que había cagado sangre. Seguramente me habían reventado las tripas. La chamarra estaba para la basura, literal. La habían destrozado. La tiré donde lo merecía, junto con los calcetines agujerados en los talones y en los dedos, ya dispuesto a botar lo que no servía. Volví a ver la ropa manchada de sangre, desnudo y con el cuerpo batido en la misma, pero enteramente sano, sin sombra de rasguño. Qué desastre. Ni modo de darla a lavar en ese estado. Me sentí agotado y de algún modo me di por vencido, claudiqué del placer del baño y eché la ropa a la tina. El agua tibia se fue poniendo roja. Yo seguía desnudo y empezaba a sentir frío, y la conciencia de mi batidillo me hacía sentirme incómodo, como si me picara la piel. Así que me metí en la tina ensangrentada. Me acomodé, cerré las llaves, la tina ya estaba llena, y para ignorar el desastre que la ropa había provocado, con la cabeza casi enteramente sumergida en el agua, cerré los ojos. En el espejo había visto rastros de sangre abundante y seca en mi cabello. Ahora se estaría humedeciendo (pensé) y resbalando por mi cara, qué lindo aspecto. En ese instante, alguien forzó la entrada a mi viejo departamento. No sé por qué, me quedé tal como estaba, petrificado. Tal vez me sentía demasiado cansado para todo. Si vienen por mí, pensé, que así sea. No sé qué tenía, no sé qué me pasaba, no sé si cualquiera se ponga así por meterse a una tina ensangrentada. Aún tenía los ojos cerrados cuando escuché:

—Mira. Alguien vino antes que nosotros. Nos ahorraron el trabajo. Vámonos.

—¿Está muerto?

—Cómo no va a estar muerto. Lo desangraron. Vámonos.

Y se fueron. Ni vi quiénes eran. Muy educados, por cierto, porque tras ellos cerraron la puerta de la casa. Levanté el tapón de la tina y dejé salir bastante agua. La volví a llenar. Repetí la operación, como si fuera un juego, varias veces, hasta que el agua, la ropa y yo casi no tuvimos sangre. Escrupulosamente me enjaboné y enjaboné y tallé la ropa. Fue mucho el tiempo que estuve en la tina. No tenía miedo. Tenía sueño y, al salir, la piel de las yemas de los dedos arrugada, como cuando niño. Me sequé muy bien, exprimí la ropa, me puse la pijama (no podía más de cansancio), mis parches negros para dormir, y me tapé hasta las orejas.

Sonó el teléfono. Lo dejé sonar. Siguió sonando. Venció, lo contesté.

—¿Bueno?

—Aurelio, ¿qué hay?

—Nada, qué va a haber. (¿Quién era? No lograba identificar la voz).

—Nos urge lo de la bruja ésa. ¿Ya lo tenemos?

—¿Urge?

—Sí, hombre, urge.

—¿Por qué urge?

Se hizo un silencio del otro lado, un vacío. Era lo que yo no quería. Estaba tratando de hacerlo hablar, para reconocer la voz.

—¿A ti qué te importa por qué nos urge?

Su voz no era la de Juan, contacto usual del Sindicato. Es más, yo soy muy bueno con las voces, y la de este hombre no era la de ninguno de los de la oficina.

—¿Quién habla?

Otro vacío del otro lado.

—¿Lo tienes, o no?

—El que debe preocuparse de si tiene o no algo, eres tú, que no tienes mamá…

Colgó. No me dejó terminar la frase: "no tienes mamá, ni huevos".

Me quité los parches para dormir. Marqué a la oficina del Sindicato. Contestó el mugroso de Juan. ¿Por qué no Lupe u otra secretaria? Parecía estar esperando una llamada. Fingí la voz:

—¿Juan? Soy Aurelio.

—¿Quién?

—Aurelio Jiménez.

—¿Quién habla?

—Aurelio —esta vez lo dije ya con mi voz, sin fingir—. Aurelio Jiménez te habla.

—No… ¿Quién es?

Colgué. Creo que vinieron a matarme ellos. Quité la campana del teléfono. Me volví a poner los parches negros sobre los ojos. Me tapé otra vez bien. Dormí un par de horas. O tres.

Lo que necesitaba para sentirme bien, me dije cuando estuve listo para salir, era un par de whiskys. Me fui al bar de Sanborns de San Ángel, para darme una vuelta por la oficina del Sindicato a mi regreso. Pedí el primero, y fui incapaz de darle un trago. Su olor, su olor solamente, me daba repulsión. Tardé unos minutos en darme cuenta que la oficiosa de la bruja me había quitado mi "problema" con el alcohol.

Bruja. Pagué la cuenta. Bruja. Bajé las escaleras. Bruja. Me eché a andar. Bruja. Bruja. No iba pensando en otra cosa. Estaba furioso. ¿Qué se creía ésa? Iba andando rápido, casi sin despegar la mirada del piso, hacia el norte, no sabía hacia dónde, como si fuera hacia mi casa. Pero cuál casa, ni qué ocho cuartos, bruja. Estaba a unos metros del Sindicato. Quiero decir, ya había dejado atrás el edificio. Quedaba del otro lado de Insurgentes, en la otra acera. Volteé a verlo. Había un gran revuelo a su entrada. Pasaba algo. Gente. Una ambulancia. Crucé la avenida y me acerqué. Pregunté a uno de los curiosos:

—¿Qué pasa?

—Pues que hubo un tiroteo. Ya sacaron a dos heridos, pero a ése —señaló una camilla con un cuerpo cubierto todo con una sábana— no quieren llevárselo, porque está muerto.

Crucé el grupo de curiosos. Me acerqué al muerto. Le alcé la sábana. Los pies. Le alcé el otro extremo de la sábana. Era Juan. Juan Palomares. Mi contacto. El que hacía unas horas me había contestado el teléfono. El que me creía ya muerto. Lo que son las cosas. Él era el que estaba en la camilla, abandonado mientras los camilleros de la ambulancia discutían con los policías.

Valiéndome de mi credencial del Sindicato, entré al edificio. Qué revuelo. Traté de averiguar qué había pasado. Según me dijeron, que un problema entre ellos. Que por algo discutían los de esta oficina y que se cruzaron a balazos. ¿Quién les va a creer esa explicación? Por ahí estaba Lupe, la secre. Me miró con chicos ojotes.

—Entonces qué, rorra, ¿vienes a cenar conmigo?

—No, se te pasan las copas, y a mí no me gusta cuidar borrachos.

—Te prometo que no tomo ni una.

—No te creo.

—Te lo juro. Con una condición.

—Si es verdad, la que sea.

—Tú pagas la cuenta.

—Y si bebes pagas tú —sonrió. Ni así se le empequeñecieron los ojazos—. Claro que pago. Y por cierto, está tu pago. Hoy firmaron el cheque. Juan me dijo que te lo pagaríamos en efectivo, así que me envió a cobrarlo. Deja te lo traigo, está en su escritorio. ¿Y por qué te dieron tanto esta vez, eh? Qué favor les habrás hecho...

¡Bendito sea Dios! Cobro, sin haber hecho el trabajo y cuando en teoría yo ya estoy muerto. Diez veces más que lo acordado. En efectivo, no como acostumbran estos infelices, con cheque posfechado. Claro, cuando el dinero es para ellos, la administración es de lo más efectiva.

*Octavo día:*

Temprano en la mañana voy a ver a la Milagrosa. La noche fue interminable y aburrida y sin fin. Sin una copa. Bueno, hasta me tuve que acostar con Lupe porque ya no hallaba qué hacer para no morir de aburrimiento.

Soñé extrañísimo. Entraba a un camerino. Era largo, y tenía en toda la pared un largo espejo y enfrente de él unas chicas chulísimas, con pocas ropas, maquillándose de pie. Hablaban, se reían, no parecían darse cuenta de que yo estaba ahí. Una de ellas cayó en la cuenta:

—Allí está, mírenlo.

Y sí, todas me vieron. Algunas traían los pechos al aire. Al mismo tiempo todas, serían doce o quince, voltearon hacia el espejo, tomaron sus bilés y cada una escribió una letra enorme en el espejo. Dije que eran doce o quince, así parecía, pero cuando terminaron en un santiamén de trazar las enormes letras decía:

LA MILAGROSA

Así que eran doce.

Yo salía del camerino. Atrás, una nube de reporteros rodeaba a alguien. Era la Milagrosa. Extendían hacia ella sus pequeñas grabadoras, hincados o inclinados, formando un cuadro de adoración que semejaba un coro de almas puras rodeando a la Virgen. Ella me vio, estiró el brazo para señalarme y dijo:

—Es él.

Me desperté, dichoso. Quién sabe por qué dichoso.

Un dato importante: Lupe me explicó que ella no estuvo en la oficina cuando la balacera. Que con uno u otro pretexto la echaron la mayor parte del día afuera.

—Algo estarían fraguando.

—¿Y tienes idea de qué?

—Están muy nerviosos con el asunto de Textiles del Norte. Sabes, son diez fábricas, y por algo el Sindicato no consigue lo que quiere, y los trabajadores mandan. Decían que por la Milagrosa. Pero el problema es que ya sólo falta un año para las elecciones presidenciales y ya sabes cómo se pone el clima.

—No sé.

—Pues no seas pendejo, averigua. Yo ya hice mucho por ti. Te pagué tu cheque. Te invité a cenar.

—No cantes victoria, todavía no pagas.

—Y además ya te lo dije todo. Que no entiendas, es tu problema.

Lupe es una de estas personas que lo tiene todo. Con esos ojos. No me explico por qué trabajaba con esos rufianes. Si no fuera porque no le encontré nunca un rasgo monstruoso, hubiera sido una mujer de la que yo me hubiera enamorado.

La dejé durmiendo en mi cama, francamente sintiéndome como nuevo, en algo ayudaba la cartera llena, y corrí a casa de la Milagrosa. No había suplicantes, ni uno. Un letrero decía "Hoy no recibe la Milagrosa". Su gente guardaba silencio. Se veían bastante atribulados. Fui a casa de la seño que le cose la ropa. No me abrió la puerta. Decidí esperar. Traía el periódico conmigo y no lo había ni abierto, confiando en que me tomaría mi café matutino en la hilera de los suplicantes, leyéndolo antes de empezar el crucigrama. En la primera plana, abajo un poco a la izquierda, aparecía la fotografía del vejete. El que dejó a la rorra por un antiguo amor, al forrazo que estuvo dispuesta a sacrificar su juventud con tal de que él la amara. El que me había invitado a comer. Ahí mero. Se postulaba como candidato independiente, sin partido, a la Presidencia. Felipe

Morales. Así que ése era Felipe Morales. Todos conocimos su cara hace treinta años. Y sus aberrantes opiniones. Ahora resucitaba, en primera plana, y directo a la Presidencia. Si corría, alcanzaría el registro. Y Felipe Morales bien que sabía correr. Si no, le quedaba el recurso de hacerse candidato de cualquiera de esos pequeños partidos que el único en el poder mantiene por no muy loables razones, buenas no pueden ser si él siempre es el único que gana todas las elecciones. Dizque gana, pero gana. Y esos partiditos estaban ahí puestos para quien quisiera apoderarse de ellos si se aliaba a los que ya traían el poder puesto. Porque Felipe Morales sabía más que bien moverse entre la gente del poder. Dudo que en su peor pesadilla el país hubiera podido soñar un personaje más hijo de puta y con mayor arrastre. Felipe Morales era la peor pesadilla.

Esta pesadilla caía como anillo al dedo al único, digo al respetable único partido en el poder. Porque por ahí andaba Cárdenas, el hijo del otro Cárdenas, el presidente que nacionalizó el petróleo (eran otras épocas), el que tanto alboroto había armado en las anteriores elecciones presidenciales y que parecía decidido a dar batalla otra vez… ante el pánico del partido único en el poder, y el gusto del descontento, decidido a lo que fuera, con tal de no seguir igual…

Así que ahí estaba de ganón el vejete Morales. Seguro lo apoyaría el PRI, sin decirlo, que ni qué, como si él fuera otra fuerza; aunque fuera una tabla ardiendo, para no caerse la agarraría, enseñando de paso su gesto más duro. Negras épocas para el país. A mí esas cosas nunca me han importado, que gobierne el que quiera, todos son iguales, las curules y las sillas presidenciales vuelven idénticos a quienes se sientan en ellas. Pura basura. Pero algo mucho peor era Morales…

Regresé a la casa de la Milagrosa. Los dos de la puerta explicaban a una señora que cargaba un bebé enfermo que no la recibiría. Simplemente les di la media vuelta. No me vieron. Abrí la puerta de la Milagrosa. No había nadie frente al altar. No había flores. La Virgen no estaba iluminada. Subí las escaleras. Ella me oyó venir, y me esperó hasta arriba de las escaleras. Estaba vestida de rojo, con los largos cabellos sueltos y revueltos y se veía en su rostro que había llorado mucho. Volví a saber lo que ya sabía: que no había en la tierra ni en el cielo un ángel comparable.

—¿Tú?— me dijo, sin despegar de mí los extraños ojos dorados.

Súbitamente, corrió a encerrarse en su cuarto. Terminé de subir las escaleras, pero no me sentía andar sino volar, como trepado en una nube sólo por haberla visto. Frente a su puerta supe que estaba yo dispuesto a perpetuarme ahí, como una estatua imbécil, sin poder mirar lo que yo quería ver, el querido objeto que aprendí a adorar en vestido blanco. Con que estuviera atrás de la puerta era suficiente. Estaba tan emocionado, mi corazón sonaba tan fuerte que no me hubiera hecho falta tocar la puerta, seguro lo oiría tamborilear del otro lado la Milagrosa. Además, la puerta cerrada no me decía nada, ella me había mirado con ojos que la abrían mil veces.

Así que cuando la puerta de su cuarto se abrió, bruscamente, no me asustó. Rápida, como una sombra, se acercó a mí sin darme tiempo a verla:

—¡Y qué bueno que eres tú! —me dijo—, tal vez eres la única persona que yo hubiera querido ver. Estoy tan furiosa. El imbécil de Morales… Sé que tú tampoco lo sabías… Se aprovechó de mí. ¿Sabes?, si no hubiera entrado contigo, tal vez me hubiera dado cuenta. Y no. Es estúpido pensarlo, de todos modos me hubiera tomado el pelo, siquiera estás aquí… ¡Es un imbécil, ese viejo!

Yo, sin poder decir ni sí, ni no, ni agua va ni nada viene. Más sorprendido que… ¡bueno! Me tomó de la mano. Me llevó con ella a su cuarto. Cerró la puerta. Se acercó a mí. Más. Puso su boca junto a la mía. La besé creyendo que moriría de la emoción. Se separó de mí. Se quitó el vestido. No traía ninguna otra prenda de ropa. Si esto fuera posible, era mucho más hermosa aún desnuda. Se acostó en la cama. Yo me puse a su lado. Quién sabe cómo, a pesar del azoro, la acaricié. Respondía como una mujer a todas mis caricias, pero al mismo tiempo la percibía en la orilla de la furia, hasta que la serené. A la furia. O porque yo fui paciente, y aprendí a distinguir en ella el enojo del gusto, o porque ella fue paciente y aprendió a distinguirlo en sí. No lo sé. Pero sé que más de una vez adentro de ella a voz en cuello me maldecía. Aunque no dijera nada, total, yo lo oía.

No me permitió dejar su cuarto. Hablamos y hablamos. Comimos ahí encerrados. Ella estaba feliz, y a mí no necesito describirme. Era una diosa. Me dijo que su vida de Milagrosa se había acabado. Que después de lo de Felipe Morales no quería saber más de esto. Yo le dije que se le pasaría el coraje, y que volvería a lo mismo.

—¿Tú crees?

—Estoy seguro.

Se levantó de la cama y sacó unos papeles del único cajón del escritorio.

—Ten. Te los regalo. Para que entiendas. Para que no los vea nadie más. Para agradecerte que hayas venido. Pero los cuidas. No los vayas a perder.

—Yo no pierdo nada. Mira, cuanto tengo de valor lo cargo conmigo —me levanté y le mostré la cartera llena de dinero—. Si ando por la vida con toda esta plata sin riesgo, soy tu depositario fiel. Dámelos tranquila, no los pierdo.

Vio dos veces los billetes sin que le impresionaran lo más mínimo. Yo, la verdad, los vi más veces. A mí sí que me dejaban los ojos como platos. Creo que nunca había traído conmigo tanta plata.

Después nos pusimos a hablar. No sé qué dijimos. Yo la abrazaba, y ella se dejó. Hicimos otra vez el amor. Se metió al baño, dijo que se iba a bañar. Ya era de noche. Me vestí, guardé mi cartera, tomé los papeles, doblándolos los puse en la misma bolsa del pantalón y salí hacia mi casa. Ahora no había taxi esperándome a la salida. Las calles estaban vacías. Bajé caminando hasta el periférico y ya ahí tomé un taxi.

Dos anuncios enormes pintados durante el día: la foto de Felipe Morales con una leyenda: "Nosotros con él". No sé por qué, al verlos pensé que debía tomar un whisky. Recordé que no le había pedido a la Milagrosa que me quitara el maldito asco al whisky. Di la indicación al taxista de que regresáramos:

—¿Usted sabe llegar?

—Sí.

—¿Seguro?

—Sí...

—Porque es Santa Fe, y si nos equivocamos de calle, ni vivimos para contarlo.

—No se preocupe. Por donde vamos está todo pavimentado y hay alumbrado público. Yo bajo de vuelta con usted, y me lleva a Arizona, donde íbamos, a la Nápoles. Además, ni es muy arriba. Yo lo guío, ande.

—Está bien. Nomás le cuento de un compañero incauto que subió a Santa Fe. Y fíjese, no vivió para contarlo. Apedrearon su coche, a él lo bajaron y lo molieron a golpes.

—No se preocupe. Vamos donde la Milagrosa.

—¡Ah! ¡Ésa! ¿Que es bruja?

—Pues más o menos.

—¿Usted va con ella?

—De ahí vengo. Es mi amiga.

—¡Ah! ¿Y sí cura?

No le contesté. Ya estábamos en Santa Fe. Más me valía no equivocarme de camino. En cinco minutos llegamos a casa de la Milagrosa.

—Espéreme un momento.

—No, lo acompaño. Mire, traigo gas paralizante, y —abrió la guantera— mi pistola. Por si acaso. Más vale.

Bajé con él. Había dado tres pasos y ya tenía encima al que el otro día me molió a golpes. Por fortuna estaba sin amigos, y sólo alcanzó a darme uno, que aún me duele. El buen taxista lo roció con el gas, y ahí se quedó, doblado.

—¿No le digo? Mejor vámonos...

—Espere.

Me salía sangre por la nariz. Corrimos hacia la puerta de la Milagrosa. Entré. Bajó ella corriendo las escaleras, con su vestido rojo, maravillosa. No, no se había bañado.

—Vámonos —dijo.

Corrimos los tres al taxi.

No dijimos una palabra mientras bajábamos por Santa Fe. Los tres teníamos miedo. Suerte que traía pañuelos desechables en el carro (¡qué maravilla de taxista!) porque no me paraba de sangrar la nariz.

Volvimos a pasar bajo los letreros enormes de Felipe Morales.

—¿Se acuerdan? —dijo el taxista—, éste era el que se opuso a las campañas del SIDA. Que porque era inmoral. Que porque sólo la abstinencia y la fidelidad conyugal. ¡Ay, sí!, ¿no?, ¿a poco? También dijo que a los maricones los debieran encerrar que porque eso de la homosexualidad es una enfermedad contagiosísima. ¡Si será él mismo puto! Y hace veinticinco años todos hacían caso a Felipe Morales, cuando su campaña contra la píldora, y un poco antes contra el Comunismo. Pero ahora...

—Todos van a votar por él —dijo la Milagrosa.

—¿Usted cree? Si es así, pues ora sí que nos fuimos a la porra. Digo, a los que nos gusta la vida —volteó a vernos. Estábamos en un alto. Un niño de la calle le limpiaba el parabrisas.

—No se preocupe —dije—, lo más que hará es convertir a la Patria en un convento.

—Y ¿ya oyó lo que andaba diciendo hoy, por la radio?

—No —el niño terminó y se asomó por la ventana, el taxista sacó un par de monedas del cenicero y se las acercó a la mano limpia de tanto limpiar los parabrisas, antes de arrancar con el siga—. Que cuando él gobierne no van a haber líos con los obreros. Lo dijo por lo de la Textil. Mire, yo no sé qué opinen ustedes, pero ésos sí que tienen la razón. No piden nada injusto. Y trabajan, se las arreglan para no caer en huelga y consiguen lo que quieren. Claro, no sé qué opinen ustedes... Ora andan diciendo que fueron los obreros los que se echaron al del Sindicato. ¿Usted cree, asesinos? Ya anda la justicia tras el líder...

Habíamos llegado a mi colonia. Una cuadra más y estábamos en casa. No había paso. Una patrulla impedía el tránsito, estacionada en la bocacalle. Adentro había una ambulancia.

El taxista preguntó a uno de los vecinos:

—¿Qué pasó?

—Una mujer golpeada adentro de uno de los departamentos del segundo piso. No dejan pasar porque creen que está por ahí escondido el del ocho, el que la golpeó.

—Gracias, mano —y a nosotros—, ¿se bajan aquí?, ¿o qué hacemos?

—Vámonos —le dije—, yo soy el del ocho. Y yo no golpeé ninguna mujer, le consta a la Milagrosa.

Nos fuimos.

—También a mí me amenazaron —habló la Milagrosa—, mi propia gente me amenazó. Lo debes haber visto, venía saliendo de casa cuando llegaron. El que te golpeó la otra vez, que casi te mata...

—Y hoy, ¿quién crees que me puso así la cara?

—¿Fue él?

—Quién más.

—Cualquiera. Ya no entiendo nada. El venía de parte de Felipe Morales. ¡Él! ¡Después que hemos trabajado tanto juntos en lo del Sindicato!

—¿A dónde vamos? —preguntó el taxista, con un tono que daba a entender que ahora éramos tres. No dos, sino tres.

Tuve la idea absurda de ir a casa de Norma Juárez, la rorra abandonada por el vejete. Nos esperaba la misma escena, patrulla, ambulancia, vecinos observando. Sólo que ahora no preguntamos, una vecina se asomó a la ventana del taxista para informárselo, como si ya no encontrara a mano a nadie más a quién repetírselo:

—¿No saben?, le dieron una paliza a la señorita Norma. ¿Cómo pasan a creer? De veras… Pero seguro que lo encuentra la policía. Tienen ya el nombre y las señas del sospechoso.

Nos fuimos. No dudé que fuera yo también el acusado. ¡Qué extraño me había vuelto en los últimos días! Me salvé del asesinato porque ya estaba muerto, me zamparon una paliza y un milagro, dos veces dizque golpeé mujeres hasta llevarlas al hospital o a la muerte, y (más inverosímil) era correspondido en el amor por una diosa.

—Vivo aquí cerca, ¡vamos! —fue todo lo que el taxista dijo.

Y el taxista nos llevó a su casa. Vivía en unos horrendos departamentos en mero Mixcoac.

El taxista, la Milagrosa ("llámame Elena, por favor, no me digas Milagrosa, ésa ya no existe, desapareció") y yo parecíamos ser los únicos tres en contra de Felipe Morales. Al entrar a casa del taxista, la mujer del taxista miraba la televisión. Él quiso decirle "traigo unos amigos", y ella nomás replicó "¡sshta!", agitando la mano para que se callara.

Felipe Morales estaba en la pantalla. Hablaba del problema del Sindicato con los trabajadores rebeldes. Recomendó mano dura. Hablaba con tal compostura y seguridad que cualquiera tendría fe en él. Vejete de mierda, pensé.

—Éste sí le va a hacer bien al país —dijo la mujer.

Cortó la entrevista en pantalla a anuncios. Ella volteó a vernos. Me sorprendió su juventud. Era mucho más joven que el taxista.

El último anuncio terminó y la muchacha de fisgarnos, sin decir palabra. Casi no había visto nuestras caras, de lo que había pasado revista era de la ropa que teníamos puesta, con tal minucia que yo sentía colgada la etiqueta de cada prenda, con lugar de venta y precio impresos.

Morales regresó a la pantalla. Seguía con lo del Sindicato, después contestaba a una pregunta que nos cayó como balde de agua helada:

—¿Qué opina de la liga entre los rebeldes al Sindicato y la Milagrosa?

—Que retrata a ambos, a la Milagrosa y a los rebeldes. Porque, mire, lo de la Milagrosa, todos lo sabemos, son supercherías, y si esas personas dicen apoyarse en tales cosas y no en la razón y en la inteligencia, no creo que sean en punto alguno confiables. ¿No le parece?

—Reina, ahora venimos.

La reina del taxista ni se movió para despedirse. Estaba en la ceremonia de adoración a Felipe Morales. Salimos de la casa.

¿Ahora dónde iríamos?

—Tengo que ir a entregar el coche. Acompáñenme y le pedimos al relevo que nos deje por ahí. O no sé…

—Los invito a cenar —propuse—. Tú qué dices, Milagrosa…

—¡Que me digas Elena! —no parecía estar de muy buen humor, mi ángel se veía un poco atribulado.

El reemplazo del carro no había llegado. Dejamos encargadas las llaves y salimos a la calle.

—¿A dónde vamos?

—Sugiero que caminemos —dije yo. Quería ver si así despejaba mi mente. Lo mismo que haría un whisky, pero ni soñar con el whisky.

—Milagrosa.

—¡Otra vez! Dime Elena.

—No para esto: Milagrosa, quiero volver a beber. No debiste quitarme el gusto.

—Ya no puedo hacer nada por ti. Ni por nadie. Nunca debí hacer nada por nadie. ¿Ves lo que ha ocurrido? Jamás me imaginé que regresarle la credibilidad con su esposa era entregarnos al monstruo. Sabes, si no llega al poder legalmente, de todos modos lo va a conseguir. No le dolería un golpe militar. No, no le dolería. Es un cerdo.

Silencio.

—Nos va a matar —dijo el taxista.

—A ti, ¿por qué? A nosotros dos no te quepa duda —apenas terminé la frase me di cuenta de que habíamos llegado a Insurgentes. La avenida bien iluminada me hizo sentir con mayor intensidad nuestra desprotección. Estábamos expuestos. Nos encontrarían.

—A mí también me va a matar. Ellos no dudan en asesinar a nadie. Se echan al que se les interponga. A los que digan no. A los que digan algo que les disguste. Matan a sus esposas, si les estorban, las acribillan cuando viajan en la carretera. Después desaparecen el automóvil, les inventan un cáncer, publican las esquelas, reciben condolencias: los felicitan por haberse deshecho de alguien estorboso. En la medida en que sean estorbosos... Cuando tienen el poder, no esperan los sueños para que se cumpla lo que necesitan.

—Falta ver si es cierto que ésta ya no tiene poder para conceder milagros con sus sueños —dije mirándola. Era verdad. Era un ángel. Sentí que debía guardarla, protegerla, que nadie debía robármela. Y mucho menos lastimarla. Pero al mismo tiempo tuve la certeza de que ella tenía dominios que se extendían más allá del territorio de lo posible, supe que ella era aún la Milagrosa—. Tenemos que acostarla a dormir, y antes conseguirle ropa blanca. Tienes que soñar que esta pesadilla se acaba... Y regresarme mi afición al whisky.

—Es inútil, verás. Ya lo perdí. Lo de la ropa blanca no importa. ¿Tienes contigo todavía los papeles?

—Aquí. En el bolso del dinero. En el otro cargo mis notas.

—¿Qué notas?

—Yo te estaba siguiendo los talones. Me habían pagado para hundirte.

—¿A mí?

—Sí. Los del Sindicato. Luego ellos trataron de matarme. Y el que me contrató ya está muerto. Alguien lo mató, no sé por qué.

—Anoche soñé, después de regresarle la credibilidad al señor ya mayor...

—Al vejete Morales.

—Sí, al vejete que yo no sabía que era Morales, soñé que se estaban matando todos entre ellos, y yo no podía despertarme o dejar de soñarlo. Mata a tu prójimo y que te maten a ti mismo, decía una voz.

—¿Y tú aparecías en tu sueño?

—No. Yo no estaba ahí. Yo veía.

—¿Alguno de nosotros dos sí estaba ahí?

—Eso no puedo decirlo. Había algunos de espaldas, otros estaban lejos. Pero todos iban a morir.

—¿Alguno sobrevivirá?

—Al final no quedaba nadie. Ninguno. Y yo no podía despertarme. Fue espantoso.

—Si todos mueren, todavía hay esperanza.

—Yo qué sé. Tal vez ellos estaban viendo, como yo, y no morían sino veían morir. Ver es morir también un poco. Además, yo, yo he matado algo mío, mi berrinche por el asunto Morales fue muy lejos, este día…

La misma furia de la mañana. La interrumpí:

—¿Yo soy tu berrinche, quieres decir?

—¡No!… El vestido rojo, no recogerme el cabello, tratar de bañarme en la nochecita, todos eran gestos para destruir a la Milagrosa… y bueno, tú, sí tú, desde que te acercaste a mí, venías a destruirme, ¿por qué me sentí atraída por ti? Mi debilidad por ti tuvo el tino de escoger a…

La maté con la mirada. Dos veces. Y se calló. La maté con la mirada diciéndole ¿no te has dado cuenta de que te quiero?, ¿de que aunque yo sea una porquería te quiero, te quiero? Me tomó de la mano.

—Es cierto. Haces bien de verme así. Yo también te amo con locura.

¡Qué pareja formábamos! Tres caminando por Insurgentes, rápido, como si nos vinieran persiguiendo, yendo hacia ningún lado. Pero mi corazón y el de la Milagrosa (Elena) parecían palpitar al mismo ritmo, compartiendo de cuerpo entero ese espacio diminuto en que parece no caber más que un latido, y el taxista, nuestro cómplice, guardaba silencio, dando a la situación un tono ceremonioso que parecía nacer de su admiración por nuestro amor. Casi corríamos, pero con mis dedos yo tocaba sus dedos tristes, pausadamente, idolatrándola, y sabía que la Milagrosa era indestructible, que en realidad no podría ser toda mía nunca, que ella era de sí misma, de su don, del misterio de su persona…

Para ese entonces caminábamos frente al hotel Diplomático. Una hermosura salió en ese momento, apresurada, y casi tropieza con nosotros, rompiendo nuestro binomio de tres elementos. La reconocí, porque la entrada de ese hotel está siempre muy bien iluminada. Era Norma Juárez, la rorra abandonada por el vejete. La que nos habían dicho que había sido rematada a palos. Salté sobre ella, la sujeté de la muñeca. Trató de soltarse. Me vio a la cara, y fue entonces ella quien brincó hacia mí. Me abrazó.

—¡Qué susto me diste! —y me sonrió. Pero la sonrisa se le borró en un instante—. Todo está color de hormiga. ¿Sabe lo que pasó…?

—No he visto nada —le dije, porque no sabía de qué todo me estaba hablando, si de la ascensión de Morales, la golpiza que le habían dado a alguien que era ella, o la que yo había dado, a estas alturas, viéndola, no sabía ya a quién.

—¿A dónde vas? —me volvió a tutear.

—Vengo con ellos —le señalé a la Milagrosa y al taxista.

—Y usted… —dijo mirando a la Milagrosa— ¿qué hace aquí?

—La respuesta es muy larga, Norma, ¿dónde vas? —ahora era yo quien la tuteaba.

—No voy. No sé, en realidad no tenía dónde ir, pero ya no aguantaba estar en el cuarto.

—Entremos entonces.

Entramos al hotel. Norma se detuvo en la recepción para pedir su llave, y subimos por las escaleras al entrepiso donde están los teléfonos y la tienda del hotel, compré una cajetilla de cigarros, y seguimos al primer piso, al restaurante. Nos sentamos en una mesa pegada a los ventanales que dan a Insurgentes. Todos menos yo pidieron una copa, y ordenamos de cenar.

Le contamos lo de la ambulancia frente a su casa.

—¡Qué pesar! ¿Sería Luzma, mi prima, que a veces pasa sin decir? Ella tiene llaves, y no le avisé… ¡Qué pesar! ¡Pobre! Recibí una llamada, previniéndome que iban a golpearme, que huyera. No sé quién habló. Para entonces ya tenía lugar reservado en un avión. Por lo de Morales. Yo no me quedo aquí. Por si acaso, reservé dos lugares a Madrid, a nombre de mi exmarido y su señora, en este caso yo, con la idea de viajar con el apellido de casada, para protegerme. Tengo miedo, y veo, después de la golpiza a la pobre Luzma, que con razón. El miserable me usó sólo para saber si las artes de la Milagrosa eran eficaces… Así que la señora Giménez, como dice mi pasaporte, se va… Miren —sacó de su cartera el pasaporte y los dos boletos—. Norma Juárez de Giménez… Mejor con ese nombre, ¿no? Vayan a saber si él haría que me detuvieran a la salida. Si fue capaz de mandarme golpear. Compré dos boletos, y cancelaré el de él a última hora, para protegerme lo más. Por cierto, no quise dar el nombre de mi exmarido, pensé que me traería mala suerte. Le puse de primer nombre el de usted, Aurelio —se sonrojó.

Le palmeé el brazo. Me volví a reprochar no haberla consolado el día que la visité. Estaba tan bonita. El vejete inmundo nunca mereció su amor.

—Hizo bien —le dije—. Yo reparto buena suerte —me sonrió—. Tiene que irse. Creo que sí está en peligro.

Le contamos entonces, un poco entre todos, de la ambulancia afuera de mi departamento, repitiendo la escena de su casa, del muerto en el Sindicato, de la amenaza a la Milagrosa. Guardó silencio. Aproveché la pausa para levantarme a hablar por teléfono. Bajé las escaleras hacia la recepción, y en el entrepiso marqué el cero para conseguir línea, y luego el teléfono de Lupe. Tal vez no fuera ella la golpeada en casa. No contestó nadie, ni la grabadora que ella suele tener. Insistí de nuevo. Nadie.

Subí. El taxista y la Milagrosa miraban hacia Insurgentes, por el ventanal.

—¿Y Norma?

—Avisaron que la llamaban por teléfono.

—¿Por cuál teléfono?

—Bajó.

—No es verdad, yo estaba ahí —me asaltó una sospecha espantosa. Sobre la mesa estaba el pasaporte, los boletos y la llave de su habitación. Seguramente habían tomado el elevador, que estaba exactamente al pie de la escalera, para sacarla. Los tres, sin decirnos nada, nos asomamos por el ventanal. En ese instante, un hombre la hacía subir a un automóvil. Giró la cara hacia nosotros, desesperada. El hombre subía atrás de ella, empujándola, y el automóvil arrancó. Ya no estaba. Se la habían llevado.

—¡Se la llevaron! —exhaló, con voz asustada, la Milagrosa.

—Vámonos ya, en este instante —dije, mirando con tristeza los platos enteros.

Nos levantamos de la mesa, con los pasaportes y los boletos, dejando la llave y la comida intacta. El mesero nos miró, sin comprender.

—Ahora volvemos —le dije.

Salimos a Insurgentes. Caminamos hacia el Parque Hundido, apresurados. Ahí buscamos, como si fuéramos enamorados (también lo éramos) una banca para sentarnos.

—¿A qué hora sale el avión?

Revisé el boleto, girándolo hacia la luz del farol.

—A las 6:45 de la mañana.

—Tienen que estar ahí antes de las cinco. Aurelio, ¿tu pasaporte?

—En mi departamento. Y vigente. Si no se lo han llevado.

—Allí ha de estar, no te preocupes. Voy y te lo traigo, se van al aeropuerto, ¡ya!, y que Elena se peine como la de la foto. No se parecen mucho, pero algo sí. Será que son del mismo tipo, o que las dos son bonitas…

Miré la foto de Norma. Sí, era linda, pero insignificante al lado de la Milagrosa.

Elena se asomó a ver la foto.

—¿De hace cuánto es el pasaporte? —preguntó.

—Expedido hace —lo revisé— cuatro años.

—Se diría que es el cabello largo lo que me hace ver distinta. Pero creo que no debo irme. No puede quedarse todo así. A fin de cuentas, este desastre es mi culpa. Voy a intentar soñar que se acaba la pesadilla. No sé si pueda, pero voy a intentarlo. Que dejen todos de creer en el vejete, que se enferme o que se muera, que le pase algo espantoso. Se lo merece.

—Sueña a distancia, Milagrosa.

—No sé si pueda, no sé si sirva, nunca lo he hecho. O si desde allá mis sueños tengan injerencia, o si pueda soñar allá… No sé… ¿Cómo voy a saber? Ni siquiera sé si aún puedo soñar. Pero si me voy y no lo intento, ¿quién sueña? Todo se iría a la mierda.

El taxista la miraba hablar, como si pensara en otra cosa, como si no la oyera. Me habló.

—Si se queda la Milagrosa, puede que no sueñe tampoco. Ya se llevaron a la señorita. Ustedes se van ya, a como dé lugar. Aurelio, explícame dónde está el pasaporte.

Le di las llaves y las indicaciones precisas de dónde estaba el pasaporte.

—Voy a tratar de conseguir un carro, con un amigo, para que no haya testigos hasta que lleguen al aeropuerto. Y dinero…

—No, dinero tengo.

—Espérenme aquí.

—Yo no me voy —era una necia la Milagrosa.

—Pues se va o se va, no le estoy preguntando. Sueñe en el avión, si quiere, o en Madrid, pero no aquí. Me oyó, ¿qué va a soñar aquí? Se la van a echar, verá. Y sería una pena, por todo, porque usted es Milagrosa y es además muy bonita. Y además este hombre la ama, ¿no se ha dado cuenta?

Sí. Era verdad. Ese hombre (yo) la amaba de verdad. Le repetí las indicaciones y se fue. Ahí nos quedamos esperando. La Milagrosa se recostó en mis piernas y se quedó dormida. Es difícil explicar lo que sentí viéndola así. Ella era un milagro de belleza, pero el sentimiento tan peculiar de verla dormir no era sólo por esto, sino porque en sus sueños otras verdades se echaban a andar. Digamos que este ángel era una fábrica de verdades, por decirlo de algún modo. Y cuando Elena dormía parecía flotar. No me pesaba en los muslos. Era como agua volando. Por un milagro su rostro no perdía su forma. Porque soñando, Elena era un gas, era… y no, yo no me atrevía ni a moverme. Estaba anclado en la banca, yo era el ancla de Elena (eso sí lo pensé), si yo no estuviera ahí, mi ángel se iría con los vientos, rebasando las nubes, hasta el cielo. Saqué de mi bolsa los papeles de la Milagrosa, y a la luz del farol del parque los leí. Elena seguía dormida. Le hablé. No me escuchó. Saqué del otro bolsillo la pequeña grabadora que uso para guardar informaciones, jamás me fío de mi mala memoria, y empecé a decirle esto, por si pasaba algo antes de subirnos al avión. Escribí una nota, explicando. Hacía ya tres horas que esperábamos.

El taxista no regresaba. Tal vez lo habrían agarrado. Tres y veinte de la mañana. La desperté.

—Elena.

—Ya te puedes tomar un whisky, o los que te dé la gana. Pero el vejete no apareció en mis sueños. Tengo que serenarme, porque lo voy a conseguir. Hoy no cayó, caerá mañana, y cuando él caiga no volveré a soñar…

—Cuál no soñarás, ni qué ocho cuartos. ¿No ves que eres una fábrica de sueños? Para eso sirves. Ya. Vámonos al aeropuerto. Te vas a ir sin mí. El taxista no ha traído mi pasaporte.

Mi ángel se levantó de la banca, roja, blanca, perfecta, y en la pálida luminosidad del Parque Hundido me fue diciendo:

—Yo no creía que existías, ¿sabes? Creí que nadie tenía el imán para llamarme. ¿Cómo crees que te voy a dejar? ¡Ni que estuviera loca! —me abrazó—. No tengo a qué irme. El vejete no me pedirá que sueñe su destrucción, y yo no cumplo mis caprichos, cumplo los ajenos.

—Te lo pido yo. Destruye a Morales, por favor… Te lo suplico. Por nuestro amor, por lo que es digno. Yo tampoco creía que algo como tú existiera. Tampoco te voy dejar, te alcanzo…

Nos besamos. Después corrimos a la calle y en un taxi llegamos al aeropuerto. Cambiamos a dólares el dinero de los asquerosos del Sindicato, seguramente el cretino de Juan Palomares se estaría retorciendo de ira en su tumba, porque ni había sido para pagar a quien persiguiera a la Milagrosa, como él dijera a la pobre Lupe, ni tampoco para él, como lo había pensado, y aunque se lo hubiera embolsado, de poco podría servirle en la ultratumba. Guardé para mí doscientos mil pesos.

Nos sentamos en El Barón Rojo a esperar que abrieran el mostrador de Iberia. En sólo cuarenta minutos, me tomé un whisky, dos, tres, cuatro. No la vi registrarse, ni subir al avión, ni vi nada porque me quedé dormido. Me despertó la mesera.

—Por fin hace caso, señor. Váyase, viene el cambio de turno y el gerente de éste es un duro, llamará a la policía si no se va.

—¿Y Elena?

—¿La señorita? Se fue. Trataron de despertarlo. Ella y un señor que llegó. Pero no hubo modo. Me lo encargaron, y aquí estoy, llamándolo.

Quise pagar, pero ya habían pagado. Tomé un cuarto de hotel para terminar la grabación.

*Fin de la grabación del muerto.*

## NOTA ÚLTIMA DEL TRANSCRIPTOR:

Los papeles son muy claros, pero después de leerlos yo quedé con algunas dudas. ¿Fue el taxista quien llegó por la Milagrosa?, ¿se subió con ella al avión?, si no, ¿por qué no esperó a Jiménez?, ¿o alguien vino por la Milagrosa para desaparecerla? Pero no quiero ni creer que ella haya muerto, el narrador de la grabadora no duda en su salvación, por qué voy yo a dudar de ella. ¿Era realmente el muerto el detective? No cargaba una sola identificación consigo y nadie reclamó el cadáver y, lo más importante, en su sangre no había resto alguno de alcohol, los cuatro whiskys que dice haberse bebido la noche anterior desaparecieron como por embrujo. ¿Sería que el muerto es el taxista, que él les regaló su vida, que planearon juntos la huida y la suplencia, creyendo en la eficacia de los sueños de la Milagrosa, en la necesidad de salvarla, y en el amor que los unía? Yo también creo en los sueños, pero lo pienso dos veces y me parece que el taxista no tenía por qué sacrificarse por ellos, ¿o la Milagrosa lo soñó así en la banca del parque?

Tan creo en los sueños, que por eso transcribo el material. Si no, jamás podría ser publicado, y hacerlo circular de mano en mano, con el clima todo impregnado de Morales, es un riesgo que no tengo por qué correr, no soy pendejo. Si algún día se pueden leer, será porque esto ha cambiado, porque existe la Milagrosa, porque vive con el detective que la adora. Hoy todos aman a Morales, menos nosotros tres (los dos que huyeron y yo), Norma y Lupe, si no han muerto, todos menos nosotros le profesan veneración ciega. Espero, sin embargo, que la Milagrosa sueñe el fin de Morales, que en cuanto se recupere del cambio de horario (si es que fueron a Madrid y no es otra mentira grabada en la cinta para protegerlos) sueñe con pertinencia lo que le es dado para salvarnos a todos de la caída a un precipicio que ya avizoro, con pánico, con tristeza, pero sin reproche alguno hacia la Milagrosa. El crimen no es de ella. Y ya que ella sueñe la ruina del vejete, él esperará tres días para creer lo que sabrá una verdad ineludible, para comprender que ha perdido todo poder de convencimiento, como tres noches se acercó a Norma, temeroso, hasta que se convenció de la existencia del milagro. Durante tres noches se cogerá al país para nuestro masivo desagrado. Y lo hará en la penumbra, para que nadie pueda verlo, diciéndose a sí mismo que nadie tiene ya poder sobre él, tratando de sostenerse con sus palabras a la tabla de salvación de un poder ilegítimo. Pero llegará la tercera noche, y se encenderá la luz… Los que hoy dicen adorarlo se arrojarán sobre él, y lo harán pedazos.

A menos que él no sea el sueño de la Milagrosa, sino el sueño de muchos. Y que un velo infame impida ver el milagro de su desaparición, la encarnación de los sueños de la Milagrosa en la faz de la tierra.

Espero la resolución. Las horas se me hacen muy largas, muy largas…

Recopilación de las libretas de
AGRADECIMIENTOS
tomados al azar

Aun cuando los agradecimientos están, en su mayoría, firmados y con las señas del suplicante satisfecho, no se anotaron aquí más que las iniciales de su nombre, explicitando sexo y edad de quien firma, y mes y año del agradecimiento, de estar escritos en las libretas.

\* \* \*

Doy gracias a la Santísima Virgen porque hizo que yo ya no bebiera más, porque me ha quitado lo mujeriego (me parece), porque me regresó el trabajo que estaba a punto de perder, y, sobre todo, porque eliminó en sólo una noche la panzota que me afeaba tanto y que me hacía jadear cuando subía las escaleras del departamento.

J.V.V.
Varón, 42 años, 1991, junio.

\* \* \*

Agradezco que la Milagrosa me enseñó en menos de siete horas a multiplicar la tabla del siete. Las otras las traía ya aprendidas por mí mismo, pero ésta no me entraba, y la Milagrosa me la donó para que yo lleve a buen término mis estudios primarios.

C.H.S.<br>
Varón, 39 años, 1992, agosto.

* * *

Aquejado por virulentas migrañas, acudí a la Milagrosa para que me sanase, desesperado de ellas y de convulsionar y ver luces y manchas brillantes.

Doy fe de que todo esto ha desaparecido.

J.R.E.<br>
48 años, masculino, diciembre 92.

* * *

A mí me quitó el marido golpeador. Quiero decir, le quitó lo golpeador a mi marido. No me ha vuelto a pegar. Gracias a Dios. ¡Bendita sea la Milagrosa!

T.D.<br>
Femenino, 43 años, junio 91.

* * *

Estando gravemente enferma de un mal que los doctores no podían diagnosticar, acudí a la Milagrosa, solicitando su ayuda, y aquí estoy, como se ve, sin los dolores que tanto mal me hacían. De paso anoto que igual de recio que antes sentía yo como raspándome allá adentro, siento yo ahora como si me abrazaran aquí afuera. Pero no me preocupa, y creo que nadie se muere por sentir bonito y bien, aunque solita.

D.C.N.<br>
Febrero 1991. Femenino, 53 años.

* * *

Vengo a dar las gracias al Señor Jesucristo porque existe la Milagrosa porque ella me dio la facultad de moverme, sin la cual había yo nacido. Me escribe este agradecimiento mi hermano, porque yo no sé escribir, apenas estoy aprendiendo a mover las manos sin picarme los ojitos.

J.K.I.
23 años, femenino. Noviembre, 1991.

\* \* \*

Agradezco a la Milagrosa que me haya quitado los sueños puercos que no querían dejar de atormentarme. Para glorificar al Señor, yo le había extendido plegarias implorando su desaparición, había intentado doblegarlos con sacrificios; probé también el cilicio, el ayuno, el rigor del frío. Pero Él en su grandeza dispuso que la Milagrosa me liberara del poder del demonio, de su dominio sobre la oscuridad doliente de la carne y sus necesidades.

SOR TERE
36 años.

# FINALE
## EN BOCA DE LA MILAGROSA

UNO. UNO. Uno. Si todo lo sueño, ¿no puedo soñarme sola, mirando fijamente un punto minúsculo del muro, ajena al misterio de la disolución de los demás, en lugar de aceptar la tentación de la variedad, la banalidad de lo diverso? Soñarme rendida en la grandeza del todo que se congrega en la unidad, en lo inmóvil, en lo que no tiene movimiento ni es continuo. ¡Salir de lo que puede trastornarme, de donde me pierdo al perder toda calma! Uno. Uno. Uno.

Si yo no consigo ejercitar el pensamiento del uno-uno-uno, la sílaba Yo se diluirá en la banalidad del nosotros, en las imprecisiones de lo que transcurre. Si no entreno el YO con mansedumbre, lejano a la docena, separado del bulto informe de la cantidad, de la ciega celeridad del grupo, ¿qué será de esa sílaba, sino un crujido en la boca, un minúsculo estallido, cuya ridiculez lo hará imperceptible?

Porque uno-uno-uno (o yo-yo-yo, aún más perfecto evocando, por no mostrar variedad en las vocales), porque yo-yo-yo (o mejor uno-uno-uno: la designación del pronombre invoca la aparición de los otros, a pesar de su limpieza formal, de la unicidad de su vocal necia)… Uno-uno-uno. Debo montarme en él para conseguir la sobrevivencia del espíritu. Soy la Milagrosa.

Ahí estoy. Llegué por fin al territorio del Uno.

Tal vez. Lo dudo porque aquí me oigo rezongar en contra de lo que no es uno. ¿Para qué rezongo? Así me regalo como carnada para el botín de la variedad. Rezongando pierdo el uno, imito la forma del diálogo que obliga al plural.

Ahí estoy. Alzo allá, adentro de mí, las piernas y pataleo para alejar cuanto se acerca a apoderarse del territorio que yo quiero conservar para el uno en el que estoy. Si muevo rítmicamente las piernas, puede no me distraiga la batalla de la defensa, puede conserve la mente calma, puede no me desplome ante el embate… Sisean, sisean; murmullan, murmullan. Me sujetan de las corvas, me acarician los muslos, ¡pésima idea, ésa de patalear!

¿No puedo entrenar el uno? ¿No puedo estar llanamente ahí, donde no hay nada más que un yo aislado, sin continuidad, dueño de la riqueza de la inacción y el pensamiento? Si no lo consigo, desapareceré, derrotada ante lo pujante e insaciable de los números plurales.

Por otra parte, ¿cuál es la diferencia entre lo que ocurre y lo que se sueña?, ¿qué tipo de nudos ata las relaciones entre la realidad y lo que no ocurre? ¿Cuál es la diferencia entre lo que se siente, lo que se dice, y lo que realmente pasa? Mi vida está a medias arraigada en las palabras torrenciales de los otros, y en los sueños a que éstas los invitan. Debo procurar no disolverme entre ellos, recuperarme para continuar escuchándolos, para ser quien soy: la Milagrosa, el ser que hace milagros en sueños, fiado a las palabras y consagrado también a la recuperación de la unidad.

¡Intento entrar el territorio del uno hoy que no puedo despegarme de los otros para ser lo que soy! Porque yo soy por ellos la Milagrosa. Pero necesito el equilibrio del uno subrayado, el ejercicio del aislamiento para no disolverme, para no desaparecer engullida por la voracidad de quienes me rodean para pedirme, para que ejerza en su favor mi don. Si lo que yo debo hacer para no desvanecerme es apegarme al uno, uno, uno, ¿para qué verme desmilagrada, andando en las calles como cualquiera, vestida de rojo, con el cabello suelto, invocando a las miradas, para qué? No hay un solo motivo para tan ridículo pasaje. Peor aún: llevo en mi mano la de un compañero. Siento en mi corazón sus palpitaciones, como si ambos fuéramos un solo cuerpo. Peor aún: a él sí le permití tomarme de las corvas, acariciarme los muslos, y después meterse en mí aberrantemente, mientras yo me perdía, mientras dejaba que todo lo que soy yo se fuese, así, así, así, hacia el bisbiseo de bocas incontables, hacia el trinchadero de miradas donde nada parece detenerse, donde todo corre, ebrio, sin sujetarse, loco, loco, enloquecido. Hacia donde el yo se pierde, el uno se disuelve, se confunde a la distancia con un todo pluriforme, con la variedad y lo múltiple, constante en su variedad.

Peor aún: enmarcaba mi entrega una cadena tenebrosa de actos y de hechos, y conforme ocurría, parecía inocultable el oculto monstruo de la premeditación y la alevosía. ¿De dónde había salido? ¿Por qué estaba donde todo parecía tinto por el verbo transcurrir? Un resplandor de aurora se desprendía de la ilusión de fugacidad, un cántaro de fuego noble se vaciaba sobre la mesa inclinada de las horas. Pero si alguien empinaba a su torvo antojo la inclinación de la mesa, el alegre resplandor era un caer de vidrios rotos, y yo caía con él, herida, como los demás, marcada por la disminución de la premeditación y la alevosía que ya he mencionado.

Debo retornar al uno. Uno, uno, uno: no puedo permitir mi fuga, mi disolución, no tengo por qué ser la herida cubierta con el vestido rojo de mi propia sangre exhibida en el carnaval de lo otro.

Yo visto de blanco.

No salgo de mi casa nunca.

Por mí, ¡que ruede el mundo!, ¡si ha de caer Troya, que caiga! Yo sólo veo que ocurren cosas en mis sueños, donde yo las provoco y las comando. Ustedes las desean, pero yo las invito. No me dejo mover por sus pulsiones y si algo les duele, su dolor me es indiferente. No soy sensible a ustedes. Total, mi oreja es lisa, es un embudo. No hay enmarcando mi rostro dos complicaciones laberínticas: mis orejas son como los ojos, de un golpe apresan lo que hay afuera. Yo me trago las palabras de los suplicantes, engullidas van a dar a lo más hondo, como si mi yo no les interpusiera la menor resistencia. Mi yo no les cambia de signo. Ustedes entran a mis sueños, arrebatan a mi don la consecución de mis caprichos. ¡Si yo los interpretara a mi gusto, si usara mi alma para comprenderlos! ¡No ocurrirían milagros, haría mi voluntad, que es algo muy distinto!

Uno, uno, uno. Cuanto ocurre es ilusión. Uno. Uno. Uno. No me moveré de aquí. Ataré mis sueños. Los domesticaré. Dejaré que los viejos sigan hacia la muerte con el cuello amarrado a la soga de los años. Y si quiere la joven despeñarse hacia donde el viejo cae, que caiga, pero no le regalo un año más, para que sepa la proporción de su ridículo anhelo de muerte.

De la gente de mi barrio pido solamente prudencia y silencio. No quiero nada más. Su vida ha cambiado irreversiblemente, no por los milagros, por los beneficios prácticos que ellos les han traído y que yo no soñé nunca. Nada tienen que ver conmigo. De los chicos del Sindicato, no quiero saber nada. Que me dejen en paz. Que consigan, eso sí, lo que puedan. Pero que no me moleste nadie, que no se hable de mí. Si alguien viene siguiendo mis pasos para contar a otros mi historia, que se le pudra la lengua, que se le haga chicharrón, porque si acaso consiguiera contarla, me obligará al presente y al futuro, a que ocurra algo siguiendo la lógica móvil de las horas y los días y yo no quiero moverme, me he rendido a la fascinación de la unicidad inmóvil. Que me espíe el que quiera: no podrá asomarse a mis sueños. No sabrá de mí. Nunca entenderá qué es lo que yo pienso, con qué siento, en qué ocupo las horas cuando estoy yo sola. Y cuando me acompañan los suplicantes, ¡que intente hacer una historia con ese abanico interminable de historias, con ese desparramadero de anécdotas diversas! Todos tienen vidas efímeras cuando vienen a verme, pasan tan rápido, piden tan pronto… Si alguien quiere hacer mi historia contándolos, ¡que lo intente!

Uno. Uno. Uno. Aquí no pasa nada. Yo no soy ni seré de nadie. En mi vida no hay llanuras pobladas de dagas de ojos.

No me muevo de mí. Uno. Uno. Uno. Por algo soy la Milagrosa. Cualquier historia me corrompería, me entregaría a la nada. No pertenezco al mundo de los actos. Yo no quiero vivir, lo que quiero es perpetuarme aquí, mirando fijamente un punto, descubriendo la grandeza del primer número. Las horas no pasan aquí. Tal vez algún día de algún año de algún siglo, yo tienda a desplomarme. Otras veces lo he hecho. Pero yo no me entrego. Aquí estoy. Vuelco sobre el piso de mi habitación cuanto soy y cuanto he tenido.

Uno-uno-uno. Los milagros ocurren en mis sueños. El uno es la verdad a la que me acojo para que mi yo no se disuelva. Y si me voy, ¿quién sueña? (Pero si mi don hubiera sido otro, si su territorio no fueran las fantasías sino ése liso y opaco llamado realidad, yo no tendría por qué practicar no perderme. Al contrario. Podría jugar a escaparme de mí y estallar al retomarme. Me lanzaría en mis pensamientos a territorios ajenos a todo lo que me fuera afín. Viviría, en mi imaginación, rodeada de la estrechez de la variedad, en bosques insólitos habitados hasta la incertidumbre. Todo pertenecería a los otros. Yo me miraría a mí misma sin piedad, como si yo fuera otra, ajena a los ojos y a la voz que me describiera. Mi historia podría ser cualquiera). Uno. Uno. Uno. No dos, el número absurdo, como en aquella pareja en la que el uno al otro se robaban edad, aumentando y disminuyendo el pulso de sus años para sostenerse en el deseo o probar la posibilidad del milagro, confirmar que existía para después, ejercitando de nuevo el abyecto dos, solicitar dejar el uno y tiranizar a los demás con su convencimiento, apoderarse de sus voluntades, recoger los cabos atados de la desazón de quienes aquí viven, en un país más indescifrable que otros de tradiciones menos estridentes y contrarias, menos coloreadas y fantasmales, tintas así para conseguir su sobrevivencia, pedir a la Milagrosa la rendición de las voluntades ajenas para apoderarse del temible dos de la voluntad colectiva, y gobernarla sin uno, con el ansia del dos, sin la inteligencia, queriendo apoderarse de todo... Uno. Uno. Uno. ¿Para qué el dos del taxista viviendo con la chica que lo detesta? Uno. ¡Volver al uno! Uno. Uno. ¿Para qué el dos de la virgen que se entrega inexplicablemente, tal vez de ira, y que pierde incluso la ira en su entrega?, ¿para qué? Uno. Porque el dos es la distorsión del que persigue la vida de otro para devorarlo. Uno, quiero quiero el uno, ¿cómo puedo ahora retornarlo? Venciendo el dos, enseñando su torpe derrota: ¿para qué los ayudaba el taxista?, ¿para qué los perseguía el vejete de mierda?, ¿para qué usaríamos boletos ajenos, huyendo de lo que habría yo provocado? ¿Para qué el dos? Uno. Uno. Uno. ¿Y ahí habría palabras, ahí donde todo es unidad, estático equilibrio? ¿Hay palabras donde hay sólo el uno para ser designado? Todas las palabras nos hablan del dos, pertenecen al sistema binario. Debo pensar sin ellas:

Pero sin ellas tampoco consigo aislarme del dos. Porque miro al que me perseguía para arruinarme, lo veo haciéndome perderme, deshaciéndome, destrozándome, desmilagrándome, lo veo, trozándome en dos y en dos más y en otras dos y más dos y más dos… Tampoco en el silencio, y no estoy segura de que en las palabras el dos sea un inevitable, porque en la fantasía el dos puede tornarse el uno, hacerse la obsesión del punto fijo, unicitarse… ¡Ay, uno, uno, unoooooooooooo, torna a mí! ¡Recuerda que yo lo sueño todo, que mis sueños se imponen como verdad única sobre la variedad fugaz de lo no querido o lo repudiado, de los deseos o las necesidades!

¡Yo soy la escapatoria! En mí, hasta yo misma cambio de rumbo, porque aquí estoy, a pesar de mí, retornada a mí. Soy la Milagrosa. Estoy aquí para escuchar las peticiones. El ejercicio de mi don puede conseguir milagros, reparar defectos o imperfecciones, devolver lo perdido. Usted pida.

Ciudad de México, barrio de Santa Fe.
Enero de 1994.

# AGREGO

Milagrosa: Tal vez no reconocerás mi puño y letra. La pura idea me es deleznable. Yo te conozco toda, voy tras de ti, persigo tus hábitos, bebo cuanto hay en ti de bebible, devoro lo devorable, soy más que una sombra tuya, soy… Y tú no reconoces siquiera mi puño y letra, la forma que tienen en el papel mis palabras.

No tengo nada más característicamente mío que ellas. No sólo por la caligrafía, tan única, ni por la forma en que acomodo una palabra junto a la otra, en estricta armonía. También porque al escribirte mojo mi pluma en la tinta azul de mi vagina, y eso es casi tan mío como la caligrafía, aun cuando su flujo se ha vuelto de ese color por el golpe de tu ausencia. Estas palabras están escritas con eso. Milagrosa, escúchame: no debieras abandonarme. Si vas a huir de nuevo, troncha de una vez antes de irte mi cabeza. Que mi cuello resbale por mi tronco, embarrándome del rojo asqueroso de mi sangre. Sácame así, antes de volver a irte, de este azul en que vivo sumergida, a fuerza de tanto tú, Milagrosita. Escucha. Ya que te estoy hablando quiero decirte muchas cosas. No olvides que nadie sabe tanto de ti como yo, esta vieja que cose tu ropa; a fuerza de imitarte me he hecho fuerte en la comprensión de tu inteligencia. Milagrosa, escucha. Es culpa tuya que yo piense en cosas terribles. Yo que te he imitado hasta el hastío lo sé. Lo del cuello embarrando su materia viscosa en su caída, por ejemplo. Y ahora quiero hablarte, pero me gana esta emoción convulsa, y trastabilleo y caigo en el silencio... Yo me fuerzo a mí misma a hablar, Milagrosa, pero tú escucha, oye cómo y por qué me condenas al silencio. Tu condena es injusta. No tienes por qué castigar a quien vive en la cárcel de tu repetición, en sí es un suplicio, no lo hagas crecer, es injusto.

No me condenes al silencio... La cárcel que habito, cuando te ausentas, se prende fuego, y vivo entonces el castigo del infierno. No puedo abandonar el gesto de repetirte, con la soga al cuello bailo entre las llamas presumiendo mi cadáver, imitándote siempre; ahí colgando no puedo troncharme la cabeza, sacarla de mí. Y quiero escribirte para culparte por tu ausencia, para acusarte por haberme puesto en el infernal predicamento que he descrito. Pero para escribirte tienes que estar, porque has de recibir lo que te voy diciendo con el flujo azul que exuda mi cuerpo, trazado en las hojas que robo al fuego a fuerza de ensalivarlas para que no se enciendan.

Y como no estás aquí, termina la imperiosa necesidad de decírtelo, porque mi cárcel cambia de aspecto y regresa a ser la repetición de tus actos al infinito. Milagrosa, no sé hacer otra cosa. No quiero comprender la lección de abandonarte.

Oye Milagrosa, oye, y escucha lo que te voy diciendo. Tú no sabes quién eres, ni de qué estás hecha. Lo único noble que hay circundándote es el azul con el que escribo, lo pienso ahora que veo hundirse entre mis piernas la pluma para tomar con qué escribir, con qué recargarse. Que tus ojos lo vean por sí mismos, trazo aquí: es como la asquerosidad de mi cuello libre resbalando por la hoja, pero es lo más limpio cerca de ti. Dime si no es cierto. No puedes, no sabrías decirme nada. No tienes idea de quién eres. Yo me he ido acercando a ti a fuerza de tanto repetirte.

Yo sé cómo entró el olor a corrupto en tu cuerpo vivo. Yo sé lo que eres. En nada te pareces a un lirio. Sé qué tipo de milagros cumples, porque a fuerza de repetir tus actos, tus sueños han entrado en mí sin pedir permiso, abandonando su carácter de sueños y enseñando su calidad de real en las libretas de agradecimientos que no quiero compartir con nadie. Como lo que comes tú, bebo lo que tú, me acuesto a la misma hora. Leo lo que tú lees, y coso lo que tú vistes. Así es como, aunque no sueño lo que tú sueñas, sé lo que ocupan tus sueños, qué trazan. Qué cuentan. De qué están hechos. Cuando me has abandonado, cuando has olvidado quién eres, yo me he quedado varada en ti, estancada afuera del tiempo, oyendo lo que se despide en tu persona aislada. Ensayaré transmitírtelo. Aquí tienes.

Escucha. Por favor, escucha.

Escucha otra vez. ¿Llegó hasta ti el fragor del campo de batalla? Veo el modo en que lo percibes, corres más rápido que lo posible a acercártele. Y ahí estás ahora, revuelta entre los cuerpos heridos y los que hieren, haciendo los actos provocados por la guerra. No la guerra abstracta. Ahí. En la mirada del niño que no se explica, tiene miedo, mata de terror porque sabe que lo matarán a él en cualquier momento, y quiere salvar el pellejo. Pero donde más estás es en el rompedero, en los miembros que caen, en los ojos reventados, en las almas que no tendrán compostura, y en una oscura carcajada altanera que tu tórax deja salir grosero. Tú amas la violencia, Milagrosa, por eso curas. Adoras la desesperación, por eso escuchas a los suplicantes y cumples sus caprichos. Sientes predilección por el engaño y la mentira, son tu fuerza. Te permite navegar en las aguas de lo imposible. En esencia te gusta lo que no puede ser cierto, de ahí tu gusto por el horror, por lo que excede la crueldad de Naturaleza.

Yo tenía por ti veneración, hasta que te ausentaste, y tenía mis ojos cubiertos por su venda; ahora veo lo que tú eres, eso trato de explicarte aquí. ¿Cómo reconocerías en estas palabras mi emoción, si ni siquiera ves en ellas que esto es mi puño y letra, mi flujo, la exudación de mis propias entrañas?

Escúchame, sí, escúchame… No quiero, sin embargo, que estas palabras dejen ver de frente mi desesperada necesidad de ti, Milagrosa. Imagino tu gesto al saberlo, tirar una patada al hocico del molesto lazo para que se aleje. Y no puedo exigirte que comprendas tu necesidad por mi persona, mucho más ridícula que la mía por ti. A la Milagrosa, ¿quién no va a necesitarla?, trae a la vida real los sueños. En cambio yo no tengo virtud. Repito tu rutina, copio tus actos para no dejarte evaporada en el vacío. Digo el vacío, porque si quedas toda entregada en los sueños, no dejas nada aquí, y como es tanta tu presencia en el otro mundo, el de la irrealidad, el de lo imposible, el peso de tu cuerpo no es el suficiente para traerte de regreso. Te hago falta yo, para no caer por siempre en el pozo insondable de los sueños. Tú ya no serías nadie sin mí. Ni Milagrosa ni nadie. No tendrías nombre porque serías irreal, sólo materia incorpórea, substancia de sueño.

Como lo sabes, has entrenado a mi cuerpo para que repita los actos del tuyo. No la apariencia. Eso no es cuerpo. Sólo almas chatas insensibles a toda inteligencia y erotismo conciben al cuerpo como lo que se ve. En lo que se ve, tú y yo en nada nos parecemos. No ha sido tu intención intentarlo. Incluso has subrayado las diferencias, como si tu apariencia perteneciera también al terreno de lo irreal, de lo imposible, de los sueños. De esa manera, escucha, oh blanda imagen, restas tu aspecto completo al peso de tu cuerpo, de por sí de insuficientes fuerzas para recuperarte de los sueños a cada día, por las mañanas. Yo estoy aquí para que puedas volver a ti. Doy a tu cuerpo, con la repetición de tus actos, el peso suficiente para que tú existas.

Si tú duermes y sueñas cuando no estás conmigo, cuando aparentas no necesitar la parafernalia que te rodea para ser quien eres, la Milagrosa, puede no vuelvas a ti, sin cuerpo suficiente, en la levedad del puro milagro, y te disuelvas en la nada de lo que no puede ser, como si fueras parte de los sueños.

Así que yo no te dejo ver mi desesperada necesidad y tú guarda el desplante de desprecio, tu patada al hocico del perro. Tampoco te diré por qué te necesito, ni para qué. Piensa a tu manera que cada mañana yo sí puedo volver a mí sin tu existencia. Yo sí despierto. No tengo problema, en tus sueños yo no te acompaño, soy dosis doble de realidad, jamás me despego de aquí.

Escúchame, escúchame implorarte. Cuando te vas, esa doble dosis que me vuelvo me hace dos veces más sujeto de dolor, dos veces más dura tierra, dos veces más carne y materia. Con una tengo de sobra, para prestarte y para mí.

Sabes, Milagrosa, lo sabes, que tú no ejercerás más tu don en mí. Sabes también que yo sé que tú no me curaste, que los médicos estaban equivocados, que yo no estuve enferma, y que el primer milagro que me concediste tampoco lo fue. Por eso puedes usarme, yo no entro en tus sueños ni entraré nunca. El peso de mi cuerpo no lo permite. Robo las libretas de agradecimientos para que solas tú y yo compartamos el fruto de tus sueños.

Escucha. Escúchame. Quiero que me escuches. Oye. Pon tu atención en mí. De lo que no estoy segura, es de lo que debo decirte, Milagrosa. Estoy desesperada aún por tu anterior ausencia. Ser doble carne... Aún lo guardo en la memoria. No te vayas más. Dejarme un cuerpo es condenarme al sometimiento de la desolación y el trueno. Me vuelves inerme en el centro del huracán. El huracán soy yo misma, la ira de mi persona. El beso de mi cuerpo en la ausencia del espíritu.

Milagrosa, convengámoslo. Por el bien de las dos. No te vayas otra vez. Yo seguiré cosiendo tus ropas, te acompañaré en tus actos sin jamás verte. No volveré a escribirte. Tú estarás ahí para que yo te repita. Tus seguidores irán y vendrán para cumplir su labor de espejo. Ellos me dirán tu voluntad y me indicarán cómo imitarte. Yo obedeceré, fiel como tu imagen. Y tú no escapes, sé que no quieres desvanecerte. Acordémoslo así. No es conveniente otra cosa.

## ¿DE LUTO POR MORALES?
### RAFAEL BARAJAS

Queda en pie la gran interrogante. Postulado candidato presidencial por el siempre mangoneable PST, que si se llama partido lo es más por parecerse a una mano arreglada de barajas (no por usar mi nombre, la trayectoria derechista del empresario y abanderado de las moralinas más estrechas y ciegas es bien conocida por todos, su postulación por un partido socialista y de trabajadores, en circunstancias que no fueran las actuales, no movería más que a la risa), muere Felipe Morales dejándonos a todos con un palmo de narices, tanto a sus detractores, apuntando miras a su persona y descuidando el zafarrancho priista que lo apoyaba en patadas de ahogado, como a sus defensores y seguidores, incapaces de acogerse a ninguna otra figura. El hecho de su muerte (inesperada pero previsible, considerando su avanzada edad y el esfuerzo a que se avocó en su vertiginosa carrera a la presidencia del país), desprende dos verdades igualmente preocupantes, a las que hay que dar atención con carácter de urgencia.

Por una parte, el hecho innegable de que el sistema político se tambalea convulso, por el otro el descontento generalizado, capaz de acogerse a cualquier salida, del signo que ésta sea, si promete cruce por la empantanada situación crítica, situación, por otra parte, que de ninguna manera podríamos atribuir a la casualidad, sino a las necias decisiones del régimen saliente. Al deterioro del poder adquisitivo del salario, el desempleo y el subempleo, cada vez más extendidos, se suma la inminente sucesión presidencial, cuya ceremonia tendrá que llevarse a cabo sobre tapetes fuera de sitio y tambaleantes. No rasquemos más, que los tapetes nos pueden llegar a parecer incluso voladores, como en los cuentos árabes. Negro, color de luto y, ¡no dudarlo!, no por la muerte de Morales, tendremos que vestirnos para ir a tono con el tenebroso panorama.

Vestidos así pediremos chamba en masa, alineados frente a la maquiladora extranjera en que se ha convertido a nuestra patria.

Más de una pregunta podemos formularnos: ¿podrá el Revolucionario Institucional conservar el sitio que ocupa y a qué costa? (No descartemos la en un momento rumorada reelección, aun a costa del atropello constitucional, y no olvidemos tampoco el nulo peso de destapado en turno, a quien el Partido desamparó en el momento oportuno para acogerse al occiso). ¿Y qué con Cárdenas? Frente al embate furioso de Morales, temiendo no sabemos precisamente qué, como hemos comentado en pasadas columnas políticas, retiró su candidatura. ¿La volverá a presentar? ¿Su partido lanzará a Muñoz Ledo al quite? Muy pocas serán en ambos casos sus esperanzas. Del PAN no hay nada que preguntar, puesto que ha perdido aun a sus más fieles seguidores al sumarse oportunistamente al Morales hoy muerto…

Se diga lo que se diga, a pesar de los rumores de distintas estirpes, desgraciadamente ni milagros ni milagreras podrán auxiliarnos en las próximas elecciones presidenciales.

Queda en pie la gran interrogante.

# LA NOVELA PERFECTA

*A Mike.*
*A mis hijos, mi adorada María,*
*mi adorado Juan.*
*Y a la memoria de Bioy Casares.*

# I

¡Sepa si alguien me presta atención! Igual tengo que decir lo que tengo que decir, aunque ¿quién iba a creerme? Aquí entre nos, ¡ni yo! ¿Pues cómo?

Me van a tirar a locas. "Eso te pasa", dirán, "por leer tantas novelas de ciencia-ficción". ¡Ni he leído tantas! Pelis de ese tipo he visto más, las suficientes para que me puedan acusar de *¡uy, sí, cómo no!*, pero tampoco las suficientes, la neta.

Nada diría. En boca cerrada no entran moscas. Aunque aquí, la verdad, ya entraron hasta el atasque, así que lo mismo da. Y moscas hubiera sido menos peor que lo que hube de hacer pasar por mi gañote.

Nada diría, pero qué más, aquí estoy diciendo. Me presento: soy un escritor flojo, un holgazán. Al empezar esto que aquí contaré, en octubre del 4 del siglo XX, mi mujer llevaba ya años manteniéndome, como si yo fuera un escritor y punto. Ella es abogada litigante, trabaja en uno de los bufetes más respetados y bien establecidos de Nueva York (es un decir, en este pueblo todo es negociar y litigar, paraíso de abogados), en Park Avenue. Una sola vez fui a buscarla. Esquina con la calle 34, el piso 16 completo, los sillones de cuero color vino, la recepcionista negra, la legión de secretarias y asistentes blancas y jóvenes, y tres jefes, uno de ellos mi Sarita, los otros dos varones sesentones. El bufete se llama: Shimansky, Shimansky y —you got it!— Shimansky.

La conocí como se conoce en México a las gringas: asoleándose en la playa en Zihuatanejo, donde habíamos ido a comer a Playa de la Ropa. Comenzaban las vacaciones de verano, toda la familia estaba reunida en nuestra casa de la playa. Sintiéndome rico, tuve la puntada de cambiar nuestra salida tradicional al restorán El Burro Borracho, que nos queda a tiro de piedra en Troncones, por el Hotel Playa del Sol. Yo acababa de publicar una novela en inglés, la primera que había escrito en esa lengua —y hasta hoy la única, porque no he vuelto a publicar libro alguno—, mi ánimo no podía estar mejor, ni el de mis papás y hermanos. Así que llegamos al restorán, ordenamos unos margaritas y yo, en mi papel de tío soltero, bajé con mi sobrina, que entonces tendría siete años, a visitar la alberca, que es muy de ver. Ahí estaba otra también muy muy de ver: la Sarita tendida al sol en una tumbona, y tenía mi novela abierta de par en par sobre sus piernazas. Fer, mi sobrina, le dijo: "Es el libro de mi tío" y como vio que no la entendía se lo repitió en inglés —mi mamá es mediogringa, en casa se habla igual una lengua que la otra—, diciéndoselo también con señas, por si las.

Así comenzó todo. Sarah entabló conversación con la adorable Fer, luego conmigo, nos enteramos de que era su viaje de graduación, acababa de recibir su título, estaba con tres amigas, flamantes abogadillas de la uni Columbia. Nos hizo el honor de deshacerse de sus acompañantes y venir a compartir la sobremesa. Sedujo a mamá con su trato y con lazos de origen —mi abuela y su abuela nacieron en Varsovia—. Esto fue hace doce años.

Nos casamos, nos fuimos a vivir al departamento de mi Sarita en el Upper West Side y, pensando establecernos más confortablemente, compramos esta casita juntando nuestras respectivas dotes (mamá me dio unos dólares que me tenía guardados, mi porción de la herencia del abuelo). Pagamos una verdadera bicoca, ¿quién iba a querer mudarse a Dean Street en 1992? Ya no era frente de guerra, pero todavía no muy de fiar. Hoy la casa vale una fortuna o dos, más bien tirándole a tres.

Esto lo sabemos ahora, durante años creímos que habíamos hecho una burrada. Lo sigo creyendo, aunque la casa valga la fortuna dicha, ¡que si nos la hubiésemos jugado a la bolsa! Pero ésa es otra historia.

Apenas comprar la casa, pedimos a los inquilinos desalojarla —llevó tres años la historieta— y comenzamos a arreglarla despacito, sólo un trabajador ruso venía los fines de semana o los días que le quedaban libres —*el tiempo que te quede libre, si te es posible, dedícalo a mí,* si no había prisa, primero haríamos un departamento dúplex para rentar, luego el nuestro—, y muy quitados de la pena nos gastamos lo que gané con la novela en viajes para aquí y para allá, íbamos a donde nos apuntara la nariz cada que Sarah tenía vacaciones. Nuestra brownstone se dejó hacer lo suficiente como para poder rentar el dúplex pero, apenas ocupado, sacó a la luz toda su galería de problemas. Hubimos de cambiarle el techo del último piso (un incendio se había comido parte del anterior, sólo le habían pintado encima, como si no hubiera pasado nada), tratarle las termitas, lidiar con inspectores, reemplazar la plomería, enfrentar la demanda del inquilino, rehacer el cableado eléctrico, poner nuevo barandal a los tres pisos de escalera, cambiar el boiler, instalar nueva calefacción, lidiar con más demandas, luego con la policía porque el hijo adolescente del inquilino se las dio de delincuente… Los meses pasaban y se complicaba la pesadilla. El inquilino dejó el dúplex, previo un arreglo económico, por supuesto, que pudo haber sido peor si no me acostara con abogados. Yo, sin ganar ni un quinto, encima me aventé al cuadrilátero contra mi agente literario, entre que porque no era yo capaz de entregarle lo prometido, y porque él insistía en recibir una plata que yo sabía redondo nomás no podríamos respaldar, si no avanzaba una mísera línea… Evito esa historia.

En un golpe de suerte, con lo que Sarah ganó por ganar ya ni sé qué, reparamos lo elemental y pudimos volver a rentar el dúplex. Con lo que entra de renta, lento pero seguro, terminamos de arreglar el resto de la casa y desde entonces hasta hoy la Sarah y la renta mantienen casa y todo lo demás, incluyendo mis puros. Bueno, si fumara puros, pero sí mis cigarros. No he vuelto a ganar un céntimo que no sean los pocos dólares que todavía gotea la novela, la uno, la única, la verdadera y la hasta aquí llegué.

Encima —ya si estoy confesando diré todo, ¡pus lo digo!—, yo no intervine un gramo en la aventura de la casa, excepto en contar nuestras cuitas al que se dejara. Sarah fue y vino, demandó, recibió demandas, nos defendió, hizo cuentas, organizó, pagó, se hizo bolas con el ruso que hacía las reparaciones cuando le daba la gana (aquí los llaman *constructors*) y otra vez fue y vino y se hizo la que hacía y desorganizó y, al final, cuando había que darle los últimos toques, a la casa, la apariencia, intentó hacerme tomar decisiones. Porque ni ella ni yo somos duchos en lo de decorar o adornar y la verdad es que tampoco nos importa un bledo, aunque.

Encima, yo me emperré en que no dejáramos el depto de mi Sariux en el Upper West Side con cuantimil artilugios y sólo cedí porque el casero vendió la brownstone —sí, sí, veníamos de Guatemala para caer en Guatepeor— y el nuevo dueño nos pidió salir por la puerta con todos nuestros chunches pero a la de "ya se me van con sus cositas a la de ya, se me van". El caso es que llegamos aquí hace preciso dos años, cuando el barrio ya estaba mejoradísimo, *gentrificado*, como dicen aquí. Somos nuevos, cuasi recién llegados.

Todo ha mejorado, menos yo. Al comenzar lo que aquí contaré, me había ido a pique y deveras. Si yo hubiera sido Sarah, ni loca cargo conmigo a Dean Street. Me habría dejado por ahí como pudiera. Pero aunque pasaran los años, aunque ella hubiera hecho una carrera brillante en el bufete del padre y yo ninguna hacia ningún sentido, ella estaba convencida —porque es gringa— de que cualquier día de éstos mi segunda novela sí va a pegar y ¡a ganarnos la lotería, señores! Yo pus cuál fe. Soy, como dije, flojo, un holgazán. No que escriba a lo flojito. Ni mi prosa tiene olanes o adornos —o no los tenía: no sé qué resta de ella—, ni mis tramas hoyancos y brincos absurdos. Qué más daba, tenía años con mi bocota de escritor bien cerrada, apretada y tiesa la quijada barbuda, agarrada a los dentales superiores, exactamente (ya que en moscas andamos) como una mosca en el techo: bien sostenida, a prueba de cualquier gravedad, agarrada duro.

Esto que está aquí no es algo escrito: me lo digo a mí mismo en rafaguiux de palabras y ¡púlsale esta tecla y l'otra! Lo hago porque no me aguanto cuanto traigo adentro de mí mismo, como mera evacuación. No escribo: me desahogo. Sin esfuerzo, sin ponerle coco, a lo diarrea.

Así ni prosa ni trama se me dieran a la flojilla, yo no tenía motivo alguno de hacerme la esperanza o el esperanzador de triunfos, como lo hizo por años mi mujer, porque yo era el mero holgazán. Sí, sí, escribía porque *no sé* no hacerlo, pero nunca algo continuo; esto de aquí, esto de allá y en la cabeza todo lo demás, a punto de estar maduro y llegar completitito a la página. No me ha ido mal con la primera novela. Diré que muy bien, vendió, vendió y luego otra vez vendió, iba vestida no en beauty sino con una de esas portadas de letras brillantes y en relieve, las que se ofrecen un instante antes de pagar en los supermercados y en el mejor de los casos también en los aeropuertos. La mía se vendió en los aeropuertos, los supermercados y hasta en las librerías.

En una de ésas, habiendo de milagro buen clima, estando yo, como dicen por aquí, *stooping-out* (que, aunque suene muy interesante, no quiere decir sino sentarse frente a la puerta de la casa, el trasero helándose o aplastándose en las escaleras), o por decirlo en mexicano (a falta de ese tipo de escalera frente a nuestras casas), estando yo baboseando, pasó un vecino con un perro que no había visto nunca. El perro, un hermoso labrador, más negro que las ropas de mi mujer (¿por qué *siempre* viste de negro?), se dispuso a orinar contra el barandal de piedra de mis escaleras, literal en mis narices.

—Hi!

dijo el vecino, haciendo de cuenta que no había orines cayendo, ignorando una posible disculpa. Y pues yo contesté también:

—Hi!

desde mi escalón. Él traía en la mano una cajita de Altoids, esas pastillas blancas que la verdad me chiflan, y me la acercó abierta, ofreciéndome una.

Vi las pastillas reposando desnudas en el fondo metálico. Acerqué el pulgar y el índice pero me detuve a punto de hacerlos pinza al revisar las pastillas. Sólo había dos y no eran blancas sino algo grises.

—Try one! —dijo el güey, al verme dudar—. They're good. Let it dissolve it under your tongue. The effect's much better.

Tomé la pastilla, me la puse bajo la lengua, como él recomendó. Metí la mano al bolsillo de mi camisa, saqué la cajetilla de cigarros y extendí el brazo para ofrecerle uno. Aquí nadie fuma, o cada vez fuman menos los ningunos que fuman. Él se me acercó, tomó el cigarro de la cajetilla, lo acomodó en sus labios y dio un paso atrás, alineándose otra vez con su perro. Encendí un cerillo y, como él no hizo gesto de acercárseme, me levanté de mi asiento.

Cuando se lo iba a poner en la punta del cigarro —perdón la expresión, que suena a albur, ná'a qué hacerle—, descubrí que ya estaba prendido. Me explico: el cigarro se habría prendido antes de que la flama del cerillo se le acercara a contagiarle fuego. Se prendió en frío, vamos. Reculé y me volví a sentar en mi escalón de piedra.

"¡Órale!" pensé, "¡mago!, ¿pues en qué circus trabajas, güey?"

Me contestó, en inglés:

—No, I'm no magician. I swear you won't find my name on any circus payroll… I've been working on…

Bajó la voz tanto que, para oírle decir que quesque no era mago y que no recibía su cheque de ningún empresario cirquero, me levanté de nuevo y me le volví a acercar como cuando lo del cigarro, pero apenas me tuvo al lado, me dijo:

—And you?

"¿Que de qué trabajo? ¿Yo? ¿Trabajo?", traduje en mi cabeza. Me reacomodé en el escalón y, por respeto a mi mujer, dije:

—I'm a writer. I write novels. I've published one in English. Soy un escritor. Escribo novelas. He publicado una en inglés. Rápido respondí a la pelota lanzada al vecino con un raquetazo sordo en mi cabeza, un golpe de honestidad que no tenía por qué compartir:

"Pero en realidad lo que soy es un mantenido, un bolsón, un perezoso grandes huevos. Es una lástima, porque la novela que ando cargando en la cabeza es simplemente genial. Es genial".

Aquí, sin palabras, me engolosiné pensando en la susodicha. Sí, sí, sin palabras. Vi esta escena y la otra entre mis favoritas, si éste o el otro personaje... Aunque fascinado mirando pasar mi novela, regresé a mi flagelo: "¡Si escribiera la que tengo pensada, pue que hasta...!".

Y me largué con cavilaciones monetarias, y pegadito a éstas otras sobre cómo iba yo a tirarme la plata, a lo mejor para cobijarme de la triste cachetada que acababa yo de infligirme. En éstas estaba —precisamente, si no me falla la memoria, me imaginaba a bordo de un velero en la costa venezolana, a punto de llegar a Los Roques, el paisaje lunar del arrecife coralino, el mar turquesa, la luz plateada, y a mi lado pasaba un catamarán, a la bio a la bio cargado de novias chulísimas, embikinadas, llevando copas espumosas en sus manos, las nereidas dosequis—, cuando la voz del vecino me forzó a un aterrizaje forzoso:

—Stop! Stop, stop!

Tenía los ojos chinitos, como que el sol lo deslumbrara, que no podía ser el caso porque apenas se le veía el rabito al maldito astro tacaño. Sí, era un día bastante enchílamela, pero aquí la luz nunca pica demasiado; no que estemos tan mal como en

Berlín, pero… No tuve tiempo de juzgar su gesto verbalmente porque el vecino de un hilo ató a sus estops la frase:

—Let's do it! —casi gritó su "¡la hacemos!".

—What? —le pregunté, qué, qué hacemos.

—Your new novel. I'll not only spare you the effort of writing it, but also…

Lo traduzco, para qué lo dejo en cuasi inglés si terminaré poniéndolo en nuestra lengua: "¡Manos a la obra! ¡Tu novela! No sólo te voy a ahorrar el esfuerzo de escribirla, sino que verás que nos queda genial". Y, cambiando el tono, escupió un brevísimo paréntesis que digo en inglés porque no sé cómo dar el tono: "Oh, by the way, I hate sailing! It gives me the creeps!", algo así como: "Por cierto: odio velear, me pone la carne de gallina". Y siguió: "No sólo te ahorro el *pain in the ass* (no, no dijo *pain in the* nada), la lata de escribirla, sino que con mi software (¿dijo software?, no, no dijo software) tu novela será más vívida y eficaz de lo que ha sido la de ningún escritor en toda la historia. No te cobro nada, ni un quinto, y los dos ganamos. Es para mí la confirmación de mis experimentos. Digamos que la prueba final. Ni yo te… cobro a ti, ni tú a mí. Encima, de lo vendido cobrarás tus derechos, como si fuera libro".

Pausa.

"Estoy hablando en serio —siguió—. ¿Tienes de verdad toda la novela en la cabeza? ¿Todos los detalles?".

A estas alturas ya nos habíamos sentado los dos en las escaleras, los dos muy stooping-out, el labrador babeaba en nuestras narices. Le clavé al perro un instante los ojos, porque me pareció que no era perro sino perra, y eso no podía ser, pero sí, ¿era perra? Yo fumaba pero él no, se contentaba con detener el cigarro encendido a una buena distancia de la cara, jugueteándolo como un exfumador. Estaba a punto de perderme en mis conjeturas de perra o perro, sin ánimo de moverme un centímetro para comprobar que de pronto me había parecido ser perra y no, como estaba seguro, perro, cuando adiós fumadita meditativa, porque el güey arremetió:

"This is how it works:

Te voy a ahorrar explicaciones, dijo, que no creo que te interesen un bledo. Yo puedo hacer que tus lectores te lean tal y como tú lo imaginas sin que las palabras los separen de lo que tú estás queriendo decir, expresar, imprimir. Porque a mí que no me vengan con que las palabras son the real thing, cuál lo mero mero, la neta es que ésa es pura shit, basura que quién pasa a creerse. No lo digo por ignorante. Mis primeros años en Yale (dijo literal: *I majored in English at Yale*), los hice en literatura inglesa, era mi pasión. No la he perdido del todo:

"She walks in beauty…".

Se largó a citar a Byron como quien no quiere la cosa, no como recitando a lo cursi, sino diciendo las palabras como si jueran de deveras (y que quede claro: dije "jueran" aunque fueran):

…like the night
Of cloudless dimes and starry skies;
And all that's best of dark and bright
Meet in her aspect and her eyes.

(Ella camina arropada —¿envuelta?, ¿vestida?— en su belleza, / como la noche de cielos desnudos y estrellados; / y cuanto es bueno en la oscuridad y en la luz / se encuentra en su aspecto y en sus ojos).

El cigarro seguía intacto en su mano, del mío ya no quedaba sino la puritita colilla. La aplasté contra mi escalón y la metí en donde se guardan para no dejarlas tiradas a la entrada de casa: una cajetilla metálica con una tapa cuca que sella perfecto. La cajetilla, por cierto, me encanta: tiene la reproducción de una pin-up girl de los cuarentas, una delicia de rubia tetona sonriente. La cargo siempre conmigo porque, claro, está prohibido fumar en nuestro hogar, this is a *non-smoking enviroment*, nomás faltaba, si mi Sarita Sarita es, qué otra se podría esperar.

En el instante en que mi colilla quedó atrapada con sus compañeras, mi vecino me acercó a la cara el cigarro que yo le había regalado y me dijo:

—¿Ves?

"¿Cuál ves, güey?, ¿qué te traes?", pensé. Agitó frente a mi cara su maldito cigarro virgen, hasta estacionármelo directo frente a los ojos. Lo revisé. Estaba intacto. No tenía huella de haber cogido fuego. El cuerpo estaba algo estropeado de haber sido manoseado de lo lindo, pero por lo demás era un cigarro nuevo.

—Come over to my place tomorrow, we'll work…

Dejó la frase interrumpida. Hizo el gesto de levantarse de nuestra escalera, pero le dije "hold", "espera" y retomé el Byron que él había comenzado a recitar:

Thus mellow'd to that tender light
Which Heaven to gaudy day denies.
One shade the more, one ray the less,
Had half impair'd the nameless grace
Which waves in every raven tress
Or softly lightens o'er her face,
Where thoughts serenely sweet express
How pure, how dear their dwelling-place.

(Madurado así bajo esa luz delicada / que el Cielo le niega al vulgar —¿romo?, ¿chato?— día. / Un ápice más de sombra, un rayo menos / habría disminuido—¿mermado?— esa gracia sin nombre / que se agita en cada crencha —¿gajo?— de cuervo, / o que suavemente ilumina su cara, / donde los pensamientos serenamente expresan dulcemente / cuan pura, cuan querida es su morada.)

Añadí: "Nomás no puedes decir que las palabras no sirven para nada, como…", y de un hilo que me largo con un golpe de Eliot:

…and through the spaces of the dark
Midnight shakes the memory
As a madman shakes a dead geranium.

(…colándose en los espacios de la oscuridad, / la medianoche remueve la memoria / como un loco que agita un geranio muerto).

—No, no, no, no estoy diciendo eso —me contestó muy enfáticamente—. Las palabras son de lo mejor que hay para mentir o para hacer poemas. Pero no para retratar con precisión la verdad; no para narrar; no para explicar. Son herramientas torpes para la honestidad, para el cuento, para la ciencia. Más que torpes. Durante siglos las hemos usado para mentir o para explicar lo que simplemente no cabe en las palabras; eso sí que sí, ni que qué.

Paró para tomar aire y yo me le colé, por respuesta me largué con la siguiente estrofa de Byron:

"And on that cheek, and o'er that brow,
So soft, so calm, yet eloquent,
The smiles that win, the tints that glow,
But tell of days in goodness spent,
A mind at peace with all below,
A heart whose love is innocent!".

(Y en esa mejilla, y sobre esa ceja, / tan tiernas, tan calmas, pero elocuentes, / las sonrisas adorables —¿espontáneas?, ¿irresistibles?—, los tintes que brillan —¿los rasgos que infunden serenidad y bonanza?—, / hablan sólo de días pasados en bondades, / una mente en paz con todo lo bajo, / un corazón cuyo amor es inocente!).

Rematé mi intervención pidiéndome en silencio:

"¿Que no explican?, ¿que son puras mentiras?, ¡no mames, güey!".

Me contestó:

—"The moon has lost her memory" —su respectivo golpe de Eliot, "la luna ha perdido la memoria"—. En ningún momento quiero decir que son inútiles. El universo verbal es otra cosa. Pero dejémoslo donde va, que se quede donde le toca y oye, nomás oye lo que acabas de decir. ¿Cuál de eso hay, dime? El poema es lo que es. No es el caso de una novela, o por lo menos no de una como las tuyas, si es que esta segunda se parece a tu *Blond Flame*.

¡Ah! ¡Conque el güey me había leído! Entonces, ¿para qué se hizo el que no sabía, para qué preguntarme en qué "trabajo"? ¡Cabrón!

—Si tú en verdad tienes ya toda la novela en la cabeza, ¿para qué escribirla? —hablaba como mirando al cielo, con un gesto que me parecía algo arrogante pero también tímido—. Mejor imprímela en tus lectores tal cual es, y garantízate de paso una lectura impecable, si, por una parte, la gente no sabe leer, lee de lo más mal, y por otra (acéptalo) las frases son siempre coladeras, siempre tienen hoyos, siempre hay un espacio, así sea infinitamente pequeño, donde el lector puede escurrírsele al autor y caminar para donde no debiera… ¿No has visto las cosas que se preguntan tus fans en tu *site*? Comprendo perfecto tu holgazanería, simpatizo con ella. ¿Quién no va a sentir arrebatos de pereza ante una labor como ésa? ¿Para qué matarte escribiendo (porque vaya que es sobarse el lomo a lo albañil, una pesadez fastidiosísima, ahora *encima* una perdedera de tiempo), si luego nadie ni va a entender o apreciar? Y ¿quién tiene tiempo y espíritu hoy, como están las cosas, para de verdad LEER? Ya no va. Eso se acabó. Ir al cine se va poniendo también fuera de foco. El mundo virtual es a lo que hay que apostarle, pero sin menoscabo de la imaginación, inteligente y literaria. ¿Me sigues? —volteó a verme, bajó la vista de sus cielos y me la clavó en los ojos—, sí, me sigues. Con un golpe de dados no aboliremos el azar, pero sí mostraremos al mundo sus verdades o, por lo menos, certezas verídicas. Lo que te propongo es que hagamos tu novela tal cual es, tal como tú la ves en tu cabeza, tal como la cargas íntegra en tu imaginación, sin robarle una frase, un parlamento, una imagen, un sentimiento, una sensación, una idea, sin quitarle un pelo a su atmósfera… Idéntica a sí misma. El espejo fiel, *y ya leído,* de tu novela. Digamos (aunque esta explicación es demasiado reductora, pero de algo sirve), como una película que supiera ser cien por ciento fiel a tu idea, pero infinitamente más precisa que una película. No sólo porque si se filmara tendrías que contar con que de seguro el guionista te va a traicionar y el director y el productor van a hacer su porción de lo mismo, todos van a querer satisfacer quién sabe qué otras cosas con las que tú no tienes negocio alguno —y esto dejando de lado las tonterías o faltas de talento y torpezas y errores —, sino por las limitaciones del medio, porque el cine es genial pero es cine, no La Novela y mucho menos el contenido completo de la imaginación que un día albergó el cerebro del artista… Simplemente, digo, porque el cine es un medio limitado al lado de La Novela, se mueve mucho más lentamente, tiene menos espacio de pensamiento y emoción… No, no quedaría como una peli, aunque sería un poco como si fuera una peli en súpersensoround y sin babosadas del director ni malos actores, ni otra vez las caras de siempre. Imagina, con cambios precisos de luz, con acercamientos y alejamientos y todo lo que sea necesario para comprender y vivir tu historia en total plenitud, pero también con ideas y con emociones y con esa pausa que hay siempre en las palabras y con un mundo sensorial completo: olfato, gusto, tacto, sensación, intelecto, palabras, sugerencias, sombras… eso que es la densidad literaria… quedaría como podría quedar afuera de ti una lectura precisa y astuta, como tú sueñas que sea una lectura, como tú la ves. No sólo para los ojos: para toda la imaginación, para todos los sentidos, y no frenada al tiempo que necesitan los ojos, porque los ojos son como tortugas comparadas con el resto de uno, ¿no? ¿Verdad? Yo he dado en el clavo de cómo transmitir el imaginario de una persona en un lenguaje menos limitado que el verbal, sin excluirlo. ¿Qué te parece? ¿En mi casa mañana?, ¿sí? Di que sí.

Asentí con la cabeza.

—¿Entonces? ¿A qué hora escribes?

Le respondí con una sonora carcajada, diciéndome en silencio:

—¡No mames, güey, si no escribo nunca!

## II

Sólo por no dejar (una mezcla de inercia y curiosidad por ver cómo es por dentro la casa vecina), fui a la cita a la mañana siguiente, cuando di por terminado el ritual matutino que, con los años y la pereza crecida, se ha ido extendiendo a proporciones inverosímiles o —y esto es lo que me irrita— *femeniniles*, aunque la verdad es que femeninininiles, o ya ni lesfemeniles. De hecho, esa mañana hasta me apresuré, llegué sin rasurarme, a eso de las 11:30. Y digo "fui" como mero ejemplo de mi proclividad a la desmesura, porque lo que hice fue salir de la puerta de mi casa, caminar los tres pasos reglamentarios para poder encender un cigarro, dar un paso más y aspirar tres veces de mi pitillo, apagar el cigarro casi intacto mientras subía los escalones de la casa vecina, meterlo en mi guardacolillas y tocar el timbre. Entonces caí en la cuenta de que no le había preguntado por su nombre —a él no le hacía falta el mío, me había leído—, pero ni falta hizo decir a quién buscaba, como si el portero electrónico enseñara mi imagen, alguien apretó el botón que abrió la puerta, al tiempo que una voz dijo "Watch your step!". Entré. Con las dos manos en la espalda aseguré atrás de mí la puerta en lo que los ojos se acostumbraban a la luz interior, todavía con la cajetilla metálica en la mano. Abrí la segunda puerta de la entrada y, al ver lo que me esperaba, no pude contener un "¡Guaaauuu!", se me salió de la boca. Cerré esta puerta atrás de mí y apoyé la espalda contra ella.

La casa (una brownstone de cuatro pisos más el sótano, como la nuestra) carecía de toda división interior, no había una sola pared, tampoco pisos entre los niveles, ni siquiera separando el sótano. Era un inmenso cascarón vacío, pura piel o sólo el esqueleto del xix al que se le veían (como cuando tumbamos la pared del baño para rehacer la cañería) ladrillos de tamaño y disposición irregular, tiritas de madera acomodadas como por mano infantil y juguetona, el dibujo secreto, la hechura al desnudo. Frente a mí y del otro extremo, contra la pared posterior y unos tres metros abajo, había una plataforma de unos cuatro metros cuadrados, hecha de alguna resina o plástico transparente, cubierta con un amontonadero caótico de computadoras, cables y chuchufletas electrónicas. La luz entraba por las ventanas frontales y posteriores, alineadas tres al frente y tres al fondo en cada nivel, doce en cada costado del edificio, veinticuatro fuentes de luz, algunas mucho más largas —las que corresponderían al segundo piso—, otras más anchas —las del primero, especialmente las que daban al jardín—, dejando entrar la luz del día a chorros puros que al llegar se convertían en un bloque color rojizo; teñido por los ladrillos se solidificaba. Daba el efecto de que sólo esa luz rojiza sostenía al cascarón, caverna enorme. En el centro del dicho bodegón corría una estructura transparente, que alguien podría tomar por una escalera de caracol. No tardé en darme cuenta de que subía y bajaba, crecía hasta el techo o se encogía desapareciendo en total silencio.

Un paso delante de mí, no había dónde poner los pies. El vecino me sonrió desde la plataforma de los electrónicos y, sin dejar de hacerlo, sin él moverse un ápice, se desplazó, se me acercó sentado en su asiento. "¡Dejad que el asiento se acerque a mí!", el acto me hizo darme no sé cuánta importancia, como si anduviéramos entre cristos o vayan a saber qué prodigios. El asiento, digamos, volador, de dos plazas, llegó a mí en un santiamén. Con un gesto, el vecino me invitó a subir.

Debo confesar que estuve tentado de darme la media vuelta y echarme a correr. ¿Esto era la casa de mi vecino? Creo que algún día vi pegado en la ventanita de su puerta uno de esos carteles que dicen "I LOVE BROWNSTONE BROOKLYN. NO TO RATNER'S ARENA!". ¿Y esto era una brownstone de Brooklyn? Are you kidding? ¡Qué tomadón de pelo!, era todo menos eso, un huevo rojizo y vacío… Esperaba —aquí entre nos— topar con un piso atestado de trebejos, los más baratijas engañaojos, olor a meados, cuando más un dúplex. Y no: el vecino tenía para sí la casa completa, y la tenía vacía, sin paredes ni pisos intermedios, tan vacía que ni casa era.

Me subí a su lado, en el asiento de su diestra, y nos deslizamos de regreso a su tapanco. Ahí él se bajó, yo lo imité, caminamos un par de pasos entre un bosque de computadoras y máquinas extrañas, cajas con botones y sin éstos, teclados, bocinas, y salimos por la puerta trasera —de vidrio, yo la había incluido en mi cuenta de ventanas— hacia el jardín.

Al regresar al aire libre, me golpeó más fuerte el baño rojizo en que acabábamos de estar sumergidos, y tal y como mi boca había hecho un "¡guauuu!" al ver el huevón colorado, dejó escapar algo que pareció un quejido, dejó salir el aire que había contenido adentro, sonó algo así como a un "crack" apagado.

Mi vecino giró a verme y volvió a sonreír.

—That's my workplace.

—Pues qué oficina te largas, güey… Shtás cabrón…

Se rio. "Es donde trabajo", me explicó, "vamos por un café a mi casa" y diciendo y haciendo, recorrió el jardín a lo largo con largos trancos y, antes que yo lo alcanzara, abrió la puertecita de la cerca que lo conectaba con el otro jardín trasero, el de la casa que daba a la calle paralela. Le seguí los pasos corriendo corriendito, y apenas estuve a su lado, me dijo "Cuidado con la cabeza" y traspuso la puertecita y hete que había ahí, entre los dos jardines, una pérgola, y encerrada bajo un túnel de enredadera (las dos caras de la cerca cubiertas de hiedra, y encima de éstas una techumbre también vestida de hojas) una *ambientación*, por decirle así, de un jardín de antaño, el reclinador o chaise-longue de mimbre, la fuente medio a la japonesa que cantaba el tip tip tip de la gota de agua —¿a poco no me salió chula esta frasecilla?, la espeté por no escupir *una fuente sonora*, pero ésa es la que le va, la dariana auténtica (y si digo Darío, digo más, porque encerrados ahí en ese refugio de hojas recordé los versos:

¡Oh, la selva sagrada! ¡Oh, la profunda
emanación del corazón divino
de la sagrada selva! ¡Oh, la fecunda
fuente cuya virtud vence al destino!

Los dije en voz alta, en una muy neat traducción que he hecho de éstos al inglés, pero no le dijeron nada al vecino: por más educados que sean, los gringos ignoran totalmente nuestros clásicos). Si no está mal mi cálculo, este refugio escondido quedaba exactamente en el corazón del corazón de la manzana. Sí, había que cuidarse la cabeza: la techumbre de hiedra no era demasiado alta, debía caminar agachado para caber en este refugio escondido para mí y para cualquier vecino, no había cómo descubrirlo, quedaba escondido de los mirones de las ventanas. No nos detuvimos sino lo suficiente para que yo dijera los cuatro versos, traspusimos la puertezuela de la siguiente cerca y entramos al otro jardín. "Come", me dijo, "let's go home". Home? Go? No entendí de qué me hablaba, pero él me contestó con sus pasos: caminó ligerito ligerito cortando a lo largo este segundo jardín hasta llegar a la puerta trasera de la segunda casa. Ahí, al tiempo que la abría, volvió la cara hacia mí y, viéndome clavado mirarlo, exclamó un "Come on!". ¿No sólo era dueño de la casa completa que quedaba al lado de la mía, de sus cuatro completos pisos, sino también de la que estaba al otro lado de la manzana, la que daba a la calle paralela a la nuestra? ¡Como están los precios de los bienes raíces! Caminé hacia él diciéndome en silencio "¡Este güey tiene que ser millonario!", y en voz alta, porque no se me ocurría otra cosa, le dije: "If you own both houses, you must be a billionaire!".

—Oh —contestó— it's all a romantic mess. My parents met when they were kids and neighbors, you know… "Es un enredo romántico, mis papás se conocieron de niños, pasaron la infancia saltándose la cerca que dividía los jardines de sus casas. Como los dos eran hijos únicos y sus cuatro papás trabajaban, tuvieron tiempo libre y de sobra para acompañarse. Por eso se embarazó mi mamá a los 16. Pasó de sus pañales a los míos sin ni tiempo. Soy su hijo único. Y sí que es romántica su historia: siguen casados. Viven en Miami".

—¿Así que las dos casas son tuyas?

—Of course!

"Of course? My horse!", me dije adentro de mí. "¡Aquí no hay motivo de ningún of course!".

Porque ya habíamos entrado a la segunda casa. Era como yo había imaginado la suya de Dean Street: un mierdero desordenado y sucio que no dejaba ver ninguna belleza en el inmueble enterrado bajo un sinnúmero de triques, lámparas descompuestas, sillones desvencijados, papel tapiz rasgado, cortinones sucios de colores deslavados por el sol, mesas apoyadas para no caerse contra las paredes de papel tapiz de colores que algún día fue pastel, sillas de mil tipos, todo bañado en hedentina, como imaginé, olor a orines que no serían necesariamente de gato: cuando compramos la nuestra, también olía a esto y sólo dejó de apestar cuando pelamos la pared del baño y descubrimos que la cañería al descender formaba una ese, de cuya curva goteaba o francamente chorreaba el origen de la peste. Hasta el piso estaba podrido de tantos meados que venían lloviéndole por décadas.

Yo por lo mismo, de haber tenido plata —ya dije: nos tiramos el dinero de mi novela a lo loco y lindo, paseando por el un día lejano oriente haciéndonos los lunamieleros—, habría elegido vivir en algún condo decente en Tribeca, si lo peor una bodega vieja vuelta loft modernísimo. Todo menos esta batalla con mierda centenaria. Pero ni hablar del asunto.

Habíamos entrado, pues, al piso que daba al jardín, a la cocina. Mi vecino puso a hervir agua en un cacharro de peltre azul, sobre una hornilla que ni de tiempos de maricastaña. Vació café en grano de una lata mugrosa sobre una caja negra que resultó ser un molino manual, le calzó la manija como si fuera un sombrero, una verdadera antigüedad que a mi mujer le encantaría poseer. Porque poseer es algo que le gusta a ella. No es lo mío, en cambio. Yo lo único que quiero es un poco de suerte, jugar, no perder, y … Pero basta, me desvío:

Echó el café molido en un percolador de tela (¡hacía cuánto que no veía uno de ésos!), lo puso en la boca de una jarrita blanca también de peltre, con una florecita pintada en la barriga, el borde abollado y bien despostillado aunque todavía se le veía lo negro y, apenas rompió el agua a hervir, la filtró.

Luego, de un cajón atiborrado con lo más variopinto (alcancé a ver un martillo, la tapa metálica de una olla, un trapo arrugado de cocina), sacó dos tazas y en su muy dudosa limpieza nos sirvió el café. Cada quien llevando su café, subimos las escaleras siniestras —no llegaba la luz natural, no había foco que iluminase— hacia el siguiente piso, al nivel al que yo había entrado en su otra casa, el que queda al término de la escalera de la entrada principal, yo pisándole los talones y con los ojos clavados al piso, pensando: "¡En la que me metí, estúpido!", y sin darme cuenta entramos al parlor-room. La sala, el Señor Salón, era como para aparecer en una revista de decoración de interiores: el medallón original de yeso, el espejo de piso a techo entre las dos ventanas del frente también del año del caldo, las *pocket-doors* entreabiertas semidividiendo el estudio de libreros de caoba arropando un piano al centro. Los muebles y las lámparas del salón eran "de diseño" contemporáneo, no vejestorios engañabobos, sino elegantes, ligeros, de muy buen gusto, como comprados en una butik de muebles carísimos, de ésas que les encanta visitar a mis cuñadas cuando vienen de visita, en la Catorce muy al oeste, allá donde fue el butcher district, no las que conoce todo el mundo: las verdaderamente exclusivas. Como de revista, repito, pero no para señoras fodongonas de clase media, sino para el jetset. ¡Qué lugar! Hasta el más impermeable a esas cosas se habría quedado boquiabierto. Incluso el olor pegajoso se sentía aquí mucho menos. El objeto más espectacular era la mesa de centro, de forma irregular, patas metálicas, la superficie de madera d'pitahaya o algo todavía más exótico.

—This is my place!

Lo dijo muy complacido. Y explicó: "El primer piso, el que viste abajo, es el territorio de mi nana. A ti, que eres mexicano, puedo contarte sin pararte los pelos o provocar un escándalo que la nana que me cuidó de niño y que cuidó a mi mamá de niña en Savannah vive aquí en mi casa. Ya no ayuda gran cosa, más bien ahora yo me hago cargo de ella. Ese por el que entramos es su piso, yo tengo mi cocina en el siguiente, el que sigue arriba. Abajo no meto mano si no es para rara vez hacerme un café, prefiero salir a comprármelo. La otra casa, la que es la vecina de la tuya, la de Dean Street, es mi laboratorio. Debí citarte aquí, en Bergen, pero así de pasadita te voy explicando todo… sí, te robé más tiempo así… aunque creo que el tiempo no es tu problema, ¿o sí es?", dijo riendo entre dientes. "¿Estás listo? ¿Podemos ir a trabajar?".

El café, para mi sorpresa, estaba buenísimo: un buen café fresco perfumado, como los de mi tierra. La sazón del viejo calcetín percolador y el cochambre de las tazas…

—Sí, sí —creo que musité—, tengo la novela completa en la cabeza.

Terminamos el café con nuestras bocotas bien cerradas, como si ya no tuviéramos de qué hablar. Salimos de esta casa por la puerta por la que habíamos entrado en su retaguardia, hacia el jardín. Enfrente y unos pasos a nuestra izquierda quedaba la mía. Reconocí las persianas de nuestro inquilino, el mamón al que rentamos el dúplex del primer y segundo piso.

—Come on!

La llamada de atención del vecino me sacó de mi contemplación. Recorrí con él el primer jardín, cruzamos la cerca divisoria, luego caminamos el segundo jardín —serían en total, imagino, unos treinta pasos— y me volví a detener un momento, a mirar hacia atrás. Conté los árboles añosos: entre los dos jardines, nuestro vecino poseía siete. Nosotros teníamos cinco, ¡proporcionalmente, nosotros ganamos!, sólo en la mitad del territorio teníamos cinco y dos eran sicomoros... Satisfecho por mi pequeña victoria proporcional, entré con él al galerón de luz rojiza que ya describí. Regresamos a nuestros dos asientos. De inmediato mi vecino los puso en movimiento. Nos elevamos unos cuatro metros, giramos para dar la espalda a las ventanas.

—Ponte el cinturón —me dijo—, por si las...

Sacó dos mesitas de los brazos de los asientos, como las de los aviones, sólo que eran de la misma materia transparente.

—Pon aquí las dos manos extendidas.

Lo hice.

—Voy a colocarte un sensor bajo la lengua. Lo he conectado a un casco que sirve sólo para que no se mueva, para que puedas cambiar la posición de tu cabeza cuantas veces quieras sin que te desconectes. Si te molesta el casco, tengo también una diadema, tú dirás. Las señales que envíe tu cerebro pasarán por los nervios que están bajo tu lengua, éstas se transmitirán de inmediato a mi disco, donde, ya que las revises, las guardaremos. Señales acústicas, señales visuales, olfativas, táctiles... ¿Entiendes?

Ni tiempo de entender ni pío. Al tiempo que me explicaba, enseñaba los objetos, el casco —que parecía precisamente el de un electricista—, los cables colgándole, las puntas planas de los dos sensores...

—Abre la boca.

La abrí.

—Ahora levanta la lengua. No te va a doler, pero recuerda que es un área extremadamente sensible. No te muevas en lo que sujeto los sensores.

Lo obedecí a pie juntillas. Puso algo bajo la lengua, nada molesto, sólo frío. Al acomodarme uno de los sensores pasó algo que provocó una producción excesiva de saliva y salió un chisguete de ésta de mi boca abierta, como una fuente.

—¡Perfecto! —exclamó al ver surtir el chisguete. Luego sujetó algo a mis sienes, como una corona. Volvió a ajustar lo que estaba bajo mi lengua, brincó fuera otro chisguete para el que ya no hubo el aplauso del calificativo.

—Ya. Comienza. Dite tu novela, dítela a ti mismo… Imagínala como es. No necesitas ponerla en palabras. No debes ponerla en palabras. Vela, siéntela, huélela: pásala en tu cabeza. Vela, vívela, precísala. Tal como la imaginas. No corras prisa. Vela, mírala, visítala como es.

Cerré los ojos y empecé a hablar adentro de mí, relatando la novela, no más de tres minutos. El güey me detuvo:

—¡No, no!, ¡no me entiendes!: no tienes que ponerla en palabras, ya te dije. No me la dictes, no es taquigrafía electrónica. Cuando digo "dítela a ti mismo" quiero decir "imagínala con la mayor cantidad de elementos, imágenes, sonidos, lo que tengas, lo que hayas trabajado, lo que ya sepas que va". Vela, te repito, vívela. ¿No dices que ya la tienes completa? Vamos a hacer una prueba, así que déjala correr hasta que yo te diga. ¿O.K.?

Yo seguía con los ojos cerrados. Tal vez la cuenta de los cinco árboles del jardín me había dado serenidad o valor y confianza, o no sé qué, porque pude sentirme como para comenzar a ensoñar (si así puede decírsele) mi novela. Vi transcurrir la escena inicial con total concentración y precisión. Ya estuvo suave de "no sé-por-qués", pero *no sé por qué vi* que la blusa o suéter de Ana era mucho más encendida que otras veces, y por este color, como casi de barniz de uñas, apareció un nuevo detalle que no había visto y que me hizo, digamos, trastabillar, o que hizo trastabillar a mi imaginación. La escena había ido, hasta este momento, corriendo, corriendo, sin detenerse, suave, expedita, pero aquí remoloneé: un hilo de la dicha blusa se atora contra una grapita de la pared. Como dije, trastabillé, me tropecé: ¿la grapa es capaz de romper la blusa?, ¿el hilo se atora lo suficiente como para dejar ahí una hebra?

Lo peor de este trastabilleo o tropezón no fue el freno a que me obligó la duda y las disquisiciones sobre el porvenir del gancho diminuto y una hebra del suéter, sino que, tal vez por el intenso colorado o fucsia de la blusa entallada de Ana, encima de todo me perturbé. ¿Y por qué digo *perturbé* en lugar de usar la palabra precisa? Se me presentó una erección de ni pa coño. Se me paró, pues, como si fuera yo adolescente. Y entre lo de la grapa y el paradón, me distraje por completo, perdí mi *narración* de vista, avergonzado como un púber imberbe.

—Oh, fuck! —chilleteó el vecino—. We were doing well, come on!

Abrí los ojos. Pero creí que era como si los hubiera dejado cerrados, porque enfrente de nosotros estaban:

Ana y Manuel, mis dos personajes, en pleno *clinch*, ella con la espalda pegada a la pared, los zapatos de tacón de aguja, el derecho doblado, como yo siempre había imaginado que ella lo pone cuando le dan ataques de ansiosa impaciencia. Alrededor de ellos, el cuarto, la habitación, la ventana —y lo que da a la ventana, el jardín—, el clóset, la cama: todo. ¿A qué hora había yo dicho en mi cabeza lo del tacón doblado, el clóset (que todavía no entraba en acción), la cama, etcétera, los múltiples detalles que estaban ahí, encarnados en nuestras narices, de pe a pa completitos? ¿Y los dos personajes de carne y hueso aunque —porque yo me había detenido— como congelados, como sostenidos?

Porque ni siquiera respiraba. Creí ver en el rabillo del brillante ojo de Ana una chispa de recriminación y en el mismo instante oí la voz de mi vecino, "¡Anda!, ¡sigue!"

Y ya sin cerrar los ojos, picado por lo recién visto, me dispuse a continuar con la escena. Ana y Manuel cobraron de nueva cuenta vida, se animaron, ¿y qué digo, si no habían estado muertos, sino sólo suspendidos, esperando seguir? Les regresó el pulso cardiaco, se veía el corazón de Ana latir a través de su blusilla cachonda, verdaderamente embarrada al cuerpo. Retornó la pasión a su abrazo, él jadeó un poco, y entonces el vecino dijo:

—Hold! You'll have to start all over again. I havent saved yet the material… Se encimaron las escenas, no quiero que editemos, quiero el hilo sin cortar porque sería casi imposible que en una primera sesión reproduzcas idéntica la imagen. En la primera y por mí que también en la última, porque sospecho que es imposible de todo punto reproducir idéntica la imaginación… Pero ya se verá… ¿Empezamos de cero?

Así hice. Comencé de nueva cuenta por el principio, ahora con los ojos, como ya dije, bien abiertos. Voy a intentar ponerlo en palabras, pero pero pero, sin un ápice ya de fe. Serán palabras desilusionadas de sí mismas, que uso porque no me queda de otra; comparadas con lo que vi, no serán nada. Porque eso que vi en el "laboratorio" de mi vecino contenía toda la información de un golpe: desde el primer instante estaba ahí el ambiente, los personajes hechos, la tensión… ¡Era perfecto, perfecto, era lo que yo querría que fuera mi novela! Era una novela perfecta, porque todo era más que legible, porque se transmitía intacto lo imaginado, porque pasaba completo, cargado de emoción, color, luz, olor, presencia, tacto, vivo… ¡Vivo! Todo es inútil ahora. No puedo creer en mis palabras, en las palabras. Sólo anotaré aquí un mediocre y gris apunte que NO tendrá el genio que han tenido los sketches de los genios, por ejemplo, Miguel Ángel. ¿Qué tal esos dibujos? Con dos trazos está hecho y dicho todo. Chíngale, chíngale, dos sombritas aquí, un rayón allá y ya la hicimos. ¡No conmigo!

Yo soy novelista y no cuentista o dibujante. Necesito completar el cuadro para transmitir lo que deseo. Aquí ni tiempo ni, como ya dije, ganas: perdí el gusto. Yo soy un escritor flojo —no lo niego— pero momentáneamente no es la flojera o la pereza lo que me domina, sino la desilusión. Mi novela quedó quemada, grabada, impresa en 404 Dean Street, en el cascarón vacío y rojizo de una brownstone sin paredes divisorias, sin pisos, hecha de sus puros muros exteriores, desnuda en su interior. Quedó impresa ahí: ¡ya no es mía! No hay nada que podamos hacer para retomarla, para volver a apoderarnos de ella

—y uso el plural mayestático, ¡vana pretensión de autor!—.
Pero ya basta de lamentaciones y vayamos al boceto:

Ana ha llegado a una de las entrevistas secretas con Manuel.
Son amantes desde hace dos años. Lo encuentra en extremo
agitado. Nomás verla, él se arroja sobre ella. Su deseo tiene
una desesperación enfadosa. Ana quiere preliminares, platicar,
algún gesto de ternura, hacer algún tipo de contacto antes de
proceder *a lo que te truje, chencha,* e intenta quitárselo de encima, mientras que él, como un tigre, nomás quiere no soltarla.

Ahí pasa lo del hilo que se atora, lo de la blusa tejida y lo de
mi erección, que regresó, por cierto, al volver yo a "repetir" ese
punto de la escena: yo deseaba a Ana tanto o más que Manuel.
Más que Manuel, porque reconocía en él la ira subterránea, él
la abrazaba tanto por ira como por deseo. En cambio yo, ¡las
puras ganas!, tan puras como los angelitos del cielo. ¡Lo que
fuera por tenerla! ¡Nomás me acuerdo de esa blusita entallada
y como que se me vuelve a alborotar la alborotable!

Los personajes estaban visibles como si estuvieran desnudos, transparentes: todo lo que eran ellos se hacía presente, sus
corrientes más profundas, sus secretos, todo quedaba a flor de
piel, aunque la expresión a flor de piel es totalmente inapropia-
da: a flor de ojo. ¿Pero en verdad la novela perfecta entraba por
el ojo? ¿No era como que toda nuestra percepción participaba
en ella, los cinco sentidos, nuestros pensamientos, las memorias? Era. ¡Era!

La escena amorosa se inunda de violencia. El copete de
Ana se desprende de su acicalado peinado. Ana dice algo al oído de Manuel, lo llama con una palabra secreta que ellos tienen
y ésta lo domestica, lo desploma. El hombrote suelta a Ana,
da dos pasos atrás y llora. Ana lo ve llorar, con la espalda aún
pegada a la pared donde él la tenía apachurrada, porque bien
apachurrada la tenía con sus arrechuchos. Camina a él, lo acaricia, lo consuela, él le pide perdón, ella le dice cositas tiernas
que quieren decir "tranquilo, no hay fijón", él le dice "Me des-
espero sin ti, no puedo vivir sin ti, no puedo más", ahogándose

en llanto. Ella lo acaricia con ternura. Él responde con caricias ardientes. Los dos se desean, con premura se besan, se despojan de sus prendas sin dejar de besarse, ayudándose, ansiosos. ¡Ah, qué achacosa materia, las palabras! ¡Nada dicen de lo que había ahí!

Se quitan todas las prendas, excepto ella el brasier. "Ayúdame", le pide la corderita, "Ten tu ayuda", le contesta el cabrón mientras la penetra, dejándole los dos melones cubiertos de colorados encajes, del color casi del suéter, un poquillo más apagado, color rojo sangre.

En mi novela, cuando mi novela era mía, yo había pensado dejarlos aquí y pasar a la siguiente escena sin regodearme en el coito, pero en casa del vecino, la cogedera ocurriendo con tal lujo de detalles y sensaciones (porque todo lo sentíamos, era como que, al tiempo que los veía, yo también *actuaba* sus partes), lo dejé seguir. Ya no me importaba mi erección, había perdido el pudor. Era demasiado valiente como para quedarme frío. Cierto que ya no tengo quince años sino cuarenta y dos, pero ahí estaba, con el palo completamente parado sólo por ver. Pero no era sólo por ver. No era, tampoco, porque fueran MIS personajes. No: era el software innombrable del maldito Lederer el que me ponía de esta manera. A mí y a cualquiera que se acercara al "material".

El caso es que los dos personajes estaban de cogetes incansables. Era obvio que este par no podía abandonarse por nomás decirlo. Cuando de pronto —ella tenía los piecitos abrazados sobre la espalda de él, él le había retirado parte de las copas de su brasier, dejándole los pezones al aire bien alzados, las novias pasadas son copas llenas— se esfumaron.

Se oyó algo así como un click.

—¡Se acabó el primer bloque! —dijo con voz muy vivaracha mi vecino—. ¡Nada es perfecto! No está mal para el primer intento. No reservé más espacio: es genial la cantidad de data que contiene tu imaginación. Ahora mismo no puedo almacenar más en un mismo disco, si le llamamos disco al... *bullshit*!

Y nomás maldecir, dejó de hacerme caso, sobándole el no sé qué a su mesita. Quitó la mano, buscando otro no sé cuál, y vi: se había prendido un foquito rojo exactamente en el borde de la mesa, parpadeaba, y de pronto comenzó a sonar una vocecita que decía: "stop having a fit". ¿Qué le estaba dando un ataque equivocado? Yo no le vi ningún ataque.

Picándole aquí y allá a sus controles, el Lederer consiguió apagar el foco rojo, y me dijo: "Sorry, es esta mierda, una alerta budista que activé hace unos años; se me olvida que sigue aquí, no me he tomado el cuidado de quitarla, de borrarla. Un día de estos la quito. Y ahora, con tu permiso, tengo mi clase de yoga. Tengo que hacer un arreglo para poder darle cabida a un capítulo; calculé mal el tiempo de los bloques. La siguiente sesión ya podrás seguir sin necesidad de que yo te interrumpa a media escena... ¡Buenísima ésta, mano! ¿Puedo salvarla como un primer capítulo?".

—Por supuesto.

—¿No queda mocha la narración si la detenemos aquí?

—¡Qué va! Queda como anillo al dedo. Es buen remate para el capítulo.

Se rio. Se le veía feliz, tanto que hasta parecía un poco loquito.

—Pero te aclaro: no es un primer capítulo, sólo el prefacio. Mis capítulos serán más largos.

Picó este botón y el otro y puso a correr lo "hecho" durante el día en súper fast forguar, este primer "capítulo". Ya no necesitaba espacio para ocurrir entre la mesa y nosotros, pasaba ahí nomás, rápida, etérea, completa, intacta, como la habíamos visto nacer allá arriba a medio "aire".

En fast, la media hora corrió en menos de un minuto.

—¿Seguimos mañana? —me preguntó el vecino— ¿O prefieres verlo primero con tus abogados? Yo podría citar a los míos, digamos para el sábado, temprano. En dos días. ¿Va?

Mientras me decía estas cosas, abandonaba el "tapanco técnico" y se subía a su silla, indicándome que tomara la mía para desplazarnos hacia la puerta de 404 Dean Street. Giré la cabeza para corroborar que no quedara nada de "nuestra" escena allá atrás. Nada. La escena que había aparecido viva en el centro del cascarón se había borrado. No había nada más que ambiente estancado de cascarón rojizo, porque vaya que parecía sólido, casi agelatinado. De la pareja a medio acto no quedaba un pelo. Ni siquiera el olor, que había sido tan presente: nos había envuelto el olor de hembra caliente. La especie de escalera de caracol transparente que vi al entrar se había esfumado también.

En la siguiente escena, Manuel estaría con su familia —mujer y dos hijas pequeñas— en el jardín de su casa. Las niñas gritarían alborozadas, el perro —había perro— saltaría. No, no estaba yo de humor para vérmelas en ésas a la de ya, así que le dije:

—¿Abogados? La idea le encantará a mi mujer, ella es abogado, mi abogado —y de un hilo le pregunté, por la asociación de mi novela—, ¿y su perro?, ¿dónde tiene a su labrador?

—Are you kidding? ¿Cuál perro?

—El de ayer.

—Yo no tengo perro. Ayer traía conmigo ese virtual para tener pretexto de abordarte. Ya había intentado antes, no te dejabas. Vives en la luna, ¿sabes?

Ya estábamos de pie frente a las puertas que daban a la calle. Abrió la primera, de inmediato la segunda, y ahí, cuando nos pegó la luz del medio día en la cara, volteó a verme y me sorrajó:

—Entonces qué, ¿la hacemos? ¡Será la novela perfecta!

Ahora que lo escribo, no sé quién lo formuló antes, creo que fui yo, que yo acuñé la expresión "la novela perfecta". Si de algo soy autor, es de esto. Pero apenas lo dije, el Lederer tomó la frase como si fuera de él. El maldito Lederer.

# III

Confirmó por teléfono que la cita sería en su dirección de Bergen Street. Habíamos intercambiado tarjetas, yo la mía de mi mujer —tan mía como cada *quarter* de mi cartera—, él la propia —un cartón manuscrito, garrapateado— y la de su abogado —muy tradicional aunque bastante dedeada—.

El sábado, apenas poner un pie al salir de casa, dijo mi mujer:

—We will not, listen carefully, we will *not* —lo subrayó— sign anything, "¡No firmaremos nadita hoy!".

"Depende", le contesté, en inglés, siempre hablamos en inglés porque la Sarita no le entra al español. "Vete a saber qué ofrezcan". Venía vestida como para ir a la oficina o a la corte, aunque fuera sábado: traje sastre negro, blusa gris perla, zapatos negros, medias ligeramente oscuras, la falda entallada unos centímetros arriba de la rodilla. La cabeza la traía de día de fiesta, el cabello suelto, del diario se peina aplacándolo, domándolo con un atadito en la nuca que le deja el coco como pelado, parece que ni a pelo llega, embarrado con esa jalea brillantosa que lo hace ver como un gorrito de nylon. En la mano, su portafolio. "You have to understand", comenzó a arengarme. Esta vieja adora su papel de abogángster. Me explicó, con su voz mandatoria o de mandona, que hay diferentes tipos de abogados —¡lo sabré!, vivo con una delopior—, que su especialidad no era copyrights, los derechos de autor, que hoy sólo ella me acompañaba para "tantear" el terreno, antes que se le sumaran colegas de su bufete, que también teníamos que protegernos, ella y yo, de un posible ridículo, porque todo lo que yo le había contado sonaba a un magno scam. "Así que no firmaremos nada, nada nadita, *nothing*, dear —casi gritó el *nothing*, al tiempo que giraba la llave para cerrar la puerta—. ¿Me entiendes?".

¡Méndez o te explico Federico!, claro que la entendía. Me sentí demolido. Todo esto lo había escupido mientras bajábamos la escalera de nuestra brownstone, apenas el comienzo del día, nos esperaba uno laaargo juntos, ¡pobre de mí! Juntos quería decir *juntos,* jota-u-ene-te-o-ese, juntísimos, no como pasamos los días que pasamos en casa: la Sarah jala p'al gimnasio, regresa como si le hubieran puesto un cuete en la cola a darse una ducha y a correr zumbando al súper como si siguiera teniendo atrás lo mismo, porque detesta la idea de comprar en freshdirect.com, que me cae que sería lo ideal, te sientas frente a la pantalla, dos teclazos y te envían todo a casa, pero allá ella, y, apenas vuelve, se pone a hacer orden igual, como con el cuete retacado, y sube y baja y baja y luego sale a que le hagan las uñas, limpieza de la cara o chupirules en el pelo o se lo atusen, que tanto se hace en su maraña que es difícil llevarle la cuenta, luego se pela a buscar no sé qué a bed-bath-and-beyond —nombre que siempre termina por conmoverme, ¿pues cuál es el dicho *beyond,* qué es eso del más allá del baño y la recámara?, ¿qué queda detrás de la cama y el retrete?, ¿el ático donde duermen los fantasmas?—. Apenas vuelve, jálate pa la sesión de yoga… ¿Pa qué yoga, con el cuete atorado? Si se relaja, se le escapa, pero va a la yoga igual. ¡Qué sabaditos!

El caso es que los días libres ella no para, si acaso está en casa, se esconde atrás de su remolino hace y hácele orden —hasta se anuda a veces un pañuelo Aunt Jemima a la cabeza—, baja y sube, no deja de menearse, va que vuela de un hilo. Ese sábado, en cambio, juntos, juntos, *juntos*, ¡horror!, por horas. Y ahí estaba mi vieja, chulísima —eso sí, que nunca se le quita—, arengándome. No iba a parar. Ya me veía cargando en mis hombros con la tromba durante horas. ¡Pobre de mí! ¡Tromba y cuete en culo ajeno, y yo a aguantar!

Por fin tocamos tierra, la banqueta, la acera, como le llamen. Podríamos haber caminado hacia la derecha o hacia la izquierda, la casa está precisamente a la mitad de la cuadra. Dejé a la Sarita decidir porque yo ya cuál energía, habían bastado los seis escalones para a punta de regaño dejarme hecho polvo y luego ahí nomás tirado, sin siquiera acomodarme en mi urna. Caminó hacia la izquierda, hacia Fourth Avenue y yo la seguí, perruno, pero no virtual: me eché a pensar. Desde hacía tres días, cuando ocurrió lo que he reseñado en casa de mi vecino, andaba yo como obnubilado, como deslumbrado, como que los ojos nomás no se acostumbraban a la neta, como perro al que le echan encima los faros de un coche; no daba pie con bola, todo se tropezaba en mi cabeza. Pero aquí pensé mientras caminábamos custodiados por la hilera vigilante de brownstones. Me dije: "Si vas a estar con ella horas y horas, mejor sé amable, con suerte se calma". Y le dije: "Sariux, de verdad que siento mucho haberte dejado sin tu sesión de gimnasio hoy. Ya sé lo mucho que te importa. Mil gracias por venir. Ojalá que valga la pena, *espero* que valga la pena. Si no, te pido una disculpa por adelantado". Se lo dije en inglés porque pa qué en español si no entiende un pío. Mis palabras tuvieron un efecto fantástico —no a lo bioyborgesbianco, sólo "bueno y rebueno"—. Volteó la cara hacia mí, su hermosa carita enmarcada con la tupida cabellera rojiza, y me sonrió. ¡Dos veces! Dejó de ladrar y se quedó calladita, con una expresión verdaderamente placentera en su boca, "The smiles that win, the tints that glow". Mi Sarita es divina. Que sea una chinche, ni quién lo niegue, pero lo bonita, lo digo, lo repito y lo repetiré, no se le quita nunca.

Habíamos llegado ya a la esquina —que rápido se va el tiempo cuando pasa en las buenas y lento cuando baja uno de la ermita de mi patrona—, el hombre que vive ahí sentado siempre —o siempre y cuando no haga un frío de tállate en los ojos chiles sin desvenar— todavía no había llegado a su puesto, pero ahí estaba su silla y la carriola donde guarda algunas de sus chácharas. Dicen que era un fraile franciscano antes de echarse a la calle y sí lo parece, regordete y barbado, vestido como un pordiosero, un franciscano en atuendo contemporáneo, voto de pobreza y vinillo de consagrar robado a los altares de la opulencia. El templo De la Iglesia Universal de Dios, el *Pare de su[f]rir*, estaba cerrado, la marquesina arriba de nosotros, sin la "efe" que no sé por qué no la vuelven a ensartar. *Pare de surir*, deje de sonreír —y cáigase con su plata, que'l quel'hace de cura predica: "Que pase al frente el que va a hacer un sacrificio de diez, veinte o cincuenta mil pesos", luego baja a nueve, a ocho, a siete, a seis, a cinco, y brinca de cinco a uno, arguyendo que ésos ya ni son sacrificios, que llega la hora de las ofrendas, que pueden ser de a lo que sea—. Un robo en despoespiritualblado. Lo dice sin querer queriendo la falta de la letra "f" en su marquesina de la Cuarta Avenida en Brooklyn, esquina con la mía, Dean Street. Que el que ríe, sufre. Dicen los pico en español de la cuadra —cosas que me sé por andar stooping out, me han seguido los de mi lengua, las nanas (la oaxaqueña de dientes de oro y ya mayorcita, las dos hermanas adolescentes poblanas que sacan a pasear idénticos labradores negros, sus cabellos largos oscuros, morenas y bajas, sin cintura, chaparritas cuerpo de uva), el puertorriqueño rubio veterano y piradín, el Bobby, que vive en la cuadra (en el verano duerme bajo la escalera del 386, en perpetua remodelación, en el invierno a saber dónde), los treceañeros dominicanos siempre pegados a sus desvencijadas bicicletas de niños de ocho que viven en el edificio de renta congelada que está en la esquina con la Quinta Avenida—, me dicen, decía, que el ministro de la "Pare de su[f]rir" es prófugo de la CIA, que está escondido en quién sabe cuál hamaca en Brasil. Yo he buscado la noticia en el *Times* y la he googleado también sin suerte, será un caso más de mitología urbana. Además, la iglesia, o templo, o como la llamen, se atasca los domingos y los miércoles en la nochecita. Hasta hay edecanas, unas chicas bajitas, las petacas fajadas bajo cortas faldas oscuras, más cuerpo de uva que las nanitas, con tacones incomodísimos y burdos, como de monjas arrepentidas. ¿De dónde sacan zapatos tan feos? Así que debe de ser puro mito, la "Pare de su[f]rir" no se ve de capa caída, tampoco un esplendor de atáscale, tampoco.

El que no es mito urbano es el del asesinato que también oí en el stooping-out: unas cuantas casas a la derecha de la nuestra, en el 410, la dueña, Dorothy Quisnbury, activista vecinal, fue asesinada... ¡por un jovencito que vivía en mi casa! Su papá —un janitor de Baruch— era inquilino del tercer piso, el chico, en sus veintiunos, le atoraba al crack, y para darse el gusto un día le timbró a la vieja vecina, le pidió el teléfono prestado, y una vez adentro, patatín patatán —uso onomatopeyas por desconocer los pormenores—, y la vieja —que no lo era tanto, tenía 64— dijo adiós a la vida. Mientras ésta subía hacia el cielo —que algún tiempo debe llevar a las almas el trayecto—, su asesino vació toda su casa y poco a poquillo fue vendiendo lo que encontraba para satisfacer su vicio, la televisión, la videograbadora —si tenía, fue en el 84—, el radito, las joyuelas, la ropa... Hasta que uno de sus inquilinos, por un descuido del crackiento, encontró una tarde al pasar la puerta de su piso abierta, llamó "¡Dorothy!, ¿Dorothy?", y como nadie le contestó, entró y topó con el joven asesino drogadicto dormido en el sofá, rodeado de un desmadre mayúsculo, montón de triques aventados al piso, como si la policía hubiera cateado la casa, los clósets y cajones enteros vaciados. Entonces abrió la puerta de la recámara de Dorothy y ¡tópale con la cadaverina!, no sé si ya maloliente. De inmediato llamó al 911, y cuando la policía llegó despertó el chico. El culpable todavía cumple su condena, Terence Smalls, según los vecinos, Andrés Small, según el *Times,* ya está a punto de ser liberado *por buena conducta.*

Ahí íbamos caminando, mi Sarita y yo, frente a la Paredesurir, que, como dije, estaba cerrada, las cortinas metálicas al piso. Sobre la Cuarta Avenida, pura desolación, la avenida ancha,

tres carriles van, tres vienen cargados de tráfico, sin árboles…
¡Yo también amo el brownstone Brooklyn, no estos homenajes
a la modernidá! Los primeros pisos de las otras construcciones también tienen puertas metálicas para usos comerciales,
como la Paredesurir, pero la neta es que se usan muy poco, se
ven desvencijadas, abandonadas; luego hay un edificio que no
estaría nada mal si no fuera porque con el vecinaje todo se aba-
rata, sigue Mystic Essentials, una tienda enorme, versión mu-
chospesos de herbolaria caribeña, flanqueada por dos letreros
en los ventanales, a la izquierda "Spiritual Advisor", "Asesor
espiritual", y a la derecha el listado de los productos que venden: pomadas mágicas, aceites, inciensos (respectivamente
escritos en español disléxico: arietes, inceinsos), jabones, remedios. Lo primero que se ve en la tienda al asomar la cabeza
son los sprays: "African Power", "Great Juan's Attraction",
"Jelousy and Suspicions". A su costado dos edificios de departamento de quién sabe qué perfil interior, las cortinas de los
negocios de la planta baja cerradas a perpetuidad. En la esquina, El Indio Mexicano, una bodega o supercito o deli o tienda
de abarrotes, como le quieran decir, de unos más depricanos
que mexis, siempre hay media docena de pelones gordazos en
camisetas blancas atendiendo a ambos lados del mostrador, o
mejor dicho desatendiendo, que no sé a quién pueden atender,
están tan desabastecidos que ni leche puede uno comprarles
("¿Venden leche?", "Sí, pero no hay, joven"). Eso sí, diario encuentra uno pan dulce mexicano, sólo que siempre pan viejo,
conchas, soldados, invariablemente malísimos, tortillas industriales y de las peores, queso fresco que no me he atrevido a
comprar porque de fresco no le queda más que el nombre, crema agria en frascos de apariencia sospechosa. Un día pedí uno
para verlo de cerca: parecía mayonesa de la hellmans, ¡crema
infierno-del-hombre! No llegan ni a cajero automático como
las más de las delis de por aquí, como no hay banco o ATMs a la
vista… nuestro barrio ya tiene de todo pero todavía no de esto.
En la deli El Indio Mexicano todo está decrépito. Sobreviven

de milagro, o porque le entran gacho al autoconsumo, no sé qué les pasa. El barrio se levanta y ellos se agachan. De seguro que cuando todo iba a las malas, ellos se la pasaban bomba y luchaban como unos necios. Y ahora que la tienen regalada, se han echado a sufrir, dándose por vencidos. Un caso extrañísimo. No sé gran cosa porque la rehúyo, de verdad que deprime. Hace mucho que no entro. Cuando paso por aquí de vez en vez leo al vuelo el aglomeramiento de pósters y anuncios: "Aceptamos cupones de comida" —en español—, "Drink Tecate, six pack 5 dollars" —en inglés—, "Western Union, send your money to Nigeria" —en inglés—, "Bailongo en Chilaya, Puebla, venta de boletos en El Indio Mexicano o en la presidencia municipal, por primera vez en México Los Hermanos García". (El día que me detuve para leer con detenimiento este póster, uno de los de la tienda me dirigió la palabra en mal inglés: "those is in México", y "sí, ya vi", le contesté, "¿pusquíhablas español, güero?", "soy mexicano", "¿pusdiónde?", "chilango", "¡aaah!", y escupiendo su "¡aaaah!" se echó a correr hacia la puerta de la deli y se metió sin terminarlo —¡aaa!—, como si yo le hubiera dicho "tengo tiña y de la que deveras contagia". Me incomodó, pero mejor que me huyan, que un día que me asomé a la Mystics Essentials y luego me eché a andar a mi paso hacia casa, cruzando rapidito entre los fieles de la iglesia, la grey congregada en precioso día domingo frente a la entrada, rodeada por los pregones de los vendedores que aprovechan el rito, "¡tamaaaales, lleeeeve tamaaaales caaaalientiiiitos!" —ya los probé, no valen la cosa, no aquí, estando tan cerca del mejor lugar de cocina mexicana de todo Nueva York: en Union y la Cuarta, no el grande sino el changarrito de sombrilla afuera, el que ni a nombre llega—, que oigo que me persigue un "psst, psst, jey, yu!", y que volteo, pensando que se me ha caído algo o qué sé, y no, una gorda de cabellos mochados y teñidos de un rubio rájale, me dice en puertoinglés: "Ei sir, ¿yurr luquin for a riiíder?", "Me? What are you talking about?" (pensé adentro de mí, "¿lector?, ¿de qué me habla?, ¿quién me hace esta broma siniestra? ¡Lector!, ¡lo que necesito es terminar un libro, no un lector!"), "Ai so yu luquin der, at the stor", "Oh, no, it was only curiosity", y atrás de ella, un amigo grande y negrísimo y que sí entonaba como en inglés dijo: "Better use a reader, there's lots of bad things going down on this block" —"Los puñales por la espalda, tan profundo, no me duelen, no me hacen nada", tuve ganas de escupirle a lo Calamaro— ¿Y qué iba a leerme?, ¿las manos?, ¿las cartas? ¿Podría ser que eso, falso rubio, gordo y desvencijado, fuera lo que hoy resta de una gitana?).

La Sarita y yo torcimos en la esquina a la izquierda y los dos escupimos flores a Bergen Street, que es tan pero tan bonita, bien arbolada, las brownstones alineaditas a los dos costados de las dos aceras. No han tumbado ni una. Nuestra calle Dean, en cambio, es como una boca a la que le han sacado dientes, reemplazándolos aquí y allá con piezas falsas, menos vistosas que las de la nana oaxaqueña, pero igualmente desproporcionadas: los dientotes de oro son casi del doble de tamaño que los que le quedan, como diciendo: "¡Miren lo ques ganar en dólares, mis-hijos!". Los optimistas dicen que esos espacios fueron jardines comunitarios, que había dos en la cuadra sobre los que han levantado esos adefesios que ya ni la... Lo cierto es que antes de ser jardines fueron también casitas, hermosas woodenframed como las otras que quedan en esa acera. En algún descuido se quemaron, ¿o fue en exceso de apego a sus seguros?, ¡a saber! Ahora han levantado unos adefesios de a fuchi. Son como de podrirse. Lástima que uno quede frente a nuestras ventanas.

Ahí en Bergen también hay, como en Dean, motocicletas aparcadas en los patiecitos del frente de las casas, cubiertas con sus protectores plásticos —escrito "up" y pintada una flecha para arriba, y "front" y una flecha hacia el frente—, y aunque, como dije, las casas están en bastante buen estado, los vecinos apilan cosas increíbles, trozos de rejas, pedazos de pisos, algunos ladrillos, juguetes viejos, no sé qué tantos cachivaches.

La banqueta está bien sucia, no como la nuestra que no pasa día sin que termine barridita, el caso es que la calle tiene buen lejos —o buena noche, que es cuando de verdad se ve más bonita—, pero ya vista con detenimiento no queda mal parada Dean, así que tarde, pero no nunca, la Sarita y yo nos comimos los elogios que habíamos empezado a verter, "ni tanto", "qué mugrero", "mira, los barandales están rotos", "ve, todas las puertas de entrada tienen rejas, qué deprimente, mira cuántos barrotes en las ventanas", "y entre casa y casa han puesto alambre como barricadas", "bueno, sólo en las que están cerca de la esquina", "y eso, ¿les quita lo horrible?".

Mi mujer dio con el número. Era una de esas casitas de fachada de madera, una wooden-frame-house de sólo tres pisos, mucho más pequeña que nuestras brownstones de Dean. Hay tres juntas, la que buscábamos es la primera, la que está en mucho mejor estado, blanca y bonita como de cuento, una cucada de casita. Subimos las escaleras y antes de que tocáramos el timbre ya estaba abriéndonos la puerta nuestro vecino.

—Hi! —nos dijo muy cordial—. Hi, Sarah, what's up?

¿Se conocían? ¿Por qué no me había dicho nada mi mujer?

Pasamos directo al parlor room, el salón que había visitado el otro día. Cuatro hombres, vestidos de elegantes trajes oscuros, se levantaron a recibirnos, saludaron de mano, presentándose, y se volvieron a sentar. En la espectacular mesa central había un juego de té verdaderamente de pelos, de esos de museo, era una joya.

Sarah se inclinó a servirme un café —como me gusta, una espantadita de leche—, todos los ojos atrás de ella, la falda de su traje sastre le subrayaba su precioso culito —hoy sin cuete—; se veía tan relajada, era un gusto mirarla, con esas piernazas que se carga… Luego puso en su taza un sobre de té negro, sobre éste agua caliente, se sentó en el sofá restante vacío, sacó de la bolsa de su sastre un sobre de canderel, lo abrió, lo vació en la taza y me lanzó una regañadiza visual porque yo seguía paradote como buen alfil. Me arrellané al lado de Sarah, sintiéndome incomodísimo. Todos parecían como pedrosporsucasa, menos yo.

Los cuatro trajeados eran de la misma edad y complexión, muy a lo carigrant. El que estaba, digamos, en el centro, que se había presentado como "Mister Smith, nice to meet you Mister Vértiz" —¡óchala con el Mister Vértiz!, ¿de cuándo acá me misterean?—, tomó del piso su portafolio, lo abrió sobre sus piernas, sacó un fólder bastante voluminoso, y dijo:

"Yo represento a la NYU, Universidad de Nueva York, en el caso doctor Lederer, investigador honorario del CNS, Center for Neural Science".

Sólo recuerdo esta primera frase, y no estoy seguro de que fuera exacto así. La jerga de los abogados me repugna, así que yo me desconecté, opté por el camino de los cerros de Úbeda y los dejé en sus asuntos. ¡Que las musas me protejan de que alguna novela me imponga un personaje abogado! No quiero tratos con esa lengua. Aunque qué digo, ¡estaremos para lenguas! El caso es que uno de los abogados venía por la universidad en la que mi vecino, como ya se vio de apellido Lederer, trabajaba como investigador, el segundo era el abogado personal del tal Lederer y el tercero el de la Apple, sería quien fabricara y comercializara nuestro "artefacto", porque siquiera no usaron la palabra "producto".

El cuarto no dijo qué pitos tocaba. Venía en representación del Señor Soros, el millonetas.

—¿La fundación Soros? —pregunté, aterrizando de los de Úbeda un momento y dándomelas de muy mamerto.

—No, Mister Soros himself. And could you please —before I forget— sign a copy of your book for him? And this other one for me?

—May I ask my wife, and lawyer, si puedo firmar algo hoy?

"¿Puedo?", dije bromeando y volteando a verla, estaba hinchada de orgullo como un pavorreal porque ésos querían mi libro autografiado. Asintió, firmé. Repetí:

"No firmaría yo nada sin la autorización de mi abogada".

"Espero que no sea el caso", dijo el primero que había hablado, Mister Smith. "Espero que salgamos de aquí todos muy firmados, incluyendo cheques, copias y" … etcéteras.

¿Conque Gates y Soros? ¿Y cheques firmados? "Demasiadas cosas aquí revueltas", pensé para mis adentros.

"Primero que nada", largó el abogado de NYU, "hemos escrito este raider: que ninguna de las partes hará uso de la máquina del doctor Lederer en lo que se llevan a cabo las negociaciones. Así mismo, quiero que conste que todos los que estamos aquí presentes somos personas reales", hizo una pausa, "…no virtuales, por decirlo así, aunque sé que el doctor Lederer no gusta de este término. Igualmente, el raider dice que todos los objetos y utensilios, papeles, plumas, asientos en los que se llevarán a cabo las negociaciones son también enteramente reales".

—¿Y la tetera? —no pude reprimir mi comentario.

Mi vecino —por primera vez desde que yo lo conocía— se ruborizó:

—Come on, ¡manito! Era de mi abuela, la saqué a orear para esta ocasión especial.

Me disculpé. Si hubiéramos estado más juntos, Sarah me habría acomodado un buen codazo al hígado, por impertinente, si no fuera porque hubiera sido demasiado visible su gesto. ¡Qué patán me vi! Estaba nervioso, no podía contenerme.

El abogado del doctor Lederer preguntó a su cliente:

—¿Es así? ¿El prerrequisito se ha cumplido? ¿No hay ninguna computadora operando?

—Ninguna. Todo está desconectado, apagado, turned off, sin funcionar, como acordamos. ¿Alguien quiere venir conmigo a confirmarlo? Aprovecho y muestro el laboratorio y el equipo a quienes no los hayan visto.

Mister Smith se levantó de su asiento. El de Soros también. Mi mujer dejó nuestro sofá y se echó a andar tras ellos tres, y los cuatro salieron muy orondos hacia la brownstone hueca de Dean Street. Me quedé frente a un trajeado, tan silencioso como yo.

Uno, dos, tres, diez, veinte: conté imaginándolos sus pasos, mientras sorbía rabioso mi café. Veinticinco. De vuelta, veinte, diez, tres, dos, uno... ¿Por qué no volvían? Tardaron un buen rato, según yo, en regresar. De pronto, cuando ya me había resignado, como un niño abandonado, a que no volverían, entraron al parlor room.

"¡Qué lugar!" dijo mi mujer. Y repitió "¡Qué lugar! Have you seen it?". Me preguntó, mirándome directo, con una insistencia teatral que a mí me dejó ver pero de calle que estaba fingiendo, que machacaba su "¡qué lugar!" por aparentarse la santita o santísima Sarita, era tan ridículo su duro y dale que para mí era idéntico que me estuviera gritando "¡claro que ya la conocía, cornudo!". Y qué pinche pregunta babosa me había lanzado, por supuestísimo que lo había visto, si no no estaríamos aquí. "Y tú, vieja puta, ¿cuándo la visitaste?", pensé en silencio, como una vaca rumiando mi enfado. Vaca no, si las vacas no tienen cuernos; como un toro, un buey, un güey... Estaba yo de un humor de perros, de veras.

Nunca había imaginado que la Sarita me pusiera los cerníporos, vine a enterarme y me cayó pésimo.

En este momento, pisándoles los talones a los que recién acababan de entrar, se metió a la sala algo así como una sombra: una vieja viejísima, negra como la noche, visiblemente descompuesta, que, ignorándonos a todos los demás, tambaleando se dirigió hacia Mister Lederer, llamándolo con voz chillona:

—Paul! Kid! Where's my pillowwwww?

¿Dijo *pillow*, "almohada, cojín", o fue otra palabra la que escupió? Casi no podía entendérsele, hablaba sin dientes, como entreveradas las palabras por unas enciotas hinchadas y secas, llenas de vocales que parecían sangrar. ¡Lengua de vieja!

—Excuse me —dijo el vecino, el Lederer, a quien ahora yo llamaba en mi conciencia "Paul" imitando la voz de mi Sarita maldita—. Es la prueba de que el artefacto está desconectado. Come, Nanny, come, venga nanita —le dijo muy tiernamente, con paciencia de santo—, déjeme la llevo a su cuarto, ahora le doy con qué entretenerse —y a nosotros—: Excuse me, boys, I'll be back in a minute. Discúlpenme mis muchachos, regreso lueguito.

Y Paul Lederer dejó la sala, el parlor room. ¡Horas, esto iba a tomarnos horas! ¡Todavía ni comenzábamos y ya tenía yo ahí planchada la raya, pero entera, se me hace que ya era pura exraya! Lo oímos bajar las escaleras. La viejecita era tan delgada y pequeña que no le crujía el piso bajo sus pasos, era como una sombra, a ella no se la oía avanzar. Escuchamos voces. Se cerró una puerta. De nueva cuenta las chirriantes escaleras y Paul entró, otra vez agitado.

—I'm sorry. Olvidé este detalle. Disculpas a todos. Por apagar mi máquina la he dejado sola.

Nadie preguntó nada, pero yo no pude morderme la lengua, y le dije:

—¿Sola?

—Es muy vieja, no las tiene todas consigo. La angustia estar sola. Le he hecho una especie de peluche enorme, es su compañía. Es algo parecido a un oso o un enorme sanbernardo, tiene ojos brillantes, huele como un ser vivo, como un niño, para ser preciso; cuando mi nanita lo abraza, el mono le habla, con mi voz, que es la que le da más serenidad. Es su consuelo. ¿Seguimos? Let's do it now.

Todos los abogados sacaron documentos de sus portafolios, como había hecho el primero, los pusieron sobre sus piernas. Excepto Sarah y el de Soros.

—And yours? —le preguntó el de Lederer a Sarah—. ¿Su prepropuesta?

—Mi cliente me informó hace menos de setenta y dos horas de este asunto.

—Sixty six hours son a good shit of time —dijo el Lederer o, mejor dicho, creo que dijo el Lederer, porque le habló a la

Sarah con una familiaridad que me zumbó en los oídos, y no entendí un pío.

Para mi sorpresa, respondiendo al comentario de Lederer, Sarah sacó de su portafolio un fólder, un poco menos choncho que el de sus colegas, y dijo:

—Bueno, Paul —otra vez su zalamera lengüita, parecía que se relamía el nombre del maldito—, esto es lo que hemos preparado en mi oficina. Es sólo una prepropuesta, como les advertí.

Los papeles cruzaron de un lado al otro, hasta que todos, incluyendo el que no daba, el de Soros, tuvieron un juego completo. Comenzaron a leer. El de Soros acomodó una pequeña grabadora en la mesa y probó que grabara, guan, tu, dri, for. A partir de este momento cuidó que quedaran registradas todas las conversaciones.

En el piso de abajo, la vieja nanita se echó a llorar a vocal en cuello, como aullando.

—Can I turn the thing on, for her sake? —Paul Lederer pidió permiso para encender su máquina para consolar a la nanita chillona, pero recibió un "no" rotundo de los abogados en bloque, incluso de mi mujer. "Tendremos que aguantarnos sus ladridos", dijo, o aunque no haya dicho ladridos a eso sonó por el tono.

Nadie replicó a su comentario.

Así que a ritmo de aullidos de la nana vieja, entre llantos que a ratos parecían plegarias, a ratos canciones de cuna (como si se consolara a sí misma) y otros de a tiro cantos negros, tan sentidos que ni en Harlem, empezaron las negociaciones. No paraban.

—You know —le dijo, en una de ésas, el de Soros al Lederer— you should tape her. There's something great. A pitty my recorder doesnt get it faithfully, it's too far away.

—Sí, sí —yo asentí. Había una grandeza conmovedora y salvaje en los cantos-llantos de la negra centenaria. Tenía que grabarla.

—Oh, yo no lo soporto —contestó el Lederer—. Me tala-dra los oídos. Me saca de mis casillas. Yo sé que está expresando un dolor, dolor de no ser ya lo que ella fue. Las que sí son dig-nas de ser conservadas, y cualquiera diría que hasta es un deber grabarlas, son las ensoñaciones que tiene cuando, satisfecha y segura, se abraza al muñeco que le da la máquina. De hecho ya lo hice. ¡Son algo de ver! ¡De qué placer es capaz una vieja! ¡La envidiarán! Estos cantos, sí, se puede decir que conmue-ven, pero son puro dolor. Yo no quiero tratos ningunos con el dolor, pa' qué. Es mi nana, yo… es como hablar de la mamá de uno, ¿qué gusto puede encontrarse en su sufrimiento? Me sacan de mí, me exasperan…

—¿Podríamos ver sus grabaciones?, ¿lo que usted llama el "placer" de la vieja"?

—Cuando quieran.

—Están perdiendo el tiempo —dije—. El negocio está en dar compañía "virtual" a los viejos. Sí, sí, ya sé que el doctor Lederer no quiere que usemos la palabra *virtual,* pero para que entiendan. Compañía para los viejos, ¡eso es una mina de oro! Quién los acompañe, a quién le lloren, a quién le recla-men, con quién se abracen… También se podrían "construir" compañías para niños, es más *tricky* —dije *tricky*—, pero no veo por qué no sería posible. Seres impecables, ejemplares, sin voluntad propia, la nana perfecta, incapaces de todo tipo de childmolesting…

Silencio. Los ojos de mi Sariux me cayeron encima que ni saetas, alfileres, punzones, agujas de tejer. ¡Banderillas y ente-rradas hasta el fondo! ¡Aja, toro! Porque yo con mis cuernos…

—¿Y sus documentos? —pregunté al de Soros, para rom-per el hielo que yo había hecho en un tris con mi comentario y también por pura y simple curiosidad (pues qué andaba ha-ciendo entremetido en "nuestras" negociaciones, y por qué nada había sacado cuando los demás desenfundaron sus pape-pistolas; si iba a estar ahí, ¡siquiera que me acompañara a los de Úbeda!).

—Somos el primer cliente —contestó solícito el de Soros—. Cuando hayan llegado a un convenio, cuando el producto sea visible y mercado, nosotros compraremos el primer trabajo por encargo, digamos que la primera remesa "comercial", aunque no será por un entendimiento de comercio, no habrá ganancia… Esperemos que sea cosa de un par de semanas, no más. ¿Sabe de qué hablo?

Me alargué en un "no" cabezón y reiterado, al que contestó con una frase concisa:

—¿Nadie le ha explicado a este chico?

Porque dijo *boy* el sangrón. ¿Hace cuánto que nadie me boyea?

Ni quién contestara a su pregunta. Se clavaron en su *leeos los unos a los otros* como si un *como yo os he leído* les hubiera dado la pauta, con atención de escolares latigueados, de ésos que padecieron la regla de madera u hostias a granel, casi que devoción. No despegaban los ojos de los documentos sino para clavárselos al que leía los suyos. Luego se enfrascaron en sus fastidiosas negociaciones un tiempo sin fin. ¿Tres horas? ¿Cuatro? No uso reloj y no había modo de calcular porque los segundos corrían sin correr, de a tiro estancados. Aunque sin encontrar cuál ejemplo, aguanté como un mártir, en puro punto de cruz. Creí que no acabaría nunca, pero sonó el timbre de la puerta, entraron tres asistentes de los respectivos bufetes cargados de laptops con impresoras portátiles y, pisándoles los talones, un servicio de catering con un lonch nada de perro, un lonch de lujo. Porque aquí, sabrán, cuando la gente está trabajando casi que comen como los perros, croquetas o cualquier cosa rápida así nomás. Tengo un amigo que dice que lo único que toma de lonch desde hace tres años es un licuado slimfast. ¡Y a ladrar, señores!

Mientras loncheábamos en el jardín, servidos nuestros platos floreados por unas chulas probablemente aspirantes a actrices —con aires de cenicientas recién emprincesadas—, me empiné —sospecho que un poco a lo ansioso— media docena de cervecitas, la verdad que avorazándomelas. Los abogados, incluyendo mi mujer, no cambiaban de tema, alrededor de la mesa que nos habían preparado para comer en el jardín seguían en las mismas disquisiciones en que se habían consumido toda la mañana. Pedí mi séptima cerveza y me levanté de la banca.

Caminé hacia el fondo del jardín, abrí la puerta de la cerca, me agaché y aprovechando el vuelo me tumbé en el chaiselongue de mimbre, casi de un clavado aunque cuidando la cervecita que traía en la mano. Encendí un cigarro. Las voces de los abogados se apagaban con el tiptiptip de la fuente. Bebí sin empinármela —como sí había hecho con las otras— mi cerveza, sintiendo que el tiptiptip crecía y el *leeos los unos a los otros* se retraía, que se los llevaba la marea, que me quedaban lejos, lejos, lejos.

¡Qué alivio!

¡Qué dicha serena!, y tan serena que, a lo Darío, *El dueño fui de mi jardín de sueño,* me quedé dormido, hondo, hondo, quién sabe hasta cuál poza o pozo, yo estaba lejos, lejos…. Que recuerde, tuve un sueño:

Esperaba un taxi con mis hermanos, en Manhattan, creo que en la calle 57 esquina con la Sexta. Comenzaba a nevar y no pasaba ninguno vacío. De pronto, se detuvo frente a nosotros uno que yo no vi venir. Aarón, que es el primogénito, se lanzó sobre el taxi. Mis otros dos hermanos (León y Noé) me arrebataron mi abrigo (uno que tengo que fue regalo de mi papá) y me empujaron hacia la entrada del subway que estaba a nuestra espalda. No había escaleras sino una muy fría superficie metálica, como de resbaladilla interminable, pero no era un juego, yo caía, caía, caía, en mi caída veía en un monitor la imagen de mis hermanos a bordo del taxi, llevaban mi abrigo ensangrentado en sus brazos, una satisfacción siniestra en sus caras… Metros más abajo, otro monitor, la misma imagen, más sangre en mi abrigo, la nuca del conductor sangraba… Yo seguía cayendo, cayendo, otro monitor me enseñó la imagen de mis hermanos, Aarón peleaba con León por el abrigo, quería limpiarlo y venderlo, alegaba que era tan fino que era una pena perderlo, que mejor lo vendieran, y sacaba mi pasaporte y lo enseñaba (el monitor que pasaba me mostraba ahora a mí en mi caída) y decía: "Con esto basta, le enseñamos el pasaporte a papá" y sobaba mi pasaporte contra la nuca sangrante del conductor… Ahí Sarah llegó a despertarme.

—¡Te dormiste horas! —me dijo—. Un buen rato. Creí que ya te habías ido, por un pelo te dejo aquí de entenado en casa de Paul, te encontré sólo porque salí a fumar un cigarro, y ya aprovechando quise ver una vez más este rincón, ¡es un sitio increíble!

Lo de fumar no me gustó un pelo. Sarah no fuma, prácticamente, excepto si está *demasiado* complacida, relajada o feliz. Por ejemplo, después de hacer el amor cuando éramos uña y carne y mugre y esas cosas que ni vale la pena cacarear. Porque la verdad no éramos eso: los gringos tienen otra idea de la pareja, diferente. No poco entregada, pero "la persona" es como una entidad indivisible, sagrada, intraspasable. Nosotros la tenemos distinta, somos gregarios desde la médula. ¡Y no hablo de machismos! Gregaria la madre, gregaria la hija, gregaria la manta que las cobija. Me como mis comentarios jondos, que no estamos pa' ésas, y al grano:

Encima del enfado que su fumar me produjo y del sueño joséysushermanos, me sentía agotado, como en la orilla de la gripe. La selva sagrada dariana en que me había ido a refugiar para huir de los abogados y para rumiar mis cervezas ahora me parecía el esófago de un monstruo, las hojas, pelos excretando asquerosas sustancias con las que pretendían disolvernos. Salimos del túnel de hiedra. El cielo estaba blanco, totalmente blanco. Se acercaba el atardecer otoñal. Apenas ver el cielo, terminé de despertar, de salir del hoyo del subway en que me habían arrojado con afecto filial, y me golpeó al pecho el navajazo de la familiaridad con que la Sariux se había referido —ésta como la anterior vez— al maldito vecino. Yo acababa de memorizar el nombre Paul y el apellido Lederer, Sarita de sololoy los tenía en cambio bien comidos, mascados, digeridos, ya eran "sus" nombres, los había recorrido parriba y pabajo. Lo decía como si supiera manducarlo desde tiempo inmemorial. Me irritaba infinito el tono en que lo decía. Y entonces me cayó como gancho al hígado aunque fuera al cuello, una necia tortícolis, que se me había enganchado aprovechando las horas que me perdí en el chaise-longue. No me quejé. Me sobé nomás. Sarah me preguntó, porque es de brujas saber leer la mente:

—¿Te duele?

Y pasó su mano derecha frente a mi cara para acomodármela un instante en el cuello, en un gesto dizque tierno. Al pasar su mano frente a mis propias narices —que no las metafóricas— la olí, ese olor inconfundible del coño frotado. ¡La puerca! ¡Encornándome con el vecino y luego resobándomelo en las narices!

—¿Y los demás? —pregunté para acallar el martirio y detener la cólera que estaba por tragarme.

—Los otros abogados se fueron hace un rato. Todo está arreglado. Querido: ¡le pegaste al gordo! ¡Felicidades! ¡Te estás llevando a casa un millón, y es sólo un adelanto! ¡Un millón de dólares completito, el lunes lo tendrás en tu cuenta!

El millón, el cielo blanco, mi abrigo ensangrentado, la expresión en la cara de mis hermanos, su mano apestando a cangrejo, la cólera que se disolvía en acidez estomacal, la nuca del taxista sangrando: ¡un momento glorioso! Para coronarlo, la Sarita me dio un beso en la mejilla. Me tomó de la mano y me jaló hacia la casa. Yo la seguí, "¡que se abra esta puerta, que no quisiera estar a solas con tus besos!". Cruzamos la cocina en penumbras, la oscura escalerilla chirriante, y pasamos al salón, "voy a recoger mi portafolio". Todo se veía impecable, como foto. No quedaban huellas de la tetera, ni de las tazas que usamos, ni los vasos, ni sombra de documentos, impresoras o asistentes. Nada. Una casa bellísima. Pero esto no era lo más notable: desde el piso de abajo se oía a la vieja nana canturrear, o mejor será decir "cantar". No sé cómo explicarlo, sí que cantaba, con una voz que cimbraría al más frío. Pero no era una "interpretación" "artística" —separo las dos palabras—. Era como un sin-querer-queriendo, una tonadilla de placer con que la vieja se arrullaba de gusto. Le di razón a mi rival, el Lederer: esto había que grabarlo. Incluso en mi estado supe que era excepcional. No sedante: ¡música, completa, joven! La alegría que la falsedad le proporcionaba hacía que la nana vieja expeliera —porque lo expelía, no había ninguna impostura en lo que oíamos— un verdadero portento. ¿Quién podía quedar impasible ante esta voz, esta música, esta tonada, esta canción producto de un no-exis-tente-mono-de-peluche? ¡Me protejan los dioses de ver algún día cuál era el aspecto de aquello que "calmaba" a la viejilla! En cambio, lo que su serenidad producía, ¡qué daría por volver a oírlo! Pensé que, teniendo eso, ¿para qué demontres quería mi "novela"? ¿Si lo que deseaba era hacerse rico, no bastaba con poner en el mercado ese sonido? Un CD de la vieja se iría al topten zumbando hasta clavarse en el tope, se amacharía en el número uno del hit-para-de-universal: *el cd de la vieja chillona, ¡lleeeeve, lleeee-ve!, ¡lleeve, lleeeeveeeee!*

No pensé en lo profundo que tendría que haber estado yo dormido para que el Lederer cruzara hacia su laboratorio a prender sus chunches y regresara a casa, ¿quién más había pasado frente a mi chaise-longue sin que yo me diera cuenta? ¿Cuántos había visto la pérgola cruzar? No lo pensé entonces, pero es obvio. Veía solamente que no quedaba huella, y la excepcional elegancia de su parlor room, que me humillaba. Nuestra casa no es sino un cuchitril a su lado. No se nos da, ni a Sara ni a mí.

De pronto caí en la cuenta de que el Lederer descansaba plácido en uno de los sofás de ese salón inmenso. Tenía los ojos entrecerrados, creí ver, aunque tampoco había la luz suficiente como para someter mi percepción a juramento. Estaba visiblemente desfajado, y esto sí que lo juro, por mi má. Nos vio entrar pero apenas se movió, sólo lo suficiente para reacomodar la cabeza donde pudiera saborearse a mi mujer en el espejo vertical que había entre las dos ventanas que daban a la calle.

## IV

Los domingos son rigurosamente el día social. Siempre hay algo que hacer que nos lleva o afuera de la ciudad o a Manhattan o a Park Slope o a Brooklyn Heights: el lunch con los no sé quiénes en su casita al lado del Hudson, la exposición de no sé cuál, los amigos que organizan vete a saber qué "escapada", el cumpleaños, la celebración, etc., etc. Como una excepción, el domingo que siguió inevitablemente al sábado, no venía vestido con algún compromiso o plan. Hasta las tres de la tarde, Sarah —y aquí entre nos, ahora que estoy escribe y escribe el nombre, ¿pues de dónde esa "h" al final, como pelo en la nariz, atchúúú-ú-h-h?—, Sarah no puso un pie afuera, ni yo. Ella estaba contenta, cante y cante como un jilguerito. Juro que la piel le resplandecía: era la viva imagen de una mujer feliz. Yo, chulísimo lector —si existes—, ni lo contrario, cualquier cosa habría sido mejor que mi situación de apaleado, puro tapete mojado por suelas enlodadas, me sentía maltratadísimo, pero ni hablar del culebrero, aunque, nomás por no dejar, digo que yo era como un periquito recién enjaulado. Creo que ni falta hace explicar los motivos de nuestros respectivísimos humores, ambos igualmente respetables y hasta con "c", respectables, porque eran automáticamente traducibles a cualquier idioma. Bastaba vernos para caer en la cuenta.

No me aligeraba el ánimo el millón de billetes y la promesa de que vendría por lo menos otro más en menos de un año —que así decía el contrato, estipulando que el porcentaje calculado por derechos sobrepasaría la dicha cantidad en diez meses, pasados los cuales reducirían mi parte al uno por ciento—. Pero tan no era el millón lo que hacía feliz a la Sarita, como tampoco era el melón el que me caía sorrajado en medio del alma. ¿Cuál iba a estar yo para celebrar niguas? ¡Con esos cuernos puestísimos en la cabeza! ¿Hacía cuánto que los traía pegados y ni en cuenta?

Lo de los cuernos no era mi único malestar, se les sumaba que a partir del día siguiente nuestro vecino y yo íbamos a poner manos a la obra. Esto volvía mi humor todavía más siniestro, mucho. Yo escribo cuando me da la gana —que es muy pocas veces, como di a entender cuando lo de llamarme flojo— y así hago porque es un asunto *mío*. No un asunto personal, no, pero *mío*. Entiendan bien a qué me refiero con mío: soy extreñido, soy lo que por ahí llaman personalidad anal, y he dicho *mío*. Eme, i acentuada, o. Ahora que veo para atrás a ese domingo horrible, como que lo entiendo de veras. Escribo porque es lo mío *mío*. Escribir es mi territorio. O era, porque ya no sé si escribo.

Lo de los celos y Sarah, no sé cómo le hice, pero lo enterré durante la mañana. Me bastaba con lo otro, saber que tenía que ir al día siguiente a darlas. Sí, sí, ya sé que un melón de verdes, pero lo mío era lo mío… Sabía de sobra que los chacales y zopilotes acechaban mi segunda novela desde que la primera había vendido. Yo había decidido hacía mucho que era mejor echarme una siesta a perpetuidad que darles para satisfacer su apetito de carroña. No, no, esto de escribir no tiene que ver con el oro, no que me disguste ganar oro, pero lo que no me parece es proveer a cambio de las monedas con lo mío más mío. No porque escriba yo de mis cosas íntimas —¡que me agarren confesado!, como dicen en mi pueblo—, ni que yo no escriba (cuando escribo) para que lo entiendan pocos, de cámara, sobre lo íntimo. Pero lo mío es lo mío. Sí, sí, ya sé que suena a "¡corre a ver a tu terapeuta!", pero así es.

O así era ese domingo, me sentía robado, ultrajado. Quisiera o no quisiera yo darlo, el vecino me lo sacaría con tirabuzón con su máquina o software o artefacto o como quieran llamarle —que ya tenía nombre, pero no soltaba el güey la sopa, no decía su nombre, lo guardaba con celo (hoy que lo pienso, me dan ganas de gritarle:

—¡Desembucha, cabrón!, yo aquí suelte y suelte la lengua y tú…).

Pero lo de lengua…

(Y continúo diciéndole:

—¿Por qué no lo dijiste cuando el mero principio? ¿Qué te traías?, ¿no que las palabras no tienen ni cero importancia?, ¿para qué te guardabas el nombre y repetías como un perico lo que yo acuñé, "la novela perfecta" para hablar específicamente de lo que estábamos haciendo, sin decirme cómo madres se llamaba el juguetito?).

Así que el domingo estaba que no me calentaba ni el sol, enfangado en lo que dije, desolado porque me iban a quitar a huevo lo que yo llevaba una década guardando porque era mío. Pero pasado el medio día, mi malestar se enfocó en lo de los cuernos y me empezó a ganar la ira. Dejé de lado el ensimismamiento y en una de ésas que la Sarita no se me desapareció esquivando el gancho de mi guante, comencé el pinpón que aquí pondré, la pura mala entraña, me roían los celos:

—Conque lo conocías.

—¿A quién?

—Al tal Lederer… Paul, el vecino. Ayer te saludó por tu nombre.

—Pues claro que lo conozco; es nuestro vecino, cómo podría no conocerlo, dime.

—*Yo* no lo conocía, hasta que me abordó hace unos días.

—Porque eres un distraído. Vives en la luna… —sé todos los chismes en español de la cuadra.

—Who cares!?

—¿Qué a quién le importan? ¡Vaya!: a mí.

—Saberlos sólo te aísla más.

—Espero que estés bromeando.

—Es lo único de lo que te enteras, una isla adentro de una isla…

—¿Estás loca? Pinches provincianos, malditos gringos, es el colmo…

—Dame un ejemplo de que no estás aislado.

—Yo sé lo de la muerte de Dorothy…

—¡Cómo crees! ¿Quién no sabe que la asesinaron en esta cuadra?

—¿Y por qué no me dijiste?

—Porque no es mi trabajo ponerte al tanto de todo lo que ocurre. Te lo repito: no tienes los pies en la tierra.

Decidí abandonar esa ridícula discusión con la que no llegaríamos a ningún lado e ir al grano:

—Así que sí conocías al Lederer. ¿Por ser nuestro vecino? ¿Nomás por eso? Dime la verdad, orita, orititita.

—¿Por qué más, a ver? ¿De qué voy a hablar yo con él, dime? Es un genio, anda en su mundo de cyborgs y computadoras y quién sabe qués, no tengo nada qué decirle. Nos hemos puesto de acuerdo para la basura, yo pago una semana para que la saquen, barran las banquetas y regresen los botes, y él se encarga de la siguiente, nos alternamos. ¡Válgame!, qué pregunta me haces. Es un raro, Paul, lo sabe toda la cuadra.

Como no contestó a mi pregunta, no pude reprimir regresar a la batalla perdida:

—Yo platico con éste y el otro, no me digas que yo "spanstooping out", hablo…

—Platicas con los homeless, las nanas y las afanadoras. Ni así te enteras de que a quien le damos cinco dólares por semana es a tu amigo el Bobby…

—¿A Bobby? ¿Qué?

—Tu amiguito puertorriqueño, sí, para hacerse cargo de la basura y la banqueta. No lo sabes porque te niegas a hacerla de buen vecino.

—Claro que me niego. Soy escritor, celo mi intimidad más que nada en la tierra.

—¿Escritor de qué? Dime. ¿Hace cuánto no publicas una línea?

—Soy escritor, no publicador...

—Eres un holgazán, eso es lo que eres.

Jamás me había dicho lo que yo me repetía día y noche, por ser más que la verdad, ¡rájale!, y apenas lo escupió y que se lanza con un tralalí, tralalá tralalílalalá... ¡Se echó a tararear un chopancillo y a mirarme con dulzura!, por si fuera poco, que se suelta el hermoso cabello y zarandea su cabecita y en lugar de dejarme mondando mis pesares a solas... el pleito con la Sariux provocó lo que yo menos deseaba, que la dama me jalara a la cama a una revolcadita que no estuvo nada mal.

No abundo en detalles porque, hablando de míos, la Sarah es mía y no estoy para andar compartiendo los placeres que me da, y los que le doy pus menos. Apenas terminar con nuestro negocio, que se me viene encima la nube. Sarah la vio caer en mi cara, y me dijo algo así como: "¿Qué tienes?". Y sola contestó: "Estás ansioso. No te nos vayas a deprimir. Es día de fiesta. ¿No ves que te harás millonario? Te ganaste ayer un millón, completo, sin contar impuestos... ¡y los que vienen!".

Saltó de la cama bailando y brincoteando, sin dejar de hacerlo se vistió, y báilele y báilele *me* vistió, me puso los calcetines, la camisa, ¡Salomecita!, sin dejar de menear el rabito... Sin preguntarme ni decir agua va, al dar exactamente las tres de la tarde salimos de casa. Ahora caminamos hacia la derecha, hacia la Quinta Avenida. Ese lado de Dean es considerablemente mejor: las casas se alinean como dios manda —excepto en un punto en la otra banqueta—, antes de llegar a la esquina está la iglesia, una también como dios manda y no un vulgar auditorio con cara de "aquí entras para que te desplumemos, págale antes de pararle de su[f]rir", porque la de Surir parece auditorio secular que da a los asistentes la certeza de pertenecer a una moderna corporación viento en popa en sus negocios. Esta otra ¡noooo!, es una iglesia deveras, de las de cura y todo, como la que conocí cuando me llevaban a espaldas de mis papás las muchachas —a escondidas me bautizaron, a escondidas me dieron la primera comunión, a escondidas dejé que redimieran al judío—. Casi igual, porque la de aquí en lugar de tener padrecito, tiene un cura mujer. No les gustaría nada a las muchachas mis iniciadoras en los misterios de la fe, seguro que no.

Pasando la iglesia, está el edificio que siempre huele a café porque uno de sus pisos es una tostadora para el de pobres, mientras lo tuestan queman un poco de azúcar para darle color y hacerlo rendir más, un olor que me encanta. La pared sin gracia, de cemento desnudo, flanquea la parada de camión. Enfrente, del otro lado de la calle, siempre hay niños jugando afuera del edificio de departamentos en el que vive una legión de hispanos, las ventanas también siempre abiertas, a menos que de verdad haya demasiado frío. Es un edificio de ladrillos pero no termina en ellos, se desborda, echa a la calle voces, música, hilos tendidos para secar la ropa, llantas de bicicletas, se le salen las cosas como si estuviera a punto de reventar. En la Quinta giramos a la derecha, pasamos el despacho del contador, el pequeño negocio de envíos de dinero y dos pasos después *entramos* al Yayo.

El Yayo es una institución. Abrió restorán cubano hace cuarenta y cinco años, ahora es dominicano. Los domingos a la hora de la comida se llena en español, a las tres de la tarde abundan familias, parejas, grupos interraciales de amigos, todos hablantes de mi lengua, comiendo a las horas y los ritmos latinoamericanos. Entre semana hay siempre clientes, pero menos, lo que no cambia es que se habla, por supuesto, español. Algunos de los meseros no saben una palabra de inglés. El volumen de las pláticas, los olores, el aspecto de la gente, el decorado del Yayo y los guisos son un viaje: de pronto estamos en nuestras tierras. Ni qué decir que la Sarita odia el sitio, casi tanto como me gusta a mí. Cada que entramos, corremos sobre la misma línea, sólo que yo hacia la derecha, a los casilleros de los números positivos y ella hacia la izquierda, hacia los negativos: menos uno los tostones ("¿Cómo pueden comer esto tan reseco?"), menos dos el pan que llega calientito y con su untada de manteca ("So dry!… and this false butter!"), menos tres la sopa, menos cuatro el vino (acepto, es malísimo, el recurso es pedir "Presidente", la cerveza dominicana), menos cinco el pollo reseco, y yo en cambio (con cada tostón, pan, asopao de camarón, hasta por la ensalada que es totalmente insípida) brinco ascendiendo los positivos, del uno al diez, porque el Yayo de verdad me inspira. Pero esta vez la Sariux no se quejó. No abrió el pico sino para charlar como si fuéramos los mejores amigos. No se quejó de nada, ni de la música, ni del ruido de las conversaciones, ni del pan: ¡de nada! Estaba encantadora. Regresamos a la casa otra vez a atorarle, nos volvimos a vestir y al cine, a BAM, a ver ya no me acuerdo ni qué. Sí, una peli que trataba de un hombre atrapado en su propia pesadilla, pero no era ni *Memento* ni *Eternal sunshine* sino otra, me confundo.

Comimos un bocadito en el restorán malayo que a mí me encanta —otra concesión de mi Sarita: es como una fonda miserable, sólo que en lugar de virgencitas de Guadalupe hay altares con Budas y, en lugar de moles, una especie de machaca de pollo guisado con mango, para mi paladar extraordinario, a ella no le hace ningún tilín porque no tiene ningún "estilo", es un cuchitril—, y regresamos a casa. Apenas entrar, Sarah miró el reloj —"Oh my god!", dijo—, y se metió a la cama de un clavado. En un santiamén se quedó dormida.

Regresé a mis sinsabores, que eran muchos. Para comenzar, saber que desde el día siguiente yo mismo iba a ser carne para zopilotes. Entre mi mujer y el pokar de trajeados estaban por caerle a dar eran a lo más mío, iban a meter a mi alma sus picosbilleteras. Y esto me deprimía y repugnaba. Encima de lo trap o, los cuernos bien puestos. Seguí en mis miserias hasta que el que vio el reloj fui yo, pasaban de las dos, entré de puntillas al cuarto, como una experta estriptisera fui dejando mi ropa exacto donde caía, me metí con sigilo en la cama. Sarah me daba la espalda, estaba profundamente dormida. Yo intenté encontrar acomodo, pero ni pude ni nada de sueño. Me senté, los ojos ya acostumbrados a la oscuridad, me eché a la boca un Ambion, pasé un trago de agua. Me volví a acostar. Como en el cuento de Arreola, "Pueblerina", como aquel personaje que amaneció con cuernos, yo me empitoné la almohada. La cabra de mi alma se repetía y repetía: "¿Desde cuándo el Lederer le pone a mi dama?".

No me dio tiempo de pegarle un patadón a la dicha cabra, o decidir no torturarme más, archivarlo como una de cal por las que voy de arena, que no han sido pocas, porque el Ambion me amparó con sus beneficios y caí archivado en un limbo donde nada se ve, se siente, ni es.

# V

Mucho limbo sería, pero no eterno, porque llegó tras éste el lunes y sin un respiro ya estábamos en martes, el miércoles, el jueves, y al fin del jueves la noche.

Trabajamos estos días "grabando" los siguientes tramos de mi novela: la comida dominguera en el jardín de casa de Manuel, donde las dos familias departían amistosamente, mamás y tías incluidas; la vida de familia de Manuel, la de Ana, sus respectivas miserias conyugales, los hijos, las frustraciones y pequeños placeres de la vida cotidiana, sus rutinas; ya estábamos por llegar a la siguiente entrevista erótica de los adúlteros, a la que no la rondaría la violencia, pero al término de la cual se iba a desencadenar la tragedia que daría comienzo a la verdadera trama de la novela. Lo que había hecho era como pintar el paisaje, sentar los puntos sobre las íes, formular dónde iba a ocurrir la acción. ¡Y qué acción! Una semana más y la novela perfecta estaría legible, visible, accesible o como se diga.

Pero extrañamente, cuando las cosas iban a ponerse preciso bien, yo comencé a sentir una asomadita de aburrición. Sí, sí, aburrición: perdí todo interés. Y eso sí que no, yo puedo con todo, pero no con la aburridera. Pasé la noche del jueves con los ojos pelones, imaginando otras novelas. Lo que fuera, menos la que ya me sabía. Algo por cierto bastante extraño, porque nunca me aburren mis imaginaciones u obsesiones, soy capaz de guardarlas por mucho, mucho tiempo en mi cabeza.

Claro, ya no las estaba guardando en la cabeza. No. Eso era el asunto, el quid del asunto, el cuore de mi desapego... Imaginaba, imaginaba, sin encontrar bien qué, como papaloteando imaginaba, no quería continuar contando lo que ya conocía. No me pregunten por qué, aunque yo les contesto que se me hace que lo que necesitaba era evadirme de mi percepción del domingo: la certeza de que dar mi novela así me ultrajaba. Dar era darlas, dar las nalgas. ¿Por qué? Yo la ponía sobre la charola completa, el software del Lederer la fijaba tal como yo la imaginaba, completa, perfecta, con todo tipo de sensación. La transmitía impecable, pura, prístina, ideal. Repito: perfecta. Decir transmisión es una pendejada. No la transmitía: la novela estaba, era real, era. ¿De qué podía yo quejarme? Pues me quejaba y sentía eso que ya escupí, que las estaba dando y dando, yo era un chichifo del coco. Chichifo: como los jovencitos que vendían placeres en Sanborns del Ángel a fines de los setentas, ¿cómo se llamarán ahora en México?, ¿dónde los contratan los hombres decentes?, ¿hay todavía la costumbre?, debe haberla, porque la decencia —como la cosecha de mujeres— nunca se acaba.

Mi desapego era en parte porque no quería dejarla ir, no quería yo soltar mi novela. Eso que yo llevaba años acariciando hasta el último detalle como lo más preciado del mundo, del universo, al ser compartido perdía para mí enteramente su imán. Me aburría. No quería seguir con eso. Y me decía:

"Si pudiera encontrarle una salida que evite que yo la entregue tal como en realidad es... si pudiera imaginarla con otra salida, dejar enterrado el destino de mis personajes donde nadie jamás lo toque y dar a los cerdos una cerdada *ad hoc*, algo aparatoso, algo muy llamativo...". Me lo decía sin decírmelo. O sí, mediomelodecía, rondándolo.

La noche del jueves explotó esta sensación enteramente, y quién sabe a qué horas me quedé dormido, luego de imaginar insensateces infinitas. Me despertó Sarah, me trajo un café a la cama antes de salir pitando rumbo a la oficina.

—You didn't sleep last night.

Ay, sí, qué notición. ¿Para qué me informaba de algo que yo supersabía?

—You're telling me? ("¡No me digas!", le dije).

—You should have taken an Ambion, at least half a pill,

que porque si no yo no iba a trabajar bien, que la novela iba a retrasarse, que teníamos que cumplir con un deadline… que si yo creía que un millón era cosa de juego, que estaba impuesto el castigo si… ¡Por un pelo no le aventé el café a la cara! ¡Era lo último que yo quería oír! Me enardeció la sangre. "¿Además de ponerme los cuernos cree que me tiene atado de su vaca de establo, dándole leche fresca a diario? ¡Ay sí! Pinche vieja. ¡Pinchemilveces vieja, vegetal, vejestorio, viejaputa!", me dije que le dije.

—Don't you dare fall asleep again!, me rajó la muy mierda y salió pitando como acostumbra. La oí cerrar la puerta. Me senté en la cama. Me llevé el café a los labios. ¡Me supo a chivo! Pegué una mordidita al pan tostado: tenía un resabio a ajo.

Dejé mi plato sobre la mesita de noche. Entré a la regadera todavía furioso. Me ardía la piel por no haber dormido. La luz me irritaba. El agua era lo único que yo quería sentir. Prolongué la ducha. Cuando cerré la llave, me sentía menos miserable. Ignoré el café frío y bajé a prepararme uno como dios manda. Lo bebí tan despacio como pude.

Estaba más tranquilo, pero sobre todo como sedado. Con ese humor llegué a la casa del maldito Lederer. Toqué el timbre y al timbre siguió el ritual de siempre: vino en el sofá volador a recogerme a la entrada, ya con mi taza de café en la mano, pasamos un momento al tapanco electrónico a que él activara bla, ble y blu, el tiempo suficiente para que yo me tomara el café, acomodó los sensores bajo mi lengua y nos aparcó o estacionó, o como quieran decirle, en medio del cajón vacío de esa brownstone pura piel.

Ese pequeño ritual tuvo un inmenso efecto reconfortante. Muy a pesar mío, empecé a imaginar sin repelar. Digamos que me fue irresistible. ¡No recordaba un pelo de lo que había pasado la noche anterior, en el interminable insomnio! ¡Como buena vaca de establo!

Y la vaca que fui vio una ventana y a través de ésta las frondas aún tupidas de árboles como los de los jardines traseros de nuestras brownstones al comenzar el otoño, las hojas grandes, maduras, verde apagado, de ésas que están a punto de caer. El viento las quiere hacer bailar, apenas responden con un dulce bamboleo de perezosas. El viento insiste, las hojas, como barcazas viejas, en buen número se desprenden, más que caer naufragan; hojas lentas, flotantes. El cielo azul encendido se deja ver entre las ramas. El sonido es tan bello como la vista, ulular de olas de mar y sonar de la luz raspando contra la arena y la superficie del mar. Un placer dulce entraba por los ojos y los oídos.

Atrás de este soplar del viento sobre las frondas se oye algo más, igualmente dulce y también con un resabio de algo amenazante: los quejidos de nuestra pareja de amantes. Ella, Ana, tiene las piernas trenzadas sobre el tronco de Manuel, los dos pies juntos sobre su espalda, los zapatos de tacones delgados sobre los pies desnudos. Él la está montando, con los brazos extendidos le levanta el torso, ella alza las piernas y él se menea, se menea, de su cabeza y pecho resbalan gotas de sudor. Los dos se quejan, gan, guen, hn, ghn, no puedo reproducirlo con letras; los dos tienen los ojos cubiertos con antifaces oscuros (en la orillita del que ella trae puesto imaginé una pequeña etiqueta de British Airways, el tipo de detalles que corregimos, que borramos al final de una sesión de trabajo porque no significan, se han colado de chiripa). Ana le encaja el tacón del zapato un poquitín en la nalga, acicateando al amante, y él responde cayendo sobre ella con más vigor, separándole esos pocos centímetros amorosos con más celeridad para otra vez llegarle con más fuerza y con un ritmo más rápido, y ella encaja ahora el otro tacón y él más, le da más, y los dos quejidos dejan de sonar lánguidos, se vuelven más dolientes. El viento arrecia, sacude las frondas, caen muchas, muchas hojas, se oye un "¡ayyy!" masculino, puro dolor, y Manuel se desploma sobre el torso de Ana.

Ella le pica otra vez con el tacón, luego con el otro. Nada, Manuel no responde. Le hierve la sangre, lo retira de sí, "¿Qué te traes?", le dice, "¡Dame!", y no obtiene ninguna respuesta. Enfadada, baja las piernas, tira los tacones, se le escurre para zafarse de la pesada carga, con dificultad consigue librarse del hombrón desnudo —Ana es menuda, bajita y delgada, Manuel alto, de corpulento corpachón— y se quita el antifaz.

Manuel se ha desmayado, está desvanecido, inerte.

—¡No juegues! —le dice Ana—, si ya te veniste, total, te perdono, sí, me enojo, pero no me bromees así, me asustas…

Está sentada sobre la cama con las dos piernas cruzadas entreabiertas. Se toca la vulva para sentir si está bañada en semen: nada. Menea a Manuel. No responde. Le quita el antifaz: tiene los ojos bien pelados, abiertos de par en par, con el negro de las pupilas grandotote. No se reduce el tamaño ante el baño de luz de la ventana. Ana le pone la mano frente a la nariz: nada. Lo voltea y le pone las dos manos sobre el pecho: no se siente nada. Con las dos manos le bombea el pecho: "¡Responde, responde, responde! ¡Corazón: responde!". Nada. Le da respiración artificial. Nada. Manuel está muerto como una piedra, y como una piedra conserva la erección.

El autor, yo, irrumpe en la escena, estoy en el centro de su habitación. "Igual que yo", digo, hablando a los lectores e invisible para los personajes, "eso es lo que es un hacedor de historias: un cadáver y una erección. No el polvo enamorado en un futuro del que hablaba Quevedo, sino una erección en vivo y un cuerpo, un yo, que es fardo, que es muerte. Yo soy esa verga parada, con eso escribo.

Yo soy ese cuerpo fallecido: por eso escribo, porque soy un cadáver. Yo soy el vivo muerto, el que habla con los muertos mientras desea a los vivos. Soy uno más de mi ejército. Lo mismo fue Scherezada, la hija del visir que se sacrificó para que otras siguieran viviendo, la que puso un pie en la tumba y el otro en el lecho del rey".

Mientras yo hablo, Ana continúa abstraída en su infierno. Como dije, el escritor se había colado, pero sus personajes ni cuenta. El horror de verse descubierta era minúsculo al lado de saber a su amado ido para siempre. Como había entrado ya el escritor a la habitación de la escena de sus personajes, el ojo que ve la novela se puso andarín: atraviesa la pared del cuarto de hotel, desde la terraza con árboles del séptimo piso observa el ajetreo de la Zona Rosa, su caos exagerado de viernes en la tarde, los coches embotellados, el hormiguero humano… El ruido de la Ciudad de México entra a escena invadiéndolo todo. Ahí se ven los grupos de mendicantes, indios los más, algunos grupos caminan, otros están sentados en las banquetas, entorpeciendo el paso de los muchos peatones, las mujeres con niños envueltos en sus rebozos, los grupos de niños y niñas vestidos con andrajos y sin zapatos, suplicando por monedas; las prostitutas de doce, trece años taconeando zapatitos dorados que parecen de muñecas; los jovencitos que se mercan; hombres con lentes oscuros distribuyendo entre los paseantes y automovilistas tarjetas de bares que ofrecen "espectáculos en vivo", table-dances, streap-teases, burdeles para reprimidos, exasperación para fisgones; vendedores ambulantes, turistas mareados, mensajeros en bicicleta esquivando peatones y automóviles.

Ana marca a la recepción y pregunta si hay un doctor:

—¿En el hotel? —contesta el recepcionista.

—Precisamente —dice Ana, a punto de gritarle—: un doctor en el hotel.

—No lo creo.

—¿Cómo que no "lo cree"? ¿No hay un doctor a la mano?

—No, no usamos de esto, no es hospital, señorita —subrayó el señorita, pues sabían de sus entrevistas rutinarias con el hombre casado, sin tener informes de que la "señorita" era la esposa del socio y mejor amigo de su amante.

—¿Alguno aquí cerca? ¿Alguien discreto?

—Déjeme preguntar a mis compañeros.

Se oye en la bocina el chachareo de los chicos de recepción seguido por el de los botones, "Que la señorita del 707 quiere un doctor. ¿Alguno sabe?". Y el Ojo de la novela deja a Ana con el teléfono pegado a la oreja y baja a recepción: el caos de la ciudad se ha colado también al hotel, un camión cargado de turistas gringos de edad provecta acaba de descargarlos, vienen llegando de la playa como puede verse en sus pieles coloradas, los sombreros, la fatiga, las bolsas de plástico repletas de chácharas, y los siguen hordas de vendedores ambulantes que los botones atajan y regresan a la calle, sólo para que se peguen una vez más al siguiente grupo de vejetes que, intrigados por su mercancía —falsas piezas prehispánicas—, les dan entrada, pero que los olvidan al ponerse en fila para registrarse en el mostrador, ansiosos por la espera.

El recepcionista repite: "¡Que si alguien sabe de un doctor!", a voz en cuello.

—Ya se murió el viejito que vivía aquí a la vuelta —dice el veterano de los botones—. Que yo sepa, no hay otro.

—Pregúntale si es urgente —dice allá otro recepcionista mientras busca en la computadora cuál habitación asignar al gringo de ojos de borrego fumigado.

—Que si es urgente.

—Sí, una urgencia.

—Vamos a llamar al Mocel, ¿le parece?

—¿No hay nada más cercano? Viernes en la tarde, el Mocel…

—Con suerte hay una ambulancia por aquí, déjeme intentarlo. Espere un momento, no cuelgue…

Y Ana se repega a la cara la bocina del teléfono, se abraza a sí misma, aún el cuerpo desnudo.

De nuevo el Ojo de la novela cruza la pared del cuarto, baja los siete pisos, se desplaza entre el atascón de automóviles, corriendo recorre seis cuadras, ve una ambulancia. La sirena está encendida. Adentro, en la cabina, en el radio encendido a todo volumen empieza la *Cumbia de los monjes*.

Vamos a bailaaaar

Imita la tonadita del canto monástico,

Vamos a bailaaaar, vamos a bailar la cumbia…
Vamos a bailaar, vamos a bailaar la cumbia.

Suenan campanas de iglesia,

Vamos a bailaar, vamos a bailaar la cumbia,

y que se suelta el tradicional chacatacata-chacatacata de toda cumbia, el chofer lleva el ritmo con las puntas de los dedos, tamborilea en el tablero, le bailan las manos. Chaca-chaca, menea la cadera, baila, baila… Y la cumbia se vuelve una especie de rap, un rap-cumbiado:

La cumbia, la cumbia, la cumbia llena mi vida
Esta noche saldré con mi novia a bailar
Dejaré todo lo que tenga que hacer ahora
Bailaré toda la noche hasta la madrugaa
Escucho un susurro que a diario me llama
Me estoy volviendo loco o qué pasará
A un ritmo que te atrae que es difícil negarse
Sólo bailando cumbia tranquilo puedo estar…
Que viva la cumbia por siempre por siempre
Sólo bailando cumbia tranquilo puedo estar
Vamos a bailaaar, vamos a bailaaar la cumbia
Tin-ton-tan-tan, de nuevo las campanas.
El acordeón, chichinchiiiinchin, el agudo del acordeón, uuioiooo,
Mi lema es gozar hasta que el cuerpo aguante

Soy hombre
Nunca me he fastidiado
Que viva la cumbia por siempre por siempre
De todo lo que hago nunca me he arrepentido
El nombre de la cumbia tengo siempre en mi mente
Bailaré toda la noche hasta la madrugaa
Una vez más el acordioncito agudo.
Fuit-guit-guit- güit... guot, guot:
Vamos a bailaaar

El chofer canta a voz en cuello, mientras fuma con el mismo entusiasmo sus cigarros Delicados.

Ahora estamos escuchando la cumbia adentro de la caja de la ambulancia, donde, sobre la camilla, el enfermero fornica con la doctora de emergencias. Él eyacula cuando termina la cumbia, ¡qué sincronía con la orquesta!, y ella, alisándose el cabello y escurriéndose a un lado, dice:

—Si de verdad era urgencia, los que llamaron ya se amolaron... ¿sabes qué era?

—Una andaba dando a luz...

—Pues ése ya nació.

—Sí, ya nació. En el camellón de Reforma. Fue niño. Esperan que lleguemos para cortarle el ombligo y llevárnoslos.

—¡En viernes por la tarde!

—Bueno, hija, qué quieres...

—¿Está bien la mamá?

—Una como de trece años, todo está bien... —se asoma por la ventanilla posterior de la ambulancia hacia la calle—. Mira, hija, ahí está el puesto de tacos de Génova, ¿le entramos?

—¡Cómo crees! ¡Si vamos de urgencia!

—Hace quince minutos que no nos movemos un centímetro. Claro que me da tiempo de traernos unos tacos. ¿De qué los quieres?

—Dos de ojo con salsa roja y cilantro.

El enfermero abre la puerta, se baja, rodea la ambulancia, toca con los nudillos en la ventana del chofer. Cuando éste, lento, la abre, acaba de comenzar a sonar en la radio un narcocorrido, "En el panteón de mi pueblo / hay una tumba vacía / esperando que yo muera".

—Oye, güey —dice el enfermero.

—¿Quíhay?

—Voy aquí nomás a los de Génova, ¿de qué tus tacos?

—Tres, de maciza.

—¿Salsa?

—Roja, que no pique mucho.

—Ahora vuelvo, si siabre hazte a un lado, no tardo.

Y se echa a correr los muy pocos pasos que los separan del puesto de tacos instalado a media banqueta, las hojas de metal corrugado pintado de azul, con su letrero "reservado para la federación de invidentes" (aunque no haya asomo ninguno de invidentes), el tanque de gas salido. En su carrera, el enfermero esquiva la nube de vendedores ambulantes (el de billetes de lotería pregona con voz de barítono "¡lleeeve su suerte!, ¡lleeeve lleeeeve!", un hombre alto y vestido de traje anuncia con voz solemne el diccionario de español que trae en venta "paara laa ortograafía, paara peedir empleeeo", pero los más van silenciosos, enseñan a los automovilistas sus mercancías, chicles, refrescos, y mientras el enfermero se escurre, el Ojo de la novela se queda atorado en esta nube de mercaderes, revisándolos y observando sus mercancías, máscaras de luchador "para sus niños", manitas para rascarse la espalda, algodones de azúcar, calidoscopios, rehiletes, yoyos y baleros decorados con mikimauses, mantelitos para las tortillas de hilo blanco de algodón deshilados a mano y planchados con almidón. El Ojo de la novela continúa pegado a la legión de vendedores cuando el enfermero, bien vestido de blanco, despachado con celeridad deefeña, regresa con los tres platos de tacos, llama ahora con el codo a la ventana del chofer, quien está oyendo en la radio otro narcocorrido:

El agente que estaba de turno en aquella inspección
de Nogales
por lo visto no era muy creyente y en seguida empezó
a preguntarles
que de dónde venían, "dizque tráiban" dijo el jefe
de los federales.
Muy serenas contestan las monjas, vamos rumbo
de un orfanatorio
y las cajas que ve usted en la troca son tecitos y leche
de polvo
destinados pa los huerfanitos, y si usted no lo cree
pues ni modo.

El enfermero entrega al chofer sus tacos, abre la puerta trasera
y brinca donde la doctora, cierra la puerta atrás de sí, justo en
el instante en que el tráfico se mueve, no demasiado, ¿qué será,
cuatro pasos?, y vuelve a estancarse, inmóvil, vibrante, sonoro,
atizando a los vendedores ambulantes, que contraatacan con
pregones o exhibiciones silenciosas, una nube de colores menos metálicos que los de los autos, pero más estridentes.

El Ojo de la novela deja la ambulancia, corre de vuelta las
seis cuadras, sube por la pared del Hotel Génova, cruza la terraza con árboles, entra por la ventana al cuarto de Ana y la
encuentra con el teléfono al oído, esperando *todavía* alguna
respuesta de la recepción. Se han olvidado de ella. Yo sigo
de pie al lado de la cama y retomo mi "monólogo del creador", que aquí, con permiso de los presentes, me ahorro. El
Ojo de la novela no se ancla en nosotros, baja por las escaleras del hotel, hacia el caos de recepción —la bocina del teléfono está descolgada, nadie la atiende— y sube de inmediato,
como yoyo de los que acabamos de ver en venta. Ana cuelga
el teléfono. Le limpia el sudor al cuerpo de Manuel. Le acomoda el cabello. Le besa la cara. Se sienta junto a él y continúa
lo que había quedado a la mitad: abre las piernas de par en

par, las dobla, apoya las plantas de los pies sobre la cama y se masturba, frotándose la vulva y los pezones alternativamente, mientras a su lado, del otro lado de la ventana, el viento sopla y sopla, y las dos hojas caen, hasta que —a coro de mi monólogo de creador— Ana se viene, con un quejido sonoro y largo y apenas hacerlo se echa a llorar. Y yo me callo, se termina el monólogo del creador. El miembro de Manuel sigue erecto, Ana se arrellana en la cama a su lado, bañada en sudor, se queda dormida y comienza a soñar.

Abruptamente di por terminado el tramo. Dije en voz alta: "Fin del capítulo. No sé si quede lo de las hojas, es un miscast: en la Ciudad de México prácticamente no existe el otoño, los más son árboles de hojas perennes. Pero va bien, tal vez lo dejo".

—¿Fin del capítulo? ¿Tan corto? —preguntó el Lederer—. ¿Tan corto? —repitió.

—Tiene que acabar ahí, en la erección y el autor y la rorra dormida.

—Yo firmé que no iba a intervenir —dijo el maldito—, pero es verdad que eres un holgazán. No puedes hacer capítulos tan diminutos.

—El convenio que firmamos dice "capítulo por día", sin especificar el número de páginas. ¿Qué quieres? ¿Qué arruine la novela?

—¡No! —se rio—. Lo que quiero es que, sea la mierda que sea, la acabes cuanto antes. A este paso no vamos a ir a ningún lado. Necesitamos este producto terminado cuanto ya, por dios, damn it! Hoy no avanzamos sino un puñado de segundos.

—Minutos.

—Cuatro minutos y cincuenta y nueve segundos, más tu discurso que, creo, aceptarás, hay que tirar por el *sink*.

Él dijo *sink*, pero yo pensé "fregadero". ¿Me iba a tirar por el fregadero? ¡Nomás faltaba!

—Tú dijiste, tú firmaste, Lederer, que quedaba exactamente como yo la escribiera. En buen español: "¡te chingas, güey!".

—No, no, yo no me chingo —me contestó en un español bastante decente de acento y muy regularcito de gramática—. Acaba ya con tus cochinadas y masturbaciones cuanto antes, por favor. Yo tengo un deber que cumplir. Come on, man! I beg you! Work! Continue! Go on! Please! ¿Cuándo vamos a acabar si no?

Y cruzó como sin sentirlo a su lengua pérfida, que de Albión viene y, ya lo dijo Shakespeare, la dicha lo es: "Claro que vamos a acabar, y ya pero ya. Estamos trabajando con el tiempo de lectura y con el tiempo de percepción, que es más corto todavía, no con el que lleva escribir. ¿En cuántas horas se escribe una novela? En muchas. Se le percibe en un tris. Debemos terminar este trabajo la próxima semana". Y agregó con brusquedad: "¡Ya!".

Yo, ya lo dije, soy un artista, no una vaca de establo a la que medicinan para hincharle las ubres y sacarle jugo noche y día, o no más a veces, pero nunca he dejado de tener mi dignidá. ¿Creía que podía exprimirme así como así? ¡Nomás faltaba! Me enchilé.

Zarandeó nuestras sillas, como si estuviéramos en un carrito chocador de la feria, un poquitín para atrás, un poquitín bruscamente para adelante, y de nueva cuenta. Lederer estaba furioso. ¡Qué berrinche!

En el fondo, el güey, aunque le estuviera poniendo a mi mujer, me caía muy bien. Aunque me estuviera arruinando la vida, me caía bien. Además, soy mexicano, no soy de los que dicen que "no" a lo bruto y pelean y se meten en líos. Como buen mexicano lo que hago siempre es, por decirlo en neta, sacar el bulto. La verdad es que el capítulo —en mi plan original— no acababa ahí, iba a ser en efecto del mismo largo que todos los demás, pero no sé qué me pasó, que en el instante que Ana comenzó a soñar le vi cierta transparencia que me dio no sé qué y comprendí que tendría que reajustar la escena, y como estaba en ánimo poco vigoroso, pues me distraje y preferí parar el carro. Lo hubiera retomado sin problema —con la pausa del sueño la escena podía recomenzar en otro punto— y muy por las buenas, pero, así el güey cayera bien, su actitud me pudría, y además no era mi día, Sarah tenía razón, debí tomar un Ambion... Aunque Ambion o no Ambion, el Lederer haciéndola de carritos chocadores, como un jefe regañón de caricatura, no ayudaba nadita. Porque él seguía con sus zangoloteos. Sentí que mi calabaza estaba desierta, pero con tal de no pelear, intenté:

Cerré los ojos y me refugié hondo hondo en mí mismo, puse en off mi lado creativo —si es que tengo un lado creativo— y me puse a imaginar cualquier cosa, algo que no importara y que me sacara del aprieto. Hice rebotar al Ojo de la novela, regresamos al caos de la Ciudad de México, volvimos al cuarto, sin mayor explicación borré al autor y en otro rebote aventé al Ojo de la novela otra vez a la calle. En medio de la vorágine del Deefe de viernes por la tarde y en día de pago de quincena, cae sobre el Hotel Geneve un escuadrón de la policía. ¡Qué despiporre! Cuando el operativo entra en lleno al Geneve, ya no quedan viejos de los recién desempacados en la recepción, porque para esto los recepcionistas han sido extremadamente eficientes y expeditos. Se les olvidó por completo llamar una ambulancia, pero pusieron a cada viejito en su cuevita. Así que los polis en uniforme de unidad especial, cascos, uzis, botas negras, irrumpen —como diría un parte policiaco— por las puertas delantera y trasera con armas en mano. El gerente del hotel sale de su oficina, "¡Un momento! Esto no es un hotelucho, es el Geneve Calinda!", pero nadie lo escucha, "¿Quién manda?", insiste, "¿Quién es su comandante?", alguien le señala a un gorila que viene atrás, "¿Dígame, joven?", "Mi comandante, el Geneve Calinda es un hotel de cuatro estrellas, no pueden entrar así a aterrorizar a nuestra clientela", "Lamento decirle que sí que podemos, traemos orden de cateo para el hotel completo", "Pero mi comandante, es el Geneve Calinda", luego del zalamero *mi comandante*, se lanza a decirle todos los motivos de orgullo que sabe recitar como el bien aplicado estudiante que recuerdan sus huesos: "Aquí se hospedó Lindbergh reiteradas veces, cuando era amante de la hija del embajador gringo, Dwight Morrow; estamos abiertos desde 1907"... pero el gorila le contesta con una mirada gélida de tapaboca y el gerente, atemorizado y hecho un pollito, corre hacia la oficina a llamar al abogado del Calinda, "no es posible", se dice a sí mismo repetidas veces, intentado contactar al bufete. Mientras tanto, en plena recepción un poli no uniformado se lanza sobre una de las computadoras mientras los demás suben por los elevadores y bloquean escaleras.

Ana escucha a las mucamas: "¡Hay un operativo policiaco!, ¡corre y avísale a la salvadoreña que se pele!". Ana toma su bolsa, zapatos, vestido y otras prendas, y sale destapada, deja la puerta abierta, se mete al cuarto vecino, el ropero de la lavandería. Justo a tiempo, los elevadores desempacan un puñado de polis que van golpeando puertas a porrazos mientras una aterrada mucama que engancharon en el piso anterior las va abriendo de una en una. Ana se avienta al gran canastón de la ropa sucia, enterrándose en éste bajo las sábanas y toallas sucias, con su ropa abrazada. Apenas a tiempo, los policías husmean desde la puerta la lavandería, porque oyen a un colega gritar: "¡Aquí hay un muerto!" y todos corren hacia Manuel.

Estamos —quiero decir, el Ojo de la novela— con Ana bajo la pila de ropa sucia. Ana quiere llorar. No se atreve a moverse. Aún se escuchan pasos. Pasa el tiempo. Ana se queda dormida y sueña:

El sueño de Ana

Que está con el rey Moctezuma, en la esplendorosa ciudad de Tenochtitlan del XVI. Los llevan en andas sobre un fastuoso palanquín, cruzan la avenida Tacubaya bordeada de ambos lados por inmensos lagos. Al frente, los templos, el mayor inmenso, los que hay a su lado custodian agrupándolo con los volcanes y cerros del Valle. Ahí está el Popocatepetl, ahí el Iztaccíhuatl, el Pico del Águila atrás de ellos coronando el Axochco —hoy lo llamamos el Ajusco, lugar de ranillas, floresta del agua.

Ana va al lado del emperador Moctezuma, ¿es su amante?, ¿una de sus esposas? ¿Su hermana? La avenida ha desembocado en el centro de Tenochtitlan, ahora los custodian hermosos edificios pintados con las formas características de los aztecas, aquí y allá hay las más bizarras e inmensas esculturas. La ciudad completa es una joya. Llegan a la Plaza Mayor, al palacio de Moctezuma, a unos pasos del Templo Mayor. Todo es ceremonia, extienden un tapete de flores rojas para que las plantas del emperador no huellen la tierra.

Los esperan en un salón los hombres principales del imperio. La nueva ha corrido ya: un puño de extranjeros con armas que echan fuego por la boca han desembarcado en la costa. Vienen montando inmensos animales, como perros pero de gran altura. Han quemado sus naves. Tienen las barbas rubias y el cuerpo cubierto de armaduras de metal pulido.

Entra uno de los heraldos, lo siguen algunos artistas que van desplegando sus códices o libros con las pinturas de los recién llegados.

Sobre los códices se ve una escena en la que se pierde el Ojo de la novela:

Lo que el códice cuenta adentro del sueño de Ana
Al lado del acueducto de Chapultepec —a unos pasos de donde está el hotel de Ana—, un grupo de niños se tunden a golpes en franca batalla campal. Tendrán once, doce años. Todos traen una coleta trenzada, signo de su inmadurez, de que no han aún participado en una batalla. Se revuelcan en el polvo, se siguen golpeando, aquel cae descalabrado, la batalla se detiene, los niños están asustados. Uno habla, y contesta otro, en sus lenguas hay la punta del maguey clavada, un castigo. ¿Qué se dicen? Hablan en náhuatl. Levantan al caído, alguien le da agua, lo limpian. Camaradería, risas.

Fin del Ojo en el códice.

El hombre que ha extendido el códice que visitó el Ojo de la novela, lo cierra. Tiembla. Tiene miedo. Siente pesar en su corazón. Cree que los dioses los están abandonando. No se atreve a decirlo por temor a la ira del emperador. Se suelta a llorar.

Ana ha observado toda la escena, así sea mujer. Pero las mujeres no pueden estar en una reunión de este tipo en esa ciudad de entonces, imposible; está bien mentir pero ahora sí que ni en sueños, me fui hasta la azotea, el tabú contra ellas… Y además ¿qué demonios hace Ana soñando esto cuando está en el contenedor de ropa sucia, en medio de sábanas sucias de quién sabe quiénes, desnuda y aterrada? ¡Y se le acaba de morir su Manuel!, ¿cómo voy a creer que se ha quedado dormida *una segunda vez*? ¡Me fui hasta la cocina! Ni Ana está ahí, ni entraron los polis, ni menos todavía Moctezuma y niños dándose moquetes y asesores chillones…

¡Qué sarta de pendejadas!

Apenas pensarlo, me distraigo. No puedo continuar con mi retahíla de mentiras. Me repugna.

Dije "distraigo", ¿qué estoy diciendo?, la verdad es que me dio algo parecido a vergüenza, me cayó el veinte de que mi arrojo era una bobada… Perdí por completo el hilo.

—Damn it! —escupe el maldito Lederer—. What s happening? Everything is getting blurry, confusing… We're losing her, man!

Me saqué los sensores de la boca, y me disculpé con él.

—I'm sorry, tomé un track equivocado y me he descarrilado, qué quieres…

—Quito esta última basura y vamos a dejarlo donde decías, acabamos el capítulo donde decías.

Ya sin berrinches, en otro tono y viendo que ahora era yo el que estaba atribulado, continuó:

—¿Vale? ¿Un café? Salgamos de casa un rato, a la vuelta vemos si quieres terminar ahí o no.

Lo de salir me encantó. Ya no tenía para dónde ir ahí metido, nada con Ana, nada con los polis, nada con el pobre gerente, desmoronado en su oficina, pensando que ha perdido el empleo justo cuando su hijo está por entrar a la Ibero, la universidad de los jesuitas, "el primero de la familia que iba a sacar el cuello". Por mi mexicanada de no haber dicho que no a su debido tiempo y por no entregarme a lo que estaba "narrando", me había metido en un berenjenal sin ton ni son. ¿Salir? Nada podría sonar mejor. Tenía, insisto, algo como pudor. Esto de ser mexicano es así: no dije "no" cuando quería decir que "no", comencé por hacer mal las cosas voluntariamente, luego traté de sacar mi barco del lodazal y, al no poder, sentí vergüenza… ¡Tan fácil que es para otros decir no al no y sí al sí, y actuar conforme a lo dicho! ¡Pero nosotros! Eso no es herencia azteca, sino entrenamiento colonial. Pero discursis, ¡a la bodega, que aquí no hay tiempo!

Así que lo de salir que proponía el Lederer… ¡yes yes y súperyes!, asentí con la cabeza, y mi "sí" era un recontrasí sincero. El Lederer corrió los últimos segundos y dejó la imagen suspensa. El efecto de estos últimos segundos, cuando estábamos "perdiendo" a Ana, era algo la verdad que genial. Parecía que Ana misma se desvanecía, volviéndose, como en un cuadro de Remedios Varo, parte de las sábanas, o las sábanas que la envuelven parte de ella misma. Visualmente era genial, deveras.

—Mira —le dije al Lederer apenas pusimos un pie en la calle, cuando él estaba cerrando con llave la puerta—. No se veía mal. ¿La borraste?

—¿Qué? —me dijo, llevándose la llave al bolsillo.

—La parte final, cuando me desbarranqué. ¿Nada mal, no?

—No sirve, es un desecho.

—Sí, ya sé, pero ¿la borraste?

—¿Para qué la quieres? It's a mess…

—Creo que se ve suavísimo. Quiero tener esa imagen. ¿Viste cómo ella parecía disolverse?

—A mess! — repitió, con desagrado.

—Anda, guárdalo para mí. No me parece mal. No lo quiero para la novela, yo no me las doy de experimental.

—Pero te incluiste, el autor entró…

—Come on, mano! Eso no es experimental, ¿quién no lo hace? Es un lugar común. Lo hizo Cervantes…

—O.K.

Bastaba que yo sacara a uno de los nuestros para taparle el pico, porque como no podía ni opinar…

—Anda, mano, guárdame esa imagen. Me gustó ver a la Anita deshaciéndose en telas, es como una pintura surrealista. Quiero tenerla. Es más que una pintura, con lo de las tres dimensiones es como una escena real cortada y enmarcada… ¿Te imaginas? ¿Hacer una exposición con eso? ¡Me vuelvo sillonario! ¿Hace cuánto que no se ven imágenes tan impactantes?

—No le pongas tanta crema a tus tacos —bueno, no lo dijo tan exacto, pero eso quiso decir. Y me lanza un nombre y otro, que si este fotógrafo, que si aquel instalador…

—¡Ya párale güey! —dije, pero en inglés—. Sí me la pongo, la crema a mis tacos y a mí mismísimo. ¡Se veía genial!

El Lederer me clavó una mirada con el rabillo del ojo que tenía mucho de desprecio y mucho también de admiración.

—I'll keep it for you. "Te la guardo, güey, si te importa tanto como dices". In fact, de hecho, aquí la traigo.

—¿Aquí?

—Sí, aquí —sacó de la bolsa de su camisa su lata tipo Altoids, como aquella de la que me ofreció la insípida pastilla grisosa el primer día que me habló en las escaleras de la casa. La abrió: en el fondo de la cajita había un pequeño tablero y le picó no sé qué—. Salvé ya ese último segundo. Lo tengo aquí. Puedo proyectarlo donde quieras.

—Great! ¿Me dejas ver la imagen en el café?

—¿La saco de la nada? —y diciendo esto, apareció en su mano izquierda una carpeta guinda, como de pintor, como de cargar dibujos. Una carpeta virtual, como virtual había sido su perro el día que me enganchó. ¿Qué más virtualidades podía enseñar? ¿Con cuáles había enganchado a la Sarita?

—O.K., let's go —y echó a andar hacia la Cuarta—. But... Debo aclarártelo: no estamos haciendo gracejadas como ésta. Lo que estamos haciendo en realidad no se trata de frivolidades.

—Es que, mano, no es frivolidá ni vanidá, una imagen vale pero con mucho el tiempo que le hemos metido...

—No! —casi lo gritó, y suavizando la voz agregó—: No, you don't get it —pero de nuevo alzó la voz, ya no como enfadado o impaciente, sino que usó un tono muy serio, como un predicador o un profeta—. We're not playing, no estamos jugando. You don't get it, no entiendes.

—I don't get *what*?

Teníamos frente a nuestras narices la Cuarta Avenida atestada de automóviles. ¿Qué estaba pasando? A veces hay tráfico, pero este atascadero era totalmente inusual. Oímos a los bomberos aproximarse. Ya en la esquina, los vimos a nuestra derecha, llegaban al cruce de las avenidas, donde se juntan Atlantic, la Cuarta y Flatbush.

—Took them probably three minutes to get here.

—Make it four.

—¿Te imaginas en México...? —y me quedé pensando. Es algo que no puedo evitar, traigo esa calculadora puesta y siempre en *on,* me saltan siempre las comparaciones. Comparo todo, desde la luz hasta el olor de la gente en el metro. Con México, por supuesto. Hace doce años que no vivo allá, pero lo sigo haciendo. Los zapatos, las bolsas, los gestos, las casas... No sólo aquí, en mi Brooklyn o en la detestable Manhattan; también en París, donde estemos. Comparo todo, mido todo con mi México. Mi Sarita dice que nunca he dejado México, bromeando me apoda "El Taco de Brooklyn, Nueva York", la cito literal, *el taco* y *nueva york* en mi lengua. Viajo sólo tres veces por año —al cumpleaños de mamá, que cae en septiembre, a la Navidad, que no me la perdona, y las primeras dos semanas del verano a nuestra casita en Troncones, con toda la familia—. Pero sigo comparándolo con todo, como si fuésemos el parámetro universal. Y lo somos, por lo menos para mí, "como México no hay dos —patada y coz—", a lo Botellita de Jerez —y no todo lo que digas será al revés—. "¡Alarma, alármala de tos, un dos tres, patada y coz!".

Al camión de los bomberos le pisó los talones la también gritona ambulancia. Cuando llegamos a la esquina de Atlantic y la Cuarta —a sólo dos cuadras de nuestras casas— ya se había destruido la escena original, así que hube de recurrir al chisme para saber que: un hombre en bicicleta se había aventado el cruce sin respetar las luces y una pequeña camioneta de Verizon lo había golpeado, tumbándolo al asfalto y dejándolo ahí postrado. ¿Se le había roto el cuello? No había sangre, no había huella de herida, pero el tipo no se movía. La bicicleta se veía intacta. Sobre Atlantic, hacia la casa, estaba estacionada la camioneta dicha y el conductor, custodiado por dos policías, alegaba en voz alta —¿era puertorriqueño?, ¿dominicano?, a la distancia sólo alcanzaba a oírle lo caribeño, no más— "que no lo vi, que se aventó contra mí"... en español, porque los tres azules, dos hombres y una mujer, eran de los nuestros. Su desolación parecía no tener fin.

El tiempo que me llevó averiguar y oír fue el que tomó a los chicos de rescate subir inmóvil —la cabeza sujeta con un cuello ortopédico— al encandilado. ¡Un camión de bomberos, una ambulancia, un vehículo de la policía, tres para hacerse cargo de un herido que ni siquiera sangraba! Para mí que no tenía nada, se estaba haciendo pato. Y dije:

—Si es ilegal, ya se jodió.

—¿Qué?, ¿quién?

—¡Ay, Lederer, en qué Nueva York viven los gringos! El del delivery, el que salió volando...

—Por los chillidos del chofer, yo pensaría que el que a lo mejor el ilegal es él.

¡Ah! Yo que lo hacía en la luna, y el Lederer que no se había perdido el drama.

—No creo, trabajar en Verizon…

—¿Y si está supliendo a su primo? No sé, ¿si no por qué está así de preocupado?

—Tal vez era su primer día de trabajo.

—Si así es, ¡será el último!

Caminábamos en el congestionamiento humano que se forma diario a ciertas horas en esta esquina, los más varones árabes que van o vienen de la mezquita Al-Farooq o de sus negocios, algunas pocas mujeres cubiertas de negro de pe-a-pa, la burkha les deja fuera sólo sus ojitos y los zapatos, siempre chancleados. Si uno tiene suerte, les ve los puños de sus vestidos, las más de las veces de colores. Son o muy flaquitas o muy gordas, casi todas las flaquitas caminan como cargando una depresión de aúpa. Algunas chancletean los zapatos como de pura tristeza, pero hay otras que usan sus babuchas nadadoras con una elegancia altanera. Puta tristeza, elegancia llanera.

La mayor parte son hombres, algunos con jeans y tenis, pero los más traen largas faldas, barbas, gorros, y se oye al muecín convocando a rezar, su voz llena la cuadra, cruza la Cuarta Avenida, se cuela por Flatbush.

A nuestros pies estaban los puestos de los árabes de Atlantic, la parafernalia de a un dólar, sombreros y gorras, babuchas de colores, perfumeros, inciensos, verduras y pasteles en cajas transparentes, letreros anunciando guisos aromáticos o body oils, black-seed products, kufies, scarves, hijab, hi-jbab, abaay and more, la Dar-Us-Salaam Bookstore, lo que orbita alrededor de la inmensa mezquita donde oficiaba el Sheik Abdel Rahman —fue el imam de esta mezquita dos meses en 1990, es al que acusan de enviar dineros a los binládenes, como si falta les hiciera—, la mezquita custodiada por el letrero "House of knowledge", en inglés, y bajo éste, mucho más humildito, un negocio pakistaní (*for all ages*, "para todas las edades", ¿quieren decir que no venden pornografía o qué?), Aqsa, donde anuncian "prayer rugs", los tapetitos cucolones para rezar. A su lado el puesto judío, si esto es representación del Medio Oriente, no podía quedar excluido. Venden relojes chafas y arreglan los de todo tipo —les compré un día uno: me duró 24 horas exacto, no he regresado a reclamar—, cinturones —también les compré uno, apenas llega al barrio, éste salió buenísimo, una de cal—, zapatos miserables, ¿serán kosher? Sigue "Nadina", un negocio enorme de jabones naturales y cosméticos herbóreos, ¿se dice así, "*herbal cosmetics*"? Del otro lado de la avenida, Islamic Fashion, "Mi tienda predilecta", dijo el Lederer. "¿Has entrado?". "No, cómo crees, me encanta el nombre". "Yo sí he entrado". "Really?, ¡eres un vago!". "Sí que lo soy" (y no le describí la tienda, que la verdad sí me encanta: venden todo tipo de prendas y artículos necesarios para llevar una honesta vida musulmana: vestidos y mantos, Coranes, bases para sostener el libro sagrado abierto, sus rosaritos, pomadas varias; atiende una chica cubierta de pe-a-pa a la que vigila celosamente un barbón que me mira con ojos escrutadores, como si le enfadara que mis sucios se posen en las manos de su dependienta cuando me extiende las mercancías —que le digo un día: "¿Cuánto esta burka?", "¿Para usted?", me dijo burlona, "No, para mi mujer", y que me contesta la gordis: "¿Van a viajar a Irán?"). Luego pasamos la farmacia, es de cadena, no tiene gracia; le sigue el famoso Hanks, es el bar donde los domingos tocan country en vivo, pas-mal, he ido montón de veces, a su lado el edificio Muhlenberg, otra Islam bookstore, un abogado, un puesto de seguros de autos, y llegamos al Flying Saucer. Es un cafetín amueblado con sillones usados y distintos, como hay varios en Brooklyn, como aquel que me encantaba hace años en D.C., cuando pasamos allá unos meses para un training que hizo la Sariux… pero ésa es otra historia, ni me acuerdo del nombre, y además era inmenso, éste en cambio es un huevito.

—No queda tan cerca —me dijo el Lederer al sentarnos.

—Vale la pena, por no arrellanarse en el Starbucks ruidoso y nuevo del mall de Atlantic, todo le huele a plástico.

"Pero está el café de la Quinta Avenida". "¿El de los changos?". "Sí, el Gorilla Cafe". "¡Malísimo!". "No me lo parece".

Y dejando de lado el posible debate sobre el café —que es peor que entrar en discusiones de teología, ¿cómo medirlo?—, comenzó su arenga, que aquí reduzco lo más que puedo:

—No soy el primero que trabaja en esto. Algunos colegas tienen años con implantes en el brazo o más cerca del cerebro para estudiar hasta dónde la computadora puede obedecer los impulsos nerviosos del humano. Con un paciente que había sufrido daño cerebral consiguieron que, sólo por pensarlo, moviera el cursor en la pantalla. Nos estamos volviendo uno con las computadoras.

—Un solo señor, una sola fe, un solo evangelio y un solo padre —coreé dentro de mí, se ve que la sabiduría de que me dotaron los viajes a la iglesia con las muchachas no tiene fin en temas del altísimo.

—¿Los inocentes se dejan impresionar pensando lo que será acceder a internet sin necesidad de poner el dedo en el cursor y estar cerca de la máquina? Creen que así aprendemos a pensar de otra manera. No estamos lejos, creo que Kewin Warwick anda ya por el mundo con su implante sin tener mayor molestia. En lo que a mí me toca, tanto vivir enchufado a google, como lo de los implantes, suena como a la Edad de Piedra... ¿Crees que el doctor Warwick va a conectarse ahora con su mujer? Ella va a saber cuál es su estado de ánimo, cuál su excitación, cuál su qué y qué... Poca gracia me hace. Él, como yo y muchos otros, creemos que en un futuro próximo podremos comunicarnos con señales que harán innecesaria el habla. Tendremos medios más adecuados para expresar nuestros pensamientos y sentimientos. Sólo con los recién nacidos hablaremos con palabras, como hacemos tú y yo hoy. Echaremos mano de las palabras sólo antes de volverlos cyborgs, para entrenar su cerebro en la preparación inevitable que da la lengua.

"Yo he ido un poco más lejos y tengo prisa por dar el último paso. Ya sabes lo que yo ya sabía desde que te abordé en las escaleras de tu casa: que para que aparezca como real, es necesario que eso sea 'verdad' en la imaginación. Y verdad puede ser una fantasía, una ilusión, si es *honesta*. Hoy tú lo probaste: tus 'mentiras' de novelista no lo son. Estás construyendo un mundo posible. Pero tu tomada de pelo, viste, no entra, no pasa la prueba, no se sustenta, no aparece, no *está*. Yo lo que he descubierto es el vehículo para que lo imaginado se vuelva realidad".

Y ahí que se larga con no sé cuánta filosofía y jerga, y no había ni cómo pararle el carro, súbele y bájale, hácele y hácele, tuércele para la izquierda, luego a la derecha, vuélale al uno y dos y tres, y otra vez uno y dos y tres, nada de ir a ningún lado sino pura pensadera fastidiosísima acerca de la naturaleza de la conciencia y la del cerebro, acerca de la relativa imprecisión de sus sensores y del margen de las posibles percepciones, acerca de no sé qué y cuá cuá cuá, ¡hasta se puso a hablar del Mal! ¡Lo juro! ¡Del mismísimo MAL! ¡No chingues, güey!

—¡Compermisito!, ¡vuelvo en un momento!

Algo así le dije y me salí a la calle. Apoyé la espalda en el ventanal del Flying Saucer. Saqué de la bolsa de la camisa la caja de cerillos con mi churro para el relax, para cuando de veras ya no puedo máx —que suele ser justo antes de sentarme a comer con mi mujer, todas las noches le atoro camino al restorán o, si es en la casa, antes de sentarnos a la mesa, así se me hace más soportable el largo, laargo, laaaargo camino al postre—. Lo prendí, aspiré hondo, hondo, retuve el aire… Sentí (porque de pensar no tenía un ápice de ganas) algo así como: "¡Por mí que zarpe el ovni donde está metido el Lederer, de veras, por mí que se pele y no lo vuelva yo a ver nunca!". La avenida estaba desierta, había una isla en el tráfico de Atlantic, resaca provocada por el atascón que generó el atropellado. Algo extraño, pero así era: no pasaba un coche por la avenida. Clavé un instante la mirada en uno de los changarros de enfrente: "AlfaTranslation Center", encima de esta frase una leyenda en caligrafía árabe decía no sé qué. A su izquierda, las letrotas: World Martial Center. ¡Bonita combinación!, un mal chiste y, para que sonara peor, entre las dos frases había un negocio nuevo, de aparador reluciente que exhibía tapetes lujosos y caros, sin nombre, ¿le llamarían Aladino? Apagué contra la suela de mi zapato lo que quedaba de mi churrito, lo guardé con los cerillos y regresé a la mesa.

Ahí seguía sentadito el Lederer. Viéndome llegar se lanzó muy galgo contra mí, retomó su rollo y su jerga. ¿En qué andaba? Si ya le había perdido la pista, imaginar cómo lo oí al volver a sentarme a su lado. Era como si escupiera sus palabras desde el otro lado del espejo. No resistí: le tomé el brazo, se lo sacudí para detener su cháchara y le dije:

—Paul.

—Yes?

—Do you want a coffee?

—Oh, yes! Do you want a coffee? —asentí a su pregunta—. An expresso? —volví a asentir—. I'll bring it.

Se levantó de la mesa y me sentí como un niño perdido en el súper. Sí, ya no aguantaba su cháchara explicatoria, pero había regresado para sentarme con él, y con eso que me había fumado yo quería compañía... ¿Y ahora? Como para refugiarme, me dio por recordar la imagen de Ana. Tomé la carpeta de la silla donde la había dejado el Lederer. La abrí sobre mis piernas. Ahí estaba: no tenía comparación ni con un lienzo ni con la pantalla, porque tenía toda la textura de lo real sin el resplandor de la luz artificial. Podía ser como una pintura, pero era más que una hiper-realista, más también que una fotografía: era literalmente un trozo de realidad con la salvedad de que representaba algo totalmente irreal, un trozo de realidad que no obedecía las órdenes de lo real, que se había alborotado, que se había deshecho y reconformado de una manera anómala. Apoyé la carpeta sobre la mesa, hacia la ventana para que le diera más luz y extendí los brazos retirándola un poco para verla mejor.

Los de la mesa de atrás dijeron a coro —lo juro: a coro—: "Guau! How beautiful!".

—Pretty disturbing, no?

Otra mesa respondía a su guau y al contenido de nuestra carpeta con más guaus, todavía más entusiastas. En Nueva York es casi consigna que uno de planis ignora a su vecino. Brooklyn es menos rígido o más provinciano, la gente se entromete de vez en vez con el de al lado. El contacto permitido en el subway —el de los ojos— está muy aprobado en Brooklyn, y agregarle un poco más no va mal. Pero esto era un poco demasiado. Los de la mesa de enfrente se levantaron a ver qué tenía la carpeta que levantaba asombro y sumaron comentarios.

—¿De quién es?, ¿quién lo hizo? —preguntó una preciosa morenita.

—Es nuestro —dijo muy ufano el Lederer—. Lo hemos hecho con una nueva tecnología. Él es el artista, yo el de la tecnología.

—Él es el cerebro —acoté— y yo los ojos.

Y que se lanzan los comentarios: "pero no son sólo ojos, se siente", "¡sí!", "huele", "¡es increíble!".

El Lederer los atajó:

—Well… sí, él, el artista, es lo que digamos son los ojos, porque los ojos son el cerebro y el cerebro los ojos.

¡Ay, no otra vez, por favorcito! No había parado el carro y se había lanzado sobre mi comentario como si fuera gasolina para su motor, ya estaba ahí el Lederer con sus filosofías y disquisiciones para las que yo no tenía ese día la menor tolerancia. Pero por suerte una voz lo interrumpió:

—Lo compro. Valga lo que valga. You name it, I pay.

Hablaba un hombrón que me pasó su tarjeta de presentación sin miramientos. Era un árabe gigantesco vestido a lo occidental pero llevaba un gorro de país remoto, un árabe grandotote con una voz muy a tono con su dimensión.

—No está en venta —contestó el Lederer—. Ya tiene dueño.

Mientras el Lederer hablaba, yo miré la tarjeta: Leon Tigranes, y abajito: *Diamantes*.

Entonces, con una soltura que hacía años yo no tenía, que había perdido a fuerza de rumiar y rumiar, se me apareció una historia. Saltó completa, un golpe de luz, un flash, un rayo, condenadísima. Fue como si la hubiera visto en la tarjeta de presentación que me dio el árabe. ¿Cómo les explico? Eso que la gente común llama "la-inspiración" me había visitado, me cayó de golpe. Convocada por el nombre impreso, fabuloso y legendario —el gran Tigranes, rey de Armenia, un tiempo aliado de Cleopatra—, por la aprobación que la imagen "corrupta" había despertado, por la belleza inédita que ésta tenía y por mi necesidad de escaparme, de dejar de sentirme vaquita de establo o esclavillo del Lederer o mercader de almas, surtió esa iluminación como un torrente. La resumo aquí como puedo, lamentablemente sin la precisa claridad *no verbal* con que me cayó encima en el café Flying Saucer:

### Aquí da comienzo la explicación de la historia del traficante de diamantes, la hermosa mexicana y los talladores que en pleno siglo xx viajaron al xviii

Nueva York, 1940. Henry Kaplan, judío, un rico traficante de diamantes holandés emigrado pero ya establecido; sus empleados, judíos talladores de diamantes; Movita, actriz mexicana; el especialista en várices, Mr. Dr. Ignatz T. Griebl, alemán espía del Reich.

Harry Kaplan, quien ha llegado a Nueva York a fines de los treintas, vive con su familia en el Upper West Side, el pequeño Berlín —sus cabarets y cafés, la vida de ciudad europea, la vecindad del parque—. Han seguido sus pasos un buen número de talladores de diamantes, judíos ortodoxos, algunos sus compatriotas, otros de Hungría o Rumania, que se instalan en Brooklyn, precisamente en Williamsburg —cara a cara con Manhattan central, sólo cruzar un puente—, donde los espera un peculiar estilo de vida, la práctica estricta de un judaísmo reinventado en el xviii. Williamsburg los recibe con los brazos abiertos, están la escuela para sus hijos, Yeshiva

Vodooth Israel, las asociaciones judías, como Agudadath Israel, el abasto de comida kosher a pie juntillas. Ahí se viste de ropas negras, los varones sombreros de copa, barbas, caireles; las mujeres van rapadas y llevan pelucas, se enfundan vestidos tipo monjas de orden pobre. A lo largo de la novela, se observará cómo el pequeño ejército de los talladores de diamantes, imitando costumbres del siglo XVIII, colabora activamente en la invención de una ciudad hassidic (Williamsburg), sobre los huesos de Nueva York, y cómo su creación dará cabida a los más desaforados sueños sionistas, primero socialistas y libertarios, luego lo que ya se sabe, y mientras eso pasa, Harry Kaplan, el rico mercader de diamantes, que no importador, compra y compra bienes raíces, y decir "comprar" es metáfora, porque para no pagar impuestos lo hará sin usar un quinto, cerrando las transacciones con pequeñas bolsas coloradas repletas de hermosos diamantes bien tallados, volviéndose cada vez más rico, fundando más negocios de diamantes —entre otras el Radio City Jewelers Center Inc. en la calle 57, diseñado por Irving Kudroff—, abriendo espacio y fuentes de trabajo para los judíos que llegan huyendo de la Europa antisemita, financiando el rescate de cuantos más puede de su clase y oficio —en esto, algunas veces apoyándose de Agudatah Israel u otras asociaciones paralelas— y tornando a su comunidad en una parte influyente de la ciudad, moderna y progresista, que tiene prisa por mimetizarse con el resto de los neoyorkinos. Mimetizarse, y ganarse el lugar a pulso: Harry Kaplan está decidido a que Nueva York sea el centro diamantero del mundo. Y sigue empecinado en conseguirlo cuando de sobra Nueva York es, y por mucho ya, el Centro Diamantero del Universo.

La novela-diamante comienza un viernes por la tarde. Harry Kaplan, a unos pasos de su casa, pasea con la familia por un costado del Central Park cuando topa con una manifestación de judíos ortodoxos de Williamsburg que se han desplazado para llamar a sus hermanos del Upper West Side a respetar el

Sabath. Entre los manifestantes, Harry reconoce a algunos de sus talladores y rehuye dirigirles la palabra. Le desagrada infinito la posición de los retrógradas, no puede simpatizar en lo más mínimo con ellos, pero también siente compasión: desarraigados, hacen lo que pueden para sentir que pertenecen. Y han tomado el camino que los lleva al bosque donde el Lobo, etcétera. Y si no Lobo, pues sí bosque, porque se pierden lo que Nueva York podría ofrecerles, la vida de la ciudad, que Harry, por cierto, sabe aprovechar a todo mecate.

Deja en casa a su mujer —los hijos son pequeños, no hay nanas confiables—, y se dirige al Cafe Society Downtown, en el 2 Sheridan Square en Greenwich Village, "The hottest club in New York", "The wrong place for the right people", donde hace ocho días escuchó a Pete Johnson, pianista de boogie-woogie, y acaba de cantar la gran Billie Holiday, aaah, Strange Fruit! Un amigo le presenta a una rorra, Movita, preciosa mexicana, actriz, linda como una Dolores del Río, de quien se prenda desde el primer momento. Romance. Romance. Y *romance*.

Movita, que de verdad así se llama, quien hace un par de años estelarizó en México una película de mucho éxito, *El rancho y el tren,* fue "comprada" por la Paramount para filmar *Las Vegas Nights,* pero el estudio abandonó el proyecto creyendo que el papel no resultaría suficientemente jugoso y la "prestó" a Francisco Cabrera, el productor mexicano, para estelarizar *Santa,* pero este trato se rompe, pues quieren regresarla de improviso a filmar *Aloma of the South Seas* con Dorothy Lamour, Johan Hall y Lynne Overmann. Por problemas con el director que no vienen a cuento, Movita es reemplazada por Esther Fernández. RKO compra a Movita, le ofrecen equis, casi está a punto de salir tal otro, pero el hecho es que no consiguen armarle un proyecto a su altura. Columbia quiere a Movita para estelarizar *Heaven can wait* y llega a un acuerdo con RKO.

Cuando la conoce nuestro mercader de diamantes, Movita acaba de firmar con Universal, donde por unos días creen que la harán aparecer como estrella en *It Started with Adam*, papel que por fin será entregado a Deanna Durbin.

Mientras estos éxitos económicos y no-hechuras fílmicas ocurren, la mala suerte quema copia tras copia de la única peli que ha hecho Movita, hasta que no queda ninguna. No habrá muestra de lo que hizo, y no se realizará jamás lo que podría haber hecho.

Movita va a ser una eterna promesa, el talento recién descubierto que conmueve a diestra y siniestra sin que aterrice en algo visible. La adora la prensa, reportan sus idas y venidas de un estudio al otro como si fuera una estrella en pleno vuelo. Pero ni vuela ni es estrella, sino en pura teoría. Es la que no es y (momentáneamente), en el mundo de las estrellas eso basta y sobra para ser.

Movita es bellísima. Tiene un defecto inconfesable: padece de várices. Es tanta la atención que le presta la prensa que no se atreve a visitar a un doctor en Los Ángeles, por lo que ha venido a Nueva York a consultar el especialista que le ha recomendado un tío, el marido alemán de la hermana de su mamá, confiando, más que en otra cosa, en su total discreción, porque si se sabe que ella tiene este defecto inconfesable, adiós carrera estelar. Durante esta estancia, que tiene el móvil secreto médico, se hospeda, acompañada por su mamá, en un hotel para señoritas, el Barbizon. El tratamiento contra las várices se prolonga, y comienza su romance con el mercader de diamantes.

Movita se enamora, decide quedarse en Nueva York, despachando a su mamá como dios le da a entender, de vuelta a su casita de sololoy.

El doctor de las várices, Ignatz T. Griebl, es el centro de una red de espías del Reich. Es descubierto y llevado a prisión. El FBI respetará sus archivos médicos, pero incautará todos sus otros papeles. Como Griebl archivó el dossier médico de Movita bajo el rubro "Confidencial", con objeto de protegerlo de las miradas curiosas de enfermeras y secretarias que saben muy bien interpretar sus jeroglíficos, pasa a ser parte de los incautados. Como resulta imposible de descifrar, Movita es considerada sospechosa y es llamada a declarar. Movita no puede confesar su secreto (las venas varicosas), el FBI la cree una espía y le sigue los pasos día y noche. Los detectives descubren lo que menos esperan: la red de rescate de judíos que financia y organiza su amante, Harry Kaplan, y la organización de una red paralela, los hassidis de Williamsburg, que bajo la batuta del rabí Bostener, "importan" rabinos radicales, salvándolos del holocausto.

Todos se juegan la vida —y la fortuna— mientras Movita continúa siendo vendida y comprada por los estudios sin jamás hacer una película, como el sueño de una que será y nunca fue.

Fin de la dicha.

De un golpe vi la novela-diamante, claro que sin detalles, aún desarmada, como un bulto, vil trama, piedra bruta nomás pero ya novela, como mandada a hacer para mí, para que yo la hiciera. ¡Y qué dicha la mía, imaginar *lo mío* sin compartirlo con nadie, sin que otro lo perciba, sin que mis "cosas" salgan como en chorro de diarrea chutando hacia el ancho mundo, vueltas mierda! ¡Mío, mío! ¡Dejar mi cabeza correr por donde nadie puede vigilar, juzgar, marcar, decir o hasta hurtar! Por esto, también, nunca he querido tener un hijo: son como una herida abierta siempre, no hay cómo tenerlos eternamente a resguardo, no hay cómo encerrarlos en la torre de los Abascal o de Rapunzel. Y que de algo sirvieran Rapunzel o Abascal, pero niguas, la ceguera y la locura son también campo abierto.

Abstraído como estaba en mi hallazgo, hube de volver al mundo porque ahora el detestable Lederer era quien me zarandeaba a mí: "¡Eeeps!", me decía, señalando *nuestra* imagen de Ana-y-las-sábanas, "you were right! —¡Tenías razón, güey, parece que esto le parte la crisma a todo mundo!—. This seems to be something smashing!".

Pues claro que smashing y recontrasmashing y más que súper-shmachín con crisma incluida. La "pieza", pintura o abstracción o imaginación encarnada era, como sería nuestra novela una vez terminada, simplemente *perfecta*. Se respiraba en ella lo que es el territorio de la imaginación libre, la que no constriñen las palabras o los trazos del pincel o las notas musicales o ningún vehículo: la imaginación *intacta*. Pura. Libre.

¡De aquí a la gloria!

Lederer resplandecía. Yo, en cambio, quise que me tragara la tierra. Deseé con mi alma completita quemar la pieza que todos estaban admirando y que deseaba comprar el bisnieto o tataranieto o chozno o dios sabrá qué del gran Tigranes, el amigo de Cleopatra. Quería echarme a andar tras mi mercader de diamantes, la actricita en perpetua inacción y eterno estado de compra y venta, el doctor de las várices… Perderme con ellos. Olvidarme del mundo. Y no entregar a *nadie* mi novela. La trama sí, yo podría compartirla, ¿pero qué es en el total de una novela? Cabe en la solapa. Y las solapas casi casi siempre mienten, ganchos trucados a medias. Las novelas están en otro sitio, en… Bueno, ya chole, esto no es tratado de crítica literaria.

El Lederer, con una cara de orgullo que sólo es posible en un novato, cerró su carpeta "de artista", recogimos nuestras tazas desechables, nos despedimos de la pequeña claque, y a la calle. La resaca del atropellamiento había pasado, de nueva cuenta Atlantic Avenue estaba llena de coches. Exacto frente a nosotros un camión de pasajeros, acompañado de su tradicional UuUuUuUmm, van y vienen por el mundo siempre con esa música de acompañamiento. Tic tic tic tic, hace la campanita cuando paran. Birrum, cuando arrancan. Y el UuUuUu cuando caminan. ¿Qué no les pueden poner más variedad a su musiquita? ¿Por qué suenan así los camiones de pasajeros neoyorkinos? ¿Por qué nadie se queja? Los que vivimos en Dean y tenemos habitación a la calle, los que duermen en cuantísimas calles donde pasan… ¡Nadie se queja de la aburrida sinfonía!

Hay camiones de dos tipos, los ecológicos y los que no, uno suena un poquito peor que el otro, los dos horriblemente repetitivos y sin gracia, respetan la misma partitura. ¡Tanto artista en esta ciudad, y no hay quien les escriba a los camiones del transporte público una tonadita decente! Música ambulante, conciertos banqueteros, cualquier cosa aunque suene a rayos, pero ya chole chole chole el repiqueteo, ¡un fastidio!

Emprendimos el camino de vuelta. Ni él ni yo estábamos de humor para continuar nuestro trabajo. Antes de voltear a la derecha en la Cuarta Avenida, el Lederer me entregó la cajita de metal y la falsa carpeta, o la carpeta virtual, la que albergaba esa "obra de arte en multimedia". La carpeta no pesaba un ápice. Era como cargar aire. Pero al abrirla uno estaba frente a algo que era como carne verdadera, deveras carne, hueso, un pedazo de pescuezo y sábanas, sábanas metidas en la carne, el pellejo, los huesos, y los huesos entrelazados con las sábanas. No volveríamos a la casa del Lederer. Por una única vez dejaríamos un pasaje a medias, sin "salvarlo" —esa expresión anglicona sí que me hace tilín—, sin grabarlo. "Nunca lo he hecho, ¡siempre hay para todo una primera vez en la vida!", dijo de esto el Lederer, y yo le respondí: "Ya lo dijo Lope: todo llega, todo pasa, todo se acaba".

—Loupe, who?

¡Loupe!, ¡decirle Loupe a Looope de Veega! No le expliqué. Que se pudran, pinches gringos provincianos, que se queden sin Lope, que revienten sin Quevedo, que se quemen en el infierno sin Cernuda o Pellicer, que se quemen las pestañas sin Othón. Se pierden la mitad de la película. No entienden nada.

Llegando a la esquina de mi casa, doblé a la izquierda en Dean sin decir un pío. Al verme separar de él, en alta voz y en español dijo: "¡Hasta la vista!" y continuó hacia Bergen, cada quien pa su casita.

Caminé lo poquito que me faltaba para llegar repitiéndome su *hasta la vista* y diciendo para mí: *¡Qué chafa, qué chafa!*

Tenía prisa por llegar a casa y ensoñar con mi novela, la de diamantes, la que me había encontrado por casualidad, la que había echado a andar la tarjeta de presentación de un probablemente falso Tigranes.

# VI

A eso que se llama la media noche —la mía y la de mi mujer— sonó el timbre. La Sarita había caído profunda como a las once y yo ya me había sentado a ver dos pelis, las dos de diamantes, *The Earrings of Madame de Fufít* y una cinta de la PBS que no sé por qué tenemos, *Treasures of the World-Faberge Eggs-Hope Diamond*, con la que me quedé dormido. Qué combinación, mi humor andaba quién sabe cómo con eso de que no estaba y sí estaba escribiendo. Aunque, la verdad, la noche anterior me traía yo un ánimo de sí estar definitivamente escribiendo. Me repetía arriba y abajo frases, expresiones e imágenes de la novela novísima que se me había cruzado —la diamantina—, corrían adentro de mí puntadas como luciérnagas, oía decir esto o lo otro a este y aquel personaje, y anotaba en mi libreta lo que yo creía que aparecería en mi novela. Estaba metido hasta la médula en esa imaginación que se me había cruzado por casualidad en el mezzo del camino de la vida, de purita chiripada, cuando el tal Tigranes falso o verdadero me había plantado en la cara su tarjeta de "traficante de diamantes".

Era un flujo imparable. No se me volvió a aparecer ni por un segundito la imagen de esa Ana deshebrada, por así decirle, mi Ana-a-lo-Remedios-Varo-2004, mi obra de arte involuntaria que sería, sí, una revelación en el mundo del arte, si salía alguna vez de su maldita carpeta de aire. De aire, de nada, ni siquiera de luz, de puro alucine.

No que estuviera ya entero en la novela nueva, pero quería estarla escribiendo y de hecho, como hacía muchos años que no me ocurría, sí estaba yo de algún modo escribiendo, duro y dale así nomás garrapateara cosas inconexas. Y sabía (lo he sabido siempre, pero esa noche lo sabía más, con doble convencimiento) que mis frases no eran huecas o braguetas, que yo no era de esos novelistas que se lanzan a puro derrapón, entusiasmados con sus tontas puntadas de dientes para fuera o con frases pomposas más o menos turgentes. No, señores, señoras, señoritas, damas y caballeros: no. Yo soy un escritor *de verdad.* De a de veris. Y había dado conmigo la inspiración, y ya estaba que me andaba por armar mi novela ésta, la de los diamantes. Por años había vivido pegado al rabo de Manuel y Ana y el Deefe. Ya no me importaban más que un bledo. ¡Que se vayan a comer taco de ojo donde les dé la gana! ¡Que se tiren los unos a los otros, a mí qué! Que se revuelquen como puercos donde dios les dé a entender. A mí qué.

Pero estábamos en lo del timbrazo a media noche. Sonó largo. Con un esfuerzo magno, saqué la cabeza de las cobijas —a la Sarita le gustan las delgadas, pone una arriba de la otra, como capas de jotkeis en plato—, pero eso fue nada al lado del descomunal que tuve que hacer para arrancarme de mi sueño. Porque yo soñaba algo que no puedo —literalmente: no puedo— poner en palabras. Algo que se me escapaba. Algo que era una persecución pero que era al mismo tiempo lo que yo quisiera perseguir, lo que yo más quisiera tener. Ni debo agregar que tenía el pintiparadísimo más duro que ni digo, y no en modo grato, la pinga me dolía. Había en todo una angustia y desagrado que no puedo ni me da la gana explicar aquí, pero me hacía mucho más difícil responder a los timbrazos. En mi sueño, estábamos stoopingout la Sarita y yo, pasaba frente a nosotros el Lederer, con el perro o perra que no tiene, yo le entregaba una nota que él leía, y él se echaba a llorar, desolado, recriminándome, sin soltarla: "¡Lo sabías desde un principio!, ¡me engañaste!", y entonces, frente a nosotros, aparecía una mesita ovalada y baja, y sobre ella estaba ahora Sarah, Sarah que era Sarah pero al mismo tiempo era mi joven actriz imaginada, la Movita, la misma cara de mi Sarah, más una tupida cabellera de mestiza, un cuerpo también de mestiza, la hermosa piel morena, no apenas aceitunada como la de mi Sarita sino morena morena, y ante nuestros ojos la Sara-Movitah comenzaba a desvanecerse hasta que no quedaba de ella sino la cara, como una máscara, una cara sin cabeza, y en breve ya sólo su sonrisa… Y yo la deseaba con desesperación y quería tenerla y me daba cuenta de que deseaba tenerla más porque se estaba yendo y… Dije que no puedo ponerla en palabras, porque así nomás narrada parece la fábula del gato, pero no era. Ese sueño estaba cargado, y de qué manera.

Así que, decía, cuando yo soñaba, sonó el timbre, saqué la cabeza de las cobijas y vi frente a mí que la video anunciaba en números verdes que eran las 3:45. A veces atina y a veces no, porque no sé por qué de cuando en cuando le pico en los controles los botones que no son, y viendo pelis lo dejo en horas que no riman con las que son. La Sarita mi mujer se enfurece:

—Con un diantre, ¡¿no puedes tener siquiera *eso* en orden?!, "Can't you even get *that* right?!, me pregunta.

"Por eso me quieres", me dan las de decirle, "porque yo le traigo emoción a tu vida de oficinista".

"¿Emoción? ¿Vida de oficinista? ¿Cómo un escritor puede ser tan ignorante? ¿No sabes qué es mi trabajo? Emoción no me falta, ¡cero! Lo que quiero en mi casa es orden y paz".

Eso me diría, si yo le dijese. Y yo replicaría: ¡Y sexo!

Con eso, ¡la tumbo!, seguro que terminamos la discusión revolcándonos en nuestros propios jugos.

Pero esa noche eran sí las 3:45, el reloj de la video en donde debía ser.

Sonó otra vez el timbre. Me levanté quién sabe cómo de la cama, sin poder reaccionar con siquiera un poco de asombro o preocupación o susto, ¿pues que tal que había un incendio o algo?, me acerqué el interfón, pregunté, en esputiñol, medio dormido o dormado porque estaba bien reapendejado, "¿qué pasa?".

—It's me!

Era el maldito Paul. Lo último que yo quería ver apenas salir de mi sueño.

—¿Pus quionda? —seguí hablando como con la boca llena de resistol.

—Baja corriendo, güey, ya se nos alborotó el pesebre.

No lo dijo así, pero es lo que quería dar a entender. Me vestí rapidísimo, o sentí que de volada, luchando por desenredarme de las sensaciones del sueño, y mientras lo hacía comencé a escuchar algo, algo que no había oído nunca, algo que provenía de muy cerca, ¿del jardín?, ¿del cuarto de al lado?, ¿de la calle?, ¿de otra casa? Parecía que jalaban muebles, que los arrastraban sobre un piso de madera. La Sarita, sentada en la cama con los ojotes pelados como los de Ana Martín (sí se parecen), con su cara muy de Movita —sí, sí, se parecía tanto a la actricilla de mi nueva novela—, también estaba totalmente aborregada por el sueño. Bajé corriendo los escalones, me enchufé los tenis a la entrada —los dejo en la puerta como un buen berlinés, o japonés, que a fin de cuentas no son tan distintos, por lo del Eje—, y ¡zúmbale pa' fuera!, el Lederer me esperaba, caminando arriba y debajo de la banqueta, la cara desencajada.

—¿Qué te traes? —algo así dije, ya menos resistolada la boca.

—Ven. No te explico, velo tú mismo.

Pero aunque dijo que no explicaría, retacó de palabras los tres pasos entre su casa y la mía y hasta los escalones quedaron más atascados que el resis que traiba yo en la boicaba desde queimei despeitaiba, y mientras más hablaba el Lederer, menos entendía yo qué demóinoboa pasaoba, que si "fue por no haber grabado la escena que dejamos a la mitad", que si "me despertaron los ruidos", que si "toda la cuadra debe estar a estas alturas de pie y marchando", que si "el alboroto de la luz", que si esos resplandores…

Entramos a la casa. ¡Qué sanquintín! ¡Sanquintinazo! Una luz cegadora, blanca y, perdón por la cursilería, de a tiro *desaforada,* una luz histérica inundaba todos los rincones. Las escenas se sucedían vertiginosas, intercalándose una con la otra. No ocurrían sólo en el centro del cascarón, como suspensas, como habían sido siempre, mientras "escribíamos" y "grabábamos" y "repasábamos" las escenas, sino que se embarraban contra todos los puntos del cascarón vacío, que ya no parecía un cascarón vacío, estaba retacadísimo, atestado de gente, la más repetición de los mismos, ¿cuántos habría?, ¿seis Manueles, trece Anas, veinticinco hijitas de Ana, una docena del hijo de Manuel? Manuel estaba otra vez, de nuevo, vivo, como si nunca se hubiera pelado, el siemprevivo que no el resucitón, puis cómo. Pero el cruce que media entre la vida y la muerte era el más insignificántido, las fronteras de la vida se disolvían en una carcajada sin sentido. Caminaban uno encima del otro, pasaban traspasándose, ignorando por completo que los demás existían, no sé si me explico, *se traspasaban,* como si fueran transparentes, pero no eran transparentes, y sus carnes, al llegar al otro lado del encuentro que no era encuentro, traían consigo jirones de la que acababan de llevarse, éste llevaba de bigote un dedo de aquel otro, por ejemplo, aquel salía de haber pasado donde el otro con pedazos de cuero cabelludo en el hombro, con trozos de la ropa en las manos, con una rodilla de más pegada a las otras dos, con un tercer brazo, con un trozo de pecho que no era suyo.

Era una especie pasiva de carnicería o destazadero.

Y esto no era lo peor, sino que, de pronto, comenzaron a verse, a percibirse, a notarse, y todos fueron atacados de un fervor sexual que era una caricatura en *fast-forward* de encuentros eróticos, no puedo explicarlo, y encima de esa cosa rápida que se hacían los unos a los otros, como perros los maridos se cruzaban con las hijas, los hijos con las hijas, ignorando quién era quién —yo lo recordaba, ellos no lo sabían—, se penetraban los unos a los otros sin reparar en quién, y eso era como continuar con esa especie de destazadero que les había visto hacer sin que lo hicieran.

Nadie se daba cuenta de quién era el otro, ni del espacio que ocupaba, ni del lugar; nadie era nada para los unos y para los otros; nadie sabía quién era, ni a quién atacaba; y tan se penetraban, como se golpeaban, como se besaban, sin que nada pareciera cargar ningún sentido, y de inmediato los unos a los otros comenzaron a… ¿cómo lo explico? Se desmembraron a sí mismos o a los otros, se comieron los unos a los otros o los sí mismos a los sí mismos, sin que ninguno de estos actos tampoco significara un bledo… En un punto de la casa, los Manueles repetidos rompían a las mujeres en trochos, les cercenaban miembros, vísceras, la lluvia de sangre caía hacia arriba sobre los tragaluces, en nuestras cabezas. Y era como si estuvieran deshaciendo un collar de cuentas de plástico: nadie se quejaba, nadie expresaba dolor, repugnancia; la mano ignoraba lo que hacía, el ojo no comprendía, la cabeza no entendía, el corazón no sentía. Nada era lo que era. Toda fuente de luz, de color, de vida, era un surtidero de sangre, carne que parecía pútrida aunque estuviera viva.

Y de pronto engolaban las voces a coro, decían —no sé si con palabras, pero lo decían—: "Se ha perdido el sentido. Las que debieran traer vida son las asesinadas".

Yo no era autor de eso. Yo no puedo ser autor de eso. Era, sobre todo, una imagen SIN autor.

Y, contrario a lo que pasó con la imagen medio a lo Remedios Varo pero en realismo fiel, retrato de Ana deshaciéndose o haciéndose parte de las sábanas, éstas que ahora veíamos eran al mismo tiempo simples y horribles, eran vanas, eran tontas, eran gratuitas, eran, ¿cómo las califico?, ¿cacofonía verbal es demasiado tibio? Era como un infierno a lo Brueghel, a lo Bosco, pero carecía de todo atractivo, porque usar la palabra belleza es irse hasta la cocina. No, por supuesto que no eran bellas, eran lo contrario de bellas. No, no daba placer verlas, tampoco lo contrario, no daban nada, ¿repugnaban? Sí, eran espantosas, pero no proyectaban, eran —aunque espeluznantes— *bobas,* gratuitas. Los personajes estaban hueros. Como cascarones a los que faltara la clara y la yema. ¡Siquiera tuvieran yema y fueran monstruosos! Pero no la había, no. Ni la yema, ni la clara, ni la ya ni la… Y como estoy en esto de la imagen del huevo, digamos que en algunos Boscos y de su escuela uno lo que ve es como un punto de turrón dentro del huevo. Bueno, pues aquí no: ni punto, ni turrón ni —insisto— la yema que sirve de barniz a las galletas —¡de algo me sirvió el cursillo cordonblé que tomé con mi Sarita hace años, cuando creíamos que nos haríamos los mejores chefs de nosotros mismos!, pues he podido explicar aquí cómo un Bosco, aunque es horrible, está que vuela, mientras que lo que ahora veíamos en Dean Street 404 no y no.

Y aunque eso ya no fuera lo mío, aunque no tuviera un pelo de mi historia, supe el defecto mayor de mi modo de narrar: nunca cobraba verdadera forma la casa, el lugar donde estuvieran las personas; el edificio nunca mostraba su geometría; a la manera, digamos, del Ridotto, las escenas ocurrían como en retratos de cámara. La escena que había hecho de la ciudad tampoco daba una idea de un Todo, miraba como a través de un catalejo, enfocándose en un círculo, desdibujando el entorno. Más que desdibujando: no dándole forma. Y aquí esto ayudaba a que se desmoronaran los personajes. Pero no se desmoronaban, no calza la palabra porque aquí había sangre, violencia, aunque era más, era peor que la violencia porque los protagonistas dejaban de ser protagonistas, cuál Sansón, cuál Dalila: eran puros nádienes sin valor alguno enfrascados en su propia destrucción, no enardecidos, no embriagados, no descorazonados. Porque todo esto era en frío, frío. Porque nosotros estábamos vivos, y porque habíamos creído que ellos tenían cierta forma de vida, por eso, nos atacaba. Porque las escenas en sí no tenían punta. Sobre ellas pasaba una goma de migajón, borrando, y lo ya borrado se volvía a borrar y las morusas que sacaba la goma se volvían a pegar y hacían cuerpos que otra vez se borraban… Y había dolor en todo esto, pero un dolor frío, la resignación del condenado sin esperanza llenaba todo, todo, todo… Hubiera vomitado ahí mismo si no fuera porque todavía tenía la boca llena del sueño, todavía enresistolada.

El Lederer y yo comprendíamos que en ese caos había un horror, pero quien no conociera los pormenores previos de la historia —y los futuros que aún no habían sido dichos— no vería lo terrible sino un puro desmadre, como un cajón con pedazos de triques revueltos y partes de objetos en desuso.

—¡Arréglalo! —me dijo el Lederer, en tono de patrón enfadado, como si a mí me tocara ser el mexicano y a él el coreano dueño de la deli. De acuerdo, los dos estaríamos de muy humor de perros, pero él no era mi patrón, qué se creía. Me gritó una vez más:

—Fix it, damn it!

Y que me gana la ira y comienzo también a gritar quiénsabequés.

No sé cómo se las agenció el Lederer, porque el espacio del centro de la brownstone parecía impenetrable, pero hizo avanzar nuestro asiento del otro lado de la casa hacia la entrada donde contemplábamos la Escena-basilisco. Trepamos al asiento y cruzamos esa espeluznante Tolvanera, por decirle así, ese atascadero de caracteres, no sé cómo llamarla, esa carnicería horripilosa, hasta que llegamos a nuestro lugar usual de trabajo, el tapanco del fondo. Los personajes actuaban encima de nosotros, no impedían nuestro paso pero los sentíamos, al traspasarlos los *vivíamos,* los olíamos, los percibíamos, los comprendíamos, los *encamábamos,* entrábamos en sus conciencias —porque sí tenían conciencias, memorias, todos y cada uno de ellos: los repetidos, los repetidores—. Algo espeluznante, sin exagerar. Algo que yo no hubiera nunca querido conocer nunca, never de limón la never, ¡nunca! Era la conciencia del sinsentido, de lo roto, lo destruido. Llegando a las computadoras, el Lederer, las manos temblando de espanto, me puso el casco en la cabeza, me ajustó los dos sensores bajo la lengua, y repitió, con voz demudada:

—You must fix this!

La ira que se había apoderado de mí quedó opacada por el *terror* que sentí cuando cruzamos la brownstone hacia el tapanco, cuando palpamos la materia disuelta de los muchos en que se habían convertido mis personajes, su deshumanización, su violencia, su carácter desechable. Su sinsentido. Tenían todo para ser personas, excepto no sé qué, y por esta ausencia, se hacían como un polvo de horror que nosotros habíamos aspirado al cruzarlos.

¿Han oído hablar del Infierno? Pues bien: nosotros lo acabábamos de visitar. El Lederer temblaba y también yo. Los sensores bajo la lengua parecían repiquetear, pero era yo, yo mismo el que repiqueteaba, mis huesos, mis venas, todo mi ser estaba espeluznado.

Cerré los ojos. Debía volverlos, regresarlos a su sitio. Intenté retomar la escena: Ana en el contenedor de la ropa sucia de la lavandería del hotel, los policías terminando el cateo, el cadáver de Manuel, el tráfico de la ciudad, el gerente en su oficina haciendo la llamada de auxilio. Pero aunque quería intentarlo de todo corazón, era inútil. Todos me aparecían en la imaginación mezclados los unos con los otros. Lo intenté otra vez. Nada. En medio de la escena infernal que repetía cuadros abyectos frente a nosotros, un judío ortodoxo se nos apareció tallando un diamante. La cara de Movita se repetía como reflejos del diamante, sin su talle mestizo, su sonrisa de un millón de dólares adquiría un aspecto de terror… ¡Y de pronto se le unió Billie Holiday! Por cada cara de Movita, una Billie, completa ella sí, y cantando. Tras éstas, un barco cargado a reventar de rabinos, un barco completo, de tres pisos, un trasatlántico repleto de barbados rabinos en sus negros atuendos, las cabezas cubiertas.

—What the hell is this! —gritó el Lederer—. Stop it! Stop it!

Mi imaginación también estaba fuera de control. Mi corazón de escritor estaba ya en otra parte. Ni yo podía domar las imágenes enloquecidas, ni tampoco mi propio deseo de contar: no podía contener la aparición de los personajes de la otra historia, pero como entraban sin yo invocarlos —obcecado como estaba en contener el desastre mayúsculo—, quedaban también llenos de sinsentido, locura, repetición, violencia, horror.

El tallador ortodoxo vació un saquillo de terciopelo de diamantes diminutos y bien tallados sobre una charola de metal de una báscula que estaba apoyada sobre una mesa de ébano. Los diamantes rebotaron sobre la charolita y cayeron contra la mesa, como si fueran de hule rebotaron varias veces, con cada rebote brincaban más alto y de pronto, cobrando una velocidad inexplicable, se echaron a volar en órbita, girando, girando alrededor del tallador, su báscula, la mesa...

—What the hell is this! —repitió el Lederer.

—Diamantes. Son diamantes. Estoy obsesionado con los diamantes.

—Are you kidding?

La órbita de los diamantes giraba a gran velocidad y se expandía a ojos vistas.

—You mean it? Stop them! They'll kill us!

Intenté pararlos. No podía. Los diamantes obedecían el caos que los circundaba y sobre el que yo no tenía ningún poder. Habían caído bajo su influencia, la de los personajes abandonados por su autor, magnetizados por no sé qué fuerzas execrables. Y se reproducían, cada que terminaban una órbita eran más. Brillaban asombrosamente. Cada vuelta iban más de prisa. Cada vuelta emitían más luz.

—I can't, no puedo, no puedo —grité un poco histérico—: ¡no puedo!

No, no podía pararlos. De alguna manera me hipnotizaban. La masa de gente que ahí había, sin dejar de estar en su desorden, se incorporaba al baile de los diamantes, como si los obedecieran. Y muy atrás se oía al piano un boogie-woogie.

Por un momento sentí que yo también estaba cayendo bajo la imantación de los personajes reproducidos y me vi, lo prometo, me vi entre ellos: dos, tres, cuatro veces yo, el autor también vagando entre esa masa de insensatez.

Hasta ahí, va, me fue de algún modo soportable porque yo había sido ya presentado como un personaje más de la novela. Pero en una de esas vi al Lederer también, dos, diez, veinte Lederers, y unos eran cercenados por los diamantes voladores, sus cadáveres eran los únicos varones en medio de esa mortandad de mujeres.

El Lederer también lo vio, también se vio. Me miró a los ojos: había entendido que no podía yo controlar lo que estaba ocurriendo. Entendió que eso que ocurría nos estaba tragando. ¡Y ruido, ruido, ruido, ruido! ¡El destrozadero hacía un ruidero sin igual!

—I'll stop this!

Y trató. Pero era tal el vértigo del remolino que no lo obedeció.

—What the hell is goin' on!

—Turn the machine off —le grité—. ¡Apágala, güey, apágala! Pero entonces hubo un momento de esplendor. O de oscuridad esplendorosa, ya que ando subidín al patín de lo cursi-ín. Un momento en el que toda esa atrocidad que mirábamos, esa ausencia completa de sentido en cada una de las vidas —o exhibiciones de vida— que ahí había cobró cuerpo, fue. Estábamos ante un friso fabuloso que representaba la —¡ups!, perdón perdón, sonaré a solemne, pero qué hacerle—, la *esencia* del hombre contemporáneo. Rotos todos, como seres desechables, repetidos, olvidados de que son cada uno un mundo irrepetible, terminaban por ser asesinados por esa maquinaria fabulosa, el vértigo de los diamantes, el vértigo del dinero, el esplendor del dinero.

Pero el lindo esplendor se nos acercaba. Volví a gritar:

—Turn it off, damn it, off, off, now, disconnect it, now, now!

—I have to save it before I do so! (¡Tengo que grabarlo antes que se nos vaya, güey!) —me contestó, también, evidentemente, como yo, engolosinado.

—Don't! Don't! Just turn it off! Now! (¡No, no, cabrón de mierda, no, apágala, ya!) —grité aún más fuerte porque el ruido había ascendido a un volumen insoportable.

Apenas terminé la frase, vi clarísimo, con estos dos ojos que diosito me dio en la iglesia a la que iba con mi nana y que ojalá y no me hubiera dado nunca, cómo un latigazo de diamantes voladores encarrerados se ensañaba contra la cara del Lederer, destrozándosela, traspasando de un lado al otro su cabeza, y cómo otro, pequeña cola de la órbita de diamantes, le cortaba el cuello, y otro más se le clavaba en el punto donde los humanos tenemos el corazón y demás tripas vitales.

Y en ese instante, frente a la sangre de Lederer derramándose y corriendo tras los diamantes en órbita, y tras los miembros rotos de las otras personas, de las duplicaciones de Manueles, de las Anas, de los niños, la máquina se apagó: respondiendo a la llamada de auxilio del 911 que marcó Sarah —nuestros gritos y la luminosidad de los diamantes voladores la habrían alertado— y probablemente también a las de otros vecinos, los bomberos acababan de irrumpir. Al mirar el resplandor de los diamantes correlones, creyéndolo fuego, lanzaron un chorro de agua directamente contra nosotros y contra las computadoras de Paul Lederer.

El agua apagó la maquinaria y con ella paró la danza de los diamantes, de los cuerpos rotos o no-rotos pero desnudos de sentido. Sólo quedaba la sangre del Lederer, su cuerpo mutilado por el filo de la carrera de los diamantes.

—Stop! —grité, desgañifado, enloquecido—, Stop!

No les hago el cuento largo: no hubo cómo salvarle la vida al Lederer. Su cerebro estaba agujereado, lleno de piquetitos, su cuello partido en tiras, desgarrado de pe-a-pa. Su corazón también había quedado roto. Era como si hubiera entrado a una moledora.

Por el agua con la que los bomberos bautizaron nuestro regreso al mundo, todo lo que habíamos trabajado hasta ese día chupó faros, valió madres, se fue a la verga. Todo, excepto, sí, la imagen de Ana volviéndose sabanitas, la que nos quiso comprar Tigranes, porque la había dejado yo en mi casa, archivada en su falsa carpeta, guardada en su pequeña caja.

Fin

El millón de dólares que me pagaron sigue en mi cuenta de banco porque la interrupción del trabajo no es imputable a mí. La Sariux negoció bien el contrato.

No he tenido corazón —o cabeza— para pensar en exhibir la "obra de arte" que es testigo del genio de Lederer. ¿Debiera hacerlo? Sarah se entera de que la tengo y seguro brinca sobre ella viéndole el obvio provecho económico que podríamos sacarle.

La he vuelto a ver muchas veces. Nunca la he sacado de casa, ni la he vuelto a enseñar a nadie. La pequeña caja metálica que remeda el envase de caramelos basta para conservarla "viva". Como no soy crítico de arte no digo más. Pico de cera, pero el pabilo que esconde mi boca les jura que es algo excepcional.

Por el momento, aquí escribiendo, si es que esto es escribir, me desahogué. Me siento mejor: ya no podía más. Terminé de contarlo. Como dice la canción, *¡Suspiro - suspiro! - Suuuspiro yo, suuuspiro cuando me encuentro a mi amooor.* Lo que aquí dije ocurrió. Ya quedó atrás. Lo he dividido en capítulos para tomar el aire de vez en vez y para aparentar que es una ficción. Pero no es mentira, aunque darlo por imaginado me alivie. Ocurrió. Fue verdad. *Es* verdad. Por un pelo existió la novela perfecta.

Yo, Vértiz
*Brooklyn, Nueva York, a 6 de enero del año 2005.*
*Día de los Santos Reyes. ¡Que vivan Gaspar, Baltazar y*
*Melchor!*

# Texas
## LA GRAN LADRONERÍA
## EN EL LEJANO NORTE

*A Mike, María y Alonso, Juan y Elisa,*
*y a mi primer nieto.*

## PEQUEÑA NOTA DE UN INTRUSO
## (QUE SE LA SALTE EL QUE QUIERA)

Mejor decirlo de una vez para no irnos embrollando: éste es el año de 1859.

Estamos en las riberas norte y sur del río Bravo, en Bruneville y Matasánchez —a caballo, si trotamos hacia el poniente, llegaríamos en media mañana al mar.

Bruneville y Matasánchez se hacen llamar ciudades, ya ustedes juzgan si mejor las piensan pueblos.

Dos cosas debo decirles de ellas: Bruneville pertenece al Estado de Texas, Matasánchez a México. La primera que digo (de Bruneville) vale desde hace poco, me regreso hasta el año 21 para entenderle, a cuando México declaró su Independencia.

En ese año, el Lejano Norte no estaba muy poblado, aunque sí había algunos ranchos salpicados —como los de doña Estefanía, que es dueña de tierras del río Nueces al río Bravo, para recorrer sus propiedades de sur a norte habría que cabalgar cuatro días.

Entonces abundaba el búfalo. Corrían libres los mustangos. Como todavía no se sembraba demasiado pasto, no era muy frecuente encontrar a la vacada enramada en docenas, pastaban a lo mucho de a tres en tres. Pero lo que sí había, y en abundancia, eran indios, y ésos venían en puños.

Más al noreste estaba la Apachería, desde que Dios hizo el mundo vivían en esta región los indios, se les habían ido pegando otros diversos que venían del norte, echados de sus lares por los americanos, o nomás huyendo de ellos. Como eran tan distintos (a algunos les daba por el cultivo, a otros por la caza y curar pieles, a otros por la guerra), no convivían sus vecinazgos en santa paz por más que les digamos parejo indios, no hay remedio.

Para proteger la frontera norte de la voracidad europea y de los indios guerreros, el gobierno federal mexicano invitó americanos a poblarlas. Les prestó tierras o se las dio condicionadas y a algunos también cabezas de ganado. Para dejar los puntos claros, les hizo firmar contratos en que juraban ser católicos y ser leales al gobierno mexicano.

Lo que se les negó desde un principio fue importar a México esclavos, y si acaso, tras mucha presión de su parte, se les permitía traer algunos, a cuentagotas.

En el 35, los gringos correspondieron a la generosidad mexicana declarando su independencia. Sí, pues, pensaban en su propio provecho, sobre todo por lo de los esclavos. La novísima República (esclavista) de Tejas puso su frontera sur en el río Nueces.

Ya para entonces había comenzado la sembradera de pasto ganadero, quemaban el huizache, arrojaban sobre la tierra las semillas envidiosas del alimento mientras la vacada se reproducía a marcha forzada. Al búfalo lo diezmaban los ciboleros. La flecha del indio cazador zumbaba a menudo de balde, sin encontrar presa.

Ni hace falta decir que el gesto de los texanos le sentó como patada al gobierno mexicano y alborotó el avispero de sus terratenientes y rancheros.

Luego, en el año 46, la República de Texas se anexó a los americanos, y pasaron a ser un estado más de ellos, la estrella solitaria.

De inmediato Texas argumentó que su frontera llegaba hasta el río Bravo.

Ya se sabe lo que siguió, nos invadieron los americanos.

En el 48, después de la invasión (que ellos llaman Mexican American War, ¡habrase visto!), se decretó que la frontera oficial estaba en el río Bravo. Para clavar su pica en Flandes, los texanos fundaron Bruneville donde antes no había habido más que un muelle de Matasánchez plantado ahí para elporsiacaso. Matasánchez se convirtió en ciudad fronteriza.

A Bruneville comenzaron a llegar inmigrantes de muchos lugares, algunos gente de bien, y abogados americanos dispuestos a poner la ley en orden, que es decir a cambiar las propiedades a manos de los gringos. También todo tipo de bandidos, los ya mencionados (los bien vestidos que roban detrás de un escritorio) y los que se esconden la cara con los amarres de sus pañuelos. Y había de los bandidos que hacían un poco de los dos.

Ahí, como estaban las cosas, ocurre esta historia, en el momento de la Gran Ladronería:

PRIMERA PARTE
(QUE EMPIEZA EN BRUNEVILLE,
TEXAS, EN LA RIBERA NORTE DEL
RÍO BRAVO, UN DÍA DE JULIO)

Raya el mediodía en Bruneville. El cielo sin nubes, la luz vertical, el velo de polvo espejeante, el calor que fatiga la vista. En la Plaza del Mercado, frente al Café Ronsard, el sheriff Shears escupe a don Nepomuceno cuatro palabras:

—Ya cállate, grasiento pelado.

Las dice en inglés, menos la última, *Shut up, greaser pelado*.

Cruza la plaza Frank —uno de los muchos mexicanos que se malganan la vida de correveidile en las calles de Bruneville, un *pelado*—, venía diciéndose (en inglés, lo hablaba tan bien que le cambió el nombre —antes era Pancho López) "y que le urge... y que le urge", acaba de despachar (una libra de hueso y dos de falda para el cocido) en la casa del abogado Stealman. Oye la frase, alza la vista, ve la escena, literalmente salta los pocos pasos que lo separan del mercado y corre a repetírsela a bocajarro a Sharp, el carnicero, "El nuevo sheriff le dijo" tal y tal "al señor Nepomuceno", y de un hilo añade, en un tono muy distinto, maquinal, como exhalando, "que dice la señora Luz que dice La Floja que si les envía cola para la sopa", casi ya sin aire termina con "que le urge", lo que se había venido repitiendo en voz baja, a cada dos pasos desde la casa de los Stealman hasta aquí, aunque luego casi se le disolvieran las sílabas por el chisporroteo de la frase ardiente.

Sharp, el carnicero, no se da tiempo para pensar qué o qué de la noticia, no toma partido, ni "cómo se atreve a hablarle así a don Nepomuceno, el hijo de doña Estefanía, nieto y bisnieto de los dueños de los más de mil acres de tierra de Espíritu Santo, donde están Bruneville and este carpinteritos venido a más, sheriff de chiripa", ni tampoco "¿Nepomuceno?, ese tal por cual, maldito robavacas, bandido pelirrojo, por mí que se pudra", que ya se repetirían luego hasta el cansancio. Por el momento, la sorpresa. Desde atrás de su tabla de destazar, con la mano izquierda en la frente, en la derecha el cuchillo y el brazo extendido, se desliza (como patinando sobre aceite) los dos pasos que lo separan del comerciante vecino, el pollero, y repite en español lo que le acaba de decir Frank, tras un "¡Oye, Alitas!" (mientras le habla, con la punta filosa del cuchillo pinta en el piso de tierra una línea irregular).

Hace tres semanas que Sharp no cruza palabra con Alitas el pollero, dizque por una desavenencia en la renta del puesto del mercado, pero todos saben que la gota que derramó el vaso fue que intentó conquistar a su hermana.

Alitas —feliz de que se interrumpa la ley del hielo y por esto en un tono que parece aplaudir la nueva— repite casi a gritos "Shears le dijo a Nepomuceno *¡Cállate grasiento pelado!*"; la frase pasa a la boca del verdulero, éste se la repite al franchute de las semillas y el franchute la lleva al puesto de telas de Cherem, el maronita, donde miss Lace, ama de llaves de Juez Gold, pondera la pieza recién llegada, un material que ella no conoce, parece perfecto para vestir las ventanas de la sala.

Sid Cherem traduce la frase al inglés y explica a miss Lace que si Shears que si Nepomuceno, ella deja la tela, pide a Cherem se la aparte y se apresura a llevar el chisme a su patrón dejando atrás a Luis, el niño flacucho que le carga las dos canastas repletas. Luis, distraído de sus deberes, revisa en un puesto vecino las ligas (una es ideal para su resortera), ni cuenta se da de que se le va miss Lace.

Miss Lace cruza la Plaza del Mercado por el costado opuesto al Café Ronsard. Tiene que encontrar a Juez Gold, corre y corre media cuadra, lo ve saliendo de su oficina, a pocos pasos de la alcaldía.

Hay que aclarar que a Juez Gold se le dice así pero poco tiene de juez, lo suyo es llenarse la cartera, su negocio es el dinero, a saber cómo se ganó el apodo.

"Ya le llegó el día a Nepomuceno", es la respuesta que le da Juez Gold porque le acaban de pasar otro chisme y, con los dos en mente, sigue su camino hacia la alcaldía —le queda a tiro de piedra, en la esquina—, de donde justo salen, y bien enfadados, los hermanos de Nepomuceno, Sabas y Refugio, hijos del matrimonio anterior de doña Estefanía.

Sabas y Refugio son dos hombres de buena pinta, de lo mejor entre las mejores familias de la región. Lenguas viperinas dicen que no pueden explicarse cómo doña Estefanía crió estas joyas y después al díscolo maleducado de Nepomuceno, que ni sabe leer —aunque otros dicen que es mentira absoluta que Nepomuceno sea iletrado—. En cuanto a su aspecto, por nosotros que es el más bien parado y bien vestido de los tres, sus modales de príncipe.

Sabas y Refugio adeudan a Juez Gold demasiadísimo dinero. Se habían presentado a declarar ante el juez White (ése sí es juez, lo de justo está por verse) (los mexicanos lo apodan el Comosellame) momentos después de que lo había hecho Nepomuceno —esperaron a que un recadero (Nat) les avisara que ya se había ido su mediohermano para no cruzarse con él—. Nat fue también el que avisó a Juez Gold que el juicio quedaba detenido "hasta nuevo aviso" —mala cosa para Sabas y Refugio, quieren que se falle pronto para embolsarse la recompensa prometida por Stealman, y peores para Nepomuceno.

Se escucha un balazo. Nadie está para espantarse de eso —por cada quinientas piezas de ganado que uno quiera a buen resguardo hay que contratar cincuenta pistoleros, cada uno de los cuales pasará por Bruneville; de cualquiera pueden esperarse tropelías, hechuras de todo tipo de violencias, que ni decir cuántos disparos.

Juez Gold avienta encima de Sabas y Refugio la frasecita del sheriff, mientras dice para sí: "Ya que no me podrán pagar en quién sabe cuánto, siquiera tener el gusto". Inmediato él es quien se siente incómodo: no hay necesidad, qué gana con esto. Así es Juez Gold, impulsos de mala entraña y remordimientos de buena tripa.

Nat alcanza a oír y se va pero volando hacia la Plaza del Mercado, quiere fisgonear qué pasa entre Nepomuceno y Shears.

Sabas y Refugio celebrarían la humillación del benjamín de su mamá, pero no pueden por llegar la noticia de Juez Gold, esto les cae al hígado. Se siguen de largo, como si nada.

Glevack alcanza a oír la frase, estaba a punto de abordar a Sabas y Refugio. Él sí se detiene abrupto, pero también de golpe se apresura, huele la oportunidad de hablar con Juez Gold.

Ni cuatro pasos después, se acerca a los hermanos Olga, una de las que a veces lava ropa para doña Estefanía. Olga quiere pasarles fresquita la de Shears con afán de reconciliarse con ellos, le traen disgusto porque les contaron que había ido con doña Estefanía a soplarle que le llevaban la contra a sus intereses. Pues claro que era verdad, quién no lo va a saberlo (sobra decir que hasta doña Estefanía), pero qué necesidad tenía de echar veneno.

Ya para entonces, aunque todavía caminen lado a lado, Sabas y Refugio van ensimismados, los dos sin saber que el otro también cuenta los segundos, los minutos, las horas que faltan para ir a la casa de los Stealman, ahí se hablará largo del asunto Shears-Nepomuceno, pensando "hay que aprovechar para dejar bien claro que media un océano entre ése, un díscolo, y nosotros", luego la sospecha de que si van se arriesgan a que les pongan caras, ese Nepomuceno, "un buscaproblemas, justo tenía que salir con ésta hoy mero" cuando los han invitado.

Los hermanos no le hacen ningún caso a Olga.

El juez Gold también se le hace el sordo.

Olga, nomás por no sentirse mal, corre a vocearle la frase a Glevack. Glevack intenta emparejarse con los hermanos, de a tiro ignora a Olga, se sigue de largo, como si no le hablara nadie; está de mal humor y uno diría que cómo, si Glevack es el primer favorecido por el despojo a doña Estefanía que Nepomuceno intenta sin suerte revertir por vía legal, de ahí la visita de hacía un ratito al juzgado.

Qué gusto le daría a Glevack insultar él mismo a Nepomuceno en plena Plaza del Mercado, llamarlo enfrente de todos "poca cosa", peores le ha hecho ya, está ensañado contra el que fuera su amigo y cómplice.

(Faltó un ápice para que por sus acusaciones lo metieran a la cárcel cuando el asunto del mulero muerto cuyo cadáver fueron a tirar al pie de la alcaldía de Bruneville; a voces le echaron la culpa a Glevack y a Nepomuceno —todavía amigos—, que porque ellos le habían encargado al muertito ir tras el ganado —quesque para reponer el que Stealman le había robado a Nepomuceno—; la desjusticia texana les sacó los dientes a los dos indiciados. Glevack testificó que él nada de nada, que todo era hechura de Nepomuceno, dio muchos detalles y contó otros, hasta dijo que si Nepomuceno era el que había interceptado el correo, le colgó el bandidaje de los robines y quién sabe cuánto más).

Con lo de la insultada a Nepomuceno, Glevack debiera estar de fiesta, pero se malhumorea porque Juez Gold no lo quiere oír y además se le entromete la sospecha de que Sabas y Refugio se le están volteando.

Poquito antes, Glevack había engatusado a doña Estefanía para que se dejara tomar el pelo por los gringos, muy a sabiendas de que la despojarían de lo lindo, y de que a él le tocaría parte del botín.

Olga se llena de peores que la sospecha, hay que sumarle que ya no tiene dieciocho sino el doble, ya perdió el lustre primero. Ni Glevack, ni nadie, ¿pues quién iba a mirarla como antes? Se les va el relumbre y las mujeres se vuelven como

639

fantasmas, ya no hay ni quién les tire un lazo; salen a la calle, nadie voltea a mirarlas. Algunas, como Olga, no soportan que las ignoren, hacen cualquier cosa con tal de que alguien las oiga —otras, sienten ligereza y alivio con el desdén—. Por esto, Olga cruza la calle principal (Elizabeth), camina por la que entronca con ésta (Charles) y toca a la puerta de la casa del ministro Fear, que le queda mero enfrente.

No hace ni un mes que Olga les ayudó a acomodar la trousseau de la señora Eleonor, la flamante esposa del ministro.

Eleonor, aunque recién casada, tampoco se cuece al primer hervor, ya pasa de los veinte. Su marido, el ministro Fear, pega a los cuarenta y cinco, llevaba dos años viudo cuando buscó por letra impresa una nueva esposa. El anuncio, en periódicos de Tuxon, California y Nueva York, decía en escueto inglés:

"Viudo y solitario, busca esposa que sepa acompañar a un ministro metodista en la frontera sur con los deberes que le son propios. Favor de responder a Lee Fear en Bruneville, Texas".

Olga toca la puerta de los Fear por segunda vez, impaciente. Golpes tan fuertes que calle abajo se entreabre la de los vecinos, los Smith —su casa hace esquina con James, la calle que corre paralela a Elizabeth.

Asoma la carita la bella Rayo de Luna —una india asinai (otros los llaman indios texas, los gringos les dicen haisinai, son familia de los caddos), los Smith la compraron por una bicoca hacía un par de años, poco antes de que se pusiera de moda tener féminas salvajes para el servicio, si no les habría costado el doble; una ganga en todo caso, bonita, de buen de trato, hacendosita, aunque a veces se distrae—. Rayo de Luna sale a la calle.

Un segundo después, abre la puerta de la casa de los Fear Eleonor, su expresión de extrañeza, como si de pronto bajara de otro mundo. No habla una palabra de español, pero Olga se da a entender. Primero, le ofrece sus servicios, lavar, limpiar, cocinar, lo que les haga falta. Eleonor declina amable. Después, ya con el ministro Fear presente (curioso por saber quién está en la puerta) y con Rayo de Luna a su costado —a la joven esclava de los Smith le interesa el chisme y se va arrimando—, apoyando sus palabras con señas corporales —una cruz de cinco estrellas al pecho por el sheriff, por Lázaro el violín y el lazo, por Nepomuceno el nombre, porque quién no sabe en la región que don Nepomuceno es Nepomuceno—, Olga les relata el incidente.

Los Fear no dan ninguna muestra de interés (el ministro por prudente, y Eleonor porque está en sus cosas), en cambio Rayo de Luna, sobremanera, sabe lo tonto que es el sheriff Shears —el carpintero estuvo en casa de los Smith para arreglar la mesa del comedor, se la dejó más coja— y al guapo Nepomuceno lo tiene muy bien visto —la hija de los Smith, Caroline, está prendada de él (también Rayo de Luna un poco, como todas las jóvenes de Bruneville).

Cuando el ministro Fear cierra la puerta de la casa, Olga se enfila de vuelta al mercado —retoma Elizabeth— y Rayo de Luna se hace la remolona, oteando hacia la calle Elizabeth, buscando algún pretexto para no entrar a cumplir sus deberes en casa de los Smith (no se sabe dar el gusto de la holgazanería así nomás), doblan la esquina Agua Fuerte y Caída Azul, dos indios lipanes —los lipanes son salvajes como pocos, pero amigos de los gringos—, montando preciosos caballos, seguidos de un mustango pinto, típico de las praderías, con la carga (si les ofrecen buen precio, lo venden).

Agua Fuerte y Caída Azul se habían desviado de calle James para evitar a los hombres de Nepomuceno porque no vienen a Bruneville a buscar problemas.

A pesar del calor, los lipanes traen mangas largas entalladas, con rayas vistosas. Calzan mocasines adornados. Llevan en la frente, atadas en la nuca, bandas bordadas de colores adornadas con cuentezuelas, los largos cabellos sueltos también muy vestidos —plumas, cintas, alguna cola de liebre—, las espuelas repujadas.

Ni tarda ni perezosa —ahí se siente segura, este tramo de la calle es su territorio—, Rayo de Luna se les acerca. De un salto descabalgan los lipanes. Con señas, Rayo de Luna les representa el incidente que acaba de ocurrir en la Plaza del Mercado, imita las de Olga, les suma su gracia. Después, entra a la casa de los Smith azotando la puerta —por esto no oye el tronar del segundo balazo de la mañana.

Agua Fuerte y Caída Azul interpretan diverso el asunto Shears-Nepomuceno. Para Agua Fuerte, es evidente manifestación de que algo está ocurriendo en el campamento lipán y quiere regresen inmediato, teme por la sobrevivencia de su gente. Para Caída Azul, en cambio, el incidente no tiene nada que ver con los lipanes; está convencido de que lo único que debe interesarles es la vendimia, son las órdenes del jefe Costalito, el chamán debió saber que en Bruneville, etcétera. Entonces: ¿se dan la media vuelta, como quiere Agua Fuerte, o se quedan a mercar, como opina Caída Azul? Nada de la mercancía que traen es perecedera —las pieles, las nueces y las bolas de goma pueden esperar semanas—, argumenta Agua Fuerte. Pero el trayecto es largo y fastidioso, dice Caída Azul, se requieren municiones en el campamento y, aunque los dos fusiles que piensan obtener no sean urgentes, no les caerían nada mal, al venir se desviaron repetidas veces de la ruta principal para esquivar peligros, sería mejor volver armados.

Los lipanes pasan de los argumentos a la discusión, y de ahí a los golpes.

Agua Fuerte saca el puñal.

(Dos que anotar cuando el sol refulge en la hoja de metal del puñal de Agua Fuerte: al astro se le ve mejor y al acero parece no pesarle el astro. Parecería que el abrumado firmamento no puede con el peso del coloso; se diría que allá en lo alto está por resquebrajarse el azul, que la bóveda necesita compartir la carga con el velo del polvo terrestre y que el puñal pulido lleva al astro con ligereza.)

Adentro de casa de los Smith, la bella Rayo de Luna regresa a su labor, llena el cántaro en la fuente para llevar agua a la cocina. (Llaman ahí fuente a la cisterna donde acumulan el agua, porque brota cuando se le bombea).

Mientras, en el mercado, al carnicero Sharp le da un ataque de risa. ¡Nepomuceno! ¡El ladrón de su vaca! ¡Ese miserable humillado en plena plaza pública! "¡Se lo merece!".

El calificativo de ladrón requiere se precise: Sharp dice que la vaca es de él porque pagó por ella, pero Nepomuceno se cree en mayor derecho de llamarla "mía" porque el animal fue procreado y parido por su ganado, "ahí tiene el herraje", en el rancho donde él mismo nació, "que no se haga Sharp el que Dios le habla, porque para mí que supo siempre que el origen de su vaca era el robo, el precio que pagó por tan buena pieza no ajusta, ¡a otro perro con ese hueso!".

Cuando se supo en el Hotel de La Grande lo que andaba diciendo Nepomuceno, Smiley comentó: "¡No me salga con que la vaca de Sharp es su hermana!".

Sharp deja el cuchillo sobre la tabla de cortar, se limpia un poco las manos sobre el mandil y, sin quitárselo, a pasos largos se apresura hacia la Plaza del Mercado.

Lo dejamos ahí, debemos caminar tiempo atrás, al momento en que el incidente Shears-Nepomuceno comienza, porque nos estamos perdiendo algunas que nos importan:

Roberto Cruz, el peletero a quien todos llaman Cruz, lleva rato esperando a los lipán (no piensa en "lipanes"), otea impaciente la calle principal desde su puesto exterior del mercado. Según Cruz el peletero, los "lipán" son los mejores proveedores de pieles de calidad, también le ofrecen mocasines ya elaborados (que no les compra sino rara vez, no los quiere nadie, fuera de algún alemán excéntrico) y calzones inmejorables para montar, se venden como pan caliente, son imprescindibles para las mujeres, no pueden cabalgar sin éstos, so riesgo de llagarse en sus partes secretas.

Dos días antes, Cruz se había abastecido de hebillas y ojillos, y ya esperaba en casa Sitú, el joven que sabe "pintar" con calor adornos en los cinturones —novedad que gusta mucho—. Como los lipanes siguen las fases de la luna, debían estar por llegar, en esto son iguales a los otros indios de la pradería. Si no aparecen, el artesano se le va a quedar de brazos cruzados, poniéndole los pelos de punta a Pearl, la mujer que se hace cargo de llevar la casa desde la muerte de su esposa. Su fiel Pearl. "Nomás se case mi hija, le propongo matrimonio", lo tiene decidido, lo guarda en secreto.

Así estaba Cruz, estirando el cuello, tratando de ver más allá de la plaza hacia la calle principal, cuando pasó Óscar, en la cabeza su canasta repleta de pan.

—Pst, ¡tú!… ¡Óscar, te estoy hablando!… ¡dame pan dulce!

—Sólo vendo hoy de a una pieza. No metí mucho al horno, creí que iba a ser día malo. El que traigo es lo poco que me queda para ir hacia el muelle; si le doy más me quedo sin con qué vender.

—Anda, dame uno.

Cruz sigue estirando el cuello buscando indios lipanes en lo que Óscar baja la canasta.

Óscar le escoge un crujiente moño recubierto de azúcar (le conoce el gusto, es su predilecto). Cruz le paga.

—Quédate el cambio.

—No, Cruz, cómo cree.

—Pal que sigue, un abono.

Óscar asienta la canasta panadera en su cabeza.

Tim Black sale del Café Ronsard. Llama a Cruz, con dos señas le explica que quiere le muestre cinturones. Tim Black, el negro rico, hacendado y dueño de esclavos —llegada la independencia de Texas fue la excepción, le respetaron su estatus de hombre libre y sus propiedades aunque fuera negro y nacido esclavo, su caso particular había ido a dar al Congreso.

Cruz pone su pieza de pan sobre el mostrador, se echa al hombro la ristra de cinturones, por un pelo se le arrastran, van colgando de un fierro torcido al que las hebillas están ensartadas.

En la plaza, el sheriff Shears gritonea a Lázaro Rueda, el vaquero viejo —ese que sabe tocar el violín—, y luego con la culata de su pistola, ¡riájale!, le da pero bien duro en la frente. Tras el segundo o tercer golpe, Lázaro se desploma.

Tim Black brinca a un lado por no perder detalle de la escena. No entiende español, eso lo deja fuera de buena parte de asuntos en la frontera, pero aquí no le hace falta la lengua para entender de pe a pa: un sheriff, un viejo pobretón zumbado a culatazos.

Nepomuceno sale del Café Ronsard, topa también con la escena de Shears. Reconoce a Lázaro Rueda en el aporreado. Da pasos decididos para detener la golpiza.

Tim Black ve la reacción de Nepomuceno, comprende sus palabras, percibe su tono calmante —le ayuda el eco que le hace en su mal inglés el niño alemán, Joe, el hijo de los Lieder— y oye clarito la aspereza y el insulto con que le contesta Shears, *Shut up, greaser pelado*.

La sirena del mercante Margarita anuncia su próxima partida.

Óscar escucha sin pierde la frase que Shears escupe a Nepomuceno, de reojo ve lo que pasa, percibe la sirena, y más le gana el sentido del deber que la curiosidad: si el Margarita sonó es porque tiene el tiempo justo para llegar; si no le pica al paso, los va a dejar sin pan; apresura el camine.

El talabartero don Jacinto lleva en brazos una silla de montar recién hecha "muy de lujo" (él nació en Zacatecas, se ha casado tres veces; dos días a la semana vende en Bruneville, los restantes del otro lado del río, en Matasánchez, su negocio va bien), cruza la plaza hacia el Café Ronsard, diciendo a diestra y siniestra "quiero enseñársela a don Nepomuceno" —nadie como él para verle la gracia y el arte en su hechura, es resabido que si Nepomuceno le expresa admiración, le brincará un interesado, nadie conoce más de sillas y riendas, nadie como él maneja el lazo, nadie monta como él: no es que los caballos le obedezcan, es que hay entendimiento entre ellos.

Don Jacinto es miope y nada ven sus ojos que no quede a menos de dos metros de distancia, si no también habría visto. Pero sordo no es: clarito oye los golpes, lo que dice Nepomuceno, y la respuesta de Shears. Por ésta, se para en seco. No puede creer que el carpinterillo le hable así a don Nepomuceno.

Peter —de apellido original impronunciable, que él había convertido en Hat para la gringada y Jat para la mexicaniza, aunque éstos le apodan "El Sombrerito"—, dueño de la tienda de sombreros "Peter Hat, de fieltro, también de palma para el calor", está acomodando en la columna central de la tienda el espejo recién llegado, cuando ve reflejado en la luna austriaca a Shears culateando a Lázaro Rueda, "el vaquero del violín". Ve también que se le acerca Nepomuceno, y que el chamaco que acompaña a La Plange, "Mocoso", corre hacia ellos. Su instinto le dice que algo está a punto de estallar. Descuelga el espejo ("pero ¿por qué, don Peter?", le dice Bill su ayudante, "ya estaba emparejadito"), lo pone atrás del mostrador, a buen resguardo, y despacha a Bill a su casa con una moneda en la mano ("No vamos a abrir, no vengas hasta que yo te mande llamar, ¡anda!, ayúdame a cerrar"). Baja las rejas y cierra las puertas del frente de su negocio, traspone la que divide la tienda de la casa, gira el doble pasador por dentro, y a gritos anuncia a su mujer: "¡Michaela! Esto huele muy mal. Que no salgan los niños ni al patio, atranca bien puertas y ventanas; nadie pone un pie fuera de aquí hasta que pase la zafarrancha".

Peter pasa al patio, corta con la navajita que siempre trae en el bolsillo dos pequeñas rosas blancas, se sigue hacia el pequeño altar a la Virgen, a un costado de la puerta principal de la casa. Se hinca en el reclinatorio. Empieza a rezar, en voz alta. Se le unen Michaela y sus hijos —ella toma las rosas de la mano de Peter, acomoda una en el delgado florero del color azul del manto de la imagen, pone la segunda en el ojal del cuello del marido.

La mamá y los hijos van disolviendo la preocupación en santamariapurísimas rezadas muy de prisa.

Pero Peter… más reza, más se ansía, su alma parece fieltro disparejo, con gordos nudos y tramos desvaídos.

El rubio Bill había mirado hacer a Peter, incapaz de ayudarle en nada, sin entender qué le pica.

Ya en la calle, se acomoda los tirantes. Todo lo que ha ganado, desde que entró a trabajar con Peter, se lo ha gastado en tirantes, lujosísimos, modernos.

Inmediato se pone al tanto de lo que ocurre en la Plaza del Mercado y, en lugar de enfilarse a casa, camina rápido los pocos pasos que lo separan de la cárcel.

Su tío, el ranger Neals (el responsable del presidio), escucha atento su puntual reporte.

—Este idiota de Shears… mira que insultar a Nepomuceno, nos mete a todos en camisa de once varas.

Pisándole los talones a Bill, llegan otros a la puerta de la cárcel del centro que da a la Plaza del Mercado —Ranger Phil, Ranger Ralph, Ranger Bob—, a Neals se le tiene muy en alto. Traen la misma nueva pero ni necesitan pasarla al ranger. Alcanzan a oír lo que decía al sobrino.

—No vamos a responder, ¿me entienden?

Ni se quedan a oír lo que sigue, regresan rápidos sobre sus pasos a pasar la orden a los demás rangers:

—…la chispa ya cayó y no queremos precipitar el incendio. Esto es de gravedad…

En la cárcel de Bruneville, el preso estrella es Urrutia. Forma parte de la banda que "ayuda" a cruzar el río Bravo a los negros esclavos fugitivos. Apenas cruzar la frontera y poner pie en México, por ley, se les libera de la esclavitud; el gancho que les promete Urrutia es la entrega en comodato de tierras en el sureste; les ha enseñado contratos falsificados que tienen más de fábula que de otra cosa; les describe tierras fértiles, canales navegables, las matas de cacao creciendo bajo sombrías frondas de mangos, las cañas de azúcar. Les daba medio borrosas las dimensiones y localización, pero ya qué, cosa sin importancia ante promesa tan sustanciosa.

Urrutia los viajaba al sureste. Las tierras sí son como las descritas. Pero el acuerdo es distinto. Urrutia tiene firmados contratos verdaderos que los enganchan como criados, sometidos al peor trato y de a tiro presos. A los de buena suerte los mata la fiebre antes que a latigazos o de malcomer.

Los de Urrutia ganaron con esto fortunas. A veces, cuando el esclavo tenía un valor especial, luego de pasearlo, lo regresaban al dueño original si les ofrecía lo suficiente por el rescate, sumados los "gastos de cacería y manutención". Contaban muy ufanos que algún negro libre había también caído en su anzuelo y a que a ésos los vendían más caro, los ofrecían como fuertes y de buena cabeza, servían hasta de capataces.

A Urrutia lo cuidan tres guardias pagados con sueldo extraordinario, el alcalde teme que los cómplices lleguen al rescate, son una banda bien armada y numerosa (del alcalde ya vendrá su historia, quesque tiene el puesto por elección popular). Los tres guardias, de cuyo nombre no querremos ni acordarnos por razones que vendrán, oyen la frase y la relación de la escena sin darle ninguna importancia, ellos andan en esto sólo por la paga semanal —que no llega siempre, para la mala fortuna de sus familias—, si Nepomuceno les hubiera ofrecido más monedas, se le pegarían aunque sean gringos.

Cuando Urrutia oye la de Shears y Nepomuceno queda muy alterado, parece hojita de árbol en otoño; se siente por caer. Motivos no le faltan.

Entre la cárcel y la sombrerería está la casa de empeños de Werbenski. No es mal negocio, pero el realmente bueno es el que tiene en la parte de atrás: la venta de municiones y armas.

Werbenski no se llama exactamente así, es un judío que esconde serlo, viene quién sabe de dónde, Peter Sombrerito lo detesta, Stealman lo ignora (pero sus hombres procuran su comercio, lo mismo King y Juez Gold), está casado con Lupis Martínez, mexicana por supuesto "y para servirle a usted", la más dulce esposa de todo Bruneville, un verdadero pan, y más lista que muchos.

Werbenski, como Peter Sombrerito, intuye repercusiones para la escena Shears-Nepomuceno pero no manda cerrar sus puertas. Eso sí, sugiere a Lupis vaya al mercado pero a la de ya, antes de que pase lo que vaya a pasar.

—Pero, bomboncito, fuimos hoy muy temprano.

—Provisiónate, guarda grano, lo que puedas. Tráete hueso para el caldo.

—Tengo arroz, frijol, cebolla, papas, y hay tomate sembrado y chile de árbol para la salsa… Agua en el pozo…

—Hueso, para el niño.

—No te preocupes, bomboncito; los pollitos van creciendo, la gallina pone huevos, están los dos gallos, aunque uno viejo; el conejo del niño, el pato que me dio mi mamá. La tortuga anda enterrada pero si pega el hambre la encuentro, y si no, guisamos como mis tías las iguanas y las lagartijas.

Lo último lo dijo para sacarle alguna sonrisa al marido, pero ni caso le hizo —a los dos les daban ascos las iguanas que guisaba la Tía Lina, nada contra el sabor pero sí que despellejara vivos a los animales—. Werbenski zozobra, sólo le alegra recordar que bautizó al niño, que no se irán contra el hijo, "a mí a ver qué me hacen por judío, pero mujer e hijo se me salvan". Lupis lee sus pensamientos:

—No te preocupes, bomboncito.

Lupis lo adora. Es dulce de por sí, pero sabe que tiene el mejor marido de todo Bruneville, el más respetuoso, el más generoso con ella, el más cuidadoso… Un marido judío es garbanzo de a libra.

En el muelle de Bruneville sopla grato el viento, en cambio en el mercado y en la alcaldía, para qué mentirles, de a tiro es como meterse bajo la tapa de la olla del guiso ardiente. Lo que hacen unos cuantos pasos y la proximidad del río, aquí todo se siente distinto. Pues claro, mero se acaba la Gran Pradería cruzando el río hacia el sur; aunque también haya apaches, vaqueros, minas de las buenas, tierras para botar para arriba y pastos generosos, pues no es lo mismo. El río Bravo divide al mundo en dos categorías, puede que hasta en tres o en más. No hay afán de decir que en una sola están todos los gringos, en otro los mexicanos, en su aparte los indios salvajes, en otra los negros y ya luego los hijos de puta. Las categorías no son cerradas. En la Apachería hay indios diversos que no se entienden entre ellos, de costumbres diferentes, empujados a la brava ahí por los gringos, negros de muchas lenguas, sus costumbres diversas, no todos los gringos son ladrones, ni todos los mexicanos santos o bondadosos, en cada división hay géneros revueltos.

Sin embargo, sí hay que dar por hecho que el río Bravo marca una línea que pesa y vale: al norte empieza la Gran Pradería, y del sur en adelante el mundo vuelve a ser lo que es, la Tierra, con sus diferencias.

Al llegar al muelle de Bruneville, antes de quitarse la canasta de pan de la cabeza, Óscar vocea bien alto lo que el mal carpintero (y peor sheriff) Shears le dijo a Nepomuceno. Lo oyen el pescador Santiago (terminaba de vaciar en la carreta de Héctor la última canasta repletas de jaibas vivas, llovió la noche anterior, de ahí la buena cosecha), sus tres hijos (Melón, Dolores y Dimas que, subidos en los tablones de la carreta para que las jaibas no les muerdan los pies desnudos, terminan de atarlas de las tenazas, trenzándolas en manojos de a media docena —llevan en su labor la mañana entera), los vaqueros Tadeo y Mateo (ya embarcadas las piezas de ganado en la barcaza que las llevaría hacia Nueva Orleans, previo cruzar el río para ir a la otra orilla por el forraje y unas cajas de cerámicas que vienen de Puebla vía Veracruz, se disponen a buscar dónde saciar el hambre, la sed, el cansancio y el fastidio de la soledad de los pastizales).

El conductor de la carreta, mister Wheel, no habla español, no entiende nada ni le importa un carajo. Apenas ponerse en camino —ahí donde las casas son de techo de palma o carrizo, las paredes de mezquite o varas, y la gente come harina de colorín y queso de tuna porque más no encuentra—, los hijos de Santiago se ponen a vocear "¡jaibas, jaibas!" y gritan de paso la frase de grasiento pelado, mientras van amarrando con destreza y rapidez lo poco que les falta de sus atados. Llegan a las construcciones de ladrillo, siguen voceando y chismeando donde la venta se pone buena.

Santiago la pasa a los otros pescadores que desenredan las redes para la nunca lejana madrugada, éstos las dejan botadas.

Los pescadores la pasan por la margen del río.

Los vaqueros, Tadeo y Mateo, se la llevan directo a La Grande, la patrona de la fonda —se dice que se había enamorado de Zachary Taylor en Florida, que lo había seguido a Texas, que cuando él se fue a pelear a México se mudó a Bruneville, donde abrió su hotel con comedor, café, bar y casa de juego (una cantina con cuartos de dudosa reputación); se cuenta que cuando un chismoso llegó a decirle que los mexicanos habían derrotado a su Zachary, bien rápido le contestó:

—Maldito hijo de puta, no hay suficientes mexicanos en todo México para batir al viejo Taylor.

Y hay quien agrega que para que se le quitara lo bocón al chismoso, La Grande le plantó un pisotón.

—Te voy a dejar el pie abierto, vas a ver cómo te reviento el dedo. ¿Me entendiste? Te estoy abriendo otra boca, a ver si aprendes a decir por ésa la verdad y contener las mentiras que avientas con la que tienes desde que llegaste al mundo.

La Grande repite la historia de Nepomuceno y Shears a Lucrecia, la cocinera; Lucrecia al galopín Perdido; Perdido a los otros comensales. La Grande celebra la frase regalando una ronda de la casa.

¿Por qué celebra la patrona?, ¿porque los mexicanos le caen de poca gracia?, ¿o el incidente le cumple una venganza, le paga cuentas pendientes? De todo un poco, pero la razón que más pesa es que Nepomuceno es cliente de su rival, el Café Ronsard, y ese lugar es su competencia, su enemigo, su imán de envidia, el espejo de sus fracasos, su dolor de cabeza. Ella es la mejor tiradora en todo Bruneville, nadie le gana un Black-Jack, ¿por qué no tiene el mejor café? La vista es mejor acá, por el río; el aire se siente bonito, y además está su árbol, el icaco, que da una sombra muy placentera. El Ronsard no tiene nada de esto, "nomás puro borracho pobre, tirado a su costado en piso de tierra". Aquí, hasta tulipanes siembra La Grande cuando es temporada, y las rosas se dan todo el año (aunque cuando pega muy fuerte el calor se tatemán las orillas de sus pétalos).

Los vaqueros dispersan la frase de Shears, añadiendo lo que se le va pegando por el camino; Tadeo entra a uno de los cuartos de La Grande y se la pasa a dos putas, las hermanas Flamencas, con las que está a punto de empezar una relación casi filial, Mateo a sus dos novias, primero a la que todo Bruneville le conoce, Clara, hija de Cruz, el peletero (lo esperaba ya cerca del muelle), después a la novia secreta, la criada en casa de Cruz el peletero, Pearl, a la que también tiene apalabrada con mielezuelas. Ésa sí le cumple a Mateo el mandado completo, tiene la colita dulce y se sabe menear que ni Sandy. Bonita, eso sí, no es, para qué mentir.

Un poquito después, La Grande cuenta "la de Shears y Nepomuceno" a sus compañeros de juego y una de las dos Flamencas la repite algo trastocada en la barra de su Hotel, mientras Tadeo sigue encerrado con su hermana, convocando una erección que no quiere llegar.

Tres personas comparten la mesa de juego de La Grande: Jim Smiley, apostador empedernido (a su lado, la caja de cartón con su rana adentro, lleva tiempo entrenándola para que salte mejor que ninguna), Héctor López (de cara redonda y juvenil, mujeriego incurable, dueño de la carreta en que las jaibas recorren Bruneville atadas en manojos de a seis) y otro que casi no abre la boca, Leno (desesperado, está aquí porque cree que puede ganar alguna moneda).

A un costado de la mesa, los ve jugar Tiburcio, el arrugado viudo amargo, siempre tiene en la punta de la boca un comentario tan agrio como su aliento.

El capitán William Boyle, el inglés, es el primero de los marinos, entre la docena que está por zarpar en el mercante Margarita, que entiende la frase —los más no hablan una palabra de español y los menos apenas "uno poquito"—, y la regresa a la lengua del sheriff; la deja algo cambiada en su traducción al inglés: "None of your business, you damned Mexican".

Los marineros festejan la frase, "por fin alguien pone en su lugar a los greasers", Rick y Chris abrazados se sueltan a bailar, cantando la frase "You damn Meeexican! Youuu damn Meeexican!". Con la tonadilla burlona la viajarán por agua. Antes de que acabe el día, las riberas norte y sur del río Bravo, desde Bruneville hasta Puerto Bagdad, están al tanto de lo que dijo el sheriff gringo, con mayor o menor precisión.

También corre la noticia con las embarcaciones que navegan en otras direcciones. La frase sube por la costa del Golfo hacia el norte, se cuela en los ríos que ahí desembocan, remontándolos corriente arriba —el río de las Nueces, el San Antonio, el Guadalupe, La Baca, Colorado, Brazos, el San Jacinto y el Trinidad.

De un muelle medio podrido sale con la nueva el muchacho que lleva el correo a cambio "de lo que guste" a Nueva Braunsfeld. Los alemanes son los que más hacen ir y traer cartas, más todavía que los gringos.

En Gálvez, apenas desembarcar, la frasecita encuentra lugar con los pasajeros de un vapor que viene de Houston y terminará el viaje en Puerto Bagdad —México, casi enfrente de Punta Isabel, el puerto de Bruneville al mar—, los más son alemanes que han pasado la mayor parte del trayecto cantando música de su tierra, acompañados de violín, corno y guitarra. Llevan también el piano a bordo, pero nadie lo toca porque va embalado.

Uno de los pasajeros, el doctor Schulz, del grupo original de los Cuarenta —aquellos soñadores que vinieron de Alemania con la idea de formar un nuevo mundo en el Nuevo Mundo—, fue uno de los colonos de Bettina.[1] El piano lo acompañó en gran parte del periplo desde Alemania, y ahora viaja con él. Schulz planea establecerse como médico en Puerto Bagdad, donde el piano volverá a sonar.

Otro pasajero alemán, el ingeniero Schleiche, había empezado el viaje con el corazón indeciso, pero al tocar Gálvez decide que es mejor retornar con su novia texana (la vida sin ella es la barriga de un cofre vacío). Quiere salir en el primer vapor que lo lleve a Nueva York, donde se ha ido la despechada, harta de no oír la ansiada propuesta de matrimonio que tenía años esperando. Aunque Schleiche ha vuelto a encontrar la ciudad hermosa (lo es), le ha repugnado la liberalidad de las costumbres de la gente en Gálvez.

Schleiche está dando indicaciones de cómo desea le hagan llegar a su habitación las comidas porque ha decidido no volver a poner un pie afuera hasta que lo saque el vapor de "este antro de vicio", cuando escucha la frase de Shears y la explicación de quién es el sheriff, ya sabe de sobra mucho sobre Nepomuceno. Inmediato se encierra en su habitación. Por esto,

---

[1] Llamaron a su comunidad así en honor de Bettina von Arnim, la escritora, compositora, activista social, editora, mecenas, la enamorada de Goethe, "Mi alma es una bailarina apasionada".

se pierde durante su espera de cuanto ocurre, viajará a Nueva York cargando solamente la primera frase de Shears.

(En la colonia Bettina, fundada en 1847 por los Cuarenta, reinaron tres reglas: Amistad, Libertad e Igualdad. Nadie gozaba de ningún privilegio, no existía la propiedad privada, compartían incluso el dormitorio —todos los Cuarenta dormían en una que construyeron imitando viviendas que poco tenían de europeas, un tronco al centro y el techo de palma—. Pasaban las tardes bebiendo el whisky que habían traído en barricas de Hamburgo).

(Los Cuarenta eran varones y llevaban barba. El menor tenía diecisiete años, los dos mayores veinticuatro. Librepensadores todos, hasta el carnicero que prepara el jabalí para la mesa comunitaria. A saber por qué duraron sólo un año. Versiones hay varias, que si porque ninguno quería cumplir con labores fastidiosas necesarias, que si porque sólo cosecharon en total seis mazorcas de maíz, que si por una mujer —pero esto no cuaja, ¿pues de dónde si todos eran hombres?).

(Del piano hay que agregar que fue semilla de más discordia. Cuando se disolvió la comunidad, Schulz pidió llevarlo —había sido regalo de su mamá—, pero con el "todo es de todos" por un pelo termina en astillas, a punta de hachazos.)

(Schleiche —lo dejamos encerrado en su habitación en Gálvez— no era uno de los Cuarenta de Bettina, sino que había llegado de asistente del Príncipe Solms con la inmigración prusiana anterior, la de los Adelsverein, la Sociedad de los Hombres Nobles, los aristócratas que en 45 fundaron la Plantación Nassau —su padrino era el príncipe de Nassau—, querían siervos y tierras, compraron veinticinco esclavos, fracasaron en un par de años, por motivos diferentes que los Cuarenta).

(En general, a los germanos les parece muy mal que el sheriff gringo insulte de esa manera a un mexicano "tan respetable" —porque dirán lo que quieran de él, pero ningún prusiano lo acusó jamás de robarle su ganado (entre otras, porque no saben criar vacas, los mexicanos dicen de ellos que tienen mano de acero para el ganado, "si un kartófel le pone a una vaca la mano encima, la entume").

† † †<br>†

Cuando en 1859 el carpinterillo sheriff salió con la ocurrencia de la frasecita, hacía apenas veinticuatro años que Texas había declarado y conseguido su independencia de México, tras pelear, batallar, escaramuzear, algunas veces más fieramente que otras —los dos bandos se acusan hasta la fecha de vergonzosas deslealtades y actos crueles—. Que digan misa si quieren, la verdad es que los texanos terminaron ganando por agua —los mexicanos carecían por completo de fuerza naval porque les estuvo vetado entrenar gente de mar durante los años de la Colonia española, y además ni tenían embarcaciones.

La declaratoria de la independencia texana fue en 1835. Como los mexicanos habían invitado a residentes americanos para poblar porciones de esas enormes tierras, regalándoles concesiones bajo contratos muy favorables, la declaratoria no les cayó nada en gracia. Por esto siguieron las escaramuzas militares, los enfrentamientos y las guerritas varias entre texanos y mexicanos.

En 36, el congreso texano se reunió en Austin, declarándola capital de su república. Siguió el guerrear entre texanos y mexicanos.

En el 38, mil comanches atacaron al mismo tiempo en diferentes puntos el sur del río Bravo, ranchos, poblados, rancherías. Como desde la rebelión texana ni un mexicano había podido salir a matar comanches o apaches a sus tierras —era imposible cruzar la beligerante República de Texas—, y como más naciones indias llegaban del norte, y como el búfalo escaseaba cada día más, los indios guerreros andaban muy alborotados.

En 41, dos mil soldados texanos tomados prisioneros por las fuerzas mexicanas fueron a dar a las cárceles de Ciudad de México.

En 45, Texas firma su anexión a los Estados Unidos. De ser una república independiente pasa a ser una estrella solitaria en bandera ajena. Pero aunque suene fatal, no fue mala idea: cambia por completo la balanza de fuerzas con México.

El pleito por la frontera texana alcanza proporciones mayores. Los texanos arguyen que es de su estado lo que comprende del río Nueces al río Bravo. Los mexicanos lo niegan, dicen que esto no es respetar el previo acuerdo.

Así las cosas, en 1846, el ejército federal americano invade territorio mexicano. Poco después, se echan encima la victoria y se quedan con el trecho en disputa, del río Nueces al río Bravo deja de ser mexicano.

Durante todos estos aguerridos años, doña Estefanía siguió siendo única y legítima poseedora de toda la tierra de Espíritu Santo, que se extendía por buena parte del territorio ahora americano. Vaya buena terrateniente que era, y con mucho ganado y buenas cosechas (de frijol, sobre todo, pero había de más en sus distintos ranchos). Pero eso sí: Stealman ya se las había arreglado para mocharle un trecho del que sacaría mucho jugo. En ese jugoso punto fincaría Bruneville, vendería terrenillos a precio subido, un negocio redondo.

En 1859, Bruneville tiene sólo once años. El nombre se lo puso Stealman por ganarse el prestigio del cercano Fuerte Brune —el que se llamó Fuerte Texas y jugó papel predominante en la invasión americana, lo bautizaron Brune porque cuando sitiaron el fuerte ahí murió un alto cargo militar de ese apellido.

(Cuentan los mexicanos que Stealman estuvo a punto de llamarla Castaño para aprovechar el relumbre de la antigua ciudad Castaño, la que algunos dicen arrasaron los apaches, pero que como al gringo no se le da la Ñ se empinó por el Bruneville.)

En la fundación estuvieron presentes (sin que haya sombra de duda):

el abogado Stealman,

Kenedy, dueño de tierras algodoneras,

Juez Gold (entonces sólo le decían Gold, todavía no ganaba el apodo Juez),

el ministro Fear con su primera esposa y su hija Ester (las dos en paz descansen),

y un aventurero de apellido King.

Tendría muy nombre de rey el King, pero no traía consigo sino su plebeya voluntad pelada, consta que no era dueño de nada, ni de una miserable víbora del pedregal. Los mexicanos le habían prestado tierras malonas por siete años para su uso y explotación liberal, sin cederle la propiedad. Lo llamarán astuto ranchero, pero lo propio, para no ser irrespetuoso de sus logros, sería llamarlo mago: unos meses después, King era *legítimo* dueño de extensiones inmensas de tierra y sobre éstas le llovió ganado como si regalado por los ángeles, o como si fueran cagadera de las nubes.

Un avispado podría seguirle a King las trampas que hizo para obtener riquezas, la verdad es que no hay en ellas nada de milagroso. Si King hubiera sido católico (como afirmó en el contrato pactado con los mexicanos), el obispado habría mandado levantar catedral con el diezmo forzado en confesiones. Digámoslo en corto: el sombrero de doble fondo es al mago lo que las mañas y trampas a King.

En 1848 no era el único que llegaba a la aventura, confiado en lo que "América" le acababa de birlar al norte mexicano.

Un año después de su fundación, Bruneville sufrió el primer azote de cólera. La epidemia se cobró cien muertos y ahorcó hasta a la asfixia la economía de la región. Por esas fechas, habladurías van y vienen contando que Nepomuceno robó un tren al oeste de Rancho del Carmen, y que vendió la carga en México. Si fue así, nomás recuperaba lo que otros le habían quitado por la mala.

Ese año, a la misma distancia de Bruneville, pero hacia el noroeste, Jim Smiley llegó al Campamento Minero Boomerang, ya entonces estéril, será el primer momento en que se compruebe su adicción al juego. (Y de la mina, cero, porque ya le habían vaciado lo bueno y la habían dejado estéril).

Al sur del río Bravo, la ciudad que los brunevillenses llaman gemela, Matasánchez, prohibió varias cosas:

a) los fandangos,

b) descargar la pistola en las calles,

c) andar a caballo sobre la acera, y

d) pasear todo tipo de animales en las aceras.

En Bruneville, los arrogantes aplaudieron las medidas diciendo que "por lo menos van dejando atrás su estado salvaje". Bonita cosa, vivían hundidos en el lodo durante las lluvias o sofocados por el polvo en las secas, no tenían construcción buena, eran apenas un puño de pálidos desconcertados por ese sol que es como un hachazo a los ojos, y ya se daban ínfulas de ser el centro del mundo. En cambio Matasánchez era ciudad muy de ver.


Bruneville cumplía dos años cuando se celebró una asamblea en la que los (nuevos) acaparadores de tierras (encabezados por King) hicieron la Gran Trampa a los mexicanos —también llamada Gran Ladronería—, despojándolos de sus títulos de propiedad fingiendo que el nuevo Estado se los estaban legitimando. Los de Bruneville la dieron por buena empresa, sólida y bien organizada, se hicieron los que creían en lo que anunciaban, que todo "conforme a la ley", pero ya se sabe que la Ley es para andarla vistiendo de lo que viene en boga, cambia al son de quien la toque, no es sólida sino que ahí la hacen y allá la deshacen, sobre todo el que trae atrás dinero con verbo y pocos escrúpulos.

La verdad es que los gringos se aprovechaban de varias:

a) los mexicanos no hablaban inglés,

b) los derechos que dizque les ofrecían sólo aplicaban si podían defenderlos,

c) les habían dicho que ellos también tenían la nacionalidad (otra tomada de pelo, porque aunque les dijeran americanos no los tomaban como a iguales),

d) los abogados que dizque los defendían eran en realidad los ladrones, con puñales en los dientes de sus bolsillos para arrebatarles lo propio, lo heredado, lo trabajado, lo bien logrado.

Robaban, pero ponían cara de que eran los legítimos dueños de lo que arrebataban, bla bla, ya se entiende.

Esa es la verdad, la mentira vendrá con más detalle al rato.

Fue el año en que pegó la fiebre amarilla.

Bruneville censó quinientos diecinueve habitantes. (En Matasánchez vivían siete mil, la mitad de lo que había sido por las guerras federales y los dos huracanes que habían pegado antes de que naciera Bruneville. Cabe contar también que no más de doce habitantes de Bruneville sabían siquiera un pelo de cómo era la ciudad vecina).

Los tres años de Bruneville fueron puro seguir con lo que traían los anteriores.


Bruneville tenía cuatro años de fundada cuando su población se reduplicó. Cantidad de barcos llegaron cargados de aventureros del norte dispuestos a lo que fuera con tal de hacer fortuna. Cruzaban el río pelados miserables que venían del sur a hacer también lo que fuera para sobrevivir, imantados a saber por qué ambición. Más subían al norte, que esclavos prófugos bajaran al sur, ansiosos de hacerse libres. El prestigio de que Bruneville era cueva de ladrones (o tierra de oportunidades) se había expandido. Donde hay rateros hay botín, hedor a ganancia, a dinero fácil.

Abundaron los fogones al aire libre (mexicanos), para guisar lo del propio consumo y también para vender comida.

En el valle, el robo de ganado mexicano se volvió práctica diaria, igual que ir a cosechar yerbas o frutos silvestres. No se distinguía al mustango o al maverick del ganado que estuviera herrado, se podía coger parejo, la tierra proveía a manos llenas. Lo que no se soltaba por las buenas, se arrancaba por las malas. Abundaron las partidas de empistolados que cruzaron el río Bravo para jalar al norte cabezas del sur, y en camino inverso.

Cumplía Bruneville cinco años cuando en Punta Isabel, su puerto marino, se construye el Faro. Un grupo de brunevillenses propone lo llamen Bettina, por la Von Arnim que acaba de morir —"Bella y sabia como ella, espejo de la fuerza de Naturaleza"; los alemanes, los cubanos (y un par de anglos distraídos) le habían hecho una ceremonia fúnebre para honrarla, colocaron una lápida al costado de un jardín comunitario: "Trazó nuevas mareas de vital energía que nos irradiaron a todos; vivió tan espontáneamente con el hombre como con el árbol; amó la tierra húmeda tanto como la flor que brota de ésta"—. Pero las autoridades, que eran de una ignorancia supina (y de intuición medieval, aunque se pretendieran republicanas y progresistas, el texano tiene la médula esclavista), los mandaron a la porra.

Seis años tenía Bruneville cuando se emitió la ley que prohibía la contratación de peones mexicanos. Esto no se llevó a la práctica porque quién mejor que ellos para cuidar y domar caballos, y para cargar con las tareas domésticas.

Cuando Bruneville cumplía ocho años, llegaron cuatro docenas de camellos. Iban rumbo a los ranchos, se creía que con sus gibas aguantarían sequías y sol, aunque por ahí se dijo que habían llegado en la embarcación con el único motivo de servir de velo a la importación ilegal de mercancía humana —un testigo presencial asegura que con los camellos venían niños y mujeres y hombres muy jóvenes, que habían sido transportados con engaños, que el barco que los traía era un negrero.

Dos camellos, hembra y macho, siguieron el camino por agua, los reembarcaron y enviaron río arriba, todos los demás a pura pezuña siguieron hacia su destino. Excepto uno, que se quedó en Bruneville. El talabartero, don Jacinto, compró una camella que estaba embarazada; se le moriría poco después, de quién sabe qué, antes de dar a luz. El ministro Fear dijo que era un castigo de Dios, sin aclarar bien a bien a qué venía el enfado divino. El cura Rigoberto dijo que de ninguna manera; se cuidaba mucho de no contradecir a los gringos, pero esto le pareció el colmo. Fue el año en el que el cura Rigoberto tuvo problemas con la diócesis de Gálvez y comenzó a hacérsele el que no oye, regresando a obedecer al arzobispo de Durango, con lo que no ganó sino quedar más pobre y dejar todavía peor abastecida a la parroquia.

Antes de abandonar a los camellos, hay que decir que hay testigos presenciales que difieren de las versiones sobre su razón de estar en Texas, y que dicen que fue moción federal, que el ejército los importó y cuidó, creyendo que iban a servir para ir contra los indios salvajes.

Bruneville estaba por cumplir nueve años cuando se incendió la tienda de Jeremiah Galván que estaba cerca del río. Más de uno pensó que había sido un incendiario. "Qué manías —repetía el cubano Carlos—, ¿para qué andar prendiendo candela?". Y candela sí que se prendió: en el segundo piso de la tienda de Galván estaban almacenados noventa y cinco barriles de pólvora. La explosión destruyó los edificios vecinos, reventó las ventanas de todo Bruneville, llegó hasta a tocar las puertas de Matasánchez, sacudiéndolas. Los militares, los rangers y muchos vecinos echaron mano del agua que bombeaban los barcos de vapor del río, luchando por controlar el fuego, pero las llamas corrieron por calle Elizabeth hacia la alcaldía, arrasando cuatro cuadras completas.

En casa de los Smith, al velo de la cama de Caroline le cayó una chispa y ardió, no quedó nada de éste en tres parpadeos, era de hilo muy fino. Algunos dicen que de la impresión quedó Caroline tocada —otros que viene de antes, que nació mal de la cabeza.

Un segundo brote de fiebre amarilla azotó Bruneville a los diez años de su fundación. Fue el año en que se volvió popular la leyenda de La Llorona, con todo y que a los gringos les pareciera enfadosa —pero más de un angloparlante juró que la había visto por ahí, con su ¡aymishijos! hablado muy en inglés (where the fuck are my children?).

Ese mismo año, una banda de gringos que viene del norte, de allá donde el frío pega bestial, llega con mucha hambre y muchísimas ganas. Son cuatro hermanos más flacos que mulas de mina, de apellido Robin, que sólo se parecen por estar en los huesos y por compartir belleza, aunque diferente. El Robin mayor es pelirrojo. El segundo tiene el cabello negro. El tercero lo tiene muy rizado y rubio. El cuarto, más joven, apenas y tiene pelo, una pelusita que nomás no levanta, tan clara que parece transparente.

Los Robines vieron lo que ya había, para ellos como si fueran chorizos colgando de los árboles (no que hubiera árboles árboles, sino puro huizache y mezquite, pero los Robines venían hartos de pinos altos y tupidos que no daban fruto ni miel ni tenían abejas zumbándoles), vieron que los mexicanos ricos tenían rancho bien puesto, ganado gordito, tierras cultivadas, gente que sabía cuidarles cultivos y vacas. Vieron y vieron que jueces y alcaldes eran comprables, que en Texas todo estaba corrompido, y decidieron también ellos arrebatar.

Como éstas eran tierras civilizadas, incluyendo las que controlaban los que unos se atreven a llamar salvajes, ni quién se esperara el avorace.

Su primer golpe fue a la diligencia. No cualquiera, la que traía un vagón repleto de oro y el correo cargado de sobres con regalos que iban para la mamá, el tío, el hijo, la novia, la hermana del minero, el amigo y hasta el cura o el convento, deveras, porque hay mineros para todo, hasta los que tienen enamore con monjitas —picar adentro de la tierra, en la oscuridad el día entero, respirando polvos que no se hicieron para andar volando, provoca torrentes que encuentran su salida por donde menos se espera.

Las hojas de oro relumbroso, las cuentas, las pepitas puestas juntas obtenidas en el asalto hicieron un que-ni-les-cuento de fortuna, parecían lingotes a la hora de apilarlas.

El primer golpe les sirvió a los Robines para armar sus carteras y alimentar sus pistolas. Tuvieron con qué convencer abogados (o sobornar los que decían serlo), adular jueces y sobornar alcaldes, para continuar con el negocio.

Antes de que se olvide, hay que anotar: los Robines detestan de la misma manera a indios, negros y mexicanos. Pero eso sí, no son fieles ni a sus tirrias, nomás les importa el dinero.

Cruzando el río está Matasánchez, la ciudad que Bruneville llama gemela. Es un decir medio hueco esto, porque a Matasánchez la fundaron los cohuiltecas mucho antes de que pusieran aquí pie los ibéricos, antes incluso que los chichimecas o los olmecas, o de que los gratos huastecos clavaran sus trojes e hicieran mercado, bailes, comidas y rezos. En todo caso, Matasánchez sería la ciudad abuela de Bruneville, o si nos ponemos de manga ancha, la ciudad madre, con un pero: entre Bruneville y Matasánchez no hay parecido.

Matasánchez es y ha sido la ciudad grande de la región, Bruneville ni un asomo de su sombra.

En 1774, los españoles bautizaron a Matasánchez como Ciudad Refugio de San Juan de los Esteros Hermosos. Celebraron misa, hicieron tamales y bebieron un licor que recién había navegado la Mar Grande. Cuando se acabó éste, los celebrantes le entraron al sotol. Pasaron las noches en bailes y música, tan buenos que se entendió que los fandangos eran el distintivo de la ciudad. Las fiestas de carnaval también son de acordarse, llega gente de todo tipo, no faltan hombres buscando varón, ni mariquitas que se ofrezcan, ni cuzcas, algunas muy viajadas, otras tiernas, apenas compradas por su padrote. Proliferan las marimbas —mediohechuras de piano y tambor—, y los músicos callejeros que siempre encuentran motivos para andar inventando nuevas letrillas. Dijeron que ellos, como los del sur, se llamaban jaraneros, luego que versadores, luego que copleros; les gustaba andar mudando de nombre, como cambiaban sus coplas, versos o querreques, a la riendilacha.

La fiesta le puso sabor a Ciudad Refugio (Matasánchez). Se la tomaron muy en serio. En un parpadeo le hicieron iglesia grande, plaza principal, unos palacios (casi); mucha labor para volverla de importancia. Para atraer la buena suerte, con fortuna.

La historia tierna de Ciudad Refugio (Matasánchez) está llena de sabor. Apenas ganado un algo de riqueza, ya los están atacando piratas y corsarios ingleses, holandeses y franceses. La amenaza comanche también deja su impronta. Pero la ciudad no es animal de guerra sino tierra de sembradío, comercio, paz y fiesta. Por esto, mejor comenzaron a mercar con los piratas. A la primera que se les presentó, hicieron igual con los indios del norte, pero eso tuvo su dificultad y exabruptos, algo más diremos de esto.

Para celebrar la Independencia de México, cambiaron el nombre de Nuestra Señora del Refugio de los Esteros por Matasánchez, en honor al hombre que terminó con el azote de los Trece, dos hermanos piratas que se las traían muy subidas. Ya mero tenemos que volver a Shears y Nepomuceno, así que no da tiempo de pararnos a contar la historia de los Trece, quede para otra.

Cuando los anglos del norte agudizaron sus hostilidades contra los indios salvajes, empujándolos hacia la Apachería, la región sintió el embate de su violencia. ¿Cómo no iban a estar furiosos los apaches? Pero ni tiempo dio de pensar de esta manera, había que guarecerse de ellos o todos los varones quedarían sin cuero cabelludo, los más hechos picadillo, las mujeres usadas y vendidas. No bastaban murallas, fosos y demás construcciones para protegerse, había que "Perseguirlos como nos persiguen, acosarlos como nos acosan, amenazarlos como nos amenazan, asaltarlos como nos asaltan, despojarlos como nos despojan, capturarlos como nos capturan, asustarlos como nos asustan, alarmarlos como nos alarman".

Primer problema: seguirlos con hombres armados con suficiente abasto, porque la marcha se vuelve lenta, el ganado necesario para alimentar todavía aminora más el paso, sin contar el riesgo de que los indios sequen los ojos de agua antes de que pongan en éstos el hocico los mexicanos, y no hay tiempo aquí para contar la de veces que encontraron los pozos envenenados, infestadas las fuentes con cadáveres de caballos o cautivos. Por eso, cerca de 1834, las autoridades mexicanas intensificaron las negociaciones de paz con los cherokees y otros indios, los que aceptaron ofertas de tierra, mercado y hasta pies de ganado. Un año después, trescientos comanches visitaron San Antonio en camino a Matasánchez para sellar su tratado de paz con la República de México, con mala fortuna.

Llegó el día en que se pudo mercar con ellos, y ahí acabó el acoso o el azote indio, aunque nomás por poco tiempo.

Once años atrás, Bruneville no era más que un muelle al norte del río Bravo, usado por Matasánchez para recalar embarcaciones si el propio lo tenía lleno o si la mercancía estaba en camino hacia algún rancho del norte, pero no si iba a tomar la ruta de Santa Fe, para ese caso era mejor desembarcar más tierra adentro, seguir río arriba por el cauce lodoso.

Matasánchez, en cambio, creció recibiendo importantes y continuos baños de riqueza, y no se aburrió de esto. De los baños, un ejemplo, y esto de tiempo en que todavía mandaban los españoles: durante diez años, Matasánchez tuvo licencia para embarcar toda la plata mexicana; la aduana ganó fortunas (siete de cada diez naves que tocaran Nueva Orleans provenían de ella) y, aunque (como ya se dijo) pegó un huracán seguido de otro y vino la rebelión federalista que mermó la población por la mitad y la de guerras que le tocaron de coletazo, Matasánchez siguió siendo ciudad principal y sin duda el centro de la región.

Cuando fundaron Bruneville, Matasánchez convirtió otro de sus muelles en puerto principal, donde desemboca el río Bravo, en el mar. Le pusieron por nombre Bagdad. Bagdad se enriqueció de súbito. Ahí estaba la aduana, de ahí salía mucha mercancía.

† † †<br>†

El día del episodio Shears-Nepomuceno, Matasánchez acaba de cumplir ochenta y cinco años de ciudad cristiana. Ya pinta canas, y de las buenas.

Quién sabe cuántos habrá viviendo aquí en 1859, nadie había hecho la cuenta reciente. A ojo de buen cubero, serían menos de ocho mil, puede que más.

Apenas cerraba el sheriff Shears la boca tras escupir la consabida frase, cuando el palomero Nicolaso Rodríguez la garrapatea en una hojita de papel que dobla y pone en el aro de la pata de Favorita, la predilecta entre las mensajeras que van y vienen de Bruneville a Matasánchez varias veces al día, con recados de todo tipo, "pregunta el franchute de las semillas si quieren frijol", "urge estricnina, mándenla en la siguiente barcaza; se puso mala Rosita", "del cura a las monjitas: que le hagan hostias, se le acabaron y urgen o tendrá que dar pan",[2]

---

[2] Este mensaje en particular causó revuelo entre las monjas: una afirmaba que el pan ácimo atraía al diablo, decía tener prueba "científica" de esto, porque en San Luis Potosí la esposa del alcalde había caído en un delirio demoniaco después de comulgar pan ácimo, cuando se acabaron las hostias.

"recógeme a la niña, va en la barcaza de la tarde", "que ya no vayan, ya se fue el vapor de Punta Isabel". Si el mensaje decía "Rigoberto", las nuevas no eran buenas —el nombre del cura se usa para decir que ya se le habían aplicado a un infeliz los Santos Óleos, esto de cualquier lado del río, por ejemplo "Rigoberto a Oaks" o "Rigoberto a Rita", sólo "Rigoberto" cuando ya se esperaba a dónde apuntarían los ojos de la muerte.

Favorita tiene los ojos brillantes y las pupilas diminutas, es la más inteligente, ni un rayo la detiene. En la pata de Favorita, la frase de Shears cruza el río, traspone el dique, el foso, Fuerte Paredes, la casamata y la garita con los que Matasánchez había pretendido contener a los indios de la pradería, a los filibusteros, a los piratas y al desbordar del río. Llega al centro de la ciudad en la que el señor Nepomuceno es tan respetado, y no nada más entre los que nacieron en castellano.

Favorita se posa en el alero interior del patio de atrás de la casa de la tía Cuca, donde el otro Rodríguez, el hermano de Nicolaso, Catalino, tiene el palomar de Matasánchez.

Por algo es Favorita la predilecta. Sin entrar al palomero, baja y menea la puerta de éste, activando la campana. Catalino la libera del mensaje y, ya cumplida su labor, Favorita entra. Catalino lleva el mensaje al patio central.

El sol de Matasánchez es el mismo que taja Bruneville.

En el centro del patio, Catalino Rodríguez lee la frase en voz bien alta. Lo oyen:

—la tía Cuca (que en su mecedora, frente al balcón abierto de la sala teje con hilo a gancho),

—las mujeres de la cocina (preparan tamales, amasan la mezcla entre dos mientras una vacía la manteca en pequeñas porciones hasta que ésta se absorbe y da cuerpo al nixtamal, y Lucha y Amelia cortan las hojas de plátano que asarán al comal),

—el doctor Velafuente en su despacho,

—y su paciente (de cuyo nombre no podemos acordarnos porque estaba en consulta confidencial pidiendo alivio para una enfermedad secreta contraída en escaramuza penosa en una calle ruidosa de Nueva Orleans a la que no debió ir, pero ya ni modo).

La tía Cuca deja el tejido, se echa encima su chal y sale, quiere ir a contárselo a su madrina. De la cocina salen Lucha y Amelia, con la súbita urgencia de un ramito de quién sabe qué del mercado, y "ya de paso vamos por un cuarto de resma de hojas de plátano, no van a alcanzar para los tamales". El doctor Velafuente da por terminada la consulta, su paciente a paso apretado va hacia la iglesia, el doctor se enfila hacia los portales. Cada uno de ellos se encargará de repetir el insulto con que el sheriff golpeó a don Nepomuceno.

La frase prende mecha. La ciudad de Matasánchez se pregunta: "¿cómo es posible que un mugriento (Shears no era más que un asistente de carpintero, y de los malos) le hubiera hablado en esos términos a don Nepomuceno?".

Adentro de ese pensar más o menos generalizado, hay de chile y de manteca:

Las persignadas —las que van diario a misa vestidas como zopilotas— rezan por Nepomuceno y se preguntan si no sería castigo "por su andar en pasos que avergüenzan a doña Estefanía". No le habían perdonado el romance que tuvo hace dieciséis años, a los quince, con la viuda Isa, ni la hija nacida de aquellos primeros amores; tampoco el desenlace del matrimonio con Rafaela, su prima, que a regañadientes había aceptado Nepomuceno por complacer a su mamá, con la mala suerte de que Rafaela murió del primer parto y lo culpaban a él, "y cómo iba a aguantar si le tenía el corazón roto";[3] tampoco le habían perdonado el matrimonio posterior con Isa, la viuda con quien

---

[3] Del corazón roto de Rafaela, más de uno da fe: reventó de no recibir en todo su matrimonio un solo beso. Nepomuceno la penetró con cierta urgencia nomás para hacerle un hijo. Aunque hay quien dice —por pura maldad— que la prima llegó preñada al matrimonio.

tuvo su primera hija —seguía casado con ella—, ni las amanti-
llas de que semihablaban a la salida de misa.

Hablan con más simpatía y con compasión de Lázaro: un vaquero, aunque ya viejo, ya no puede con el lazo ni aguanta el
trote de las vacas, todavía toca el violín, hace coplas muy gracio-
sas —si se dejara, lo invitarían a hacerlas a los bautizos, pero a él
no le gusta cruzar el río; se sabe de él de muy tiempo atrás, pasó
su tiempo en Matasánchez cuando se lo llevaban hacia el norte,
violín en mano y todavía sin saber usar el lazo, era apenas un
niño, dicen que lo vendió su tía a los de Escandón, y que éstos
lo regalaron a sus primos—. Luego presumiría doña Estefanía
de lo bien que lazaba el ganado el muchacho, que además cantaba y sabía rascar las cuerdas.

Salustio, apoyado de pie en el arco que abre al atrio, oye con
sobresalto la frase cuando ofrece las velas y los jabones en su
canasta. Deja su sitio y lleva la nueva de casa en casa, primero
hacia el convento de los franciscanos, agregando siempre algo
como "así son ellos, no hay manera; no conocen el respeto",
en su español correcto recién aprendido.

Cuando golpea la puerta para ofrecer su mercancía en la
casa de los Carranza repite la frase, que es recibida con gran
alboroto. El niño de la familia, Felipillo holandés —es un recogido—, queda sumido en una melancolía oscura de la que no
puede hablar con nadie y que le quita el piso de los pies.

Salustio lleva la misma a la casa vecina, donde Nepomuceno tiene corona de laureles. "¡Que no lo oiga Laura!", pero
Laura, sólo meses mayor que Felipillo holandés, la escucha
con claridad. Se echa a llorar de rabia: cómo es posible que alguien se atreva a maltratar verbalmente a su héroe, su salvador,
él la rescató del cautiverio.

Don Marcelino, que desde el amanecer de todos los días de sus
semanas, incluyendo los domingos, sale a buscar ejemplares

de flores y plantas para su herbolario, "el loco de las hojitas", como le dicen los niños y las viejas, regresa a Matasánchez después de dos semanas de expedición cuando le pasan la frasecita. Se la traducen nomás a medias, dejando el *shut-up* pegado. Sin dilación, saca papel del bolsillo de la camisa, escribe en él con la punta afilada de su lápiz, "shorup: úsase para indicar la orden de guardar silencio. Despreciativo e imperativo". La da como palabra castellana. Colecciona tanto especímenes vegetales como vocablos.

Después, don Marcelino dobla el papel en dos y lo guarda, a su lado el lápiz, cuida dejar la punta arriba para que no se le vaya a gastar. Se mete a su casa. Se quita las botas cuando no ha dado ni un paso para despegarse de la puerta, y no vuelve a pensar en el asunto.

Petronila —hija de un vaquero, la engendraron sus papás en Rancho Petronila, de ahí su nombre—, asomada en su balcón, oye la nueva. Se mete a la casa, se echa encima el chal (aunque hace calor, es por decente, la blusa le tapa poco el cuello y ni qué decir que en casa trae desnuda la cabeza), sale a gritar a sus amigas: "¡Ya vienen los Robines!".

La historia de los guapos bandidos corría de boca en boca de señorita, eran el mismo demonio, la amenaza más temible y más deseable.

En la calle, Salustio ve a Roberto, su amigo, uno de los negros que aprovechó la fuga de los hacendados texanos a Luisiana justo antes de la batalla de San Jacinto (habían salido como alma que se lleva el diablo, sin cuidar forma alguna, a puras gritadas de "Ya vienen los mexicanos" —"The Mexicans are coming!"—, sin cuidados, empavorecidos; los esclavos hicieron uso del desorden, ¡córrele que te vas!, se les escaparon).

—Roberto, ¡ven!, tengo que contarte algo...

Nomás escuchar la frase que había dicho Shears, al pobre de Roberto se le suelta la rasquiña. Los mexicanos lo habían recibido con los brazos abiertos. Ahora los gringos se iban a envalentonar, a ver si no se brincaban el río Bravo y se lanzaban a pescar cimarrones. Ya había pasado en otra, el señor alcalde los había metido a la cárcel para mejor protegerlos, pero ahora las cosas no estaban tan claras, Nepomuceno y el hoy señor alcalde tienen su historia, no va a ser lo mismo, nadie les va a hacer fuerte. Ah, qué rasquiña, la piel se le llena de puntos que le pican… Se queda al rásquese y rásquese…

En los portales, el doctor Velafuente pasa la frase al bolero (Pepe) cuando le lustra los zapatos y al de la tabaquería al pagarle el rapé; en la oficina de correos, la dice en voz alta mientras Domingo le sella la carta que envía todas las semanas a su hermana Lolita, y en la calle Hidalgo se la repite a Gómez, el secretario particular del alcalde, con quien se topa cuando está por decidir si sigue y se toma un café, o si se detiene en la peluquería (pero hacía nada que Goyo le cortó el cabello), o si regresa a casa (es demasiado temprano, su rutina está toda descompuesta con lo de la frasecita). De lo único que tiene ganas es de subirse a su Blanca Azucena (el lujo de su vida, la lancha para ir a pescar), pero "es una irresponsabilidad".

Gómez, el secretario del alcalde, apenas oír la del doctor Velafuente, tiene la tentación de ir directo a llevar las nuevas a su jefe, pero primero se apresura a entregar el mensaje "personal y secreto" para el ilustre encargado —aún sin título— de la nueva cárcel central de Matasánchez.

Deja el mensaje en las manos del destinatario y pasa en voz alta la frase de Shears. Se la recibe bien distinto que en la cárcel de Bruneville. Aquí sólo hay un preso, y no es muy estrella, como el Urrutia allá (en cambio, en el presidio de las afueras de Matasánchez no alcanzarían ni varias dotaciones de veinte dedos para contar los encarcelados y entre éstos más de media docena de estrellas).

Este único preso viene del norte. Es un comanche, Cuerno Verde. Lo presentó el capitán Randolph B. Marcy (gringo, pero amigo) con la acusación de atormentar innecesariamente a una negra, Pepementia, ya mexicana por la ley nacional para esclavos en fuga.

El capitán Marcy reconoció a Cuerno Verde cuando hacía unas diligencias en Matasánchez, lo sometió en caliente, le amarró los puños a la espalda y procedió de inmediato a entregarlo a las autoridades.

En su defensa, Cuerno Verde alegó, en español correcto (el indio habla varias lenguas): "Buscábamos con puro afán científico. Queríamos saber si lo negro que ellas tienen por fuera corresponde a una negrura interna, por esto escarbamos y escrutamos en su piel y sucesivas capas de los músculos".

Defiende a Cuerno Verde un abogado reconocido por su oficio y sus mañas, el licenciado Gutiérrez, tiene jugositos intereses en la red esclavista de los comanches.

Habría sido imposible para el capitán Marcy levantar cargos en Bruneville o en cualquier otra ciudad del territorio americano, México lo toma muy a pecho.

Por prudencia, Cuerno Verde queda alojado en el centro de Matasánchez y no en las afueras, porque el presidio (donde el escape es imposible) está expuesto a ataques comanches.

El capitán Marcy no oye la frase que hoy nos ocupa. Cuerno Verde sí, la entiende con todos sus rebotes (piensa que los gringos entrarán a Matasánchez a la represalia y lo liberarán de los apestosos comedores de salsas, los flatulentos *greasers*). Le cuesta al comanche no echarse a cantar de gusto.

El responsable de la cárcel, amigo de Carvajal, rival político de Nepomuceno, se llenó de porqués para alegrarse:

—Uno, porque por fin un cambio de ánimo para matar el aburre.

—Dos, porque el puesto que le había dado el alcalde lo humilla, la verdad es que no es más que un celador, nada afortunado para alguien de su alcurnia, pero necesita el dinero, "si hubiera comprado tierra en el norte del río, cómo no lo hice en su tiempo, me habría hecho de patrimonio" (por otra parte, no está en lo correcto).

—Tres, porque piensa que va a encontrar el cómo para mucho relumbre y ganar de éste, siempre le ha tocado estar en los márgenes cuando algo pasa, pero esto es la cárcel, aquí va a pasar algo.

El carcelero soba las dos pistolas en su cinto.

Nadie recuerda su nombre.

Cumplido el encargo, Gómez, el secretario del alcalde, vuelve a las oficinas. Llega cuando su jefe, don José María de la Cerva y Tana (el apodo que le pusieron remedando el apellido de su célebre familia porque no puede evitar abrir la boca sin aventar balitas) tiene en la mano un sobre con sello del gobierno central. Al oír la frase de Shears, saca de un jalón la carta, la avienta sobre el escritorio y empieza a despotricar según costumbre, mientras dobla repetidas veces el sobre, como si ese objeto tuviera la culpa:

Maldice a Gómez por ser el mensajero,

maldice a Bruneville,

maldice a Shears —"idiota, bueno para nada, no sabe ni poner un clavo en su lugar"—,

maldice a Lázaro Rueda por andar borracho —"pa'l alcohol no es bueno, en cambio pa'l violín…";

maldice arriba y abajo; a diestra y siniestra.

Cuando termina su retahíla, se pregunta en alta voz: "¡Y ahora, ¿qué vamos a hacer?!, ¡que no quepa duda que Nepomuceno va a responderle, y de qué manera!, ¿y nosotros?, ¿dónde nos deja parados el asuntito?".

Sobre su escritorio, la carta que estaba por leer. La firma Francisco Manuel Sánchez de Tagle. Dice en letra grande y clara:

"Recomiendo que los negros fugitivos provenientes de los Estados Unidos permanezcan en las ciudades que tenemos bien establecidas en la frontera norte, tanto para alojarlos con dignidad, como a cualquier ciudadano mexicano, como para proteger nuestro país de los filibusteros americanos".

En el patio de la casa de la tía Cuca, Catalino cambia el mensaje a la pata de otra paloma mensajera —Mi Morena—, y la suelta a volar hacia el sur.

Mi Morena llega al campamento seminola (mascogo, para los mexicanos). El mensaje es entregado inmediato a Caballo Salvaje —el jefe indio— y al negro Juan Caballo —el líder de los cimarrones, aliado de Caballo Salvaje desde antes de comenzar el periplo hacia el sur del río Bravo.

El mensaje provoca ansiedad en los mascogo (seminolas para el gringaje). Revive el peor de sus temores: la frontera podría dejar de ser una barrera contra la impunidad de los gringos.

"Dejamos todo lo conocido —dice Caballo Salvaje— para escapar de la cólera del blanco. Dijimos adiós al bisonte, a la llanura, a los pájaros y sus cantos; nos hemos arriesgado a vivir en cuevas donde el musgo crece en nuestras ropas, bajo un cielo desconocido en el que no graznan más los patos, envueltos en un aire estancado en el que silban insectos desconocidos, sobre un terreno escabroso, para estar lejos del gringo. ¿Habremos cambiado al mundo por un noesnada, sólo para padecerlos de nuevo?".

Los miembros del campamento lloran a lágrima viva y se lamentan. En unas horas vuelven a soltar a Mi Morena. Ésta regresa a su palomar en Matasánchez, sin llevar respuesta.

Montan el mensaje en Parcial, el palomo macho de Juan Caballo, sale volando hacia Querétaro. Si esperamos a que llegue, nos perderemos, así que dejémoslo por su lado y volvamos a lo nuestro, el valle del río Bravo, la pradería, la Apachería.

Nicolaso escribe varias copias de la frase para confiarlas a respectivas palomas. Ya vimos a la primera viajar a Matasánchez con Favorita. La segunda viaja hacia el norte en las patas de Hidalgo, el palomo blanco.

En la hacienda algodonera Pulla, un jovencito mulato (hijo de Lucie, la esclava que dicen que fue amasia de Gabriel Ronsard, el dueño del Café) recibe al palomo Hidalgo, se rasca la entrepierna y vocea la frase. El capataz la oye mientras se rasca la cabeza. Los negros a su mando también la oyen, rascándose el pecho y el cuello, frente al pequeño grupo de indios que ha llegado a mercar —su mercancía son dos mustangos domados, los quieren a cambio de balas y algodón que van a llevar a la Apachería para cambiarlos por cautivas.

Los indios no se rascan —en la hacienda Pulla corren las chinches, ya se rascarán después porque se las van a llevar en el algodón.

Para el cauteloso y vengativo capataz, la historia no tiene de dónde roerle, por más que hace, no encuentra cómo sacarle importancia o jugo.

Para los negros, la frase es motivo de escándalo. Nepomuceno es una leyenda viva. Según algunas versiones, nacido en familia de terratenientes y ganaderos, vivió de niño cautivo de los indios, un malentendido que corrió de la mano de El Tigre, el guineano cimarrón, capturado para su desgracia por los comanches, ganones de buena plata por volverlo al dueño —es un negro hermoso, joven, sano, de diente bueno; sabe leer y escribir; es ordenado y concienzudo, trabaja como buena mula; vale buenas monedas—. Desde que llegó se dedicó a contar puños de anécdotas, muchas mentiras, como ésta de Nepomuceno.

Eso de que había sido cautivo no es el único motivo por el que Nepomuceno es leyenda viva. Sus historias de vaquero, de robavacas, de joven muy rico, de mujeriego, de hábil con el lazo como nadie, de guerrero, lo hacen leyenda viva, no en balde le temen los cobardes y sueñan con él las mujeres. Como Nepomuceno, pelirrojo según la leyenda, no hay ninguno.

El jovencito mulato mete a Hidalgo a su palomar y se pone a rezar, "Santísima Madre, cuídame a don Nepomuceno".

Una tercera paloma viaja el primer tramo a un costado de Hidalgo. Cuando Hidalgo baja en Pulla, la tercera sigue el camino, sobrevuela un trecho de tierra seca, donde si acaso hay algún huizache tristón, la piedra blanca, hasta detenerse en el arco de adobe que vigila el Pozo del Pilar del Caído.

Así llega el mensaje a los oídos de Noah Smithwick, el pionero texano que liderea varias bandas dedicadas a cazar esclavos. Hacen fortuna regresando los esclavos a sus legítimos dueños a cambio de sustanciosas recompensas.

Como es de imaginarse, la frase de Shears le sabe a gloria a Noah Smithwick. Detesta a Nepomuceno y a todo aquello que se parezca a un mexicano. México es la muerte de su negocio, con esas ideas incóngruas contra la propiedad y otras entelequias con las que cualquier empresa digna de respeto está condenada al fracaso.

"Los mexicanos no van a llegar a ningún lado, son un pueblo sin su conque. Nomás sirven para guisar y cepillar caballos".

Del Pozo del Pilar del Caído, parten dos indios correlones llevando al norte la nueva.

No fue ni con los indios correlones ni con las palomas que la nueva llegó bien pronto a Rancho King Ranch. Un jinete muy valido (todo vestido de blanco, sobre yegua también blanca) se las fue a pasar, de tal manera rápido que dirían fue un rayo quien la transportó.

Con los indios correlones, la nueva viaja más al norte, hacia la Banda del Carbón.

Son bandidos de los dos lados de la frontera, van donde haya botín. Los más son mexicanos. Tienen sus blancos predilectos:

1. Los gringos. Y todos los que se le parezcan, excepción hecha del líder de la banda, Bruno, que tiene la barba más

rubia de la región —dice su gente que por el sol, y que el color se le ha vuelto distinto, pero los que lo conocen desde antes, cuando vivía bajo las faldas oscuras de su madre y el alero del sombrero (muy elegante) de su papá, saben que nació con el cabello blanco, la piel de una blancura que parece quebradiza. Pero Bruno es como de ébano. Minero (exitoso por mérito propio, no por herencia), tuvo varias de plata en Zacatecas y una de oro al norte. Con ésta le empezó a ir tan bien que decidió expandir la exploración, vendió las otras para costearla, le invirtió hasta la camisa. Para su mala fortuna, empezó la Gran Ladronería, y lo despojaron de su mina por la legal. Había podido contra las entrañas de la tierra, pero no contra la mala saña.

2. Los amigos de Stealman. El mísero de Stealman fue quien, todavía desde su despacho de Nueva York, abogadeó lo dicho.

3. Los Nuevo Ricos, aprovechados de la nueva frontera.

4. Los curas, pero sobre todo los obispos, a saber por qué razones.

En cuanto a sus principios, los tienen muy claros: primero va su provecho y su bolsa. Después, su bolsa y su provecho. Tercero, su provecho y su bolsa. Cuarto: su placer —aquí las cosas se enredan.

Para la Banda del Carbón no hay ni familia ni origen. Su líder, Bruno, nació en una isla muy al norte. Algunos le apodan el vikingo, pero eso a él no le parece —su papá era bastardo del rey de Suecia—. Los demás nacieron por ahí cerca, si no en el Valle del Bravo, algo cerca, pero les da lo mismo.

Todos se saben traicionados por los suyos:

—Su líder, Bruno, por su sangre. Su padre fue el primogénito —aunque bastardo—, él es el primogénito —también bastardo, siguiendo la tradición de la familia—. La lógica, la justicia justa darían como resultado su coronación. Se cree el verdadero heredero de Gustav, la Gracia de Dios, rey de los suecos, de los godos y de los vendos, Gran Príncipe de Finlandia, Duque de Pomerania, Príncipe de Rügen y Señor de Wisma, Duque de

Noruega y de Schleswig-Holstein, Storman y Dithmarschen, Conde de Oldenburgo y Delmerhost. Pero es Bandido del Seno mexicano. Eso sí: Príncipe de los Bandidos de los Caminos, Rey del Terror (lo de monarca no le disgustaba, pero pensaba que, como no le placía el frío, habría mudado la capital de su reino al África; y lo del Rey del Terror le parecía muy bien).

—Su brazo derecho, apodado el Pizca, fue traicionado por su hermano mayor, lo despojó completo, le dejó una mano delante y la otra atrás, aunque no había sido la voluntad de su papá. De complexión también vikinga, tan alto como Bruno, tiene la piel casi negra, como un cafre.

—Los demás también cargan sus propias traiciones, pero menos sabidas.

Bruno el vikingo y sus hombres acaban de comer. Los más han regresado a sus labores (cepillar los caballos, tender las tiras de carne al sol), el jefe está tumbado cerca de las brasas, a su lado el garrafón de sotol. Pasa un halcón mexicano. Bruno saca del bolsillo de su camisa la resortera. Acomoda un guijarro pulido en la liga. Apunta...

Falla el tiro, aunque lo vio a buen tiempo. La suerte del halcón es que el tirador haya bebido tanto.

El halcón vuela en círculos. Otra vez lo tiene Bruno a tiro de piedra, carga de nuevo la resortera... El sol le juega un truco sucio, lo enceguece justo cuando está por apuntar.

El halcón es un garbanzo de a libra, ¡y se le escapa! Le da bastante coraje, sobre todo por lo del sotol en las venas que le pone el humor de perros. Esconde su cara bajo el ala sombrero. Y así como está, se queda dormido.

Ronca.

Perla Agujereada, su cautiva —se la han vendido hace poco los comanches; no le va a durar, le hastía tener cerca la misma prenda femenil— ha visto la escena del halcón bien librado.

Esto sí que le da placer a Perla Agujereada, ¡bravo por el halcón! A un palmo de la de Bruno, pone su cabeza en el suelo

—no hay dónde más—, se acurruca buscando descanso —mala fue la noche—, y sueña:

Que el ronquido de Bruno es la lengua del halcón. Que el halcón se acerca, sobrevuela un palmo arriba de ella, bate las alas ruidoso. Tiene torso humano. No es ni hombre ni mujer. Grazna:

—A-llá. Aaa-llá. Aaa-llá.

El halcón cobra piernas, le crecen hasta tocar el piso. Las dobla. Sigue aleteando. Dice palabras:

—Váyanse de aquí. De aquí. Son… hipo. Interrumpen mi… hipo… hipo… hipo… soy… como un pez…

El halcón estira las piernas, camina contoneándose, y se desintegra en el aire, como una varita seca que se consume.

Perla Agujereada, la cautiva de Bruno, despierta. Siente otra vez amargor y zozobra. Lo único que ha hecho sentido en mucho tiempo es saber que el halcón escapó. Y luego este halcón se fue a llenar de tontería en su sueño.

Perla Agujereada rechina los dientes.

Es aquí que llega, como una aparición fantasmal en la vigilia, un indio correlón, rodeado de su nube de polvo, los ojos desencajados. Detiene su carrera en seco. Toma agua de la jícara que lleva al cuello. Esa agua es veneno de los buenos, por él se vuelve infatigable y se sabe inmortal.

Perla Agujereada deja sus pesares de lado y pone toda su atención en el correlón. Lo oye pasar los tragos, le escucha sus gárgaras, el carraspeo, los jaes que su garganta deja salir para aclarar la voz.

—¡Bruno! —grita el indio correlón. Bruno despierta inmediato, se alza el sombrero, todavía no afoca las pupilas cuando el indio correlón deja caer la noticia de Nepomuceno, como una piedra.

El mensajero, como flecha que vuela, por un pelo zumba al echar a correr, la sangre recién encendida por el veneno que contiene su jícara. Va de vuelta al Pozo del Pilar del Caído.

El palomo Hidalgo apenas sobrevuela Bruneville cuando Bob Chess llega a visitar al ranger Neals. Bob no es un ranger —no un ranger cualquiera—, "soy texiano, de acá de este lado; de acá de este lado puro americano", a él le gusta el caballo, la mujer, la pistola, domar el apache y eliminar al mexicano. Lo de sentarse en el Café Ronsard a beber y conversar le parece ridículo. "Yo soy gente de acción, la vida está en la hechura, lo demás es pura pérdida; por culpa de lugares como ése y como los templos e iglesias, Texas se está yendo a la mierda".

Bob Chess quiere dinero, poder para que no se lo arrebate nadie, y orden para disfrutarlo a su manera. No quiere mariconadas —como sentarse a beber, acunar un crío o ponerse a bordar—, por lo mismo no le parecen bien el juego, la música, el baile, el gusto por la comida, en general toda forma de ("idiota") apego por la vida doméstica. "Mi decálogo para ser hombre como se debe: primer mandamiento, se duerme al aire libre; segundo mandamiento, se come carne asada en la fogata; tercer mandamiento, se tiene mujer una vez al mes; cuarto mandamiento, jamás se emborracha uno; quinto mandamiento, se acrecientan las propiedades; sexto mandamiento, jamás se dirige la palabra a los negros —incluyendo aquí a los mexicanos—; séptimo mandamiento, no se acude a la iglesia o el templo; octavo mandamiento, se monta a caballo y se rehúye andar sobre ruedas, son pereza (y ésta el corazón y la sangre de todos los males); noveno mandamiento, siempre se trae pistola al cinto; décimo mandamiento, te amarás como a ti mismo".

Sigue sus mandamientos a lo más o menos. Nunca duerme al aire libre —"es un decir, van veces que el aire no es bueno; si estuviéramos en las praderías sería otra cosa"—, renta una habitación en el Hotel de La Grande, un lujo, entera para él —siendo niño, o joven, nunca durmió en una cama que fuera para él solo ("¡habrase visto!", hubiera dicho su mamá, "colchón ya es lujo malo"— y por colchón entendía algodón apelmazado), le gusta (y mucho) la buena mesa —que según algunos es lo más sedentario de la vida doméstica—, no cabalga porque la silla y el trote le ponen muy mal las almorranas, y mujeres no tiene en dosis mensual, sino cada que puede.

Siempre lleva sombrero —aunque no esté en sus ordenanzas.

En el altiplano, cinco mil metros arriba del nivel del mar, en la Apachería (Comanchería, le llaman los gringos), más allá de Llano Estacado, atrás del despeñadero Caprock, en un acantilado de doscientos pies de alto que divide el altiplano de la planicie Permian y que hace las veces de fortaleza, los quahadis, comanches indomables que se niegan a tener trato alguno con los gringos (prefieren a los mexicanos para mercar), reciben al otro indio correlón.

Los quahadis sobresalen por violentos. Ellos sí saben hacer la guerra. Un ataque de quahadi no hay quien lo cuente, a menos que pase a ser cautivo. Guerrear no es su única cualidad. Lo resisten todo. Si se quedan sin agua, beben lo que resta en la panza del caballo muerto. Los otros comanches les temen. Son los indios más ricos, se les han contado quince mil caballos domados. Acampan en las profundidades del Cañón Palo Duro (el segundo en tamaño tras el Gran Cañón del Colorado), merodean cerca del río Pease y del arroyo McClellan y en el Cañón Blanco.

No es fácil seguir la lógica de sus campañas punitivas.

Escucha el mensaje Piel Nueva (es el nuevo quahadi —hacía un par de meses había caído cautivo entre los comanches, lo compraron para tener entre ellos alguien que supiera leer, para contacto—, hace de correo escrito y verbal dentro del campamento).

Piel nueva pide al correlón que lo espere, y lleva el mensaje al jefe, Olor a Fragancia.

El indio correlón se detiene a esperarlo. Como no es cosa de correr, no echa mano de su jícara del veneno. Se acuclilla a esperar.

El jefe de los quahadis, Olor a Fragancia, se prepara para encabezar un ataque. Desnudo hasta la cintura, la cara pintarrajeada de negro, el maquillaje de guerra, el penacho de plumas de águila largo para que levante con su carrera, por la espalda caerá (casi le roza el piso), le danzarán al aire los aros de cobre en las orejas. Deja a cualquiera mudo. Para empezar, a Piel Nueva.

—¡Habla! —le dice Olor a Fragancia, viendo a Piel Nueva, el nuevo quahadi, parado frente a él como un tronco. Entiende que trae mensaje.

—Jefe Olor a Fragancia...

—¡Habla!

Piel Nueva sabe que lo pone en riesgo transmitir una noticia ingrata, si el mensaje cae mal puede pagarlo con su vida. Controla el miedo, le informa lo del indio correlón.

Olor a Fragancia lo escucha. Sin contestarle nada, se retira. Comparte lo que acaba de escuchar con el chamán, Bala del Cielo (también termina de prepararse, también el penacho, la pintura en la cara y el torso). Unos segundos. Bala del Cielo exclama: "Buen signo, buen signo".

Intercambian algunas palabras.

Convencidos del anuncio de buena suerte, dan algunas órdenes a Piel Nueva.

Deciden sacrificar al indio correlón. Esto es rutina, no hace falta detenernos. Toman el cuero cabelludo y la jícara milagrosa. Abandona el campamento ululando.

Dejémoslo ir a su ritmo, que eso tampoco es cosa nuestra.

Piel Nueva no participará en el ataque, queda acompañado de un piquete de viejos —sus guardianes—, encargado de lidiar lo más pesado del copioso ganado. Escribe un mensaje y lo acomoda en la pata de la única paloma mensajera de los quahadis, Centavo.

Centavo vuela hacia el sur de la Apachería, a un enclave comanche cercano. Los cautivos, bien alimentados porque son mercancía (mexicanos, gringos, alemanes, todos varones jóvenes, tratados como ganado fino) escuchan la nueva cantada por el heraldo de su pueblo. En general, no les gusta la frase, pero hay el que tiene cuentas pendientes con Nepomuceno y la celebra.

Los comanches ignoran el mensaje. Les tiene muy sin cuidado, Nepomuceno, un sheriff cualquiera, un pueblo miserable. Esperaban otro tipo de mensaje, una respuesta a su anterior. Se preocupan ahora de que los quahadis decidan atacarlos.

†

Volvamos un poco atrás. Las palomas sobrevuelan, los indios correlones recorren la pradería, el jinete blanco cruza el Valle como un rayo, el halcón busca presa palomil, los hombres huyen o salen emperifollados hacia el ataque, y no hay quién se detenga en el Rancho Las Tías —nadie se atreve a llamarlas lo que son, unas amazonas.

La puerta pintada con el árbol genealógico de Teresita (muy frondoso y floreado, colores vivos y armónicos, hojas, palabritas) es muy de ver. Porque para entrar al rancho, aunque no haya muralla, sí hay puerta.

Las habitantes del Rancho Las Tías son una excepción en la Gran Pradería, tanta que algunos se atreven a porfiar su existencia. Viven, como los vaqueros en las corridas, al aire libre, usan el lazo, le saben al revólver, detestan el cultivo y odian vivir entre cuatro paredes, con dos excepciones: una rubia carablanca, Peladita, quien borda noche y día como una descosida mientras espera regrese por ella su Ulises (un mexicano hocicón que por supuesto no tiene ninguna intención de volver a verla), no tiene más historia. La segunda es otra cosa, está viejecita, arrugada como una pasa, la nariz le ha ido creciendo y la cabeza se le ha vuelto de niña. Fue cautiva y no se acuerda sino de eso. No hay cómo entrar al Rancho Las Tías sin oírsela decir.

Las otras Tías las dejan ser.

Las Tías conversan:

—Aquí no se descabalga, de ninguna manera. En esta casa se monta al vuelo. Nadie cae de rodillas en Rancho Las Tías, nadie rinde respetos a un superior. Todas somos reinas. Más todavía: lo nuestro es volar, nomás nos faltan alas.

—Domamos mustangos. Doce mujeres hábiles con las armas también rendimos al que se atreva a enfrentarnos.

—Aquí no entra nadie sin pedirnos permiso. Nadie tampoco osa llevarse una sola gota de nuestro pozo sin solicitárnoslo.

—Las gallinas andan sueltas.

—Las burras duermen donde les viene en gana.

—Se bebe cuando se quiere, licor del bueno.

—Fornicamos con nosotras si nos viene en gana, y a nadie le viene mal ni siente estar pecando.

—¡Nomás faltaba!

—Bailamos hasta que amenaza la mañana.

—Guisamos exquisito.

—Sólo doña Estefanía guisa mejor que nosotras, ¡mejor confesarlo que salir peladas!

—¿De qué le sirve ser dueña de tanta tierra, ganado y dinero? Son cosas para andar libres.

—Yo un día estuve donde doña Estefanía. Las mujeres no se sentaban a la mesa, nomás servían a los varones.

—Qué vergüenza.

—Mucha.

—¿Siquiera ha tenido amantes?

—¿Ella, doña Estefanía?, ¿amantes?, la palabra les queda ancha a los que la han merodeado.

—Nosotras: en gran número, hembras, para qué andar lidiando con cosas que al menor pretexto quedan colgando.

—Es impreciso: también nos gustan a algunas los varones.

—Yo sólo fornico con varones.

—Allá tú: pasarás la vida mendicando… Ya viste a Peladita. ¡Anda, échate a bordar!

—¡Ni aunque me amarren, si soy yegua arisca! ¡No tengo manos sino cascos! Yo lo que sé es correr y cazar.

—¿Alguien de ustedes ha visto al tal Nepomuceno?

—Algunos le dicen La Amenaza Roja, porque es pelirrojo y un peligro.

—¿Sí es pelirrojo?

—Depende cómo le pegue el sol en la cabeza.

†

En Bruneville, Frank regresa a la mansión de los Stealman con la hoja seca de maíz atada que envuelve la cola de res para el caldo —bien picada, como le gusta a la señora Luz—. Las mujeres comandadas por La Floja ya tienen noticia de lo que ocurre en la Plaza del Mercado, y hasta saben más que él, porque, tras repetir lo que escuchó al pasar corriendo y después mendigar con insistencia a Sharp para que le entregue lo que faltara del pedido para el caldo de la señora Luz, Frank se ha perdido buena parte del incidente. Un recuento preciso ha llegado a casa de Stealman vía el cargador, Steve.

Steve es el tameme, siempre trae a la espalda su canastón. Llegó con éste repleto de flores de tallos largos para los jarrones chinos e ingleses que adornarán el salón que recibirá a lo mejor de la sociedad brunevillense —o lo peor: depende quién lo vea.

Steve le había agregado a las noticias un toque de sabor para crecer la propina: "Nepomuceno, *el bandido de ganado, el hijo malo de doña Estefanía,* recibió su merecido del sheriff, *¡lo engrasentó!* —y aquí hasta se rio—, ¡le dijo 'grea-ser'!". Luego les contó que, después de largos segundos de silencio en los que el sheriff dejó de golpear al borracho y nadie parpadeaba siquiera, ni respiraba Nepomuceno, ni Shears, ni tampoco nadie de los que veían la escena, Nepomuceno el bandido descargó la pistola en el sheriff, "le metió un balazo… Se me hace que lo mató. Cargó con el borracho, ya nomás por gusto dio un segundo tiro al aire y se dio a la fuga, con sus hombres".

Vayamos poniendo puntos sobre las íes. Lo que había pasado era que el sheriff Shears había querido arrestar a Lázaro Rueda por borracho, por perturbar el orden público y por orinarse en el parque. "¿Pus de cuándo acá se pone a alguien preso por beber hasta quedar turulato y echarse una meadita?", Lázaro se resistió por elemental dignidad con lo que tenía, que no era gran cosa (viejo, gastado, se caía de briago), pero ese poco de resistencia fue suficiente para que Shears lo tundiera a golpes. Estaba aporréandolo con la culata, cuando Nepomuceno salió del Café Ronsard.

En el Café, Nepomuceno evitó comentar cómo le había ido en el juzgado, pero en cambio no tuvo empacho en hablar del acuerdo con el gallego de Puerto Bagdad —se llama Nemesio, dicen que tiene bolsas en los ojos de tanto comer chorizos—. "Sí, pues, firmé con él un contrato de tres mil quinientas cabezas de ganado, yo se las entrego y él me las transporta a Cuba. Me va bien... Tengo mis ranchos retacados de ganado, canela, soldadito, caritos, palito, blanco, algunos mustangos (y para qué mentir, también mavericks, aunque yo no voy tras ellos, ¿por qué voy a andar cazando mariposas disparejas si tengo los míos en el corral y bien habidos?, ¡no soy de los que van buscando ganado ajeno!; maverick que tengo es porque llegó, porque se acercó por gusto propio a los corrales, por el buen trato que damos al animal, nunca falta agua de beber, ni pasto o, si no hay, forraje, ni protección contra el lobo)".

—¿Y tú pa qué quieres a Nemesio? Te das abasto solo... —dijo el cantinero.

Más de uno asintió. Nepomuceno no dijo no.

Charlie, un recién llegado, le preguntó si eran suyos los barcos.

—Todos son de Stealman —lo dice otro que también se llama Blas, y no por bastardo sino porque su familia se hace la de mucha alcurnia aunque sean desde siempre pobres como chinches; lo acontenta echarle tierra a Nepomuceno, él lo cree rival—. Dije todos, pero tiene todavía más, es suyo todo lo que se mueve por agua… quedaba la barcaza… pero ya se la echó a su plato hoy. Pagó una bicoca, dizque cobrándose deudas pendientes. Así hace los negocios ése…

Blas lo dice con un tono donde se nota lo que se guarda: "¿Bagdad, Nepomuceno?, ¡bah!, ¡Bagdad no es nada!, si hicieras contratos en Galveston como cuando te iba bien, ahí sí ¡otro gallo cantara!, ¡tú vas de pura picada, como gaviota hambrienta!".

Saber de la nueva adición al emporio naciente de Stealman le avinagra a Nepomuceno el café. Que si alguien le huele la boca se va para atrás, el hígado le chirría.

Dos semanas atrás, el viejo Arnoldo le había pedido ayuda, "estos gringos aprovechados quieren mi remolcador; quesque tengo una deuda y quieren cobrársela con mi barcaza (mira, Nepomuceno, la deuda me la inventaron, dicen que tengo que pagarles renta por usar el muelle, ¿cómo pasas a creer?, y me hacen la cuenta sumando lo de cinco años atrás, desde que dicen entró en vigor esa ley); ¡qué chahuiztle nos cayó, qué plaga es ésta!, ¿cómo nos los vamos a quitar de encima? Llegaron por todo, ya ves, ni qué te digo, baste saber lo que hicieron a las tierras de tu mamá, se quieren agarrar el mundo completo, gringos aprovechados…".

Háganse de cuenta que lo estaba oyendo, las palabras del viejo Arnoldo le ardían encima de lo quemado.

No vuelve a abrir la boca. Con un gesto pide la cuenta. Por un instante lo saca de su ensimismamiento ver a Teresa acercarse a la barra.

Ah, bella Teresa.

Teresa cree que nadie en todo Bruneville, toda Matasánchez o el Valle completo es más bien parecido que Nepomuceno, al verlo sonríe de una manera que en cualquier otro momento hubiera alumbrado la semana de este hombre; aunque el gesto no le alcanza para tanto, interrumpe su enojo, "Teresa, bonita Teresa", siente que no está enteramente derrotado, que ésta es una por otra: se acuerda de que hace menos de diez meses arrebató a Stealman las elecciones cuando ya las veía ganadas...

Los gringos que invaden el Valle del Río "Grande" a la caza de fortuna se dividen en dos bandos: los azules y los rojos.

Los rojos son los grandes mercaderes, ganaderos y propietarios, poderosos y enriquecidos —Stealman a la cabeza, seguido por un puño selecto, King, Mifflin, Kenedy (sería interesante saber los pormenores de cómo acordaron entre ellos el botín texano de mar y tierra, pero no es asunto nuestro).

Los azules son los comerciantes que luchan por sobrevivir día a día, entre ellos mister Chaste, el quesque alcalde y boticario, mister Seed el del expendio de café, Sharp el carnicero y propietario de los puestos del lado este del mercado, herr Werbenski el tendero, dueño como ya sabemos de la muy concurrida casa de empeño, ducho en la venta de armas y municiones, y Peter Hat Sombrerito.

En la batalla de rojos contra azules, Nepomuceno apoya a los azules en la elección de alcalde, reúne mexicanos del otro lado del río Bravo ofreciéndoles una abundante comida (que él costea) más unas magras monedas (que sacó de su bolsa), se encarga de su transporte (llegó a un acuerdo con el viejo Arnoldo), en el viaje les va dando licor (sotol que compró a granel), y los lleva medio borrachos a las urnas a emitir el voto por su candidato, mister Chaste.

Así es como el azul gana la alcaldía.

Esto recordó Nepomuceno en el Café Ronsard, saborea otra vez su triunfo, el placer de aplastar a Stealman, y se le vuelve a levantar el ánimo, pero en un segundo se le vuelve a caer: ese mister Chaste (un anglo cara de palo que unos minutos antes de las elecciones se decía mucho muy amigo de los mexicanos pero apenas quedó alcalde los llamó "greasers de mierda") sería muy azul o rojo o del color que quieran, pero es un gringo miserable.

Teresa le vuelve a sonreír.

Sea lo que sea, se dice Nepomuceno corazón contento, él había ganado aquella partida.

Pues sí, mucho tiene Teresa… pero luego luego vuelve a pensar en lo de Stealman y el viejo Arnoldo, y le pega todavía más duro el bajón.

Su ánimo se ha puesto mercurial tendiente a la zozobra. Sale a la calle. Lo esperan cuatro de sus hombres con sus monturas, el resto de la docena que lo ha custodiado a Bruneville no se congrega en la Plaza del Mercado por no crear ámpula con los gringos. Antes de la bifurcación hacia Rancho del Carmen hay otra partida de tres, y poco más adelante otro puñito. No están los tiempos para andar sin suficiente custodia.

Sus hombres son según quien los vea. Para los gringos, greasers sin un pelo respetable; según los mexicanos, depende, algunos los toman por vaqueros nomás, otros por pistoleros sin escrúpulos, otros por muchachos animosos.

Lo que es verdad es que los vaqueros ya no son lo que fueron en los buenos tiempos de Lázaro: alternativamente dulces o duros para controlar la vacada, defenderla de la estampida del búfalo, el lobo y la sequía, conducirla al pasto bueno, encaminarla por el bueno y sacarla si es necesario del barranco, engordarla a diario, regresarla al corral.

Algunos dicen que todo empezó a ser distinto con la aparición del rastro en Bruneville, otros que desde antes, cuando fue mermando el bisonte por los ciboleros, las armas de fuego en manos de los naturales y los cambios en las tierras desde que entró la siembra del pasto nuevo. Ese pasto crece rápido, sirve para alimentar la crecida de ganado, pero traga mucha agua —si no hay lluvia, se seca luego luego— y además es envidioso, mata cualquier árbol bueno y cualquier otra yerba, o los pastos que dan grano y ni decir de cualquier frutal, hasta a los camotes los deja secos.

La verdad es que tanta vacada ha hecho estragos en la pradería… Pasa la vacada y queda todo peor que si hubiera corrido el incendio, porque no limpia para la siembra, la tierra queda grumosa.

(El rastro está pasando el muelle cercano al Hotel de La Grande. La vacada y los puercos braman, mugen, chillan, se los mata por docenas, cortados en canal se cuelgan de ganchos y se embarcan en los de vapor; un riachuelo de sangre continuo, y el hedor).

(En el rastro hacen pruebas siniestras con el hielo o intentando helar la carne muerta para que no se corrompa… no que no les guste el gusano o la mosca, pero quieren mercarla como si estuviera fresca aunque esté más vieja que un perico parlando filipino —si pudieran, mercarían hasta el gusano o la mosca: si encuentran a quién vendérselos, le ponen el precio al kilo).

Volviendo a lo que íbamos: Nepomuceno ve en la Plaza del Mercado a Shears aporreando con las cachas al viejo vaquero.

—¿Qué pasa aquí? —la voz como si nada (le importa Lázaro Rueda), para calmar la cosa.

La Plange, el fotógrafo que dice que es francés pero váyase a saber de dónde viene —puede que belga, otros dicen que holandés, ahora pide se pronuncie su nombre como anglosajón, imprime en sus fotografías el sello "Leplange"—, llegado a Bruneville buscando ganar monedas retratando gringos —ya se embolsó un buti con los ricos de Matasánchez—, se agacha y da pasitos para no perder detalle de los golpes. Cuánto le hubiera gustado fotografiar la escena, pero una cosa es querer nomás, y otra muy diferente conocer las propias limitaciones. Viendo-viendo, pajarito volando, con la izquierda llama a Mocoso, el chamaquito que lo acompaña (de día y de noche, en las buenas, en las malas y hasta en las sábanas), indicándole con señas le traiga el equipo para intentar capturar la escena:

—¡Anda! ¡Mocoso! —por culpa de La Plange el muchachito carga con ese mote.

Alicia, la mujer mexicana del capitán Boyle —dicen las malas lenguas no es su única esposa—, descansa la nueva olla de barro cargada con moras que le acaba de comprar a Joe, "¡ah qué caray!".

Un paso atrás de Alicia, Joe, el hijo mayor de los Lieder, restriega ansioso la tierra con los pies desnudos. Había venido a ofertar, con más gestos que palabras (las pocas que sabe en español y en inglés, las alemanas no se las entiende nadie porque habla con un acento muy cerrado), la cosecha que su mamá obtuvo con tantísimo esfuerzo. En su baileto, Joe se hace castigar por el peletero Cruz, lo cachetea la ristra de cinturones que trae colgando del hombro.

Justo atrás de Joe está el Dry, apóstol de la temperancia —de la Liga Contra el Alcohol, lleva cuatro meses en la ciudad predicando las virtudes de la vida sobria, persiguiendo borrachos y hostilizando a los vendedores de licores, amenazándolos con las llamas del infierno.

Nepomuceno repite la pregunta:

—¿Qué pasa aquí?

Joe le explica a Nepomuceno en su español champurrado.

—Deje a este pobre hombre en paz, mister Shears —Nepomuceno no está preparado para llamar sheriff a este imbécil—, yo se lo calmo. Es cosa de hacerlo entrar en razón con dos palabras…

Sin esperar respuesta, Nepomuceno comienza:

—Lázaro… levántate y anda…

Risas. La broma pega. ¡Ese Nepo!, ¡sale con unas…!

Fue ahí que el sheriff Shears le sorraja a Nepomuceno la frase que ya dijimos, "Ya cállate, grasiento pelado" —y es ahí que Mocoso, el chamaquito que acompaña a La Plange, se avispa y corre por el tripié, la cámara y demás parafernalia, perdiéndose la frasecita.

Frank oye la frase entre un "y que le urge" y otro, lo que se va repitiendo para no olvidar el encargo. Aprieta el paso.

El resto de los presentes queda en tensa calma que alguien llamará chicha aunque un viento proveniente del mar, caliente y salado, comienza a soplar.

Transcurre un segundo de tensión y espera, largo como sólo puede serlo cuando se llevan Colts del cinto. Pasan tres segundos de los mismos.

Seis segundos.

Los pájaros no vuelan, pero sí los cabellos de la bella coqueta Sandy, la melena (algo rojiza al sol) de Nepomuceno, el copete rubio de Joe. Vuelan, pero eso sí, no se les escapan de sus cabezas, es un vuelo tenso, contenido, hasta cierto punto dulce, que nada desgarra.

Doce segundos. Quince. Diez y ocho. Veinte.

Vuela un sombrero. El dueño no va tras él. Del cabello de la bella Sandy se desprende una pluma que le ha quedado ahí escondida, del tocado de la noche anterior.

Inmóviles, frente a frente, el sheriff Shears medio encorvado, los cabellos delgados empegostados por el sudor, la cara descompuesta de la ira, el cañón de la pistola (con cuya culata golpeara a Lázaro Rueda) agarrado por sus dedos nudosos, los ojos bizcos barriendo en dos puntos el suelo, los pantalones medio codo más largos que sus piernas, la mugrosilla camisa algo desfajada, al chaleco la estrella de cinco picos mal sujeta; Nepomuceno erguido, alto, los brillantes ojos clavados directo, el pantalón de montar de buena tela (no cualquier cosa: casimir escocés) mandado a cortar a su medida con el mejor sastre de Puebla, el saco de vestir muy formal (sastre de Nueva Orleans), los puños de la camisa blanca (holandesa) sobresaliendo de éste, la corbata de seda (francesa); la barba y el cabello aliñados por buen barbero (el del rancho de doña Estefanía), las botas limpias, de primera (éstas vienen de Coahuila).

El aire desnuda a un diente de león, le arranca su pelusa, reparte sus semillas.

La ira de Shears es notoria; en cambio es imposible entender qué pasa por la mente de Nepomuceno. Parece mirarlos a todos al mismo tiempo, bien fijo y frío, y en ese mirar parejo hay algo en él que impone, como suspendido en otra atmósfera, como si perteneciera a otro mundo, excepto porque en el brillo de sus pupilas está el recuerdo de cuando Lázaro Rueda lo enseñó a usar el lazo, siendo un niño; estaban, además, su violín y sus coplas…

El aire sopla pertinaz. El desnudo tallo del diente de león desplumado bailotea. Inútil sería buscar la pluma de la bella Sandy.

El sombrero se desliza casi a ras de suelo, dobla la esquina, se pierde también de vista.

En la memoria de Nepomuceno vuela el lazo vaquero, ése sí que sabe bailar.

Treinta segundos. La brisa sopla sin descanso, sólo en la grasienta cabeza del sheriff Shears los cabellos reposan como muertos.

Treinta y cinco.

La intensa brisa marina deja de golpe de soplar, como si la tensión —que parece capaz de reventar cualquier cuerda o alambre, o hasta quebrar el agua en hilitos— convirtiera al soplo en un puño de arena.

Nepomuceno pone la mano sobre la empuñadura de su pistola cuando corre el segundo treinta y seis. Imitándolo, Shears manipula su arma, necesita de las dos manos para acomodar la culata en la palma de su derecha —treinta y siete, treinta y ocho, hasta cuarenta y cuatro y todavía no le halla el cómo a la culata—; manos pálidas, de piel escamosa, parecen peces de poca espina, se le nota en ellas lo mal carpintero.

Nepomuceno abre más los ojazos, levanta con lentitud los párpados, parecen de metal pesado —las pestañotas, al cambiar de ángulo, transforman su expresión en la de un lobo—, y clava las dos ya fieras pupilas sobre Shears.

A Shears le tiembla la estrella de cinco picos en el pecho; se diría que está a punto de írsele de bruces. Shears ni hace el intento de imitarle la mirada a Nepomuceno con sus ojos que parecen rajas de chilito de árbol, carentes de pestañas, sin fuerza ni chispas.

Los hombres de Nepomuceno que le quedan más próximos forman un apretado semicírculo atrás de él, ponen las manos en sus pistolas. Esteban hace una seña a Fernando, el peón que cuida los caballos —se entienden entre ellos, si mueven la cabeza a la izquierda, quieren decir "cuídate a tu derecha", si levantan los labios, "por poco te pica una víbora" (Fernando es sobrino de Héctor, el dueño de la carreta; tiene la misma cara redonda).

Shears, en cambio, anda solo como perro sin dueño, ni quién le haga eco. Le dieron el puesto porque alguien tiene que andar paseando la estrella.

Caen otros segundos, como si lloviera tiempo. Fernando suelta las riendas atadas al poste del Café Ronsard y las sujeta en las dos manos; los caballos, alerta.

A lo lejos, se oye un grito: "¡Teencha!, ¡se te quema el paaan!".

En una fracción minúscula de instante, Nepomuceno desenfunda el revólver, lo amartilla mientras apunta y aprieta el gatillo; Shears apenas empieza a buscarle por dónde es que está el de su arma, cuando el disparo de Nepomuceno da preciso en la cara interna de su muslo derecho, ahí donde corre poca sangre pero el dolor arrecia.

Un tiro de cirujano, directo esquiva la vena. Bien pudo Nepomuceno haber atinado a la cabeza o al corazón de Shears, pero lo atuvo la prudencia.

Shears y su Colt, pa'l suelo.

La estrella de cinco picos, al suelo por su lado, boca abajo.

Nepomuceno se apresta a salvar su pellejo y los de los suyos, sabe que más le vale ser arrojado y olvidar la cautela, o la tendrán perdida. La prudencia brinca para el lado de los rangers y los pistoleros que ahí se han congregado para ver el barullo, todos gringos; alguno de ellos trabaja con regularidad para el juez White (el Comosellame) y el abogado

Stealman, otros están a sueldo en las praderías, son hombres armados para cuidar las cabezas de ganado de los bandidos robavacas.

Pistoleros de la gringada calmaditos, obedecen a sus bolsillos, donde hay paga hay defensa, si no pues no; reposan las manos en sus Colts.

Apenas volvían de ver a Neals los rangers, reaccionan al balazo, Ranger Phil se alisa el cabello, Ranger Ralph se escarba los dientes con las uñas, Ranger Bob revisa el tacón de su bota.

El instinto de más de uno de ellos (pistoleros y rangers) es sorrajarle balazos al greaser, pero es momento de aguantar.

Por lo del balazo, una parte de los mirones se retira, escabulléndose. No que sea sorpresa, de eso vuela a cada rato en Bruneville.

Los viejos, la bella Sandy, dos locos, el Conéticut que sólo habla en inglés (y siempre la misma frase: "I'm from Connecticut") y el Escocés (que también sólo sabe inglés, con un cerrado acento de su tierra, éste sí mucha palabra y mejor ni entenderle, sus sandeces tienen mucho de indecencia), más dos palurdos y otros que ya saldrán, se quedan inmóviles.

Ahora no es cuándo para detenernos en Sandy y el impropio escote de su vestido, quede dicho que los entendidos la llaman Águila Cero.

Carlos, el cubano, oye el balazo cuando traspone las pequeñas puertas abatibles del Café Ronsard. En su carácter de Águila Uno, había estado esperando la salida de Nepomuceno, en cuanto lo vio levantarse de su silla y prepararse para salir tomó con parsimonia el violín que toca por las noches —a solas o con amigos muy cercanos, él no es músico de pueblo ni vaquero para andar chirriando sin ton para otros—, su bolsa de lona y, haciéndose el que no, lo siguió, dispuesto a hablarle cuando estuviera por montar su caballo —están acostumbrados a manejar los asuntos secretos de Las Águilas con extrema discreción—, ahí también como que no lo estaba haciendo.

Cierto que hay una urgencia, pero deben exagerar cautela. Las labores de espionaje lo exigen. Por esto no le pisa los talones, traspone las puertas del Café Ronsard, escucha el tronido, alza los ojos, ve a Nepomuceno enfundándose la Colt y ahí se queda, varado entre las dos medias puertas, deteniéndolas para que no bailen. No había escuchado la frase a que estaba respondiendo Nepomuceno y no entiende la escena. Fuera lo que fuera, por el bien de Las Águilas —y en esto Nepomuceno estaría de acuerdo—, debe mantenerse al margen. No da un paso adelante ni hace gesto alguno. Sube más la mirada, finge ver en el cielo, entrecierra los ojos; con el rabillo del ojo atisba lo que pasa en la plaza, hace lo posible por controlar la respiración.

El único que percibe que Carlos el cubano se frena en seco frente a la escena es Dimitri. Se guardará la información para tiempo después. Por el momento, estudia su reacción, la califica de cobarde y lo celebra.

Adentro del Café Ronsard, Wild, el cibolero recién llegado de la pradería —un sinvergüenza, violento y oportunista—, el bello Trust, su asistente, y sus tres esclavos (Uno, Dos y Tres), con los rifles Sharp calibre 50 al hombro. Wild escucha el balazo proveniente de la Plaza del Mercado, no se mueve de su silla. Teresa corre escaleras arriba para ver qué pasa desde el balcón de su habitación. Ya lo ha hecho otras veces, la vista es requetebién. El cantinero procede a esconder bajo la barra las más de las botellas por si vuelan balazos. Wild hace un gesto con la cabeza al bello Trust.

Trust indica con la mano a Uno, Dos y Tres que lo sigan, y se enfila hacia la calle, al pasar empuja a Carlos, el cubano. Cruzan las puertas abatibles, dejan las dos hojas bailando.

Dimitri —viene de la estepa— observa desde su mesa que el caribeño Carlos pretende no sentir el empujón, ni oler la pestilencia de la gente de Wild (el olor de la sangre impregnado en sus ropas).[4]

Trust camina por el costado norte de la Plaza del Mercado, sin acercarse al punto de la escena. Casi tropieza con el peón de Nepomuceno, Fernando, el de la cara redonda.

Cuando Trust regresa con la fresca noticia, Wild ya conoce todo detalle del incidente. Su jefe le hace un descolón, lo insulta, slow-worm, gusano-lento.

(Trust va como sombra del cibolero, acumulando resentimiento. Empezó joven en esto de cazar, se diría que sus huesos se han vuelto de puro bisonte muerto. Siempre sueña lo mismo el bello Trust —tiene su gracia, en su extraña melancolía dócil hay algo atractivo, sensual—, todas las noches se encuentra con un bisonte al que penetra o se entrega para que lo sodomice. En la vigilia, el sueño lo atolondra y avergüenza, el placer que siente dormido es oscuro e intenso, al recordarlo en la vigilia se le contraen los músculos de los muslos, las vísceras y el pecho le palpitan; el placer es mayor cuando él penetra al bisonte.)

Tras soltar las riendas de los caballos y acercarlos al nepomucenaje, Fernando el peón fue el segundo en salir corriendo. Alicia, la esposa del capitán Boyle, fue la primera. No es cosa de ella, el capitán se lo ha dejado bien claro, hoy mismo al clarear la mañana se lo repitió,

—Tú corres si pistola humea.

---

[4] Esto sí lo ve Dimitri como si Carlos fuera transparente, los climas que traen pegados en sus maneras, los temperamentos, lo explican. El calor y el frío forjan distinto, la luminosidad horizontal del trópico y la oscura y velada luz del norte los han templado distinto. A Carlos, el clima y la luz lo han preparado para ser el actor y saber fingir (esa contradicción), y a Dimitri para capturar el escondrijo del fingimiento. Lo que no le sabe leer a Carlos es el teatro, eso sí que no, el actor resplandece a la luz inmisericorde, la luz velada enseña a observar pero no a soportar el deslumbre.

—¿Y ahora por qué me hablas como apache, mi capitán? —la mujer lo llama "capitán" de cariño.

—No jugar yo, se poner mal… Tú, correr si pistola humear —claro que el capitán bromea—,

y se largó a contarle a Alicia unas historias que la convencieron de que sí, de que de haber balazos era mejor salir por piernas.

Además hoy anda cargando abrazadita la olla nueva que acaba de comprar en el mercado (es para reponer la frijolera que había sido de su mamá, de tanto uso se sintió, luego se craqueló y luego empezó a chorrear, poquito, es cierto, pero en cualquier descuido se terminaría por quebrar, había que reemplazarla, de todos modos era un fastidio que goteara, el caldo de frijol tatemándose continuo en la llama mientras se cocía la semilla le apestaba la cocina).

En su carrera, Alicia ve de reojo a Glevack.

Cuando está por tomar la calle Charles —todavía corre y corre— para salir por calle James hacia el camino al muelle, advierte a los lipanes peleando a puñal.

—Mejor me sigo de largo,

y continúa por Elizabeth hacia abajo. Pero en la siguiente esquina (calle Cuatro) dobla hacia James. Antes de llegar a ésta, se detiene. Se apoya en el muro de la casa de los Spears.

Espera a que se le calme el corazón, agitado desde el balazo de Nepomuceno, luego por la carrera y más por ver a los dos salvajes atacándose a cuchillazos. Aspira hondo. Otra vez. Una vez más. Alicia siente un placer parecido al que le vimos al bello Trust al repasar a los lipanes blandiendo sus cuchillos. Quiere sacudírselo de encima, librarse de éste. Buscando distracción, levanta la frijolera para revisarla. Admira lo bien aperaltada. La vuelve a calar, golpeándola con el nudillo,

—¡Ah, qué caray!, ¡suena fatal!,

por un momento piensa regresársela al marchante de las cazuelas, pero recuerda que trae las moras adentro, por eso no tiene buen sonido.

Se asoma a ver las frutillas.

—¡Ah, qué caray!, están pero pachichis, tristonas, agüitadas. Bruneville no es para andar cultivando o comprando estas frutas, hace demasiado calor. Alicia las vuelve a revisar con la mirada:

—Ya casi parecen mermelada, se me cocieron nomás de cargarlas, o por zangolotearlas.

Pero no es mermelada lo que parecen sino algo más oscuro, más hondo. Le regresan a Alicia el perturbador placer. Abraza de nuevo su frijolera y se echa a correr calle abajo.

Los lipanes se hieren. Agua Fuerte tiene un corte en la mejilla, doloroso pero casi no sangra, Caída Azul otro en tres yemas de los dedos, casi un rasguño, pero sangra profuso. Se abrazan, arrepentidos, avergonzados. Se montan a caballo y salen al trote vigoroso a doce patas.

Los dedos de Caída Azul van dejando un goteo insignificante sobre el empedrado. Pasado el muelle de Bruneville, su rastro es notorio, parece tinta roja sobre el camino de tierra.

Por evitar la calle principal en su carrera hacia el mercado, Nat, el recadero, casi topa con la pelea de los indios cuando ve caer uno de los puñales. Le clava los ojos, desatendiendo lo demás, ni siente qué pasa con los lipanes, no tiene ojos más que para el puñal.

Nat ensancha la mirada. No hay sombra de nadie. Vuelve a otear, algo ansioso. No ve moros en la costa. Se agacha, recoge el puñal, lo mete entre su pantalón y su piel. Siente que el filo lo toca, contrae el vientre para protegerse del filo y jala hacia el río. Con eso ahí no corre a sus anchas pero va lo más rápido que puede, caminando con pasos largos, alzando los hombros.

Olga lo ve recoger el puñal, va con el cuento hacia casa de Juez Gold, a éste seguro le hacen caso.

En la Plaza del Mercado, a Sandy le dura cosa de diez segundos lo de quedarse como una estatua. Sale por piernas sin saber ni a dónde. Llega al otro costado del mercado. El cura Rigoberto quiere llamarla para conminarla por el escote —sabe que siempre lo trae— pero se le atragantan las palabras por un ataque de tartamudez. La ansiedad es por el escote, le entromete el mal a las venas. Maldita mujer. La tiene más cerca, le alcanza a ver algo de lo que deja descubierto el vestido. Le sobrevienen irresistibles ganas de dormir. A su pie hay un huacal de alfalfa, se acuclilla en él y cae profundo —desde niño así es, él no es de los que salen por piernas.

Sandy sigue corriendo. (La llaman Águila Cero por algo, mientras corre va peinando el pueblo con su inspección. Se desvía girando hacia tierra adentro, a husmear qué hay en las cercanías de Fuerte Brune).

(Del Fuerte Brune vale un paréntesis: el fuerte sí tuvo su momento de gloria, pero ya llovió, ahora no lo habitan ni media docena de soldados sin disciplina, pasan más rato donde La Grande que haciendo guardia. King y Stealman se cansaron hace ya tiempo de pedir refuerzos militares, por eso cada quien tiene sus hombres armados. Los de King son los más celebrados —y abusivos—, contra los mexicanos se pasan —los llaman reñeros (por lo de que King quiere decir Rey) y también kiñeros).

Fernando el peón, corriendo, se echa un clavado entre los bultos de la carreta del cibolero, una pestilencia que se tiene que estar muy perdido para soportar.

Apenas esconderse entre las pieles y carcasas, se reprocha, "Soy un cobarde, no debí venirme a enterrar aquí entre bisontes muertos", pero no se atreve a salir, "¡me van a matar!, dirán que soy de Nepomuceno y no me salva ni Dios", y otra vez, "soy un cobarde, ¡un cobarde de mierda!".

Patrick el de los pérsimos (el irlandés que llegó niño a Mata-sánchez, ganó montura y buena pistola) escucha con claridad que Shears llama "greaser" a don Nepomuceno. Se ensimisma cavilando, haciéndose el que tienta el cuerpo de una de las fru-tas que trae a la venta, abstraído, intentando ponderar o en-tender —no tan sencillo, es de pocas luces—, hasta que se dice en su vozarrón, bien alto, muy serio: "es John Tanner, el indio blanco, ¡ya volvió!, ¡ya nos jodimos!", en un tono tal que los que andan por ahí sienten miedo.

El que más es el Desdentado, el viejo pordiosero, porque él sí sabe bien a bien de qué habla Patrick, el de los pérsimos.

Luis, el niño que se quedó viendo ligas para su resortera en el mercado, el que cargara las canastas de miss Lace (ama de lla-ves de Juez Gold), cae en la cuenta de que se le fue la marchan-tita. Para agregarle, se acuerda de que tiene que ir a recoger a su hermana antes de que la tía se vaya para donde ya se sabe. Más le vale salir pelas hacia la ribera o le va a tocar una porción de azotes. Corre a entregar las canastas, de seguro no le darán un céntimo de propina, nada, vendrán los pescozones de la tía, "te pusiste a papar moscas, lo de siempre", "eres un sin oficio ni beneficio". Eso lo atormenta, y lo clava frente a la puerta de la casa de Juez Gold.

Luis está convencido de que él no papa moscas, sino que de vez en vez cae en la red de una araña. Esa red lo succiona fuera del tiempo, una fracción de segundo de Luis es una hora para los demás, siempre subidos al paso de la aguja del reloj. Tam-bién a veces pasa lo contrario: un segundo es para Luis como si fuera un par de horas, pierde la noción del tiempo.

Abren la puerta, "¿las canastas?". Zúmbale, zúmbale, Luis sale como cohete de mecha encendida creyendo que ya cae la tarde.

La mujer que vende tortillas, las trae fresquitas, las carga atadas en su rebozo, lo ve venir, lo llama, "¡Luis, Luis!". Le tie-ne apego, siempre tan empeñoso, y siempre con hambre. Le pone en cada mano una tortilla, enrolladita y con sal, "tenga m'hijo, su taco".

El Desdentado, el viejo pordiosero más arrugado que Matusalén, se les arrima para ver si hay caridad para él. La tortillera se hace la que no lo ve —lo detesta, lo conoce de cuando decía que era fraile y andaba tras cuantifalda se moviera; ya luego llegó el chisme de que no era ni fraile ni nada; había tratado de ser cura, pero lo echaron del seminario— y se sigue a su vendimia.

Luis queda mascando sus tortillitas calientes, ya no en donde la araña, nomás mordiendo delicia. El Desdentado trae ganas de hablar:

—Por aquí anda John Tanner, el indio blanco; su esqueleto se levantó del pantano… Busca a la última de sus esposas, Alicia, yo la conocí, fue la única mujer blanca que tuvo, y no diré que de razón porque lo abandonó, se le escapó con los hijos, y luego consiguió el divorcio, ¡habrase visto!, también a la Ley le falta un tornillo, si lo que Dios amarró no debiera haber quien lo desate. Es lo de los gringos, son herejes…

—Pero tú me dijiste, Desdentado, que eras gringo.

—¿Qué te dije? ¡Ni te digo!… Ese Juan Tanner vivió treinta y un años entre los ojibwas, ¿cómo puede ser que se equivoque?, ¡jalando para el sur…! Pa' mí que por estar en el infierno ya se le confundió la brújula…

El Desdentado mendigo se acuclilla, agárrale las espinillas al pobre Luis, sigue:

—Haría más bien si se fuera por su segunda esposa, esa pérfida intentó asesinarlo. Por mal que fuera, Alicia no se le echó encima a clavarle un cuchillo. Todavía más a su favor, algo de alegría le dio… ¡No se me malentienda!, John Tanner no le tuvo bullicio, nomás la amó de a gotitas como de viejo que le escupe el pito con harto frote y poco logro. Ya no sigo porque, aunque no haya mujeres, no vaya a ser que haya niños —no lo digo por ti, tú desde ansinita eras un enano… naciste así, enano… ya luego se te quita. Lo que sí, es que tú niño no eres.

Luis le da su segunda tortilla, ya medio fría, el taco resquebrajándose. De todas maneras el Desdentado no lo deja ir. Lo tiene agarrado y no deja de hablar:

—John Tanner anda por aquí... Ya cuando Alice lo había dejado, lo acusaron de matar a Schoolcraft el chico, hermano del que andaba empujando a los indios hacia acá, p'al sur. Era un mísero el Schoolcraft grande, les quemaba las tiendas a los indios, les robaba las mujeres a la mala para que se las usaran sus tropas, y luego se las regresaba muy estropeadas, pa' que vieran; les cegaba los pozos, los empujaba pa' donde sólo había pedregal y no lloviera ni con su jamás, y claro que les robaba el ganado y los caballos, pero eso no hay quien no lo haga, ya se nos acabó el cuando amarrábamos a los perros con chorizos, llegó la de robarlos con todo y perros, clavos y hasta el calzón del vecino... Sí le daban ataques de furia al indio blanco, pero él no fue quien mató a Schoolcraft el chico. Igual lo colgaron de la horca, se lo llevó la mano que la justicia trae mal puesta. ¿Ya sabes dónde trae la manita la justicia? Se le cayó, y se le atoró en la colita.

Luis pela los ojos. Calladito, tan absorto que ni pasa el bocado.

—¡Como un hueso perdido es el indio blanco! Por aquí anda... hace entuertos, es cosa furiosa... nadie lo llamó o provocó, que yo sepa... Tú, enano, nomás santíguate cuando sientas que tentalea su sombra cerca. Y si puedes, préndele velas a la virgen.

El mendigo viejo le suelta las espinillas a Luis, y ¡riájale!, éste sale como alma que lleva el diablo, ahora peor, con la amenaza del esqueleto del indio blanco... "¡Ora sí se m'hizo tarde!".

El Tricolor (le decían así porque tenía la mitad del bigote blanco desde siempre, y el ojo derecho mucho más claro que el izquierdo) pasaba por la Plaza del Mercado, iba a abastecerse de carbón para cocina y baño (su mamá se había peleado a muerte con el carbonero), fueteó a la mula, quería volver cuanto antes, cerrar bien las ventanas, regar agua de eneldo bajo las puertas. No se les fuera a colar dentro el maldito John Tanner, el indio blanco.

Sandy, Águila Cero para los entendidos, como que no se dio cuenta de los gritos que la insultaban, pero fue lo que la sacó del estatuismo. Tal vez por instinto, no queriendo llamar la atención (estaba el escote, pero eso no es llamar la atención sino lucir encantos para distraer; el escote es su rebozo, su escudo, su armadura, su pasaporte, protección, imán, fuerza, billete, fuente de ingresos si hay estrecheces), sigue corriendo, en la misma dirección, no hacia el muelle del Hotel de La Grande, sino río abajo, hacia el mar.

Olga va apuradita hacia casa de Juez Gold a contarle lo del puñal cuando se encuentra con miss Lace. Entrecortada la voz (porque le falta el aire), se lo cuenta.

En tono sereno, miss Lace le echa encima lo del indio blanco, John Tanner, que ha vuelto. Olga se olvida del puñal y se va con el John Tanner en la boca.

Miss Lace enfila a decirle al ministro Fear lo de Nat, no puede ser que ese muchacho robe. De paso, miss Lace le pasa al ministro lo del indio blanco, John Tanner, que ha vuelto, y el ministro Fear le da una reprimenda por creer "en esas tonterías", tan grande como si se hubiera robado tres puñales de oro. El ministro Fear pide a miss Lace que busque a Nat y que se lo traiga, él va a hablar con el muchacho. (Malas lenguas dicen que no sólo hablaba con los niños, pura viperinez).

La noticia de que Steve el cargador llega a regalarle a la señora Stealman no la alegra, aunque complacerla haya sido la intención del chismoso. En su salón no son bienvenidos los mexicanos, pero por petición expresa de su marido tenía convidados para el día de hoy a Sabas y a Refugio.

—No se debe maldecir pero… ¡maldición!

La señora Stealman (nèe Vert, el apellido francés oculto porque su marido sabe que no es conveniente —con un agravante: acaba de correr el rumor de que la Francia trama apoderarse militarmente de México, poco gusta a los gringos) no aplaude la frase de Shears, a ese infeliz le quedaban grandes los zapatos de sheriff, no es más que un carpintero y de los malos, pero menos todavía celebra el balazo. Mucho mejor le caen las nuevas, sobre todo cuando se las baraja despacio Frank con menor entusiasmo por el sheriff y con temor de Nepomuceno, "ya sabe usted, señora, es el que le dicen Read Bearded Rogue, el Bandito, pero es también un señor muy respetable". Bien por Frank, porque la paga usual está a punto de engordar con una generosa propina que directo va a ir a dar a la libreta de gastos de Elizabeth, anotada bajo el renglón del 10 de julio de 1859, después de las flores, el jabón, el planchado de mantelería, la carne y la verdura, leche, huevo, crema, quesos. Nunca anotaba el costo del coche (es de su propiedad), ni el forraje de los caballos que lo tiran. No hay hoy más gastos, no es día de raya.

La sureña Elizabeth es hija de un millonario azucarero obsesionado por elaborar un elíxir de juventud que terminó por volverlo intratable (por esto su esposa se mudó a vivir al noreste con las dos hijas casaderas). Conoció al marido en Nueva York, ahí se matrimonió y se instalaron sus primeros años de casados.

Se ganó en Bruneville el apodo de La Floja porque ni ponía un pie fuera de casa, ni dejaba salir a sus negras —las magníficas eran parte de la dote que le dio el padre y que no pudo usufructuar en Nueva York. Por el encierro, se habían puesto gordas.

Dicho con todas sus letras, la nacida Vert no permitía poner un pie en la calle a sus esclavas para protegerlas de los mexicanos "porque no soy una ignorante", había leído que esos varones eran omnigámicos, andaban medio desnudos y obedecían a sus más primarios impulsos. Cuando Bruneville se pobló de gringos, alemanes, franchutes, austriacos, cubanos y hasta algún chino (Chung Sun y acompañantes), La Floja no levantó la prohibición, por el simple y llano riesgo de que alguna esclava se le fuera a escapar al otro lado, "la criadería anda muy movediza" porque Bruneville está en la frontera —se cuida de no vocear el motivo enfrente de sus esclavos por no darles malas ideas—. En cuanto a ella, no sale porque el lugar le parece poca cosa.

Si se observa con cuidado la vida cotidiana en la mansión Stealman, el sobrenombre de La Floja no es el apropiado, se afana en mantener el relumbrón a que está acostumbrada, nada fácil en esta "aislada isla" —como se refiere a Bruneville en su diario, "isla con incivilizados inconstantes".

Se podría creer que usa la palabra *isla* para Bruneville por una obtusa confusión: originalmente se iban a mudar a Gálvez, por el territorio libre de impuestos, pero como la zona con perdón fiscal se extendió más allá de la costa —entonces pertenecía a México—, y como el abogado Stealman olió que el negocio estaba también en la posesión de tierras, éste decidió probar suerte en puerto fluvial y no atenerse a los ingresos relativos a la actividad marina. Buena intuición: consiguió del gobierno mexicano hectáreas en comodato que con artimaña legal convirtió en propias, incluyendo a las vecinas y una franja extensa del norte del río Bravo.

La nacida Vert había soñado con Gálvez —el marido y otros se la pintaron como ciudad principal—, imaginándola sin indios salvajes, huracanes, voracidad de los inmigrantes y, más importante, sin mexicanos. Hace años que cambió sueños por quejas.

A la partida de Frank y Steve, tras dar órdenes precisas a sus criadas, la señora Stealman se encierra a rumiar en orden sus preocupaciones:

1. ¿encontrarían al fugitivo este mismo día?, ¿sí?, ¿no?

2. ¿aparecerían en la reunión sus hermanos a pedir en su nombre clemencia?, ¿sí?, ¿no?

3. ¿llegaría la gente, o todos pensarían que lo más prudente era cancelar?

Después se le agolpan las dudas en desorden, "tanto gasto a lo mejor va a ser para nada", "a fin de cuentas, sí, era su hermano; pero era un barbaján barbarroja", "ojalá lo cuelguen del primer árbol para arrancarles la arrogancia a los mexicanos".

Abre su diario, como siempre que necesita confidente y desahogo, con sus reservas. Por ejemplo, en ésta se cuida de no escribir ni una palabra sobre la asistencia de sus invitados, por no invocar la mala suerte. Sus entradas son por esto algo incompletas.

La tinta que usa la señora Stealman es color azul pavorreal, apropiada para su persona y distintiva de su clase.

Su diario está escrito a la manera de cartas que van dirigidas a quien ella fue cuando soltera. La extensión es varia. Cada entrada empieza igual. Con letra apretada anota el remitente al tope de una hoja nueva, y en el centro, con letra muy apretada, "Elizabeth Street (tras fraccionar, Stealman nombró a la calle principal de Bruneville como su esposa, a la paralela le había puesto James, como su primogénito, y a la que hacía esquina con el edificio de gobierno, Charles, como él), número 12, Bruneville, Texas". Un centímetro abajo, la manuscrita se libera, alcanza su tamaño natural. Su manuscrita es firme y elegante —contrasta con los números en su libreta de cuentas, como trazados a la prisa o si escondieran algo:

Querida Elizabeth Vert:

Lo que ha pasado hoy en Bruneville te hubiera alegrado mucho. Por fin un motivo de gusto en este lugar tan dejado de la mano de Dios. Ya hacía falta que alguien recibiera su merecido y que la voluntad de hacer orden se hiciera sentir. El sheriff —por el que sabes no tengo ningún aprecio— se dispuso a meter tras las rejas a un greaser borracho de los muchos que convierten la Plaza del Mercado en un rincón del Vicio. Todas las formas de la decencia quedan atropelladas por las malas costumbres de los mexicanos. No quiero ofender tus oídos con el recuento detallado de su embriaguez, suciedad, depravación, el comercio de la carne, el juego. Lo que ocurre a las puertas del mercado, al aire libre, frente al ojo de niños, mujeres, comerciantes, es algo que no debiera pasar ni en los calabozos más siniestros.

Bien por el sheriff. De alguna manera hay que empezar a limpiar este lugar.

Pero estas labores no pueden ser llevadas a cabo sin que oponga resistencia la mano del mal. El greaser borracho se resistió. Otro mexicano salió en su defensa. El sheriff le dio su tapaboca. El mexicano le vació encima su pistola, pero afortunadamente, por su mal tino, se cree que no lo ha herido sino de manera superficial. Están llevando al sheriff al dispensario del misionero Fear porque el doctor Meal está en Boston. Lo atenderá la nueva esposa del ministro, Eleonor, que es una santa (y nada fea). Esperemos que no haya ningún peligro, que esté repuesto en unos días, que la maldad mexicana no tenga el poder de acabar con uno de los nuestros.

Todo esto, como te decía, es para alegrarse. Mañana te contaré quién es el mexicano que hirió al sheriff, porque nos agria en buena medida la buena nueva y no tengo la intención de aguártela a ti, aunque me tomo el atrevimiento de anotar un punto: ¿recuerdas las que me han contado de esa mujer de largos cabellos negros de la que mucho me han hablado —la que sigue *demasiado cerca* los pasos de Charles y por la que no sé si él es indiferente—? Pues bien: estaba entre los que aplaudían cómo el sheriff se llevaba al borracho. Podremos creer que por ignorante no ha escuchado la frase de los textos sagrados: "el que esté libre de culpa, que arroje la primera piedra". ¡La zorra! La zorra fugaz (se me ocurrió anoche el apodo cuando me contaron que había seguido todo el día al juez White… ¡va por un hombre distinto cada tercer día!).

Te envío un cariñoso saludo, con una pizca de optimismo,
Mrs. Stealman

Rebeca, la hermana de Sharp, es fea y ya todos la dan por soltera aunque sea rica. Nada la haría más feliz que casarse con Alitas —o con quien sea—, pero Sharp es también soltero y no está dispuesto a soltarla en las manos de nadie, menos todavía en las de un recién llegado que encima le roba parte de la clientela con una idea obtusa que a él le pareció en un principio hilarante: la novedad de vender los pollos muertos, desplumados, limpios y en fracciones —de ahí el apodo de Alitas—, y que para su total sorpresa es un éxito rotundo. Hay quien compra la cabeza para el caldo, otros sólo las piernas o las pechugas o las pequeñas entrañas, "La gente está loca".

A su casa llega la nueva de que Shears insultó a Nepomuceno, junto con el chisme de que Sharp le habló a Alitas, y lo del balazo pues no, se lo comieron antes de trasponer la puerta para no preocuparla. Poco le importa que Shears aviente un insulto a Nepomuceno —en vano había intentado atraer la atención de éste cuando eran jóvenes, él no tenía ojos sino para la viuda con quien terminó por casarse (Isa) después de la malafortunada historia con Rafaela, seguida inmediato por la que entabló (apasionada, corta) con su amiga Silda, las tristezas que le regaló el infeliz Nepomuceno la mataron (sería inútil llevarle la contra a Rebeca: tras la desgracia de Rafaela, le cuelgan a Nepomuceno cuantitragedias se antojen).

"¡Con que le habló!, aún tengo esperanzas". No está segura de que todavía pueda fecundarle hijos, pero no quedarse a vestir santos sería su fortuna.

Rebeca está que baila de gusto. Adentro de ella canta: "¡Alitas, Alitas, ra-ra-ra!".

Del otro lado del río Bravo, en Matasánchez, El Iluminado cree ser el último en enterarse de lo que ya está en boca de todos.

Viene de un trance, "Me habló la Virgen" —la anterior conversación había sido con el arcángel Miguel—: "Hijo mío muy iluminado —por algo es que así te llaman—, los hombres sin fe son Lázaros dormidos. Una lanza vuela. Ve tras ella, ésta levantará a tu gente, despertará a los perdidos; pero hay que tener cuidado; debes llevar mi luz en la punta de esa lanza, y cuidar que no se beba de Laguna del Diablo".

Lo suyo no son los números, pero El Iluminado no puede evitar sumar uno más uno (lanza más Nepomuceno). ¿Debe buscar a Nepomuceno, unírsele?, ¿es coincidencia lo que le dijo la Virgen?

Se vuelve a sumir en su nube, ya no en un delirio sino en un estado de semisueño.

María Elena Carranza sabe que algo le pasa a su niño —sin comprender que está así por la noticia que ha traído Salustio—. Quién no iba a verle a Felipillo holandés la melancolía que acaba de pescar. Más que nadie, ella: su holandés es la niña de sus ojos, el suplente de sus hijos, el relevo de los tres ya crecidos, de cuya pérdida no se recuperará.

Sólo los vuelve a ver cuando están de vacaciones. El mayor, Rafael, estudia en la Academia Militar de Chapultepec, en la capital. El segundo, José, en el Colegio del Estado, en Puebla. El tercero, Alberto, en el internado de los jesuitas, en Monterrey.

Fue precisamente en una de las visitas de sus hijos, cuando regresaban de su hacienda, haría cuatro años, que divisaron a pocos metros del camino, sobre la playa, a una enorme garza negra sobre el tronco pelado de una ceiba que algún huracán habría arrancado, tronchándola de sus raíces, y encajándola sin vida en donde de noche revientan las olas. Muerta, la ceiba era imponente. A esa hora, la marea comenzaba a subir, y sobre la arena húmeda por la espuma de las olas, atorado en un ángulo casi recto entre dos muñones de la ceiba, había un niño en un tronco hueco, rodeado de botones de algodón, como un Moisés, desnudo de los pies a la cabeza, llorando. María Elena lo vio —la visita reavivaba su sensación de pérdida, se le iban los ojos hacia donde hubiera un niño pequeño—. José, Alberto y Rafael salieron del coche a rescatar al abandonado.

"Una hora más y nadie lo vuelve a ver".

"Por un pelo se cae de su cunita".

Tendría a lo sumo tres años. Era tan rubio que el cabello parecía blanco. Tenía los ojos claros. María Elena lo cargó, el escuincle dejó de chillar.

Le pusieron Felipillo y de apodo holandés, por su pelo, porque no entendían ni pío de lo que el niño hablaba y porque lo dieron por sobreviviente del Soembing, el barco apenas naufragado.

Felipillo, en cambio, entendía el castellano, entendió que lo creían del barco, intuyó que la confusión lo protegía, no volvió a pronunciar una palabra en karankawa.

Hasta la fecha comprende que ser quien es es su perdición, pasa por otro, quienquiera, no tiene ni idea de qué significa ser holandés.

Todos y todo le dan miedo, excepto los pajaritos, particularmente el que él llama Copete; pequeño y pardo, tiene un copetillo colorado, viene todas las mañanas a rebuscar aleteando entre las ramas floreadas de la enredadera. Felipillo lo eligió porque es el más nervioso, un pajarito con miedo que jamás picotea en las bugambilias visibles, se posa entre las floraciones escondidas.

Felipillo quiere ser como Copete, saciar el pico en la sombra.

Entiende, aunque él no lo formule, que él es para "su" familia nueva lo mismo que uno de aquellos pedazos de platos que con los suyos pizcara de vez en vez en la playa. Un objeto coleccionable por venir de lejana cuna.

Si supieran la verdad, váyase a ver.

Bien que sabe Felipillo holandés quién es el infeliz de Nepomuceno, un hombre sin corazón, un asesino que al mando de tropa irregular, un grupo de muertos de hambre, acaba con su gente.

Felipillo holandés[5] lo identificó en Matasánchez, poco después de haber llegado. Reconoció su voz a la salida de la iglesia. Oyó que le llamaban "don Nepomuceno" y que dijeron de él "un valiente nos defiende de los salvajes". No lo atacó entonces la melancolía de hoy, una que contiene imágenes de cuerpos incompletos o tronchados. Nepomuceno es su espejo. Refleja trozos de brazos y piernas, sangre corriendo y sesos desparramados.

El último de los karankawas tiene a los suyos impresos; cachos, pedacería. Los matasanchenses lo ven niño hermoso, pero él es el destazadero. Lo siente tan hondo que uno le encuentra razón incluso en sus antecedentes: Felipillo holandés tiene la piel más clara porque su abuela provenía del otro lado del océano —otro plato roto en su familia, mercada a cambio de una canoa cargada de pieles y diez libras de pescado seco (estaría rota, pero era eficaz: empecinada, con su blanca piel arrugadiza, se ganó el lugar de esposa predilecta del jefe, "no que sea gran cosa", no alcanzaba para que le diera "vida digna", era una de las cuatro o cinco esposas del bárbaro, pasaba los días en jornadas interminables limpiando, curando y tiñendo pieles con líquidos hediondos que le habían comido hasta las uñas. Pero sabía que podría ser peor).

En especial recuerda (y no con la cabeza) a su mamá y a su hermano mayor —un infeliz medio abusivo que se hacía pasar por el dueño del mundo, pero es otra historia, aunque sea importante,[6] queda al margen.

---

[5] No queda claro si su mamá era la indígena Polca que busca entre los cadáveres de la guerra a su esposo Milco, o Lucoija, famosa bárbara gallarda. Una de las mujeres que "como leonas que, bramando, sus muertos cachorrillos resucitan... no menos dando voces pretendían dar vida a sus difuntos malogrados".

[6] El hermano mayor de Felipillo Gilberto era hijo de una mujer descartada por su paterfamilias karankawa: un resentido sin cabeza ni talento

Felipillo tiene un vívido sueño repetitivo: llega a la orilla del mar donde lo acomodaron los karankawas como a un Moisés (nada nuevo hay en el mundo). Camina alejándose del agua. Aparecen Nepomuceno y sus hombres, gritando como lo hicieran aquel día terrible. Sabía que se había salvado una vez de milagro, pero que dos no iba a ocurrir. Llora su propia muerte. Despierta, algunas veces con "mamá" María Elena a su lado, calmándolo.

Hoy la tristeza le revienta adentro pero no la demuestra.

La que es pura lágrima y moqueo es Laura, su vecina. Fue cautiva de los chicasaw, Nepomuceno la trajo de vuelta, ella lo tiene por héroe, santo y "¿cómo le hacen eso a mi diosito".

La verdad es que el episodio del rescate no tuvo nada de heroico. Para no salir pelado en el Lejano Norte, se necesitan arrojo, imaginación, valor, coraje y cierto heroísmo, pero en éste no hizo falta ninguno. El asunto fue sencillo, pero hay que explicar qué hacían ahí esas mujeres:

Un idiota se dispuso a fundar su rancho (El Bonito) algo al norte del viejo Castaño, creyéndolo fácil. Para esto se llevó dos hermanas, su esposa y su cuñada, cuerpos con qué enfrentar la hostilidad de los mezquites, y a varios peones para mano de obra. Él creía les iba bien, pero la verdad es que el queso les quedaba espantoso a esas mujeres, no sabían hacerlo. Pero no fue por esto que no tuvo cómo defenderlas cuando atacaron los indios, sino porque no estaba preparado. Lo que es no saber nada: del norte los venían echando hacia la Apachería, escaseaban los bisontes por el cambio de pastos y los ciboleros, el pleito de las tierras estaba pelón, ¿por qué iban a dejar a éste que se instalara donde ellos querían hallarse?

---

que, presto a vengarse, había procedido a abusar sexualmente de las hermanas menores. Fuera de eso, eran suyos la inutilidad, la falta de belleza y la ausencia de cualquier forma de genio.

Al matrimonio lo achicharraron adentro de su casa, a él por entrometido y ella porque era suya. A los peones les cortaron el cuero cabelludo, por serviciales del entrometido. A la mujer de servicio la degollaron, a saber por qué, si siempre había estado de rebelde y respondona, que si la observan la habrían podido dar por su intercesora. Se llevaron las pocas piezas de ganado (el idiota no tenía mano), y de pilón a Lucía y a Laura, su sobrina, que entonces tendría como dos años.

Cuando Nepomuceno reconoció a Lucía en el campamento chicasaw y ofreció rescatarla, ella se negó. No iba a regresar a Matasánchez con el niño de brazos que le habían hecho los salvajes, sería una vergüenza para sus papás, sobre todo para su mamá. Tampoco lo iba a dejar atrás. Le pidió a Nepomuceno que se llevara a la sobrina, pero no así nada más sino de buena manera: se soltó el pañuelo con que cubría la cabeza.

—Mira, Nepomuceno.

La hermosa cabellera rizada Bruneville clara que algún día él le había chuleado había dado lugar a una cabeza pelada casi al rape. Eso le dolió a Nepomuceno. Se acordó de sus paseos dando vueltas al kiosco de Matasánchez. La banda tocaba. Él, muy atrevido, le tomaba el brazo. Se acababa de morir su primera esposa. Lucía lo arranca de sus recuerdos:

—¡Te estoy llamando!, ¿dónde andas? Ven.

Lo llevó a donde estaba jefe Joroba de Bisonte, su marido, y le señaló sin empacho sus cabellos largos —los de ella—, empegostados y apestosos.

Cuando el jefe vio que le estaban viendo la cabeza, presumió su falsa cabellera con orgullo.

Regresaron a donde podían hablar sin oídos escarbando su conversa.

—Ya viste lo que me hizo. Nos corta el cabello a todas sus mujeres, nosotras se lo adherimos alargándole el suyo. Te voy a decir más.

Le habló de las procelosas costumbres privadas de los bárbaros. De hierbas que fumadas les hacían entender las cosas de otras maneras, de cómo se prestaban uno al otro las mujeres "para usarlas, a mí ya me usaron todos los varones de su familia y sus amigos". Aunque había tenido boca de señorita, le desmenuzó al detalle las orgías, con detalles precisos sobre años y demás orificios entrometidos. "Hay algo más que no te puedo decir, Nepomuceno". ¿Qué podía ser, después de todo lo que había confesado? Eso sí que le pegó a Nepomuceno. Ahí dejó Lucía caer su petición, "llévale la niña a mi mamá, se llama Laura, nació en Rancho El Bonito".

El impresor, Juan Printer, pisa el pedal de su prensa y tira la palanca del rodillo de entintar. Se levantó antes del amanecer con la idea de que antes de que llegara la hora de la comida terminaría de imprimir el tiraje entero del afiche para la próxima visita del circo que le había encargado mister Ellis Producer, iba a ser el segundo trabajo para él —y esperaba vinieran otros.

El día anterior había parado el tipo (grandes letras de madera con la leyenda GLORIOSA GIRA MUNDIAL) y había impreso en todas las hojas lo que llevaran con tinta roja el grabado del elefante que, por cierto, no venía en el circo pobretón, traían otros animales, pero a elefante no llegaban, sólo había alcanzado a hacer la prueba de la tinta azul en que iban a ir las letras.

Sería por la humedad en el aire, o porque el papel tenía un apresto díscolo, o algo le pasaba al rodillo, o porque se le había desnivelado la preparación de la plancha de la noche anterior, pero el caso es que Juan Printer no conseguía sacar ni una primera hoja impresa digna. Estaba de un humor de perros cuando entró el negro Roberto a traerle la nueva de lo que había pasado a Nepomuceno, y eso sí lo distrajo y ahí se acabó el día de trabajo. Limpió el rodillo, dejó el papel húmedo reposando, salió a la calle.

El doctor Velafuente camina por la calle Hidalgo, de vuelta a casa, algo cabizbajo —cansado y alterado por el cambio de rutina—, cuando se cruza en su camino con El Iluminado.

—Buenas tardes, Guadalupe.

El Iluminado ya no reacciona a ese nombre. No lo escucha. Cadavérico, los dientes carcomidos y negruzcos, continúa en Otro Mundo.

—Salúdame a tu mamá, dile que te pregunté por ella.

No respondió porque ni lo oyó. El doctor sigue su camino, farfullando para sí: "Siempre supe, Lupe, que te faltaba un tornillo, desde antes de verte la cara, desde que echaste los pies para afuera, como si nacer fuera igual que irse a la tumba. Ay, Lupe, Guadalupe. Dejaste a tu mamá meses sin poder sentarse. Tuve que meter la mano hasta adentro de su barriga para liberarte el cuello del cordel. Y tú te empecinabas en volver a amarrártelo, allá adentro te me retorcías que no había manera de controlarte. Tenías los pies afuera, como un muerto, pero eso sí: pataleabas. Lupe, Guadalupe. Una locura lo tuyo desde que naciste. Qué más podía esperarse de ti. Ahora te dices El Iluminado. La verdad es que tienes la cabeza averiada, Lupe. Quién habrá sido tu papá. O qué estrellas rebrillaban esa noche que expliquen tu natural".

Salustio, hacedor y vendedor de jabones y velas, infatigable recorre las calles de Matasánchez con su colorida canasta aunque nadie le compre prenda alguna de su perfumada mercancía. Encuentra al decaído padre Vera sentado en el escalón más alto de los siete que hay al pie de la puerta de madera tallada de la iglesia principal.

Salustio nunca se detiene frente al padre Vera, no tiene un pelo de tonto y sabe que el cura le trae ojeriza, lo cree un hereje porque ha leído de pe a pa varias veces la gorda Biblia (para el padrecito, comprobación de que Salustio es un maldito protestante). Pero ahí sentado, con la sotana arremangada y en el desconcierto, no le parece en lo más mínimo hostil, y como es un día especial y quién no tiene ánimo de conversar, lo saluda.

—Padrecito —le llama de la manera en que los más—, ¿ya sabe lo del mugre carpintero y don Nepomuceno?

—Ya lo oí, hijo, de primera mano, del palomero, en el consultorio de Velafuente —de inmediato se arrepiente de decirlo, es como vocear su pecado inconfesable. Se sonroja. Luego, alza los ojos. Inmediato, ve en Salustio una actitud poco arrogante —los entendidos la tienen mucha—, y quiere aprovechar la oportunidad, su apetito evangelizador le aflora a pesar de la vergüenza (o para salvarlo de ésta).

—¿No quieres confesarte, Salustio?

—¿Para qué?

El padre Vera suspira ruidosamente.

Con el suspiro, Salustio se da por bien recibido. Deja su canasta tres escalones arriba, pisa el cuarto y sube al quinto. Se sienta.

—¿Usted cree, padre Vera, que nos van a invadir los gringos?

—No, terminantemente.

—¿Por qué?

—Porque no. Verdad de Dios.

Lo dice, se pone de pie y se va.


Salustio descansa su canasta. Se apoya en ella. Cierra los ojos. Cae dormido inmediato. Sueña: barcos, tesoros, azúcar, comida; rápidas imágenes se suceden sin tener entre ellas contacto. Barcos, desierto, hielo, león. Cherokee, mujer. Perro. Plato. Arroz. Altar. Olor. Castillo. Caramelo.

Imposible descifrarlo.

Mientras Salustio dormita en los escalones de la iglesia, pasa frente a él Fidencio con su mula, Sombra. Va absorto en lo suyo.


En Bruneville, el cibolero Wild y Trust acompañados de Uno, Dos y Tres salen del Café Ronsard. Su carreta con la oliente carga está del otro lado del mercado, en el costado norte. Mejor no caminar junto a los negocios, sino en abierto.

El Desdentado intenta asaltarlos con el cuento de John Tanner, pero claro que no se dejan. Les pide una moneda, tampoco tiene suerte.

Llegan a la carreta (en la que sigue escondido Fernando, el peón de Nepomuceno; sabe que no la tiene segura, debe salir del centro de Bruneville sin que nadie le ponga el ojo).

Sin más ceremonia, se suben, Wild y Trust al frente, Uno, Dos y Tres sobre la carga (aplastando aún más a Fernando, el peón de Nepomuceno, hace esfuerzos por no quedarse sin aire), y se enfilan hacia el muelle donde van a esperar el vapor para dejar "este pueblo de mierda" cuanto antes. Wild va maldiciendo, no pudieron subir al mercante Margarita del capitán Boyle, que acaba de partir. El capitán le alegó que no había lugar para su carga, no es la primera vez que les niega lugar. Van a tener que esperar, pero como se pondrán las cosas, es mejor estar donde La Grande.

En todo Bruneville sólo hay una persona que no se entera de nada. Hasta Loncha, la vieja sorda que tantos años cocinó para doña Estefanía y que el bruto de Glevack le birló por el placer de hacerle la mala obra (la vieja para entonces ya no servía de un comino), hasta ella sabe qué pasa, gracias a las señas que le afigura Panchito —el que otros llaman Frank, para ella será siempre Panchito, el hijo de esa pobre "desventurada, se lo hicieron contra su voluntad".

"¿Indios?", pregunta Loncha, y Frank-Panchito la ataja con un "¡No, no!". "¿Quién? ¿De quién me estás hablando?". Panchito Frank se lo hace saber señalando una estrella al pecho, al tiempo que maneja con la otra mano una sierra. "¡Ah! ¡Ya te entendí! ¡El sheriff! ¡El bruto ése de Sheas!".

Inútil intentar corregirle el nombre, indicarle que la R le falta. La esfera donde las erres y eses y demás quieren decir algo ha dejado de tener para Loncha alguna importancia. Su universo se ha tallado en roca precisa. Ve muy poco. No oye nada. No se desplaza de su silla. Entiende los contornos, el peso, el valor como nunca antes. "Tener todos los pelos de la burra en la mano —dice Loncha— es pura mugre, mejor nomás saber de qué pelo es el animal, si es pelo bueno o si no sirve para nada".

Su cabeza está mejor que nunca, sin turbulencias provenientes del corazón. Porque Loncha las tuvo y mucho. En su tiempo, se enamoró de cuantos usaban pantalones, sobre todo de "roperones" que aquí, en la orilla de la pradería, abundan.

Volvamos al único que en Bruneville no se entera de lo de Shears y Nepomuceno:

En una cama en el cuarto del fondo de la casa del ministro Fear que Eleonor ha habilitado como "enfermería", un hombre tiembla y suda. Está inconsciente.

Podría ser fiebre amarilla, hace menos de tres días regresó de excursionar los bosques al sur de Matasánchez, del otro lado del río Bravo, buscando madera buena y manos amigas para la tala. Madera encontró de sobra pero manos, fue imposible. Intentó contratar a los indios dóciles de la región, pero no les supo, y se convenció de que "no hay modo con ellos". Ni siquiera intentó con los mexicanos, había oído demasiado de sus hábitos y vicios. Cruzó el río para comprar cafres o guineanos que no comprendieran que donde los llevaba serían libres por ley con separársele dos pasos.

Pero antes de que pudiera poner las manos en sus bolsillos, cayó enfermo, con un dolor en los huesos insoportable. No está el médico de Bruneville, el doctor Meal —su hija se casa en Boston—, no dejó a nadie de guardia (se cuida las espaldas: no le fueran a robar la clientela). Con sólo cruzar el río (había pensado el doctor Meal) queda Matasánchez con galenos de primera línea (de sobra son mejores que él, dos titulados en París, cobran a los pacientes menos, el único inconveniente es que no hablan inglés, sólo español, francés o alemán). Pero este hombre no quiso poner su suerte en *ésos*, le tiene desconfianza a cualquier mexicano. El cuartucho de casa de los

Fear es el único remanso, consuelo y posible cura para alguien que de cualquier manera podría ser incurable,[7] sería el caso si contrajo lo que se sospecha —difícil comprobarlo, dadas las circunstancias.

Por el momento, en el delirio de la fiebre, ya no está aquí entre nosotros.

Lo cuida la esposa del ministro, Eleonor. A primera vista, la escena parecerá muestra de la devoción desinteresada, la neutra entrega de esposa fiel a la vocación del marido.

Pero hay algo más. Eleonor atiende al enfermo con una esperanza que poco tiene de ejemplar: desea contraer la enfermedad que sospecha tiene el hombre de quien no conoce el nombre.

Eleonor no quiere vivir.

También en Matasánchez sólo hay una persona que no se entera del insulto que Shears se atreve a aventarle a Nepomuceno. Es una mujer, Magdalena, la bella joven poblana.

En breve, su historia: cuando iba a cumplir los seis, muere su mamá. El papá, hijo de españoles, la deja en manos de su tía y se muda a la tierra de sus ancestros, o eso dijo.

La tía se hizo cargo de Magdalena por lealtad con la (occisa) hermana, pero más por apego a su bolsillo. A cambio de cuidar y educar (o darle el trato bla bla bla), recibe cada mes una cuota que le cae de perlas, tiene doce hijos, siempre

---

[7] "Quince por ciento de los enfermos desarrolla la fase tóxica, en la que la mayoría de los órganos fallan. Esta fase se caracteriza por la reaparición de los síntomas: fiebre, ictericia (tinte amarillo de piel y mucosas), dolor abdominal, vómitos, hemorragias nasales, conjuntivales y gástricas. La presencia de la albúmina en la sangre (albuminuria) indica que los riñones comienzan a fallar, hasta que se produce un fracaso renal completo con la no emisión de orina (anuria). Esto provoca la muerte en unos diez o catorce días en la mitad de los pacientes que entran en esta fase. El resto se recupera sin secuelas".

necesita más de lo que aporta el marido. Así las cosas, y hubieran seguido hasta que Magdalena se quedara a vestir santos, cuando apareció el abogado Gutiérrez. Venía del norte, tenía tierras y se decía que un capital no despreciable. Era el abogado más prominente de Matasánchez, estaba en Puebla para finiquitar asuntos de un cliente gringo. Gutiérrez se enteró de la belleza de la niña huérfana, del padre que vivía lejos, de los problemas de dinero de los tíos, de su buena familia y correspondientes modales, por supuesto (ni hacía falta preguntarlo) tenía que ser virgen.

Magdalena era bala segura para Gutiérrez, mujer nuevecita por completo de él, sin suegra, sin familia, sin quién le pidiera cuentas de nada. Como era muy tierna, la moldearía a su gusto. La esposa ideal. Con ésa iba a tener hijos, por fin podría sentar cabeza.

Se presentó a pedir su mano con una oferta irresistible. No pedía a la tía ninguna dote, al contrario, ofrecía un jugoso abono para que se comprendiera su buena fe y prometía tres pagos más en un periodo de diez años. Quería quedara claro que, de aceptarla, desde el momento en que Magdalena le perteneciera, se respetaría lo que marca la ley: la mujer está bajo el dominio exclusivo del marido. No permitiría visitas, reclamos o molestias. Ningún favor, ningún intercambio. Los convidaba a la boda, pero pasado el día de la ceremonia, punto final. Ninguna interferencia en su vida. Su única condición, a cambio de la compra de la niña, es que los dejaran en paz.

La tía (y las finanzas de su familia) perdería la cuota mensual enviada de España, pero no sería matar la gallina de los de oro. Primero, porque aunque los tres pagos fueran algo menos, si se sumaba lo que se devengaría por el periodo similar, llegaban de bulto y sin gastos. Además, ¿y si un día el papá de Magdalena ya no les enviaba la dieta?, ¿hacía cuánto que no les ponía ni una línea escrita, que no les daba ni un regalo? ¿Qué tal que se moría y la dejaba desprovista? Tarde o temprano, esa niña iba a ser una carga más. De criada servía para un comino.

"No", pensó la tía, "ante una oportunidad así, debo aceptar inmediato; por el bien de la niña; me lo va a agradecer la vida entera mi cuñado; esto es casarla bien; nos dejamos de líos, y ya salimos del paquete". No lo pensó dos veces. Primero recibió el dinero, hizo el contrato, y luego escribió informándole al papá. Omitía por prudencia contarle la cantidad convenida, así le quedaría al gachupín la duda de si se había visto obligada a casarla a las prisas por motivos no dichos. Mejor de una vez por todas, sin tiras y aflojes.

Magdalena se fue con el abogado norteño, Gutiérrez. No iba sola. No podrían estar a solas hasta que se casaran. La tía tenía pocas ganas de ir a Matasánchez, para ella el mundo era Puebla y no más —ni Veracruz, ni la de México, ni La Habana, ¿para qué Matasánchez?—, pero aprovechó la invitación del abogado para que, en su representación, y en carácter de chaperona, los acompañara su madrina —una mujer casi de su misma edad, que ya no se cocía al primer hervor pero que se veía mucho mejor porque no había parido doce criaturas, ni soportado a un marido idiota, ni sufrido premuras de dinero, ni padecido más desventura que no saber nada hacía tiempo sobre su hermano, fuera de que estaba en Bruneville.

De esto ya pasaron diez años.

Gutiérrez celebró la boda con un fiestón al que invitó lo mejor de la sociedad matasanchense, presumiendo novia tan bonita. Al terminar, se llevó a casa a la flamante esposa en carro de dos caballos. En el corto camino, le fue repitiendo:

—Fíjate bien cómo es Matasánchez, Magdalena, porque nunca lo vas a volver a ver.

Ella lo oía sin entender. Le tomó tiempo caer en la cuenta de que Gutiérrez nunca le volvería a permitir poner un pie fuera de casa. "A una mujer hay que celarla como se debe, cuernos no faltan en el mundo, no hay hembra que sepa cuidarse el chocho".

La noche de la boda fue espantosa para ella. No tenía ni idea de lo que hacían los hombres a las mujeres —y menos todavía que las mujeres tenían en eso también su propia parte—. No tenía edad ni apetito por esa gimnasia que le pareció repulsiva y cruel. No la llamó gimnasia —esa pobre niña ni siquiera había estado nunca en el circo—, no supo qué nombre darle al subibaje en que él la usaba de trampolín. Gutiérrez, por otra parte, doce años mayor que ella, muy vivido —había tenido su primera amante a los diecisiete.

Así iba a ser por cuatro años, hasta que el abogado se aburrió y procedió a encontrar pañuelo en otra.

"Bruta, y tienes la barriga seca" —¿cómo no pensó que podría ser la de él, tantos años de andar puteando y ningún hijo?, aunque luego, claro, está el tal Blas, pero a saber si es de él—. "Yo ya no te voy a usar, saco de huesos; no sirves para tener hijos; en mala hora me casé contigo; si algún día floreces, ya veremos".

Lo que Gutiérrez ni pensó fue que, cuando empezó a usarla, ella aún no tenía semilla.

Del miedo que le dio lo que él le hizo, el cuerpo de Magdalena tardó más en terminar de madurar. Cuando a los cuatro meses del repudio le bajó la primera regla, Magdalena creyó que sangraba por una combinación de dos factores: se le había reventado la entraña por lo que Gutiérrez le había hecho repetidas veces, y porque se lo había dejado de hacer. De esto segundo se sentía culpable.

"Sangro por mi propia culpa."

Tardó más en comprender la dimensión de la acusación de barriga seca. Josefina, la vieja cocinera, que le había ido agarrando cariño por piedad, le fue explicando.

Magdalena pensó con rencor que se había quedado así a punta de palizas. Gutiérrez agrandó la rutina del sainetito, acababa con el trampolín y pasaba a darle porrazos. Por lo que fuera o por nada, porque no estaba lista la mesa cuando llegaba ("¡Magdalena, lenta, lenta!"), o porque la sopa no le placía, o porque había tenido algún problema en los negocios, aunque Magdalena no tuviera ni vela en el entierro, o porque cada día se vuelve más hermosa, se ríe a saber de qué y se divierte con los criados, los bordados, el orden de la casa y la estufa.

Vive encerrada y en la luna, y ni las palizas consiguen robarle una alegría que quién sabe de dónde le sale.

El día en que Shears insulta a Nepomuceno, Magdalena no se entera de nada, ni quién se lo cuente, porque para empezar no tiene ni idea de quién es Nepomuceno.

(Dicen las malas lenguas que el abogado Gutiérrez fue amante de la madrina de la tía de Magdalena. Dicen que le hizo un hijo, como un milagro, la vara reverdecida; mismo que pasó a llamar Blas, nombre antiguo y con rebombo, cuadra al dedillo a los bastardos).

Visita Matasánchez un gringo yo-querer-ser-filisbustero (mister Blast). Olfatea en lo de Shears y Nepomuceno la oportunidad que ha estado esperando. "Ya me sé esta lección, viví la experiencia de Walker en Nicaragua". Confía en que Nepomuceno va a ser la palanca necesaria para ayudar a levantar su plan, y comienza a armarlo, deshaciendo los anteriores. Se queda cavilando y organizando la chispa que él cree su mina de oro.

Vinieron horas de confusión para Bruneville entero, incluyendo para el único que no sabe lo de la frasecita ésa de Shears, el aventurero que reposa en el camastro austero de la enfermería de los misioneros, quien de la fiebre pasa al delirio violento, grita, manotea, patalea. Eleonor piensa en pedir ayuda a "eso" que le ha tocado en suerte por marido, mister Fear. Inmediato rechaza la idea. En una lucha cuerpo a cuerpo controla al delirante enfermo, lo vuelve a acostar en el camastro, le quita la camisa al enfermo. Pasa la palma de la mano por el pecho mojado de sudor. También ella suda, de tanto esfuerzo.

Su condición de esposa del ministro, su entrenamiento de maestra, su devoción bien probada por el bien de la comunidad, su entrega a las necesidades de los otros, la dejarán bien parada a los ojos de cualquiera que observe la escena. Otra impresión se tendrá de ella si por asomo se comprende la emoción que le despierta tocar el cuerpo enfermo.

No nos malentendamos: lo que ella percibe en él es la sombra de la muerte, eso la seduce, la conmueve, la imanta y en honor a la verdad sí la excita.

Sumerge un lienzo en el balde de agua fría. Lo pasa sobre el pecho del enfermo, lo frota. Lo seca con un paño. Después, la mano: el vello del torso del varón le ha tomado cariño a Eleonor, se le enreda entre sus dedos.

Lo acaricia una vez más. El delirio de la fiebre se ha calmado. La respiración está a buen ritmo.

El enfermo se agita, como si algo perturbara su paz desde el sueño. Suda a mares. Eleonor vuele a mojar el lienzo, lo pasa por el pecho, frota.

El enfermo se serena. Eleonor le pone la mano en el pecho, la desliza hacia la barbilla y de regreso. Los rizados pelillos del torso varonil vuelven a seguir el contorno de los dedos de mujer. La respiración de su enfermo está en calma. No la de ella.

Sigamos en la confusión que se desató en Bruneville:

En el mercado, Sharp dice su opinión (detesta a Nepomuceno, por lo de su vaca pinta que no sería buena lechera pero él confiaba le daría becerro) y Alitas la suya, que es la opuesta. Sharp se lía a golpes con Alitas. El verdulero se suma a la paliza, el franchute de las semillas se une a la revuelta atizándole a Sharp, el hombre del puesto de telas, Sid Cherem, se pone a gritar (no quiere tomar partido) y un loco ("El Loco"), que cuando duerme lo hace bajo el alero de la puerta principal del mercado —no lo hemos visto aquí antes porque pasa las vigilias escondido—, busca con qué empezar un fuego, siente la compulsión de prender un incendio; Tadeo, el vaquero, no consigue la erección con la Flamenca; Clara, la hija del peletero Cruz, se entera por la delación de la costurera de su papá (que antes había tenido quevenes con el "maldito" hoy culpable) de que su novio, Mateo, también vaquero, está en la habitación refocilándose con Pearl su criada; muy a su pesar, y en contra de lo que imaginara, Héctor el mujeriego pierde la partida de cartas, Jim Smiley la gana, no la celebra porque su rana saltarina (la que venía entrenando para ganar todas las apuestas) croa en su cajita, "¿qué te pasa, bonita?"; Leno, al verlo todo perdido —vaya que necesita la plata mucho más que Héctor—, usa un humillante recurso: se echa a llorar y pide préstamos; Tiburcio, el viudo, desesperado con su soledad como siempre —dieciocho años de haber enviudado de aquella santa que, nunca se atrevería a confesárselo a nadie, murió virgen porque le pedía paciencia, y tanta la tuvo que primero le abrió la puerta San Pedro a ella, que ella las piernas a él—, Tiburcio inmóvil, sentado en su silla, nomás confundido; Sabas y Refugio, Juez Gold, el traidor de Glevack y Olga la lavandera se enfrascan en una discusión estúpida que poco tiene que ver con ninguno de ellos —pasa por la calle una carreta cargando pacas de algodón que tiran uno de los jarrones del balcón de doña Julia, Olga oye algo que se rompe, pide auxilio, Glevack y los hermanos y Gold responden creyendo que es de urgencia, sin saber a qué atienden—, los cinco se enredan, entre las piezas del roto jarrón, la alarma por el grito de Olga, los malentendidos, sin comprender, nada más acabando de hacer pinole al maltrecho jarrón roto.

La mucama que limpia el cuarto del hotel donde se hospeda La Plange, el fotógrafo —prima de Sandy, Águila Cero, la del escote (y con quien comparte cuarto en el hostal anexo al Hotel de La Grande, muy a su pesar porque también es burdel)—, se horroriza con las fotos impresas que acaba de encontrar contra la ventana: Mocoso, el chamaco que anda con él todo el tiempo como sombra, aparece sin ropas, en posiciones que de verlas la ponen mal.

Miss Lace recuerda que ha dejado las canastas en el mercado, no sabe que las llevó Luis a la casa. Deja de buscar a Nat y camina hacia casa de Juez Gold.

El negro rico Tim Black en un tropiezo. Hacía diez años, cuando llegó de Nueva Orleans a la Apachería con un traficante de pieles (vía el Missisipi hasta el río Arkansas, y por tierra hasta Santa Fe) y fue bien recibido, e hizo algo de fortuna, compró de los wakos una mujer blanca de Texas, con una hija de dos años. Pues bien: ahí entre la gente que se arremolina en la Plaza del Mercado acaba de ver a un hombre que ("lo juro por mi madre") es idéntico a su mujer y su hija. Su vivo retrato. Cara más especial no hay. Debe ser su hermano, o peor todavía, su marido... debe venir a quitársela —imagina—, "éste es mi fin, mi fin, me van a hundir"... Se hunde tanto en su zozobra que ni cuenta se da no tiene ni ton ni son.

Eleonor sigue mojando en el balde de agua el lienzo y pasándolo por el pecho de su enfermito, devotamente entregada a su labor —y más, fascinada— cuando le traen al carpintero (o sheriff) Shears con su hemorragia. Lo vienen cargando entre cuatro o cinco. Lo llevaron antes con mister Chaste, el boticario y alcalde, quien por reflejo le cortó el pantalón alrededor de la herida para revisarlo. Mister Chaste dijo que él con esto no se mete, que Shears trae la bala metida en el muslo. Más le vale a Eleonor armarse de valor, el pobre diablo no va a llegar vivo a Matasánchez sangrando así —"it would kill him to try to make it to Matasánchez".

Deja en el pecho desnudo de su enfermo el paño húmedo extendido.

Pide acuesten a Shears en la mesa. Toma del piso el balde de agua de su enfermito y lo vacía sobre el muslo de Shears para poder revisarlo. Inmediato, Eleonor sumerge en la herida la punta de las pinzas de la enfermería —son para sacar astillas o parecidos, pero con suerte sirven—, entran en la carne abierta del carpinterillo, "ay, ay", Eleonor siente que roza el casquete, "ay", sumerge más las pinzas, "ay" —cada ay es más débil que el anterior—, las puntas agarran los dos costados, "ay", se resbalan porque es metálico, "ay", vuelve a insistir, ay, ay (que ya ni se oye casi), "se valiente", Eleonor insiste con las pinzas", "ay", "cállate", se atora el cartucho en la punta plana de la pinza, y zas, quién sabe cómo, el metal sale prensado entre los dos sangrantes y planos picos de las pinzas.

Eleonor, contenta, la cara se le ilumina. Deja a Shears, retira de su enfermito el lienzo húmedo ya entibiado, lo tuerce, lo pasa por abajo del muslo herido de Shears, y se lo amarra, anudándolo con todas sus fuerzas, que no son pocas.

—Nadie me mueve al sheriff, aquí se queda.

Shears está pálido, enmudecido.

El enfermito de Eleonor regresa al delirio.

El ministro está en el patio, se le ha revuelto el estómago al ver tan de cerca tanta sangre. También pálido, también enmudecido.

Eleonor sale de la habitación para llenar el balde de agua. Camina frente al marido, sin siquiera notar su presencia.

Vuelve a caminarle enfrente: en la mano izquierda lleva el balde lleno, en la derecha, la lámpara de aceite. Esta vez Eleonor sí da señas de ver al ministro.

—Voy a cauterizarle esa vena. Le voy a fundir lo que se pueda de la bala, con que le caiga una gota, se cierra. Si no... veré de dónde...

¿Fundir?, ¿cauterizar? El ministro Fear siente miedo de esa mujer, su esposa. Piensa muy dentro de sí: "me casé con un pirata, es un ser sangriento". Se le descompone el estómago, retortijones como centellas, siente urgencia de usar la bacinica.

El ministro Fear se pone en cuclillas sobre la bacinica. Los rayos y centellas que cruzaron por sus tripas se han escondido en la oscuridad. Pero esta oscuridad tiene algo sospechoso, sabe que si abandona la bacinica tendrá que volver de inmediato. En sus tripas se avecina una tormenta. Mientras tanto, calma chicha y a pensar en Nepomuceno:

Cuando Nepomuceno supo años atrás la primera acusación que le trabajó Glevack, salió de la alcaldía y dio la vuelta en calle Charles, donde estalló, justo frente al portón de casa del ministro Fear: "¡Ladrón de caballos, yo! ¡Se atreven a decirme *a mí*, Nepomuceno, que soy un ladrón de ganado! ¡Cuántas cabezas no arrebataron *a mí* los recién venidos, los que se creen mucho porque *hicieron* la República Independiente de Texas! —¡son unos frescos!, ¡quesque hicieron una república!, ¿qué se puede esperar de gente que tiene por primer principio la defensa de la esclavitud?, ¡texanos!—, luego los yankees que se nos vinieron a pegar con eso de la anexión, convencidos de que aquí había negocio rápido —arrebatarnos tierras, ganado, minas—, por no hablar de que luego nos comerían del río Nueces hasta el río Bravo —¡nos birlaron el territorio!, porque bien mirado, ¿cuál compra?, ¿cuál guerra?, por más que le den a la hilacha fue hurto—. Yo soy el último de la lista a quien pueden ir a colgarle ese sambenito. Se necesita ser un cara dura. Se sirven con las manos llenas, ni echan mano de su propio lazo, contratan indios o malvivientes que saben cómo manejarlo, les pagan por cabeza capturada. Y mire: una cosa es levantar las piezas sueltas que se encuentra uno en la corrida, echar mano del ganado nanita, se da por hecho que es un recambio, porque uno deja algunas propias rezagadas en el camino, no hay cómo no, es un cambalache natural. A fin de cuentas, el llano es quien alimenta a los animales, al llano pertenecen, y el que sea bueno con el lazo tiene el derecho de llevárselos, si sabe que contribuye a la siembra de cabezas. Ése era el orden, antes que llegaran éstos y pusieran sus leyes muy como les plazca. A la brava, pues. Yo vaya que he contribuido mucho a la siembra de nanita y pastos. ¿Y quieren plantarme *a mí* el conque de que soy *ladrón de ganado*? ¡Colgármelo *a mí*! ¡Ladrones ellos y los procuradores de sus injusticias! Tú, Glevack, ¡muerto de hambre!, ladino, así pagas la generosidad de mi familia; errante, pata de perro."

Esto había arengado Nepomuceno frente al portón de la casa del ministro.

Abacinicado, Fear piensa en él, luego trata de entender lo de su mujer y la bala que le había metido Nepomuceno al carpintero Shears. En esto estaba cuando vuelve el relámpago a sus tripas, y sobre la bacinica cae una lluvia fétida.

Peter Hat Sombrerito, al exigir se cerraran las puertas de su casa temiendo se desatara el pandemónium, compra el boleto a un ataque de furia que le estalla apenas terminar los rezos. Enfila su ira contra Michaela, su mujer, como si ella fuera la responsable de lo que está pasando en Bruneville. Agarra cualquier pretexto: Michaela había quedado de encontrar a Joe, el mayor de los hijos de los Lieber, en la Plaza del Mercado, para recoger el pan —les repugnaba el pan blanco que se hace en Bruneville por la maldita influencia de los franceses, unas pequeñas porciones individuales, a menudo adornadas con azúcar, no tiene lo del propio, peso, semillas—. Como no fue por él, no hay pan en casa. Peter Hat se pone furioso, "no se puede comer sin pan; ¡qué barbaridad!, ¡a saber cuántos días vamos a estar así!, ¡qué estúpida eres!...".

("El pan blanco no alimenta", decía la mamá de Joe, "das a tu hijo pan blanco y en poco tienes un Dry o un mister Fear, gente necia. Hay que dejar semilla en el pan. La masa debe saber levantar, pero no toda debe ser pura espuma. ¡Es pan, no risa! ¿Quiere un hijo idiota, una hija de pie ligero? Sólo aliméntelos con pan francés").

El peletero Cruz entra a casa y encuentra a Clara su hija enloquecida, gritando, haciendo como que se rasga las ropas. "¿Qué te pasa?". Camina al patio, al fondo ve la puerta del cuarto de su criada Pearl abierta y la escena que puso así a Clara: la que él creía fiel se arremanga las faldas para un vaquero, el poca cosa de Mateo.

Carlos el cubano intenta comenzar el ciclo de un mensaje para Las Águilas. Pero el primer eslabón le falla. Águila Cero no está en su lugar —difícil no encontrarla, pero hoy, justo hoy, tenía que ser el día que faltara—. Sospecha que alguien le pisa los talones —pero no de Dimitri el ruso—. Cree que es el final de la organización Las Águilas, cree que la agresión de Shears a Nepomuceno, la ausencia de la chica y lo que vendrá, son parte de un complot tramado para acabar con Las Águilas. Sabe dónde están las ganancias que Nepomuceno les entregó tras la venta de algodón, pero no se atreve a ir por ellas. No sabe qué hacer. Sube y baja los escalones que dan a la entrada de la alcaldía de Bruneville, pensando que en un lugar tan abierto y tan legal no puede despertar sospechas. Dos escalones arriba, dos escalones abajo...

Todo es confusión, pero no todo es alboroto: en el cuarto de atrás de la casa del ministro Fear, el enfermo sereno descansa. A su lado, los párpados bien abiertos, los ojos fijos en él, Eleonor.

Atrás de ella, "¡Me duele!". "¡Carpinterito quejica!". "Me duele, me duele...".

Tantos medueles que Eleonor termina por levantarse, muy a su pesar. Revisa la herida del sheriff, descubierta para que no haya pudrimiento. A menos de un palmo de distancia, el nudo del paño sigue bien apretado, detuvo la hemorragia.

Aplica sobre la herida miel, de la que tiene guardada en jarrillos de barro, se la traen de Matasánchez, es de flor de mezquite.

El sheriff suspende sus medueles. "Tengo sed".

Eleonor le llena una taza con agua del balde.

En la cárcel, inmóviles y en silencio, Urrutia y el ranger Neals, muy agitados pero fijos, parecen dos estatuas aunque no de marfil. El calor se ha puesto perro, las gotas de sudor lentas, lentas, les van resbalando.

Del otro lado del río Bravo, en Matasánchez, las cosas tampoco andan muy calmas. Poco después de haber topado con el doctor Velafuente, los oídos abstraídos de El Iluminado despiertan. Escucha muy claramente que lo llama una voz. No es la de la Virgen. Es distinta, de varón, tal vez parecida a la propia aunque algo más tipluda.

—Pst, ¡Iluminado!

El Iluminado infiere que la voz proviene de la maltrecha cerca del solar vecino a casa de Laura, la niña que fue cautiva.

Si se le hubieran avispado segundos antes los oídos, El Iluminado habría percibido el llanto de Laura.

—Yo te voy a ayudar. Haz de mí la cruz y hablaré para todos la Palabra.

La voz es aguda y juvenil, ni quién crea que viene de ese palo viejo.

Sin pedirle permiso a nadie, El Iluminado arranca el tablón que parla. Basta con un fuerte jalón para separarlo de la cerca.

—¡Eso! ¡bien! Ahora clávame al que estaba junto a mí, a mi cintura.

El Iluminado pone la mano en el tablón contiguo,

—¿Éste?

No oye respuesta. Interpreta el silencio como una afirmación.

Lo desgaja con el pie, sólo le queda una mano libre.

—¡Bien hecho, Iluminado! Ahora clávamelo, a la cintura.

—¿Con qué clavos?

—Vamos por ellos a la tienda.

—No traigo dinero, y el señor Bartolo no fía.

—Yo le digo, anda, ¡vamos!

El Iluminado carga con los dos tablones que la humedad y los cambios de temperatura desgastaron y pudrieron. Los lleva frente a él, lado a lado, sus brazos extendidos, los ojos al cielo, rezando.

—¿Y ora qué se trae Lupe? —piensa Tulio, el de las nieves, empujando el carrito de madera en que los dos baldes (de limón, de chocolate) se mantienen helados, rodeados de sal. Habían compartido banca en la escuela, lo conocía desde antes de su transformación, "aunque siempre le faltó un tornillo". En la escuela se decía que el loco era Tulio, siempre inventando cosas.

Al llegar a la tienda, El Iluminado baja los ojos. El tablón empieza a hablar, primero para darle una orden:

—Ponme frente a Bartolo.

Lo obedece El Iluminado, y va más lejos: pone los dos tablones frente a las narices de Bartolo.

Bartolo está terminando de atender el pedido de doña Eduviges. Algo asustado, el tendero ve la cara trastornada del loco empuñando los tablones casi contra sus pestañas.

Muy claro escucha la voz tiplada, mientras El Iluminado baja el primer tablón, lo acomoda sobre el mostrador, sobre éste acuesta transversal el segundo.

—Contribuye con cuatro clavos a fijarme, anda, para que estos dos tablones se vuelvan mi cuerpo de cruz.

El señor Bartolo siente alivió de que El Iluminado baje los amenazantes tablones, aunque "va a dejar el mostrador como si lo hubieran caminado ida y vuelta…". Gira el cuerpo para sacar de los travesaños la cajita de los clavos medianos. Toma el martillo. Da un primer golpe a un clavo.

—¡Ay! —dice la voz.

Un segundo martillazo, otro "¡ay!" (que a Bartolo lo divierte), un tercero, "¡ay!", y un cuarto, "¡ay!".

Los dos tablones quedan convertidos en una cruz. El Iluminado la levanta del mostrador, la contempla, dice algunas palabras inconexas e incomprensibles, y se la lleva sin dar las gracias.

—El pobre Guadalupe está cada día más loco. ¿Qué me había dicho, doña Eduviges, en qué estábamos?

—Pues usted diga lo que quiera del Iluminado, señor Bartolo. Yo clarito oí a la Cruz Parlante. ¡Santa María Purísima!

Sale Eduviges de la tienda persignándose repetidas veces. Bartolo maldice apenas le queda fuera de vista:

—¡Con un demontre! ¡Esta mensa! Guadalupe finge la voz y aprieta lo más que puede los labios, ¿y me sale con que es una Cruz Parlante?

Frente a él, María Elena Carranza dice muy pensativa:

—A mí usted me va a perdonar, don Bartolo, pero que conste: sí es la cruz lo que habla.

Eduviges va de chismosa a contar a las persignadas que El Iluminado trae una Cruz Parlante.

Al norte del río Bravo, Eleonor sigue pasando el lienzo húmedo en el pecho del enfermo, con devoción notable, absorta, entregada. A sus espaldas se oye un quejoteo: "me duele", es Shears, el mal carpintero y peor sheriff, "me duele".

Al sur del río Bravo, a saber si por propia voluntad o bien aconsejado por la Cruz Parlante, El Iluminado entra a la iglesia y se planta frente a la pila de agua bendita.

Cuando El Iluminado está a punto de empinar la (mugrosa) cruz en el agua bendita, el padre Vera (tampoco se sabe si asesorado por la voz divina) sale corriendo del confesionario.

—¡Oiga! ¡Lupe! ¡Esa agua es bendita!

Con un tono que hiela los huesos, la Cruz Parlante habla —"Clavado en una cruz y escarnecido"— y el coro de rezonas que sigue al Iluminado canturrea sus "grande es Dios", "bendito sea" y otras como ésas.

El padre Vera toma agua de la pila y bendice con larga plegaria la cruz. Las persignadas, ensartadas en la ristra de ruegapornosotros, se mantienen a dos pasos de ellos, no demasiado cerca, la Cruz Parlante les impone algo de miedo.

Inmediato corre la voz de que la Cruz Parlante se ha bañado de cuerpo entero en el agua de la pila (cosa que como sabemos no es verdad), y hay quien cree que ha adquirido poderes curativos.

El doctor Velafuente se sienta a tomar su café aunque sea más temprano que su hora rutinaria, y con "mi tacita" se arriesgue a alterar su digestión. Por la hora, bien podría o revolverle el estómago, o desatarle los intestinos. Si lo primero, un agua carbonatada lo remediará, la compra en botellas importadas de Londres. Si lo segundo, una toma del jarabe Atacadizo —lo fabrica la tía Cuca, sólo ella tiene la receta—, y se acabó. Así que nada del otro mundo. "La suerte única de no haber nacido entre los salvajes... No vivir sujeto a las inclemencias del cuerpo; la civilización provee remedios, curas, cirugías si es necesario. Por lo demás, el bárbaro va de gane: tres o cuatro esposas, holgazanería —para comer sólo estiran una mano, arrancan el mango o el plátano; al pie tienen la tortuga y las yerbas para la sopa... nosotros a puro fregarle el lomo..." (pensaba en los del sur, para el doctor Velafuente el norte era otra cosa, surtidor de maldad perversa).

El Café Central de Matasánchez está a un costado de la Plaza Central de la ciudad, frente a Catedral. Las tupidas frondas de los árboles impiden ver las obras de renovación de la iglesia —el huracán del 1832 lastimó el inmueble, fracturando el campanario—. Las mesas se ponen bajo la arcada que corre frente a los comercios de la acera, ante la fachada del Hotel Ángeles del Río Bravo, el más distinguido de la región. Es realmente elegante, se dice en Matasánchez que no tiene nada que pedir al mejor hotel del mundo, y no se miente. A lo largo de los años, la familia de Nepomuceno y sus relaciones comerciales, familiares y políticas se han hospedado ahí, desde la primera noche en que lo abrieron. Las malas lenguas aseguran que es otro de los negocios de doña Estefanía, pero eso sí que no es cierto.

En el Café Central hay un poco de todo. En la noche, los músicos animan hasta muy altas horas. De día, pasan vendedores ambulantes, indios cultivados que vienen del sur con mercancías de todo punto exquisitas, la vainilla del Papaloapan, los deshilados del Bajío, los bordados del sureste, el chocolate de Oaxaca, los tamales del Istmo, el mole de Puebla. Es cosa de ver. En las mesas, la variedad de los clientes es aún mayor, entre los que tienen con qué pagar los precios, que no son bajos, y los que pasan el tiempo meneando una cucharita en el vaso de agua que les sirven de cortesía. También cambia la clientela dependiendo la hora. Por las mañanas de los días laborales, los hombres se sientan a leer el periódico o tratar sus asuntos; al pasar la hora de la comida, camino a la siesta se detienen por un trago o el café. Los martes a las cinco de la tarde, cuando los varones han terminado la siesta y vuelto al trabajo, las señoras toman chocolate, se pasan noticias, si hay un nuevo compromiso de matrimonio, la salud, un bautizo por venir, chismes diversos. Los viajeros también frecuentan el lugar, los más son hombres que vienen a mercar mediano o a hacer grandes negocios, pero a veces llegan algunos con sus mujeres o hijas, si son de la región, o los que van en camino al vapor que los llevará a La Habana o a Nueva Orleans. Ya entrada la noche se reúnen los de dudosa reputación. Cada vez es más frecuente que los pistoleros o aventureros del otro lado del río Bravo se sienten a las mesas del Café Central, son los que más corrompen el lugar con su apetito por placeres que no se atreverían a probar al norte.

A dos mesas de la que ocupa siempre el doctor Velafuente está sentado Juan Pérez, el comanchero, mexicano, rico, sin escrúpulos, que mercaría a su hermana si le dejara ganancias buenas. Ya no es joven, y digo lo de la hermana porque es el único miembro de toda su familia que aún vive. Su mamá murió hará una década, ya muy vieja, podrida de dinero y de rencores. Sus hermanos eran todos militares, de bajo rango, fueron carne de cañón en distintas batallas. A su papá, él no lo conoció. No tiene esposa cristiana, dicen las malas lenguas que se ha casado varias veces entre los indios, pero él no reconoce ningún hijo como propio, y si tuvo mujeres a todas las ha olvidado, y se puede dudar de que alguna vez se aprendiera sus nombres. Para él las hembras son un par de piernas abiertas, o repetidos pares, si somos más precisos.

Pero no hablemos de su apetito sexual, tan legendario como su avaricia, repetida aburrición, puro metesaca buscando borrachera pasajera. El truco es conseguir llegar al punto de la embriaguez, y para eso necesita un cuerpo joven, dos tetas —si se puede, desnudas—, caderitas, piernas. Un día se había acostado con una mujer a la que faltaba una pierna. No estuvo mal. Tuvo algo que lo liberó, pero apenas consiguió eyacular, la tipa lo repugnó. Días después, tuvo pesadillas con ella que se repitieron con cierta frecuencia hasta evaporarse entre otras que aquí no vienen a cuento.

Juan Pérez el comanchero —blanco, blanco, pero si le sale un hijo puede que venga bien prieto, lo mexicano se le nota— bebe un ron. Viste la mejor ropa que se puede mandar a hacer en Matasánchez, es de estreno. Llegó en la barcaza con abundante mercancía, la mercó con mucha suerte, lo siguiente es comprar lo de vender para regresar, pero antes disfrutar un poco. El dinero que se gasta no es el que se acaba de ganar. Su hermana, Lupita, que es encima de todo tonta, le pasa plata de vez en vez, sin excepción cuando lo ve llegar mugriento y flaco de sus expediciones. Lo flaco era por tanto trotar y comer carne magra, la vida al aire libre. Lo mugriento, por lo mismo. Ella interpreta las razones como una sola (pobreza), y se apresura a protegerlo. Es una zonza. Puede que no se haya casado, más que por otra, por prieta, es el frijol de la familia.

Juan Pérez el comanchero escucha el chisme que se cuenta de Shears y Nepomuceno. Conoce a los dos, los tiene bien medidos. Por el momento, piensa, "ni me va, ni me viene".

En otra mesa del Café Central están hablando de "la Texas de ellos, los tejianos":

—Qué se puede esperar de ellos, si su primer presidente…

—Sam Houston…

—Ése, ¿cuál otro? Houston es apache. Los tejianos son salvajes, de natural.

—¿El gobernador?

—Houston es escocés.

—No, es irlandés.

—Habrá nacido de escoceses o irlandeses o lo que fueran, pero se ha pasado la vida entre indios, y lo es, no de cautivo, se fue con los cheyennes porque le dio la gana. Dejó su casa a los dieciséis, odiaba trabajar en la tienda del hermano, se aprendió bien el modo, lo adoptó el jefe... al menor descuido se regresa a vivir con ellos. Tiene esposa cherokee, o varias... cuando lo dejó su primera mujer se regresó a vivir entre ellos.

—No te creo.

—Pregunta al comanchero.

—¡Eh, tú!, ¡comanchero! ¡Juan Pérez, te estoy hablando! ¿Es cierto que Sam Houston es apache?

—Cherokee, sí.

—Pero así, ¿bien indio? ¿Lo viste con tus ojos?

—Vestido como indio, sí.

—¿No les digo? Nos ganaron el territorio los salvajes.

—Sam Houston —dice el comanchero—, y yo creo que porque tiene lo cherokee, es, junto con los indios, lo único bueno que hay al norte del río Bravo. Mexicanos incluidos.

Ignoraron su comentario y siguieron su conversación:

—Yo sé de cierto que vivió en Coahuila, desde acá peleó por quitarnos el norte.

—Tan salvajes son que tomaron nombre de indios para llamarse, ¡Texas!

—Bueno, el nombre Coahuila es también indio, y eso no nos hace bárbaros o salvajes...

La cola que los creyentes y los muertos de hambre han formado para persignarse con el agua bendita donde se remojó la Cruz Parlante (y milagrosa) llega hasta el edificio del Ayuntamiento.

En Bruneville, Olga anda diciendo que John Tanner, el indio blanco, regresó y que busca venganza. Su fábula tiene más oyentes que las que pasa del asunto de Nepomuceno. No sabe moverse suficientemente rápido, lo que cuenta de Nepomuceno ya es cosa sabida cuando ella aparece. En cambio, la manera en que reseña las supuestas apariciones de John Tanner deja a cualquier escucha intrigado, de diferentes maneras.

Se atrevió a pasársela a Glevack. Éste pensó: "tú lo que necesitas es quién te meta mano, conmigo no cuentes". La pasó a los niños que vendían jaiba en la carreta de Héctor, Melón, Dolores y Dimas, que se la creyeron completita. Quiso pasársela a Eleonor Fear, pero por más que tocó a su puerta no recibió respuesta —estaba en el cuarto de atrás, atendiendo devota a su enfermo, arropada por los medueles del sheriff Shears que le sirven de música de fondo, le cobijan su delirio, y el ministro está en la bacinica, aún con retortijones.

En la mesa de juego de La Grande —de quien dicen las malas lenguas que bebe como un cosaco porque sigue enamorada de Zachary Taylor—, alguien le recuerda lo que dijo cuando le llegaron con la nueva de que lo habían matado estando en México. Lo interrumpe la anfitriona con voz ronca y formidable, para terminar ella misma la anécdota:

—Y yo le dije al pedazo de hombre que se atrevió a venirme con tamaña idiotez: "Maldito hijo de puta, oye lo que te dice La Grande: no hay suficientes mexicanos en todo México como para poder derrotar al viejo Taylor".

Ya todo mundo lo sabe de sobra, pero igual la oyen, les divierte.

¿Por qué le dicen así a La Grande? ¿Sólo por sus enormes dimensiones, o le habían puesto el apodo del transatlántico más grande de su tiempo? Pesa más de noventa kilos, mide un metro con ochenta y siete centímetros, calza más que un hombre pero, eso sí, tiene proporciones perfectas, cinturita de avispa, caderas y pechos nutridos, ojazos como para su tamaño. Es un remedo en gigante de una bella mujer. Sus labios, grandes como su nombre, su lengua, grande también. Hace sus gracias accesibles si alguien le llega al (gran) precio. Ha mudado varias veces de marido. Aprendió a hacer negocio con muertas de hambre, y sigue en eso.

La señora Stealman, nèe Vert, está de comerse las uñas pensando quién va a llegar y quién no a la reunión. Da órdenes contradictorias al servicio. Teme lo peor. Cree que hoy puede ver llegar su hora del ridículo, no sabe si sabrá manejar con cordura el enredo y, peor todavía, no tiene ni idea de cuál demontres será. ¿Cuántos vendrán? ¿Quiénes? Encima, no llega el señor Stealman, "¿pues dónde anda?". Ya no falta gran cosa, y ella todavía sin saber. Tal vez llegaron notas de disculpa por ausencias a su oficina.

¿Qué, ella es como un costal de papas?, ¿por qué la ausencia total de consideración? "Maldito maldito", piensa en silencio mientras grita por cualquier cosa a las esclavas.

Rebeca, la hermana solterona del carnicero Sharp, ha preparado la comida con sus propias manos —no pagan servicio, ¿para qué?, una casa sin niños, donde sólo están los dos hermanos, en una ciudad donde tienen apenas nueve años de vida (ni primos, ni familia, ni perro que les ladre)—. Sharp no aparece. Rebeca piensa que lo han asesinado en su camino de regreso a casa. En realidad, expresa con su temor su más íntimo deseo, y por hacerlo, siente que le estalla pólvora en los pulmones. Se controla. Respira hondo; con la lucidez que le resta se atreve a pensar que ojalá y hayan asesinado a Sharp, y la angustia sube de tono, le falta el aire, le pesa el pecho, algo parecido a una mano fría le aprieta las cuentas de los ojos, estrujándoselas contra el cerebro; le arde la garganta; le sobra la lengua. Ella misma, su persona, se ha tornado en zona de guerra. Los colores de las cosas le parecen más brillantes. Siente un deseo incontrolable de gritar. Pero calla.

Glevack, como antepone siempre su propio provecho, se refocila de gusto pensando que le han dado a Nepomuceno su tenteacá y que ya le caerá encima la justicia, no sabe ni cómo celebrarlo. No mide las consecuencias. Tiene el ojo del que sólo mira en corto su propia cartera, sin darse cuenta de que lo que carga ahí es pura paja si prende el fuego.

El ejército a sueldo que tiene Bruneville —de distintas facciones, siempre fluctuantes dependiendo de la proveniencia y constancia de la paga— y los voluntarios, que no son menos, están a punto de turrón. Nadie contrata a los de sueldo, y a los otros los mueve el ansia de defenderse, pero pues de quién precisamente. Están a la espera, estallan al menor pretexto —caen acribillados mexicanos en las calles, de vez en vez, ni quién ponga a echar a andar la ley pa' perseguirlos.

Rojos y azules revueltos. Ya ni se acuerdan que son de diferentes bandos. Todos en un mismo sentimiento, son texanos de hueso colorado.

¿Y Nepomuceno? Más rápido que su bala, tras recoger al borracho Lázaro Rueda del suelo se lo echa al hombro, lo acomoda delante de la silla de su caballo y monta.

Desde su silla laza el arma del sheriff Shears, la Colt que le regalaron en la alcaldía —con su torpeza cuál tirar, nomás se le había resbalado al piso sin atinarle al gatillo—, la levanta y se va con ella al jalar las riendas y acicatear al caballo. Hace inmediato el lazo más corto y más corto mientras avanza.

Parte a la carrera. Tras él van cuatro de los suyos.

Sin detenerse, con la izquierda, se enfunda la Colt que traía el bueno para nada de Shears, cambia las riendas de mano; saca la Colt de Shears, dispara al aire, regresa el arma a la funda.

Sobre la calle James, poco antes de llegar a la Charles, el segundo puño de sus hombres conversa alrededor de los encargos de doña Estefanía, costales de naranjas verdes y uno de cebolla y ajo atado sobre el lomo de su mula.

Ludovico —hombre de armas y muy buen vaquero— quiere estar mero ahí, junto al ventanal donde a veces se asoma la carita sonriente de la india asinai Rayo de Luna. Es tan bonita. Si los Smith la vendieran, él se las compra. Y si no la venden nunca, un día se la va a robar, para algo es hombre. Echa el ojo al ventanal, buscando la cara de Rayo de Luna.

Desde el balcón de su habitación, escondida detrás de los visillos, la menor de las Smith, Caroline, los espía, a la espera de volver a ver pasar a Nepomuceno, del que está (muy) enamoriscada.

Ludovico ensueña parpadeándole al ventanal; Fulgencio y Silvestre ríen a carcajada batiente, a saber de qué; ninguno ve a los suyos sino hasta que están mero enfrente de sus narices. Avientan sobre los lomos de sus monturas los sacos de naranjas, montan presurosos y a correrle.

Con el aturdimiento de las prisas, un saco de naranjas va embrocado. Apenas pasar la esquina de Charles y James —luego lueguito—, las frutas empiezan a caer, rebotando contra la piedra bola del piso.

Toman hacia calle Elizabeth, Nepomuceno a la cabeza. La mula cargada del ajo y la cebolla los sigue, pegadita a sus colas, de pura inercia, sacando músculo a saber de dónde para ganar velocidad —sus cortas patas parece que vuelan.

En la salida de Bruneville hacia tierra dentro, los espera el tercer piquete de nepomucenistas. Al avistar su carrera, montan y se les suman.

Van formando un nubarrón de polvo. Toman la desviación hacia el muelle, por la tierra más húmeda dejan de hacer la nube que los señala, llegan a la lodosa ribera.

Se detienen a unos metros de la barcaza ya cargada de ganado.

Pedro y Pablo, los ayudantes del viejo Arnoldo en la barcaza y cuidadores bien parados (los dos descalzos niños que juntos suman dieciséis años, a partes iguales —por esto los llaman con un solo nombre: "Los Dosochos"), apenas subir la última pieza del ganado, acaban de retirar el puente-corral. La barcaza está ya equilibrada. Cuando aparecen Nepomuceno y sus hombres, los dichos terminan de asegurar las escotillas, caminando por el borde externo de la plataforma. El carbón reacomodado en el remolcador para guardar el equilibrio, el motor ya encendido y caliente, soltarán amarras en cualquier momento, las dos resistentes cadenas que en la punta y el cabús sostienen de costado la barcaza a tierra. Llevan una cuerda atada al torso, los sujetará si cualquier tropiezo al borde de la barcaza. Pedro viajará ahí, con su perro pastor; Pablo acompañará al viejo Arnoldo, se le reunirá por el cabús de la cabina del remolcador.

El viejo Arnoldo —sordo como una tapia— está ya detrás del timón del remolcador; no lo hace nada feliz transportar ganado; a los caprichos imprevisibles del río Bravo hay que sumar el temperamento de la vacada. A sus pie, la bocina, por si hace falta.

El ganado, aunque no muy intranquilo, menea la barcaza y balancea el remolcador. Pablo y Pedro maniobran con manos firmes. Un error podría volcarlos, hacerlos perder el equilibrio. Si el ganado se les alebresta, no bastará con estar alerta. Llevan la vaquería sin quien la cuide, confían en los bordes bien sujetos de la barcaza y en el miedo que impone el agua en las bestias. Del otro lado del río, los espera quien atienda la animalada.

En el muelle, sin decir palabra, con señas, Nepomuceno da una orden. Ismael el vaquero salta de su montura al piso y brinca la distancia que lo separa del borde de la barcaza. ¡Al abordaje!

Patronio toma las riendas del caballo que Ismael acaba de dejar atrás.

Pablo y Pedro miden la escena. "Nepomuceno está loco" —piensa Pablo—, pero no hay nada que pudieran hacer contra catorce hombres, o trece si descontamos a Lázaro por borracho. Y además: quién se le iba a resistir a don Nepomuceno.

Ismael abre la compuerta central de la barcaza; la vacada lo percibe inmediato; Ismael la contiene con la fusta, pegando y gritando "¡atrás!" con voz bien firme.

El perro de Pablo le ladra a Ismael, enseñándole los dientes. Desde tierra firme, Fausto le avienta un guijarro para asustarlo, el can recula escondiéndose entre las patas de las vacas, incitándolas también a que se orillen.

Patronio pasa la rienda del caballo de Ismael a Fausto. Caracolea su montura haciéndola relinchar, toma vuelo con tres pasos rápidos y salta a la barcaza —como si se tallara lana contra un ópalo, así fue su arribo en la vacada—: las bestias se alejan ante el golpe de su llegada, arremetiendo contra los bordes cercados de la barcaza. Tras Patronio, inmediato salta a la barcaza Fausto a caballo seguido como sombra por el de Patronio. Tras él saltan otros.

Ya a bordo de la barcaza, Ludovico, Fulgencio, Silvestre (ya no ríe), Patronio, Ismael y Fausto (buenos vaqueros) le entran a la hercúlea empresa de contener la animalada. Sometida la ganadería, tienen que impedir que el ganado se apelmace en un solo borde de la barcaza para que no se vuelque. A cuentagotas van subiendo los demás jinetes nepomucenistas.

¡Qué caballos!, apegados a sus amos, como sus propios cuerpos; llenos de vigor, como encarnación de sus ímpetus; bellos, como sus demonios. La vacada no es lo mismo, le hace más caso al mar indómito, vaya a saber a qué responde su desorden. Pero eso sí, el ganado obedece al fuete, al empujón, al mordisco del perro (el de Dosochos ya entendió quién manda, se suma a la labor nepomucenista). En suma, la vacada teme al vaquero, obedece por temor, no por entendimiento.

En cuanto el ganado parece estar bajo total control, salta en su silla el Güero y tras él, sin jinetes las monturas de refresco (seis, la otra mitad quedó atrás —un caballo por hombre). Después Nepomuceno, con Lázaro Rueda desvanecido. Sería el último, pero el suyo es el salto más elegante, el más picado de todos, con sus cuerpos traza un triángulo milagroso en el aire (las tres puntas son las tres cabezas, la de Nepomuceno, la de Lázaro, la de Pinta).

(Uno se preguntaría, ¿por qué echa el último brinco?, ¿qué no es él al que andan protegiendo?, pero con un pensarle, solo se contesta: cautos quieren hacerlo correr menor riesgo, pudo haberse volcado la barcaza, y en tierra si él corre no hay quien lo alcance).

La mula con el saco de ajo y cebolla se queda en tierra. Corrió las calles de Bruneville tras los caballos, siguiéndolos como un perro fiel, pero saltar un tramo tan ancho sobre el agua, cargada como está y vieja como es, eso sí que no, es mula pero no pendeja.

Ismael cierra la compuerta que abrió para que entraran los hombres de Nepomuceno, con la ayuda de los Dosochos, que han entendido la jugada.

El reacomodo de la vacada sigue con maestría vaquera.

Ahora sí que la barcaza va repleta. A cuidarse de que no los apachurre la animalada, y a procurar llevarla serena.

Las órdenes de Nepomuceno no necesitan ser voceadas. Fausto indica a Pedro y Pablo, "avisen al viejo Arnoldo que nos vamos, ¡ya!, ¡a soltar amarras!", Pedro pregunta: "¿dónde mismo íbamos?", "¿pa dónde jalaban?", "a Matasánchez, a nomás cargar forraje y unas cazuelas; de ahí nos seguimos a Bagdad". Fausto mira a Nepomuceno, cruzan miradas, dos señas, Fausto entiende y corrige la orden a grito pelado: "A Matasánchez; al Muelle Viejo; el ganado baja con nosotros. Lo demás, ¡no va!".

Pablo se enfila hacia la cabina del remolcador, por afuera de las compuertas, caminando sobre el borde de la barcaza; con rápida agilidad, pone los descalzos pies sobre los cordeles y cadenas que lo unen con la barcaza. Está ya en el remolcador cuando se siente el tirón: Pedro acaba de soltar el primer amarre, los motores encendidos propulsan la carga aunque aún no empiece el avance, su propia vibración impulsa.

—¡Ya nos vamos, don Arnoldo! —le dice a gritos, al oído—. ¡Al Muelle Viejo de Matasánchez!

—¿Al Muelle Viejo?, ¡ya nadie lo usa…! ¡Dirás el Muelle Nuevo! ¡Y qué diantres hacían con tanto meneo! ¿Qué estaban jugando?

—¡Le digo que vamos al viejo, don Arnoldo!, ¡al Muelle Viejo! ¡Viejo como usted! ¡Pero ya! —le dice Pablo.

—¡Vámonos pa'l muelle chocho! —contesta el anciano con el tono más festivo posible.

—¡Y que sea bien rápido!

—¡Recio bien puedo… si quieres volcarnos, chamaco del demontre! ¡Yo me voy al paso que sé!

Se siente otro tirón, más fuerte que el primero: Pedro acaba de soltar ya el segundo y último de los amarres.

Desde uno de los balcones de la casa de los Smith, se había asomado Rayo de Luna, la bella india asinai (no por el pleito de los lipanes o su desenlace —que no alcanzó a ver—, ni por el sonido de la bala —que se perdió por estar adentro de la fuente—, menos todavía por Nat, sino por el trotar de los caballos de los hombres de Nepomuceno, aunque llegó demasiado tarde para saber quiénes pasaban tan de carrera), vio rodar las naranjas, abrió las ventanas del balcón y brincó a la calle para perseguirlas. Desde otro balcón, grita Caroline Smith —ella sabe de quién son las frutas, atenta como ha estado a la ventana—, también abre su balcón, pero Rayo de Luna no la escucha, absorta pizca las naranjas que le caben en la falda.

La señora Smith indaga por qué grita la hija. Al verla desgañitar sandeces con medio cuerpo salido a la calle, hasta llegar a "I love you, Nepomuceno!", y sobre el empedrado a "esa india latosa persiguiendo naranjas", la asinai Rayo de Luna "con las piernas todas de fuera", sin poder tragar ninguna de las dos vergüenzas, tiene un desmayo.

Santiago vio cómo Nepomuceno y sus hombres abordaron la barcaza. Los otros pescadores, los que arreglaban las redes, habían salido tras el alboroto de la Plaza del Mercado, ninguno ha vuelto. Se perdieron aquello, y esto. Santiago en cambio sabe lo que pasó allá como si lo hubieran visto sus propios ojos, y ha sido testigo de cómo se dio a la fuga la nepomucenada.

—¡Éste sí que es hombre! —en voz bien alta— ¡Eso es tener tanates, y bien grandotes!

Apenas terminan de atar la última jaiba, Melón, Dolores y Dimas dejan la carreta de Héctor, mister Wheel llevará solo la vendimia. Sin necesitar decírselo, enfilan a todo correr a Mesnur. Mesnur queda a medio camino entre el centro de Bruneville y el lugar donde los pescadores arreglan sus redes. Ahí se encuentran los niños, de rigor al caer la tarde o cuando algo inusual interrumpe las labores —los más trabajan, los más son mexicanos o inmigrantes—, ahí vuelan papalotes, hacen navegar barquitos con una vela encendida, atan con hilos libélulas para jugar con ellas, siguen la pelota (si la tienen), saltan la cuerda, se pasan secretos, a veces son crueles con alguno, otras comparten botines o pizcas inesperadas.

Melón, Dolores y Dimas quieren contar lo de John Tanner, el indio blanco, y hablar de lo del sheriff y don Nepomuceno.

Con ellos llegan Luis —con su hermanita de la mano y los bolsillos vacíos, preocupado de lo que iba a recibir en su casa, los pescozones por no hacer bien su trabajo—, Steven —cabizbajo por la poca ganancia— y Nat, con su tesoro escondido.

Ni Melón, Dolores y Dimas cuentan lo de John Tanner, ni nadie se detiene en lo que pasó con Shears y Nepomuceno, ni quien piense en irse a nadar o a jugar a las estatuas de marfil, porque Nat saca del pantalón el puñal lipán que ha recogido en la calle Charles. Todos acuerdan que deben esconderlo.

Toma algo de tiempo a los gringos subirse a sus monturas y emprender la persecución de los "banditos". Sus caballos están en los establos, a las afueras de la ciudad, pasan minutos bien largos y muchos de aquí a que se les acerquen sus peones con los caballos (en el camino se distrajeron con las naranjas que Ludovico dejó caer por descuido —a manos llenas la asinai se había llevado las que pudo antes de que los muchachos pasaran por ahí, pero muchas quedaban) (luego de recoger las naranjas, perdieron algo más de tiempo en esconderlas en el establo de Juez Gold).

Ya con sus cabalgaduras, los gringos pierden más tiempo entreteniéndose en cada bocacalle o bifurcación preguntando a quien esté a tiro de piedra si han visto pasar a los prófugos y hacia dónde, "hacia tierra adentro", "se me hace que por allá", las señas no son más rápidas que las explicaciones. No hay quién les indique en el camino que lleva al río si "los prófugos" se fueron hacia el río o si tierra adentro; a un paso de ahí se juntan los niños siempre a jugar, pero no hay seña de ellos para preguntarles (se han ido ya a esconder el cuchillo); por si acaso, por prudencia, se enfilan Ranger Phil, Ranger Ralph y Ranger Bob hacia el muelle. Los demás siguen por el camino tierra adentro, repitiendo lo mismo: en cada bifurcación, a preguntar.

A un costado del Hotel de La Grande, Ranger Phil, Ranger Ralph y Ranger Bob alcanzan a ver la barcaza cargada de ganado navegando lenta en el río (por más que lo cuchilea su muchacho, el viejo Arnoldo prudente la hace avanzar a paso de hormiga, cuida el equilibrio de la carga), a lo lejos se escucha a la animalada mugiendo. La embarcación se menea en agitada danza. Ya ni se acercan al muelle.

—¡Cuánto contoneo!

—Se me hace que adentro hay pleito, deben llevar toro de lidia.

—¡Qué va! No es de lidia, pero va en celo —Ranger Ralph para no variarle nomás pensaba en el mete y saca (si se le puede llamar pensar a su trote mental).

—Un buey en celo, dirás, ¡buey como tú! —le dijo Ranger Bob, en su mal español, que Ranger Phil comprende pero que Ranger Ralph no es capaz de seguir.

Los tres se ríen, dos por conocencia, el tercero por menso.

Ver la barcaza deslizarse como peleándole el ondular al agua, tiene de hecho su gracia, provoca serenidad, es como un rebaño bien enlazado, bien llevado, bien unido, cohesionado, aunque se adivine dentro del bulto sus pujanzas internas.

La barcaza se desvía hacia el Muelle Viejo, río arriba.

—Yo creiba que de aquí tiraban a la boca del río, a Puerto Isabel y luego a Nueva Orleans a vender vacas, pero mira tú: están como que están yendo río arriba —Ranger Bob.

—Irán antes por el forraje, nimodo que los entreguen muertos de hambre —Ranger Phil.

—O a lo mejor nomás está cazando la corriente, yo creo —dijo Ranger Bob.

—Pa' mí que no entiendo —dijo Ranger Ralph.

Dan la espalda a la escena y trasponen las puertas abatibles del Hotel de La Grande.

En el lugar, lo de siempre, un par de putas espera clientela, algunos beben licor, cuatro músicos se echan a aporrear sus instrumentos, compitiendo por la magra clientela, y en una mesa La Grande preside la perpetua partida de barajas. A un costado del vano de las bailarinas puertas —que no alcanzan a tapar ni su rostro ni las piernas rodilla abajo— se ha ido a acomodar Santiago el pescador. Descalzo, nomás pegado a la entrada.

Jim Smiley es el único que se levanta de la silla con la entrada de los rangers. El gesto no es para darles la mano o tener una cortesía. Smiley se agacha a recoger la caja de cartón donde guarda su rana y, con la voz bien clara, como si tuviera tiempo ensayándolo, les dice: "apuesto dos dólares a que mi rana salta más que cualquiera otra".

—¿Y yo de ónde saco una rana para apostarte? ¡No ando cargando rana en el bolsillo!

—¿Pues qué cargas tú, que valga más la pena llevar que una rana? —sonriente Smiley.

Rangel Phil desenfunda su revólver. También sonríe enseñando sus dientes de oro.

—¿Apuestas conmigo, o no? —se atreve Smiley, todavía con la sonrisa en la boca.

—¿De dónde saco una rana?, ¡te digo!

El pescador Santiago musita:

—Pues de la orilla del río, yo te traigo una, ranger. Péreme aquí.

Por la cabeza de Santiago son como un ventarrón las ganas de salir del salón.

Rangel Phil lo voltea a ver con algo de admiración. Un pelado pescapeces se atreve a hablarle así a un empistolado, por algo será. Santiago traspone hacia el exterior las puertas, dejándolas columpiándose atrás de sí.

Segundos después, Ranger Phil sigue a Santiago, y atrás de ellos salen los dos rangers, con algo de fastidio —querían un trago, nomás—. Para colmo, la música se sigue oyendo, azuzándoles la sed. Pero cuando ven al pescador, tan indefenso, como un niño dando saltitos, se dan la media vuelta y se vuelven a meter donde La Grande.

Santiago va dando saltitos hacia la orilla lodosa del río, sin darse cuenta de que trae ranger cerca. Atisba una rana, en la mera orilla. Va tras ella, da un brinco a la derecha, otro a la izquierda. Se acuclilla para pizcar su presa en un salto.

Ranger Phil lo sigue con sigilo para no espantar la rana —ya entendió— hasta mero llegar a la orilla del muelle. Se detiene a ver cómo le hace el pescador. Sus ojos caen en la cuenta de las huellas en el lodo.

Santiago coge la rana.

Ya para entonces, la barcaza se ve como cosa que no importa y el mugir de la vacada no se alcanza a oír.

Señalando las herraduras marcadas en lodo, Ranger Phil pregunta a Santiago:

—¿Y esto?

Santiago, con rana en mano, no dice nada, por unos largos segundos.

Todavía se oye la música de los cuatro desatinados (cada uno siempre por su rumbo, menos para mendigar), siguen rascando cuerdas, sus cajas resuenan sin gracia.

Lo demás es casi inmediato. Santiago, que es un hombre de bien y no saber mentir, se da cuenta del tamaño de su desgracia y empieza a llorar, "yo no sé nada, nomás los vi saltar a la barcaza y ni entendí". Suelta la rana que había atrapado.

Mala suerte que Ranger Phil entienda español.

En el Hotel de La Grande, los músicos terminan su desmelodía. Rangel Phil silba a sus hombres, trasponen inmediato las puertas batientes de La Grande y van hacia ellos.

Los músicos empiezan otra canción. Ranger Phil agarra a Santiago de un brazo, lo arrastra hacia sus compañeros, el pescador berrea, como animal que va al rastro. Ranger Phil traduce a sus compañeros lo que le acaba de confesar, señalándoles hacia donde vio las marcas en el lodo.

Desde la barcaza, Fulgencio (que tiene ojo de águila) atisba cómo los tres pistoleros gringos se acercan al lugar de La Grande. Silba a Nepomuceno (dulce, para no alborotar al ganado). Éste se baja del caballo y se esconde tras su montura. Lo imitan sus hombres, formando con sus recuas escudos que los protegen por si alguien los quiere ver desde la orilla del río, por si traen catalejos, aunque los deje expuestos a algún díscolo capricho de la vacada.

El ganado reacciona al sentir sus movimientos. Por un pelo se vuelcan con el revuelo. El viejo Arnoldo maldice a la vacada y controla con golpes de timón el remolcador. Fulgencio suena el chicote. Basta el chasquido, la vacada reconoce el aplomo de sus movimientos —fortuna que los hombres de Nepomuceno sean todos vaqueros— y se serena.

Nepomuceno quiere acercarse a Matasánchez. Hubiera preferido dirigirse a su propio rancho, pero conoce el ánimo vengativo de los gringos, debe encontrar resguardo que no ponga en riesgo a su gente. Por el momento sabe que no puede ir ahí, ni acercarse a alguno de los ranchos de su mamá (donde, sin dudarlo, se come mucho mejor que en ningún lugar). Tiene que cruzar la frontera, prepararse del otro lado para enfrentar a los rangers. Si no, lo van a hacer pinole. Vuelve a pensar Nepomuceno lo de muchas veces, "bien nos habría sentado una alianza con indios guerreros; lástima que sea imposible, son nidos de avispas, todos peleados entre ellos". Indios y mexicanos juntos, piensa Nepomuceno, "freiríamos a los gringos, con un poco de chipotle, algo de ajo y una pizca de…". Se le conoce que es hijo de doña Estefanía, cocinera de primera. Los postres de esta señora no tienen comparación, los adobos y guisos tampoco. Bendito el que come sus guisos.

Pinole, freír, chipotle, ajo: la verdad es que no es modo de hablar de los gringos, que no saben ni de dónde se agarra un sartén. Más cultivados fueron los karankawas, que en paz descansan.

Mientras esto pasa por dentro de sus dientes, Nepomuceno tiene una idea. Ir entre la vacada lo pone de buen ánimo, hay mucho en él de vaquero… Como van escondiéndose tras las monturas, no ve lo que pasa en el muelle de Bruneville.

Los malos músicos han empezado otra en donde La Grande. Alguno de ellos aporrea un acordeón. El pescador Santiago se ha puesto de rodillas, llorando en silencio como un niño, juntando las manos suplica clemencia. Ranger Ralph saca la pistola. Apunta a Santiago. El tiro le da en la frente.

(La bala que se ha alojado en la cabeza de Santiago cobra conciencia. Sabe que no la hicieron para acabar ahí. Los sesos nobles y dulces del pescador, impregnados de aire marino y del silencio de altamar, la apaciguan. Los sesos caen en una somnolencia luminosa, se tornan insensibles a la bala. Ni el temor, ni el sueño, ni la añoranza, ni sus hijos, ni su mujer, ni sus redes, ni Nepomuceno, ni el río los alcanzan).

Los rangers encajan en Santiago —en mal sitio— un anzuelo que tal vez le perteneció. Luego le amarran una cuerda al cuello y lo cuelgan del icaco, "el palo de La Grande".

—Que se quede ahí para que aprenda.

Los tres rangers suben a sus monturas. Los animales parecen ajenos a ellos. No que no los obedezcan, pero uno diría que no los sienten.

Antes de tirar las riendas, Ranger Bob ve en el lodazal una rana saltar. Desmonta, persigue al batracio; las botas se le enlodan; atrapa a la rana sin perseguirla, como si ésta se le entregara.

—Ahí los alcanzo —les dice a sus amigos—. Nos vemos en la Plaza del Mercado, o en la alcaldía, o… ¡por ahí los veo!

Rangel Phil y Ranger Ralph tiran sus riendas y regresan a galope al centro de Bruneville, van directo a la alcaldía a avisar lo que descubrieron.

El alcalde —y boticario— da instrucciones: deben enviar un telegrama a Austin pidiendo refuerzos. (Órdenes de Stealman: "Si regresan sin bandito, pida refuerzos a Austin por telegrama, puede ponerse muy mal".) Rangel Neals, el carcelero, llega a la alcaldía cuando están en esto: recomienda al boticario al oído que haga llegar donde La Grande a una partida de refuerzo, hará falta ahí quién se encargue de cuidar el muelle. ¿Qué tal que vuelven los hombres de Nepomuceno esta misma noche a atacar? De hecho podrían tenerlos encima en la siguiente visita de la barcaza…

Las órdenes se dan: no entra ni sale embarcación alguna de este muelle de Bruneville, ni de ningún otro. "Pero el vapor de la tarde, el Elizabeth, está por llegar, viene algo tarde". "Pues no tocará Bruneville".

El sangre fría de Wild, el cibolero cuya resistencia es ejemplar (mata miles de bisontes sin parpadear, huele los ríos de sangre como si fueran magnolias, siente venir a las manadas bufando en estampida sin un temblor), se sale de sus cabales cuando le informan antes de llegar al muelle que no va a salir el vapor, porque han interrumpido todo permiso de hacer puerto. ¡Maldición! ¡Lo último que quiere en la tierra es quedarse enclavado en este sitio maldito!

En el otro extremo de las afueras ribereñas de Bruneville, hacia la costa, donde el calor se empecina en ser aún más intratable y la humedad no se deja domar, donde las sabandijas o alimañas conviven con los fantasmas y aparecidos, viven los Lieder, inmigrantes alemanes pobres de Bavaria. Saben por tradición cómo lidiar con el frío, pero el calor los lastima malamente. Donde queda el intransitable camino por tierra hacia Punta Isabel, donde la tierra sigue siendo barata y nadie la envidia ni desea, los Lieder levantaron su casa de puro palo pelón, con mucha dedicación y enjundia. Aquí es donde frau Lieder cultiva moras y hace pan negro, macizo (nada parecido a las nubes blancas que consigue Óscar en su horno), herr Lieder lucha contra el pantano para sembrar grano y merca —ha construido algo parecido a un muelle donde llegan por su mercancía, Lieder no tiene barca o lancha, ni se ha animado a atar palos y hacer una balsa porque el agua le da temor.

El paterfamilias sueña con levantar un molino.

Joe, su hijo, regresó con las nuevas —y parte de la mercancía que ya no pudo vender—. Al oírlas, herr Lieder lloró de coraje. A frau Lieder se le encogió el corazón, preocupada, pero venciendo el ánimo pone la mejor mesa que puede y convoca a comer a la familia. Es su manera de presentar resistencia, su estrategia. Parece día de fiesta, con todo lo que ha sacado de la despensa. Quiere levantarle el ánimo al marido, a Joe y a ella misma. Piensa, por otra parte, como herr Lieder, que ya todo se acabó, ¡mejor comerse el queso y las conservas antes que se les termine el mundo!, ¡y eso está por ocurrir!, ¡su mundo se va a acabar!, ¡se va a armar un pandemonio!, ¡por el río correrá sangre! No volverá el amanecer a ser de plata y oro. No más moras. No más harina y masa y horno levantando el pan…

La resistencia gana esta partida. La mesa llena, el alma se pone contenta. Herr Lieder pierde el pesar. Recita a la mesa en voz alta citas de Bettina: "En mi cuna alguien cantó que yo amaría una estrella que siempre estaría distante. Pero tú, Goethe, me cantaste otra canción de cuna, y a ésta, que me conduce a soñar la suerte de mis días, debo escuchar hasta el último de mis días".

Joe cambia el susto por sus ensoñaciones, se repite a sí mismo en silencio lo que se ha dicho mil veces, "ojalá y viviera yo con los indios".

Hacia tierra adentro, en la Apachería, Lucía la cautiva —tía de Laura, la vecina de Felipillo holandés—, mamá de un chicasaw, por el momento una de las siete esposas del jefe Joroba de Bisonte (en tiempos anteriores momentáneo objeto del deseo de Nepomuceno), aunque no sabe nada de cierto, intuye que hay peligro. Las manos ardiendo —su trabajo es curar pieles, doce, trece horas al día, si éstas escasean recolecta semillas de huizache, muélelas para obtener algo parecido a la harina, no hay jornadas de descanso, ser esposa del jefe no es tener vida de reina o abundante servicio, sí hay esclavos en casa (otros cautivos), pero la vida en la pradería es dura, cada día más, el bisonte noble se acabó, el caballo va con ellos, hay que alimentarlo y abastecerse de armas para defenderlo (para eso las pieles, que se mercan)—, las narices ardiendo también (curar pieles lacera la piel y destroza las mucosas).

Le duele todo. En especial las orejas, porque el sol pega ahí con más saña (como buena esposa india, anda pelona, el jefe Joroba de Bisonte mismo la acaba de dejar mocha), las dos son llagas tristes, flacuchas. Entrecierra los ojos y sueña: que Nepomuceno pasa por el campamento, que acepta el ofrecimiento que hace unos años le hizo y que se regresa a casa, que llora porque pierde al hijo, ya en poco será un hombrecito. Ahí interrumpe el sueño porque le está resultando horrendo.

Fantasea otro diferente: que nunca regresará a su casa en Bruneville, que sus papás vienen a reunírsele. Ha tiempo que su papá murió, fue un golpe de gran tristeza (le contó un comanchero, un mexicano que tiene familia en Bruneville y en Matasánchez), pero en su sueño imagina vivos a los dos. Lo malo es que en su fantasía se cuela la pesadilla: su mamá está curando pieles, su papá baila y fuma como apache. Alerta, sacude la cabeza para deshacer esa imaginación. Vuelve a sentir los cortos cabellos golpeándole lacios las mejillas, se le han vuelto duros, parecen de yegua. Fantasea otra cosa: que se acaba la jornada. Que sale de la tienda del campamento temporal. Que no hay luna. Que el cielo está desnudo de nubes. Tornada yegua completamente, relincha de gusto; despierta.

Tiene sueño tras sueño, despierta cuando cada uno llega al colmo, cuando es insoportable. Las uñas se le han ido carcomiendo con lo que se usa para curar las pieles, le arden a morir, más que todo las yemas de los dedos.

(Lo que no aparece por ningún lado es el recuerdo del idiota aquel que se las llevó a la desprotegida pradería con sus sueños de grandeza, creyendo que las vacas se daban silvestres y que los peligros eran fantasías de insulsos.)

En donde La Grande, cobijados por la música de los dizque músicos, termina el encuentro entre la rana de Ranger Bob y la de Smiley. La ganadora es la de Smiley. Ranger Bob enfadado deja en el suelo a la hacedora de su derrota —si fuera francés, le cortaba las patas y se las comía, aunque no tuvieran lo que la pierna de la vaca.

Se enfila a la puerta. A punto de salir, se gira:

—Por cierto: les dejamos en el icaco al pescador pescado. ¡Que se cuiden los traidores, ya vienen otros!

Se va sin explicar de quiénes habla.

Desde la ventana de la cocina grita Perdido el galopín, ha visto a Santiago columpiándose del icaco.

Es fácil escuchar lo que pasa por la cabeza de la rana de Smiley. La tendrá chiquita, pero no tanto, si la tuviera menor saltaría mejor.

La rana no tiene ningún interés en dar de brincos. Smiley la ha sometido a un tormento (involuntario, no se diría que cruel por lo mismo): desea aprender a hacer algo interesante. No a saltar, que es algo que le viene natural. Perfeccionarlo es una pérdida imbécil de tiempo —piensa la rana—, sobre todo considerando lo corta que es la corta vida. "Además, anca de rana que se enfila a un sartén. En cambio, si yo fuera capaz de... por ejemplo, bordar... O de toser... o de cantar en lugar de croar... ya ni digo cantar cantar, con poder echarme una tonadilla con algunas sílabas bien pronunciadas, cuerdas, rítmicas...

"O si no: me encantaría ser una rana con pelo. Una rana que tuviera cabellera.

"Otra posible: una rana flotante, voladora no porque de ésas hay. Lo que fuera excepcional...".

Ocho hombres de Nepomuceno esperan en la bifurcación a Rancho del Carmen cepillando sus caballos, mascando tabaco y matando el tiempo.

Se les acerca trotando uno de los grupos de gringos que salieron de Bruneville hacia el Valle a perseguir a Nepomuceno. Se detienen frente a ellos, sin descabalgar, preguntan si lo han visto pasar.

—¿Qué le buscan?

Les cuentan que largó un tiro a Shears, que huyó, que por todos lados lo andan buscando. No saben que están sirviéndoles de informantes.

—No, pus no lo hemos visto.

Los gringos retoman su trote.

Los de Nepomuceno comprenden que sus hombres se fueron por algún otro lado, "¿qué cruzarían el río?", "lo más seguro", "¿o se salieron del camino?", y emprenden hacia Bruneville.

En un par de veredas que dan al río, otean por huellas para ver si tomaron por ahí los caballos de sus hombres. Nada.

Uno de los vaqueros trae catalejo. Van con cuidado. Buscan en la orilla del río. Nada.

Siguen hacia el muelle de Bruneville. Ven a la distancia que ya hay guardia de armados protegiéndolo.

Del icaco de La Grande ven a un hombre colgando.

—¿Quién dices que es?

—Santiago, el pescador. Un inocente.

—Estos cabrones gringos.

Cabalgan hacia el noreste. No paran hasta que no pueden más sus caballos. Revisan el terreno, piensan en acampar; descubren a relativamente poca distancia el humo de una fogata.

Retoman las cansadas monturas, ya sin correr. Llegan a la fuente de humo: alrededor del fuego sólo encuentran cadáveres.

Eran, habían sido, un puño de vaqueros mexicanos de doña Estefanía. ¿Qué había pasado?:

Acababan de guardar al ganado en los corrales, y de terminar los trabajos necesarios para el cuidado de los animales.

Asaban al fuego la carne; el sotol ya comenzaba a fluir de las garrafas; daban forma a las grandes tortillas de harina —del codo al puño, zarandeándolas hasta dejarlas traslúcidas por lo delgadas—, ponían las primeras al comal.

Uno de ellos tocaba el violín. Así los encontraron un grupo de rangers. Los convidaron que si querían comer algo. Los rangers les preguntaron por Nepomuceno.

—Aquí no hemos visto pasar a nadie, hermanitos.

El del violín siguió con lo suyo, y los otros mexicanos se reacomodaron alrededor de la hoguera. Los rangers dudaban si seguir o sentarse con ellos. Ya se acercaba la hora de dejar descansar a los caballos. Pero no parecía lo propio. Esto estaban discutiendo entre ellos cuando uno de los vaqueros se echó a cantar. Tenía buena voz. Le prestaron atención:

Vendo quesos de tuna,
dulces y colorados,
pregón de aquel paisa honrado
cuando cambia el sol por luna.

Ni quién te lo va a comprar,
los hacemos sin pagar
cuando hay sol que no con luna,
le porfía un entendedor.

Dice el gringo que los ve,
sin sabe qué pitos tocan:
¡Carajos de mexicanos!
ordeñan a los nopales.

Pa'l humor que traen los gringos: oyendo la letra de la canción, les metieron dos, tres, cuatro tiros por la espalda, asesinaron en frío a los vaqueros mexicanos por lo que andaban cantando.

Después, tomaron el ganado, lo llevarían hacia las tierras de King —dejaban para luego seguir buscando a Nepomuceno—, pero por el momento pararon media milla adelante y se dispusieron a celebrar su victoria.

En eso estaban los rangers, a medio festejo, bebiéndose el sotol arrebatado a los mexicanos y mordiendo la carne asada que habían echado en sus morrales y que todavía estaba tibia, cuando los vieron en sus catalejos los de Nepomuceno.

Sigilosos se les acercan. Balacera que no se cruza —ni tiempo les da a los gringos sacar las armas—, tiros a la nuca a los más, a otros en la frente porque alcanzan a voltear, y ahí acaban.

Sienten lo de los gringos, no se van a quedar donde hay muertos, y a ésos no los quieren enterrar. Arrean el ganado, emprenden el camino hacia uno de los ranchos de doña Estefanía, todavía alcanzan luz diurna.

(Pero qué suerte la de esas vacas: en un día cambiaron tres veces de mano. Habrá quien diga que ellas ni cuenta. Con la fatiga, la sed, el cambio de trato, y encima una de ellas está por parir becerro…).

En Bruneville, así se haya desatado el nudo que trajo a todos de lazos confusos, algunos siguen enredados.

El negro rico, Tim Black, nació esclavo —el estado es hereditario, contra toda lógica incluso legal, como heredar un crimen; aunque habría quien diga que cómo no, si se heredan las fortunas, por qué no los infortunios—. Su apellido es puro capricho de notario. Aprendió a sacar negocio del ganado, no por ser en suma astuto sino por cauteloso y flojo. Le han resultado virtudes invaluables, si no cómo explicarse sea dueño de tanta cabeza y tierra, y que no lo fundieran con el ganado a la independencia de Texas.

No piensa, como muchas otras veces, en "la amenaza mexicana" que tanto le pega en los talones. Está comido del pavor que le provoca ver retratada la cara de su mujer en el joven.

Debe remontar el miedo, o lo tiene perdido todo —piensa, y tiene razón—. Pero no parece tener cómo. Se sienta en su habitación, clava la mirada en un punto de la pared, como un clavito, mira y mira, pero ni escarba.

El medio día y el par de horas siguientes son el momento diario de serenidad para el río, el sol (que lo gobierna todo) parece orientarlo.

Pero el Bravo el día de hoy no se deja, temperamental, díscolo. Encrespado forma remolinos al centro del caudal. Lo cierto es que siempre es como una trampa hasta para sí, que sus aguas son oscuras por lodosas, que su movimiento es discorde. Bien se le ve que es el río de la noche, el que escucha a la luna, el que sirve de manto a la víbora ponzoñosa. Es la ruta del murciélago. Es el hambre de la loba que está por parir, y esto es poco: es como el ciego que siguiera a un perro hambriento. Es la oscuridad que teme el loco y que desconoce el cuerdo.

Sobre la superficie, engaña con un lustre metálico. Dice con él que es de un cuerpo único, casi sólido.

Cuando el barco de vapor del capitán Boyle zarpó, la corriente peinaba armonía, como la de un niño antes de entrar a la escuela. Fue pura ilusión.

Con prudente lentitud, el remolcador entrega la barcaza en el Muelle Viejo de Matasánchez.

El Ayuntamiento y el capitán de puerto se empecinaron en construir el Muelle Nuevo en un punto más conveniente a la navegación y al comercio, en el cuerpo mismo de la ciudad, a la altura del centro. Ya no le temen al pirata y todavía no le aprenden a temer al gringo.

Para romper con la inercia de la navegación que se había implantado durante tantos años, deshabilitaron de golpe el viejo. Quedó abandonado de golpe y con la misma rapidez se vino abajo. Suerte que los Dosochos, Pedro y Pablo, cuando tiran las amarras, traen consigo algunos palos por si acaso necesitan reforzar un desembarco. Aquí los necesitan echar sobre el puente.

Asoman las caras hacia adentro de la barcaza, para ver si los de Nepomuceno les dan más indicaciones. Ninguna. Nepomuceno y sus hombres se hacen ojo de hormiga, se resguardan tras los cuerpos de los caballos, aún sus escudos. Sobre la silla de un caballo resta sólo un cuerpo, el de Lázaro Rueda, tendido como una manta. Lo amarraron a éste, en lo que se le termina de pasar lo borracho y lo tundido.

Los Dosochos entienden, revisan a diestra y siniestra, les gritan:

—¡No hay moros en la costa!

El nepomucenaje se deja ver, suben a las sillas de sus monturas, alguno les indica que abran las compuertas.

Al levantarlas, el ganado se deja salir, mugiendo, "¿prisa para irse a orinar?" bromea Ludovico, "¡quieren comulgar, son las rezonas!" —como lo más de la vacada es de pelaje negro, saca en todos risas—, "¡que no distraigan!" —pide Fausto, viendo la ruda labor vaquera inminente.

Los animales, hambrientos y nerviosos, se han dejado ir, gotas perdidas hacia el resto del agua.

El llano se abre en lugar de un cauce, carece de cuenca, está en el natural del goterío correr a expandirse, dispersarse.

Al vaquero le corresponde hacer de cuenta en las llanuras. Con vigor los retiene unidos, auxiliándose con el cuerpo de su montura, con el propio, con sus gritos, con el apoyo de los perros (que hoy no trae), con el lazo y el chicote. Debe aprovechar el ímpetu de la manada, pero no permitir que lo use en contra del bien común que es mantenerse cohesionado.

Uno de los vaqueros se distrae un momento de esa labor titánica, y riájatela, pesca a Pablo, "¿Y ora?", lo mismo con el otro Dosocho, Pedro, los levantan sin que tengan cómo resistirse. Los hombres de Nepomuceno se los llevan lazados, no los arrastran por el suelo sino que parecen hacerlos volar unos metros, y los acomodan en sus monturas, están actuando como apaches. Al perro de Pablo también lo laza otro, lo agarra de la cola como si fuera vaca díscola, a él sí se lo lleva arrastrando para que entienda quién manda, no hay perro que no obedezca a su jefe, pero pronto se detiene y lo suelta, ya entendió el can, los sigue mientras va recuperándose del dolor y los golpazos.

—¿Quién le suelta la barcaza a don Arnoldo? —piensa en él Ismael y lo externa en voz muy alta.

Ludovico hace recular a su caballo. Se acerca a las amarras, saca el arma, les dispara, con su fusil más silencioso, para asustar lo menos a la vacada, les pega dos tiros, son muy gruesas, no alcanza a troncharlas por completo pero las deja humeando, apenas sostenidas de unos hilos que empiezan a arder. Y ándale, a correr tras los otros.

Los mugidos, el ruido de los cascos y pezuñas, los aúpas de los vaqueros, el sonar del chicote se alejan de la ribera del río Bravo —no la brisa del río, sopla el viento en la orilla del río, refresca, apaga húmedo la chispa de los amarres.

El viejo Arnoldo nomás no entiende nada. Con precisión relojera, apenas dejar el timón, cae dormido, cosas de la edad, siesta por viaje es una necesidad inevitable; apenas llega, toca tierra y como un reflejo se echa "mi pestañita". Había un orden, un ritmo sabio en sus siestas, cada fin del trayecto Bruneville-Matasánchez, o viceversa, se echa una siesta diminuta. Sus chamacos vienen de rutina a despertarlo apenas terminan con los amarres y lo más inmediato, "¿y ora, por qué no me sacaron del sueñito?".

Confundido por haber dormido más que "la pestañita" habitual, sale con dificultad de los brazos de Morfeo.

Los motores del remolcador siguen encendidos.

—Me dejan como a un idiota...

¿Dónde están los muchachos? Saca la bocina y con ésta:

—¡Pablo! ¡Pedro! ¡Dooosoooochooooos!

Nada.

—¡Chamacos de mierda!, ¡vengan para acá ahora mismo, que si no los voy a cuerear!

Nada otra vez. Pero de verdad, nada.

¿Qué hacer? Con gran dificultad —porque solo no se le da fácil, siempre apoyándose en el brazo de Pablo o en el de Pedro—, deja la cabina por el cabús para otear qué pasa. Ya sin su bocina (no puede arriesgarse a pasar entre remolcador y barcaza sin las dos manos libres), echa dos gritos, tres.

—¡Pedro y Pablo!

Ve y cree ver mal, parpadea. No hay duda, la barcaza está vacía, las tres compuertas abiertas de par en par, y de los muchachos no queda ni su sombra.

—¡Malditos, ni diablo los asista! ¿Pero cómo me hicieron esto...?

¿Qué pasa? ¡Con un diantre! ¿Sí? ¿Le robaron la carga? ¿Huyeron? No puede creerlo.

Regresa con mayor ligereza a su remolcador. La sorpresa y el desconcierto le quitan años de encima. Regresa a su timón. Toma la bocina y vuelve a vocear:

—¡Pedro!, ¡Pablo!

Siente un tirón. Conoce la sensación. Los amarres se acaban de soltar. Un poste podrido del viejo muelle se había torcido, dejando ir el lazo que no pudo consumir la chispa del balazo. El segundo, al que hicieron amarre los muchachos, no pudo solo con el peso y también se troncha. Uno quebrado y el otro torcido: la barcaza queda libre. El flujo del río tira de la embarcación.

Los palos viejos que los muchachos tiraron sobre el viejo muelle para hacerlo caminable caen al río.

El viejo Arnoldo se acomoda atrás de su timón. Ya ni para qué hacer corajes. ¿Y si no le habían robado? ¿Si nomás...? No, no había otra explicación.

—No puedo creerlo, nomás no puedo... Debo estar soñando...

Dirige el timón de vuelta a Bruneville. Piensa: "son buenos muchachos, yo sé; no me pudieron robar... pues qué pasó; ¿qué rayo les cayó encima?".

En la posada que llaman Hotel de La Grande, el furioso Wild, el Cibolero, despotrica. ¿No van a viajar hoy a Punta Isabel? ¿Y qué con su carga? Insulta a sus esclavos Uno, Dos y Tres, maldice y arroja el vaso a su asistente, el bello Trust.

Los echa del bar: "¡fuera de aquí, fuera, fuera!".

Al aire libre, Trust se apoya contra la pared de troncos de la fachada de La Grande, apoya una bota en la pared, la otra en el piso; saca una pajita seca de la bolsa de su camisa y comienza a hurgarse los dientes mientras habla a solas, en voz lo suficientemente alta como para que Uno, Dos y Tres —descalzos y tan mal vestidos que da pena verlos— lo escuchen:

—Hasta aquí. No puedo más. Me voy tras el oro de Nevada, o plata, lo que se encuentre en Virginia. No regreso con éste.

Uno, Dos y Tres se desconciertan. No van a soportar a Wild si no hay Trust entre medio. Le repiten los argumentos que el bello Trust ha esgrimido en otras ocasiones, cuando ha salido el tema del oro:

—¿Vas a encerrarte en la oscuridad por años, llevando en las manos una pala para rascar la piedra? ¡Vida de mierda!

—¿Vas a dejar tus ojos cerrados de una vez, sin esperar llegue el final de tu vida? ¡Mejor la muerte pronta!

—¿Vas a ir a enterrarte donde no crece planta alguna ni hay mujer buena, cautiva o libre, y a comer a diario sopa de piedra? ¡Morirse de hambre para ganarte lo que te robarán los banditos en la diligencia!

—¡No vas a volver a cabalgar nunca!

—Por compañía tendrás nomás una burra.

—¡Carambo!

A coro:

—¡Carambo!, ¡caraja! ¡Sacramento! ¡Santa María!, ¡diavolo! —aluden a una caricatura que hace pocos días apareció en un periódico de Corpus Christi. Representaba a tres barbados mineros intentando sacar sus mulas muy cargadas del fondo de un barranco pantanoso. El bello Trust les había dicho señalándola: "aquí van Uno, Dos y Tres, muy esclavos del oro que desenterraron, ¡peor que ustedes, guineanos!, peores porque ellos lo hacen por su propia cuenta…".

—Te vas a morir de septicemia…

La última frase es inspiración de Tres y no una repetición de algo ya dicho por el bello Trust. Sirve para sacarlo de su cavilación. Arroja al piso la pajilla con que se hurga los dientes:

—Mejor perder tres piernas que aguantar a Wild un instante más. ¡Maldito asesino del bisonte! Cibolero cabrón… es un hijo de perra… Pero eso sí, a ustedes los cruzo hoy al otro lado del río, pase lo que pase, no voy a dejarlos para que el infeliz los atormente. Síganme. Y por mí, para que sepan, aunque saque caca de las entrañas de Virginia, qué más me da.

Se echan a andar a un costado del río, dejando a sus espaldas Bruneville. No llevan nada consigo: cada uno sus manos por detrás.


Nepomuceno, sus hombres y la vacada fresca a todo correr, guiados por Fausto, que conoce al dedillo la región. Pronto llegan a un remanso con agua y suficiente pastizal para el ganado. Es un codo ahorcado del río Bravo, formado por las sedimentaciones que arrastra el agua, al que llaman Laguna del Diablo. No se le confunda con otros que se llaman igual. Éste es lo que dice su nombre, no una laguna con propiedad sino un aro de agua corriente formado por lo que va dejando el río, una desviación del Bravo vuelta arracada de tanto sedimentar. Por esto, no es de profundidad. Con buena mano se podía hacer cruzarlo al ganado. El agua en éste camina con ternura, no podría arrastrar ni al más becerrito aunque uno tiernito no alcanzaría a hacer fondo y sacar la cabeza, pero entre las piezas que llevan los nepomucenistas no hay chiquillada.

Al centro de Laguna del Diablo, formando una no muy perfecta letra "O", está la pastura perfecta. El agua servirá de corral. Es el campamento ideal. El ganado quedará al centro, ellos entre el aro y el río, guarecidos y con un frente para poder escapar hacia el sur, si hay necesidad.


Desde el Muelle Nuevo de Matasánchez, el capitán del puerto, López de Aguada ve con el catalejo los movimientos de la barcaza, irregulares, imprevistos. De otros es posible pensar que andan metidos en tráfico de mercancías ilegales, pero no de Arnoldo, sólo se puede creer que se le extravió la brújula. No puede ver que el ganado bajó en el Muelle Viejo, porque éste le queda fuera del ángulo de visión, pero sí que al salir traía la barcaza vacía… ¡Y qué contra! ¿Qué le pasa a Arnoldo?

Ve barcaza y remolcador enfilarse de vuelta a Bruneville.

—¿No viene?... ¿No va hacia Bagdad? ¿Qué pasa?, ¿me va a dejar aquí con estas cajas de platos rompibles que quién va a quererle almacenar?, ¿y el forraje que nos encargaron?, ¡pues qué!, ¿en qué está pensando?

El trabajo que se tomaron en preparar la carga forrándola para aguantar el bamboleo de la barcaza. Habían mandado hacer una canasta para subirla arriba del remolque. A esperar. Demontres.

Da una orden:

—Que vaya ahora mismo el Inspector a ver qué hay en el Muelle Viejo, allá fue a dar Arnoldo. Si hay problemas, mejor remediarlos antes de que caiga la noche.

Y añade para sí:

—Ya Arnoldo está demasiado viejo...

Él sabe que retirarlo del timón es condenarlo a muerte. Tal vez lo que se necesita es adjudicarle por compañía a alguien de más peso que sus muchachos. Pero eso tampoco va a ser fácil. En todo caso, al momento lo propio: averiguar, no entendía. Y encontrar acomodo para las canastas de platos frágiles. Eran de fina cerámica, les dijeron que "porcelana china"; iban para el nuevo hotel de Bagdad —El Bagdad—. No podía dejarlos donde cualquiera se les tropieza.

Julito lleva corriendo la orden al Muelle Nuevo, se la pasa tal cual a Úrsulo que acaba de despertar (toda la noche tuvo labor, apenas se va levantando: ése duerme ahí, como un indio, sobre los tablones del muelle). Úrsulo brinca a su canoa, alegre de regresar al agua.

El cibolero Wild sale del Hotel de La Grande a echarse una miadita y a respirar aire libre. El cuerpo de Santiago cuelga del icaco, pesado, sin balancearse, como rama de un manglar buscando el piso. Un pájaro negro que parece también pesar como una piedra cae en su hombro. Están los rangers enviados por el boticario obedeciendo al consejo de Neals. La carreta donde viene la carga o la "cosecha" del cibolero, oliente y fúnebre, se recorta contra el río. Nada más.

"¿Dónde están los idiotas?".

Entra y pregunta a La Grande si sabe de Trust y sus esclavos. Atrás de ella responde la sobrina de Sandy, "ya se fueron, hace rato".

Wild el cibolero paga la cuenta, encarga su carreta, "Pues ahí si la quiere dejar, será cosa suya", ¿quién le cuida a los bueyes?, "aquí se los atendemos; la tarifa es…", llegan a un arreglo (que humilla a La Grande, "en esto he caído, en mulera"), sube a un caballo y no se le volverá a ver en mucho tiempo.

El Inspector es una canoa al servicio de la vigilancia del puerto de Matasánchez. Sus ventajas: navegar con igual soltura si hay viento, marea alta o calma chicha. Al remo, Úrsulo, quien prefiere las expediciones solo pero que puede embarcar hasta a cuatro personas. Úrsulo, el cabello largo y lacio, adornado con algunas cintas, la camisa de cuero, los mocasines, el pantalón sí de sastre. Los muchachos de Matasánchez le imitan las ropas, pero no hay quién se atreva a lo del peinado.

El río Bravo tira fuerte de la barcaza vacía, jugueteando con ella y el remolcador como si fueran dos cascaritas. Está alterado. "¡Hasta el Bravo se enojó con los muchachos!, ¡'state ahí, agüita, ¿yo qué?!", habla Arnoldo, directo al río en voz alta.

Como que algo pasa. ¿Vendría huracán? ¡Nomás le falta eso!

Ya se otea el muelle de Bruneville. No hay ninguna otra embarcación en éste. Ve a cierta distancia al vapor Elizabeth, anclado a distancia del muelle. No es lo usual. Por otra parte, ya es la hora de que los pescadores de mar abierto empezaran a preparar las redes para la siguiente jornada. Pero no hay muestra alguna de esto. Lo que sí, es un grupo de uniformados.

—Maldito pueblo, nido de pistoleros. Ellos me echaron a perder a mis muchachos. Tan buenos muchachos. Yo los crié.

Yo les di de comer tantos años. Eran como mis hijos. Más que mis hijos.

Ve algo que no alcanza a identificar columpiándose del árbol de La Grande. Sus ojos ya no son lo de antes. También aquí los dos muchachos le eran imprescindibles. Le da rabia de pronto —la impotencia de la edad, la deslealtad—, una rabia triste.

No puede pasar el trago de lo que le han hecho y menos todavía con el peso de la vejez. "¿Se me juyeron, y con todo?".

Ya le queda en las narices el muelle de Bruneville, lamenta haberse enfilado hacia acá. Piensa que debió quedarse en Matasánchez, el capitán le habría ayudado a encontrarlos, como se soltaron los amarres se desconcertó… él solo con la barcaza y el remolcador, ¿qué va a hacer? Debió enfilarse al Muelle Nuevo, allá habría encontrado a Julito o a cualquier otro que lo ayudara. En fin. Demasiado tarde.

—Soy un idiota, soy un idiota. Ya no sirvo para nada. Mejor que me venga a recoger ya la calaca. Más viejo, más inútil…

Se maldice, porque nomás no puede creer que los muchachos, tan buenos, sus chicos… esto debía ser su propia culpa… algo hizo mal que él no sabe.

En tierra firme, los uniformados se apiñan como para recibirlo.

—¿Y ora?, ¿qué se traen?

Acerca la barcaza al muelle.

—Lo bueno es que me van a echar la mano, ¡son tantos!

Venciendo sus torpezas, avienta la cuerda que traía para emergencias en la cabina, siempre atada al timón, ¿cuánto hacía que no la había usado? Arnoldo recuerda para contestarse con el dulce olor agrio de una mujer, una que tenía el vestido floreado… Las axilas le sabían como a piña, ¡qué dulzura!

Los uniformados que están en el muelle amarran la cuerda que les tira, enganchando la barcaza a tierra. Ni las buenas tardes le dan a Arnoldo, ni esperan a que intente dejar la cabina.

Uno de ellos aprieta el gatillo.

Le da a Arnoldo en la frente, en el ceño, entre los dos ojos.

Lo cuelgan al lado de Santiago, en otra rama del icaco frondoso de La Grande, ahorcan al muerto "Para que aprendan esta bola de bandidos que son los mexicanos".

La canoa de Úrsulo arriba en un santiamén al Muelle Viejo, son casi un solo cuerpo. Saca del agua su canoa Inspector y la acomoda en donde siempre (levantada en la horqueta de una enorme ceiba que la arropa escondiéndola, por no saber en cuánto tiempo volverá a la orilla).

No se necesita ser Úrsulo —ducho en seguir huellas— para saber que ahí han pisado varias docenas de cabezas de ganado mixto. Y por lo menos doce caballos. Uno trae dos hombres a cuestas, las pezuñas marcan hondo. Las reconoce: herraduras de la yegua de don Nepomuceno, la Pinta. Él estaba cuando la herraron.

—¿En qué se metió éste?

Tampoco se necesita ser Úrsulo para saber que se dirigen a Laguna del Diablo. Regresa al Inspector, debe llevar las nuevas a Matasánchez. Tira la canoa al agua y la aborda con soltura —la monta como el jinete experto al caballo—. Encuentra la corriente, el remo le sirve para evitar golpear un tronco que el Bravo arrastra desde la raíz: cosecha de su capricho.

(Úrsulo sabe oírle al árbol lo que éste viene llorando. Lágrimas que nada tienen de piedra ni de agua, todas flor perdida, fruta que no tendrá jamás perfume, hojas caídas camino a la pudrición; algo tiene el llanto que el árbol caído va murmurando que deja a Úrsulo pensante).

Parece que Úrsulo es parte del Inspector, no lo contrario. Van como un pez enfundado en otro.

La corriente arrastra al Inspector directo al Muelle Nuevo de Matasánchez.

Úrsulo deja caer la nueva como una bola de cañón al pie del capitán de puerto, pero cree que la entrega sin mecha:

no menciona que reconoció las huellas de la yegua de Nepomuceno. A su vez, López de Aguada lo pone al tanto de lo que ha pasado en Bruneville, en tres patadas, que si el sheriff Shears, que si Nepomuceno le dio un tiro, que si huyó.

—Ya oíste, Úrsulo... ése nos va a meter en problemas. Al americano no se le mete un balazo en balde. Deben ser Nepomuceno y sus hombres... huyendo...

—Pues es verdad —es lo único que comenta Úrsulo—, un caballo blanco no es un caballo.

—Verdad de Dios: un caballo blanco no es un caballo —contesta López de Aguada, sin saber bien a bien por qué sacaba aquí Úrsulo a cuento la del chino Chung Sun.

López de Aguada mismo sale a pasar la nueva en persona al señor alcalde de la Cerva y Tana.

Úrsulo se lamenta de haberle dado alguna información. "Si hubiera sabido yo antes lo de Shears y Nepomuceno, no abro el pico; un caballo blanco no es blanco sino caballo... ¡oh, bueno, lo que sea!".

Úrsulo ha citado a Chung Sun, el chino de Bruneville, quien llegó hacía tres años acompañado de un inglés que ya zarpó, a saber si porque quería dejar Bruneville o poner distancia con el chino (dependerá quién cuente la historia). No queda claro cuál era la relación entre ellos, ambos vestían muy distinto pero con igual elegancia y lujo, los dos tenían servidores, había entre ellos un trato como de colegas o hermanos, se sentaban juntos a la mesa y sostenían conversaciones interminables especulativas a las que era difícil seguirles el hilo:

—Considero que un caballo blanco no es caballo.

—¿Un caballo blanco no es un caballo?

—Un caballo blanco no es un caballo.

—El color no es forma, la forma no es color. Si pedimos un caballo blanco en un establo y no tenemos ninguno pero tenemos un caballo de color negro, no podemos responder que tenemos un caballo blanco.

—Si no podemos responder que tenemos un caballo blanco, entonces el caballo que buscamos no está.

—Al no estar, entonces el caballo blanco al fin y al cabo no es caballo.[8]

Sus diálogos dejaban a los pensantes de Bruneville fríos, pero cruzaban el río y eran muy citados por los matasanchenses, circulaban por las arcadas de la plaza, se les debatía largo en las mesas del Café Central. Sólo el doctor Velafuente los tomaba por bromas, cambiándoles un poco la textura (ya lo contaremos, o no).

Era en estas bromas donde sus frases parecían más vivas, y de donde el pueblo las tomaba para citarlas de memoria con cualquier pretexto.

El inglés mister Sand y el chino Chung Sun habían viajado por el mundo juntos. Nadie conoce su historia, ni siquiera su esclavo (Roho, o en español Rojo), porque lo compraron poco antes de entrar a Texas, cuando desembarcaron en Nueva Orleans. De los sirvientes es imposible obtener informes, eran chinos y no hablan sino sus lenguas, no se entienden ni entre ellos.

Chung viste ropas muy bordadas de colores fuego, rojos y dorados, no sabemos de qué región de China. Dependiendo de la ocasión, se cubre o no la cabeza con un también elegante sombrerillo que hace juego con los vestidos.

Alguna vez que el inglés (mister Sand) enfermó en su presencia —un súbito malestar, se desvaneció perdiendo por completo el sentido—, Chung sacó de sus ropas un atado de polvos y de sus mangas un estuche de fieltro conteniendo largas agujas. Pidió un vaso de agua, hizo en él una mezcla con los polvos

---

[8] Los personajes no parecen saber que repiten las líneas de la lógica de Gons Sun.

que hizo beber a Sand, y perforó con las agujas diferentes partes del cuerpo desvanecido.

Cuando Sand despertó y se vio como un San Sebastián (las agujas eran largas, casi saetas), se horrorizó. Chung se las quitó y pidió disculpas. Nunca más se le volvió a ver clavárselas a nadie, pero lo que sí es que la mucama del Hotel de La Grande (la sobrina de Sandy), donde se hospedaron un tiempo, juraba haberlo visto aplicárselas a él mismo "en los hombros y en los pies" cuando estaba a solas y por las mañanas.

En cuanto a los polvos, de esos sí nadie supo dar más razón.

(La leyenda que corre es que el chino Chung tiene ciento y pico de años, otras versiones dicen que más, la verdad es que es imposible leerle la edad.)

Cuatro pistoleros de King entran a casa del pescador Santiago. Dos greasers colgando del árbol de La Grande no les parece suficiente castigo, no aprendería la gente, deben vengarse en la familia del pescador. Los tres hijos aún no regresan —"yo los vi en la carreta de Héctor"; "pero de eso hace ya rato, ¿no?", "pues sí, pero no están, qué más"—, y la mujer, que siempre vende empanadas en el mercado, está todavía en lo suyo.

Le prendieron fuego al techo de palma.

Luego fueron por la esposa, eso mejor no lo reseñamos.

Charles Stealman entra a su casa cuando ya está por dar la hora de la reunión. Pregunta en alta voz "¿Elizabeth?", las esclavas a coro "en su dormitorio". Sin detenerse, sube a grandes pasos la escalera, recorre el pasillo, abre la puerta, la cierra y apoya la espalda en ésta.

—¿Elizabeth?

Elizabeth salta de su escritorio (está ya perfectamente vestida para recibir a las visitas, de punta en blanco, el llamado en alta voz la sobresalta), la gota de tinta en el manguillo tiembla.

Los zapatos enlodados de Charles manchan de lodo el tapete. El ojo de Elizabeth lo advierte, se queja con un "¡Charles!" en tono de reclamo.

—¡No digas mi nombre como si fuera el de uno de tus perritos!

"Trae un humor de perros, y yo con los nervios…" —piensa Elizabeth, desearía anotarlo en su libreta.

—¡Cámbiate! ¡Estás enlodado, sucio! ¿Qué cancelaciones tienes?

Silencio del abogado.

—Dime, ¿recibiste cancelaciones?, ¿viene la gente?

Mayor silencio.

La gota de tinta que caía del manguillo se desprende, su caída pasa desapercibida.

—Te estoy preguntando si llegaron cancelaciones.

De nuevo, silencio.

Los oídos del abogado Stealman no son de por sí muy agudos. Menos: no son de fiar. Tiende a ser sordo —aún no se da cuenta de esto su mujer; y aquí por enferma de un lugar común: la capacidad auditiva masculina se asocia con la juventud y con la potencia sexual, por ende es un valor del que raramente se habla, casi un tabú; para las mujeres sordas no hay prejuicios, se les borra nomás, son un fastidio y punto; pero en el caso de los varones… otra historia… el sordo y el erecto dizque van mano a mano (es una tontería porque el homo erectus no lo era por el pito, y la erección difícilmente se consigue vía auditiva).

En todo caso, hoy no están los bollos como para aguantar lugares comunes. El abogado Stealman no va a permitir que las olas agitadas ganen todo terreno a la cordura. Se acerca a la jarra y la vasija de cerámica donde hay agua, se mediolava la cara, se anuda la algo sucia corbata mientras hace lo imposible por no escuchar la gritadera de su mujer, estridente. La nacida Vert está realmente furiosa.

Por fin, terminados sus cálculos mentales, Charles gira la cabeza, y, aún con los oídos sordos, la voz muy baja y en calma, empieza su enumeración:

—Viene el vicegobernador. Viene el capitán Callahan. McBride Pridgen y el senador... no lo conoces, el que ocupa la silla del desafortunado Pinckney Henderson, baste le llames "senador".

Las palabras del marido no pueden caerle peor a Elizabeth. Explota:

—Matthias Ward, ¿el senador Matthias Ward viene a mi casa? ¡Es un masón!

Esto sí lo oye muy claramente Charles. "¿Masón?".

—¡Masón! ¿De dónde sacas tú tu información? ¿Con quiénes conversas? ¡Eso déjaselo a tus criadas! —Stealman está por perder los estribos, pero saca de su flemática reserva—. ¿Querías saber quién viene y quién no? Los mexicanos no se van a presentar. Tanto mejor. Han tenido un problema... con alguien de su familia. El alzado de Nepomuceno. Peleó contra Zachary Taylor. No le habría gustado a Callahan verlo aquí.

—¿No te dije yo eso mismo antes? ¡Pero no me escuchas! Ahora tú me vienes a repetir hoy, y tenía que ser hoy, mis argumentos. Los míos. ¡Mí-os! Ya te voy a oír en breve hablar del masón de Ward, porque es lo que...

Tocan a la puerta. La voz tímida de una de sus negras:

—Señora... Una visita. Son una señora y una señorita que no conocemos.

La esclava pasa una tarjeta de visita por debajo de la puerta. La toma Charles y la lee en voz alta:

—Catherine Anne Henry.

Antes de dejar de lado la conversación que ha sostenido el matrimonio Stealman —si podemos llamarla tal—, son necesarias tres precisiones. La primera va sobre el senador Matthias Ward. La segunda, de Stealman mismo. La tercera, de Callahan:

1. El senador Matthias Ward suplía en el Senado a James Pinckney Henderson, quien vive en la memoria de Elizabeth como si hubieran sido amigos, sólo porque ella había firmado, junto con otros cuatrocientos noventa y nueve texanos —más o menos— aquella petición "Sobre la protección de la propiedad de esclavos" en que pedían "un plan para asegurar la protección de esclavos en Texas" que tenía como primer punto "la necesidad de un tratado de extradición entre Estados Unidos y México con el objetivo de reclamar criminales de ofensas capitales cuando sea necesario" —sobre todo para proteger un derecho constitucional (y en sí un derecho humano, un derecho soberano), el de la propiedad, por eso había que conseguir el rescate de los esclavos fugitivos—. Se pretendía "a pesar de los sabuesos perjurios del fanatismo en el Congreso" defender los fundamentos de su Constitución, "nuestra bandera lo tiene escrito: Libertad, Justicia, Protección al oprimido y agraviado". Ahí se llamaba a Santa Anna "el tirano guerrero de México, el asesino negro de hijos de americanos". Insistía en que defender el derecho a la propiedad (de esclavos) estaba en el corazón mismo de las instituciones americanas y que el azote de los norteños —que han perdido los estribos y se han enloquecido con el asunto de la esclavitud, "golpeando y tratando de destruir los signos vitales de nuestra Constitución —esa *chart and chain* que nos ha mantenido unidos desde los días de Washington—". Etcétera. Por supuesta lealtad con "su amigo", por una irracional biliosa lealtad a éste, detesta a quien ahora ocupara su silla en el Senado —de ahí que Elizabeth lo llamara "masón", para ella eso es de lo peor que existe.

2. Segunda precisión: Stealman llegó a casa con la cabeza llena de humo por varias buenas razones. Había sido un día intenso. Ganó la barcaza y el remolcador y otras dos embarcaciones, sin desembolsar un dólar. Luego ocurrió el asunto del idiota sheriff y la respuesta de Nepomuceno. Verdad que Texas era la tierra de las grandes oportunidades, pero tenía un problema: los mexicanos.

Aunque tal vez decir humo no es lo apropiado en un hombre como Stealman. Tres minas de plata en Zacatecas lo dotaron con una mediana fortuna —no fueron su propiedad, pero el que rasca, gana, si es gringo (el orden del mexicano es distinto: el que gana es el que lo merece no por sus hechuras sino por cuna, nacimiento, etcéteras)—. En honor a la verdad, las ganancias, más que por las vetas generosas, fueron por su administración —pagos minúsculos, jornadas largas de los mineros y venta de plata cualquiera a precio de mineral de excelente calidad.

Tenía la mano, este Stealman. Con una inversión minúscula había hecho el trazo de Bruneville; con dinero que sacó del Estado, la construcción de las dos calles principales; con la venta de los lotes, un milagro, un rincón olvidado del mundo se tornó en gran prospecto de ciudad; con sus relaciones (sin menospreciar las que heredara por la familia de la mujer) los políticos consideraban a Bruneville un enclave importante, ofreciéndole protección militar y regalándole con ésta la derrama económica que acarrea ser base del ejército.

Todo lo de Stealman salía de la nada (como lo de Gold y tantos otros recién llegados) o, mejor dicho, de su iniciativa, de su ánimo emprendedor, para el que era un lastre la mexicanada, porque como sabemos traía encima el pleito legal de los que reclamaban la propiedad de las tierras donde se asentaba Bruneville, su creación. Stealman esgrimía en su defensa un papel firmado por la viuda quejosa, doña Estefanía, en que aceptaba el uso que hiciera de éstas "con objeto de proveer engrandecimiento a la región". Para que cerraran el pico, Stealman pagaría a sus dos hijos mayores un peso por hectárea (no es broma: un peso mísero) (él había recibido mucho más por cada lote) (creía que era lo justo, el negocio era a fin de cuentas su idea y su trabajo). "Lo de siempre", decía para sí Stealman, "los pasivos mexicanos" querían sacar ganancia de lo que a él le sobraba y ellos carecían: "Ingenio, fuerza de trabajo, devoción. Son como las mujeres".

En su argumento, Stealman olvidaba algunos detalles. A saber: que las minas de Zacatecas le fueron rentadas por un mexicano que las había explotado de la mejor manera y que ya había sacado de ellas el mineral de calidad, lo que él le rascó y vendió era de quinta clase, aunque lo vendiera como si de primera. Que sabía y de sobra le habían tomado el pelo a la viuda Estefanía, ella no había tenido ninguna intención de fincar ahí ciudad alguna "porque —eran sus palabras— el negocio entre el río Nueces y el Bravo es el ganado, esta tierra es generosa para criarlo" (y tenía razón) (encima, hay que recalcarlo: Estefanía nunca le vendió las tierras a Stealman, él la hizo firmar un papel ofreciéndole sus servicios para legalizárselas ante el nuevo gobierno; lo que había acordado es que se le ayudaría a sacarles provecho, dada la nueva situación —ella entendió correcto: su preocupación era que la ahogaran los impuestos). Por último: que el pleito entre hermanos (los de anteriores matrimonios y el tal Nepomuceno) le abría la posibilidad de fingir que arreglaría el asunto por la vía legal, cuando, se lo decía con todas sus letras, lo único que iba a hacer era calentarles un ratito las palmas de las manos a quienes las extendieran, ya encontraría después qué hacer para cerrarles el pico.

No es el único negocio dudoso que guarda entre manos. Charles Stealman tiene una caja llena de títulos falsos, "squatter titles" o "labor titles", y hay otros, pero ahora está ocurriendo la reunión en su casa, no tenemos tiempo. No hay que ensañarnos contra él: es verdad que es muy emprendedor y organizado, se las sabe de todas todas, y es muy respetuoso y apegado a la ley cuando se trata de lidiar con anglosajones, siempre y cuando no haya motivo irresistible para no serlo.

3. Tercera y última (y breve) precisión: hace más de un mes que el capitán Callahan —que también ya anunció Stealman viene a la reunión—, acompañado de un piquete de sus hombres, topó con una banda de ladrones de caballos en la cañada York. Mataron a tres o cuatro, los demás se dieron a la fuga entre los arbustos espinosos que ahí crecen —la pequeña amarilla

flor perfumada sólo aparece una vez al año; la procuran las abejas, de ahí la conocida miel.

A la mañana siguiente, sus pistoleros decidieron seguir el rastro de uno de los bandidos, iba herido de una pierna, presa fácil. Dieron con él en un abrir y cerrar de ojos, el hombre, sin montura, se arrastraba como una serpiente.

Al verlos venir, con señas les dio a entender que se entregaría. El capitán Callahan se le acercó en su caballo, sin desmontar.

—¿Qué, greaser?, ¿quieres llegar a Seguin?

—Sí, señor. Necesito un doctor, me estoy desangrando.

—Está bien. Móntate a mi espalda.

El mexicano se ató fuertemente la pierna con un largo pañuelo de seda que traía en la bolsa —un objeto que le era muy querido, lo llevaba cuidadosamente doblado en la bolsa, probable testigo de un amor, ya que tenía alguna esperanza podía echarle encima la mano—. Después, el mexicano se levantó con trabajos, y cojeando con gran esfuerzo se acercó al capitán Callahan. Cuando éste lo tuvo a un paso de distancia, sacó la pistola y se la vació en la frente.

Cuando Chung Sun, el chino, oyó esta historia, repitió lo que solía decir de los gringos, "properly styled barbarians", el único atado comprensible de palabras en inglés de que él era capaz —porque hay que descontar sus caballos blancos y demás máximas y epigramas que en cualquier lengua están en chino.

Para presentar a las mujeres que acaban de llegar a casa de los Stealman, hay que hacer otro paréntesis, y tenemos tiempo, Elizabeth tarda en salir de su habitación, luego debe dar indicaciones a las esclavas de cómo vestir a Charles (no va a permitir que se presente como un mendigo) y de por sí le lleva algo de tiempo bajar hacia el salón porque se ha puesto unos zapatos que le aprietan:

Las primeras escritoras del linaje de los Henry fueron las dos hermanas que firmaron dos libros de poemas escritos a cuatro manos como "Las Hermanas del Oeste". En alguno de estos poemas aludían a la reencarnación, como si hubieran tenido una vida anterior. Lo cierto es que nacieron bajo la sombra de un muerto que incluso en vida del occiso había sido difusa. Su abuelo, Charles, pretendía pertenecer a la Casa Henry, de gran alcurnia, aunque no era sino un soldado raso que por huir de la miseria abandonó en Inglaterra a su esposa y dos hijos, escapó a probar suerte. Cruzó el océano. En el nuevo continente, puso sus armas al servicio de los españoles, se hizo llamar Carlos, se volvió a casar y enviudó. En pago por sus servicios, los españoles le otorgaron tierras a un costado del río Mississippi. El territorio cambió de manos, a las anglosajonas. Carlos regresó a su nombre original, Charles Henry, casó otra vez con una joven heredera anglosajona. Tuvieron hijos.

Una mañana apareció en la entrada de su hacienda el hijo del primer (y legítimo) matrimonio de Charles Henry, el que había abandonado en Inglaterra. Venía a que le pagara el abandono en que lo había tenido (creció huérfano, vio morir a su madre en la pobreza). Ante el rechazo de Charles, se instaló un poco más arriba de la ribera, a tramar su revancha. Tenía con qué. Había estudiado con cuidado la manera de actuar de Charles bajo la lupa del rencor y la envidia, a la distancia, en la pobreza. Supo cómo explotar tierras y humanos.

Padre e hijo se volvieron rivales. Compitiendo ayudaron a convertir la cuenca del río en el centro de la riqueza algodonera mundial.

Las fortunas de los Henry crecían sobre una cama de cadáveres, los enterrados en un olvido, los esclavos que eran el secreto de su riqueza, y los indios vernáculos, a quienes habían robado sus tierras de cacería o exterminado con hombres de armas a sueldo.

La sombra difusa del mayor de los Henry cobró su cuota. Charles-Carlos sufrió un ataque de melancolía aguda, un túnel empinado imposible de remontar, caída libre en tobogán o resbaladilla del ánimo, un desliz vertiginoso. Se precipitó en la más absoluta desesperación. Perdió el piso de la razón. En 1794, con una depresión marca diablo de la que no sabemos más que el nombre, Charles o Carlos Henry se amarró al cuello una cazuela de hierro y se aventó a un brazo del Mississippi, el Búfalo (de aguas profundas y negras), que desde ese día se llamaría como él, Henry. Su hija menor, Sarah, tenía diez años.

La cazuela es para algunos un asunto de suma importancia, porque dicen que era lo único con que había llegado del otro lado del océano, que con ella se ganó algunas semanas la vida, preparando un ponche exquisito. Pero eso no es sino una patraña, una leyenda obtusa que quita verosimilitud al caso. ¿Cómo iba a viajar cargando tamaña cazuela pesada en el barco? Ahí no termina el arrojo imaginativo (o lo lisiado de la imaginación de los chismosos). Alguno llegó a decir que había navegado el océano metido en la cazuela, capitán, marinero y pasajero de su propio barco, pero eso sí que es el colmo. ¿Un hombre cruzando la mar océana en su propia cazuela? ¡Ni en un cuento de hadas!

Con el tiempo, Sarah se casó dos veces. La primera no fue muy afortunada y es mejor olvidarla. En algo tuvo suerte: enviudó pronto. Cuando le dieron la noticia de la muerte del marido, se soltó a llorar. Corrió a su cuarto y se encerró. A solas, cortó en seco las lágrimas y celebró: "¡libre, soy libre, libre!". Mucho "libre" se diría, pero no le sirvió de gran cosa. En breve, se volvió a casar. El segundo matrimonio fue con un hombre peculiar, el teniente Ware, un viudo de buenos bigotes, letrado, de gestos grandilocuentes y elegancias estrambóticas, dado a los viajes y las aventuras —había explorado el norte del África, según algunos buscando minas, pero todo parece indicar que buscó ligas para la trata humana que no tuvieron éxito porque los portugueses le ganaron el comercio. Regresó diciendo quién sabe cuántas aventuras luminosas, cuando en realidad no había pasado de ser un tratante fracasado.

El apetito de contar historias del teniente Ware se volvió legendario. Alguien le atribuye la versión de la cazuela viajera, pero no cabe duda, para quienes conocemos sus otras narraciones, que esto es imposible. Era un fabulador y un mentiroso, no un imbécil.

El teniente Ware y Sarah tuvieron dos hijas, las futuras autoras —y primeras del linaje—, las poetas que firmarían "Las Hermanas del Oeste".

Primero nació Catherine Anne. Pasaron cuatro años sin que Sarah engendrara otro vástago, el teniente Ware se ausentó. Pasado el tiempo, él contaría que había ido a Zacatecas a buscar minas, pero no podemos creerle, porque en México no encontraría esclavos que pudiera comprar a bajo precio para vender a bueno, y eso fue siempre lo suyo. Más bien nos inclinamos por la versión que le atribuye un rapto alcohólico durante ese periodo.

A los treinta y nueve, Sarah, dio a luz a su segunda hija, Eleanor, e inmediato cayó en una depresión que se la llevó de la mano a la locura. Perdió el piso, perdió el techo, perdió las paredes, perdió el cielo y el infierno, pero sobre todo se perdió a sí misma. A ella nadie le atribuye cazuela alguna, aunque sí un intento de ahogarse en el río. El teniente Ware la internó en una institución para dementes.

En su encierro, Sarah Henry Ware pasaba los días suspirando por su marido, lamentando su abandono. Cuando el teniente Ware la visitaba, Sarah no lo reconocía. También se lamentaba Sarah por la ausencia de sus hijas, en especial por su bebita, Eleanor, y llamaba en sus llantos a la mayor, Catherine Anne. Cuando las niñas llegaban a visitarla, tampoco las reconocía, le repugnaban sus reclamos de cariño.

Sarah conservaba su belleza y su hermoso y espeso cabello. El teniente Ware la mudó a la casa de uno de los hijos de su anterior matrimonio, la encerraron en la parte más alta, como a una Rapunzel.

Cuando las dos hermanas, Catherine Anne y Eleanor, publicaron su primer libro de poemas, Sarah ya había muerto.

Los detalles de su fallecimiento se nos escapan. No había cazuela a mano para echarse al río, aunque hay quien dice que ella también se echó al Henry con la cazuela al cuello... pero saltémonos ese pasaje porque rebosa absurdo. De que había muerto, no cabe duda.

Eleanor se casa con un hombre que no es necesario traer a cuento, dice que tiene plantíos en Virginia, pero parece que mentía. Todos creen que es feliz. Tienen un varón, que casi muere al nacer —el cordón infectado—, por el que ansiosa siente un apego enloquecido, tanto que no puede alimentarlo, el marido contrata una negra nodriza. Después nacen dos hijas, aunque esto hay quien lo niegue y diga que eran sobrinas que se hospedaban con ella, sobrinajándole anticipadamente a sus vástagas, que a su muerte se irán a vivir con su tía. A la primera la llama como a su mamá, Sarah. Cuando nace la segunda, pelea ásperamente con su hermana Catherine Anne y cae en el mismo túnel que el abuelo y que la madre, contrae fiebre amarilla y muere. Por supuesto que hay imbéciles que dicen que acabó en el río Henry con la cazuela al cuello, y los que alegan no tenía nada atado, sino piedras en los bolsillos del vestido, pero no hubo río: no le dio tiempo.

Hasta aquí el paréntesis.[9] Camino a Nueva York, Catherine Anne se ha detenido en Bruneville, el nuevo vapor de pasajeros a Nueva York ha cambiado el punto de embarco de Nueva Orleans a Punta Isabel (otra movida de Stealman, de las pequeñas: planeaba parcelar también una franja de terreno en Punta Isabel, le convenía inyectar de vida al puerto). Catherine Anne viaja para presentarse a firmar el contrato de publicación de su novela y, a petición de su editor, quedarse a residir en Nueva York hasta la aparición del libro y durante su promoción.

---

[9] Tenemos la tentación de corregir las imprecisiones de la presentación que se ha hecho, pero el espacio no lo permite. Queremos hacer constar que peca de imaginativa y atribuye paternidades equivocadas.

Lo había firmado como *Una señorita del Sur* (*A Southern Lady*). Viaja acompañada de sus dos sobrinas. La primera es particularmente interesante.

El que no está invitado a la reunión de los Stealman es Neals, el ranger que tiene a su cargo la cárcel del centro de Bruneville. Está muy al tanto de ésta y de las precedentes, siempre hay quién le pregunta, "¿Vas, Neals, a la casa de los Stealman?", y piensa que es injusto que jamás lo tomen en cuenta.

Neals es de los pocos que la alcaldía tiene a sueldo fijo, los más de los armados son contratados para trabajos precisos. El "honor" le ha sido concedido para retribuirle su contribución a la patria, con eso lo dan por bien servido por haber sido uno de "los diablos texanos".

"Los diablos texanos", así nos gritaban los mugrientos mexicanos cuando desfilamos victoriosos por las calles de su capital, todos en nuestras monturas. Medio desiguales, sí, unos en mulas, otros en mustangos, otros en caballos de sangre; algunos a pie sobre las sillas, otros mirando hacia atrás, no faltaba el que se hacía la de señorita, las dos piernas de un solo costado, otros cabalgaban pendiendo de sus brazos al cuello de su montura, otros tendidos a lo largo del cuerpo del animal, como escondiéndose de balazos, otros, para mayor arte, colgando como otro estribo. Eso sí, a nadie le faltaba sombrero, gorra o boina, de piel de perro, de gato, de mapache, de gato salvaje o de piel de comanche. Los mexicanos decían que éramos una especie semicivilizada, medio humanos y medio demonios, con algo de león, otro tanto de diablos y un pelo de bache (esas enormes tortugas mordedoras que viven en Florida con el lodo). Nos tenían más miedo que al mismo diablo.[10] Eso sí, cuando al regresar tocamos Puerto Lavaca, Texas, nos recibieron como si

---

[10] Nos parece que sus palabras son las de Jack Hays, en *The Intrepid Texas Ranger*.

fuéramos héroes, habíamos conquistado a un país que por veinte años había suprimido la libertad y los derechos naturales del hombre, y que había interferido con el Destino Manifiesto de América para gobernar estas playas.

Las tres Henry no tienen ni idea de lo que ha pasado hoy en Bruneville. Tres llegaron a Bruneville, sólo dos se presentan en la casa de la calle Elizabeth. La que no llega con ellas es muy bella, se llama Sarah Ferguson (es hija de Eleanor Henry), vive como su hermana con la tía desde que murió su mamá en el 49, a su lado aprendió a tomar gusto por los hipódromos, las apuestas, los juegos de cartas, escribir y leer.

Sarah hizo semanas atrás una cita con Jim Smiley. Quedaron de verse en la ribera del Grande, en el "Casino de La Grande". "¡Será una gran noche!". Sarah quiere por lo menos una partida con el más famoso jugador de su país, coincidir en Bruneville con él es un golpe de suerte, no lo puede dejar pasar.

En los ranchos, pueblechuelos y ciudades del valle y de la pradería, en los puertos de mar y río, y en los campamentos de indios y vaqueros la llaman doña Estefanía. Es la dueña de la mitad del mundo, ésta en la que estamos parados. Y es la mamá de Nepomuceno.

Es una señorona. Hay quien habla de su proverbial mal humor, otros de los ataques de generosidad incomprensibles o de sus entusiastas arranques de tacañería. No hay indio o mexicano que no la piense como la dueña de todo cuando tocan sus ojos. No hay gringo que no quiera arrebatarle algún trozo de lo que posee, más de uno la cree una incapaz que ha dejado a la región en somnolencia productiva (así justifican la razón de su ladronería, "por el bien de la región"). Los negros le atribuyen poderes mágicos. Los mexicanos creen que es como una rey-midas. Los indios la aborrecen, por su hacha han caído pueblos enteros, la consideran una fuerza maligna. Para el padre Vera, el párroco de Matasánchez (que a veces se hace bolas y lo piensa "Matagómez", o "Matamoros"), doña Estefanía es una santa, un ángel o un querubín, dependiendo del monto de la limosna. A la (puerca) iglesita católica de Bruneville no le suelta un peso, así que el cura Rigoberto la considera una bruja abusiva y algo hereje.

¿Quién tiene la razón?

Reseñan la ropa que usa con detalle, los caballos que forman su cuadra, la de piezas de ganado que con el lazo de Nepomuceno ha sabido acumular, sus cosas, establos, capillas —o hasta iglesias, que eso parecen—, silos, muebles, carros (de varios) y joyas, y todos se hacen lenguas de cómo cocina. "Tiene manos de ángel". "Es como un embrujo comer lo que guisa".

Ella piensa en sí misma en términos muy distintos, y debemos darle el derecho de voz. Pensar no es la palabra precisa. Doña Estefanía no *piensa* en sí misma. Piensa en los problemas del feudo Espíritu Santo, en la lluvia y el ganado y la mano de sus vaqueros y el transporte y el pago y el trato con el rastro. Veamos cómo es que se ve, como se cree que es.

Doña Estefanía no se considera una señorona. Ni siquiera se cree "doña". No se llama a sí misma con el nombre entero, no es "Estefanía" sino "Nania". Nania le decía su papá. Nania tiene un poni blanco, "pequeño y bonito como tú, y se llama Tela". Su papá le mandó hacer un cabriolé que él llamaba araña. "A ver, mi Nania con su Tela y su araña". Aprendió en un santiamén a llevarlo ella misma, sin conductor, cubierta la cara con un velo para que no la lastime el sol (no podía sujetar la sombrilla y llevar las riendas). En las manos, sus guantes blancos.

Pero más le gusta montar el poni, aunque eso "no es para Nania, las damitas no deben montar". A veces sí cae en la cuenta de que tiene tres hijos y de que carga "con la bendición" de dos más, pero esto nomás en las navidades y casi a fuerzas, por los corajes —las nueras, los pleitos entre hermanos, un fastidio.

Más allá de Rancho del Carmen, José Esteban y José Eusebio, los otros dos mediohermanos de Nepomuceno con quienes comparte apellido por ser hijos del mismo padre, están donde nace el Río de la Mentira, que otros llaman, con menor claridez, Río del Carmen. Se habían quedado a proteger a doña Estefanía en Rancho del Carmen, con ella esperan ansiosos la resolución del juez de Bruneville sobre el pleito de las tierras.

Los hermanos no esperan de brazos cruzados porque los dos son gente de trabajo. Muy al alba habían salido del rancho tras más de cien piezas robadas por los hombres de King el día anterior. Los rastros del ganado debían estar aún frescos, por eso el apresure, no había soplado el viento y no era temporada de lluvias. Tuvieron suerte, los robavacas estaban a tiro de piedra. No querían enfrentamiento sino repetirles su juego, recuperar el ganado y regresarlo al corral, antes de que los marcaran encima del sello de doña Estefanía. Así hicieron: los sorprendieron dormidos, les metieron unos cuantos tiros para que no alborotaran, tomaron el ganado de doña Estefanía y estuvieron de vuelta a tiempo de desayunarse unos exquisitos huevos rancheros, con sus tortillitas suaves, su salsa de jitomate, las yemas muy tiernas.

Otros dicen que se habían quedado con doña Estefanía porque no querían meter las manos en el asunto, que sabían que reclamar a los gringos era jugar con fuego —porque lo del reclame, muy adentro de ellos sí que les correspondía; aunque no fueran de su propiedad sino de la viuda de su papá, no dejaban de acariciar la idea de que algo les tocaría si estaban en buenos términos con ella, sobre todo ahora que Glevack se había alejado, hacía tanto que ellos ya sabían que era un pillo, por prudentes no se lo dijeron con todas sus letras, pero un poco sí, llegaron tan lejos como para decirle que era un aprovechado, que les parecía medio de quinta...—, pero lo que es indudable es que sí le tenían ley a la señora y que arriesgaban su pellejo por cuidarla.

Tampoco hay duda de que a Nepomuceno no le importa meterse en las llamas de los texanos, si de por sí ya anda en eso, ni modo que se quedara con las manos cruzadas frente a sus atropellos, se habían robado las tierras de su mamá haciéndose los legalotes para fincar en ellas Bruneville, mercando lo que nomás no era de ellos.

Las noticias llegaron, sin las naranjas, el ajo y la cebolla que doña Estefanía había encargado. Dos de sus vaqueros trajeron los pormenores de lo que había ocurrido. Por descuidados no cargaron con la mula que deambulaba cerca del muelle, a saber qué harán de ella hoy los rangers, se la estarán cogiendo por atrás. Por las naranjas no nos preocupamos, las más regadas en Bruneville luego luego encontraron dueño, pero ajos y cebollas allí estaban y fue puro descuido no traérselos.

Ni qué decir que la noticia cayó de piedra a doña Estefanía y a los dos hermanos.

Pues sí, Glevack era un caso, pero al lado de los texanos parecía un pollito muerto y desplumado al que le han mochado el pico, un miserable indefenso.

Ah qué caray con los texanos, bien que habían aceptado las tierras de manos españolas y luego mexicanas, firmando y juramentando que eran católicos y tendrían lealtad al rey, pero apenas pudieron se pusieron a decir que los mexicanos los oprimían —¿pue'qué?—, que los católicos eran intolerantes —¡ay, ¿sí?!, ¿dirán que comparándolos con los protestantes?—, que no había libertad, que quién sabe cuánta cosa. Ya para entonces le habían sacado buen jugo a la tierra donada, vendiéndola fragmentada —contra lo que acordaron en los contratos— y a precios de oro, ya se habían agandallado enormes territorios dizque amparados por la ley. En el centro está el asunto de los esclavos que México no permite por principio, y que para un texano es un derecho intocable.

Antes de volver donde los Stealman, vamos a dar una vuelta por Bruneville.

En la Plaza del Mercado, toca el gringo de la mona su organillo. La mona baila, el organillo canta, pero ni quién les haga caso, casi no hay nadie y el que pasa trae miedo. El organillero se fastidia de estar haciendo el loco a solas, si es un artista. Cierra el organillo, llama a la mona, le engancha la traílla al collar y con ésta de la mano y el instrumento bien pegado al cuerpo, camina hacia el Café Ronsard. Le agarra también miedo. Las calles están desiertas. Entra al café. Deja al lado de las puertas su organillo (sabe que aquí no tiene permiso de tocar, ya se lo han dicho, no va a beber cargándolo, para qué, es ridículo) (esto de que no lo dejen todavía lo enfada, pero no quiere hoy revivir la herida; pasa el enojo como una sombra y se la sacude como quien se quita una mosca). Pide una copa en la barra.

—Que saque ese gringo a su mona —éste es Ronsard, no se le va una—. La otra vez hizo estropicios.

El cantinero se lo repite al organillero en su inglés champurrado. El gringo lo piensa unos momentos. Su mona será su mona, pero su vida es su vida, allá fuera no se siente bien la cosa. Toma la traílla, sale, amarra la mona justo enfrente de la puerta del Café Ronsard, donde Gabriel ha mandado clavar esas dos trancas con una buena viga, la Hache (le dicen algunos) que está ahí para los caballos, y regresa, no con ganas demasiadas, aquí no le dan el trato que merece, pero ya lo dijimos, también él tiene miedo, y eso empequeñece a cualquiera.

En el Café Ronsard hay reunión de Águilas. Cualquiera los verá sin saberlo. Por eso se reúnen en lugar público, para no despertar sospechas. Los rangers, los pistoleros a sueldo, están abocados en pleno a la persecución de Nepomuceno o a colaterales venganzas, desde hace años cada que pueden les da por hostilizar mexicanos. Hoy los rangers van de casa en casa, buscando precisamente lo que ni se les ocurre notar a simple vista. Hacer la reunión en secreto sería una confesión de culpa.

Además es usual que Gabriel Ronsard, como dueño y anfitrión, departa con sus amigos y juegue a las barajas.

El cónclave no lo parece.

En la mesa de Ronsard, Carlos el (insurgente) cubano, don Jacinto el talabartero y el extranjero José Hernández —que llama al café "la pulpería"—. Alrededor de ellos papalotean una media docena de Águilas, se acomodan en la barra y las mesas vecinas, van y vienen, están atentos. Sandy ya está de vuelta de sus correrías, Héctor el dueño de la carreta, con su cara redonda, Cherem el de las telas, el franchute de las semillas, Alitas, el pollero.

Don Jacinto a José Hernández:

—¿De dónde su acento, ese cantadito con que habla?

—Del sur, de otros llanos.

—Yo he ido al sur, y cuál llanos. Usted diga misa si quiere, don José, por allá no hay nada de praderías, ni bosque de chamizo, ni valles planos; pura cañada y unos árboles gigantes como para andar colgando riatas bien largas con ristras de… —estuvo a punto de salírsele "tejianos" de la boca, pero supo contenerse a tiempo— …de indios.

—No me porfíe, amigo. De allá yo vengo. De mucho más al sur que de donde vos…

Carlos, el cubano, baraja —no hay torpeza alguna en sus gestos, las cartas bailan en sus manos como en su casa—, reparte y comienza el velado recuento de infamias. Dado que se ha ido llenando el Café Ronsard, él va a marcar la pauta: no se tocarán los temas nuevos, no se abundará en detalles. Prácticamente imposible que alguien pueda seguirles la conversación.

Carlos lanza la primera infamia:

—Josefa Segovia.

Inmediato le toma la palabra Ronsard.

—1851.

—Frederick Canon —éste fue Héctor desde su silla, a cuatro pasos de ellos.

Risas entredientes. Dejan salir así el vapor de sus preocupaciones.

(¿De qué hablan? ¡Ni quien de los no entendidos se dé cuenta! En Penville, en ese año, el gringo Frederick Canon violó a la mexicana Josefa Segovia, ella fue a acusarlo a las autoridades, presentó pruebas concluyentes del crimen, la acompañaron a declarar su médico con la parte escrita, el sobrino, que había sido testigo presencial —Frederick había irrumpido en su casa, primero había batido a golpes al sobrino de Josefa que apenas tenía diez años, luego lo amarró a una silla y procedió a forzar a la jovencita en sus narices—. Traían también algo que fue leído como escándalo: fotografías en que se reproducía el crimen. En éstas, las víctimas —la violada y el muchacho—, actuaban las escenas, y el primo mayor de Josefa pretendía ser el criminal Frederick Canon. Al final del fotodrama, se incorporaban imágenes que también se consideraron muy indecentes, con tomas cercanas a los golpes dados al muchacho, los hematomas que Frederick había marcado en el cuerpo de Josefa).

(Dos días después, aparece el cadáver de Frederick Canon, los indicios son de que se había caído de bruces por borracho al arroyuelo de aguas sucias que sale desalojándolas con la basura de Penville. Las autoridades acusan a Josefa Segovia de asesinarlo y aunque nunca hay pruebas que corroboren la teoría de su culpabilidad, la toman presa. El siguiente sábado, al caer el sol, el pueblo asalta la cárcel —con la complicidad del sheriff—, un grupo de varones saca a Josefa de su celda, la manosean antes de exhibirla, la mojan, le desgarran el vestido, casi la desnudan; el pueblo atestigua cómo la golpean, la llevan a rastras, bañan en trementina lo que resta de la bella. Echan una cuerda a la rama más baja de un pirú añoso, ahorcan a Josefina, le prenden fuego. Sus ropas contrastan con los que celebran el linchamiento: las mujeres vestidas de fiesta, los hombres en mangas de camisa por el calor endiablado, sombreros a la cabeza y ropa limpia como si fueran a la iglesia. Tocan los músicos. La gente se echa a bailar al pie de la linchada, celebra la muerte de la "greaser").

Cómo ríen Las Águilas. Las risas de Las Águilas son de amarga revancha, como si enumerar restaurara los agravios y hasta les diera placer.

—¿Y qué me dicen del que tenía ganado trescientas treinta y tres millas arriba de Rancho del Carmen?

Silencio por respuesta. A la mención del número 333 les hirvió la sangre. En un golpe, perfecto, como de general, los hombres de King lo habían despojado hasta de la última cabeza, y la vacada fina cambió de manos "legales" en un ágil golpe de abogados; el juez Jones (la gente lo llamaba Pizpireto Dólar) aceptó las pruebas que le puso enfrente el representante de King —todas más falsas que monedas de doce pesos (juez Jones era el de Bruneville antes de la llegada de juez White, el Comosellame).

—Para manzanas, las…

Otra pausa. Las manzanas eran la clave para repetirse una de sus consignas: "La violencia de los anglos es estrategia para amedrentar a los nuestros, con el claro objetivo de que perdamos todo derecho y propiedad. Le llaman leyes, viene disfrazada de actos legales, es la batalla continua por las propiedades, los privilegios y los derechos elementales. Pero cualquier acto que haga alguien de origen mexicano para recuperar lo propio, así sea cultivar manzanas, en su lenguaje perverso se llamará hurto, robo o ladronería".

Eso se decían en silencio, pero a simple vista sólo tenían la boca cerrada. El talabartero Jacinto bufa. Carlos imita el gesto de Shine el aduanero, la nariz fruncida como si apestara.

—¿Y qué me dices de los siete limones?

Llevaban la cuenta de los casos de mexicanos maltratados cuando visitaban Bruneville por los gringos "lawless". Shine el aduanero era el único americano que se ha atrevido a hablar del asunto en alta voz, se ganó una tunda en la oscuridad camino a casa. A la mañana siguiente, Shine encontró un letrero pintado en su casa, "Death to pro-greasers". Acción de los "ciclos", no firman pero lo saben lo más entendidos.

El gesto en Carlos arranca de nuevo carcajadas cuando cambió, al tiempo que dijo, fingiendo voz y acento:

—Orita vengo, voy por tabaco.

Se hizo el bizco, los dos ojos pegados a su nariz, una caricatura de Shears.

—¡No te vayas! ¡Vámonos por los siete!

—¡Órenle!, ¡vámonos por los siete!

Esto era porque King mató cerca de Laguna Espantosa, en el Condado de Dimita, a siete mexicanos que le acababan de entregar ganado mojado. En otras ocasiones pagaba, a veces hasta bien, y quedaba muy conforme. Se sospecha que con los siete traía otras cuentas pendientes.

Decían sus alusiones, sus bromas barrocas retorcidas, crueles, en voz alta, no se les entendía nada, era el lenguaje de los entendidos. Pero de vez en vez dejaban ir un murmullo para que no se les alcanzara a oír porque era obvio el contenido:

—¿Qué tal que la Cart War la ganan los carreteros del sur?

Cualquiera que los observara pensaría que estaban más locos que cabras hambrientas. De inmediato alzaron la voz para no levantar sospechas:

—¡Ah!, ¡quién no quisiera la paz y la calma en una rueda de Barreta!

Al norte de Arroyo Colorado, el señor Balli fue a visitar su propiedad, el Rancho Barreta. Una partida de gringos lo atajó en el camino, lo amarraron a una de las ruedas de la carreta, lo azotaron y lo dejaron a morir, sitiaron Rancho Barreta hasta que el insolado exhaló su último suspiro. Luego cayeron encima de la viuda como moscardones, sin darle tiempo ni de secarse las lágrimas, y no le dieron cómo resistir la oferta —tres pesos mexicanos por todo Rancho Barreta—, amenazándola con que si se negaba los hijos varones padecerían lo del marido y para las dos hijas adolescentes el ultraje.

En voz muy queda, don Jacinto acotó, "malditos larrabbers" (quería decir land grabbers, pero él se entiende).

—¿Qué me dicen de Platita Poblana?

Era el apodo de aquel contrabandista de plata, nacido en Puebla. Como otros de su oficio, había muerto asesinado por el texano que lo contratara. Eso sí, bien guardada la carga antes de escabechárselo.

Platita Poblana se había tomado más de una copa con algunos de ellos. Nadie pudo reírse de ésta. Además, el ánimo —a pesar de sus empecinadas carcajadas, rebeldes, decididas a quitarle a la realidad el cetro— se había ido enturbiando. Por estar jalando el hilo de la memoria, otras sin nombrar les rondan: que King mandó construir un puente y que cualquier mexicano que lo cruzara firmaba su condena de muerte; que si en el condado de Nueces cualquier mexicano que cabalga sobre silla nueva se garantiza la misma condena; que si de los mezquites penden cadáveres y no son de gringos; que si La Raza deja sus ranchos, abandona sus tierras, cruza el río Bravo buscando refugio, a veces sin suerte porque a los texanos eso de la frontera (con todo y que la hicieron a su capricho) les tiene muy sin cuidado.

A dos mesas de distancia, un gringo algo borracho —el día fue largo— cree que está conversando con alguien, pero ya tiene rato que alega solo: "Mi sabiduría se concreta a dos cosas: si traen ropa de piel con flecos, indios; si traen sombrero, mexicanos; en cualquiera de estos dos casos, si ves uno dispara y échate a correr. Los mestizos son crueles por naturaleza, y los indios son salvajes".

La Grande, a solas (hasta sus empleados se han ido a casa, los músicos también salieron por piernas, sólo queda la sobrina de Sandy en el fondo de la cocina) rabia de coraje. Esta noche iba a cantar en su café La Tigresa del Oriente.

Entra al Café Ronsard Sarah Ferguson. En el último minuto, cuando ya vestida de varón estaba por emprenderla hacia el muelle de Bruneville para asistir a la cita en el Hotel de La Grande, le llegó un mensaje de Smiley: "Mudamos la mesa de juego al Café Ronsard, frente a la Plaza del Mercado". La razón del cambio ya la conocemos.

El disfraz no es malo en sí, y se cuidó bien de no verse mal —no puede evitarlo: es una bella coqueta—, pero ¿quién podría creerle la impostura con esa cara de ángel?

Lleva en la mano un bastón de puño dorado con el relieve de un caballo. Pide un café "con brandy, por favor" sin fingir la voz.

—¿Y este marica? —dice Carlos, en voz muy baja a Ronsard.

—Sht. Una flor tan delicada debe tener oídos de...

—Serán de oro, como su bastón, ¿no? —don Jacinto.

Tras Sarah, abanica las puertas Jim Smiley, trae en la mano su rana en su caja de cartón. Pide en la barra una copa, sin prestar atención a Sarah; paga al cantinero (por adelantado, según ley de la casa) por el préstamo de las barajas.

Smiley se sienta a la mesa de Blade, el barbero.

—Hi, Smiley! Remember The Alamo?

Es la frase con que saludaba Blade, su muletilla, su acompañante.

En la barra, Sarah pregunta por Smiley. El cantinero apunta a la mesa donde se acaba éste de sentar, y dice en voz alta, "Smiley! Someone here wants to speak with you!".

Smiley y Blade ven a Sarah con sorpresa. "¡Ése!, ¿ése?", piensa Smiley, ¿ése es el que le estuvo escribiendo las notas varoniles para retarlo a un juego? ¡La vida regala sorpresas! Blade sólo piensa "Remember The Alamo", el señorito lo pone nervioso.

Entra Wayne, hace una seña al cantinero (sabrá bien qué servirle, lo de siempre), y se sienta a la mesa de Smiley. La partida está completa, Blade, Sarah, Wayne y Smiley.

—Good evening. Nice to meet you —gusto en conocerlo, se dirige a Sarah—. My name is Wayne. Josh Wayne —seguiremos en español para no andar traduciendo por escrito—. Vine a Texas buscando no sé bien qué. Gané dinero. Me hice de tierras. Pero no me bastó eso. Quería sentirme útil.

—Ya, ya, ya, ya entendimos... yo soy Smiley y no me hago el del pico largo. Baraja esas cartas, y empecemos.

—Remember The Alamo?

—Yo soy Soro —dice Sarah.

Entra al Café Ronsard el peletero Cruz, bajo el brazo uno de los buenos calzones que hacen los lipanes para una mujer de no muy buenas costumbres que se lo ha encargado.

Al peletero Cruz ya le anda por casar a su hija Clara. En parte aconsejado por la prudencia ("A saber cuánto le dure yo a esta niña, mejor dejarla en manos responsables, no me le vaya a morir y en este pueblo qué va a ser de ella; no tiene más familia que su padre"), en parte que no la lleva bien con ella ("Nomás no te aguanto, eres idéntica a tu madre") y otro poquito para quedarse libre, aunque esto ya lo anda restando porque su ilusión había sido casarse con Pearl.

¿Quién más va a encontrarle marido sino el padre? "Mi buena niña". Así sea un día tan especial, así se sienta traicionado por una mujer indigna ("Total, no me amargo, no es sino una criada"), aliviado en parte porque ese vaquero le parecía poca cosa para su vástaga, sale al Café Ronsard. Era un día perdido, ya le había llegado el chisme del pleito y huida de los lipanes. No tiene miedo, como Peter Hat Sombrerito, o el ilustre organillero, o tantos otros. Sólo siente su fragilidad. "Hoy le encuentro marido a mi hija". Cruzando la plaza, se va diciendo "¿Y si me muero?, ¿y si me muero?", y lo dice de tal manera que parecería que también lo desea.

Apenas trasponer las puertas abatibles, los ojos del bruto del peletero topan con Soro-Sarah: "¡Ése!, con ése caso a mi hija", y se propone no dejarlo salir sin antes cruzar con él algunas palabras. "Lo voy a abordar directo, éste no se me va, se le ve fino, educado, y es gringo, ¡mejor todavía!, para como están las cosas tanto mejor que sea gringo".

Por motivo ajeno a Cruz se hace el silencio en la mesa de Smiley, éste lo aprovecha para abordar a Soro-Sarah:

—¿Es usted casado?

A ninguno de los cuatro le cabe duda de que la pregunta va directo a Soro, y que es ridícula, ¡casado!, ¡imposible!, ¡no da el ancho ni para cura!

—¿Yo? —el tono de Sarah de total sorpresa.

—Sí, usted, ¿quién más?

—¡No!

"¡Si es marica!", piensa Wayne, "¡el peletero es más bruto...!".

—¿Por qué no?

—¿No ves que es muy joven? —interviene Smiley, socarrón más que avergonzado de la impertinencia ajena, quiere cortar de tajo ese hilo.

Wayne trae su cuerda. Quiere atizar el horno del mal momento. Pero lee la expresión de Smiley —si se dejan ir en ésta, no habrá juego:

—Basta de tanto blablablá y bla. A las barajas.

—Remember The Alamo —dijo Blade, ratificando por su parte su voluntad de comenzar—. Just never, ever, forget The Alamo.

Cruz entiende la indirecta y los deja jugar. Pero les lanza una por no dejar:

—I'm off to dangerous Mexico... ya me largo al sur, cabroncitos, ai la vemos...

Wayne alza la vista y se la clava para no verlo: lo borra sin parpadear.

Cruz, a la barra. No va a salir a las calles vacías así nomás.

El organillero, calladito, a su lado. Alarga el tiempo en que bebe su copa. No quiere tampoco poner un pie afuera.

Para Elizabeth es una suerte que las Henry sean las primeras en llegar a la reunión; tía y sobrina viven tan absortas en sí mismas. Elizabeth corrige los últimos detalles, las visitas la ignoran. Los floreros están fuera de lugar, los tapetes se han movido, las servilletas desordenadas, las escupideras estorban, los bancos en el camino, los músicos han acomodado los instrumentos donde pueden tropezarse las señoras, "¿en qué están todos pensando?". Parece que es la primera fiesta que se hace en esta casa", quién no tiene hoy la cabeza en otro lado.

Las Henry hablan sin parar, una opina, la otra comenta, o al contrario. Hablan para que las escuchen, o mejor: para escucharse ellas mismas. Nunca habían estado tan al sur. Las dos han paseado por Europa, Boston y Nueva York. Pero nunca aquí, "¿esto es México?" —habían repetido la frase varias veces en el camino, ahora en el salón.

—Texas *no* es México —las interrumpe Elizabeth, mientras truena los pulgares de la mano izquierda a una de sus esclavas para que reacomode el tapete que hoy por la mañana les trajeron del lavado.

Los otros visitantes van llegando a la reunión. Glevack aparece, no se le espera, lo daban por amigo de Sabas y Refugio. Por esto, segundos antes de su entrada, se contaba en un corrillo que había roto con Nepomuceno porque se enredó y tuvo quereres con Lucía, la más bonita de sus novias (pura infamia, Lucía desapareció de Bruneville antes de que llegara el austriaco, lo que sí es que el robo que otro corrillo le andaba colgando a Nepomuceno fue perpetrado también por Glevack, juntos se metieron a uno de esos negocios de andar llevando ganado robado de un lado del río al otro y las cosas salieron mal, o el austriaco las hizo hacer mal para poder romper con Nepomuceno, pensando ya en despojar a doña Estefanía).

Del otro lado del océano se había llamado Glavecke. Entrando a México, cambia las vocales de su nombre apoyándose en la ilegibilidad de la gótica de su pasaporte austriaco, Glevack. No volverá a abrir el pasaporte austriaco, las autoridades mexicanas le otorgaron al llegar una credencial que decía "ganadero" y con ésta tres cabezas, vacuno bien adaptado a la región, y un trecho de tierra, él podía usufructuar y sacarle cuanto jugo se le ocurriera, a cambio de pagar impuestos.

La visita a "sus tierras" lo desmoraliza. Le parecen pequeñas y resecas, como un pedrusco. Él quería ser de los que pose-
yeran hasta donde no alcanza la vista, de ésas que había leído en
un periódico bávaro, "cabalgamos cinco días para pisar tierras
que no le pertenecieran a nuestro huésped". Además no les ve
la gracia, no tienen árboles tupidos que al llegar el invierno se
pelen para volver a dar brotes al primer golpe de sol; no tenían
agua; no le gusta el pasto seco. En resumidas, le parecen como
el mar, una cosa sólida, sin gracia ni suerte, que además lo ignora a uno.

Cabalgar le interesa, pero le hubiera ido mejor moverse sobre un coche de motor o en carreta tirada por bueyes, el atractivo no es el caballo sino el movimiento, el viaje, la aventura.

La aventura empieza a ponerse interesante para Glevack
cuando un día ve pasar a un grupo de doce cautivos que los comanches llevan para negociar su rescate o venta. Ofrece a los
comanches agua —pozo sí había, verdad, pero eso a él no le
quitaba la sequedad del ojo, "eso es como que no hay agua"—,
entabló con ellos conversación, tenía curiosidad por el negocio;
se amistó con ellos y los acompañó a reunirse con unos bandoleros que cazaban mexicanos en la carretera —los pelaban de todo
lo que trajeran, los torturaban para sacarles información de sus
propiedades y asesinaban (eran muy rigurosos, según le explicaron: con la información obtenida, se hacían de las propiedades
de las que tornaban viudas, su industria era floreciente).

Después conoce a Nepomuceno.

En cada uno de estos encuentros alguien le hace ofertas.

Entre los cautivos, una jovencita, que habla el alemán malamente, le suplica dé por ella las monedas que la liberarían de
sus captores, prometiéndole su familia pagaría esto y el doble
"y me libra de soportar la humillación y convivencia con los
salvajes un día más".

Por como se comporta con ella, el jefe de los bandoleros
reconoce en él posibilidades para el oficio. Además, Glevack
se le presenta como "médico" y adquirir doctor es oro molido.

Nepomuceno, que es su vecino (y vecino de todos, porque él sí tiene tierras cuyos márgenes no se alcanzaran a recorrer ni en tres semanas de buen trote), le propone manejar su propiedad y las piecitas de ganado que le han dado, Glevack podría regresarse a Matasánchez si prefería la vida de ciudad, y él le arrancaría las ganancias a sus tierras y animales, a cambio de un porcentaje.

De las tres ofertas, Nepomuceno es lo que le parece más interesante, pero a ninguno le dice que no. A la cautiva "la usé", la cabalgata le había despertado las ganas de hembra. Para "usarla", da a uno de los salvajes un par de monedas, pide a la muchacha se suba a su montura, cabalga unos cincuenta metros, con el pretexto de que se la cae el reloj de su cadena la hace descender del caballo para que le ayude a buscarlo, apenas ella se empina él le cae encima, la acorrala contra un mezquite espinoso, la agarra de los hombros, la empuja hacia sí, le arremanga a las fuerzas las faldas y la usa de pie sin bajarse sino un poco los pantalones. La deja ahí, a que vengan por ella los indios que a fin de cuentas eran sus dueños.

Al bandido de mexicanos le dice que va a pensarlo serio, que sí le gusta la idea, y es honesto con esto, porque olió cómo iban las ganancias. Le atrae también la idea de pasar sus días entre el asalto, la seducción y la aventura.

No necesita pensar dos veces la oferta de Nepomuceno. Le gusta el joven. Se le alcanza a oler el dinero, le viene de familia, a ojos vistas muy emprendedor. Por otra parte, puede aceptarla y también ligarse con el bandido, no hay razón por qué no.

El pasaporte que Glevack no volvería a abrir tenía escrito que él era "estudiante de medicina en la universidad de Frankfurt". ¿Por qué abandonó los estudios? No podían ser problemas económicos. Llegó en cabina de primera clase, bien vestido y con algunas monedas, cierto que no con gran capital, pero no llegó con una mano por delante y la otra atrás para tapar el zurcido del pantalón.

Pero eso es un qué más da, cosa del pasado. El presente es el que nos interesa: Glevack se acomoda en el favor de Nepomuceno. Después, se arrellana entre su familia. Se casa con la sobrina predilecta de doña Estefanía. Pretendiendo lealtad, embroca en el pozo de su derrota a doña Estefanía con el asunto de sus tierras y los gringos. Fraccionar Bruneville es el negocio de Stealman gracias a sus buenas artes. Un traidor de siete suelas.

Lo de las siete suelas nos regresa a su escape de la universidad. Se fue de ahí porque cometió otra de sus traiciones. Ya vendrá después, si podemos colarla, aquí ya no podemos estirar más la liga, la reunión en casa de los Stealman sigue:

Trozos de conversaciones tomados al vuelo en el salón de la señora Stealman:

Entre los hombres:

—Están vendiendo una porción nada mala de tierra, hay ojo de agua y una cañada al norte la protege de los ataques indios. ¿A alguien le interesa?

—¿La venden por hectárea?

—Depende lo que se ofrezca.

—A mis ojos, ya pasó el momento ideal para comprar tierras.

—Van a subir aún más. Las tierras son el oro de Texas.

El ministro Fear habla bajo con un hombre de aspecto extraño, sería inútil identificar su oficio o procedencia al verlo:

—Es un favor grande que le pido, mister Dice.

Baja aún más la voz. Imposible oírlo, sobre todo porque mata ese cabo de la conversación el coronel Smell (que tiene poco de haber llegado a Fuerte Bruneville):

—El estado en que encuentro las cosas es peor del que yo imaginara. A tres millas de aquí, los ataques indios no cejan, donde no atacan, roban ganado. Los mexicanos pasan por el fuerte, muy orondos, exhibiendo el cuerpo cabelludo de algún indio, llevando prisioneros, antes de cruzar la frontera. Nosotros, con las manos cruzadas. Pero lo que tal vez me escandaliza más, es el estado de la tropa. Mi inmediato subalterno, el que me han asignado en el puesto como asistente —ustedes lo conocen—, me anuncia ayer por la tarde que va a vender alcohol a nuestros hombres. ¡Sobra decir que *por supuesto* está prohibido! Me pide autorización para que nos saltemos el reglamento y encima me anuncia, antes de que yo tenga tiempo de responderle, que lo hará en la tienda del ejército. Cuando le digo que de ninguna manera, me contesta que lleva tiempo haciéndolo y que no está preparado para suspenderlo de golpe. Es que todo está aquí de cabeza.

Entre las mujeres los temas no son muy distintos:

—Llegamos a estas tierras salvajes con la idea de someter bosques, bestias, y sus habitantes. Trajimos la cultura y la salvación.

—Lo importante es americanizar Texas, y para esto el primer punto es la raza. Entiendo que aquí hay dueños de esclavos que se opondrán a esto: dejemos salir a todos los negros, que se escapen al sur, que se vayan con los suyos, los que son como ellos oscuros de piel, holgazanes, en resumen, inferiores. Que crucen el río Grande, nos dejen limpios…

En voz más alta que sus contertulias, Catherine Anne se levanta de su asiento y de pie, mientras se alisa la falda, dice con notorio aplomo:

—Es la opinión de Richard W. Walker, es conveniente que los negros se escapen de Texas a Latinoamérica, que crucen la frontera y se mezclen con mexicanos… La considera una "migración natural" de los negros hacia "México y el Ecuador". Al sur, los negros encontrarán su lugar entre la población afín de razas de color en México.

Aquí interviene Charles Stealman, traspone el cerco de hombres y camina hacia el grupo de féminas:

—Disculpe pero disiento, señora. Esa opinión denota ausencia total de sentido común. Los esclavos son nuestra propiedad. Bien le parecería a Walker que sus casas se pusieran a andar a la frontera sur, o sus muebles, o sus bonos…

Risas.

Elizabeth, a quien le interesa particularmente el tema, reacciona de otra manera. ¿Hace cuánto que no sentía nada parecido a celos? Pues bien: está celosa hasta no poder más. Revienta de celos. No le gustan estas mujeres, menos todavía que Charles les hable así…

Por Bruneville corre un viento helado, pero no deja de hacer un calor de mierda. Los dientes castañetean a quienes se atreven a sentirlo. También a los que no lo sienten: el miedo va cuajando en todos.

Meneados por el viento, los dos cadáveres ahorcados se columpian frente al Hotel de La Grande, el joven Santiago, el viejo Arnoldo. Ella, nunca más voluminosa que hoy, vuelta una gorda sin gracia, sentada sobre un tronco pelado que quién sabe quién ha dejado frente al río a manera de banca, mira el viento.

"¡Válgame!, qué desastre", piensa con intensidad furiosa, sólo frases confusas. No entiende. Es para ella la debacle. Lo suyo es pasarla bien, darle a la gente gusto. Ahora, qué le queda, un cementerio colgando al viento, su árbol tornado en horca, su casa la ventana a la muerte. "Ya no bailes… ¡tú tampoco, ya no bailes!", les dice a los colgados. Siente la cara extrañamente fría, la colita helada y seca, los dientes cargando cosas, como si fueran bolsas de quién sabe qué metales.

Luego le habla al río: "Se me hace que matas".

La sobrina de la bella Sandy la del escote, la hábil y fiel espía de Las Águilas, desde la ventana de la cocina donde está lavando vasos, ve a La Grande hablando a solas, y se dice: "Nunca me había dado cuenta de que está poniéndose vieja".

La Grande, que no llora, siente ganas incontrolables de hacerlo. "Me echo al río", se repite, "¿me echo al río?, ¡me echo al río!". Empina un vaso de licor, empina otro. Habrá quien quiera hablar de la naturaleza de la borrachera que se está poniendo, nosotros pasamos de largo, baste decir que es repelente, sin interés.

Chez el austriaco Peter, harto de rezos, pasados los accesos irracionales de furia, fastidiado del encierro (y eso que apenas van unas horas), ahíto de matar la curiosidad — ¡qué estará pasando en este maldito pueblo!, la duda lo carcome—, comienza con sus tropiezos.

Peter mete mano donde no es propio ni decirlo, en la hija.

Junto a su hornilla, en la calle, Pepe el de los elotes cocina y bebe un licor que a saber dónde lo hicieron ni de qué; huele a pimienta, a canela.

El licor le da una preciosa visión: una especie de candelabro ardiente, rojo como un carbón. Se talla los ojos. Al volverlos a abrir, siente en la cara el viento helado. Después, un alivio, como si el viento se llevara el candelabro incómodo lejos de aquí.

El viento helado de Bruneville se cuela por una ventana abierta a la reunión de los Stealman, cortinones, tapices, flores y floreros, cabellos emperifollados, faldas y chaquetas lo entibian.

En el círculo de los varones (al que ha regresado Charles) están King, Gold, Kenedy, Pierce (dueño de la finca de algodón más rica de la región) y Smith, entre otros rojos prominentes. Excepcionalmente han convidado a dos de los azules, al boticario mister Chaste, porque es el (quesque) alcalde (y porque Stealman lo tiene bajo su dominio y de su bando, en lo que ocupa el puesto) (aunque el motivo preciso por el que está hoy aquí es para tenerlo a la vista, "no vaya a hacer otra de sus burradas, con la de Shears ya tuvimos más que una dosis para este día") y a mister Seed, cosa que irrita sobremanera a Elizabeth, evidentemente no son gente de su calidad, "¡el del expendio de café!", siquiera no vino con su esposa. Stealman quiere ensanchar el campo de acción de su facción, según algunos pretende encontrar aliados entre los azules para las siguientes votaciones, pero en realidad es su estrategia para romper la unidad de sus rivales, corromperlos con ascensos ilusorios, como traerlos a esta fiesta, y desmembrarlos; quiere hacerlos trizas con guante blanco.

Habla Rey:

—Cuando abrí el rastro al sur del río Grande, pasé temporadas en Matasánchez. Asistí a más de un fandango. Hasta el cura participaba, sin ningún recato. Son de una indecencia…

—No me cabe duda de que esa danza sinuosa sólo puede ser practicada por gente baja —acota Pierce.

—Asisten todos.

—Los mexicanos son lo más vil y degradado, la mezcla de razas ha tomado lo peor de unas y otras, degradando la castellana y la de sus indios —Pierce.

Más de una docena de esclavos de Pierce se han escapado cruzando la frontera, por esto tiene mucho que opinar sobre México. Le quita la palabra Gold. Para contar su anécdota finge la voz, parte como niña, parte como mujer. Es muy gracioso:

—Una niña a su mamá: "El niño mexicano es casi, casi blanco, ¿verdad, mamá?". "Su sangre es tan libre de sangre negra como la tuya y la mía".

Risas.

—Falso, miente a su hija —Pierce.

—Lo sé —sigue Gold—, es muestra de la ignorancia del pueblo. En mi último viaje a la refinería, leí en el *Brooklyn Eagle* —de nuevo finge la voz, ahora engolándola, un predicador desde el púlpito—: "¿Qué tiene que ver el miserable, ineficiente México con la misión de poblar el Nuevo Mundo de una raza noble?"[11] —regresa a su voz natural, sin haber arrancado una sola risa.

—"La sangre anglosajona no puede ser jamás sometida por cualquiera que clame ser de origen mexicano"[12] —Pierce.

---

[11] Cita a Walt Whitman.

[12] Cita al Presidente Polk.

—La República Blanca debe prevenir que los blancos texanos se conviertan en esclavos de los *Mongrel-Mexicans*[13] —Kenedy.

—La justicia y la benevolencia de Dios no permitirán que Texas quede otra vez más en manos del desierto hollado sólo por salvajes, ni que quede siempre regido por la ignorancia y la superstición, la anarquía y la rapiña del régimen mexicano. Los colonizadores han llegado cargando su lenguaje, sus hábitos, su natural amor por la libertad que los ha caracterizado siempre, a ellos y a sus antepasados —Stealman.

—Al menor descuido nos regresan a la época siniestra en la que los hombres de auténtica raza sajona fueron humillados y esclavizados como si fueran moros, indios o mestizos mexicanos —Gold.

—Los mexicanos no son lo mismo que los indios —Rey—. Los segundos no tienen remedio. Al mexicano se le puede contratar para laborar en el rancho, como peones sirven, que no más. Un mexicano no puede (¡ni soñarlo!) ser capataz. No cabe duda, es por raza. Algún iluso, como mi amigo Lastanai, creyó que con bondad, imparcialidad y buena fe se podría alcanzar la paz y el buen convivio con los fieros indios, y transformar a los salvajes en gente de bien —valientes son, sin duda, que no es lo del mexicano—. Pero no queda quién no se haya dado cuenta del error de apreciación. Todo indio es un ser irracional, nacido para el pillaje y la violencia.

—Excepto los comanches. Lo prueban sus plantíos de azúcar y algodón, y la buena mano que tienen con los esclavos…

—Es por la mezcla de razas. Véalo usted. La prole que tienen con las cautivas nuestras los ha domesticado relativamente.

---

[13] Dejamos por una ocasión la palabra "mongrel", que los texanos usan asociada a los mexicanos. Se usará el término "mestizo" que carece de la carga que tiene ésta. Quieren decir lo mismo, excepto por el desprecio contenido en el término mongrel.

No por sus costumbres, que se ven forzadas a abandonar, las fuerzan a prácticas repugnantes.

—¡Beben lo que resta en la panza de un caballo muerto!, y es el cauto ejemplo que escojo por respeto a esta casa.

—Eso no tiene importancia —dice King descalificando la interrupción—, la clave está en la sangre, el mandato que dicta la sangre. A mayor número de cautivas blancas procreando con los indios, mayor prosperidad.

—La solución entonces podría ser la mezcla absoluta…

—¡Jamás! Vea usted el caso característico de los mestizos. El ejemplo vivo son los mexicanos —de nuevo King—, como estaba yo diciendo…

—¡Greasers! —escupe Pierce, con desprecio.

Pueden hablar a sus anchas porque los hermanos de Nepomuceno no se presentaron.

—Son una raza condenada al hurto, la holgazanería, la estulticia, la pereza, la mentira. Desconocen la noción de futuro, como las bestias.

—Se parecen más al perro que al hombre.

—No insultes a mi perro; es leal, limpio, obediente, ¡y hermoso!

—Es rubio, tu perro. ¿Cómo se llama?

—Se llama Perro, ¿cómo más?

—Son lascivos, los mexicanos. Me parece su característica principal. Sólo tienen apetito por el placer inmediato. Desconocen la ambición.

—Es por la mezcla de razas, estoy de acuerdo —Stealman vuelve a tomar las riendas de la conversa—, los antiguos mexicanos no eran así de incompetentes. A fin de cuentas, fueron capaces de levantar un imperio.

—¿Pero no quedamos en que la mezcla de razas era la salvación?

—Sólo para el comanche, porque no se puede ser peor que un salvaje…

—Llamarlo imperio es exageración de los españoles, para engradecerse a ellos mismos —Pierce—, eran salvajes.

—Siempre fueron violentos —Kenedy.

—Esto no lo pongo en duda —Rey—. Lo que se puede cuestionar no es su inferioridad evidente, ni su incapacidad para el trabajo verdadero. Sirven para cepillar caballos y tienen buen modo con las bestias, como los niños.

—No los míos. Mi Richie, mi primogénito (el único varón entre mis once hijos, ¡mala mi suerte!) insiste en atormentar a los potros, al poni le lastimó malamente una oreja.

—Porque es muy inteligente.

Cuánto le cuesta aquí guardar silencio a mister Chaste el boticario (y alcalde, aunque aquí de esto no se le ve ni un pelo). Hasta este momento no ha pensado si está o no en desacuerdo con las opiniones externadas, muy preocupado con el asunto de Nepomuceno y Shears, y además porque tiene bien presente que lo invitaron como una excepción, no quiere enfadar a nadie. Pero una cosa es una cosa, y otra muy diferente el asunto de Richie. Mister Chaste sabe y de sobra que la inteligencia no es el eslabón que mueve la maquinaria de ese niño monstruoso, por lo de la hija de la cocinera de los Pierce, se la habían traído quemada de las piernas y lacerada del vientre, el niño Richie había estado jugando con ella. No la quisieron llevar al doctor Meal —no sabe guardar secretos, los Pierce no querían escándalos—, la dejaron en manos del boticario para que le administrara algo que medio paliara las heridas. Mister Chaste había recomendado cruzaran el río y la llevaran con el doctor Velafuente, pero no le hicieron ningún caso. La niña murió. Dijeron que se la llevó la fiebre amarilla. Pero fue la crueldad de Richie.

—También se les da la fiesta —dice Rey—, cocinan, bailan… y hay quien dice que nadie como sus mujeres para el placer.

El comentario cae como piedra al ministro Fear (no ha venido su esposa, atiende al enfermo y al herido, la disculpó con Elizabeth al entrar, "Lo entiendo, lo entiendo", había dicho ella con honesta simpatía), quien aunque no esté en el círculo alcanza a oír la frase, camina unos pasos hacia ellos e interviene:

—Bueno, bueno, estamos en una casa honesta, no veo por qué traer a colación…

Seguía por la cabeza de Chaste el tema anterior. "Otro día vi a Richie jugar con una paloma mensajera. La atormentó hasta dejarla sin pluma en el cuerpo. Le sacó los dos ojos. Dijo que no la iba a dejar ir hasta que le encontrara los dientes. Por más que rebuscó, nada de dientes".

En el Café Ronsard, Sarah —aquí Soro— con las cartas en la mano. Los otros tres jugadores estudian su expresión, recogen sus barajas de la mesa. Sarah —Soro— deja las suyas acostadas boca abajo. Los demás revisan sus juegos, Sarah los estudia.

—¿Cuántas barajas cambio? —pregunta John Wayne—. Just do remember The Alamo —quiso burlarse de Blade robándole la frase.

Blade: "Don't play with me, man!".

—Dos para Smiley… aquí, aquí, para mí.

—Tres para mí —Blade.

—¿Usted, Soro?, ¿cuántas quiere?

—Ninguna.

"Nos está blofeando", piensa Smiley. Lo observa. En la expresión de Soro hay belleza, dulzura, tranquilidad, serenidad. Comienza a silbar, "from Alabama, with a banjo on my knee…". Concluye Smiley, "Sin duda blofea".

Los jugadores cruzan miradas, están listos para apostar.

Sin decir palabra, Smiley pone monedas buenas en el centro de la mesa.

Wayne acuesta sus barajas sobre la mesa, bocabajo.

—Me retiro.

—Oh, no! Remember The Alamo!

Soro desliza las monedas, acomodándolas junto a las de Smiley, y, con movimiento ceremonioso, añade otro tanto.

—A lo de siempre —dice Smiley, mientras pone dos monedas más—, aquí no se ha roto un plato. Primero lo primero, quiero saber qué traes en la cabeza, Soro. ¿Tú qué quieres, qué deseas?

El cuarto jugador pone su parte de monedas.

—¿Qué deseo tener? —Soro—. Póker de ases.

—No te pregunto por el juego —dice riendo entre las palabras Smiley—. En la vida, ¿qué quisieras que se te cumpliera?… —en otro tono, serio, añade: —Del juego, pago por ver.

Smiley pone una moneda más, de verdad por ver, tiene curiosidad.

Con un girar de la muñeca, Soro (Sarah) abre su juego: póker de ases y comodín. Tiene quintilla. Y contesta la pregunta de Smiley sin fingir un ápice su voz de jovencita:

—Lo que quisiera es actuar. Subirme al escenario del Teatro Odeón —en perfecto acento francés, Thèatre de L'Odèon—. Y representar en una comedia romántica a una india kikapú, bonita y ligera, desnudas las piernas y bailando. Kikapú o asinai o texas, india y muy bonita.

Echa la cabeza atrás, carcajeándose, con gracia femenil. Nadie la acompaña en su gesto. Se levanta del asiento y mueve graciosamente los brazos. El meneo rompe el hielo, los muchachos rompen en carcajadas, todos excepto Smiley. "¡Maldito marica de mierda! Yo no nací para perder la partida contra un marica. ¡Querer ser actor! ¡Querer representar a una kikapú! ¡Con quién me vine a sentar a jugar!… Me habían dicho que… ¡agh!". De alguna manera, pensarlo es su revancha. No va a permitir que este marica, encima de vencerlo en las barajas, lo derrote en la ronda social: no deja traslucir su enojo. "¿El jovencito quiere ser india?, ¿cree que así me va a escandalizar? ¡Por mí que sea una kikapú!, ¡y si le place más, sea dos kikapús!".

—¡India kikapú! —le dice arrojándole encima la mirada, como escupiéndolo con los ojos—, ¡qué ocurrencias!

—No es mala idea —dice Sarah-Soro—. ¿Quién no me amaría si fuera yo una bella kikapú enamorada?

Lo dice en voz alta y clara. Ya no sólo los tres jugadores, el resto del Café Ronsard voltea a verla, preguntándose o afirmándose lo que ya a estas alturas no puede ser duda de nadie: "¿este muchacho es mujer?".

—Siguiente pregunta —ataca Smiley, buen jugador, entendiendo su astucia—: ¿cuál es tu historia predilecta?

—La de *Cliquot*. Algún día la escribiré.

—¿Escribir? Me parece mujeril escribir —dice Blade, aludiendo a lo que pasa por las cabezas de todos los presentes, no solamente por la de Smiley.

—No estoy de acuerdo —Smiley—. Escribir es varonil, si se cuenta bien una historia. Y de la que usted habla, no la conozco —cambió el tono, estaba a punto de echarse a reír, la intriga lo liberaba del halo del perdedor. Ya sentía verdadero interés en esta persona. Nada ejercía mayor poder de atracción sobre él (ni siquiera el juego) como una historia bien contada—. ¿Cliquot?

—Se la voy a regalar; usted, Smiley, me cae bien —le dice Sarah-Soro viéndolo a los ojos. Se levanta de la mesa, se acerca a la barra, hace un gesto pidiendo un trago indicando qué es lo que quiere.

—¿Lo mismo?

Otro gesto de Sarah, asintiendo. El cantinero le llena un vaso y después se le aproxima lo más que puede. Cruz camina y se para a bocajarro a un lado de Soro.

—Shht. ¡Oigan ésta!

Hasta en la mesa de Las Águilas se interrumpe la conversación. Todos los ojos en el Café Ronsard se clavan en Sarah-Soro.

Gira un poco, sin dar por completo la espalda al cantinero. Comienza:

"La historia de Cliquot, contada por su autora cuando aún no la escribe:

"Había una vez un caballo de carreras que se llamaba Cliquot. Cliquot cae en manos de un joven, de buenos bigotes…".

La interrumpe un varón:

—Como tú.

Silencio. Sarah deja ver en su expresión lo que piensa: "¿Yo?, todos ustedes saben bien que soy mujer. Me vestí así para poder sentarme con Smiley a jugar cartas, nunca pretendí engañarlos; ustedes no pueden ser *tan* tontos".

—Un hombre de verdad. *No* como yo.

—No conozco este cuento —dice Smiley, admirando la valentía del marica. Una sonrisa le ilumina la cara —¿Cliquot?

—No quiero interrupciones, señores. Contar historias es como armar un teatro. Atiendan:

"La historia de Cliquot, contada por su autora cuando aún no la escribe:

"Cliquot venía con fama de ser caballo rápido. El nuevo dueño, el buen mozo, pongamos que se llama Neil Emory, contrata a un reconocido jinete. El jinete no puede con Cliquot, el caballo es demasiado fogoso. Evidentemente lo tiene todo para ser el mejor, podría ganar todas las carreras, pero... ¿quién puede montarlo? El dueño intenta otro jinete, fracasa, y otro, fracasa, otro... Cliquot mata al jinete. O no, digamos que no lo mata porque eso le quita lustre, pero lo lastima muy malamente, aunque sí, tiene que ser que lo mata. El temperamento de Cliquot es fuerte, pero sobre todo imprevisible.

"Neil Emory, el dueño de Cliquot, sufre un revés financiero. Tendrá que vender a Cliquot. El posible comprador es un cabrón de siete suelas. Lo dije: ca-brón.

"Aparece un jinete muy menudito acompañado de su representante. El jinetito no abre la boca. El representante avisa al abatido dueño de Cliquot que su jinete quiere correr a Cliquot, que no hay duda puede con él. ¿La paga? Una participación, pequeña, de las ganancias. Eso sí, no quiere pruebas, si aceptan su oferta, va. Si no, no va.

"Neil Emory, abrumado como está, acepta, aunque no sepa en qué se está metiendo. Necesita dinero. No pierde nada, bueno, lo que está en riesgo es el hermoso Cliquot, pero dada su situación no hay cómo negarse a la oferta.

"Se anuncia que Cliquot va a correr. Las apuestas están todas en su contra. Arrancan, ¡corren! Cliquot va rezagado. Tres segundos después, se acomoda, se adelanta. Dos segundos, está costado a costado con la punta. La emoción sube. Cliquot parece volar. Neil Emory, el dueño, teme que sea el jinete quien vuele en cualquier instante. Cliquot no se distrae. Sigue corriendo, atento a la pista y a la meta, poseído de una cordura que no se le había visto antes. Adelanta. Gana la carrera, por dos cuerpos.

"Neil Emory sale de sus líos financieros. A esta victoria siguen otras. Amasa en un dos por tres una pequeña fortuna, mayor que la que tenía antes del revés.

"El jinete ganador, se sabe después de varios incidentes que aquí no puedo reseñarles porque todavía no los invento, conquista el corazón del dueño de Cliquot. El jinete en realidad es mujer, Gwendolyn Gwinn. Empieza un torrencial romance entre Neil y Gwendolyn. Esto debe ser marginal en la novela y no ocupar demasiado espacio, será una concesión a las lectoras; lo que importa son las carreras de caballos, porque Cliquot tiene que seguir ganándolas… Prefiero el juego y las carreras de caballos a los devenires sentimentales, la verdad son muy aburridos. Siempre lo mismo. ¿Ven el tamaño del corazón? Es el mismo de un puño apretado. En cambio —dice extendiendo los brazos y moviéndolos—, ¡el ancho, ancho Mundo…!

"Nos enteraremos (ya veré cómo) de que Gwendolyn fue la dueña anterior de Cliquot, que encontrándose a su vez en problemas de dinero, estuvo obligada a venderlo. Me faltan detalles, no los he trabajado, quiero decir, no los he imaginado. Algo debe ocurrir con el que fungía como su representante, no puedo dejar ese cabo suelto. Debe haber una trama en su despeñadero financiero que lo involucre, va a ser una especie de demonio o mal espíritu presente. Y debe ser que el posible comprador de Cliquot es quien llevó a Gwendolyn a la ruina, el notario de su padre que quería casarse con ella por una fortuna, ella se negó, y él se chingó… ¿Oyeron? Dije: chin-gó.

"Aparece la esposa legítima de Neil Emory (aún no pienso el nombre), venía de pasear en París, gastando lo poco que le restaba al marido. Ha vuelto porque sabe que ahora la fortuna vuelve a sonreírle a Neil Emory, no está dispuesta a soltarla (a la fortuna, se entiende, porque Emory le tiene muy sin cuidado), menos todavía en manos de una mujer que llegó a su vida vestida de jinete.

"Hasta aquí, por el momento, no tengo más…".

Silencio. Si contar una historia es lo dicho por Soro, equivalente una representación teatral, lo apropiado es aplaudir. Pero no parece lo procedente.

El cantinero se retira de Sarah, gira la cabeza a la puerta que comienza a balancearse, alguien la empuja antes de trasponerla. De nueva cuenta, un balanceo que delata la inminencia de una visita.

—Miren nomás quién viene —dice—: ya llegó el Dry.

Entra un hombre delgadito como una astilla, con los rasgos cortados ásperamente, como si lo hubiera hecho un artesano torpe de un trozo (malo) de madera (pálido, sin veta, sin color, daba la apariencia de no pesar al pisar). Es el Dry. Es un hombre que va de pueblo en pueblo, de ciudad en ciudad, de rancho en rancho, predicando los beneficios de ser abstemio y el demonio del alcohol. En realidad se llamaba Franklin Evans.

—¡El Seco!

Los niños dicen que flota, que tiene las suelas limpias, intocadas como los tiernitos de mama. Pero para él no hay teta ni rebozo y tiene las suelas luidas, apoya las plantas de los pies peladas al piso, llenas de callos y durezas, acostumbradas a recorrer las distancias; siempre le duele un pie. Es la miseria y el rigor encarnado. Predica fustigando el licor. Sus púlpitos predilectos son cafés, cantinas y bares, también las destilerías ilegales que tiene bien identificadas —por esto se dice que es agente federal, pero de cuándo acá los mandan sin zapato bueno; si les pagan una basura, pero suelas les dan; además, si fuera federal, atrás de él vendría la caballería a limpiar "del veneno", pero al Dry no lo siguen ni las moscas.

El hombre, de tanto querer volvernos a todos abstemios, parece siempre ebrio. Su rigor es enloquecido.

Franklin Evans nació en un pueblecito en Long Island. Deja la vida campirana, se muda a Nueva York, encuentra buen trabajo, bebe como un pez, se casa, pierde el empleo y obtiene otro malillo, muere su esposa, se vuelve a casar con una nacida esclava y liberta, tienen una hija, se enreda con una mujer blanca, la esposa asesina a la enamorada y se suicida, él pierde el empleo y ya no encuentra otro, sigue bebiendo, mendiga, cae en la miseria, muere la hija, arrepentido deja de beber y se convierte en abstemio y promotor de la abstención. Quien hubiera tenido su vida, imitación de novela sensacionalista, tan mala como si hubiera sido escrita en tres días bajo los efectos del ginebra para ganarse unos pocos dólares promoviendo la temperancia, no podría sino convertirse en un mister Dry cualquiera.

Tiene pesadillas de noche y noche. Sueños espantosos sin color, sin movimiento, puro estrujarse la garganta, cargar con pena, nada coherente, pero muy eficaces porque le engarrotan los músculos. Tampoco tienen ni principio ni fin. Un ejemplo: el Dry llega al barbero, que es un "greaser" y está borracho; se queja, no queda claro de qué, tampoco queda claro saber con quién se queja, sólo está el barbero. Se oyen carcajadas. El barbero toma la navaja y el Dry se sienta en la silla.

Ni se echa a correr, ni pasa nada. El Dry cree que se despierta. Se levanta al baño. Se le cae el pantalón. Cree otra vez que se despierta. Se le cae otra vez el pantalón que no puede caérsele porque todavía está acostado en el tablón pelado en que duerme. Angustiado, se engarrota, no puede moverse, despierta, ahora sí de verdad, sigue engarrotado, los brazos cruzados sobre su pecho, inmóviles. Despierta del todo. Lucha por moverse, no puede, lucha, por fin puede moverse.

¿De qué iba el sueño?, ¿por qué no hay una tensión, un arco, un punto de dolor específico? Como ésta, las demás pesadillas. Se parecen a las tonterías que come el Dry: pescado hervido, sin sal… y eso es lo más bueno en su mesa. Pone al fuego pedazos de cosas que echarse a la boca. Cosas sin gracia para quitarse el ansia, el apetito. Tonterías sin gusto.

El dedo pequeño del pie siempre le duele, tiene siempre pelazón, ampollas, un pelo enterrado, un ojo de pescado. Se agolpa toda posibilidad de enfermedad en su dedito. La voz de su alma es equivalente a ese punto de su cuerpo.

Odia al alcohol porque conlleva un placer, no razona; detesta, como buen fanático.

Sarah ve al Dry con curiosidad. Olvidándose de su condición —de su historia y del juego—, hace el gesto de acomodarse las faldas —que Carlos el cubano advierte—. Como no trae puestas faldas, pasa las palmas sobre el pantalón de montar con un movimiento algo ridículo.

Carlos se levanta de su silla y avanza hacia Sarah, quien le pregunta:

—¿Y ése? —hace la pregunta en perfecto español, señalando al Dry.

—Un loco que anda diciendo que el alcohol es el demonio mismo. Mucho gusto, soy Carlos, cubano… y —en voz más baja— su devoto —extiende la mano que Sarah-Soro le toma con un gesto que más tiene de ternura que de elegancia. Carlos baja la voz y se aproxima a Soro-Sarah, percibiendo su perfume de azahar: —"El Dry detesta a los mexicanos. Dicen que es un ciclo".

—Eso está solo en gustos de loco —masculla Sarah entre dientes y en inglés, al tiempo que se retira del que le habla (a Carlos le huele mal la boca, no es por su aspecto: es rubio, de piel muy blanca) y lo mira fijo a los ojos, para marcar distancias—. ¿Qué es ciclo?

—¡Sht! —sigue Carlos en voz muy baja, intentando no perder su aplomo; no tiene la menor duda, es una dama, pero no es el olor a azahar lo que lo deja desnudo, indefenso, sino su reacción ante la mención del odio a los mexicanos, ¿y si ella es un ciclo?, pero intuye que no lo es y abre la boca: —Círculo, la palabra quiere decir círculo —se arrepiente de haber abierto la boca—. No se puede hablar de eso.

El promotor de la abstinencia empuña los ojos hacia los que se atreven a murmurar en su presencia. Él es como la Muerte. Donde aparece quiere silencio, inmovilidad, lágrimas y terror, y si se visten de negro (como él, ¡con ese calor!), tanto mejor.

Sarah camina hacia su mesa y Carlos regresa a la de Las Águilas, donde pregunta lo de siempre:

—¿Qué le pasa a éste?, ¿de qué tanto enojo contra el sotol? ¿Pus cuál demonio salió a cazarlo tras cuál borrachera?

—No fue demonio, manito; fue una angelita negra —Héctor dice a los músicos, alzando la voz: —¡Échense "La Borrachita"!

Los músicos, que hasta este momento han estado en silencio (contritos los tres: conocen de sobra a Nepomuceno y a su mamá, han hollado para aquí y para allá las tierras del pleito —aunque éstas, pues quién no si Bruneville está levantado blablablá—, han tocado en cuanta boda, bautizo, cumpleaños, entierro; también las corridas —Juliberto es hijo de un vaquero, aprendió el violincito de tanto oír y ver tocar y cantar a Lázaro, y luego porque él mismo le indicó preciso cómo entrarle a la rasquiña, sus manos como una hoja de papel que uno apachurra, arrugadas y deformes de tanto jalarle al lazo y pegar a la fusta; ya se habían dicho "Aquí no se canta", "A menos que aparezca uno con el bolsillo cargado", "¡Ni de balas!", "Depende cuánto traiga, la Sila me pidió hoy dinero y le prometí que a mi vuelta", "Eso te pasa por haberte casado", "Por haberte casado con una pobre", "Para eso son las mujeres: para mantenernos, si no, no sirven"—, los músicos no olvidan ni por un momento el pesar que los había silenciado, pero… la tentación de darle un enfado al Seco (así le dicen a mister Dry). Comienzan, directo con la voz sumando al segundo compás las cuerdas:

Es bueno beber torito
p'al que está muy agüitado,
es bueno el torito.

Voltean a ver al Seco: no se ha dado por aludido. Cortan en
seco y empiezan con una más directa:

El domingo fue de gusto
porque me diste tu amor,
y por eso me emborracho
con un señor sotol.

El lunes por la mañana
bastante malo me vi.
Fui a curarme al de Ronsard,
se me pasó y la seguí.

Allá en la pradería, en Rancho del Carmen, los hermanos mayores de Nepomuceno, José Esteban y José Eusebio, se afanan
en conservar la calma. Digieren la nueva de lo que ha pasado a
Nepomuceno. Deben proteger a doña Estefanía, a las tierras,
al ganado, a los hombres... Planean emprender una brigada,
entienden su misión.

En la cocina de Rancho del Carmen, lo del siempre, pase
lo que pase hay salsas de sabores delicados, envuelven carnes
y verduras en hojas y atados, los someten al calor en preciosas
cazuelas; a los platos de la mesa de comedor llegan guisos insólitos. Todo se guisa aquí con cuidado, detenimiento y arte.
Si se la mide por lo que huele, doña Estefanía (de ella sale toda
indicación de cómo se cocina, y la última mano) no parece
darse cuenta de que está por estallar una guerra, y de que es su
hijo quien la conduce.

Conversaciones escuchadas al vuelo en casa de los Stealman:

—Un grupo de colonos decide limpiar Texas de todo residuo de tribus indias. Trescientos caddo escapan a Oklahoma. Asesinan al traidor que colaboró para que se libraran del cuchillo.

Estas otras entre las esclavas —menos hilvanadas, pues son más bien frases soltadas entre un ir y un venir:

—¿Cómo quedaron los bizcochos?

—Pruébalos, y no preguntes

...

—¿Pus quién es el alcalde?

—¿Para qué quieres saber?

—Nomás

...

—¿Ya vaciaste la escupidera del señor?

—¿Cómo crees?, ¡están las visitas!

—Vacíala igual

...

—¿Viste que la señora del vestido rosa anda pidiendo el orinal?

...

—¿Y a ti qué te pasa, de qué lloras?

—Es que el señor del pañuelo azulito me vino a meter mano en el pasillo...

—Ya, ya, ya... yo creí que te pasaba algo... Pus tú hazte la que no pasa nada.

—Fácil se dice, ni te digo lo que me hizo porque te vomitas

—Dímelo

—Me metió el dedo

—¿Dónde te metió el dedo?

—¡Donde va a ser! —las interrumpe otra—, tú límpiate esa cara, arréglate el mandil y pasa la charola otra vez, niña.

...

En voz muy alta, uno de los visitantes recita de memoria: "La justicia y la benevolencia de Dios no permitirá que Texas quede otra vez más en manos del desierto hollado sólo por salvajes, ni que quede siempre regido por la ignorancia y la superstición, la anarquía y la rapiña del régimen mexicano. Los colonizadores han llegado cargando su lenguaje, sus hábitos, su natural amor por la libertad que los ha caracterizado siempre, a ellos y a sus antepasados".

—¿De quién son esas palabras? —le preguntan.

—No puedo decírselo, a mí me las dijeron, quien me las pasó ignoraba el autor.

En Matasánchez, la negra Pepementia se ha alejado del centro de la ciudad y se ha acercado a la margen del río, donde queda el mercado de mariscos, a esta hora ya cerrado, las callecitas vacías. Va pensando. No sabe dónde camina. No es barrio para mujer de bien —Pepementia lo es.

Lo de Nepomuceno la ha puesto a pensar, pero no es sino hasta que llega aquí que consigue formularse algo coherente: "Yo llegué a este país y todo lo que he recibido, hasta hoy, ha sido bondad. De aquel lado del río Bravo por un pelo terminan por hacerme picadillo. Aquí juzgan al hombre que me martirizó, lo han metido a la cárcel, me toman como a una igual. ¿Qué he hecho a cambio? Tengo que irme a ofrecer donde el campamento de Nepomuceno. Para lo que yo sea buena. No sé sino hacer frijoles, pero algo habrá. No lo sé".

Regresa sobre sus pasos. Llega a la Plaza. Las rezonas van saliendo de la iglesia. Ésas no le hablan, no le importa. No quiere palabras, sino sentir que hay gente cerca. ¿Quién le podrá explicar cómo llegar a Laguna del Diablo?

Al norte del río, Fernando, el peón de Nepomuceno, escondido a pocos pasos del Hotel de La Grande en la carreta de Wild el cibolero, ha escuchado todo: que el vapor no saldrá hoy, que Nepomuceno se escapó en la barcaza, que mataron al pescador Santiago, que también asesinaron al viejo Arnoldo, que Wild ya se fue, que los rangers vigilan. Está cayendo la noche. Se atreve a moverse y a otear. Revisa que nadie lo esté viendo. En cuanto se sabe seguro, salta de la carreta. Se echa a correr hacia las afueras de Bruneville, siguiendo la ribera del río Bravo.

El anochecer empieza a extender su manto. Es la hora cero, la visibilidad, en especial sobre el río porque también sube la humedad, se vuelve más difícil. El remolcador de la barcaza, que no ataron al muelle de Bruneville (lo dieron como cuerpo de la barcaza, a la que sí aseguraron propiamente), se suelta y se va a la deriva.

Uno diría que está siendo fiel al viejo Arnoldo. O que no soporta la visión de su cadáver expuesto. Hombre completo él fue, aunque le faltara el oído. Nunca se enteraría de que ese viaje remolcando la barcaza estaba condenado a ser el último. En los papeles firmados hoy por Stealman que lo hacían propietario del remolcador y otros tres vapores que recorren el río Bravo y el Colorado —de Houston a Gálvez, la confirmación de su emporio naviero—, estaba echada su suerte. Sin duda Stealman habría despedido al viejo sordo, él no creía hubiera secretos perdidos en las aguas revueltas. Para Stealman no había más que el horario, llegar a tiempo y ya, la eficacia y la buena presentación. A Arnoldo le faltaban dientes, juventud, oído, ni de broma lo habría contratado.

No había nada heroico o grande en el ir y venir de la barcaza, pero para el viejo eso era la vida, recorrer el río por lo horizontal, sin bajar al mar, sin subir donde el río se estrecha. Para Arnoldo eso estaba bien. Ya no se le paraba con las mujeres, pero al río todavía lo podía montar.

El anochecer tiende su aliento con lentitud perezosa. Toca el sur del río Bravo. Arriban con él voluntarios al improvisado campamento de Nepomuceno. Quieren unirse a las filas del rebelde, ir "contra la amenaza ojiazul". Roberto el cimarrón, el que escapó al sur cuando los texanos huyeron a Luisiana. Salustio, todavía cargando las velas (los jabones ya no). Julito, el del muelle, aquel joven al que el viejo Arnoldo pensó debió recurrir cuando estaba por morir.

Tres sotoles y comienzan los gritos: "¡Mueran los gringos!", "¡Viva Nepomuceno!", "¡Viva México!".

Ya está bien instalada la noche cuando llega el correo de Las Águilas de Bruneville. Úrsulo lo transportó del otro lado del río Bravo desde un punto previamente convenido, donde hay un semimuelle improvisado que no es visible sino para el conocedor —la petición a pasar por él viajó en una mensajera de los hermanos Rodríguez, Úrsulo fue a casa de la tía Cuca, a buscar si había algo para él, y Catalino le pasó el mensaje—, está más cercano a Bruneville que a Rancho del Carmen pero ya fuera del poblado americano, porque el principal sigue en manos de los rangers.

El correo trae esta información verbal: los gringos ya pidieron auxilio al gobierno federal, ya se informó al telégrafo que viene el ejército, un regimiento está en camino (al mando del general Comino), no viene de lejos, llegará al fuerte en dos jornadas. Más importante: les trae pormenores de cómo estaban los rangers y los hombres de armas de los rancheros. Había pasado el día caminando, revisando la orilla del río, escuchó qués en la Plaza del Mercado, preguntó a Héctor, a Carlos, pudo hablar con Sandy Águila Cero —por un pelo se la pierde—, ella vio el movimiento cercano al fuerte, al otro costado de Bruneville, conversó con un par de amigos uniformados, militares que la dan por cándida fémina. Lleva a Nepomuceno un retrato completo de lo que ha dejado atrás. Se explayará describiendo a Santiago y al viejo Arnoldo, y la casa del pescador.

Al correo ya lo conocemos, es Óscar, el del pan. No viene solo. Con él llegan Trust, Uno, Dos y Tres, y Fernando.

Trust, Uno, Dos y Tres, que no tenían plan alguno pero querían cruzar a México, estaban sentados en despoblado frente a la orilla del río Bravo, cuando los encontró Óscar con la canasta de pan en la cabeza (pura prevención, no trae pan). Óscar venía de Bruneville.

—¿Pus qué hacen aquí? —preguntó Óscar, la cara toda sudada de tanto correr.

—Ya se me acabó la paciencia —dijo en inglés el bello Trust—. No sé cómo la tuve tanta. Basta. Nos vamos a México.

Lo tradujo al español Tres. Siempre le había caído bien Trust a Óscar. Y a fin de cuentas Uno, Dos y Tres eran tres esclavos, en México serían hombres libres.

—Acompáñenme. Yo los cruzo al otro lado. Tengo que llevar un encargo. Síganme.

Iba triste, Óscar. Pensaba "¿y el pan?". Mañana no habría pan para su gente de Bruneville. Pero no podía no cumplir con su deber de Águila... Sabe bien que si no se defienden pronto no habrá ni masa, ni horno, ni cómo hacer nunca más pan. Él es correo de Las Águilas cuando hay necesidad, porque no levanta sospechas. Lo que llevaba hoy era complicado. Debía ser verbal.

Los guareció en unos matorrales. Los acababa de dejar ahí cuando escuchó a alguien a un costado del río.

—Soy un baboso, un baboso.

Óscar se acercó a la voz. Era Fernando, el peón de Nepomuceno, que hablaba para sí:

—Pst, pst —Óscar.

Fernando peló bien los ojos.

—¡Acá!, ¡vente pa'cá!

Óscar sabía que tenía que proteger también al peón. Indicó a Fernando dónde meterse, en el mismo matorral donde esperaban Uno, Dos y Tres, y se echó a andar otra vez con su canasta.

Escondidos en el matorral espeso, calladitos aguardaron.

Óscar regresó en un par de horas. No los sacó del matorral hasta que llegó Úrsulo a bordo de la canoa Inspector. Todos se suben con celeridad, las piernas bien dobladas para caber.

Fernando había pescado una garrapata en el matorral o pue'
que antes. Le andaba de quitársela, pero como iban apeñusca-
dos, imposible sacarse la bota, había que esperar.

Sobre el río Bravo, los ánimos tampoco están muy serenos que
digamos. Rick y Chris, los marineros que vimos zarpar en el
mercante Margarita, los que bailaron al son de la tonadilla inventada —"You damn Mexican!"—, tan cordiales y amigos el
uno del otro, cruzan por un territorio desconocido. Rick se ha
enamorado de Chris. Es recíproco. Chris piensa que si confiesa a Rick su atracción, los dos caerán irremisiblemente en la
vergüenza. Rick piensa que si Chris suelta, jamás se enterará
nadie, y menos todavía su padre —lo despellejaría vivo, nada
más mierda para él que un "marica".

A bordo del Elizabeth, barco de pasajeros que cubre la ruta
de Bruneville-Matasánchez-Bagdad-Punta Isabel-Gálvez-
Nueva Orleans, el capitán Rogers quiere enviar un telegrama
desde Bruneville para avisar a Punta Isabel de su retraso, impaciente porque sabe que tiene pasaje esperándolo en Bagdad.
Su prurito es siempre llegar a tiempo —de ahí el prestigio del
Elizabeth, además de las comodidades que presume—. Pero
el capitán Rogers no la ve tan fácil, primero porque no puede tocar el muelle de Bruneville, segundo porque con lo de
Shears, el telegrafista está ocupado enviando la noticia y recibiendo preguntas, consultas, instrucciones, de modo que ni
con el auxilio de hijos y esposa se da abasto. Que no llegará el
Elizabeth, ¡total!, hay cosas más urgentes, las notas del gobierno federal a la alcaldía, instrucciones de esto y lo otro, tienen
prioridad los asuntos oficiales.

En Matasánchez, una vela ilumina a don Marcelino, el loco de
las hojitas, en su estudio, sentado frente a su intachable escritorio —corriente, sí, pero en escrupuloso orden, hasta las muestras de los vegetales que trajo de la expedición debidamente
ordenadas.

Saca de la bolsa de su saco el papelito donde anotó horas atrás la frase del sheriff Shears. Lo desdobla y anota en la libreta donde lleva los apuntes para un futuro diccionario del habla de la frontera, bajo el apartado reservado a la letra S:

"shorup (*expresión imperativa*): úsase para indicar…".

No trastabilla ante la ortografía. No piensa ni un fragmento de segundo en Nepomuceno o en Lázaro (a éste sí que lo conoce: le tomó apuntes a sus versos, tiempo atrás; lo fue a buscar a un campamento para oírlo cantar), y menos aún en Shears, porque no habla español no le interesa lo más mínimo.

El remolcador del viejo Arnoldo a la deriva ha llegado a la boca del río Bravo. Lo ven pasar ya desde el muelle de Bagdad los estibadores, están descargando el algodón que llega de río arriba, previo a haber tocado Punta Isabel, el muelle de los Lieder por mermeladas, y el del rastro de Matasánchez.

También lo ven Rick y Chris:

—¿El viejo se volvió loco? Lleva el remolcador sin cola…

—Y va hacia el mar…

—¿Irá por su sirena?

—¡Que te digo que va sin cola!

—Por lo mismo…

Se ríen de su chistarrajo. Olvidan el asunto.

No sabremos con precisión qué piensa Elizabeth Stealman de las Henry porque no las menciona en la entrada correspondiente de su diario, nombra a todos los invitados, excepto a ellas. Su omisión es una delación de su ánimo: la mujer que de manera evidente ama el arte de la escritura y que dedica el propio a manuscribirse cartas a sí misma, usa el poco poder literario que tiene para *borrarlas*. Figurones en la vida pública texana, no las corona en su panteón. Las deja inexistentes.

En su diario no cuenta que cuando le preguntaron a Catherine Anne de qué iba su libro (ya dicho que lo firmaba como "Una señorita sureña"), explicó:

—Es una novela.

—¿Ocurre en el sur?

—Sí, en el sur.

—¿Personaje principal?

—Una jovencita, se ha quedado huérfana; llega de Inglaterra a vivir con su abuela y descubre que su abuelo, Erastus, a quien todos dan por muerto, vive encerrado en el último piso de la casa. Ahí, busca incansable la fórmula de la eterna juventud, practica electroshocks y anestesias caseras, quiere mezclar la sangre de la virgen protagonista con oro…

—¿Hay amor?

—No puede haber novela si no hay amor. Claro que hay amor.

—¿Es extensa?

—Dos volúmenes de tamaño considerable… sí, es extensa. Explora las emociones de la protagonista. Indaga en su corazón. La escribí cuando el mío estaba roto: mi hermana, mi otra mitad, ustedes saben… Eleanor muerta. Fue gracias a mi sobrina, Sarah, a quien ustedes ven aquí, impulsada, animada por ella, que tomé de nuevo la pluma.

—Tía —la corrige la sobrina—, yo no soy Sarah, ella no vino.

—Ah, sí, ¿verdad? Tú… tú… ¿tú?…

Evidentemente, la tía no puede recordar el nombre de la sobrina que le es más fiel (ésta es algo mensa, no cae en la cuenta de lo que todos ven, es la única que la podría sacar del aprieto diciéndole cuál es su propio nombre). Un contertulio ayuda, pregunta a la joven:

—¿Cómo se llama?

La sobrina no tiene tiempo de contestarle la pregunta, la tía responde con el título del libro.

—*La Casa Bouverie*.

—¿Hay algún personaje envilecido o sin alma?

—Hay…

—¿Hay negros?

Todos los locales entienden que en esa pregunta hay una alusión a *La cabaña del Tío Tom*, el libro más leído, bla bla bla —"como si un pescado, un maravilloso saltarín pescado, hubiese simplemente volado cruzando el aire".[14]

—Mi protagonista tiene el alma pura. En contraste, Urzus, que es de oficio negrero y tiene la suerte de ser dueño de tierras, quiere apoderarse de la protagonista. Lo conseguirá. Mientras nos adentramos en sus corazones, atrapado en su propio laberinto, el papá de los Bouverie permanece encerrado en el último piso de una casa, sin escalera de acceso...

—¿Hay negros? —repite otro tertuliano. Todas sentían curiosidad de saber qué opinaban de *La cabaña del Tío Tom*, pero no se atreven a preguntar directamente.

—Negros no hay, ¡ninguno!; por motivos obvios, los negros no pueden ser personajes de una novela. Es como tener un perro por protagonista —se escuchan risas burlonas—. Un caballo, tal vez. El caballo tiene carácter y alma.

—Los mexicanos saben tratar bien a los caballos porque hay simpatía entre ellos, son iguales. Es notable la manera en que los entienden.

—Hay una explicación evidente. Los mexicanos tienen alma idéntica a la de los equinos.

—No los negros.

—De ninguna manera. No los elegiría para personajes porque todos están tallados con el mismo molde, son un caso distinto, ¿quién no lo ve? No hay diferencias entre un negro y otro. Por eso no pueden tratar a los caballos, no puede existir simpatía entre negros y caballos; los caballos son todos temperamento... Los negros definitivamente no tienen *personalidad* —dijo esta última palabra subrayándola.

—¿Quieres decir que son como un ropero, una silla?

—Mis sillas tienen personalidad.

---

[14] De Henry James, de *A small boy and others*.

—Estemos de acuerdo en que tampoco vale como personaje un mexicano.

—¡Tampoco! —dice la autora—. Un caballo, tal vez sí. Por su belleza. Pero un mexicano… Un personaje debe ser a su manera bello (aunque sea en la maldad).

—Yo he intentado quitarles a los domésticos el olor —ésta era miss Sharp, Rebeca. Se soltaba a hablar para curarse en salud, había dado alas a un mexicano como posible marido. Pero su comentario es tan poco elegante, los asistentes lo ignoran por cuidar las formas, no se puede mencionar el olor humano en un salón tan elegante.

—Estoy de acuerdo en que es imposible una novela con brutos, animales o cosas como protagonistas.

—Estará usted de acuerdo en que medio mundo adora *La cabaña del Tío Tom*… Más de medio mundo…

—El criterio para juzgar un libro no puede formarse atendiendo a las mayorías. Los juicios literarios no son asunto del gentío. ¡Sería una abominación! Eso que llaman *La cabaña del Tío Tom* no es novela, es un panfleto abolicionista, una pieza de propaganda, cursi y además perverso. No la he leído, pero…

—De no ser por los ingleses, nadie habría volteado a ver ese libro. ¿Ya perdieron su olfato literario? La apoyaron para pegarle a este país. Un patriota no puede amar *La cabaña del Tío Tom*…

—¡Por supuesto que no!

—Haría más sentido usar cosas como personajes. En los objetos hemos dejado los humanos una impronta de nuestras almas. En última instancia, nosotros las hicimos.

—Brindemos por su éxito, estimable Catherine —intervino la anfitriona, por desviar la plática. No había en ella un pelo de emancipadora, pero…[15]

---

[15] Meses después, cuando aparece la novela en Nueva York, los críticos la adjetivarán shakespeariana, ponderarán la hondura de sus dramas

El general Comino, al frente del Séptimo Regimiento de Caballería, había sido enviado meses atrás al sur del río Nueces con la misión de desmantelar destilerías ilegales y eliminar a los bandidos mexicanos en los caminos (de los bandidos gringos no se encarga, serán los primeros y únicos con que tope, aunque… ya iremos al aunque). Nació para andar en campaña, la vida sobre el estribo y en la planicie abierta lo llenan de alegría. Usar la Colt, tener la rienda en mano, si puede tirarle a un indio, "¡Mejor!".

El general Comino usa una bandana roja. Siempre está acompañado de un guía (su scout), un tonkawa (se ufana Comino, "Los tonkawas son caníbales… ¡a veces!") montado en un poni negro como el carbón y rápido como un rayo. Le dicen Fragancia.

Fragancia es grande como un gigante, trae la cara pintarrajeada de negro, su maquillaje de guerra y aros de cobre en las orejas perforadas. A pesar de la insistencia del general Comino, se desnuda el torso al menor pretexto. A ratos canta:

> Caminamos, caminamos,
> a donde las luces están brillando;
> bailábamos, bailábamos.

Si le preguntan, dice que viene de la familia de Las Tortugas, a saber qué quiere decir con eso, su mamá se llama Mujer Lechuza, fue cautiva, dizque francesa.

Hacen una buena pareja, Comino y Fragancia.

El general Comino tiene otra media naranja, su mujer, que no es como él y mucho menos como Fragancia. A ella le gusta la vida calma, no andar a salto de mata. Por suerte a la esposa

---

sicológicos y la universalidad de sus personajes. Alguno escribirá que a Catherine "se le puede poner a la par que George Sand y George Elliot". La novela tendrá un éxito rotundo, estará en boca de todos.

la acompaña Eliza, su esclava negra, confía en ella, con ella se explaya… Llevan ya tres años entre salvajes.

Cuando al general Comino le comisionan una nueva misión, lo celebra en casa, de alegría rompe las sillas, "Las sillas no crecen en los árboles por estos lares, Gen'l", decía entonces Eliza, incondicional de su mujer), mientras la esposa se sentaba melancólica en el piso, a cavilar, viendo su hogar destrozado con tanto júbilo.

En el océano de pastos, donde el hombre blanco se desorienta y termina por morir de sed, el general Comino se siente nacer, ahí donde ni una piedra, ni un árbol, ni un matorral, ni un cerrito, nada donde orientarse.

Volvamos al presente. Al caer la noche llega un correo para el general Comino.

—No estoy para andar leyendo, dime qué dice que dice.

El correo se sabía el mensaje, sin tener que leerlo.

—Que se apure a dirigirse a Bruneville, que se les alzó un bandito, el tal Nepomuceno. Que ya se les juyó pa'l otro lado.

Ni sale el correo y ya empieza el festejo en la casa del general Comino. Pero no dura muchas horas. Saldrían en sus carretas al amanecer hacia el fuerte que está a tiro de piedra de Bruneville con el ganado y los caballos. Corta celebración, pero Comino y Fragancia se dan el tiempo suficiente para parecer que han bebido más de la cuenta. En casa del general Comino, las sillas volaron en astillas.

Conversación escuchada al vuelo en el flamante campamento de Nepomuceno: "Será que Stealman se robó la barcaza, pero se le iba a quedar bien puerca, porque ya sin los muchachos que se la limpien, y él siendo gringo, qué más tiene que la mierda del ganado y las cagadas de las monturas y a saber cuánto que la gente le tira, sin que se le ocurra pasarle encima una cubeta de agua buena y un cepillo… ¡a ver quién quiere viajar en su puerquez!".

Del otro lado del río Bravo, en donde La Grande, la sobrina de Sandy friega el piso de la cocina porque no puede dormir, el viento nocturno columpia el par de cuerpos ahorcados y las risotadas de los gringos armados que han hecho fogata a unos pasos de éstos la tienen desazonada...

—Le van a tatemar las hojas al icaco y lo van a dejar sin frutos. Este año no habrá dulce de icaco.

En la mansión Stealman, cuando cae dormido el último ser vivo en retirarse del afán —también ahí los últimos serán los primeros, la esclava abrirá los ojos apenas pinte el alba, no podía dormirse porque tenía miedo pensando en John Tanner, el indio blanco, ya lo veía metiéndose al colchón que compartía con otras cuatro—, Elizabeth sueña que alguien toca a la puerta de su cuarto. En su sueño, se levanta de la cama sin entender por qué las negras no atienden, aún medio dormida, abre la puerta. Es su papá. El viejo ya no lo es. La poción que lleva años elaborando le ha dado la eterna juventud. Elizabeth despierta con un sobresalto. Se da la media vuelta en la cama, y vuelve a caer dormida.

Más al sur de Matasánchez, Juan Caballo y Caballo Salvaje conversan ignorando que el sol se fue a dormir hace media decena de horas. El tiempo se ha vuelto transparente para los mascogos o seminolas desde que llegó la mensajera. En gullah, la lengua que trajeron de la Florida —llena de términos bambara, fulane, mandinga, kongo, kimbundú.

Para atestiguar la conversación de los dos jefes (indio y negro), los mascogo están todos atentos y despiertos, niños y viejos congregados. Cuando a alguno se le cierran los ojos, cantan a coro el desarrullo, kumbayá, kumbayá, con esto lo llaman, venga usted, no se retire... estamos en esto...

Dem yent yeddy wuh oonuh say.

Deben tomar la decisión que ya ven venir. Aunque la tienen prácticamente tomada, no será sino al amanecer que la anuncien, tras la noche en vela para pensar aconsejados por la oscuridad, el canto de los búhos, el sueño de la zorra y el coletear nocturno del pez.

En Matasánchez, en casa de los Smith, Caroline la hija escucha atenta y ansiosa lo que pasa en la casa de los Fear. En la habitación del fondo, la fiebre ha clavado sus garras en el gañote del aventurero enfermo, delira mientras Shears chilletea de dolor (y de miedo, teme Nepomuceno vuelva a buscarlo para finiquitar su obra.)

La cuidadora, Eleonor, no ceja en su batalla contra la fiebre, llena el balde con agua fresca, remoja en él el lienzo que aún muestra el azul de la camisola de que fue parte, Caroline escucha el agua caer al balde.

Caroline, el oído exacerbado, escucha que la fiebre y el delirio han cambiado el pálpito del corazón del aventurero en tambores que parecen de fulanis o cafres. Sigue su sinsón. Palpita con éste.

Alterada, atada a su camita como a un potro, comienza a oír sonidos más lejanos. Escucha con prístina claridad al Loco sacudiendo las ramas de hiedra contra el muro del costado sur del mercado. Después —su sonido divaga—, a un palomo. Inmediato al gato que han traído al mercado para comerse las ratas, oye clarísimo cómo deglute a una gorda que apenas acaba de parir media docena de ratillos.

Los lipanes llegan a su campamento. Tres veces se detuvieron en el camino para restaurar y dejar descansar a sus caballos. Uno de éstos no ha resistido el viaje, entra cojeando, el muslo posterior izquierdo está desfigurado: sólo al verlo se comprende que lo deben sacrificar. Mejor hacerlo cuanto antes, el guardián de las monturas —tan importante para su comunidad— toma su rifle, ¡bing!, silba la bala, como llorando por cumplir por su deber durante los pocos fragmentos de segundo que le toma recorrer el camino a matar.

En Matasánchez, el doctor Velafuente se levanta a orinar. Podría usar la bacinica que está bajo su cama, pero siente el deseo de salir al patio, respirar aire fresco. Pasa al lado de la cama de su mujer, la tía Cuca, quien ronca levemente, "como un picaflor, Cuquita, tú sigues igual desde que te conocí, te venía a espiar a tu balcón, me ponía loco tu ronquido de chupamirto", y el doctor siente ganas irreprimibles de llorar, "ya sólo soy un viejo marica, chilleteando frente a un recuerdo".

Intenta reprimir su tenue sollozo que se confunde con el sonar de las palomas, u-u, u-u.

Pasa corriendo un gato, negro hasta el fastidio, dando saltos por la barda hacia el tejado de casa de los vecinos.

Donde los lipanes, el caballo, quebrado por tanto andar en los caminos a paso que no resiste, cae herido mortalmente, sus músculos todos desguanzados.

Tiene un último pensamiento: "Nunca me dieron nombre, ni aunque me sacaran de cimarrón los lipanes".

(Vendrá el poeta vernáculo cantando en su lengua, al comprender la línea ecuestre:

> Nada me dio nombre.
> Fui un caballo sin cordura,
> Esclavo sin tener par.
> Canela pude ser,
> O Medio, siquiera —ese nombre mochado me habría placido.)

En el Hotel de La Grande, la oscuridad es casi completa.

Duermen La Grande y Sandy.

La sobrina de Sandy sigue con los ojos pelones la danza de sombras que cada vez con mayor debilidad proyecta bajo el icaco la hoguera semiapagada de los rangers. El entusiasmo varonil se va desvaneciendo.

De pronto, la sobrina de Sandy cae dormida, tan de súbito que los ojos quedan abiertos. Los párpados se van cerrando, lentamente.

Los rangers asincéranse entre ellos. Las risotadas quedaron atrás. A murmullos cuentan secretos. Para todo lo demás se distraen. Hasta una ballena dorada como un ángel de iglesia podría pasar nadando bordeando la orilla del río, en sus narices, y ni así se darían cuenta de nada.

Los cadáveres se columpian bajo el icaco. A sus pies los sapos croan. Las ranas saltan asustadizas.

Lo más notable de todo el solar es lo que ocurre en la cama de La Grande.

En las tripas de La Grande viaja un aire que contiene la fuerza del huracán, si nos atenemos a las proporciones que median entre las tripas y él. Este aire es oscuro como su entorno. Es de condición impaciente, de ánimo sin esperanza. No es mudo, pero lo que emite no son palabras sino tenebrosos truenos. Imita la intensidad del rayo, su comportamiento eléctrico. El bajo vientre de La Grande padece los golpes de su embate, resistiéndolos mientras sueña que está en un salón elegante, ve acercarse a Zacarías, los rodean rubios contertulios.

El aire pelea por salir. No hay cabida para él en esta caja de músculos y huesos, así sea enorme por ser de La Grande. Emula estar en las entrañas de un volcán fenómeno. Pelea por la erupción. Pese a su empeño, no sucede el vómito o el pedorreo. El encierro prolonga para las tripas el tormento y el aire no la pasa nada bien.

Es una guerra lo que se ha desatado adentro de La Grande, pero no hay quien la perciba del todo. Dolor, inútil porque nadie responde. Retortijones, igualmente banales aunque intensos. La sangre toma el control, se acuartela.

A La Grande le arden las mejillas. No le queda de otra. Su sueño cambia de rumbo. La tormenta cambia de signo.

"¡Zacarías!, ¡Zacarías!". Zacarías mira con desdén su llamado. Pone los ojos en otra damisela. Ignora a La Grande.

Ésta cree explotar.

El aire que habita su interior se fortalece. Sin tener claro cómo y cuál es su propia voluntad, excepto por el ansia de salir —lo único que le niega el destino—, el aire de La Grande le reempuja sangre, entrañas, músculos, el alma, cuanto le queda en su camino.

El ánimo de La Grande se nos pone peor: por ella que Shears y Nepomuceno se vayan parejos al diablo…

Vaya berrinche el suyo…

†

Lázaro despierta:

En el campamento de Nepomuceno, Lázaro despierta. Se levanta a orinar. Toma un cuartillo de agua. Escucha lo que se anda diciendo —un par han quedado en vigilia, los guardianes.

Lázaro reflexiona.

Se suelta a hablar:

Lo mío, lo de andar borracho, ¿tiene que disculparse? Pues de todas maneras les cuento cómo estuvo: no tenía trabajo, por un incidente con doña Estefanía, o mejor dicho con los dos hijos mayores que no me quieren nada, y cada día perdía más la esperanza de que cambiaran las cosas. En una de ésas, cuando esperaba la hora para ir hacia la Plaza del Mercado a hacerme el encontradizo con el niño Nepo —es el hijo, el nieto y el bisnieto de mis patrones, los únicos que he tenido desde que llegué a estas tierras—, a ver si quería sumarme a una de sus entregas —no estaba fácil, para cualquier corrida quieren vaqueros que además sean de armas, y no es que esta persona que soy no sepa tirar, sí sé, pero manejo mejor el lazo que la Colt, yo no cargo escupepólvoras, además soy viejo, pero más sabe el diablo por lo dicho (eso l'iba a argumentar a Nepomuceno, para que me contratara), y encima estaba yo dispuesto a lo que fuera, vuelto por mala fortuna un mísero muerto de hambre…

(Vale cuente rápido que Nepo venía del expendio de tabaco de Rita, chulada de mujer —chaparrita, de chuparse los dedos—, fue a que le diera, ¡y no nomás la de fumar! Yo esperé por prudencia cerca del Ronsard, bien que pude ir a tropezármele donde Rita, si un tiempo le cuidé sus potros que ya no tiene, vendió todos sus animales…).

(Como Rita es viuda, dirá algún vípero que a Nepomuceno le gusta la viudad, pura bobada: lo que le gusta son las mujeres bonitas y con carnes. Yo le conozco a la que se compró para siempre, y juro que fue con razón, es de quitarle a uno el aire).

En la cantina que está atrás del mercado, un vaquero de King me retó:

—Su no hombre.

—¿Su qué? —le pregunté, porque deveras que no había cómo carajos entenderle de qué hablaba.

—¡Su!, ¡su! ¡Su, su no hombre!

Las señas aclararon la confusión: quería decir "tú", "tú no eres hombre".

—¡Claro que hombre! ¡No soy un… pájaro! —hubiera querido decir "Águila", pero eso sí era, y a mí lo de mentir nomás no se me da. Soy Águila fiel desde hace tiempo.

—Hombre saber beber. Su ni pico.

¡Demontres! ¿De qué hablaba? ¿Decía que él sí sabía beber y que yo puras habas? Le pregunté con señas, y no me cupo duda.

—Mira tú, gringo pendejo, rétame si quieres, para mí que te tumbo.

Como a mí nomás no se me dan los pleitos, nos sentamos a beber, pero no en la cantina. Ya se nos había juntado gente, la empezamos en plena plaza, un vaso tras otro, a ver quién era más hombre.

El gringo vaquero parecía gente de bien, luego luego se vio que no era más que un borracho sinvergüenza. Vaciábamos los vasos, pero háganse de cuenta que él no había bebido ni un trago. Yo, en cambio, me vi, más pronto que quisiera, perdido.

Humillante fue que por la edad yo caí como un saco de papas. Y todavía hubo algo peor, porque cuando ya estaba yo bien borracho, me sacaron de la bolsa las monedas para pagar las rondas de los dos. Mi únicas, lo único que yo tenía porque a más no llego. Sentí el esculque, el robo, y empecé grítele y grítele, como una guacamaya.

—¡Gringo ladrón!

Shears, el patán de siete suelas que trae al pecho la estrella por razones sin éstas (no hubo otro idiota que se atreviera a aceptarla), bueno para nada, inútil, badulaque... Me vio borracho y fuera de mis casillas y declaró como un Augusto que me iba a meter preso.

¿Qué iba yo a decir? ¡Pues que no!, ¿cómo que preso, por unas copas de más?

—¿En qué tierra vives?

Se arrancó la gente a carcajadas con mi "en qué tierra...", y Shears me empezó a pegar.

Ahí fue cuando apareció el niño Nepomuceno, quién sabe qué pasó, cargó conmigo al hombro y, ¡vámonos, piernas, pa' que las tengo!

Y ya qué: se nos acabó el tiempo del vaquero, aquél de sentarse frente a la hoguera a comer carne asada, a rascar las cuerdas, bordar palabras, y a recordar... estos gringos nos comieron la memoria...

SEGUNDA PARTE
(SEIS SEMANAS DESPUÉS)

La noche cerrada, sin luna, va llegando a su fin. La oscuridad es aún total. El serruchar de los grillos insiste acelerándose, casi ensordece.

En Matasánchez, en el patio de atrás de la casa de la tía Cuca, a la luz de una vela en su capelo de vidrio, Catalino se acerca a Sombra, la mula de Fidencio.

Sombra pasó la noche atada al balcón de la cocina con una corta cuerda "para que no se vaya a comer los geranios". Necia, la mula tiró sin cejar de la cuerda, le fue tronchando hilos, la volvió delgada y larga. Ya no quedan geranios, Sombra los mordisqueó uno por uno.

—¡Ah qué contigo, Sombra!

La tarde anterior, las mujeres de la cocina, Lucha y Amelia, ayudaron a Catalino a acomodar el palomar sobre el carro y a cubrirlo con pacas de avena y una lona para que no se le vaya a adivinar la carga.

Fue idea de Lucha proteger las flores amarrando a Sombra con una cuerda corta, mejor hubiera sido cambiar de lugar las macetas.

Con cuidado, "no se me alboroten, mis niñas", Catalino se echa a la espalda la canasta —o jaula de carrizos— que contiene a Favorita (la predilecta del rodrigaje), Hidalgo (el palomo estrella) y Pajarita, que siempre regresa a Bruneville, se le lleve donde se le lleve por agua o tierra. "Calladitas se van más bonitas, mis bolitas de plumas". Catalino despierta de buen humor y muy parlanchín. Ya cuando sale el sol, le da la de quedarse mudo, sólo habla para leer en voz alta los mensajes de sus palomas. "Éste no tiene sino voz de pichón", decía Amelia.

En el lomo de Sombra acomoda una paca aplanada de avena seca, encima una cobija vieja —más hoyos que lana— y le ajusta la collera con la que va a tirar del carro. Zafa el carro de la tranca y, cuidando no empinar demasiado el palomar, deja caer la vara del yugo sobre la collera de Sombra y la anuda.

Sombra es una mula leal —trangoncita, pero leal—, acostumbrada a seguir al que se le ponga al frente, no hay necesidad de jalarla o tenderle una soga para indicarle el camino. "Por eso es tu nombre, mulita. Uno se va para donde vaya, y tú ai detrás".

Sombra es el orgullo de Fidencio; el carro es su vergüenza por lo rústico y mal hecho.

Catalino abre el portón a la calle. Lo traspone seguido por Sombra y "mis niñas". No lo vuelve a cerrar.

Apenas ha dado Catalino unos cuantos pasos cuando se oye cantar al gallo. Las palomas responden con apagados gorgoritos, úes más llorones que cantarines. Catalino silba una melodía para que nadie las escuche y apresura el paso.

En el horizonte se pinta una delgada línea azulosa que en segundos se vuelve rosácea.

Ayer al medio día llegó la indicación, "Sígueles los talones y mantennos informados". El mensaje lo trajo Hidalgo.

Las palomas han ido dejando Bruneville a cuentagotas, para no llamar la atención, prevención lo más seguro inútil, los gringos se afanan en mociones de guerra, no tienen ojos para pajaritos, lo que más rebosa son pistoleros profesionales o espontáneos armados hasta los dientes, ansiosos de cazar mexicanos. Entre ellos sobresale Bob Chess porque piensa en una sola cosa: tumbar en el piso a una mexicana, remangarle a la fuerza las faldas, penetrarla, mejor si desgarrándola, "sienta que se rompe". Imagina su cuerpo al detalle. Piensa que le cortará las trenzas, las guardará como trofeo, largas trenzas, pesadas, brillantes, pero ninguna prenda de vestir, eso podría enojar a su mujer; los cabellos qué le van a importar, son como pelo de caballo, crin, cola de zorra, para el caso es lo mismo, "zacate de greaser".

Catalino transporta todas las palomas mensajeras de Matasánchez y Bruneville. Por esto va apretando el paso, ansioso. Apenas dejar el centro de la ciudad y pasar al sereno, deja de silbar para mejor apresurarle. Llega al Muelle Viejo cuando la luz del sol empieza a despertar los colores de las flores, las frutas, los pastos, los pájaros; van apareciendo poco a poco, en estos momentos es cuando tienen más sabor, porque hay tantos al sur del Bravo que hastían, empalagan de ser tantuchos.

Úrsulo lo espera a bordo de su canoa Inspector, impaciente porque debe presentarse con el reporte nocturno al capitán de puerto Matasánchez antes de que se asiente la mañana; tiene comisionado vigilar el río cuando Matasánchez duerme y reportar después del desayuno. Con él a cargo, Las Águilas y los nepomucenistas pueden ir y venir tranquilos, sus ojos son dos tumbas, todo lo ve, todo lo guarda celoso; en sus reportes el río Grande es también una tumba, ni quien se mueva en su cuerpo o sus márgenes.

Catalino y Úrsulo, sin hablar, sin siquiera saludarse, retiran la lona del carro, la extienden al fondo de la canoa y sobre ésta afianzan las jaulas echando mano de las mismas tiras de cuero.

Catalino azota contra el piso el chicote, basta para que Sombra reaccione, es como su nombre, asustadiza, regresará sola a su Fidencio tirando del carro vacío. Para eso ha traído Catalino el chicote, Úrsulo se lo devolverá al doctor Velafuente.

Antes de abordar el Inspector, echan a volar a Pajarita, trae el mensaje alistado en sus patas desde la tarde anterior: "Del Muelle Viejo", basta para que comprendan que las palomas van por buen camino.

Favorita lo entregará a Nicolaso en Bruneville.

Estos dos hermanos, divididos por el río, unidos en los secretos de sus palomas… ¿Qué más se traen? Mejor fuera seguir su historia…

Catalino muda a sus palomas para enviar mensajes a Bruneville y a Matasánchez desde Laguna del Diablo. Lleva algunas empollando sus huevos, pronto habrá pichoncitos, nuevos aprenderán que ahí está su casa, en el centro de operaciones nepomucenistas. En pocas semanas ya andarán aleteando. Él, Úrsulo, Alitas o alguno de la chamacada los llevarán en jaulas para que regresen cargando mensajes.

Al amanecer, el río Bravo se pone de un humor opuesto al que trae Catalino. Díscolo, malhumorado, agitado se remenea incóngruo. Para Úrsulo esto no tiene importancia, observa la superficie y sabe cómo irle llevando el modo.

Pasa flotando el cadáver de una vaca, inflada por su pudrición, ya medio reventada. Le tiene también sin cuidado a Úrsulo, en su Inspector sigue en lo propio, es navegar ligero, qué más le da la muerte.

(El sueño de la vaca que flota en el río: "Yo, la vaca que se va pudriendo, con la vida que me infunden los gusanos, sueño que estoy por dar un bocado de pasto fresco. En el pasto, una oruga me observa. No se parece a ninguno de los que traigo en la barriga. En el ojo de la oruga, veo a la luna brillando al medio día. En el día que convive con la luna y se refleja en el ojo de la oruga, me veo a mí, una vaca muy vaca, vaca vaqueramente vaca, vaca rumiante, dulce vaca comestible, si de mí sacan la leche, de mí los dulces y pasteles.

¡Nada bien me parece andar ahijando gusanos!

¡Soy vaca y no ataúd!

¡No nací para globo inflado y navegante…!

Mejor le bajo a mis humos: soy la vaca que hizo mu. La que sueña inspirada por el alma de sus gusanos, me olvido de la oruga y de su ojo; doy un bocado al (delicioso) fresco pasto que a lo mejor no es real, pero eso no importa).

Si Catalino o Úrsulo hubieran prestado atención a la vaca en pudrición, se habrían quedado con una intriga: en el vientre reventado viaja la rana de Smiley.

Habrá quien diga que la rana se va riendo, aunque es imposible saberlo.

En lugar de ponerle cuidado, Catalino y Úrsulo se enfrascan en una rutina verbal que repiten siempre:

—¿Con que tú le llamas río Grande?

—Que no me insultes, Catalino, no empieces otra vez. Es río Bravo.

—Yo te oí le decías Grande.

—Pues grande sí es, que no hay río pequeño. A ver, ¿puedes poner el agua de un río en un vaso? No, ¿verdad? Pequeño no es, por lo tanto el río es grande...

—¡Te estoy diciendo! ¡Pareces gringo! ¡Le llamas Grande al río!

—¡Catalino! ¡Me vas a matar de corajes! No empieces otra vez... Te estoy diciendo que es el río Bravo.

—¿Pero pues no me decías que es Grande?

—Que grande sí es... Te estoy diciendo...

Apenas despunta en el paisaje el primer rayo del amanecer, el ojo puede percibir un centauro: es Nepomuceno montando la Pinta.

Alegría y vigor al irrumpir en campo abierto.

Yegua y jinete talan con su figura lo que resta del árbol de la noche, son los dientes del serrucho.

A galope suelto, el nervio vivo, se les sienten los dientes del filo con que van trozando lo que resta de la noche.

Alguien por lo que ve diría que forman un solo cuerpo, pero sería impreciso. Pinta y Nepomuceno son dos.

No se pertenecen del todo el uno al otro. No los envuelve el río, arropándolos —como a Úrsulo y su Inspector en las tormentas cuando hay mal tiempo.

Tampoco los arropa el aire, porque no van volando.

Sobre la superficie de la tierra no hay la ilusión de que se vaya a una, nadie niega que hay muchas voluntades, cada una por su lado, Nepomuceno y su Pinta, más grandes porque forman un centauro, cada uno en su sentir y pensar.

Saltan una zanja, esquivan un árbol caído.

Se diría que quien tiene más de animal es Nepomuceno. La yegua Pinta mira al frente, elegante; su movimiento es un baile con arte; Nepomuceno, nervioso, felino gira la cabeza a diestra y siniestra, rapaz, a punto de caer sobre su presa.

Tras un salto para esquivar un desnivel abrupto del terreno, Nepomuceno se humaniza, sonríe y acaricia las oreja de Pinta, "Bella, Pinta, linda, ¡bien!". La caricia vuelve a Pinta por un momento la coqueta que no es; la yegua sacude la cabeza, regresa a su carácter, astuta, correlona, músculo y cerebro.

Descienden una cuesta, el nervio de los dos se aviva con la carrera, suben un cerrito, Nepomuceno atisba un cuadrúpedo ligero, un papaloteo, un insecto casi. Nepomuceno usa el lazo, lo hace volar sobre su cabeza, lo proyecta… laza de las dos patas traseras a una venadita. Tira del lazo, levanta su presa.

La venadita sale proyectada hacia la grupa de Pinta. Nepomuceno acomoda su caza al frente de su silla, le amarra con su lazo las cuatro delgadas piernas.

A trote, regresan al campamento.

Llegan bañados en sudor, ligeros, contentos y satisfechos, como dos amantes. Los cascos de Pinta bailotean, mientras que las manos de Nepomuceno distraídas descansan como dos objetos yertos sobre su presa. La venadita, asustada, puro corazón desnudo, toda un tic tac, provoca lástima.

A unos pasos del fuego donde hierve el agua para el chocolate, el atole o el café de la mañana —hay de los tres y hasta hay cuatro para el que necesite cargado té de boldo en ayunas (la infusión amarga suelta la tripa)—, Lázaro toma el violín. No es la cantada de la noche —suelta la voz al aire—, es la pura cuerda, el chirriar desperezando al mundo, la tos de la mañana, el despejar del cogote; resuena en los jarritos de barro que aún no se llenan de sus líquidos calientes.

En cuanto los jarritos se colman, la melodía se torna dulce, parece entrar por la boca y no por las orejas.

Se habla en murmullos, sin alzar la voz, mientras se dan los primeros tragos, "buenos días", "buenos días", "bendito sea Dios al despertar la mañana".

Nepomuceno se acerca al hogar y con su entrada la música enmudece. Con él llega el orden del centauro. Las voces comienzan a hablar recio y las palabras se emiten más rápido, el son de guerra ocupa la dulzura chirriante del violín.

En la mano algo temblorosa de Lázaro, el café se remenea como si zapateara el humo.

La tarde anterior, tierra adentro cayó la lluvia bien tupida (es bien precioso, bendice a menudo la costa pero rara vez se adentra). Al norte del río Bravo, la Banda del Carbón que comanda Bruno se entrevistó con los hermanos mayores de Nepomuceno para acordar asuntos. Sus negocios no son cosa sencilla, la red para robar caballos se extiende, y lo mismo el tráfico de éstos. No quieren andarse pisando los talones. Tienen bien puestas sus leyes, dichas desde hace tiempo: no se merca personas, tampoco se hacen negocios con gringos. Los hermanos de Nepomuceno las respetan al dedillo. La banda de Bruno, casi —aunque no compran personas, aceptan de vez en vez cautivas en pago de mercancías o favores, luego las usan para cambiar por otros bienes; pero eso no se habla y los de Nepomuceno se hacen de la vista gorda.

Bajo el bautizo de la lluvia quieren ajustar nuevas estrategias. Ya no se contentarán con ganarle al caballo. Quieren ponerle un hasta aquí al gringo.

—Hay que empujarlos algo pa'tras, ¿estamos de acuerdo?

Bruno, el vikingo, que es rabia y fuego y ánimo de venganza, y los dos sensatos abogados que no son hijos de doña Estefanía, varones de instintos prácticos, urden la trama. No quedará caballo ni vaca de gringo que no esté en riesgo. Y hay algo más.

El plan les va quedando tan bien que hasta les comienza a ganar la risa. Un rayo cae cerca. Los hermanos lo ven como un buen augurio.

—Yo no creo en augurios —dice Bruno—, no nos hacen falta.

Ya tuvo noticia Nepomuceno de la reunión entre la Banda del Carbón y sus hermanos en la tarde anterior.

Esta mañana, mientras Úrsulo navega río abajo con rapidez porque la corriente le es favorable, al sur del río Bravo, en el campamento mascogo (seminola para los americanos) cantan:

De moon done rise en' de win' fetch de smell ob de maa'sh
F'um de haa'buh ob de lan' wuh uh lub'.[16]

Sandy se peina frente al espejo en su habitación del Hotel de La Grande. Se dice lo de siempre, que no le gusta vivir aquí, que es sitio estratégico nada despreciable, "te aguantas, Sandy, por la causa". Sobre su propio gusto está el deber del Águila.

Revisa su cara en el espejo. La ve como si fuera nueva, como si no la hubiese visto nunca antes. No la entiende.

—Parezco un pez —se dice, mirándose.

Pero no es pez lo que parece Sandy. Bella, el cabello peinado con gracia, el Águila Cero, una mujer hermosa.

Sonríe.

—Así ya no tanto, no tan pez… porque los peces no ríen, no.

---

[16] Del poema de Virginia Mixson Geraty, en gullah, el título en inglés, "Thank God for Charleston". Dice "Cuando la luna se levanta…".

En lo que le parece un parpadeo, Úrsulo llega al Muelle Nuevo de Bruneville. Encuentra al capitán del puerto, López de Aguada, cuando va llegando, aún con el aliento a café recién bebido —porque el capitán no toma chocolate en la mañana— y el sombrero en la mano. Le da su reporte: nada, le dice, no ha ocurrido nada:

—Esta noche no hubo ni abejas.

—Úrsulo, las abejas no vuelan de noche.

—Pues por eso digo.

Úrsulo menea nervioso el chicote en la mano. El capitán lo percibe, y cree más en el gesto y en lo excepcional que es ver este objeto en las manos marineras de Úrsulo (el chicote no es el remo, la caña de pescar o la red) que en las palabras de su informante: algo se está cociendo en el río, y ese algo va a ser por tierra. Justo piensa esto cuando ve en el camino a Sombra pasar sola muy al trote tirando del carro vacío. El chicote que trae Úrsulo en la mano y la burra que no viene con Fidencio podrían estar conectados. "Sí, sí" —se dice—, "se me hace que este Úrsulo anda en algo inusual".

Deja a Úrsulo con la última palabra en la boca. Se echa el sombrero a la cabeza y se enfila hacia la alcaldía.

Antes de irse a descansar —tiene hasta la tarde para recuperar el sueño—, Úrsulo se detiene en la casa del doctor Velafuente. Lo encuentra en ropa de dormir, saliendo de su habitación apenas. El doctor Velafuente lo hace pasar a su consultorio, conversan a puerta cerrada. La tía Cuca ordena preparen chocolate en agua. El doctor y Úrsulo salen en cosa de tres minutos. Cuca misma corta para Úrsulo una rebanada generosa del (delicioso) budín y se lo sirve en el plato nuevo —sólo uno se salvó esta vez; su hermana le hace envíos cada vez más descuidados—. Después —un escándalo en la cocina cada que ocurre—, se sienta a la mesa con Úrsulo mientras éste toma en silencio el chocolate y come con bocados pequeños el budín. Cuca tampoco dice nada.

En la cocina, Lucha y Amalia están más agitadas que el agua en ebullición sacándole sabor al hueso para el caldo:

—Nomás falta que traiga pluma a la cabeza, este apache.

—Por mí que es de los que quitan el cuero cabelludo si uno se descuida…

—¡Me robaste las palabras de la boca!, y la señora se sienta con él… ¡Úrsulo!, ¡qué nombre!

—¡Habrase visto!

El hueso en la cazuela cambia de lugar con el burbujeo del agua, como dándoles la razón.

El señor alcalde de Matasánchez, don José María de la Cerva y Tana, da instrucciones precisas a Gómez, su secretario particular, "que no me moleste nadie, y menos todavía los que ayer te dije", y se encierra en su oficina.

Está que no lo calienta ni el sol desde que Nepomuceno se apertrechó en Laguna del Diablo. Al principio se ilusionó pensando que el problema se evaporaría solo, que se iría como llegó por su propia cuenta. Conocía a Nepomuceno —era un torbellino, un rayo… por lo mismo podría mudar de actitud… o irse al norte del río Bravo…—. La ilusión le duró poco. No tenía demasiadas luces, pero sí las suficientes para darse cuenta de que la causa de Nepomuceno —"esa tontería de La Raza que se sacó de la manga y otras pendejadas"— arrasa con el gusto de los pelados, "sobre todo los del otro lado del río, pero los pendejos mugrientos de aquí también se dejan jalar por el barbarroja".

Se encierra, pues, en su oficina. Tiene el corazón lleno de temor. Eso por las nuevas que le trajo López de Aguada, el capitán de puerto. "Encima ni explica bien", nomás lo había ido a llenar de preocupaciones sin que tuvieran un eje, papaloteando desatadas como cabras abusivas. Estaba peor su ánimo que el de las macetas sin geranios del balcón de la cocina de Tía Cuca.

Durante la mañana, llegan a la alcaldía los que ha hecho llamar: el doctor Velafuente —hierático, no abre la boca, lo escucha despotricar por casi una hora, repetitivo y desencajado; le receta (uno) valeriana para dormir, (dos) un té para la mala digestión —no se la confiesa el alcalde, pero el doctor se la huele en el aliento—, (tres) caminar para destensar el mal ánimo, con lo que el alcalde estalla en furia, "no es para andar caminando, no me salgas con una de doctorcito de pueblo, estamos en llamas, ¿no te das cuenta?, ¡caminar!, ¡en qué estás pensando!"—. Llegan también el señor Domingo, el que atiende la ventanilla del correo (le da instrucciones precisas de atajar cualquier "paquete o sobre que tú creas me vaya a arrancar sospechas") y Pepe, el bolero, que le lustra los zapatos mientras lo escucha.

De la Cerva y Tana llega al extremo de comer encerrado en su oficina de la alcaldía, le traen unas quesadillas fritas buenísimas (de rajas y cebolla, de machaca con piloncillo, de cazón) que le prepara especial doña Tere, la del fogón en la esquina, solía vender en Bruneville pero "ya mejor me vine pa'cá, se me han puesto gachos los gringos" —y eso que lo que sale de sus manos es de verdad sabroso: su salsita de molcajete es mejor que la de nadie, para hostilizarla se necesita de verdad andar muy caldeado.

Fidencio amarra la cuerda de su mula, Sombra, de los barrotes de la pequeña ventana que se asoma malamente a la calle, como parpadeando entre enredaderas, en la espalda de la casa del licenciado Gutiérrez. Desde ahí, Fidencio silba a su abuela, Josefina, la vieja que trabaja la cocina de la casa (nadie se acuerda ya de su nombre, ha pasado a llamarse "señora" para todos, y "abue" para Fidencio).

La vieja cocinera Josefina está algo sorda, pero escucha el timbre del silbido de su nieto predilecto. Se asoma y le indica con señas que se cuele por el portón (tiene puesta la cadena, pero holgadamente) y se escurra a la cocina. En la penumbra de la cocina, lo abraza, con el mismo impulso lo sienta frente a la mesa y cambiando el paso le prepara unos (deliciosos) chilaquiles, mientras le cuenta nimiedades que él escucha respetuoso hasta que le acerca el plato rebosando el oloroso guiso.

—¡Qué ricos, abue!

—Cómetelos rápido.

—Es que abue, tengo mucho que contarte… Nepomuceno…

—Luego me dices. Come.

Fidencio come y habla, con igual rapidez; sus palabras se van poniendo tan sabrosas como el guiso que las perfuma —cómo va la de Shears y Nepomuceno (que si ya tiene Bruneville sheriff nuevo, que si el campamento de Nepomuceno, que si tal y tal otro ya están con él, que si han llegado del norte quiensabecuánto mexicogringo, que si los ladrones que se le han unido porque están huyendo de la horca)—, cuando entra Magdalena a pedir algo a "la señora". Escucha atenta.

—Señora —dice en su dulce voz queda.

Josefina no la alcanza a oír, pero aprovecha la interrupción del nieto para decirle:

—Apúrate ya, Fidencio. Va a llegar el señor y no quiero que te vea en la cocina.

Fidencio ni habla ni come por ver a la bonita. Al verlo en ese estado, la abuela cae en la cuenta de que Magdalena está con ellos:

—¡Ah, demontres!, ¡qué haces aquí, niña!

—Quería pedirle si me cose la presilla del vestido porque…

—¡Coser! ¡Magdalena! ¡Si te encuentra el señor a la vista de mi nieto, yo soy la que va a ir a dar a la horca, no don Nepomuceno! ¡Psht, psht! —le pide con las manos que se vaya, como si a un animal—. ¡Fuera de aquí, Magdalena!… ¡Y tú… apúrate, Fidencio!

—¿Quién es Nepomuceno? —pregunta Magdalena, resistiéndose a salir.

—Tú sácate de aquí, si no quieres que me corran de tu casa. ¡Vete!

Magdalena se retira, lo último que desea en el mundo es que se vaya "la señora". Espera un rato prudente en su habitación. Los pies la llevan otra vez a la cocina, ya sin vestido ni presilla ni intención ninguna más que hacer preguntas. Josefina ya a solas. Arremete Magdalena con la misma (¿quién es Nepomuceno?, qué es eso del campamento?), y no ceja hasta que lo sabe todo.

Dan Press anota en su libreta de apuntes palabras muy diferentes a las que ha estado escribiendo Elizabeth Stealman:

*El Ranchero* —periódico local de Bruneville, ciudad fronteriza del sur— ha estado publicando historias de un tal Nepomuceno, salpicadas de sabor local y aventura. El bandito le interesó a mi jefe, sorprendentemente porque, aunque tiene instinto de periodista, como buen neoyorkino de formación bostoniana le tiene sin cuidado cualquier cosa que pase al sur de la desembocadura del río Hudson (decir "sin cuidado" es impreciso, por ejemplo hojea el mencionado *El Ranchero*, para seguirle el pulso al Sur, pero sobre todo para encontrar de algún motivo para reírse de los texanos). El caso es que vio una historia en el bandito. Lo cual podría o no ser de mi interés, si no fuera porque me llamó a su oficina "de urgencia".

Dejé lo que estaba escribiendo para ir a su oficina y:

—Ésta parece hecha para ti, Dan. Cruza el río Grande y entrevístamelo. Quiero un reportaje del bandito Neepomoowhatever; ármalo como se debe, con diversos puntos de vista, no quiero su autorretrato y menos tu opinión (¡ya la imagino!), dinos cómo lo ve su gente, qué les parece a sus enemigos, su familia, si tiene mujer, y puedes engatusarla, pregúntale a ella (nadie como una esposa para destruir al héroe). ¡No te me quedes viendo así! ¡Anda!, ¡vete yendo!, ¿qué tienes plomo en los pies?

Me tronó los dedos. "¿Entrevístamelo?". Salí de su oficina con la cola entre las patas, como si me hubiera cagado encima un águila marca diablo. Por fin una para mí que parecía interesante… pero… ¡se dice fácil! Leí en *El Ranchero* que el bandito está escondido. Lo busca la justicia americana, lo persigue también la mexicana (aunque *El Ranchero* conjetura que lo encubren, pero puede sea su invención). Es evidente que la mejor estrategia no es tomar el vapor y entrar a Bruneville o a Matasánchez preguntando por él.

Vencí el desánimo, me acordé eso que dicen los mexicanos (que si te caga un pájaro es porque te va a llegar la buena suerte) y me lancé a visitar a "mis contactos" —no es que tenga muchos, llevo seis meses en el periódico y no he cubierto sino temas relacionados con la vida de la ciudad.

Cuatro visitas y seis copas me llevaron a la casa de huéspedes donde se hospedaba un tal mister Blast de oficio filibustero. Llegué a él por un golpe de suerte, y fue como ganarme una rifa —o como si me hubiera cagado otra águila—. En menos de doce horas ya viajo con él a bordo del vapor Elizabeth III, rumbo a Gálvez. Mejor no hubiera podido ser mi entrada a mi reportaje.

Pasamos el trayecto bebiendo y conversando, o conversando y bebiendo. A decir verdad, él me da más que suficiente materia prima para un reportaje, su empecinamiento en seguir creyendo a Texas una república independiente, su fanatismo expansionista que hace unos años lo llevó a Nicaragua con Walker, después a Cuba en una empresa fallida que no entendí del todo, a México durante la guerra —repetía "la conquista"—, y por el que estaba a punto de emprender camino para buscar alianzas con Nepomuceno. Blast está convencido de que de la mano del bandito insuflará de vida su vena filibustera. Yo la verdad no le veo ni pies ni cabeza, ni a su propósito, ni a su intención con Nepomuceno.

—La meta la tengo clara desde tiempo atrás: la República de Texas debe abarcar mínimamente desde Bogotá hasta el río Nueces, no hay otra.

—Pero, disculpe que lo comente mister Blast, ¿a usted qué?, usted no es texano.

—No, pues no, si le estoy diciendo; no es por mi bien; no pienso en mí; es la única salida para la región. Eso que llaman México, por ejemplo, es una empresa fallida, en el mejor de los casos un recurso del Vaticano para hacerse de siervos, una fábrica de esclavos holgazanes… ¿No ha visto usted cuánto alaban los católicos el servicio a los otros? Lo mismo puedo decirle de Nicaragua y Colombia, otras empresas fallidas, y paro de enumerar. Sólo nosotros, nuestro país, América, les podemos dar sentido, razón de ser. Solos, separados de los Estados Unidos, son piojos sin colchón.

—No lo comprendo. Nepomuceno está peleando porque le quitaron sus tierras, eso no escapa a mi entendimiento, pero ¿por qué usted, mister Blast, siente el apremio por hacer alianzas con Nepomuceno y lanzarse a su aventura filibustera? Lo veo claro como si el agua y el aceite…

A cada perro su hueso: yo voy tras la entrevista. En todo caso, lo de piojos y colchón me parece un buen encabezado para la nota —aunque no sé cómo lo vería mi editor.

El ayuntamiento de Bruneville lo ha hecho ya otras veces, subir todo mendigo o loco mexicano —*greaser homeless*— en la barcaza con el ganado (de ahí la canción "El viaje de los locos" que también se atribuye a Lázaro:

si falta tornillo al coco,

tablón, te faltan tres clavos,

querreque…

…¡cornados los lleva el río!)

y enviarlos hacia Matasánchez. (Considerablemente mejor a la desafortunada letra y la pobretona melodía de la canción, el gracioso zapateado que las acompaña ha gustado mucho, con toda razón; también lo bordó Lázaro. Hay que notar que en el zapateado dejó bien clara la huella del peso de su edad, sus huesos y músculos poco dados al brinco, también la gracia que no se olvida aún cuando la cabeza ande más en el no-sé-quién-soy que en el recordar.)

Tres días después del incidente entre Shears y Nepomuceno, el primer viaje de la barcaza ya vuelta propiedad de Stealman consistió preciso en aventar a México cuanto loco y mendigo deambulara por las calles, no sólo mexicanos y no sólo mendigos, de pilón añadieron uno que otro outlaw, los "fuera de la ley" buscaproblemas.

En parte era para limpiar Bruneville, liberarla de problemas, en parte para ganancia de Stealman: la alcaldía le pagó por llevárselos, el contrato le dio lo suficiente para costear el reemplazo del remolcador que a algún pendejo se le había escapado, "lo que es no tener cabeza, tanto hombre vigilando el muelle y no fueron para darse cuenta de que se les iba".

Desembarcaron a los locos en el muelle nuevo. Se dispersaron como bien pudieron. Los más llegaron al centro de Matasánchez. Como habían hecho sus pares en desembarcos anteriores, se apegaron al mercado, imitando a las ratas y otros bichos que viven de lo que otros desechan. Los de más suerte consiguieron los contratara alguien de peones y más o menos ir tirando, pero eran peonada inestable, ni las corridas ni la llegada del ganado abunda como antes, tenían que optar por comer un día y otro no, y luego nomás a veces.

Cuando se quedan sin trabajo por largo trecho, duermen con sus pares bajo los arcos del mercado, en las calles aledañas a la alcaldía, si podemos decir que duermen. Consiguen alcohol barato, puños de pólvora que les salpican las cabezas y los ánimos, están de día que estallan, de noche nomás no paran, recorren las calles como enloquecidos (lo son) y cuando llega la madrugada y la ciudad atrae a la gente sacándola de sus hogares, caen como sacos de arena sobre el empedrado. Las almas frías los patean o escupen al pasar. Las señoras les retiran los ojos —les ocurren unas erecciones dormidos "que no tiene una por qué andar viendo"—. Los niños se mean en ellos, a veces hasta sin querer, se confunden con el suelo, terrosos y sucios.

Los outlaws siempre encuentran cómo seguir con su negocio. Para lo suyo cualquier lugar es bueno.

En aquel primer viaje de la barcaza en manos de Stealman, el Conéticut y el Loco (el que dormía bajo el alero de la puerta principal del mercado de Bruneville) fueron a dar directo al campamento de Laguna del Diablo, sin que sepamos bien a bien cómo —¿sabía el Conéticut seguir las huellas de carros y animales?—. A ellos los dejaremos por el momento a un lado.

Otro, el Escocés, se echó a andar solo, por los caminos, los pueblejos y caseríos, a dormir al aire libre y en despoblado, empecinado en hablar inglés, creyéndose en su tierra. En español sólo repetía: "En metiéndose los greasers nos comió el zancudo, que es decir nos remetieron las balas hasta por el culo", con un acento extraño y un enojo o furia en las palabras.

Los más le tienen tirria. Los que no, lo llenan de apodos y le tienen piedad. Vive de la caridad de estos segundos.

Cada vez con mayor frecuencia, la peonada inestable se suma a las filas de los locos. Las calles de Matasánchez comienzan a lucir como un mal cuento de poseídos o aparecidos.

Un domingo, a la salida de la misa —donde habían ido a recabar limosnas—, alguno oyó la historia de "El buen Nepo". Como mecha encendida comenzó a correr entre la loquería.

Entendieron sin saber lo de la leva. La mañana del martes, sin decírselo, nomás se echan a andar —no tenían caballo, ni armas, ni nada sino lo que traen puesto—, jalan como un ejército ordenado hacia Laguna del Diablo.

En Bruneville, se escribe Elizabeth:

Querida Elizabeth:

Sabes que en las cartas que te escribo no soy dada a reseñar los temores al futuro. Lo nuestro es, de mi parte, compartir el paso de los días, los momentos más significativos, mis apreciaciones de los hechos, las desilusiones y alegrías de la vida cotidiana. Eres mi compañera fiel, la única en esta isla de salvajes. Pues bien: hoy me siento tentada de hacer una excepción. No te hablaré de lo ocurrido sino del tenor de un miedo.

Pero para esto, primero los hechos.

Como sabes, cuando se acerca la temporada más calurosa —porque la humedad se vuelve intolerable en este rincón olvidado de la mano de Dios—, Charles nos lleva de vuelta a Nueva York. Allá, aunque el calor arrecia, las condiciones son otras. El ambiente no es cerrado porque la tierra no es pantanosa, el mar está presente, el aire circula, entra y sale por las ventanas y puertas, los caimanes o los mexicanos no nos esperan con las bocas abiertas en cada esquina. No será Boston o París, pero Nueva York no es Bruneville.

Nunca he tenido objeción con los periódicos retornos a la ciudad, antes bien, como lo sabes, siempre estoy deseando llegue el momento de abandonar la isla de salvajes a la que tengo tan poco aprecio. Escapamos del calor, de la asfixia de la temporada y de la naturaleza de este pueblo. Visito a mi mamá. Me encuentro con mis amigas, Charles pasa las tardes en el Union Club: los dos nos rodeamos de seres con los que uno puede hablar, compartir intereses, opiniones, inquietudes. Ésa es tierra civilizada —el más rudo allá es mi marido, que no será el único pero su falta de pulimento se disuelve entre los finos neoyorkinos[17]—. Por otra parte, cierto que Charles es rudo, pero no es un greaser.

Pues bien, éste es el punto: se acerca la hora de irnos y yo… ¡no tengo deseo alguno de moverme! ¿El motivo? Regreso a lo que mencioné al comienzo: miedo. Es clara la razón de éste: temo que si nos vamos, lo perderemos todo. Los salvajes aprovecharán para devastar mi casa. Saquearla. Quemarla hasta las cenizas.

Cuando se lo he dicho a Charles, me ha contestado: "Más motivo para irnos, pero ya, no quiero corras ningún peligro. Si la chamuscan, yo te levanto otra".

---

[17] ¿Finos?, ¿los neoyorkinos? No podríamos estar en mayor desacuerdo. Citamos su diario a la letra, en esta afirmación cualquiera tiene prueba de nuestra total fidelidad a sus líneas. ¡Finos!… ¿en qué parámetro?

¡Otra! ¡Cómo se atreve! ¡Se dice fácil! ¿No ve este hombre que casi todo lo que hay aquí es irremplazable? Él cree que la mesa Luis XVI que tenemos en el hall es lo mismo que las de patas torcidas que hacen por aquí los salvajes, que los encajes son tejidos por abejas espontáneas, que la ropa de cama y la mantelería belgas son iguales a las visiones que tejen los indianos del sur, que la cerámica de este hogar es poblana (¡horror!), que los cubiertos nos los hará el herrero —ese inútil—, que los retratos de mi familia que plasmó mister Pencil son nada, que nuestros muebles, de ebanistas europeos, han sido barnizados con manteca de puerco. ¿No tiene ojos, no tiene piel, no tiene olfato, no tiene…? ¡Es igual que un comanche! Peor todavía. Conozco un comanche, el hoy gobernador mister Houston, y él es, comparado con mi Charles, un auténtico caballero, un refinado exquisito.

Ya que Charles no entiende razones, me he resistido como he podido. Mi estrategia ha sido la lentitud.

No termino de estar lista jamás, me embrollo con cualquier cosa; yo y mis negras no damos pie con una; lo que alguna consigue hacer, la otra deshace. La verdad, nos hemos divertido, tanto que por un momento olvidé el temor, el miedo a ver la mansión Stealman envuelta en llamas y tornada en polvo.

Sí, ya sé qué piensas: si eso ocurriera, sería mi liberación. Dejaríamos Bruneville. Esto debería complacerme. Pero no. ¿Me lo explicas? El temor me llena de desazón. Lo único bueno de esto, es que termino por no fingir lo que comenzó como un truco: en el estado en que me encuentro, invadida de un temor a futuro, literalmente no sirvo para nada. Mi ánimo contagió a las negras. Aunque ahí tengo otra explicación, la conoces: el esclavo sigue al amo. Toda la voluntad está en el amo. El esclavo es la sombra. Más no puede ser. Por ello, imprescindible la entereza del amo. En él reside el progreso, el triunfo, la paz y cuanto se derivan de éstos. Lo repito aquí para dejar bien claro que estas negras irracionales no comparten mi temor, pues no son capaces de imaginar ningún futuro. Esto lo he comprobado repetidas veces, pero no es el momento para explayarme en la explicación.

Ayer Charles tuvo un ataque de cólera. Intenté explicarle más allá de "mis cositas" (como él las llama): él es quien pone orden en la población, él es la guía moral, es el pilar, la luz. Si él sale, las posibilidades de que Bruneville termine sus días envuelto en fuego son mucho mayores.

Pero ya pasó la hora de razonamientos. Charles ha ignorado mi voluntad. Turnó órdenes precisas al servicio para que preparen presurosamente nuestra partida. Vueltas las negras sombra de un amo decidido, sé que la salida es inminente.

Mi miedo crece a cada minuto.

Ten muy claro, querida, que en este miedo mío hay algo absurdo: detesto Bruneville, ¿por qué luchar por impedir su desaparición? Desprecio esta isla de salvajes, pero aquí está mi casa, aquí mi jardín, aquí mis cosas. No diré que mis memorias, eso no. Nada llevo en mi bolsa que provenga de este triste, desgraciado rincón del mundo.

Te escribiré la siguiente vez ya a bordo del Elizabeth, o en Galveston, si decidimos pasar ahí la noche.

No tengo que repetirte lo que es costumbre: en Nueva York interrumpo nuestra correspondencia. Allá tú y yo *volvemos a ser una sola persona*. No oirás de mí, *o me oirás siempre*. Volveré a nuestras conversaciones cuando regrese, si acaso alguna vez volvemos a Bruneville. ¿Será la siguiente en otro pueblo astroso, al costado de algún río más transparente, si tengo con suerte?

¿Es también parte del temor que me envuelve el saber que perderé la entrañable relación que hemos entablado aquí, en esta isla de salvajes donde nos hemos visto acorraladas a dos puntos distantes, separadas de parte de nuestra vida? ¿Debo sumarlo a mi desazón? Pero, ¿no debiera también esto alegrarme? Más complicado contestarlo aquí, pues no quiero perderte, pero la idea de hacerte otra vez mía (de ser-te mía) y la de ser-me tuya, me alivia por una parte y me rompe el corazón por otra. Perderé a mi mejor amiga; perderemos las dos a nuestra amiga más querida, *pero seremos ella*.

Y yo, querida Elizabeth, yo soy mi enemiga. Soy mi propio frente de batalla. Tú, amiga, eres la tregua.

Me calmo. Ten por cierto que donde quiera me lleve Charles te volveré a escribir. No sobrevivía él en Nueva York, ni en ningún otro lugar digno. Requiere de un entorno como el de este sitio inmundo. Es mi condena. Lo otro sería la impensable separación de mi marido.

Antes de que otra cosa ocurra, debo asegurarme de que Gold y Silver, mis dos terriers, estén ya bañados, peinados y vestidos. Mis dos hijos. Te abandono para hacerlo.

Preservo la foto que me retrata con Gold y Silver sentados en mi regazo —la ha tomado Laplange hace unos días—, guardada entre las páginas de esta libreta. Es para ti. Tú eres su destinataria. El sillón en que me acomodé para el retrato está aquí, frente a mí. Guárdalo también como algo precioso.

Te abrazo,
Elizabeth


Ha regresado el orden habitual al Hotel de La Grande. Ni la dueña se acuerda de los dos cuerpos que colgaran del icaco —cosas que pasan en la frontera con los revueltos mexicanos—. Si el recuerdo la persigue —a veces pasa—, se hace la que no, no tiene el ánimo para irse a empezar a otra parte, así que se aguanta.

Esta noche cantará en su café La Tigresa del Oriente, la que iba a presentarse cuando aquello ocurrió.

Smiley dejó Bruneville con el primer rayo del amanecer tras perder la partida con Sarah-Soro Ferguson. Tomó por tierra pantanosa hacia Punta Isabel, el tráfico por agua estaba interrumpido (lo seguirá durante días). El recorrido así es muy dificultoso, pero la libró, se sabe que llegó al vapor que lo subió por el Mississippi.

A La Grande no le hace falta Smiley, los federales y rangers apostados en el muelle animan el Hotel de La Grande.

Los músicos desafinados que mendigan monedas a cambio de canciones también han vuelto. Algo hay diferente en ellos, aunque sean igual de malos, se les oye más alto porque se han puesto de acuerdo, los cuatro champurrean al unísono, cantan coritos que llevan semanas ensayando. Hay otra: no sólo han dedicado tiempo a sus ensayos, también a escuchar a otros y remedarlos. Hasta cantan una de Lázaro Rueda, el vaquero y violín, pero en inglés, por esto pierde casi toda su gracia.

Unos días después, pasadas las diez de la noche, el cielo completo se llena de colores, líneas color naranja aparecen pintadas sobre el fondo rojo encendido. El telégrafo queda horas sin servir. En Bruneville se incendia una hoja en la mesa del telegrafista. En Matasánchez, El Iluminado sale a la calle, inmediato lo rodean las rezonas, reunidas en pleno como las moscas sobre la carne que está por pudrirse.

Tres días después, a las cinco de la mañana, se enciende una aurora boreal que cubre gran parte del continente, desde el polo hasta Venezuela. El telégrafo funciona normal. En Matasánchez, el cura da misa más temprano. El Iluminado no aparece; en un delirio místico está hablando muy seriamente con la Virgen.

Un día después, se repite la aurora boreal, aunque no tan extensa.

Llamaron a este fenómeno la Tormenta Solar, o el Carrington Event. El Iluminado ignora el término científico, le pone "La Llamada". Sube al campanario de la iglesia principal y toca a rebato. Baja por su cruz —que ha dejado remojando en la pila baptismal (ya nadie se lo objeta)—, y en el centro del atrio convoca a viva voz, "Vamos con Nepomuceno, ¡viva la Guadalupana!, ¡que mueran los gringos!".

Felipillo holandés se orina en los calzones. Laura su vecina, exaltada, instiga a la abuela a salir a ver qué está pasando "¡los campanazos, abuelita!".

El mismo día, la procesión del Iluminado parte hacia Laguna del Diablo. Van cantando. Los más, llevan estandartes de la Virgen. Suman más de un ciento. Marchan algunos que no parecen tener nada que ver con su corte. Se diría, si uno mira con atención, que usan a las rezonas y al Iluminado como una máscara. ¿Qué hace ahí Blas, el hombre de Urrutia, el amigo del alcalde malito que tiene Bruneville? También va el comanchero (¿qué hace aquí?) y algunos que tienen fama de bandidos, mexicanos todos. Se diría que los pillos buscadores de ganancia rápida ya encontraron caminito. Cierra la procesión el padre Vera (por no quedarse atrás).

No traen ninguna prisa. Cada rato se detienen a rezar, a cantar, a quién sabe cuánta cosa (incluyendo desmanes, los forajidos son los más movidos, saquean parejo), como traen tanto viejo e inútil se cansan al luego luego —entre éstos, la abuela de Laura, la ha jalado a esta "tontería" su niña—. Además están las voces que le hablan al Iluminado. Si comienzan, hay que parar. Caminan minutos, se detienen otros largos.

Un día antes de la primera aurora boreal, en Laguna del Diablo, Nepomuceno y Salustio aprovechan que no ha salido el sol y que la mayor parte de su gente duerme. Están frente a las líneas del borrador de su proclama: "Nuestro objetivo, como lo verán en breve o podrán corroborar por testimonio, es castigar la infame avilantez de nuestros enemigos, confabulados para formar una logia inquisitoria y pérfida para perseguirnos y despojarnos de nuestras pertenencias, sin más motivo que ser de origen mexicano. Una multitud de abogados concertados para desposeer a los mexicanos de sus tierras y posesiones y para usurparlas inmediato". Dudan cómo fecharla, "¿qué nos convendrá?".

Entra Óscar llevándoles los jarritos con el chocolate de la mañana con un pan recién sacado del horno —construido con puro barro—, un pan aromático (el anís) y suave.

Óscar escucha el borrador de la proclama.

—A mí me parece, don Nepomuceno...

—Aquí no hay "don", Óscar, en el nuevo mundo todos somos iguales, y somos la punta de la flecha del Nuevo Mundo… Por décima centésima vez: no soy "don".

—A mí me parece, Nepomuceno, con sus perdones, que no, que hay que serles más agresivos. Hay que invadirles lo que es nuestro, quitarles el territorio de una vez.

—No se trata de eso.

—Es que sí se trata.

—¿Quién creyera oírte hablar así a ti, un panadero?

—Con los gringos no hay de otra. Les damos la mano, nos toman el codo, después el hombro, y antes de que uno se dé cuenta, le quitan el tesorete, como a campirana cándida. Hay que agarrar Bruneville y quitárselos, a fin de cuentas es nuestro… ¡está en la propiedad de tu mamá, Nepomuceno!, ¡tú tienes el título legal! Hasta el fuerte, Nepomuceno, ¡hasta el fuerte! Lo fueron a plantar donde tenías el establo aquel, tan elegante… ¡Nomás nos queda esperar que terminen de comerse el mandado!

—Cierto. Pero no se trata de eso. Sólo de pintarles la raya. Están adentro, son parte ya de nuestra tierra, La Raza tiene que hacerles saber que merecemos respeto.

—No, no, no. Sin ánimo de venir nomás a la negada. ¡No!

—¿Por qué tanto no? Explica, Óscar —éste Salustio.

—Si no los echamos, antes que nos demos cuenta van a valer la prohibición de que trabajemos al norte del río Bravo no solamente la peonada, sino cualquier mexicano. Las propiedades… ya vieron lo que las respetan, los gringos son puro jarabe de pico. Y no hemos visto todavía nada, vendrá lo peor. Van a tender una cerca o levantar un muro para que no crucemos a "su" Texas… ¡como si fuera de ellos!… y luego, ya verán, óiganme clarito, nos van quitar las aguas del río, las van a desviar, las van a meter a sus pilas di-agua, o a saber cómo le van a hacer, pero a fin de cuentas nos van a dejar hasta sin río… ¡ya verán!, nos van a despojar de todo… no va a quedar mustango suelto ni un palmo de tierra que no digan que es de ellos…

Al sur del río Bravo, todo será violencia. Van a hacer que también haya mexicanos que piensen y sientan como ellos un aborrecimiento por los mexicanos. A nuestras mujeres las violarán y nos las harán cachitos. Las enterrarán destazadas en el desierto.

—Vete y tómate tu chocolate, Óscar, estás diciendo puras sandeces.

Óscar (la cara encendida, los ojos pelados) camina hacia la cocina, quiere llegar al horno que él levantó con sus propias manos panaderas. Lleva en la cabeza imágenes de caballos negros, todos bellos como perlas únicas y hasta más. Se va diciendo "nosotros también, cómo que no, estamos de un modo o de otro en la misma robadera que los gringos; aunque no hagamos esclavos, nos decimos dueños de los caballos, también de las tierras y hasta del agua…". Respiró hondo. Miró su horno, la bóveda redonda levantándose a su altura. Pensó, "es cierto, creo que estoy perdiendo la cabeza…".

Esa misma madrugada llega Sombra la burra a Laguna del Diablo. Viene cargando gritos. Para que se entienda: jalada por un pobre viejo mugriento llega Sombra, trae al lomo una mujer envuelta de los pies a la cabeza en un largo manto. Necesita de ayuda para descender de la burra porque viene amarrada a ésta como si fuera un saco de arroz y no un ser con propias piernas. El viejo que venía guiando a la burra está medio ciego, él no puede deshacer los nudos ni ayudar propiamente a la dama. "Me salvó el animal", dice apenas la desamarran, "yo no sé montar". El viejo mugriento ya no tiene memoria ni palabras, trae la lengua amarrada de tanta edad.

La mujer, con la cara medio cubierta por el velo, repite la misma frase —"yo no sé montar"— sin que nadie entienda de qué habla (quiere contarles que en Matasánchez la habían asegurado a la burra sus viejos criados y confiado a este mulero para que la trajera).

Poco le dura el aturdimiento. Pronta va a lo suyo, "Necesito ver a don Nepomuceno, le traigo algo que él anda buscando".

Como es mujer, como atrás del velo se adivina muy bonita por el porte, el pelo, la voz, debe tener veintidós o veintitrés años, se la llevan. Ya para entonces tenía mote entre los nepomucenistas: La Desconocida.

"Por un pelo y me mata mi marido en su última golpiza, pero ahora estoy aquí". Se quita el velo. Pone en la mano de Nepomuceno, cuidando de no tocársela, una bolsa con monedas de oro, "Usted hágame coronela o cocinera, lo que le convenga —pero cocinar no sé, le advierto—, yo le ayudo a pelear que no lo insulten, tengo más fondos, mis ahorros están enterrados hondo en casa".

—¿Qué quieres a cambio?

—Que me ayudes a llegar al otro lado del Bravo, y que alguien me cruce más allá de la Apachería, donde ya no me pueda poner la mano encima ese marido que me tocó en desgracia.

Lo que más gusta a Nepomuceno es su belleza, también que sea franca y mire a los ojos al hablar. Además, piensa, "esta mujer huele a virgen. Va a ser mía". Qué necios son los hombres, hombres necios… porque ella también trae sus ganas, aunque no de lo mismo.


Nepomuceno da órdenes de que cobijen bien a La Desconocida. Que se le dé trato de reina. También adopta el mote para llamarla, suena muy bien, "La Desconocida". Ni se le ocurre preguntarle su nombre real. Es Magdalena, la bella poblana, la que Gutiérrez compró para esposa.

Nepomuceno da órdenes de que cobijen bien a La Desconocida en alguna de las tiendas semiabiertas que han levantado con palos perfumados.

Nomás verla caminar, qué chulada, Nepomuceno se ata las espuelas. El peón domador endereza el corral. Nepomuceno toma el lazo. Enrienda el potro. Los cueros le acomoda y se le sienta enseguida.

—Corcoviando.

La manada repuntea…

Canta Lázaro:

"gasta el pobre la vida

en juir de la autoridá".

Pero algo en su canto hay que no le gusta, deja su violín a un lado, "no soy ya sino un viejo inútil", se dice en voz alta cuando ve a Nepomuceno pasear la bella Pinta.

—¡Qué va! —le grita Nepomuceno a Salustio—, de inútil no tienes un pelo, el problema contigo es que eres como el caballo huérfano…

Nicolaso recibe en la mensajera: "nos hicieron más promesas que a un altar".

Pedro y Pablo —los Dosochos— van y vienen con las piernas metidas al agua, les apodan en el campamento "los sirenos". Su labor en el campamento es ayudar a levantar y mantener las tiendas, saben bien manejar los palos y las telas, su vida en la barcaza los entrenó para esto.

Se les han ido reuniendo otros niños y muchachos. La muchachada se organiza.

Los vaqueros hacen lo propio —cuidar al ganado— y otras: procuran armas y municiones. Ahí están Ludovico —se acuerda a diario de Rayo de Luna—, Silvestre, Patronio, Ismael, Fausto, el Güero, más otros.

En Bruneville, Las Águilas se han tornado todavía más secretos. Ya ni siquiera se reúnen en el Café Ronsard a jugar barajas.

Diríase que son Águilas subterráneas y submarinas. O que están locos. Porque cuando se ven durante sus rutinas domésticas, al tiempo que mercan el frijol, las cabezas de ganado, las pacas de algodón o la tela, en lugar del intercambio verbal que debiera acompañarlas, enumeran infamias, añadiendo a las que les oímos en el Ronsard —Josefa Segovia y Frederick Canon, 333 y Pizpireto Dólar, las manzanas y los siete limones, la rueda infame en Rancho Barreta, Platita Poblana y demás—, las más recientes, tantas que se van acumulando a velocidad de galgo en pista. Las Águilas las repiten a la luz del día, como si estuvieran acordando precio o fecha de entrega.

La calidad de la leche que da esa cabeza, los dientes de un caballo, el origen de la tela importada, cuán reciente es la semilla o si buena no se dicen más, ni cómo estás, ni ¿cómo sigue tu mamá? o ¿ya nació el niño? Nada de esto. Recopilan atropellos en el Valle Grande.

Se pasan a lo rápido los mensajes. Tiran las frases frente a balcones que parecen vacíos. Confiesan pecados que no lo son, y los que se sientan en el confesionario a escucharlos tampoco son el cura. El peluquero las repite en medio de conversas que parecen desentendidas. Los novios se dicen cosas que ya no son amorosas. Las putas abren más las bocas que las piernas cuando están con nepomucenistas. Los niños se siguen reuniendo, el grupo de entendidos se pasa frases de las que no entienden el contexto, las memorizan, las llevan a casa. Adiós papalotes, adiós libélulas al vuelo.

Otra paloma mensajera: "nos perseguían de lejos sin poder ni galopiar, y aunque habíamos de alcanzar… en unos bizcochos viejos… la indiada todita entera, dando alarido carguió…".

Nepomuceno manda un mensaje al talabartero don Jacinto: "hazme una silla para mujer que no sepa montar, necesito se vea como una reina; la quiero lo más rápido".

Jacinto la piensa. Termina por inventar una que hasta hoy se llama Silla Mexicana. Es como un trono subido, no hay cómo caerse del caballo si uno se sube en ella.

Para dejarla al tiro, llamó a Sitú, el artesano que sabe cómo ponerle adornos a los ojillos de los cinturones. Esto enfureció a Cruz el peletero, "nada qué hacerle —opina Jacinto—, que se aguante sus tontos corajes; la pide Nepomuceno, tiene que traer lo mejor".

Una muerte ocurre en la procesión del Iluminado: la abuela de Laura, la niña que fue cautiva. Ni a santos óleos llegó. El entierro en despoblado es como una fiesta, cantos, juramentos, se gritan consignas nepomucenistas. En ése pierden día y medio. Los centímetros que avanzan les salen carísimos de segundos. Cualquier tortuga ya hubiera llegado hace ¡uuu!, cuánto tiempo.

En una de esas paradas hasta alcanzan a echar tallo unos frijoles que caen del saco que lleva una cocinera.

Desembarcan en Punta Isabel mister Blast y Dan Press, encuentran inmediato cómo cruzar a Bagdad (tan fácil como pagarle a un lanchero) para seguir por tierra mexicana los pasos de Nepomuceno.

Escribe en su diario Dan Press una entrada muy corta:

"Ah, *chirriones*, yo me había hecho a la idea que cruzar frontera era echarse al Leteo".

El chirriones, en español.

En Laguna del Diablo, Roberto, el cimarrón, aprende con los vaqueros el arte de asar la carne al aire libre. Él cuenta historias, es su aderezo.

Ludovico cose a quien se deje con preguntas, quiere saber cuanto se pueda sobre los asinais, "un día voy a regresar por la bonita Rayo de Luna y me la voy a llevar; si encuentro un cura, me caso con ella".

—¡Cómo crees que te vas a casar con una texas! Con ésas uno no se casa…

Ludovico estuvo a punto de irse a los golpes contra el que dice eso tan ofensivo. Lo detiene Roberto,

—Aquí pelear no. Envilece. A ver, ¿por qué dices que casorio no? Explica.

—Pues que eso no necesita explique.

—Y cómo que no —afirma Roberto—. ¿Te estás como el gringo contra La Raza? Si es así, debes desdecirte.

No enturbia el debatirlo todo, al contrario, la muchachada vive ávida y feliz, llena de risas el campamento.

La muchachada ha inventado sus propias reglas —algo duras—, se toman todo esto muy en serio. "Somos el Batallón de Los Chamacos".

Lázaro les prepara unas coplas muy para ellos.

Nepomuceno y Salustio van dándoles encargos, uno más difícil que el siguiente, y a todos se aplican que es de ver. Aprenden a hacer nudos, a controlar una lancha en el agua, también a apretar el gatillo y atinar con bala donde ponen el ojo.

Cuando llega alguno nomás despistadillo y buscando aventura (o muerto de hambre), lo convierten pronto al credo nepomucenista, incendian el ánimo con odio a los gringos, están prestos para guerrear o lo que haga falta.

Entre ellos está Fernando, el peón. Parece un hombre aunque se diría que se ha puesto más delgado y que eso lo hace verse no sólo más menudito sino más pequeño, siempre asustado, los ojos pelados, alerta hasta al dormir. Pero más hombre, más dueño de sí, más puesto en el mundo. Ya no es mosquito que se aleje al primer porrazo.

La vaqueriza tiene que andar matando vacas ajenas para ir llenando tantísimas barrigas. "Aquí, raterillos de ganado y encima tenemos rastro", dice con amargura un joven que extraña las verdaderas corridas.

La bella Sandy, Águila Cero —rubia moneda de oro, cara y cruz mexicanas—, aprende de memoria lo que van conviniendo el resto de los suyos, a saber: "Somos parte con Nepomuceno y los que se le han ido reuniendo en fechas recientes", "una sociedad organizada", "pertenecemos al brazo del Estado de Texas, reconocemos a Nepomuceno como el líder único, aunque esté ausente", "nuestra sociedad se dedica sin descanso a ver coronada la obra filantrópica de mejorar la situación infeliz de los mexicanos residentes en el mencionado estado, para cuyo fin sus miembros están dispuestos a exterminar a sus tiranos extranjeros" —ya comienzan a sonar machacones—, "para cuyo fin estamos dispuestos los que la componen a derramar nuestra sangre y sufrir...".

†

En la ribera norte del río Bravo, más al noroeste, la Banda del Carbón con Bruno el vikingo, el Pizca siempre a su lado, se han ido acercando a Bruneville. Su contacto sigue siendo el mismo, los hermanos mayores de Nepomuceno, José Esteban y José Eusebio, los que le nacieron al papá de Nepomuceno antes de casarse con doña Estefanía. Se han cuidado de no llegar directo al rancho de la señora, no quieren dar problemas, sino "alvesré". Los hijos de doña Estefanía han acordado un encuentro con ellos para este amanecer. Cometen un error: los dos dejan juntos el Rancho del Carmen.

Los tienen bien vigilados. Aprovechando su ausencia, los hombres de King atacan, no de manera frontal, entran a robar como cobardes, más que por el botín para hacer una advertencia. (Su deseo: invadir México, "tierra de los greasers". King se los prohíbe: no quiere desgastar sus fuerzas, confrontar a Nepomuceno sería un error y podría traerle problemas a Texas. Los reñeros o kiñeros se hacen los obedientes, pero un día les ganan las ganas, emprenden viaje largo y de noche prenden fuego a Piedras Negras. Sólo eso, y regresan a las tierras de King, a poner cara de aquí no pasó nada, esperar llegue el momento de aplastar a Nepomuceno: el defensor de los greasers).

Ni doña Estefanía ni nadie del rancho siente a los reñeros llevarse tres yeguas y una vaca buena, que da leche que es gusto.

Las tres yeguas y la vaca sirvieron de algo: los reñeros o kiñeros no supieron de la entrevista con Bruno el vikingo. No tienen ni idea de que la Banda del Carbón anda por aquí, de que está ligada con Nepomuceno, de que algo traman.

Las Águilas buscan más reclutas. No está fácil la labor. A Pepe el de los elotes lo ataja Héctor el dueño de la carreta y le cuenta esta historia:

"Las Águilas nacieron de un de a tres que sólo pudo provocar Nepomuceno. Un lado, porque cuando tenía cinco años los apaches atacaron el rancho de doña Estefanía, el que heredó de línea paterna. Pero ese detallito de la herencia, qué les iba a importar, para ellos que la tierra no puede ser de nadie, qué más les daba que tuvieran títulos de mil setecientos treinta y pico, les da igual... entraron a gritadas, "Acabau cristiano, y metau el lanza hasta el pluma"... y el caso es que se lo llevaron, lo enseñaron a usar el lazo antes que a caminar. Luego la familia lo recuperó, pero ya era como un indio salvaje, por eso es que sabe seguir huellas y que tiene amigos y enemigos en la Apachería, tan ciertos, no nomás. Lo recuperó, y más pal lado del vaquero. Pero lo de indio no se le quita. Dije que de a tres. Porque llegaron los alemanes y los cubanos, y esos la traen ya puesta. Luego, pues los gringos a pelearnos. Y así salieron Las Águilas, que te cuidan el alma y no nomás el bolsillo. ¿Le entras?".

Pepe el de los elotes estuvo a punto de quedarse dormido con tanto discurseo —había tenido que levantarse muy antes de que saliera el sol, durmió mal porque la vaca becerra se puso mal en la noche—. Sólo porque le alzó la voz Héctor con su pregunta final, se medio espabiló.

—¿Hay viejas?

—¿Mujeres? Hay hartas, y están bonitísimas. Las pechugas les rebosan por el escote.

Mister Blast y mister Press llegan a Matasánchez. Piden habitación en el Hotel Ángeles del Río Bravo, el mejor de la región, pero no se las quieren dar porque nadie los conoce. Luego, mister Press explica que viene a hacerle una entrevista a Nepomuceno para tal y tal diario americano, neoyorkino, muy importante, y que quiere dejar a Nepomuceno bien parado, como lo que es, porque *El Ranchero* se ha encargado de desprestigiarlo lo más, y está convencido de que es una infamia, y la habitación 221 "aparece" ("Se desocupó, señito"), luego luego se las dan, tienen dónde pasar la noche, es más, si les da la gana se pueden quedar toda la semana…

Amelia vacía la harina de maíz, remueve el cazo con la cuchara, Lucha lo perfuma con canela, Amelia lo endulza con piloncillo. Ritual cotidiano para hacer el atole de la señora. La Tía Cuca no toma su chocolate de agua sino temprano en la mañana. Después, atole, ni té, ni café, ni infusiones, el atole le asienta la barriga.

—Una tacita de vez en vez, y a comer lo que sea… por la harina de maíz.

Ni aunque la amarraran probaría su remedio, el jarabe Atacadizo, lo toma medio Matasánchez pero ella, no.

Doña Estefanía no concilia el sueño. Su hijo menor, su predilecto, ¡un proscrito! Su rancho, ¡asaltado por los reñeros!

No puede pensar en orden. Su hijo rodeado de un ejército, ya se lo describieron, la pone muy mal saberlo. Lo que está viviendo no es para ella. Ni el embate de los gringos contra sus propiedades (los salvajes indios no habían podido quitarles un palmo de tierra), ni que los miraran por arriba del hombro, ni que dizque ya no están en México, ni los papeles que le hicieron llegar diciéndole que ya era "americana" —que es decir gringa—, ni menos todavía que su benjamín, su predilecto, anduviera en ésas.

Los hombres de Nepomuceno necesitan caballos y municiones, y no quieren mercarlos nomás por no hacer saber a nadie que los necesitan y tendrán.

A por ellos cruzan el Bravo, claro que no van todos, sólo vaqueros. Poco después, ojean unas piezas sueltas de ganado Nanita, pero no es lo que andan buscando, van tras mustangos, cierto que lleva tiempo domarlos, pero ésos no están mal acostumbrados, ni hechos al violento de los gringos, que es tan enfadoso (los entrenan a pura golpiza).

En el mercado de Bruneville, alega Sharp: "A Nepomuceno le daba lo mismo que le llamaran mexicano o americano, firmaba los documentos como uno o como el otro, dependiendo lo que le conviniera. Esto me consta. Que no me salgan ahora con que es el defensor de los mexicanos, y peor todavía esa ocurrencia de 'La Raza'".

Luis deambula cerca, buscando a quién cargarle el mandado, pero no encuentra cliente. No papa moscas ni nada de distraerse o dejarse caer en su propio tiempo. En casa urge el dinero. Pero no hay, no hay.

Algo le pasa al río. Úrsulo llega con un informe:

—Nepomuceno, algo pasa allá en el río, está imposible cruzar los rápidos, ni con los barcos pequeños.

—Que se queden en la isleta.

—No pueden, cómo crees, ¿si sube la marea?

—Si sube, que se ahoguen, por pendejos.

Ni le pone encima los ojos Nepomuceno. Masculla para sí: "Te digo que es el río, Nepomuceno; no es hechura de nadie".

Úrsulo duerme cada día menos, anda como el engrane de un reloj, no para nunca. Oye la respuesta de Nepomuceno, y la guarda en la memoria. Sale hacia el puerto viejo para llevar la indicación en el Inspector.

Frente a sus ojos, el río se calma, pero igual entrega aquí y allá el mensaje. Los nepomucenistas aprenden a tenerle también algo de temor al jefe. Hay que estar a su altura.

El impresor, Juan Printer, trabaja sin descanso. El circo canceló la visita —venía del norte del río, los gringos tienen miedo de cruzar al sur salvaje— (lo dejaron con el tipo parado y las pruebas hechas, aunque ninguna buena, eso es verdad), no hay boda pronto, o bautizo o funeral pomposos (a últimas, parece que sólo nacen y mueren los pobres), no tiene encargo alguno, ni siquiera uno pequeño como para un banquete con las consabidas rimas —de paso él les mete mano, las arregla y lo agradecen, lo dan por parte de su oficio.

Pero Roberto, que es su amigo, le dejó una de Nepomuceno. No es la primera, la diferencia es que ésta no la entiende. Imprime —"pero urgen"— hojas sueltas con estas palabras:

Es mi deber, como alto magistrado de esta República, informarles, en el lenguaje llano de la sinceridad, que los cherokees nunca obtendrán permiso de establecerse de manera permanente, ni en jurisdicción autónoma adentro de los límites poblados de este gobierno: que sus reclamos políticos y simples, que han querido hacer valer en el territorio ocupado por ellos, nunca podrán ser válidos, y que si por el momento se les permite permanecer donde están, es sólo porque el Gobierno está esperando el momento oportuno para arreglar esta situación de una manera pacífica para expulsarlos. Si esto se consigue por medio de una negociación en términos amistosos o con la violencia, depende sólo de los propios cherokees.

26 de mayo de 1839,
Mirabeau Lamar

Roberto llega a recoger la resma de hojas impresas —las ha cortado el Printer para que puedan pasar de mano en mano con facilidad, según se las pidieron, "éstas van a andar en Texas como si fueran naipes".

—Ya las tienes.

—¿Cuánto va a ser?

La pregunta es por no dejar. Los dos saben desde antes la respuesta:

—A Nepomuceno no se le cobra. Si se puede, quiero una cosa a cambio. Es por curiosidad, nomás que me digan… ¿para qué son las hojas que imprimí?

—Trae plan Nepomuceno.

—Eso imagino, ¿cuál es?

—Esto es lo que quiere Nepomuceno: tener consigo por lo menos a un representante de cada uno de los cinco pueblos civilizados entre los indios salvajes: un cherokee, un chicasaw, un choctaw, un creek (o muscongo o muskogee) y un seminola. Ya si de pasadita se consigue un cadoo —aunque sean de los salvajes— no estaría mal, un asinai (o haisinai) de los que vivían antes del gran desorden en el este de Texas, un kadohadacho (de los de Oklahoma y Arkansas) y un nadtchitoques de Luisiana. Sólo cuenta con los cinco que dije, porque los chicasaw han terminado con los cadoos, asinai ya nomás hay dispersos, vendidos como esclavos. Por esto.

—¿Y? Ni así te entiendo.

—Esto es para los cherokees.

—Eso estará difícil, son incondicionales de los gringos.

—Sí, y no. Por esto el impreso. No es mentira.

—Ya sé que no es mentira, en mi prensa no se tiran mentiras nunca.[18] Sigo en blanco.

—Las vamos a dar a Pérez el comanchero, hoy mismo. Se va al amanecer al otro lado. Si las hacemos circular en la Apachería, tendremos a los cherokees de aliados, piensa Nepomuceno.

—¿Y ustedes qué traen con el comanchero? No es gente de bien.

—Es la hora de las alianzas, Printer. No es para andarle viendo el pie seis al gato.

El Iluminado con la Cruz Parlante llega a Laguna del Diablo rodeado de su corte de creyentes, rezonas, malhechores, pegadizos y oportunistas, algunos convencidos de que emprenden guerra religiosa contra los protestantes y salvajes. Tiempo

---

[18] No olvida los elefantes inexistentes en las hojas publicitarias, porque por fin no las imprimió.

hace que ya ni se acuerda de que cuando oyó por primera vez el insulto de Shears, pensó que la Virgen misma lo conminaba a seguir a Nepomuceno, pero aunque no se acuerde, la convicción de unírsele está presente (aunque ahora toda vestida con "su" causa, la Cruz Parlante, la Virgen, los Arcángeles y hasta algún diablillo le dan consejos y órdenes).

También van llegando a Laguna del Diablo un buen número de extranjeros, algunos europeos y media docena de cubanos insurgentes (buscaban sembrar apoyo para la independencia de su país, o huían de la persecución política en la isla). Se había corrido la nueva como chispa.

Mister Blast, el filibustero, llega a Laguna del Diablo acompañado de Dan Press, el muy joven periodista.

Dan Press esperaba todo menos esto: las tiendas de colores sobre palos perfumados, el sotol, las mujeres, los rezos, gente tan variopinta, y la comida, que abunda y es para todos, carne mejor que la que ha probado nunca.

En la región del Gran Valle que abarca las dos orillas del río Nueces hasta las montañas del norte y el desierto al sur, hay todavía alguien que no se ha enterado del huracán que ha desatado Nepomuceno: Las Tías, en su rancho.

Ellas andan en lo suyo, dos en un destíamento interior.

Una es la más vieja de todas, la que es ya una pasita —nadie recuerda cuándo llegó porque las antecedió a todas; no es Tía del todo, piensa diferente a las demás, si es que piensa—, sólo rumia un recuerdo:

"Rafa mi hermano y yo estábamos subidos en el techo de la casa. Fue mi idea. Ciudad Castaño se veía grandiosa desde allá arriba, ganaba lustre, se convertía en un sueño. Desde allí me llenaba de ganas de estar donde estaba, y, al mismo tiempo, me despegaba de mi ciudad. Como me gustaba subir y ya lo había hecho otras veces, y en la casa estaban convencidos de que eso no estaba bien, doña Llaca, la cocinera, tenía instrucciones de no dejarme hacerlo. A ella le quedaba en las narices la escalerilla de atrás de la cocina, siempre estaba a tiro de oreja de ésta, pelando chícharos, escogiendo el frijol, meneando la masa de los tamales, picando la nuez para los dulces, dorando café, sacudiendo el maíz o moliendo algún grano. Rafa y yo aprovechamos que descargaban en el patio media docena de escaleras largas que se iban a llevar a vender a la tienda, y nos trepamos.

"Mi tía Pilarcita nos descubrió. Nos vio cuando entraba al patio, Rafa pisaba el último travesaño de la escalera y yo le estaba dando la mano para ayudarlo a pasar el pretil de la azotea. Cosas de la tía Pilarcita, siempre así, una fisgona. Se puso furiosa —también para no variarle—, ordenó que nos retiraran la escalera que usamos para subir para que nos dejaran allá arriba, castigados. Gritó que nos dejarían sin comer —'¡para que aprendan de una vez por todas a no jugar así; un día se van a romper la crisma!'—, pero no le creí lo del ayuno, tiene lengua exageradora, ya la conozco, al menor pretexto se distrae haciendo sus cosas, pero además vivía preocupada de que comiéramos a nuestras horas, lo suficiente y lo que nos haría crecer. Yo creo que soñaba con que un día seríamos gigantes, si no para qué tanto empeño. Además, si lo que buscaba era castigarnos, a mí no me dolía quedarme sin comer, lo difícil era acabarse el plato.

"Eso fue temprano en la mañana. Para entonces, a Rafa y a mí ya hasta se nos había olvidado que estábamos castigados; bajo el sol infernal, nos aburríamos, no hallábamos qué más hacer allá trepados. Al fastidio se unía la sed y eso sí que me pegaba, y fuerte. Entonces fue que entraron los comanches. Fue cosa de un parpadeo. De inmediato me llené de una emoción feroz, me puse a palmear de gusto.

"Los comanches, a todo trote, no se detuvieron, siguieron a su paso conforme cosían a flechazos las calles, las bordaban a punto cruz, a punto cadena, a punto de vástago roscado, pero no como las buenas con la aguja, aplicaban apresuradas puntadas desiguales y disparejas, muertos de la risa y aullando, parecían borrachos.

"Pero a la sorpresa y el gusto que me dio, siguió el miedo. Rafa y yo nos tiramos sobre el techo para que no nos fueran a ver, sabíamos de sobra lo que eran los comanches, ¿quién no hablaba de ellos? Yo levanté la cabeza para verlos. Rafa no. Encima de la nuca se había puesto las manos, tapándose como los gatitos, como el mapache que teníamos encadenado en el jardín de atrás. Me di cuenta de que Rafa se hizo pis porque el hilito que soltó alcanzó a mojarme la falda. Ni tiempo me dio de alzarla o moverme a un lado.

"Antes de taparme la cara ya los había visto bien: los comanches traían decorados caras y torsos desnudos con pintura negra, mocasines en los pies, las piernas forradas con entallados pantalones de cuero color carne, con flecos. Montaban sobre sillas buenas. Los jefes llevaban largas colas de plumas que empezaban por sus cabezas, penachos que iban bailando entre las patas de sus caballos.

"Los guardias federales había salido a perseguirlos, dejando sólo un destacamento magro que dormía a esas horas. Alguien los malinformó, un espía sobornado por los salvajes. Ni falta hubiera hecho, los guardias se confiaban, creían que no había peligro. En la tienda yo había oído decir frases inapropiadas para niñas o 'señoritas', pero saqué orejas de Tía, sé que los federales eran los mejores clientes de burdeles y cantinas, aunque fueran pura deuda —las pagas tardaban en llegar y cuando aparecían estaban ya empeñadas completas, siempre iban p'alante, emprendían sin doler contra las siguientes—. Pero eso sí: cuando estaba su capitán, no atiborraban sino la iglesia, frente a él se comportaban como unos santitos, o más bien como unos santurrones.

"En la punta de las flechas de algunos comanches ardían estopas mojadas de aceite. Tras las flechas ardiendo, los comanches arrojaban otras cargadas con vejigas rellenas de trementina.

Algunas casas pegaron fuego. Yo no lo vi, pero dicen que aventaban bolsas de pólvora, aunque desde ahí alcanzaba a ver hasta la alcaldía, la espalda del mercado, la cárcel. Sentía que tenía diez ojos.

"No se oían más gritos que los de ellos, sus ululares y el sonar de las espuelas de sus caballos. Por lo demás se había hecho un silencio de muerte, como si a todo castañense ya le hubieran arrancado la lengua.

"Rafa empezó a lloriquear cuando comenzaron a sonar los balazos. Los comanches se escondieron tras los cuerpos de sus caballos, sin bajar el trote, pararon sus aullidos. Ya habían alcanzado la iglesia y la alcaldía, iban y venían por la calle principal. Sacaron las armas de fuego y dispararon a los que nos defendían desde sus ventanas y puertas entreabiertas. Los cuerpos iban cayendo, algunos hacia la calle. Sin bajarse del caballo, un comanche degolló a don Isaías, el de la tienda. Porque ésos parecían de seis manos, con dos seguían tirando flechas, con dos amartillaban y apuntaban sus Remingtons o Colts (yo no sé qué eran sus pistolas pero echaban muchos tiros), con las otras dos cortaban gargantas, arrancaban cuellos cabelludos y mochaban lenguas.

"Un comanche saltó de la silla de su caballo al suelo, tomó al vuelo el cuerpo de un pobre infeliz que acababa de ser perforado por sus flechas —don César, el de la farmacia—, lo castró y le echó lo mochado por la boca. Así, y cosido a flechazos, aún se removía don César. El comanche le amarró los pies con un lazo, volvió a montar y llevándoselo a rastras cabalgó calle arriba, calle debajo, aullando, mientras los otros comanches empezaron a desmontar.

"Entraron a las casas que no se habían incendiado. Dicen que hacían todo tipo de destrozos contra los habitantes, violaban a las mujeres, incluso a las viejas, mutilaban a los varones y les cortaban el cuello cabelludo que después se llevaban, atándolos a las colas de sus caballos. Mataban sólo a los que se les oponían o a los que creían que se les habían resistido.

"Desde donde yo estaba, en medio de ese silencio roto de vez en vez por algún grito de los nuestros y por los aullidos ululantes de los comanches, vi que echaban a volar las plumas de los colchones. Algunos castañenses huían de sus casas en llamas para ser cosidos a flechazos, caminaban del fuego a la sangre.

"Frente a esto, los comanches ululaban y se carcajeaban.

"Fue entonces que uno de los salvajes, cuya cara nunca vi, subió a mi hermana Lucita a su caballo. Traía plumas adornándole la cabeza, un largo penacho blanco y el cabello largo, muy largo. Era algo nuevo, antes andaban pelones; serían sucios los comanches, se comerían los piojos, jamás usarían el jabón, pero se quitaban del cuerpo el vello. Sus modas cambiaban, la novedad era el cabello largo, lo que sí es que siguieron depilándose el resto del cuerpo.

"Lo que ya sabía yo, como Lucita y Rafa y todos los niños de Ciudad Castaño, es que los comanches robaban a los niños y a las niñas, y que entre éstos escogían los que les parecían mejorcitos y los adoptaban. De los ranchos se llevaban a los muchachos más avispados, serían los peones para cuidar caballos. Nunca entendí cómo elegían a las mujeres adultas, porque no distinguían entre feas y hermosas, cargaban parejo. Se casaban con las cautivas sin importarles que antes las habían violado y las seguían maltratando con saña, como a sus mujeres. Esto también les daba gusto. De eso no se hablaba, pero lo sabíamos todos. Una que había regresado del cautiverio, por la que habían pagado un rescate a los comancheros —esto fue antes de que los texanos hicieran de esto una industria—, se había encargado de cantar sus desgracias, con lujo de mil detalles, en las noches de luna llena, cuando perdía la razón y se le soltaba la garganta. Corría por las calles sin dejar de vocear, golpeaba de puerta en puerta para que todos la escucháramos. Dicen que andaba sin ropas, yo no vi eso, por más que me asomé al balcón sólo una vez le puse encima los ojos, estaba sucia, como una salvaje, golpeando sañosamente la hiedra con que la familia Pérez había recubierto la reja con que escondían su vaca para la leche fresca, zarandeaba las ramas de la hiedra, era algo de ver su lunatismo; quién sabe, puede que cuando cantara su historia, se desnudara, si con la voz hacía lo mismo. Pero yo no lo vi.

"Cuando los comanches alzaron a Lucita, oí a papá gritar. Se había escondido, si se dejaba ver firmaba su sentencia de muerte, pero una cosa es una cosa, y otra que se llevaran a su hija, por eso soltó el grito que lo delató. Con el grito, arrojó una descarga de balas que bañó al caballo y su jinete, el salvaje que había tomado a Lucita, cayó al piso. Si papá lo hubiera dejado ir con su presa, ahí habría acabado la cosa, se hubieran seguido de largo buscando a otra parte, pero no. Se agruparon frente a la puerta de la casa. Otro salvaje agarró a Lucita, gritaba a voz en cuello. Rafa se levantó, mojados sus pantalones, y también empezó a gritar y a saltar, perdió la razón. Un indio se paró sobre el lomo de su caballo y de un salto, en honrosa pirueta, cayó a nuestro lado, como si volando. Éste no traía ni penacho ni cabello largo sino un como emplaste o nido en la cabeza. Tomó a Rafa de los dos hombros y lo aventó hacia la calle, donde otro de sus compinches lo subió a su caballo, él brincó y cayó en el lomo del caballo, y a todo correr se escaparon. El que tenía a Lucita la soltó, quién sabe por qué, algo no le gustó o se distrajo.

"Siguieron con el despojo, cargaron la mercancía de la tienda, hicieron no sé qué sandeces con la vieja doña Llaca. De mi tía Pilarcita no puedo decir nada. Ella asegura que a todo lo largo del asalto se escondió bajo la mesa y que nada vio, y que no la tocaron.

"Salieron los comanches dejando tras de sí dos docenas de casas en llamas. Vaciaron todo lo que contenía el arsenal del ejército, las armas, las municiones, y dejaron sin mercancía las bodegas de todos los comercios. No dejaron un solo federal con vida. De la iglesia se llevaron el copón y las ropas bordadas en oro del cura, que acababan de llegar, vía La Habana, de Italia.

"De lo que pasó a Rafa, mejor ni hablar. Nuestra casa ya no fue nunca lo mismo. La tía Pilarcita dejó de ponernos atención, como si hubiera perdido los ojos y las orejas, y con éstos toda gana de hacer sus labores. Mamá ya no atendió la tienda. Papá pasaba el día trayendo y llevando cartas que escribía por las noches, había perdido el sueño, quería rescatar a su único hijo varón. Doña Llaca dejaba ir las piedras en los frijoles, se olvidaba de cocinar los chícharos, sus tamales perdieron la textura, como hechos de caldo de res, gelatinosos.

"Años después, Nepomuceno, hijo de la hermana de mamá, asesinó a todos los karankawas, quesque para vengar el cautiverio de Rafa y lo que nos habían hecho. Pero no eran karankawas, eran comanches. De eso no tengo la menor duda. A los karankawas los había yo conocido antes, eran indios pescadores, los veíamos con sus redes cerca de las cascadas del río Bravo cuando íbamos a visitar el rancho de la tía María Elena.

"No es cierto que el fin de Ciudad Castaño fue cuando el ataque de los indios. La ciudad fue muriendo de a poco, como se apaga la flama de una vela. No queda nada. Nos venimos los más hacia Matasánchez, otros se dispersaron, años después muchos fueron a dar al nuevo Bruneville".

†

Al cuarto del fondo de casa del ministro Fear entra Eleonor, la esposa del ministro Fear. Hay cambios en ella. Viste de negro, como llegó a su boda —con un discreto vestido para la ceremonia, de ese color para mostrar que con esto perdía a su familia, según costumbre—, pero hay algo en su cara y en su modo que ha cambiado tajantemente. La vimos el día que Nepomuceno le pegó un tiro a Shears por aquel coraje que se compró (mejor hubiera sido si lo declina, le había dicho a Eleonor miss Lace, "como hizo con tanta silla de montar mal hecha, porque lo mismo que una así vino a ser este trote, o hasta peor"); la vimos en esta habitación, determinada a morir, sin siquiera fingir que era la compasión lo que la movía a acercarse al enfermo. Sin repulsión, atraída por el mal que el aventurero podría traerle, Eleonor lo ha atendido con dedicación ejemplar. Sus cuidados sirvieron de algo, o corrieron con suerte. El aventurero ha remontado la enfermedad, se repone a pasos agigantados, de la crisis salió parlanchín y seductor, siguiendo su costumbre. Está por dejar el lecho, siente deseos de dar de saltos pero aún le falta energía. No se siente ya enfermo, sino como si hubiera corrido seis leguas sin beber agua.

Eleonor tiene la cara radiante. Se ha puesto el negro porque la prima aquella de su tierra le dijo que le sentaba bien, y quería creerle, quería verse a lo mejor, aunque también no quería, y por esto también el negro, lo asociaba con lo que le es hoy lo más repugnante, el ministro Fear.

Porque Fear le es de verdad repugnante. El ministro, no le cabe duda, la rescató de la humillación y la vergüenza, le salvó la vida, pero inmediato la quiso meter al entierro que habita. Es un ser detestable, un hombre sin corazón, sin sensibilidad, sin gusto por la vida, un sinvergüenza que aunque sea un ministro se refocila en… cosas perversas, innombrables.

Eleonor lo detesta, y con razón; bueno, sin razón —fue su salvador, bla bla— pero también con razón —"es un animal, no un hombre".

Pero la buena cara que trae Eleonor no es por la repulsión que siente por Fear, hasta habrá quien diga que si ella no la sintiera, tendría que tener la expresión más agria del continente, por gustar de su tipo. Lo dice su nombre, Fear, el Miedo. Miedo a las naranjas, al sol, a las hormigas, al aire marino, a las ventanas abiertas, al jabón, al gusto de respirar. A morir. A vivir. A despertar. A dormirse. Un miedo que no se confiesa, que enferma, ahoga. El único placer que conoce es vergonzante, iluminado por el miedo, en actos indecibles. Pero qué nos importan Fear y sus cosas, estamos con Eleonor. Frente a esa cara, Fear se nos desaparece, es como un puño de arena que nos aventaran a la cara pero que se desviaja con una carcajada del viento.

Las palomas mensajeras en continuo tránsito —las sueltan a volar, las regresan los indios correlones con las canastas de carrizo en sus espaldas, o Úrsulo las cruza por el río—, el contacto con Las Águilas es continuo e intenso, trabajan de los dos lados del río como un solo cuerpo. Inútil reseñar los pormenores. Nepomuceno desea atacar con la menor violencia, reemplazarla por la astucia. Por esto ha aceptado al Iluminado, su Cruz Parlante y las rezonas que trae, "más feas, lentas y viejas que…". Para el ánimo, lo que le cayó requetebién fue la llegada de La Desconocida.

Al norte del río Bravo, Tim Black, el negro libre, ha perdido la cordura. Por completo.

Su mujer está pensando cómo hacer para escapársele —es imposible sobrevivir sus celos y fastidioso comportamiento.

Mejor ni veamos lo que pasa por la cabeza del Negro Black. A veces está convencido de que ella ya no está con él —que su hermano llegó a rescatarla como ella creyó lo haría, muchos años atrás— y se precipita en una melancolía intocable. Otras se abisma en la iracundia. De las dos maneras se ha vuelto intratable.

—Lo peor no es por mí sino por los hijos… ¡No sé qué le pasó!, ¡tan buen hombre! La verdad es que con el tiempo le cobré aprecio… pero ya ni digo…

"Ah, pero por qué", se preguntará Nepomuceno al oír lo que le receta Sandy, "por qué tenemos que sonar como cantaleta de tirano, todo como que lo único que tenemos en la boca es la gloria o el ninfómetro de ésta. Un fastidio, me deja mudo…".

"Estamos dispuestos", siguen Las Águilas, "a derramar sangre y sufrir la muerte de los mártires, para obtenerlo, La raza", etcétera. "Los mexicanos de Texas ponen su suerte bajo los buenos sentimientos del electo gobernador del Estado, el señor general Houston, y confían en que su elevación al poder se inaugure con providencias que le den una protección legal en el círculo de sus facultades".

Nepomuceno quiere agregar: "Segregados accidentalmente de los vecinos de la ciudad por estar fuera de ella, pero no renunciando a nuestros derechos, como ciudadanos norteamericanos…".

Aquí Salustio no está de acuerdo. "No podemos llamarnos norteamericanos, Nepomuceno. ¿Te das cuenta? Para mí sería afirmar que acepto la esclavitud, propia y de mis iguales. No. Yo soy mexicano, de acá de este lado. Es la única carta que tengo, mi protección".

"Será lo tuyo, Salustio, pero si yo lo digo me dejan estos cabrones sin tierras".

"Pero tú has dicho que defiendes a los mexicanos, Nepomuceno".

"Lo he dicho, pero rectifico: yo defiendo a La Raza. Además, aquí entre nos —y esto sólo para tus oídos, no lo repitas, no vaya a ser—, esa tierra es mía y yo soy esa tierra. ¿Qu'ora es de los gringos?, me funden, yo estoy con ellas, gringo seré entonces, ¿me entiendes? Yo soy esa tierra, esa tierra soy yo".

"Claro que te entiendo, Nepomuceno. El que no entiende eres tú. Te tragas ésa de ser gringo y estás fundido, te quedas allá para ser como un negro en su tierra, no hay otra con ellos. Te van a usar para hacerse ricos. Su dólar es blanco, y como la espuma del mar necesita que un color más oscuro le haga el cuerpo".

"Ah qué mi Salustio, tan filósofo. Basta aquí. Me voy un rato en mi caballo, me ahogo encerrado".


La que es muy filósofa es la esposa de Nepomuceno. No se la ve nunca con él. Tuvieron una hija hace ya casi veinte. A Nepomuceno apenas le había salido el bozo cuando ya se lo andaba trotando la viuda Isa, aunque aquí claro que hay quien opina distinto, dizque porque la vida que llevaba él, al aire libre, entre caballos y vaqueros, le había despertado ya toda curiosidad y conocimiento de las mujeres cuando topó con la viuda Isa, y en cambio ella... ¡tan recatada! Doña Estefanía la detesta, todavía. En todo lo que va del balazo que le soltó a Shears a este momento, nada de ella, nada de esposa, ni de la hija, tampoco. En cambio, el ojo le baila a Nepomuceno con ésta o la otra, más reciente todo el tiempo con La Desconocida, la mira y remira pero no le hace saber cuánto le importa.

Dan Press es quien le hace saber que la quiere con buena fibra. Se ha enamorado de ella. Sabe que Nepomuceno le tiene también apego —intuición varonil—, así que se guarda la naturaleza del propio y se le finge amigo.

Le pregunta el nombre, "soy Magdalena Gutiérrez, para servirle a usted". Dónde nació, qué eran sus papás, su historia. "¿Casada?". A él no le había llegado el chisme de los palos del marido que ella confesó a Nepomuceno. "Casada, pero no vuelvo con ese infeliz ni aunque me amarren".

"Conque casada", pensó él, "digámosle ya divorciada... ¿y a mí qué?".

Mister Blast, el filibustero, no consigue nada de Nepomuceno. Le gana la partida, porque en cambio Nepomuceno le saca hasta la sopa, informes de las tropas federales, dónde está apostado éste y aquel regimiento, disposición del gobierno central, sus pensamientos acerca de la frontera.

Dan Press se queda unos días más después de su partida —ya nomás en largas conversas con La Desconocida—, pero no regresa a Nueva York, se instala en Matasánchez, en el Ángeles del Río Bravo (en la habitación 221, la tiene de base) a escribir su pieza sobre Nepomuceno. Hace un viaje al rancho de doña Estefanía —no lo recibe la señora, muy contrita con lo del hijo, pero sí habla ahí con sus dos hermanos—, pasa al otro rancho, donde está la esposa de Nepomuceno y su única hija, conversa con ellas (mala recomendación la de su editor, no hay más entusiastas de Nepomuceno que ellas dos) y también va a hacer preguntas a Bruneville. Los otros dos hermanos, los que son sus enemigos y rivales, se niegan a hablar con él. La Plange le muestra las fotografías que tiene de Nepomuceno, antes de convertirse en lo que es ahora, el líder, el héroe de "La Raza", cuando era terrateniente rico y muy buen vaquero. Hay fotos de Nepomuceno haciendo volar su lazo en círculos elegantes, otras que lo muestran montando a caballo, una saliendo de misa (muy prendidito), varias en el estudio de La Plange.

Después, Dan Press regresa al Ángeles del Río Bravo, ahora sí (cree) a escribir su pieza sobre Nepomuceno. Ya anda pensando en que será un libro. Pero se distrae yendo y viniendo de Laguna del Diablo a Matasánchez. Sus viajes son sólo para hablar con La Desconocida. Después se encierra en la habitación a escribir, pero el tiempo se le va en suspirar por ella.

Alguna noche lo despierta una zozobra: ¿qué dirá su mamá de esta mujer? Mexicana, sin capital, divorciada —para cuando se la presente será divorciada—. "Por lo menos que hable inglés", se dice, y desde su siguiente visita a Laguna del Diablo comienza a enseñarle esa lengua.

El palomar de Nicolaso está vacío, el corazón descontento. Una sensación de encierro lo tiene atenazado. Las palomas son sus ventanas, sus puertas, sus puentes, su aire, su viaje continuo. No es un día cualquiera: cuando Nicolaso escucha sonar la campana del palomar por el arribo de una mensajera, corre a ver qué le trae. El mensaje lo libera.

Sale, da los pocos pasos que lo separan del Café Ronsard. No ha llegado nadie aún. Pide un café. Baja del segundo piso Teresa, bella como es siempre. Viene tristona.

—¿Pues qué te pasa a ti?

La bella sonríe y comienza a hablarle, pero la partida se está jugando, Carlos entra al Ronsard. Nicolaso no puede dejar esto para después, se disculpa apenas con Teresa y se acerca a Carlos: le da el mensaje, "entramos en dos días".

Carlos no dice nada. Pone cara de que no oyó a Nicolaso. Nicolaso regresa hacia Teresa. Ésta, ya sonriente, ni se acuerda por qué bajó tristona, ver a sus amigos la pone de buenas.

Carlos toma la bebida que le ha preparado el cantinero y se sienta a su mesa. Espera a que estén reunidos a su alrededor los cinco Águilas y escupe.

—A la luna llena —contesta Carlos.

—El plan queda.

—El plan exacto.

Al atardecer, aprovechan la marea alta para cruzar el río, no desde el muelle de Bruneville sino un poco más arriba el río, en uno medio improvisado escondido entre los carrizos, el que usa desde hace tiempo Úrsulo.

Aunque doña Estefanía detesta a "la viuda" Isa, la esposa de Nepomuceno, y procura el menor trato posible con ella, le envía una nota pidiéndole hable con "mi hijo" para que entre en razón y se deje de cosas. Explica que no arriesgará a su hijo para intentar recuperar las tierras "donde los gringos fincaron Bruneville", que no quiere nada si perderá a Nepomuceno, que le haga saber que con Sansón no se puede a las patadas. Que lo busque y lo convenza.

La carta cae como patada a Isa —el desafecto es recíproco, detesta a la suegra—, pero la deja pensando.

"Algo hay que hacer", piensa.

Ya lo conoce, piensa. Si va y se le mete al campamento se pondrá díscolo y desencantado.

Piensa que tiene que hacerse la encontradiza en otro territorio.

"Habrá ocasión", piensa.

Magdalena, a quien el nepomucenaje llama La Desconocida, casi es también para ella misma lo que dice este sobrenombre. Sin su habitación —que tuvo desde nacer siempre en riguroso orden, por las criadas—, sin la amenaza de Gutiérrez y rodeada de esta multitud alocada, se deja convencer por el fervor colectivo. Aprende a distinguir de qué van las miraditas que le lanza el bello Nepomuceno cuando las identifica en Dan Press y las compara. Dan Press también tiene su encanto, aunque no le sepa al caballo ni dar órdenes. Nepomuceno la ha conquistado, sí. Es su devota. Pero de ahí a que se atreva a nada con él, un abismo. Es un hombre casado, y aunque sea dueño del corazón de Magdalena, por el momento ella se da por bien servida con servir a la causa.

El cabello es su mayor problema. Cómo mantenerlo bien peinado. Pero ha ido encontrando la manera. Quién no la ve resplandecer, cada día más bella.

Nepomuceno le ha comprado botas de montar, pero no ha mudado a pantalones, como han hecho la negra Pepementia y otras del campamento.

Fragancia, el guía (o scout) del general Comino pide permiso para retirarse.

—¿De cuándo acá, Fragancia, me pides permiso para dejar mi presencia?

—No, mi general. Me voy.

—¿A dónde te vas?

—A que se le acabe la temporada en este lugar que no me gusta. Aquí no tengo qué hacer. Es ciudad, este Bruneville (y además es fea), no es pradería, no es aire, es puro encierro. Mi general: nomás tomo aire y ya luego vengo.

—¿Tomas aire?

—Si usted se queda aquí, yo no vuelvo. Pero esto no va a durar. Aquí no pasa nada.

Otro que se va, también a disgusto, es Dimitri, el ruso. Los americanos ignoran sus reportes, presentó en el fuerte a las autoridades militares, tres bastante detallados conteniendo informes precisos de las actividades de Las Águilas en Bruneville. Los archivaron sin leerlos, y encima no le han querido aún pagar ni el primero, como estaba convenido. El general Comino le tiene franca desconfianza, por extranjero; por su sentimiento se ha hecho generalizado en la gringada endilgarle lo nepomucista, algo de lo que no tiene nada porque los aborrece.

No la trae fácil el general Comino. Los hombres se le han reblandecido por más que insiste en la disciplina. Es el clima —cree Comino—. Son las malditas mexicanas —cree Comino, que se ha obsesionado con la idea de que sus hombres visitan los burdeles cuando tienen un día libre.

La verdad es que tiene a sus soldados desmoralizados porque no le dan permiso de cruzar el río Bravo y él mismo está que se le queman las habas. Encima el abandono de Fragancia. No se siente por completo en sus cabales. Ha tomado de asistente personal a un muchacho algo sagaz —peleó estar al lado del general con todo tipo de triquiñuelas y lambisconerías— y sin escrúpulos —no tiene ningún instinto de lealtad, sólo está emponzoñado de ansias de violencia—, que llegó de parte de Noah Smithwick, aquel pionero texano que liderea bandas que cazan esclavos cimarrones, cargando lo que sería el apoyo que el líder había enviado "desinteresadamente": media docena de armas (tres buenos rifles y tres Colts) "para los ciudadanos de Bruneville, que se armen pa protegerse del bandito mexicano" —sobra decir que eran armas que pertenecían originalmente al ejército federal, arrebatadas por los comanches, quienes las habían traficado a cambio de esclavos huidos que convertirían en mercancía, la más comercial, los cautivos…

Al sur del río Bravo, en Laguna del Diablo, Nepomuceno arenga a sus hombres. Explica quiénes y cuán pocos compondrán la primera partida. Hay cierta resistencia. La leva quiere pelear a los gringos, asestar un golpe mortal, expulsarlos hasta el norte del río Nueces, por lo menos regresar a su sitio *verdadero* la frontera mexicana. Nepomuceno explica: "No haremos más violencia de la necesaria para hacerles respetar a La Raza. Los que permanecen en el campamento son la punta de la fuerza que entrará a Bruneville. Iremos con cautela para volver la nuestra una causa de *verdadera* justicia. Vamos contra los directos responsables, los que nos ofendieron. Tres golpes, yo encabezo el primero —ignoremos por el momento la trampa que les hemos tendido, no es cosa nuestra—; el segundo, el lugarteniente Salustio; el tercero, Juan Caballo, jefe mascogo (seminola, para los americanos) (que es más negro que tres noches sin luna). Esta es la orden que doy, y debe respetarse a pie juntillas: capturar a los directos responsables, a saber: Glevack (antes que nadie); el carpinterillo y dizque sheriff Shears, Juez Gold (que es un corrupto), mister Chaste, alcalde y boticario (por traidor). Sólo esos cuatro.

—¿Y el juez Comosellame, no es también corrupto? —ésta era Pepementia, quien lo había oído decir por tirios y troyanos—. Peor todavía, ¿no es un aprovechado infeliz, un injusto?

—Valga lo que dice Pepementia —dijo Nepomuceno—. Vamos por Juez Gold y por el injusto juez, el que deshonra su cargo, le llamen White o Comosellame. Y sólo vamos a lo que yo digo.


Don Marcelino, el loco de las hojitas, tiene dos semanas sin salir por muestras vegetales, ya no digamos en alguna de sus expediciones. Pasa las jornadas en Matasánchez, en el mercado, el atrio de la iglesia, las inmediaciones del Café Central, en la alameda, o deambulando. No extraña la sensación que le da caminar en el monte, atender el gorjeo de los pajarillos, observar el hojerío. Como están las cosas, absorbe toda su atención tomar notas de vocablos, el habla se ha puesto a punto de ebullición. "Tantos vienen del norte, con el castellano hecho distinto… No hay tiempo que perder, no van a durar, las bocas van a brincar o al inglés o al castellano, esto no puede seguir así…". Una especie de euforia lo sobrecoge, como si le hubiera tocado presenciar la evolución del mono al hombre, "aquí se habla pejelagarto, lengua que no es pez y no es lagarto, convendrá en sabrase qué".

En Bagdad, el doctor Schulz cierra el piano. Cuida que el consultorio quede bien cerrado. No puede quedarse sentado: debe reunirse con Nepomuceno. Ya no tiene dieciocho años como cuando los Cuarenta fundaron Bettina, ya no porta barba, pero a sus treinta aún tiene cabeza para utopías y sueños. "Esto sí, esto sí". Sin más explicación, maletín en mano sube a la yegua que ha comprado al llegar a Bagdad, la acicatea y sale hacia Laguna del Diablo.

En Matasánchez, Juan Printer está pegado al pedal de su prensa. Prepara las hojas que se repartirán en Bruneville: la proclama de Nepomuceno. También la hará circular en los diarios de la región. La imprime en dos versiones, en español y en inglés, que es traducción literal.

## La proclama de Nepomuceno

Artículo Primero: Una sociedad organizada en el Estado de Texas, que se dedica sin descanso hasta ver coronada la obra filantrópica de mejorar la situación infeliz de los mexicanos residentes en él, exterminando a sus tiranos, para cuyo fin están dispuestos los que la componen a derramar su sangre y sufrir la muerte de los mártires.

Art. 2o. Los mexicanos de Texas ponen su suerte bajo los buenos sentimientos del electo gobernador del Estado, el señor general Houston, y confían en que su elevación al poder se inaugure con providencias que le den una protección legal en el círculo de sus facultades…

Seguían a la proclama otros puntos, que aquí omitimos para pasar directo a su:

**Nota personal**

Segregados accidentalmente de los vecinos de la ciudad por estar fuera de ella, pero no renunciando a nuestros derechos, como ciudadanos norteamericanos.

La que está segregada en Laguna del Diablo es Laura, la niña que fue cautiva. Mimada por la abuela, niña de su casa, inútil para ayudar en nada, no sabe ni cocinar, ni bregar, apenas y camina sin estar de quejica porque el lodo le ensucia sus zapatos. Llora de cualquier cosa. En las noches lagrimea por la muerte de su abuela, por la mamá, por la tía que todavía está presa "entre salvajes". Ni quién le ponga el ojo encima.

Llega el día, el Gran Día del ataque a Bruneville.

El cielo limpio, sin nubes. La luna impertinente, desnuda, redonda, boca de una cueva, su luz fría como la muerte. Es un ojo sin pupila. Es el ano de un ángel burlón. Quién sabe qué más será, clava algo helado en los dientes. Jala las riendas del corazón. Obliga a imaginar.

El ataque empieza con cinco indios yamparik, en el extremo este de Bruneville, donde el camino es malo (el tráfico con Punta Isabel es intenso, pero sólo se da por agua), lo entorpecen el pantano, las nubes de mosquitos (con sus fiebres), las alimañas. Por lo mismo, este costado de Bruneville está desprotegido, ni para qué pensar en cubrirse, ni que las víboras y los caimanes fueran a ponerse del lado de Nepomuceno (no se atreverían, los matarían luego luego los gringos); las condiciones ingratas forman una barrera natural.

Joe, el hijo mayor de los Lieder, ha salido a su despiste, como hace todos los días que puede, para buscar un lugar fuera de la vista de sus papás y hermanitos, algún rincón donde poder estarse un rato a solas para tallarse una pajita, "necesito darle de comer a mi lombriz", "Ich muss meinen Wurm füttern", pretextando con sus papás "voy a revisar si ya puso la gallina".

894

El corral queda atrás, a sus espaldas, cuando comienza a meterse la mano en los pantalones. La erección es inmediata. Joe soba y soba con salivita. Sus ojos se escapan del mundo, se le ven los globos blanco.

Dos yamparik toman a Joe de las muñecas, burlándose de él en su lengua. Joe forcejea.

Joe grita. Otros dos yamparik desde sus puntos, no muy cercanos, comienzan a ulular mientras corren de un lado al otro para hacer creer que son muchos. El quinto yamparik cabalga (a lo idiota, o a lo inteligente, porque es puro teatro) en su espléndido caballo, va y viene a poca distancia de la granja, en el único trecho donde no se le atoran las patas a su montura en la lodacera y los yerbajos, aunque si se descuida se le suben las tarántulas.

La familia del muchacho se desgañita, "¡Se llevan a Joe! ¡Se llevan a Joe!", el hermano menor sale por piernas a pedir auxilio a Bruneville, creyendo que va al rescate.

La nueva corre como sobre pasto seco: los apaches atacan. "¿Y si es con el apoyo de los mexicanos?". La frase viaja de boca en boca.

El hermano de Joe colabora involuntario con los supuestos invasores. Les ha hecho la tarea. Inocente bobo.

Los hombres armados que hay en el fuerte y en Bruneville se van en bola hacia el este, a cubrir el flanco descuidado de la ciudad.

Éste sí que es un día muy especial. Los mexicanos salieron de Bruneville a un fandango que se prometía formidable en Matasánchez. Se congregaron en el muelle para cruzar el río, se embarcaron en la barcaza —que ahora se llama Elizabeth IV, el nuevo nombre que le ha impuesto Stealman—, hacia Matasánchez.

—¡Quesque hora se llama Chabelita!

"Yo digo que mejor le hubieran puesto en su honor 'La Floja', ¿no?, va lento, lento, siempre llega tarde...", el comentario se repite desde que la barcaza regresó a su continuo cruzar el río.

Otros emprendieron en sus propias lanchas o barcas hacia Matasánchez, iba a ser fiesta en grande.

Cuando los cuerpos militares gringos armados —la tropa irregular y los federales que encabeza el general Comino— salieron a apostarse en un solo punto de la frontera de su ciudad, también contaron con que Bruneville estaba vacía de greasers, metidos en el fandango del otro lado.

Del otro lado del río Bravo habían comenzado a pintar el cielo los cohetes celebratorios de la fiesta de independencia, las luces de tres colores, verde, blanco, rojo, y había empezado el gritadero de ¡Viva México!

El doctor Velafuente hacía con celo su correspondiente parte en el ataque, le tocaba seguir emborrachando a De la Cerva y Tana (el alcalde nunca tan poca cosa como Chaste), lo tenía que tener bien entretenido por si acaso (y muy probable) llegasen a pedirle los gringos refuerzos.

Al ulular de los cinco yamparik, se suma el de los nepomucistas (los más nada indios), que apostados en los pantanos encontraron escondites propicios atrás de trampas naturales.

El viento marino sopla, trae una nube que parece no tener fin. Adiós a la luna. Ya no se ve nada.

Los federales gringos pierden un buen caballo en un hoyanco —se le rompe una pierna al tropezón—, otro se les entrampa en un lodazal acuoso, tres hombres caen en una trampa "típica de los comanches" —creyó la gringada—, que por cierto no tenía nada de comanche, la habían fabricado en Laguna del Diablo los Dosochos; como ésa había diez más dispuestas, esperando con las fauces abiertas a ver a quién se tragaban.

El terreno está literalmente bordado de trampas, les había llevado su tiempo prepararlas a los mexicanos y sus aliados, a ver cuántos caían, mientras a la distancia seguía el "uu uu uu" de los yamparik (o nada de eso, pero haciéndose los que son), pretendiendo un inexistente ataque. En todo caso, un "uu uu uu" que era pura tomada de pelo.

Joe, mientras tanto, bien sujeto por el abrazo de un salvaje, ve cómo se cierra sobre el mundo la oscuridad, envolviéndolo todo. Tiene ganas de llorar, "eso me gano por desear vivir entre los apaches, ¡en qué estaba yo pensando!".

Antes de la media noche, por la retaguardia comienza el desembarco de la avanzada de Nepomuceno, el segundo y tercer ramalazo de la embestida a Bruneville.

Salustio, su corazón verbal, y Juan Caballo, el mascogo —más negro que tres noches sin luna, el jefe seminola— son los jefes bajo el comando de Nepomuceno.

Los más de los nepomucenistas llegan revueltos con los mexicanos brunevillenses que regresan del festejo, algunos en la barcaza, otros en lanchas o barquillas de los que no regresan, o porque habían planeado pasar la noche en Matasánchez, o porque se llevaron sus barcos con un poquito de su consentimiento.

La barcaza, aunque sea ya de Stealman, viene bajo el gobierno de un comando de sirenos. El remolcador, lo mismo. Los Dosochos al mando, le saben mover al asunto.

(La íntima alegría de los Dosochos al verse donde crecieron…).

Arriban al muelle a un costado del Hotel de La Grande en Bruneville:

1. Los mexicanos que vienen del fandango, algo bebidos los más, todos muy bailados. No están ni para andar disparando ni para andar luchando; los que todavía tenían energías quieren follar y seguir bebiendo. Son gente de bien. Sirven a la nepomucenada porque traen cara de póker, son su máscara.

2. Nepomuceno mismo, a su costado Óscar, Juan Printer el impresor, Salustio y Juan Caballo, con otros cercanos.

3. El Iluminado con su Cruz Parlante y una selección de su corte, casi todos hombres de armas —incluidos algunos forajidos—. Al lado, el padre Vera, que no quiere quedarse atrás. Uno, Dos y Tres, con Roberto el cimarrón.

4. Mascogos bien preparados para pelear, negros e indios.

5. La Desconocida.

6. Sandy, que regresa del otro lado tras dos semanas de ausencia.

7. La negra Pepementia.

8. Uno de los temibles Robines, y de la Banda del Carbón un puño grande de peleones.

9. El Conéticut y El Loco sin nombre.

10. Pepe el bolero (con su caja de limpiar zapatos) y Goyo el peluquero (con sus navajas, escondidas en la caja del bolero).

11. El doctor Schulz, maletín en mano. Nepomuceno le puso en la cara una mascarilla negra que le cubre la cara sin taparle la visión, para ocultar su identidad.

12. Algunos jóvenes desesperados mexicanos que desde la invasión americana tienen el corazón emponzoñado (Nepomuceno intentó evitar su presencia, pero éstos se le colaron porque no estaban en el campamento sino en Matasánchez y aprovecharon para sumarse a la leva).

13. En mucho orden, la muchachada.

14. Indios diversos, del norte del río Bravo todos, los más empujados por la gringada de muy arriba del río Nueces. (No viene ningún comanche, a pesar del intento).

15. Otros. (Los que no están, para no causar sospecha, son los palomeros ni los que cooperaban por debajo de la mesa, como Sid Cherem y Alitas, no hay Águilas —excepto Sandy—, nada de Carlos, Héctor, Teresa, la bella, para no destruir la red tan fina.)

16. Tampoco vienen los dos hermanos mayores de Nepomuceno. Tras mucho trabajar planeando este día, se quedan a cuidar a doña Estefanía (siempre hay malpensantes que dicen son cobardes, pero es infamia barata).

Toman el Hotel de La Grande. A ésta la amarran, por si las dudas. A sus empleados los dejan encerrados, o no, dependiendo si los reconocen Águilas o nepomucenistas. A La Plange lo levantan.

Nepomuceno instruye a La Plange, quiere fotos, le ayudan a cargar cámara, lámparas, el Mocoso no se da abasto solo.

La emprenden hacia el centro de Bruneville en silencio.

Al frente van los brunevillenses tornados en un sonriente ejército de voluntarios desarmados, con muchas ganas de cooperar. Siguen a caballo las coronelas Pepementia, La Desconocida (en la silla mexicana que le forjó especial don Jacinto) y Sandy. A pie los del bastión religioso —El Iluminado y el padre Vera—, los ideólogos —Salustio y Óscar— custodiados por "los salvajes" (así apodó Salustio a los "criminales que empañan nuestro movimiento", "¿Pero si hacen falta tiros, quién los va a dar?", "No queremos tiros, Nepomuceno", "Si ya sé que no los queremos, pero te garantizo que ni mi lazo ni el tuyo bastan para defendernos de los rangers y las fuerzas federales"). Después los mascogos y demás indios.

Se dividen en tres partidas para llegar por distintas calles a la Plaza del Mercado. Lo único que cuida Nepomuceno es que ninguno sea sólo de malhechores:

—Aquí todos nos portamos como si tuviéramos que ir a comulgar a misa de siete de la mañana porque es el bautizo de un hijo.

Al regreso de los fandangos en Matasánchez, lo normal en Bruneville es oír a los grupos muy animados, las risas, las pláticas, a veces hasta gritos, las puertas que se abren y se cierran. Esta vez no, todos van calladitos, caminando nomás directo, hasta los que no entienden de qué se trata (una buena porción de brunevillenses no están en predicho, pero reacciona al bulto de los suyos). Silencio. A unos pasos de la plaza, a un costado de la tienda de Peter Hat Sombrerito, Nepomuceno toca a la puerta de Werbenski, a la de su casa, no a la tienda de empeño. Tres golpes fuertes. Cuatro. Cinco. Sin pausa sigue tocando, cada vez más fuerte. Todos los hombres y mujeres que conforman el ejército de Nepomuceno se van reuniendo en la plaza. Los desconcierta la acción de Nepomuceno, no entienden.

Abre Lupis, la mujer de Werbenski, la dulce mexicana, con una carita de susto que es muy de ver. A un paso a sus espaldas está el marido, bien pero bien dormido, con los pasos va despertándose. Con el chirriar de la puerta, le dice "No, ¡Lupis!, pero qué estás haciendo, deja que abro yo…".

Frente a la casa ven plantada a una docena de hombres de Nepomuceno, los sombreros tapándoles las caras, las armas enfundadas, las botas bien puestas, todos de saco sobre sus camisas de fiesta.

Por el susto, Lupis se echa a llorar.

—Ésta no es noche para lágrimas mexicanas —alzó la voz Nepomuceno.

Se lo dijo de modo grato. Como si le cantara.


Según otros cuentan, el silencio se rompió distinto: cualquier pelado toca a la puerta de los Werbenski, y luego otro y luego otro más, hasta que muchos están tamborileándole, a palizas agarraron los tablones.

La señora Lupis salta de la cama. Cubre la ropa de noche con el rebozo grande que le trajo su mamá de San Luis Potosí, lo tiene siempre al pie de la cama. El rebozo la alcanza a cubrir con mediana discreción, es grande y blanco. Muy bonito, de seda.

Para donde va Lupis, se mueve Werbenski, quien la adora:

—¿Dónde vas? —él casi dormido.

—Tocan a la puerta.

—No abras, Lupis.

—¿Si es una emergencia?

¿Qué emergencia podría ser?, ¡Werbenski no es doctor!, pero no acaban de despertar, los dos reaccionan como van pudiendo. Werbenski va tras Lupis hasta la puerta, "¡No, Lupis, abro yo!", pero ella no le hace caso, quita la tranca, gira el pasador.

Frente a la casa están unos veinte hombres, los más armados hasta los dientes (no es metáfora o dizque figura: traen agarrados los puñales con sus dentales), irrumpen hacia el patio sin miramientos; como que parece que no podían parar de correr. Entre ellos, Bruno (a su lado el infaltable Pizca) y sus hombres, y el menor de los hermanos Robines (¡el colmo!, se suma al revuelo de los que para él no son sino unos malditos greasers, convencido de que hay mucha ganancia), bandidos bien conocidos en Matasánchez.

Lupis se suelta a llorar, de ver a tanto cabrón puesto junto y en sus narices, peor que ya ni tiene cerca a su fiel Werbenski, le han acorralado al marido a punta de bruscos empujones hasta el fondo del patio.

Nepomuceno se le planta a Lupis enfrente; en voz bien alta, primero en inglés —para que entienda por lo seguro el marido—, "No time for Mexican tears", luego en español, nomás para ella: "No es hora de derramar lágrimas mexicanas, ya séquese la cara, Lupita, no se vaya usté a ver fea. Una mujer tan chula, no se vale estropearla. A las bonitas Dios las hizo para alegrías y no para moqueos".

Hace que le traigan al judío Werbenski. Explica cuáles y cuáles armas quiere, qué tipo de municiones, pregunta cuánto es, y paga hasta el último céntimo de la cuenta que le hace "Adam" (entre todos, incluida Lupis, es el único que le habla a Werbenski por su nombre que no podremos llamar de pila) —cuenta bastante moderada, que si hubiera sido de día le habría salido por lo bajo en un 15% más.

Sopla otro viento distinto, también viene del mar, pero es más necio. Es frío, anda revoltoso, "va a pegar el Norte", piensan los entendidos. "¿Será el temporal?", vientos huracanados, lluvia, mar revuelto. Las pocas lámparas que todavía traen encendidas los federales se apagan. La verdad es que ya tienen horas sin echar ni un tiro, ya ni con desatinos responden a los aullidos de los yamparik que todavía se oyen de rato en rato, esperan a un costado de casa de los Lieder y los mandos, encabezados por el general Comino, adentro de la casa misma, a que salga la luz del día para poder atacar, o a responder al ataque que están seguros les caerá en cualquier momento.

En la oscuridad, el Cabo Rubí (es su apodo, por lo muy pelirrojo) cuenta una historia de apaches, de cómo entraron a saquear su pueblo, se llevaron las mujeres, no dejaron un hombre vivo, cortaron cueros cabelludos. Corre con el viento un miedo que les pone a todos los vellos de punta.

Será por lo de los vellos que los moscos arrecian sus ataques de golpe, como si hubieran llegado en nube, les caen encima a los federales.

Con las armas en las manos, los de Nepomuceno toman la alcaldía —no hay quien la defienda—, se apuestan afuera de la cárcel —bien cercada, adentro hay hombres armados—, las iglesias, la farmacia y las calles. Ni un tiro han disparado y ya tienen Bruneville.

Las armas sirven para convencer a la gente. Porque aquí no hay quién se deja así nomás, esto no es en el valle de México donde tienen ya quinquenios aguantando la bota extranjera o abusiva enfrente. Aquí, todos nuevos, nadie hecho al despelleje.

Aunque algunos como Peter Hat Sombrerito no quieren ningún convencimiento: están que se orinan de miedo.

Han sacado algunos predeterminados de sus casas para usarlos de protección, saben que ya no valen los mexicanos. Medio dormidos, se arrebujan en sus chales, cobijas, se tapan como pueden las ropas de dormir y el frío de la noche.

En la puerta de la alcaldía, han plantado al frente de su improvisado escuadrón a la esposa del ministro Fear, Eleonor, acompañada de un hombre que no conocen. El escuadrón: el Conéticut y unos pelados mexicanos, pero muy güeritos, éstos ni tienen armas.

"Nepomuceno entró a Bruneville con setenta y siete hombres (y mujeres). Cuarenta y cuatro varones de éstos tienen cargos pendientes con las autoridades de Cameron County Grand Jury, treinta y cuatro de ellos mexicanos. No se suma a la cuenta los mexicanos que vuelven de la fiesta, que son los más, y que si no lo apoyaron, bien que se hicieron patos, sirviendo de arma eficaz.

En los setenta y siete hombres se incluye lo más selecto de los Robines y a los mejores de la Banda del Carbón".

Óscar el panadero se encarga de que se echen a repicar las campanas de alarma, la de la iglesia, la de la alcaldía, la que el juez[19] hizo poner en el centro de la Plaza del Mercado, desde el incendio de la tienda de Jeremiah Galván.

Uno diría que es mala estrategia: mejor que el pueblo se quede bien dormido y que los federales se estacionen donde están. Pero el asunto es que creen que varios de los que va buscando andan con los de uniforme, y además no se trata de atacar a los que despiertan sino a los que viven con el ojo alerta para el mordisco. Con las campanadas quieren convocar a sus enemigos.

Nat despierta con el primer campanazo. Llama a los huérfanos de Santiago (Melón, Dolores y Dimas), alojados donde él desde que se quedaron (literalmente) sin techo. Salen a la calle. Ven lo que pasa. Corren por su puñal de los lipanes que tienen escondido.

Los cuatro gritan: "Viva Nepomuceno", "Viva La Raza". Aunque Nat sea gringo, contagiado se siente verdadero nepomucenista.

El cura Rigoberto despierta que se diría los badajos le golpean en mero paladar. "Llegó el fin del mundo", piensa.

---

[19] Versiones van y vienen en Bruneville de si el juez que puso la campana ahí fue el Pizpireto Dólar o ya el Comosellame.

Mete la cabeza bajo las sábanas y queda más dormido que un tronco.

Rebeca, la hermana de Sharp, escucha las campanadas, oye a Sharp brincar de la cama, vestirse y salir apresurado. Luego ya no oye nada: le da una de ésas en que todo pierde proporción, así sea la noche todo le resplandece, como si el mundo estuviera tallado en una sola pieza de metal oscura, delgada, vibrante e inestable que estuviera a punto de quebrarse porque algún pulgar gigante la está golpeando en un punto lejano.

Los federales se alarman con las campanadas, "¿qué pasa?", apaleados por su mala empresa donde los Lieder obedecen, con pesar y sin mucho ánimo, la orden del general Comino. Emprenden la retirada. Queda un puñado generoso de hombres resguardando la casa de los Lieder, que siguen bien llorosos porque dan a Joe por perdido.

No hay quién no se venga rascando de tanto piquete de zancudo.

En mala hora no está con ellos Fragancia, el guía, el scout del general Comino. La escaramuza habría sido bien diferente. Ver huellas, oler el aire, entender qué fue lo que les hizo falta. "El coronel Smell no es ducho en esto".

A miss Lace la despiertan las campanadas, pero no entiende bien a bien qué la ha sacado del sueño y siente un sobresalto, una agitación, "una presencia".

Brinca de la cama, agitadísima. Está convencida de que John Tanner, el indio blanco salido de la tumba, viene por ella.

Joe Lieder no ha pegado un ojo. Sólo un yamparik lo sujeta ya —Barriga de Metal—, lo tiene bien abrazado mientras sigue echando de vez en vez uuúes impostados para continuar espantando a los soldados. Con el paso de las horas, los dos cuerpos repegados, a Barriga de Metal le sucede una erección.

Simultánea, a Joe se le vuelve a presentar la que le salió cuando en casa.

Las dos son erecciones incómodas que los igualan.

La tropa de federales y el cuerpo improvisado de voluntarios (rangers, ciudadanos y empistolados) entra por el lado malo de Bruneville. Los recibe en la primera esquina un estallido de pólvora que los hace recular. Les cae encima un verdadero baño de proclamas, se las avientan desde una azotea, quién sabe quién, no se ve nada, el cielo sigue encapotando. Luchan por prender las lámparas que el viento les ha apagado.

En el centro de la Plaza del Mercado, con la bocina de la barcaza (nueva, de Stealman) en la mano, Nepomuceno comienza a leer la proclama mientras la muchachada la continúa distribuyendo de casa en casa.

Por las campanas a rebato se han congregado todos los habitantes, algunos con baldes llenos de agua, dispuestos a apagar el (supuesto) incendio, otros tapándose con sus chales, cobijas, a como sea cubriéndose del frío.

Todos traen en la mano la proclama, en inglés algunos, otros en español.

(Algún gringo despistado pregunta, "¿son rojos contra azules?", pero ahora a quién le importa eso, una niña a su lado lo corrige con su dulce voz, "¡son los flatulentos greasers!").

A media lectura entran los federales, puro tiro al aire, no quieren lastimar a la población civil, "¡cuidado con los ciudadanos!" —y con esto quieren decir "los gringos", sin contar con que los más de los mexicanos que aquí están son también de nacionalidad americana.

Nadie les responde a balazos, no hay tiroteo alguno. Los únicos disparos vienen de La Plange —su cámara, su Mocoso, sus lámparas—, se afana en capturar la escena.

Los de la Banda del Carbón y el Robín menor atacan por la retaguardia a los federales, se arma una gresca medio confusa, los más quedan atrapados entre ciudadanos y bandidos, algunos consiguen escapar.

Las armas al piso.

Frank, el pelado mexicano, anda por ahí perdido, sin saber bien a bien qué pasa, es malo para despertar y nomás no entiende. "¿Qué pasa, qué pasa?".

Barriga de Metal, el yamparik que sujeta aún a Joe, aunque sin deambule, se pregunta lo mismo antes de que se le salga el juguito y se le acabe el tormento. Nomás pasarle la escupidera ésa, córrele, se echa a andar hacia el centro de Bruneville, ¡que cuide quien quiera al rubio, por él que el chamaco se pudra!, le agarró disgusto, lo hace sentirse mal.

En la fotografía de La Plange se ve a Nepomuceno subido en el kiosco que han comenzado a construir los gringos en el centro de la plaza, la proclama frente a sus ojos sin siquiera fingir que está leyendo, se la sabe de memoria (por esto los gringos dicen hasta la fecha que era iletrado, analfabeto).

La foto está tomada desde el costado de Nepomuceno.

Atrás de él y a sus lados se ve a los brunevillenses, las cobijas con que se tapan, las caras de susto, y a los mexicanos, exaltados, de fiesta todavía.[20]

Luego los nepomucenistas van tras los de la lista que hizo Nepomuceno.

Primero en donde saben que pueden encontrarlos.

Olga (aún en éstas no pierde lo chismosa y sigue igual de norteada que siempre) pasa el pitazo a los nepomucenistas: Shears está en casa de los Smith, todavía trae abierta la herida.

---

[20] Luego cantará Lázaro: Ah pero los dientes gringos / eran meras castañuelas / ¡miedos pasaron los cobardes! / Ni digo del Rigoberto / quesque cura y muy coyón. / De tanto escuchar de infiernos / ha quedado un asustón.

Muy correctos, tocan a la puerta de los Smith, pero en cuanto les abre la bella asinai Rayo de Luna, empujan sin cortesía para meterse, ésta forcejea intentando contenerlos.

Vencen su resistencia. Entran. Rayo de Luna les sonríe. Eso desarma a Ludovico. Le extiende los brazos:

—¡Rayo de Luna! ¡Rayito mío de sol!

A Rayo de Luna no le hace gracia que "uno de éstos" (hoy son rufianes) la llame así. Lo empuja y echa a correr hacia adentro. Tras ella, Ludovico, más por jugar que otra cosa. Van de un cuarto al otro —la casa es como un corredor, remediando las hispanas—, entran a la habitación donde está recostado el pálido Shears, quien apenas ver acercarse sombras, dispara.

Rayo de Luna cae.

Shears avienta el arma. Grita, en inglés, "¡el greaser mató a la comancheeeieee!".

Ludovico se hinca, se cubre la cara con las dos manos. Se queda ahí, como clavado.

El doctor Schulz —el maletín en su mano— se presenta inmediato a atenderla.

—Nada que hacer. Está muerta. Fue tiro certero.

Lanza miradas fulminantes a Shears. No le cabe duda de quién es su asesino.

Ludovico se levanta. Sale.

El sheriff grita señalándolo:

—It was him! —fue ese cabrón, no le apetece cargar con la culpa.

A los gritos, Caroline, la hija de los Smith —sabemos que está enamorada de Nepomuceno— sale del ropero de la habitación vecina, donde la habían escondido a las fuerzas sus papás. Lleva en la mano la pistola amartillada que le dieron para protegerse. Se porta como la loca que es. Corre hacia el cuerpo de Rayo de Luna, moviendo el arma como si fuera un abanico, ha perdido los estribos, se pone el arma a la sien, tira del gatillo apuntándose.

No hay duda de que es suicidio, no se puede pensar en otra cosa. El doctor Schulz mismo fue testigo.

Cae muerta inmediato, también.

Shears grita:

—It was him!

Señala a Fulgencio, el vaquero. Éste no se aguanta —tiene bien reconocida el arma que todavía humea en el piso: no es la de Ludovico...—, dispara a Shears.

Reina más desorden que nunca en la cabeza de Caroline. Mucho nos gustaría detenernos en ésta: su adoración por Nepomuceno, su bella esclava, Rayo de Luna (compañía y referencia, un tensor del lado real de la vida), su no entender. Ya sabemos que es incapaz de poner en orden sus pensamientos, ni siquiera los configura, su corazón y su cabeza son parecidos al pantano donde fueron a atorar las patas (como moscas) los federales allá donde los Lieder, trampas que ella fue preparando (como en su caso hicieron los nepomucenistas), maleza pegajosa, alimañas, desconocimiento, oscuridad. Sumar la luna (de por sí maligna) estancada tras una nube, pero no por eso su luminosidad fría fuera del juego.

(Habrá quien diga que existe un Dios. Nosotros creemos que es la luna, caprichosa, a veces bestial, quien manda. Cercena sin consideraciones; se lleva al bueno o al tierno; deja desecándose en la faz de la tierra al viejo que sólo desea partir).

Shears, mientras tanto, se quejotea, "it hurts", me duele, me duele mucho. Su vocabulario se ha reducido desde hace semanas a estas dos sílabas —no que tuviera demasiadas antes.

La bala de Fulgencio se le quedó guardada al lado del corazón, en él éste no cuenta, sigue respirando igual. La bala no ha hecho estragos, entró como si hallara ahí su cuna, se clavó como si fuera su casa.

Uno de los de los federales (Cabo Rubí) se alebresta una cuadra atrás del mercado, la verdad es que se puso nervioso, el miedo se los va ganando a todos —pero no es como el de Fear, sino como el de los animales que la ven perdida cuando el cazador está a punto de apresarlos.

Nimodo: uno de los de armas que viene con Nepomuceno —no queda claro quién—, lo serena de un balazo.

Todavía peor será su muerte para el nepomucenaje, porque Cabo Rubí es (era) hijo de mexicanos.

Parece que sin saberlo, sin procurarlo y sin quererlo, Nepomuceno se está echando un tiro directo al pie, como un príncipe.

La bella asinai Rayo de Luna sueña que está en un escenario, semivestida de gasas, tules y un cinturón de piel, los pies desnudos, y canta: "Yo soy la bella asinai, el sueño de tantos y de tantas". El teatro está lleno, la aplauden.

Lo que sigue del sueño es que Rayo de Luna se desploma, agonizando se cree ya vestida con un apretado traje oscuro, su cara es la de la jugadora Sarah Ferguson, la que soñaba fingir ser Rayo de Luna sobre un escenario.

Un par de venillas estalla en el cerebro de Rayo de Luna, y éste pierde masa. Ella escucha estallar un rayo.

Pero regresa a su sueño, en éste la bella Sara se levanta, restablecida canta otra vez, ataviada como una asinai. La audiencia se alborota con su presencia, causa revuelo, la aman más que nunca.

Los intestinos de Rayo de Luna se tensan; sus esfínteres se relajan, se orina; se le escapa algo de cagadera.

El sueño continúa, pero nos es imposible seguirlo: las imágenes son para ojos de un animal distinto a nosotros, parecen armadas con piezas que desconocemos, inútil detenernos en éste.

—¡Uno de Nepomuceno asesinó a Rayo de Luna!
—¡Otro se echó a Caroline, la de los Smith!
—¡Están violando mujeres, los greasers!

Para acabarla de amolar, intentando contener la debacle, Nepomuceno gira otra andanada de órdenes a los de más confianza —al bulto lo quiere bien pegadito a sus talones—: "Lázaro, jálate a la cárcel y tráeme al ranger Neals; Juan Printer, vete por el ministro Fear, la vaqueriza sale ahora mismo a traerme a cuanta pistola a sueldo se encuentre en Bruneville, a ésos les tenemos que dar un escarmiento; tú, Sandy, péscame al juez, que lo conoces. ¡Tú!, ¡muchacho!, ¡tú!, ¡Dosocho!, ve búscate quién te ayude a dar con Chaste, ese traidor pedazo de alcalde que… El otro de ustedes se queda aquí… Tú a mi lado, Óscar; también tú, Salustio, por si hay verbo que echar, entre los tres encontraremos el correcto si hace falta".

A Shears, lo da por muerto.

Desde que entraron a Matasánchez lo que más quiere Óscar es visitar su horno —si somos precisos, desea ponerse a hacer pan, es lo que está en él, "para eso nací, soy panadero"—, "¿pero estás loco?", le dice Nepomuceno cuando éste le dice "ahorita vengo… quiero ir a ver cómo anda mi horno", "¡Nada de pan, nada de pan!, ¿qué te pasa, Óscar?, ¿andas perdiendo también tú la cabeza?".

El que sí la tiene perdida es Tim Black, el negro rico, corre desnudo desde su casa hasta el margen del río Bravo. Al llegar a la orilla, se amarra los tobillos con su cinturón y se avienta. Adentro del agua, sujeta con las dos manos el brazo opuesto.

No dura mucho. El aire que traía en el pulmón tras la carrera era poquito.

Don Jacinto está buscando la manera de esconder tanto gusto que le da ver a Nepomuceno.

Cruz, lo contrario.

Poco les dura el esfuerzo.

Adentro del horno de Óscar —el que hicieron hace quince años sus papás, en el que aprendió el oficio de panadero—, Glevack acuclillado muere de risa: "Éste pendejo de Nepomuceno, riquillo de mierda, ¡qué ocurrencias, venir a invadir Bruneville!, lo van a hacer mierda los gringos, es un imbécil, ¿qué se trae ahora con eso de La Raza?, está turulato, tiene cabeza de membrillo; ¡ni de chiste me encuentran!, ¡babosos, pocas cosas, ¡ya verán!, ¡ya verán!, ¡yo en persona me encargo de la venganza!, ¡no voy a parar hasta verlo colgando del icaco de La Grande, y que le saquen los ojos los…".

Chaste está escondido en la letrina de la casa de los Stealman, que viajaron a Nueva York. Le abrió la puerta una esclava —la cadena que le han puesto al tobillo sólo alcanza hasta llegar ahí, no puede poner un pie fuera del patio.

Los de Nepomuceno pasan de largo, ya les dijeron que esa casa (un caserón, la mejor de todo Bruneville) está vacía.

Lázaro Rueda va rumbo a la cárcel, con pistola al cinto. Nunca se ha sentido más orgulloso, parece nacido para este momento. Ni lazar su primer potro, ni montar a su primer mujer, ni tener hijos, nada es comparable.

Entra y pregunta:

—¿Está aquí…?

No le dejan terminar la frase. Le caen encima tres federales, le quitan su Colt, lo avientan hacia la reja.

Urrutia le prende la muñeca con una esposa, se la cierra. Le deja una mano libre.

Todos, a carcajadas, menos Lázaro que está que ni reacciona.

Urrutia enseña la llave, "¡Aquí tengo la llave con que nos hubimos del vaquero aporreado…", y la avienta por la ventanita alta de la celda hacia la calle. "Éntrenle ora sí manitos, ¡a darle duro!".

La tanda, la paliza le cae a Lázaro encima. Ya le llegó la hora al hueserío de Lázaro, si uno solo le queda entero será de puro milagro.

Entonces entra a Bruneville una carreta jalada por dos caballos en verdad portentosos, uno rubio como un rayo de sol, el segundo rojizo, como el fuego.

La carreta trae dos pasajeras: Isa y Marisa, la esposa y la hija de Nepomuceno, nada más, vienen solas. Alguien les fue a informar que los nepomucenistas iban a tomar Bruneville, y esto sí que no quieren perdérselo —aquí podrá "la viuda" Isa, hablar con él a sus anchas—. Salieron del rancho cuando estaba por caer la noche, sin temor alguno, y aquí están, las dos vestidas como de fiesta, polvosas del camino, pero muy bellas y sonrientes.

Dos federales que serán muy tarugos pero no tanto como para perderse una oportunidad así, apenas enterarse de quiénes son las dos bellas (ellas mismas lo van voceando, preguntando por Nepomuceno, a quien dan por seguro triunfador, "somos su esposa e hija") las toman de rehenes.

"¿Quién va y le dice al greaser que ya le estamos manoseando sus mujeres?".

No faltan voluntarios, aunque tengan miedo de que les toque una pamba.

Pero ¡al diablo!, no les toca ninguna pamba.

A los dientes de Nepomuceno sí: le tiembla la mandíbula, y mucho.

"Que si se van ahora mismo, se las soltamos. Que si no, ya verá la agujereada que les metemos".

Nepomuceno no lo piensa dos veces. No es hora de empezar a tartamudear, sino de actuar con firmeza.

La orden: "Salimos de aquí, en este momento. Nos vamos a la de ya de Bruneville".


No hay quien no obedezca a Nepomuceno. Tanta es la inercia de irse a su voz, que hasta los mexicanos brunevileños comienzan a hacer maletas. Se les pasa la fiebre antes de cerrarlas.

Sólo salen en la barcaza los que llegaron y no viven en Bruneville, aunque sí hay varios que tienen casa aquí pero se van, los más de miedo; quién no imagina la que viene, la venganza pareja contra los mexicanos.

Melón, Dolores y Dimas (los huérfanos del pescador Santiago) van a bordo.

Nat no, se queda en su cuarto, con el puñal lipán.

El regreso a Laguna del Diablo no es fácil. Cuando cruzan el río, ven el cadáver de Tim Black, el negro rico, flotando. Flotó prontísimo, como si desde antes hubiera sido un cuerpo inflado de aire.

Salustio dice: "Era un cabrón Tim Black, pero éste es mal augurio".

El ánimo se ha puesto de los mil demonios.

La noche parece de pronto tan corta que se la diría mentira de musa.

Cuando Nepomuceno tomó la decisión de dejar Bruneville, lo hizo por el amor que le tiene a su esposa, la viuda Isa —algo mayor que él (quién lo fuera a creer ahora, esta mujer traga años).

Isa es entrona, está llena de vida, Nepomuceno no ha tenido más gusto con ninguna otra mujer, ni hay con quién se sienta mejor, ni con nadie duerma y platique como con ella. Lástima que no guise como su mamá, pero tampoco es que lo haga tan mal. Tiene un problema su mesa: es demasiado simple, no se le dan las complicaciones, las salsitas son frescas y perfumadas y no tienen nunca un secreto. Son como ella, francas, honestas, directas, sin misterio.

Nepomuceno quiere llevárselas al campamento. También a Marisa su hija, aunque a ella sólo porque venga con su mujer.

—No, Nepito, yo no te hago eso. Si quieres quédate a Marisa, total, si es tu hija. Pero yo me hospedo en Matasánchez. Me quedo en el hotel.

No hay quien la saque de eso, Isa es una mujer muy opinionada. Marisa, pobrecita, es un cero a la izquierda pero sabe bien lo que más quiere, que es estar cerca de su papá.

En las cocineras de las dos orillas, la luna llena provoca la nostalgia por la perfección de la cebolla cuando bien asada al fuego, el berrinche del cuchillo destazándola, el suspiro del pan, la visceral frescura del jitomate, la presencia del fuego cauteloso, el estornudo ante el chile o la pimienta. Sueñan a coro, sin desentone.

Magdalena, La Desconocida, sueña con su mamá. Es una niña. Vuelve a sus brazos. Cae un peldaño más hondo en el sueño. Los brazos que la sujetan son los de Nepomuceno. Un gusto jamás antes percibido la recorre, la electriza, la despierta.

La luna brillante toca a Felipillo holandés, le trae su sueño recurrente —sale de su cuna de moisés, camina sobre la arena húmeda, Nepomuceno llega con sus hombres, llora—, pero esta vez no despierta. Muere en su sueño. Después, despierta.

Laura, la niña que fue cautiva, está junto al Iluminado. Lleva días pegada a él, se ha vuelto su sombra, excepto porque no lo acompañó a Bruneville. Duermen como dos cucharitas, uno acomodado en el otro.

El rayo de luna barniza los párpados de la niña. Laura abre los ojos. Cree oír a la Cruz Parlante. Los vuelve a cerrar, con miedo. Se acurruca metiendo desorden en el sueño del Iluminado. Éste salta. Siente la luna en la cara. Se hinca a rezar.

En casa de Werbenski, la tortuga que las cocineras han ido mutilando poco a poco para guisar la suculenta sopa verde (plato de los dioses) también sueña. La tortuga trastoca su dolor —le faltan la pata izquierda y la mano derecha, lo siguiente que le quitarán será la segunda mano, después la otra pata, al final caerá la cabeza, entonces la guisarán usando la carne que guarda el caparazón para la porción mayor de sopa del domingo, cambiándolo por un paseo en el lodo. Lodo, un lodo que la arropa, quitándole la pesadez de ser quien es y el chicle insoportable del dolor. Ese chicle que habita el chicozapote, que las cocineras sacan de la fruta para masticar mientras pelan chícharos, despluman pollos, quitan a las flores de la calabaza el pistilo blanco y la corola verde para dejarlas más dulces que si fueran de azúcar.

El icaco de La Grande también sueña. Nos reservamos los detalles para no sufrir el disgusto de la erección de los dos cadáveres que ha quedado impresa en la conciencia de ese árbol, tornado por ellos en algo bestial.

La sombra del icaco de La Grande también sueña. Ese sueño es algo más noble que el del árbol, pero también está ensopado de violencia.

Los perros sueñan lo del perro, resignados a ser sombra del hombre. Esto los despierta. Ladran vigorosos sin parar. El ladrido a coro de los perros despierta a la tortuga, al icaco, a su sombra, a algunas de las cocineras (interrumpiendo el soñar colectivo), al ranger Neals (cualquier cosa lo despierta), al doctor Velafuente.

Las raíces del icaco de La Grande no saben dormir y por lo tanto no sueñan. Son rígidas y se extienden sobre el terreno lodoso pensando todo el tiempo en Las Águilas, las que vuelan (que quisieran poder ver) y la asociación secreta que se ha formado para hacer defensa de los mexicanos. Lo hacen porque Las Águilas humanas las mientan todo el tiempo, "se trata de defender nuestras raíces", etcétera.

Caroline Smith en su lenta muerte sueña con Nepomuceno.

El sueño tiene algo embrujado. Nepomuceno la guía por un camino que no puede ser posible. Las raíces de los árboles están expuestas, rígidas, retando al viento. Las frondas están encajadas en la tierra. En las plantas de los pies siente lo rugoso del camino pedregoso. Nepomuceno la va llevando. Caroline sabe que el camino los conducirá a la muerte y no le importa. De pronto, frente a ella, una puerta. La abre. No puede cruzarla, ya está muerta.

Cabo Rubí sueña pura agitación y zozobra, como si para él la eternidad fuera irse ahogando en río revuelto.

Sarah-Soro, en Nueva Orleans, también sueña lo que le dicta esa misma luna, que pega hasta allá. Sueña con Rayo de Luna, la india asinai que ya no está entre nosotros. Vestida con pocas ropas, en el escenario, baila, nunca más bella. Dice unas frases en su lengua que Sarah comprende.

En su corral, la Pinta, la montura de Nepomuceno, tiene un sueño para ella extraordinario: sube una escalera que la lleva a la blanca nube que la está mirando gorda desde el cielo.

Ahí, la yegua magnífica sueña lo que la nube está soñando: que no es cierta. Que no es carne, ni vapor. Que es sólo color.

En su casa en Matasánchez, a María Elena Carranza la saca del sueño un rayo de luna que toca sus párpados. Se levanta sintiéndose medio iluminada. Se asoma por la ventana. Cree ver pasar volando a la Cruz Parlante.

—¡Santísimo Señor de Chalma!

Ahí mismo se hinca y comienza a rezar.

Van tres veces que Nicolaso se despierta oyendo revolotear a las palomas, temiendo haya un coyote, una zorra, un apache, alguien que se las quiere robar. Sólo es la luna quien las alborota.

En Bruneville, la luna ilumina al aventurero, ya repuesto —guapo, bien parado, pero hay algo en su expresión que no es fácil de entender—, está pagando por dos caballos a La Grande (algo bebida, pero igual cuida el negocio). Le compra también una burra para cargar forraje, abasto (carne seca, pan de marinero — ¡pero no como el de Óscar sino el que aguanta viaje largo!) y agua.

Bajo el icaco lo espera una mujer embozada. Es Eleonor. Se dan a la huida.

Cabalgan, primero sobre el camino que lleva a Bruneville, después en campo libre, primero lo que resta de la noche, después parte de la mañana, hasta que encuentran un remanso, cuidando darles descanso a los caballos en tres ocasiones. Hay agua fresca, árboles que dan sombra.

Mientras cabalgan, él no sueña en nada. Ella sueña, tanto cuando cabalgan como cuando paran. Las imágenes se le agolpan, vuelan en su imaginación con tanta rapidez que no puede afocar ninguna pero le provocan emociones felices que no había sentido antes, nunca.

Glevack con una mujer de placer. La está trotando.

Óscar sueña emponzoñados. Primero, que el pozo donde quiere ir a beber está repleto de cadáveres. Después, que la carne que le trae Sharp tiene gusanos. Por último, que él le ofrece a Nepomuceno un pan con pudriciones. En lugar de miga, su pan tiene muerte.

Apenas empieza a amanecer, comienzan a correr los chismes, en Bruneville y más al norte, en Matasánchez y más al sur, viajan torcidos: que si Nepomuceno hizo la toma de Bruneville vestido con capa corta sobre un solo hombro (el manteaux), collar alzado hasta la barbilla, calzas amplias, medias entalladas, zapato de hebilla brillante, sombrero de ala muy ancha, la barba rojiza recortada como un estrecho triángulo (los que eso contaron dijeron que Shears le respondió como un caballero, un golpe por otro, y los de peor voluntad que Nepomuceno se lo balaceó por la mala), que si iba por una muchacha; que quién era la muchacha; que si sí se la robó, que si no; que si violaron a las mujeres de Bruneville. Hubo hasta el que tuvo el atrevimiento de decir que usaron espadas y lanzas y unas bombas de pólvora que ni se imaginan. Otro salió con que lo primero había sido robarles las mujeres, luego con pólvora a los puentes (y éste era de a tiro, si no hay puente alguno en Bruneville)... que si no sé cuánta cosa. Las aventuras de los Robines se han mezclado con las de la Banda del Carbón y otros bandidos y hasta las de los piratas que atacaron antes Matasánchez y los que construyeron Gálvez.

Al norte, hablan y hablan de John Tanner, el indio blanco salido de la tumba, se extiende la especie de que venía entre los mexicanos. Al sur, los que saben de John Tanner alegan en cambio que el indio blanco defendía a los gringos.

Empezaron a sonar las canciones a guitarrazos y viva voz, "Cuídate Nepo no te vayan a mata-ar".

Nepomuceno ignora el chismerío. Lo atormenta que vayan a andar diciendo que es como una mujercita, que se deja que le quiten a Lázaro y que él no hace nada.

Por más que le discute Salustio con varia argumentación en contra, Nepomuceno comienza los preparativos para otra toma de Bruneville.

Óscar no opina, está paralizado. Ya le contaron que Glevack estuvo escondido en su horno durante el ataque. Ésa está difícil de aguantarse. Él es hombre de pan, pero se anda poniendo de guerra, y para su transformación requiere de tiempo interior.

El funeral de Rayo de Luna representó problemas de todo tipo para Bruneville. Estaba bautizada, cierto, pero no podía dársele entierro en cementerio cristiano.

El punto es utilizar las ceremonias fúnebres para honrar a la Texas civilizada. Deciden enterrarla entre los negros. Pero si la sepultan entre los negros no se le puede dar honra, y cómo no hacerlo si murió defendiendo a Texas de los greasers, "lo justo era", pero no se trataba de justicia sino de formas y de (aquí lo recalcó el alcalde Chaste) "civilización".

Después de muchas discusiones, ni un cajón de pino le dan. La envolvieron en una manta que quién sabe de dónde salió, astrosa. La tiraron en un hoyanco sin echarle encima ni un rezo. El ministro Fear, que la había bautizado, debió estar ahí, pero… como anda que no lo calienta ni el sol porque le arden los cuernos…

Ni qué decir que a Caroline no se podían hacer honores. Lo suyo fue suicidio. La enterraron en buen cajón, pero afuera del terreno bendito.

Jefe Costalito —el jefe de los lipanes— oye las nuevas que le trae un correlón. Consulta con el chamán. Asunto concluido: se suspende toda transacción comercial con Bruneville hasta que se calmen las cosas. Añade el chamán: "no hay comercio con ésos ni aunque se calmen".

En el remanso que encuentran el Aventurero y Eleonor, él se tiende a dormir. Eleonor se sienta a pensar. El tiempo se evapora. Eleonor empieza a quedarse dormida. El aventurero despierta. Le agarra una pierna a Eleonor, luego la otra, sacándoselas de las faldas, y se le tumba encima, extrayendo el miembro erecto de los pantalones. Una, dos sacudidas. ¡El alivio! Ya no se aguantaba las ganas —se dice satisfecho—, tanto tiempo sin meterla, "y esta no es pistola de tener guardada".

Se guarda su pistolilla. Se levanta. Sin voltear a mirar a Eleonor busca ramas secas para hacer una fogata, tiene hambre.

La cara de Eleonor parece la de una aparecida. Toda su frágil belleza se le ha escapado. No se atreve a llorar. No se atreve a voltear a ver al Aventurero. No se atreve casi ni a respirar. Ahora sí que parece la digna esposa del ministro Fear.

No se atreve a formularse lo que siente, "Esto estuvo tan feo, no hubo nada, cómo puede ser…".

Nepomuceno y Salustio están sentados escribiendo, aunque el plural no va, porque el único que toma el manguillo es Salustio. A su lado, de pie, Óscar. A Nepomuceno no lo calienta ni el sol del medio día. En la hoja:

"Compatriotas —Un sentimiento de profunda indignación, el cariño y la estima que os tengo, el deseo de que gocéis de la tranquilidad y las garantías que ellos os niegan, violando para ese propósito las leyes más sagradas, son los motivos que me impulsan a dirigirme a vosotros.

"¡Mexicanos! cuando el Estado de Texas comenzó a recibir la nueva organización que su soberanía exigía, como parte integral de la Unión, una bandada de vampiros, disfrazados de hombres, vinieron y se desparramaron por los pueblos, sin ningún otro capital fuera de un corazón corrupto y las intenciones más perversas, riéndose a carcajadas, profiriendo lo que sus negras entrañas premeditan, procediendo al despojo y la carnicería. Muchos de vosotros habéis sido encarcelados, perseguidos y cazados como fieras, sus seres queridos asesinados. Para vosotros hasta la justicia se ha ausentado de este mundo, dejándoos a la voluntad de vuestros opresores, que a diario caen sobre vosotros con mayor furia. Pero para esos monstruos hay indulgencia, porque ellos no son de nuestra raza, que es indigna, según ellos dicen, de pertenecer al género humano.

"¡Mexicanos! He tomado bando. La voz de la revelación me dice que he sido escogido para ejecutar la labor de romper las cadenas de vuestra esclavitud, y que el Señor hará fuerte mi brazo para luchar contra nuestros enemigos y realizar los designios de su Suprema Majestad".

"Los Dosochos, Pedro y Pablo, van de capitanes de la operación número uno. Tres noches seguidas roban lanchas de donde pueden (las más de Bruneville, pero algunas las van a traer de los muelles pequeños de Matasánchez y de los ranchos vecinos), las cruzan al Muelle Viejo de Matasánchez, ahí con ayuda de Úrsulo, el Conéticut y peones que quién sabe quiénes serán pero que están con Nepomuceno desde muy al principio, esconden las lanchas en la tierra.

"Porque es rico y ranchero, nacido de buena mata", los guitarrones, los violines, las voces de los dos lados del río suenan cantándole a Nepomuceno.

Algo provoca en Nepomuceno un insomnio marca diablo. Piensa en llamar a Salustio y aprovechar para planear (o hasta escribirle frases nuevas a la proclama —ya contenía tantas que Juan Printer comenzaba a buscar las resmas del papel (iba a haber necesidad de doblarlo, "tal vez hasta de coserlo", "no, coserlo no, no es cosa de mujeres", "como un libro, pues", "pus va, pero… ¡proclama, pa que la lean todos!, ¡nada de que libro como Biblia o esos que aburren y hablan de amores, los que leen las mujeres!", "pues entonces hazlo corto, Nepomuceno, ya no lo extiendas")—), pero no hace traer a nadie, el desasosiego que siente es incompartible… También piensa y desea que le traigan a La Desconocida, por un segundo estrecho le pica como una aguja el deseo… pero eso hará un precedente que no es de su altura, esa mujer es para enamorarla, no para forzarla… y además no era la potranca lo que quiere… lo que desea es *su* mujer… *su* esposa… ella… la única que le sabe el modo… Isa… aunque le traiga un coraje, cómo no, le puso un cuatro con su tontería… en qué cabeza cabe irse a meter a la boca del lobo…

Las nubes, sólidas, blancas en medio del azul perfecto que ilumina la luna. La misma luna, harta de luz y de lo mismo flatulenta, provoca en el lobo un sueño que es el placer de la carne de la vaca ya con el colmillo encajado en ella, carne sangrienta.

Telegrama: "Ministro Fear se traslada urgente punto".

Otro, del gobierno central de México a Matasánchez (que bien lejos les queda, por esto tanta queja del Lejano Norte, ni los voltean a ver hasta acá): "No toleren de Nepomuceno infracción a la ley".

Hay mucho movimiento, pero el telegrafista anda agüitado. Es que está cansado, "nadie me toma en cuenta".

De una conversación en Bruneville, en español: "De aquí en adelante, y de esto no hay duda, se va a encargar Nepomuceno de hacer cumplir la ley por propia mano, ya se les acabó la hora a ésos". "Ya nos llegó la nuestra a La Raza".

En el día cuatro, los de Nepomuceno abordan las lanchas, al tope. De nuevo van de noche.

Carlos el cubano, con otros tres Águilas, toma por asalto el Hotel de La Grande. Apostados en las ventanas, atentos a la señal, impacientes, cuando ven la bengala brillar sobre el río, comienzan a disparar a los federales que, muy uniformados (e igualmente dormidos), protegen el muelle.

La estrategia de Nepomuceno lleva su estilo, su marca: distraer al enemigo para vencerlo. Las armas de los federales apuntan hacia el Hotel de La Grande, quieren contestar los disparos que les han dejado a dos hombres heridos. Pero mientras tanto, dan la espalda a Nepomuceno y los suyos.

En rápida navegación, arriban al otro costado del muelle, donde no se les espera.

Son cientos los que vienen a bordo de los botes, lanchas de tamaños varios, canoas, embarcaciones que usa la gente de los dos lados del río para hacer sus diarios asuntos, algunas elegantes, otras puro tablón medio podrido. Algunas traen nombres pintados en vivos colores (las de los mexicanos), Lucita, María, Mamá, Petronila, y la Blanca Azucena del doctor Velafuente (una de las más elegantes, sólo se usa para ir de pesca deportiva, el lujo que el doctor se da en raras ocasiones, o muy a veces para paseos con la familia).

La bengala dio también la alarma a otros nepomucenistas tierra adentro que estaban a la espera para echar la cargada con sus caballos preparados.

Los nepomucenistas comenzaron a disparar desde distintos puntos.

Hay que hacer notar la destreza que tienen en el agua (crecieron al costado de este río o del mar, pudieron haber nacido con colas de peces). Los sirenos descienden y atacan a los federales por la retaguardia. No tienen miramientos, se trata de matar los más posibles.

Si los vaqueros que controlan los caballos no fueran tan duchos, no podrían haber conducido sus monturas hacia los balazos. Hay que aplaudirlos también. Llegan al pie de La Grande cuando el sembradío de cadáveres gringos ya está para cosecha.

Subidos en los caballos los que alcanzan silla, los otros corriendo y a gritaderas tras ellos, irrumpen en Bruneville. Pum, pum, la balacera se puso buena, o mejor dicho mala, porque van y vienen balas a lo loco.

Luis, el niño distraído que cargara las canastas a miss Lace, cae, él ni las trae ni las debe, pero las paga. Le entró la bala por la boca y ya no salió de su cabeza.

Sin detener su carrera, los nepomucenistas se congregan en el muelle, abordan el lancherío y "adiós amigos gringos, ya nos fuimos".

Además del muerto, dejan hojas impresas con otra proclama regadas por su paso, y un mensaje al pie de la escalera de la alcaldía: "Es una advertencia. Nos regresan a Lázaro vivo en dos días, o esto se repetirá cada tercero".

Sid Cherem, el maronita que vende telas en el mercado —que ha desviado algunos de sus pedidos hacia el campamento de Laguna del Diablo, para cooperar sin meter directo las manos—, había sido prevenido. Se subió a la azotea de su casa. Se acostó con el rifle a su lado para que no lo viera nadie y pudiera disparar para defender nepomucenistas si hacía falta.

Dan Press, que todavía seguía de fiesta (cada vez se le hacen más largas en las mesas del Café Central) y no se había aún metido a su habitación en el Ángeles del Río Bravo, oyó de uno de sus informantes el chisme. "¡Ésta es noticia!". Despertó al telegrafista de Matasánchez, porque era muy urgente, y le pidió enviara de inmediato reporte del ataque de Nepomuceno. Terminaba su información con una nota más larga casi que la información: "Las recientes perturbaciones en nuestra orilla del bajo Río Grande, fueron comenzadas por texanos y llevadas a cabo por y entre ellos. El mismo Nepomuceno y los más de sus bandidos son naturales de Texas… Pocos mexicanos de la otra orilla, si es que lo han hecho algunos, tomaron parte en sus perturbaciones".[21]

Eleonor se le escapa al Aventurero después de que él repite un par de veces su primer pecado, poseerla mecánica y poquitamente, sin siquiera mirarla. Se sube a su caballo y se echa a andar sin rumbo fijo. Las estrellas la protegen.

El día del ataque llega donde Las Tías, aquel rancho de amazonas. La reciben de brazos abiertos.

Al leer el telegrama en Nueva York, el editor de Dan Press le contesta con otro: "Dónde está tu artículo punto el tiempo corre punto bien por la noticia punto quiero más".

Tras el ataque y cruzar el río, Nepomuceno y sus hombres (sirenos y vaqueros) no descienden en el Muelle Viejo. Como temen alguna emboscada, buscan un punto más río arriba, aunque no hay nada parecido a un muelle, la aguada hace fácil el desembarco. El Batallón de los Chamacos amarra una lancha con la otra, cuarenta y siete en total, un rosario de embarcaciones, y lo dejan ir. Tienen aliados advertidos en el Muelle de Matasánchez, no lo dejarán pasar.

---

[21] Esta nota es casi idéntica a la que el general Winfield Scott escribió en su informe del 19 de marzo de 1860.

Cuando Nepomuceno llega con sus hombres a Laguna del Diablo, ya habían empezado las negociaciones entre los alcaldes de Matasánchez y Bruneville.

Al día siguiente queda acordado el intercambio de presos. Un mensajero oficial sale hacia Laguna del Diablo a informarle a Nepomuceno.

El ambiente está muy caldeado en el campamento. Ya no parece una fiesta, sino un puesto militar.

—¿No hay fecha precisa? Regresa y diles que cuentan con mi beneplácito cuando me den fecha precisa.

—Que tienen que poner las condiciones.

—¿Cuáles condiciones? Esto no es "intercambio" de presos. Nos robaron a Lázaro, lo quiero de vuelta.

—Tú dirás eso, Nepomuceno —acota Salustio—, pero en su ley, Lázaro es un preso, infringió…

—Su ley… su ley… ¡vayan al diablo con su ley! ¡Que se la metan por donde les quepa!

Salustio ignoró su vulgaridad, pero a los demás presentes les provocó disgusto.

—¿Entonces? —inquiere el mensajero—, ¿qué les digo? Esperan respuesta.

—Dígales —se interpone Salustio respondiendo al mensajero— que Nepomuceno acepta esto como una tregua, pero que nos tienen que dar la fecha exacta de la liberación de Lázaro, y queremos que sea cuanto antes. La tregua no es por tiempo indefinido.

—Dales una semana —dice Nepomuceno, bajando de la nube de su furia.

—Una semana.

—Te ponemos la respuesta por escrito —prudente, Salustio al mensajero.

En el Hotel de La Grande quedaron los caballos de los nepomucenitas, puros robados —ni siquiera han tenido tiempo de marcarlos sobre las que traen (varias de éstas dobles de por sí)—, aunque alguno que otro mustango y variaditos mavericks. Apenas consiguieron soltarse los amarres que les hicieron los greasers, La Grande procedió a pedir al primer vaquero que tuvo cerca que se consiguiera peones y los hiciera atar. Se dispuso a ponerlos a la venta. Con lo que sacara, se largaría de aquí, decidió.

Aparece en el periódico local de Bruneville un artículo sobre Nepomuceno, con la siguiente carta precedente del editor:

"A los habitantes mexicanos del Estado de Texas:

The arch murderer and robber has been induced by some inflated coxcomb to allow his name to be put to the following collection of balderdash and impudence. We shall not inquire now who wrote it, but is certainly was no one who has the least acquaintance with American laws or character. We invite the attention of the people abroad to his pretension that the Mexicans of this region (we suppose he means from the Nueces to the Rio Grande) claim the right to expel all Americans within the same."

En cuanto al artículo, saco fragmentos:

"Profesa estar a la cabeza de una sociedad secreta, organizada para este objeto. Con modestia atribuye a sus co-villantes todas las virtudes, en especial la gentileza, la pureza y la mejor disposición. Esto dice de sí y de sus seguidores quienes, después de haber apuñalado y disparado incluso a los cuerpos muertos de la hija del honorable mister Smith, Caroline, así como de tres de nuestros hombres, Mallett and Greer and McCoy, asesinados en medio de la lucha que se dio entre sus fuerzas…" y "Sus hombres no viven sino de robar caballos —ha sido su industria desde siempre—. Han escapado de la justicia echando mano de testigos falsos. Irrumpieron en la cárcel, robaron el correo…".

Stealman ordena a Chase, el medio-alcalde, nuevo envío de locos en la barcaza, él sabe que para reponerse de los daños y pérdidas (que conjetura tuvo) por la entrada de Nepomuceno. Por escrito le argumenta que es imprescindible, más que nunca, mantener Bruneville limpio de lastres.

En la barcaza salen, que conozcamos: el cura Rigoberto —lo declaran loco por andarse quedando en todos sitios dormido (y porque quieren zafarse del cura católico) (la recomendación viene también de Stealman, ésta por telegrama, "también al enfermo de sueño")— y Frank el pelado (desde el ataque de Nepomuceno han cambiado dos cosas: ha estado durmiendo en las calles, y han vuelto a llamarlo Pancho López, la marca de mexicano es puesta parejo por los texanos, sin voltear a verles méritos o ganas de ser agringados) (en la cárcel todavía tuvo alma Lázaro para cantar, aunque sin violín:

Ya no eres Frank
Panchito, ya te vio el gringo).


Llega a Laguna del Diablo una "embajada" del alcalde De la Cerva y Tana. Son tres poblanos, a su vez "embajadores" del gobierno federal. Vestidos con trajes rígidos, negros, inadecuados para el clima.

El mensaje que le traen es que el alcalde quiere ver a Nepomuceno.

—Díganle que es bienvenido, que venga.

Le explican que no, que él debe ir a verlo a Matasánchez.

—¿Y yo por qué voy a ir, si él es quien quiere verme a mí? Díganle que aquí le invito carne asada y sotol.

Los embajadores le explican que es un gesto de buena voluntad, que todo para refrendar su amistad. Etcétera.

Nepomuceno hace un aparte con Salustio y Óscar. Deciden que sí irá.

Acuerdan con los embajadores el día y la hora.


Se decía que ya no había indios congregados, que estaban todos dispersos, pero aquí o allá quedan campamentos de éstos, flotando en la incertidumbre. A unos que están en tierra firme les llega la noticia de la muerte y el entierro de Rayo de Luna. Que la hubieran matado los greasers, merecería venganza. Pero que los gringos la hubieran cubierto de tierra sin propia ceremonia, tenía aún menor perdón.

Los asinais emprenden el viaje hacia Bruneville. Quieren presentarse "ante el jefe" a reclamar su cuerpo. Al frente va el conna (el equivalente a su médico) y su caddi (el jefe civil). En el camino bailan diez noches —ritual funerario— delante de una bola de zacate que ponen arriba de un palo bastante alto.

Vienen también cargando el ataúd para su fallecida —grande como un carro.

En las orillas de Bruneville vuelven a bailar, ahora llevando el ala de un águila en las manos. Saludan al fuego mientras bailan y escupen en él su tabaco. Después, beben un líquido algo perfumado que los embriaga.

Así los encontraron los vigías de las fuerzas federales. No los dejaron ni despertarse, los matan a todos mientras duermen.

† † †
†

Seis semanas después de la incursión de Nepomuceno a Bruneville, al caer la tarde, ocho empistolados se acercan a todo trote a la cárcel de Bruneville. Visto a la distancia, por atuendo y porte, parecen vaqueros, que es decir mexicanos. Pero no lo son. Entre ellos está Will, ranger de Kenedy, Richie, mismo oficio al servicio de King (el mero rey de los kiñeros o reyeros), los demás no tienen sueldo fijo, se les contrata para el uso de su pistola. Los ocho son de la misma calaña. Se detienen frente a la puerta, a distancia de dos pasos, si mucho, formando un arco. A gritos exigen (en inglés) la entrega de Lázaro Rueda. Piden les entreguen a "The Robber", y en semiespañol añaden "The Bandito".

Por respuesta, el ranger Neals ordena cerrar la puerta de la cárcel y poner la tranca. Se encierra con sus hombres.

Ranger Richie se encamina hacia la ventana lateral de la cárcel, y desmonta. El arco de sus acompañantes se reacomoda.

Lázaro pide a quien ha sido su atormentado celador que le regrese por favor su Colt, la tienen ahí mismo, "para defendernos". Está seguro de que conseguirán romper la puerta. Como para reforzar su certeza, en la alta ventana de la celda entra una bala, se encaja en la pared, un palmo arriba de la cabeza de Lázaro.

Ranger Richie se baja del caballo. Prende fuego a una estopa mojada en trementina y la avienta.

La estopa empapada vuela y cruza la alta ventana de la celda.

Con su mano libre, Lázaro la levanta del piso. Sin temer chamuscarse los dedos, la acomoda entre las rejas para que no se le apague.

"Dame una vara, ¡siquiera!, ¡dame algo, lo que sea, un gancho, un palo, un trozo de metal!", suplica Lázaro al celador. Quiere manejar la estopa protegiéndose con algo.

Jóvenes, viejos, niños, hasta mujeres se han ido agolpando a un paso de la cárcel, algunos se apiñan tras los jinetes, otros se alinean a espaldas de Richie. En silencio. Esperan el desenlace inevitable: Lázaro saldrá por esa puerta. O lo chamuscarán adentro. Los que están cerca del Ranger Richie le ayudan a mojar otras bolas de estopa con trementina. Luego las arrojan hacia arriba y las encienden disparándoles con sus pistolas, algunos les atinan —entre todos, a todas—, y encendidas entran por la ventana. Hay las que resbalan prendidas, vestidas de fuego, por el muro de piedra.

—A quién se le ocurrió no levantar la cárcel de madera…

Los celadores refuerzan la puerta. Lázaro insiste, "¡Denme mi Colt!", suplica.

Cae otra estopa a sus pies.

Mister Wheel, quien condujera la carreta de jaibas, aparece a espaldas de los montados, mascando tabaco y parpadeando, sus párpados como alas de mariposa. Ahora es él quien trae la estrella de sheriff al pecho. Grita:

—¡Ranger Neals!, abre, pero ¡a la de ya!, esta puerta. ¡No voy a permitir que le pase algo a alguno de mis hombres. ¡Abre ya la puerta!

—¡Yo recibo órdenes de Stealman!

—¡Bien sabes que no está en Bruneville!

El ranger Neals lo piensa dos veces, pero bien rápido. La cosa se está poniendo fea. Si no obedece, pue'que lo consideren otro greaser más.

Lázaro insiste:

—¡Denme mi Colt, por piedad, por lo más preciado! —entiende perfecto lo que está ocurriendo.

El instante de indecisión del ranger Neals impulsa al carretero Wheel a recular; se hace ojo de hormiga; como llegó, se va (no lo envalentona lo suficiente la recién impuesta estrella de sheriff), ahí sí que con pasos decididos, aunque farfullando quesque va por tabaco.

Wheel sólo asoma la nariz en la tabaquería de la viuda Rita, sale inmediato sin haber comprado nada, apresurado. Camina en silencio hacia su oficina; apenas llegar, se encierra. El corazón se le sale por la boca. Está temeroso. Observa desde su ventana, parpadeando, los nervios de punta. Inmóvil, como una estatua, ve que se abren las puertas de la cárcel, de par en par.

Uno de los jinetes descabalga. Pone sus riendas en las manos de un niño, tal vez su hijo; camina con aplomo hacia la puerta.

Los otros jinetes también descabalgan, sin estilo, pero a un tiempo. Trasponen la puerta. El nuevo sheriff, el carretero Wheel, sale de su oficina y se enfila hacia la cárcel.

Lázaro Rueda mira entrar a los jinetes, con los ojos bien pelones. Sin Colt, lo único que tiene es la estopa ardiendo a su lado. Considera si arrojarla. ¿A quién podría aventársela? Reconoce a algunos de los violentos abusivos rufianes, violadores de mexicanas un par de ellos, más de dos han sido llamados reñeros o kiñeros.

Al que viene el último, dicen que le gusta agarrar las nalgas a los niños, pero a quién le consta.

Lázaro alcanza a ver —y a oír— que atrás de los hombres armados hay mucha texaniza.

No levanta la estopa. Es inútil, y además él no es eso, no es un incendiario, no es un asesino. Nunca quiso Lázaro hacerle daño a nadie. Tira al suelo la estopa, y la apaga con las botas —se las regaló Nepo en tiempos mejores.

Alguien se agacha, la recoge y la avienta, otro toma a Lázaro del cuello y le echa la estopa humeante y aún bien caliente bajo la camisa, carbón chispeando.

La estopa lo quema, medianamente. Es soportable. No lo escalda. El dolor le recuerda: "Tú eres Lázaro Rueda, naciste al sur, has sido vaquero una infinidad de años; estás en las tierras del Valle del Río Bravo desde siempre".

Del otro lado del río, Nepomuceno entró con una pequeña partida de sus hombres a Matasánchez, los de armas, no viene con la parte pensante.

Han venido a Matasánchez para la cita con el alcalde.

Se enfilan directo al Hotel Ángeles del Río Bravo, el mejor de la región. Van a pasar ahí la noche. Nepomuceno dice que no tiene mucha gana, porque ahí se hospeda su mujer, y todavía le trae coraje, pero lo cierto es que decidió pasar la noche en el Ángeles del Río Bravo porque tiene mucha gana, la extraña y sabe que pasará la noche hablando con ella y en arrumacos como sólo sabe la viuda Isa.

Lo primero es tomarse un agua de horchata en los portales, en el Café Matasánchez. No tienen que esperar a que haya mesa porque le han reservado dos. En una se sienta él a solas. Sus hombres se sientan en las bancas de la plaza que miran directo al café.

Un regimiento de federales vestidos de gala marcha en la plaza.

—¿De qué hay desfile? —pregunta Nepomuceno.

El doctor Velafuente en una mesa vecina se encoge de hombros:

—Llevan tres días, Nepomuceno, apenas están por dar las del Angelus cruzan de un lado al otro la plaza. ¡A saber qué se traen!

Llega como mecha la noticia. Viene con la barcaza, la traen voceando al café:

—Los gringos quieren sacar a Lázaro Rueda de la cárcel.

Nepomuceno siente una forma viscosa de la ira.

Suena en el campanario de la iglesia. Mediodía. Las campanadas enfrían el ánimo de Nepomuceno. En cosa de minutos tendría que estar con el alcalde, a eso vino, a hablar con él; "serenidad", se dice Nepomuceno, ahora más que nunca debía estar en santa paz con sus compatriotas. Lo decide: el alcalde puede esperar, debe ir a Bruneville a proteger a Lázaro. Hace una seña a sus hombres, pero no pueden verlo, el desfile militar está pasando entre ellos.

En la cárcel de Bruneville, el ranger Neals da la orden de abrir la reja. Fuerza en medio segundo con la ganzúa la esposa que sujeta su muñeca:

—I used to be a locker before being an unfortunate man… (Yo era un cerrajero antes de tornarme en este desafortunado guiñapo de hombre).

Entrega en silencio a Lázaro, mientras la turba grita, increpa, insulta, "greasy!, greasy!", "idiota prieto", "cobarde", "you damn Mexican!". Nadie lo llama Lázaro. Nadie intenta decir "R"ueda.

Entre los que alcanzaron a entrar a la cárcel están miss Lace, mister Chaste el boticario, mister Seed el del café, Smith, el que jugaba a la baraja con Smiley, caras que él conoce pero ahora desconoce.

Lo sacan a rastras. Él hubiera querido caminar, pero no lo dejan.

Lo llevan por un camino accidentado de porrazos; quien no del pueblo le entra a la pamba, lo van tundiendo, Nat, el recadero, saca de su bolsillo el puñal de los lipanes y le corta un dedo.

Los mexicanos se esconden en sus casas.

Cherem sube a su azotea, armado con tres fusiles. Alitas sube a la suya.

Otras Águilas lo mismo.

Carlos el cubano echa a volar un petardo desde el techo de la casa de huéspedes. La seña es para Nepomuceno. Los mexicanos detienen los dedos en sus gatillos. No hay cómo agarrar a los que tienen a Lázaro, están de aquel costado de la cárcel.

El carnicero Sharp distribuye entre la turba seis buenos cuchillos, "para los valientes". Cercénanle a Lázaro lo que consiguen mochar entre el tumulto. Más gritos e incluso carcajadas festejantes para celebrar el descuartice. Lo arrastran hacia la Plaza del Mercado.

Ahí sí algunas Águilas pueden ver la escena. Es una bola cerrada de gente, niños, mujeres. Cuelgan del único árbol a Lázaro, de una cadena.

—¿Qué hacer? ¿Disparar a la turba?

Los texanos prenden una hoguera a los pies de Lázaro. Shears, el carpinterillo —aún con su bala alojada en el pecho, como crisálida, como botón de mariposa, como que no les importa ni a él ni a la bala vivir uno metido en el otro, como si su corazón fuera lo mismo que el casco dormido adentro de un cuerpo, la pierna renqueante—, se les reúne, excitado, los ojos aquí bien pelones. Ya está entre ellos, jubiloso, el nuevo sheriff, mister Wheel, el de la carreta.

—Nepomuceno debe estar por llegar.

Otro petardo.

Lo hacen tan bien que parecería ensayado. Empiezan a tatemar al linchado. No usaron la cuerda para el ahorcamiento por prevenir no prendan chispa los hilos.

Ahorcado lo dejan rostizando. El olor atiza el ánimo de la multitud. Música. Baile, palmeos.

Antes de que estalle el primer petardo, Nepomuceno se levanta de la mesa.

El mesero tiene en la mano el agua de horchata que estaba por servirle, "bien fría, como le gusta".

El flanco izquierdo del regimiento da la media vuelta hacia el café. Apuntan sus armas a Nepomuceno. Los del flanco derecho giran media vuelta hacia su derecha, disparan contra los que están en las bancas, los de armas de Nepomuceno y un paseante distraído.

Irrumpe en el café el regimiento de federales. El alcalde De la Cerva y Tana aparece inmediatamente después, con los "embajadores" que se presentaron en el campamento nepomucenista.

La habitación del Ángeles del Río Bravo se quedará esperando huésped. Toman presos a Nepomuceno y a los suyos antes de que tiren una bala.

—Son órdenes que vienen de la capital, Nepomuceno.

Sin mayor formulismo, un piquete de hombres bien armados, todos uniformados de alto rango, lo acompaña a Puerto Bagdad. Lo embarcan inmediato hacia Veracruz en el barco de la armada.

La viuda Isa se queda esa noche sin marido, y las siguientes (tres) del resto de su vida. Es la segunda a la que le revienta de tristeza el corazón por Nepomuceno, si descontamos a Caroline —lo de ella fue por la falta del tensor Rayo de Luna—, porque una cosa era saberlo vivo, aunque en las faldas de otra, que en verdad le tenía muy sin cuidado, y otra muy diferente entender que se lo habían enterrado en vida, qué espantosidad, porque de Veracruz, transportarían a Nepomuceno a Ciudad de México, directo con sus huesos a la cárcel de Tlatelolco.

La Pinta, sola como una yegua y libre como un hombre, se quita de encima a quien intenta montarla.

No ha perdido su belleza, su porte.

No se deja de nadie. Ninguna cabalgadura se le equipara, es la mejor, pero ella sabe bien que sólo es de Nepomuceno.

Habrá quien diga que su historia se asemeja algo a la que Soro-Sarah guisó para Cliquot, porque sólo Nepomuceno podría volver a montarla… Pero si antes tuvimos la duda de quién nos parecía más humano, si el jinete o La Pinta, ahora no nos cabe duda: encerrado como un perro, Nepomuceno, en Tlatelolco, ni sabe dónde está, ya lo perdió todo, ya ni a sus propios ojos parece un hombre.

Mientras quemaban la persona del vaquero bonito, el noble, el que cantaba y hacía coplas y era grato y no tenía tierras ni intereses más allá de hacer pasar buen rato a la vacada y complacer al dueño —andar por la cuerda floja, pué—, éste pensaba:

"¡Ay, Lázaro, tú ya no revives! Ya nunca más voy a montar, ni a lazar un caballo o el rabo de la vaca, ni iré al monte, ni voy a volver a comer carne asada, ni cantaré, ni tocaré el violín. Ya me voy como se fue el bisonte (y yo nunca fui lo que él, porque a ese animal se le temió, venía su estampida y ponía a temblar la tierra). Ya no soy ni lo que fui ni nada, pero digo mis últimas palabras:

"Quiero que quede bien claro: yo no soy una persona enredosa. A mí no se me dan los líos, los nudos, los laberintos.

"Que se entienda que no. Ya sé que lo de Shears (hice muy mal de emborracharme), y luego esto —la mano agarrada por una esposa, ¿cómo me fue a pasar algo tan sin suerte?

"No vine al mundo a buscar problemas, fui a la cárcel porque me pidió Nepomuceno que sacara de ahí al ranger Neals. Pero cuál Neals, se había huido como un cobarde, luego supe que andaba con Glevack, al que también buscaba Nepomuceno, pa mí que los dos metidititos y hasta metiéndosela, aunque pa que digo si no sé.

935

"Vine a la cárcel, y Urrutia me llamó, me le acerqué, me habló quedito, yo estoy viejo y no oí bien, me le acerqué más, y que me agarra la muñeca… Me encadenó a la reja.

"Por esto se fueron los de Nepomuceno sin mí. Luego trataron de sacarme, pero no salió, yo ni los vi.

"Lo demás tenía que pasar, ¿cómo si no?".

En la cabeza de Lázaro, en su último gramo de conciencia, sonó el violín, y oyó su propia voz, cantando la que tal vez había sido su primer canción:

"Ya no suenan sus cascos,
tic tac toc,
¡Pobre caballito muerto!".

† † †<br>†

Quince días después, tras la desbandada del campamento de Nepomuceno, en Matasánchez, Juliberto, hijo de un vaquero, el que aprendió el violincito de tanto oír a Lázaro tocarlo —dejó Bruneville para venirse a vivir "a México, que allá no se puede ya el maltrato"—, toca en las arcadas del café. Entona:

"Ya no suenan sus cascos…".

A su lado, un niño lo observa. Es uno de la chamacada del campamento de Nepomuceno —trae en la mano el violincito de Lázaro, lo tomó porque ahí estaba; ha venido aquí a mirar a Juliberto para aprender a tocarlo.

Las autoridades centrales mexicanas creían tener razón. Si no lo hubieran tomado preso, las guerras de Nepomuceno habían sido más de una, desestabilizando a la región. Porque Nepomuceno iba a vengarse por lo de Lázaro Rueda. Luego, seguramente, habría lanzado más proclamas, cuatro, seis, con el puño de Salustio las publicarían en inglés y en español.

La prisión de Nepomuceno, más que el linchamiento de Lázaro (no era el primero, ni el único mexicano que pasaba esta suerte), sacudió a la región.

No toda.

Turner (hablaba inglés con acento mexicano, comía tortillas en lugar de pan) celebra su cumpleaños ochenta y cuatro en su casa de campo, en Gálvez, como si nada. Buena cena, muy abundante, baile al aire libre, en el centro del patio pusieron un maguey de cuatro metros de alto, hojas formidables, adornado con lámparas japonesas que iluminan el patio.

Juan de Racknitz, alemán, capitán del ejército mexicano, que había fundado la Pequeña Alemania, se ponía una guarapeta formidable mientras oía a los músicos y bailaban las muchachas que él había pagado.

El abogado Stealman, que es muy de la región aunque se afana en Nueva York en terminar la hechura de los títulos de propiedad falsos de Isla del Padre, pasa el día en son de gloria. Por fin había recibido respuesta positiva del gobernador sobre otro asunto que se trae en manos, y que no nos concierne.

Los Robines entienden que sus sobornos y roberías pueden crecer cambiando de negocio. Sobornan generosos a la justicia con lo que habían conseguido del asalto al banco de San Antonio. Inmediato se quedan dueños de hectáreas y hectáreas, y sin dilación roban ganado. Pelean con los legítimos dueños acusándolos de raterillos, y con golpes de jueces, abogados y testigos —les llegaron ya entrenados por King, que les había dado lecciones—, ganan sin siquiera mojarse los zapatos. Cierto que esta manera de vivir es mejor.

Luego luego, respetabilidad. En lugar de que la gente los llamara los Robines, se convierten en "La familia Robin", aristocracia texana —lo que traen en la sangre no es nobleza sino pura ratería.

Don Marcelino, en su búsqueda de hojas para el herbolario, ha extendido su caminar, de hecho tomó carreta por un trecho. Se adentra, a pie, en el punto más al norte de la región Huasteca.

El remolcador del viejo Arnoldo ha ido a encallar a un arrecife. El mar ahí es traslúcido esmeralda. Ahí despierta el alma del viejo capitán que lo manejó por décadas. Nunca ha estado más feliz: aquí el mar sí es mar, los atardeceres abren el joyero del cielo, la espuma de las olas es blanca como el cielo. Esta es la eternidad.

## NOTA DEL AUTOR

Hasta aquí llega esta historia. Siguen otras:

—Que Nepomuceno sufre una mugre y fastidiosa estancia en la cárcel de Tlatelolco,

—Que la muchachada, el Batallón de Los Chamacos, quedándose sin Nepomuceno y sin campamento, no se disuelve, aprenden a vivir de lo que van hurtando de ranchos o ganado suelto, a las dos márgenes del río,

—Que los gringos les matan todas las palomas a los Rodríguez, pero ni a Nicolaso ni a Catalino los castigaron,

—Que La Desconocida se va con Dan Press —o Dan Press tras La Desconocida,

—Que no cruzan la Apachería —o Comanchería—, están enamorados, pero no locos,

—Que toman un vapor en Gálvez, trasbordan a otro rumbo a Nueva York,

—Que en el camino, Dan Press termina su reportaje, "Las proclamas de un grande",

—Y que lo presenta al editor, quien lo detesta y lo obliga a hacerle tantos cambios que en su propia pluma (gracias a las ediciones-maquillaje-neoyorkino) Nepomuceno desciende de héroe a ladronzuelo (el reportaje termina llamándose "El Robin Hood de la frontera"; el editor está satisfecho con el título, pero el periodista molestísimo; la publicación es un éxito; las Henry y los Stealman pagan un panfleto reimprimiéndolo, y lo distribuyen entre todas sus relaciones por las siguientes razones: Katherine admira la escritura del periodista, Sarah celebra el retrato que hace de los mexicanos, los Stealman admiran, celebran y aplauden prácticamente todo, excepto el título, pero eso tuvo arreglo, lo tornaron en la reimpresión en "El bandito pelirrojo"),

—Que Carlos el cubano se muda al norte, Las Águilas ya no tienen sentido para él y en realidad lo único que le interesa es la independencia de su patria,

—Que La Desconocida y Dan Press se casan, para el enfado enorme de la mamá del periodista,

—Que cuando el Mocoso encuentra cómo escapársele a La Plange (con algunas de las placas fotográficas tomadas a Nepomuceno) y se une al Batallón de Los Chamacos, nace en él otro fotógrafo, uno sin intención de llenarse los bolsillos con bodas, funerales y bautizos, un fotógrafo de primera cuyo nombre reservamos por no ocultar su prestigio con su fastidioso pasado,

—Que Marisa, la hija de Nepomuceno, no sale bien librada del dolor de la pérdida del padre, se le bota la canica,

—Que don Marcelino reaparece en Matasánchez, cargado de un baúl lleno de muestras, tesoros de la Huasteca para su herbolario,

—Que Nepomuceno escapa de Tlatelolco, se fuga para participar en la Guerra Civil americana,

—Y que merca el algodón de los confederados para ganarse plata (lo auxilia su organización de Las Águilas, sus incondicionales, traen un plan en miras),

—(Y esto es paréntesis:) (Que Bagdad llega a tener quince mil habitantes),

—Que Nepomuceno, enriquecido, organiza y arma un ejército,

—Y que se muda a pelear en el bando de los yankees,

—Que Las Águilas son clave para ayudar como espías y guías en las estrategias contra los confederados,

—Que pierden la guerra los esclavistas confederados (la llamada Guerra Civil americana),

—(Otro que es paréntesis:) (Que Bagdad también medio que pierde la guerra: se le acaba el esplendor, el que le dio el cielo en sólo tres años de vida, cuando los barcos de vapor salían de ahí pesados de su carga algodonera hacia Nueva Orleans, La Habana, Nueva York, Boston, Barcelona, Hamburgo, Bremen y Liverpool aunque el gobierno federal mexicano intenta regresárselo —primero con Juárez, y luego con Porfirio, de ahí la batalla de Bagdad el 4 de enero del 66 y otras chuladas),

—Que Stealman, King, Kenedy el del campo de algodón, otros dueños de esclavos y dos jefes comanches (de cuyo nombre no puedo acordarme) son invitados por el Rey Pedro a vivir en el Brasil,

—Que el monarca brasileño les ofrece tierras y créditos para que se establezcan en su reino, donde podrán tener esclavos sin restricción alguna (en lugar de cabezas de ganado, les promete esclavos, el interés del monarca está en los cultivos, no en la vacada),

—Que el rey Pedro les envía embarcación para transportarlos, quiere fundar una República Esclavista adentro del territorio del Brasil para activar la economía de su país,

—Que King no acepta la oferta del rey del Brasil (lo suyo es el ganado, no el algodón, ni el tabaco, ni ningún cultivo, "a mí no me gusta lo que no relincha o muge, ni el gallo ni el frijol" —aunque en lo de gallo, y el puerco que da por sobreentendido, no hay que creerle tanto),

—Que tampoco Stealman acepta la invitación al Brasil porque ya tenía un pie puesto en Nueva York,

—Que los demás se embarcan junto con los dos jefes comanches y su indiada, son buenos para el cultivo y tienen mano con los esclavos,

—Y que con ellos viaja el filibustero mister Blast, hacia otra de sus empresas fallidas,

—Que Carlos el cubano llega a Nueva York, donde le perdemos la pista exacta, pero sabemos que se incorpora a los activos grupos de insurgentes cubanos,

—Que la Banda del Carbón da un golpe formidable, regalándoles la corona que un día tuvieron los robines,

—Que los mexicanos toman otra vez preso a Nepomuceno,

—Que decenas de grupos de confederados escapan a México. Los más salen muy pelados, la norma es despojarlos de sus pertenencias, robándoles, torturándolos o humillándolos, se diría tienen suerte los que pasan rápido por la navaja de un ladrón, por ejemplo

—Que los confederados son recibidos en el lado mexicano de la frontera por civiles vestidos de militares,

—Que estas personas se fingen muy comedidos a guiar a los confederados, los traen del tingo al tango, camine y camine, hasta

—Que los entregan agotados y sin suelas a los rebeldes en Veracruz, donde por lo regular son ajusticiados por actos cometidos durante la invasión norteamericana o por desacatos contra los mexicanos en Texas, aunque hay algunos mexicanos que, previo maltratar a los confederados de lo lindo, los envían de vuelta a su patria, desnudos y famélicos (y muy deszapatados),

—Que muere el último de los camellos,

—Que para responder a los kiñeros —y a los ciclos, que también se habían emponzoñado contra los mexicanos, pero mucho más contra los negros (ahora se llaman a ellos mismos, también de la palabra griega "círculo", los kuklos)— las Águilas hacen letanías de kiñeros y kuklos a quienes llaman "los círculos cuadrados", las pasan en el Café Ronsard sin que nadie sepa de qué demonios están hablando,

—Que Sarah-Soro desatinadamente se va a vivir a Nueva Orleans (tanto mejor hubiera sido para ella ir a dar al Rancho Las Tías, pero no:

—Que Sarah se casará, publicará una novela, *Cliquot*, que no está nada mal,

—Que su marido hará un fraude marca diablo y se fugará a Tambuco en el Ecuador, robándole a la mujer cuanto puede llevarse y enterrando en la sombra del escándalo la novela *Cliquot*, apenas aparecida,

—Que Sarah se dará a la bebida, se volverá el hazmerreír de Nueva Orleans, provocará compasión a algunos pocos, morirá en la calle como una desgraciada y no una Henry),

—Que Nepomuceno consigue otra vez escapar de la cárcel para colaborar con Benito Juárez en la frontera (consta correspondencia),

—Que cuenta con la colaboración de sus Águilas,

—Que vuelve a caer preso de los mexicanos,

—Que en 1867, el año en que Maximiliano es fusilado en México, un huracán golpea Bagdad. La tormenta, de ochenta millas de ancho, le pega a México tras haber visitado las costas de Texas. En Bagdad, la tormenta arrastra a noventa refugiados en el barco de vapor Antonia, se los lleva a pasear cinco millas tierra adentro; cuando amaina el huracán, los que habían encontrado refugio en el barco se encuentran bien lejos de la ribera del río Bravo, del lado norte. "Todo se perdió, nada se salvó, ni siquiera nuestras provisiones", escribe un bagdeño. Tras el huracán, el hambre asola Puerto Bagdad. El Tamaulipas no. 2 rescata a ciento cuarenta residentes, posiblemente gringos, los saca de Bagdad y los deposita en Bruneville,

—Que Nepomuceno escapa otra vez para apoyar a Porfirio Díaz, otra vez en la frontera, y

—Que otra vez va a dar con sus huesos tras las rejas,

—Que estando prisionero, contrae matrimonio con la mujer muy joven que le lava la ropa en la cárcel,

—Que se lo llevan a un arresto domiciliario en Atzcapotzalco, y

—Que pasa ahí interminables días en solitario arresto domiciliario,

—Que Nepomuceno muere, y

—Que la única gloria de Nepomuceno es que, tal vez porque los corridos con su fábula se siguen cantando (su nombre es leyenda), lo acompaña una multitud al cementerio, en bello ataúd blanco que le manda poner Don Porfirio (el terso cadáver de Nepomuceno, de apariencia silenciosa, va rabiando: ese color de ataúd es para un niño, no para un hombre de valor como él).

CODA

A los Santos les cayó muy mal la fuga y pésimo el matrimonio de La Desconocida. Encarnando con toda su parafernalia para hacer visible su disgusto, se manifestaron en la ribera sur del río Bravo.

Le habían cobrado aprecio a Magdalena. Sobre todo ellas, Santa Águeda (lleva en su charola dos pechos bien erguidos), Santa Lucía (en la bandeja sus ojos), la Santísima Concepción (camina sobre tres cabezas de ángeles rosaditos), Santa Margarita (descalza, su cayado al lado) y Santa Cecilia (con su violín, idéntico al de Lázaro, ¿o es el de Lázaro y la santa se lo birló al vaquerito, por no estar a la altura del instrumento?).

Campanas dulces, platillos, tambores y el violín de Santa Cecilia acompañan cantos y meneos (discretos, virginales). Es tanto el alboroto que resulta imposible anotar aquí una sola de sus frases, una de sus consignas, es imposible distinguirlas en el ruidero. "Torre de marfil, ruega por nosotros", eso sí, pero no más, porque el enojo también ensombrece sus palabras.

¿Les enfadó que La Desconocida cruzara a la Texas no católica?, ¿que se fuera con un gringo?, ¿o se enojaron porque era un no bautizo?, ¿o porque era periodista con el bolsillo vacío? No queda claro. Lo más probable es que les irritara una combinación de todo. "Qué desperdicio", debieron pensar, "tenía madera para reina y se va de plebeya, de huarachuda, a ser otra muerta de hambre, a prender fogones, ¡ni que fuera l'hija del carbonero!".

## AGRADECIMIENTOS Y HOMENAJES

El libro está lleno de homenajes: a Juan Nepomuceno Cortina, el Robin Hood de la frontera (el personaje de Nepomuceno está cortado de su patrón) —de quien tomo las proclamas, citándolas literal (nació el 16 de mayo de 1824 en el rancho entonces llamado del Carmen, no lejos del hoy Brownsville, cuando era territorio mexicano. Autodidacta, recibió educación en el ámbito doméstico, no asistió a ninguna institución educativa. Hijo de terratenientes, a la anexión de Texas aceptó la nacionalidad americana, creyendo así conservar los derechos y propiedades que estaban en riesgo. Un accidente lo convirtió en el líder de La Raza —la paliza a un viejo vaquero que aquí, alterada, se reseñó—. En 1859, Nepomuceno encabeza las Guerras de Cortina, ocupa Brownsville, ciudad fincada en tierras que pertenecían por ley a su familia.

Otros homenajes: a las Percy, autoras confederadas (tomo libremente —y no muy fiel— de sus vidas y de su obra), a quienes convierto en las Henry. Al romance popular *Los comanches* de quien tomo personajes y versos. Al *Martín Fierro* y su autor, José Hernández. A los relatos de cautivos del Lejano Norte. A Camargo, Matamoros y Brownsville (Matasánchez y Bruneville están chapadas a su sombra). La Gran Ladronería del Lejano Norte invoca a desfilar también personajes de Mark Twain, Walt Whitman y algunos cinematográficos. Sería inútil intentar citar todas las referencias, citas, homenajes —el maestro Thompson y su biografía y estudios de Nepomuceno, así como de Kanellos sus fértiles trabajos, sus recopilaciones y publicaciones me fueron imprescindibles, los escritos de Josefina Zoraida Vázquez, así como a su generoso auxilio; los escritos de Bertram Wyatt-Brown sobre los Percy—…

A Juan Aura le tomo unos versos que escribió de niño sobre el sonar de los cascos del caballito muerto.

Por último, escribí esta novela con la beca otorgada por el Fondo Nacional de las Artes, como miembro del Sistema Nacional de Creadores.

A todos, gracias.

# NOTA

*Antes* (Premio Xavier Villaurrutia, 1989), *Mejor desaparece* (1987), *Así pensó el niño* (1992), *Treinta años* (1999), *La milagrosa* (1993, Premio LiBeratur), *La novela perfecta* (2006), *Texas, la gran ladronería* (2012, en su traducción al inglés, finalista a un premio PEN de Nueva York) fueron escritas con diversos apoyos: Beca Guggenheim, Sistema Nacional de Creadores de México, DAAD y el Centro Mexicano de Escritores.

# ÍNDICE

*Infancia e invención* de Carmen Boullosa
se terminó de imprimir en abril de 2018
en los talleres de
Litográfica Ingramex, S.A. de C.V.
Centeno 162-1, Col. Granjas Esmeralda,
C.P. 09810 Ciudad de México.